KAT CANTRELL

Un père tant attendu

Traduction française de
FRANCINE SIRVEN

PASSIONS

HARLEQUIN

Collection : PASSIONS

Titre original :
THE SEAL'S SECRET HEIRS

Ce roman a déjà été publié en 2017

HARPERCOLLINS FRANCE
83-85, boulevard Vincent-Auriol, 75646 PARIS CEDEX 13
Service Lectrices — Tél. : 01 45 82 47 47 - www.harlequin.fr
ISBN 978-2-2804-6973-9 — ISSN 1950-2761

Composé et édité par HarperCollins France.
Imprimé en avril 2022 par CPI Black Print (Barcelone)
en utilisant 100% d'électricité renouvelable.
Dépôt légal : mai 2022.

FSC
www.fsc.org
MIXTE
Papier issu de sources responsables
FSC® C159065

Pour limiter l'empreinte environnementale de ses livres, HarperCollins France s'engage à n'utiliser que du papier fabriqué à partir de bois provenant de forêts gérées durablement et de manière responsable.

- 1 -

Royal, Texas. L'endroit idéal pour passer une vie tranquille, sans surprises.

Kyle Wade n'avait pas le choix. Après une démobilisation, certes honorable, de la grande famille des Forces spéciales, à quoi pouvait-il aspirer d'autre, dans le civil ? Et autant faire ça à Royal, depuis toujours le repaire des Wade. Sauf lui.

Pour un peu, il aurait traversé la ville sans même s'arrêter. Tout simplement parce qu'il n'avait pas réalisé être entré dans Royal, jusqu'à ce qu'il en fût presque sorti.

Certes, dix ans s'étaient écoulés. Et, oui, quand il avait fait le plein à Odessa, il avait entendu des gens discuter de la tempête qui avait ravagé le comté. Mais quand même. Tous ces bâtiments, dans la rue principale, ils n'y étaient pas quand il avait pris le large. Il avait filé tel un voleur, à l'époque, direction Coronado, Californie et, pendant toutes ces années au service de la Navy, pas une fois il n'avait remis les pieds ici. A quoi s'attendait-il ? Que Royal reste figée dans le temps, comme une photographie sépia ?

C'était un peu ça, oui.

Il ralentit en passant devant le Dairy Queen, le fast-food où il avait embrassé Grace Haines pour la première fois. Plutôt devant ce qui était autrefois son emplacement, car le Dairy Queen avait en fait été déménagé au bas de la rue, et à sa place se dressait une petite boutique à la devanture rose bonbon, l'onglerie Chez Mimi.

Rien qui ne rappelle ici sa relation avec Grace. Ni quoi

que ce soit de son passé à Royal, d'ailleurs. Les cicatrices, elles, en revanche, étaient toujours là, dans son cœur.

Secouant la tête, il accéléra. Il aurait tout le temps de visiter la ville, le plus urgent était d'effacer de son esprit la femme à cause de laquelle il s'était engagé. Il grimaça quand un élancement lui cisailla sa jambe blessée, apparemment mise à mal par ces trois jours de voyage. Le moment était venu de rentrer à la maison.

Des changements, il y avait dû en avoir aussi, au ranch Wade, et plus qu'il ne l'imaginait. L'optimisme ne faisait pas partie de ses qualités, et il ne se faisait guère d'illusion : sans doute serait-ce pire encore là-bas, dix ans après. Ce qui n'était pas peu dire, puisque, à l'origine, c'était son désaccord profond avec Liam, son frère jumeau, qui l'avait décidé à partir. Il n'y avait pas de raison pour que l'accueil soit plus chaleureux aujourd'hui.

Le ranch Wade commençait à la sortie de la ville pour s'étendre sur des dizaines d'hectares. Au moins, cette terre, elle, n'avait-elle pas changé. C'étaient des kilomètres d'un paysage parfois aride, parfois vallonné… Il haussa les épaules, en pensant aux étendues désertiques de l'Afghanistan. Morale de l'histoire, un homme avait beau parcourir des milliers de kilomètres, il finissait toujours par se retrouver à son point de départ. Au sens propre comme au figuré.

Le lourd portail en fer forgé n'était pas fermé. Son frère Liam était aux commandes du navire. Leur grand-père, décédé quelque temps plus tôt, leur avait légué le ranch, chacun une moitié. Mais il n'avait jamais éprouvé l'envie de réclamer son dû. C'était pourtant un bel héritage, mais il n'en voulait pas. Ce qu'il voulait, c'était retrouver ses gars et sa vie au sein des Forces spéciales. Malheureusement, les balles d'un rebelle avaient définitivement mis un terme à sa carrière. S'il en avait réchappé, Cortez, lui, n'avait pas eu cette chance. Et il aurait beau hurler, pleurer et supplier, Dieu ne lui ramènerait pas son ami et frère d'armes.

Ce n'était pourtant pas faute d'avoir essayé.

Il remonta au ralenti l'allée qui menait à la maison. Repeinte de neuf. La vaste demeure aux murs blancs trônait sur les terres des Wade depuis une centaine d'années, mais visiblement on avait ici procédé à de sérieuses rénovations. Disparu le pneu qui leur servait de balançoire, suspendu au vieux chêne, dans la cour. Et sous le porche se trouvait désormais une balancelle.

Parfait. Il pourrait s'installer là et se lamenter, les jours de pluie, sur ses rhumatismes. Et peut-être qu'un peu plus tard il irait faire une partie de dominos à la Maison des anciens combattants, avec les autres retraités de l'armée. Retraités… Mais comment allait-il pouvoir supporter une telle vie ?

Il descendit du pick-up acheté en Californie après que l'Armée l'eut gentiment remercié pour ses bons et loyaux services. A peine ses pieds touchèrent-ils la poussière qu'une douleur fulgurante le saisit, lui coupant le souffle. Un homme qui n'était même plus capable de sortir de sa voiture sans traîner la patte était un bon à rien.

Il devrait probablement faire plus attention. Pour ça, encore faudrait-il qu'il admette qu'il avait un problème avec cette maudite jambe.

Il ravala un juron. « Le seul jour facile, c'était hier », telle était la devise des Forces spéciales, celle qui lui avait tenu compagnie au Moyen-Orient, entre autres. Et qui lui serait sûrement aussi utile ici, au ranch.

Il frappa juste deux coups ; tout de suite quelqu'un ouvrit.

Le choc. Il recula d'un pas. Liam, son frère, se tenait devant lui dans l'entrée, le regard noir. En dix ans, il avait sacrément changé. Lui aussi, bien sûr. N'empêche, son frère n'avait plus rien à voir avec l'image qu'il gardait de lui, même s'ils continuaient à se ressembler comme deux gouttes d'eau…

Bam !

Quelque chose percuta sa mâchoire.

Mais que… Liam ne venait-il pas de lui envoyer son poing dans la figure ?

En un clin d'œil, tous ses sens en alerte, il analysa tel un scanner la menace que représentait Liam et le périmètre alentour. Personne, hormis lui et son frère. Qui ne lui ferait pas le coup une seconde fois, se promit-il.

— Ça, c'est pour ne pas avoir donné de tes nouvelles, dit alors Liam, poings levés, prêt à en découdre.

— Moi aussi, content de te voir.

Aïe. Son frère lui avait presque cassé les dents. Il se frotta la mâchoire.

— Espèce de vaurien. Tu as un sacré culot de te pointer ici. Dégage, si tu n'en veux pas un deuxième…

Manifestement, Liam ignorait à qui il cherchait des histoires.

— Je ne suis pas très friand des coups en traître, grommela-t-il en essuyant ses lèvres tachées de sang. Recommence, pour voir…

Liam secoua la tête et baissa les bras.

— Une vraie tête de mule… Bien, que fais-tu ici, après tout ce temps ? Qu'est-ce qui t'as décidé à ramener tes fesses chez nous finalement ?

— Eh bien, je t'ai donc manqué tant que ça ? répliqua-t-il, narquois.

Il décida d'attendre que Liam lui explique la raison d'un accueil aussi énergique. C'était le monde à l'envers. Après tout, c'était lui qui devrait en avoir gros sur le cœur. Car, s'il avait quitté Royal, c'était bien à cause de son frère. Ou plutôt à cause de ce que Liam avait fait : il avait brisé le lien le plus sacré qui unissait deux frères, en se mettant à tourner autour de Grace Haines. Sa petite amie. La femme qu'il aimait. Suite à ça, toute jeune recrue des Forces spéciales, il avait cru un temps pouvoir tourner la page en Afghanistan.

Mais l'éloignement n'y avait rien fait. Il n'avait pas oublié. Ni pardonné.

Bras croisés, son frère le fusilla du regard.

— J'ai essayé de te joindre, sur ton portable, dit Liam. Deux mois que j'appelle toutes les bases de la Navy. Que je laisse des messages. Que je rappelle. Jusqu'à me demander si je devais prendre ton silence comme une réponse… J'ai donc dû me résoudre à mettre moi-même de l'ordre dans tout le bazar que monsieur m'a laissé…

Minute. Liam venait de lui envoyer son poing dans la figure parce qu'il avait pris le large, lui laissant la moitié de son héritage ? Incroyable ! Son frère avait toujours voué une vraie passion au ranch Wade et ce, sans doute depuis le jour où leur mère les avait abandonnés, les confiant à leur grand-père. Pour ne jamais revenir.

— C'est toi qui depuis toujours étais appelé à diriger le ranch, se défendit-il. Je ne me suis pas défilé.

— J'y crois pas, ricana méchamment Liam. Qui te parle du ranch, abruti ? Je te parle de tes gosses.

Il chancela, et pas à cause de cette maudite guibole…

— Mes… Quoi ?

Des gosses ? Qu'entendait-il par là ? Des enfants ?

— Oui, tes gosses, répéta Liam. Des filles, pour être précis. Jumelles. Je ne comprends pas que tu aies tant tardé à rentrer. Tu aurais dû revenir à la minute où tu as appris la nouvelle.

— C'est que, la nouvelle, je la découvre juste maintenant, marmonna-t-il, la gorge nouée.

Comment… ? Pourquoi… ?

Des jumelles. Ses filles, selon son frère. Quelqu'un avait dû se tromper quelque part. Il n'avait pas d'enfants. Il n'en voulait pas.

— Tu n'as pas eu mes messages ? finit par demander Liam en le regardant bizarrement.

— Mais enfin, Liam ! Tu imagines quoi ? Je n'étais pas

assis derrière un bureau à refuser de répondre à tes appels ! J'ai passé six mois à…

Rapatrié de l'hôpital de campagne de Kondôz à celui de la base américaine de Landstuhl, en Allemagne, il ne se rappelait à vrai dire avec précision ni l'un ni l'autre, sauf cette douleur horrible, alors que les médecins tentaient de lui réparer sa jambe, explosée par une rafale de kalach. Oh oui, de ça, il s'en souvenait très bien.

Sauf que, lui, il avait la chance d'avoir survécu à ses blessures. Pas Cortez. Son camarade était tombé dans ce ravin où des rebelles leur avaient tendu une embuscade. La scène tournait en boucle dans sa tête, et il en faisait encore des cauchemars. Cortez avait eu droit à une cérémonie posthume, pour son sacrifice.

— Toujours aussi bavard, je vois, remarqua Liam en se passant la main dans les cheveux, la colère cédant la place à une certaine lassitude. Bien, garde tes secrets. En fait, je me moque de ce que tu as pu faire de ta vie je ne sais où. J'ai à m'occuper de choses bien plus importantes.

Cette lassitude, c'était nouveau. Il se souvenait de beaucoup de choses sur son frère. De sa trahison, surtout. Mais la lassitude, non. On voyait dans ses yeux que quelque chose n'allait pas. Un peu comme cette douleur qui transparaissait dans son propre regard, lorsqu'il se regardait dans une glace. Raison pour laquelle il évitait les miroirs.

Il poussa un soupir.

— Bon. Et si tu commençais par le commencement, suggéra-t-il en regardant du côté de ce qui était autrefois la cuisine. On pourrait peut-être régler ça devant un thé ?

Il était un peu tôt pour un whisky, même s'il se sentait prêt à faire une exception, histoire de se donner un peu de courage.

Liam hocha brièvement la tête et tourna les talons pour se diriger vers l'arrière de la maison. Il lui emboîta le pas, ébloui par l'éclat de la cuisine. Son frère avait fait les choses en grand. Des équipements ultra-modernes avaient remplacé les appareils antiques, et un magnifique comptoir occupait désormais le centre de la pièce. Une baie vitrée courait sur toute la longueur du mur du fond, offrant une vue imprenable sur le ranch, jusqu'à la propriété du vieux Drucker, leur voisin. Enfin, ce qui était la propriété de Drucker, encore dix ans plus tôt. Manifestement, il avait besoin d'être briefé sur tout ce qui avait pu se passer ici, pendant son absence.

Liam prépara un thé, morose, et lui en tendit une tasse.

— Voilà. Et maintenant, parle-moi de Margaret Garner.

Margaret.

Sexy. Blonde. Des jambes sublimes. Telle fut aussitôt l'image qui lui traversa l'esprit. Mais bon, il ne l'avait pas revue depuis, euh… Oui, près d'un an.

— Margaret Garner ! Qu'a-t-elle à voir avec tout…

La question resta coincée dans sa gorge. Près d'un an. Soit le temps d'une grossesse, avec des jumelles à l'arrivée. Et alors ? Cela ne signifiait pas que ces bébés étaient les siens.

Il ressentit soudain le besoin de s'asseoir, sans pour autant expliquer à Liam les souffrances qu'il endurait à cause de sa jambe.

Il s'affala sur le tabouret le plus proche, avec le sentiment de peser des tonnes.

— San Antonio. Elle était avec un groupe d'amies à la Cantina Juárez. Un endroit où les filles à soldats se retrouvent.

— Et tu as couché avec elle…

— Ça, ce ne sont pas tes affaires, répondit-il, sur la réserve.

Son frère et lui avaient depuis longtemps dépassé le stade des confidences, à supposer qu'ils aient été un jour suffisamment proches pour ça. Lorsque Liam s'était mis à fréquenter Grace, dix ans auparavant, cela avait tué toute fraternité entre eux. Définitivement.

— Désolé de te contredire, mais ça l'est devenu puisque

tu n'as pas daigné rentrer à la maison pour prendre soin de tes filles, rétorqua Liam, poings serrés de nouveau.

— Touche-moi encore une fois et tu vas comprendre. Donc Margaret a débarqué ici avec des bébés pour exiger une aide financière ? J'espère que tu lui as demandé de procéder à un test de paternité, avant de lui signer un chèque…

Quelle drôle de conversation. Avant d'arriver à Royal, il ne savait trop ce qu'ils se diraient, Liam et lui, après une si longue absence, mais ça ? Non. *Bébés. Test de paternité. Margaret.* Tout cela n'avait aucun sens.

Pourquoi ne lui avait-on transmis aucun des messages de Liam ? Probablement parce qu'il ne s'était pas adressé au bon bureau. A sa décharge, il fallait avouer qu'il n'avait jamais vraiment expliqué à Liam comment le joindre. Mais c'était peut-être mieux qu'il n'ait pas eu ses messages. Dans son état, il aurait eu bien du mal à sauter dans un avion.

Il se passa une main sur les yeux.

Père, lui, de deux petites filles ? Non, la chose était impensable. A peine s'il avait une idée de la façon de s'y prendre pour se comporter en civil. Et tout juste s'il arrivait à admettre ne plus faire partie des Forces spéciales.

La chose était d'autant plus rude à concevoir que, rendu à la vie normale, il n'avait eu d'autre choix que de revenir à ce ranch où il ne s'était jamais senti à sa place. Où il n'avait jamais eu sa place. Pas question de s'apitoyer sur son sort, néanmoins. Puisque Dieu n'avait pas voulu de lui, là-bas en Afghanistan, il était de son devoir de réagir en trouvant à quoi occuper le reste de sa vie. Etre père, pas d'un, mais de deux bébés d'un coup, changeait considérablement la donne. Il n'osait penser au quotidien d'un homme avec une jambe folle. Il faudrait bien pourtant qu'il soit à la hauteur de la tâche.

— Du calme, marmonna Liam. Personne n'a signé de chèque. Une chose est certaine, tu es le père des bébés.

Bien, dans ce cas, il avait des questions. Par exemple,

pourquoi Margaret ne l'avait-elle pas contacté quand elle s'était retrouvée enceinte ? Si Liam n'avait jamais su comment le contacter, Margaret, elle, avait ses coordonnées. La petite amie de Cortez connaissait tout de ses déplacements et l'appelait souvent.

— Où est Margaret ?

— Elle est décédée, répondit Liam sèchement. En couches. Enfin, c'est une longue histoire. En quelques mots, la voici. Maddie est née la première, dans les toilettes d'un snack sur l'autoroute. Ignorant qu'elle était sur le point de donner naissance à une seconde fillette, Margaret a repris la route en abandonnant le bébé. Maggie a été mise au monde par les services d'urgence, sa maman ayant perdu le contrôle de son véhicule pas très loin de Royal. Chaque bébé fut donc pris en charge séparément, à une dizaine de kilomètres l'une de l'autre. A ce moment-là, aucun lien n'avait été fait entre elles. Atteinte d'une malformation cardiaque, Maddie était dans un piteux état et a directement été conduite à l'hôpital de Royal, où elle est restée pendant plusieurs semaines car elle y a subi une intervention. Maggie a également été hospitalisée pour une infection, et c'est grâce à un prélèvement de sang que, quelque temps après, les médecins ont découvert qu'elles étaient sœurs jumelles. Voilà, en résumé.

Il se retint au comptoir pour ne pas tomber. En état de sidération.

— Tu veux que je te laisse reprendre tes esprits une minute ? proposa Liam.

Son cerveau peinait à assimiler toutes ces informations. Margaret, décédée ? Tous deux avaient passé un long week-end dans une chambre d'hôtel. Il avait l'impression que c'était hier. Une vraie tigresse, déterminée à le voir repartir en Afghanistan avec suffisamment de souvenirs pour lui tenir chaud, lors de ses nuits solitaires.

Bien sûr, sa mort l'attristait. Là-bas, à l'autre bout de la planète, il aimait penser à elle de temps en temps. Se voyait après l'armée mener une vie normale avec elle, avec un travail normal, pourquoi pas flic ? Pourtant, ils n'avaient pas passé plus de quarante-huit heures ensemble, à peine le temps de faire connaissance. Alors bon, il n'était pas non plus dévasté par le chagrin, comme on pouvait l'être lorsqu'on perdait l'amour de sa vie.

Comme lorsqu'il avait perdu Grace.

— J'ai toujours fait attention, grommela-t-il. Je ne comprends pas. Comment a-t-elle pu tomber enceinte ?

— Comme la plupart des femmes, abruti, répondit Liam en levant les yeux au ciel, mimique qu'il avait déjà, enfant. Bien, ça t'intéresse de voir tes filles ou pas ?

— Hein… ? Oh oui, bien sûr. Mais que s'est-il passé, après le décès de Margaret ? Qui a pris soin d'elles ?

— Moi. Avec Hadley. Une femme exceptionnelle. En fait, comme tu ne répondais pas à mes appels, j'ai embauché Hadley, nounou professionnelle.

Abasourdi, il tenta de recoller les morceaux du puzzle dans sa tête. Pas évident.

— Ah. Merci. Tu n'étais pas obligé. C'est tout à ton honneur.

— Les jumelles sont magnifiques, répondit Liam, bras croisés, ses biceps saillant sous les manches de son T-shirt. Adorables. Et je n'ai pas fait cela pour toi. Je l'ai fait parce que je les aime. Et Hadley et moi espérons bien continuer à prendre soin d'elles…

— Certainement pas. Tu viens de passer les dix dernières minutes à me reprocher de n'être pas rentré pour m'en occuper. Aujourd'hui, je suis là. Et je compte bien assumer mes responsabilités… Je veux les voir.

Il sentit l'atmosphère entre eux vibrer, parcourue d'animosité, quand ils se défièrent du regard, ni l'un ni l'autre ne cillant.

Jusqu'à ce qu'une lueur traverse les yeux de Liam. Il hocha la tête.

— Bien…

Et sur ce, son frère s'engouffra dans la cage d'escalier qui menait à l'étage.

Après trois minutes, les plus longues de sa vie, il entendit des bruits de pas, puis apparut une jolie blonde, la nounou sans doute. Mais il n'eut pourtant d'yeux que pour les deux bébés emmaillotés de rose dans ses bras.

Et il faillit en tomber de son tabouret.

Ciel, des bébés en chair et en os. Mais que voulait-il prouver en exigeant de les voir ? Il n'y connaissait rien en bébés. Elles étaient si petites. Et elles se ressemblaient tant ! Des jumelles. Aussi jumelles que Liam et lui étaient jumeaux. Il croyait que la gémellité sautait plusieurs générations. Visiblement non.

— Voici Madeline et Margaret Wade, dit doucement la jeune femme blonde, et aussitôt les bébés agitèrent leurs menottes vers elle.

Manifestement, toutes trois se connaissaient bien. Maddie et Maggie…

Il hocha la tête.

— Puis-je les prendre ?

— Bien sûr. Voici Maggie…

Elle lui tendit le premier bébé tout en lui disant comment le prendre, ce qu'il apprécia, tant il avait peur de commettre une maladresse.

Ohé, petite fille. Mais impossible d'articuler un mot, à cause de cette boule dans sa gorge ; aussi se contenta-t-il de la regarder. Et ce faisant, il sentit quelque chose envahir son cœur. Quelque chose d'immense. Incroyable. Comment était-ce possible d'aimer quelqu'un comme ça, instantanément ?

Oui, bon, et maintenant ? Et si elle se mettait à pleurer ? réalisa-t-il, pris de panique.

Il avait vaguement espéré que la science lui viendrait comme par magie quand il tiendrait le bébé dans ses bras. Après tout, vous appreniez tout de suite à vous frayer un chemin dans la brousse à coups de machette, une fois largué sur le terrain.

— Vous pouvez la reprendre, dit-il, submergé par toutes sortes d'émotions.

Et il y en avait une seconde ! Une autre fille.

— Oui, voici Maddie, dit la nounou en lui glissant l'autre bébé dans les bras.

Tout de suite, il sentit qu'elle était plus petite, plus légère que sa sœur. Sensation étrange. Elle semblait plus fragile que Maggie. Il retint automatiquement son souffle, redoutant de la briser.

Le même amour, la même dévotion féroce le submergèrent, emplissant son cœur qu'il croyait déjà plein. Maddie avait besoin de quelqu'un qui veille sur elle. Qui sache la protéger.

C'est mon devoir. Cette mission, c'est la mienne.

Et être père prit soudain tout son sens. Ces bébés étaient ses filles. La raison supérieure pour laquelle Dieu n'avait pas permis qu'il perde sa vie avec Cortez, là-bas. Oui, tout se tenait.

— Je te présente Hadley Wade, ma femme, dit alors Liam sur un ton bourru, l'arrachant à ses pensées. Chez nous, on a gardé l'habitude de se présenter…

— Ce n'est rien, dit-elle en nouant son bras à celui de Liam. Laisse-lui le temps…

— Désolé, le choc, marmonna-t-il en se passant la main dans les cheveux, en brosse bien sûr.

Il regarda Hadley, la femme que son frère avait épousée. Sa belle-sœur. Tout ça, c'était tellement énorme.

— Bonjour, Hadley. J'apprécie ce que vous avez fait, mais ce sont mes filles. Et je veux être leur père, avec tout ce que cela implique. Je vais m'installer dans le coin…

L'idée ne lui était pas venue en réalité jusqu'à cet instant. Mais rien ne le ferait changer d'avis.

— Ce n'est pas aussi simple que ça, remarqua Liam. Leur mère est décédée et tu étais absent. Aussi, même si j'ai obtenu leur garde, les petites sont devenues pupilles de la nation. Une assistante sociale leur a été assignée. Tu as du boulot devant toi…

— Bien sûr, je comprends, acquiesça-t-il. Que dois-je faire pour commencer ?

Hadley et son frère échangèrent un regard. Il eut aussitôt un mauvais pressentiment.

Liam soupira et sortit son téléphone de sa poche.

— Je vais appeler leur assistante sociale. Mais, avant tout, il faut que je te dise… Il s'agit de Grace Haines.

Grace. Ce fut comme un autre coup de massue. Il en resta sans voix.

Depuis le début de la journée, Grace Haines s'était appliquée à surtout ne pas regarder la date du jour. Elle ne put pourtant faire autrement, après le déjeuner, quand elle relut le document qu'elle venait de taper.

12 mars. Troisième anniversaire du jour où elle était devenue célibataire professionnelle. Elle devrait faire un gâteau. Ou acheter une carte. Quelque chose pour marquer le coup, en souvenir de ce jour où elle avait décidé de tourner la page et d'être heureuse en se consacrant à son travail d'assistante sociale. Au lieu de sortir avec des hommes certes gentils, certes séduisants, mais qui en réalité ne correspondaient à rien à ce qu'elle attendait.

Elle ne demandait pourtant pas la lune. Seulement un homme qui fût gaga d'elle, comme son père l'était de sa mère. Un bouquet de fleurs, de temps en temps. Un texto ici et là, agrémenté d'une émoticône cœur et de ces mots : « Je pense à toi. » Quelque chose qui lui prouve qu'elle était essentielle. Prioritaire. Mais, apparemment, c'était trop exiger. La décision d'arrêter de traquer l'homme idéal pour visiter les musées et aller au concert à la place n'avait pas été si difficile. Sans compter que maintenant elle n'était plus obligée de se résigner à aller voir un film de science-fiction débile où les effets spéciaux remplaçaient les dialogues. Elle pouvait occuper ses samedis soir comme elle l'entendait.

Et ça, c'était super. Du moins était-ce ce qu'elle ne cessait de se répéter. A voix haute de préférence, pour faire taire la petite voix dans son cœur qui n'arrêtait pas de se lamenter, en lui disant qu'elle n'aurait jamais la famille dont elle rêvait si elle s'obstinait à vivre comme une bonne sœur.

En lieu et place du gâteau d'anniversaire de la célibataire la plus heureuse du comté, elle se contenta d'acheter au distributeur automatique un sandwich au beurre de cacahuètes bio, avant de retourner travailler. Les problèmes des enfants qui lui avaient été confiés ne se résoudraient pas tout seuls. Et, dans le lot, elle avait des cas extrêmes, parfois à pleurer. Elle aimait son travail et remerciait chaque jour le ciel de pouvoir aider ces filles et ces garçons malmenés dès le berceau par la vie.

A défaut de ne pas en avoir elle-même, elle ne lésinait pas pour donner son amour à ceux des autres.

Son téléphone sonna et, dans sa hâte pour décrocher, elle heurta la photographie de sa mère et de son père célébrant leur trentième anniversaire de mariage, à Hawaï. Elle aussi se rendrait là-bas, un jour, se fit-elle le serment en replaçant le cadre d'aplomb. Même en célibataire, Hawaï valait le détour.

— Grace Haines. Que puis-je pour vous ?

— Bonjour, Liam à l'appareil, répondit la voix à l'autre bout du fil et, aussitôt, la gravité du ton mit son radar en mode alerte.

— Les filles vont bien ? s'enquit-elle, glissant déjà des dossiers dans son sac pour foncer au plus vite vers sa voiture.

Elle pouvait être au ranch Wade en moins de vingt minutes, en ignorant la limitation de vitesse. Et en priant pour que le shérif Battle ne se trouve pas stationné avec sa voiture au carrefour, à la sortie de la ville, comme à son habitude.

— Que se passe-t-il ? C'est Maddie, c'est ça ? Oh ! je savais qu'elle…

— Les filles vont bien, l'interrompit son interlocuteur. Elles sont avec Hadley. Non, en fait, il s'agit de Kyle. Il est de retour.

Elle se figea, puis se mit à trembler, au point d'en laisser tomber un dossier dont les feuilles se répandirent à ses pieds.

— Comment ? chuchota-t-elle.

Kyle.

Son premier baiser. Son premier amour. Sa première expérience de la souffrance qu'un homme pouvait infliger à une femme.

Il n'était pas censé être ici. Du moins était-ce ce dont elle avait fini par se convaincre. Et c'était l'unique raison pour laquelle elle avait accepté cette mission. Après que Liam l'avait assurée avoir tenté de joindre en vain son frère dans toutes les bases du pays et même au-delà.

Pas de réponse. Ce qui signifiait : pas de conflit d'intérêts.

Elle soupira. Hélas, si Kyle était de retour, son intérêt devenait autrement plus conflictuel.

— Il est ici, au ranch, confirma Liam. Nous avons besoin de toi très vite pour nous aider à régler tout ça.

Traduction : Liam et Hadley souhaitaient adopter Maddie et Maggie, mais, avec le retour de Kyle, ce projet risquait fort de se voir contrarié. Elle devrait le convaincre de renoncer à ses droits parentaux. Et, s'il refusait, alors elle serait forcée d'évaluer ses aptitudes en tant que père pour éventuellement lui accorder la garde des bébés, tout en sachant dans son cœur quel horrible papa il ferait. Mon Dieu, quelle histoire !

Le meilleur scénario serait encore de confier le cas à

quelqu'un d'autre. Comme ça, du jour au lendemain ? Non, inutile de compter là-dessus.

— J'arrive tout de suite. Merci, Liam.

Elle raccrocha puis enfouit son visage entre ses mains.

Bien. Elle était censée se rendre au ranch Wade pour faire son travail. Le fait que Kyle Wade lui ait brisé le cœur en mille morceaux avant de quitter Royal pour s'engager, sans même un au revoir, oui, eh bien, tout ça n'entrait pas en ligne de compte. Le problème, c'était qu'elle n'avait pas encore à ce jour tourné la page sur cette histoire. Et qu'elle avait échoué à l'oublier, lui.

- 2 -

Grace frappa à la porte du ranch Wade.

La gorge nouée, elle essayait encore de se préparer mentalement. Ce à quoi elle s'était efforcée, tout le long du trajet. Et au bureau aussi, avant de partir.

Personne au centre social de la mairie ne pouvant s'en charger, elle avait accepté de s'occuper du cas de Maddie et de Maggie. A une condition cependant. Qu'elle rende compte à sa responsable de toutes ses réflexions, avant de faire part de ses décisions aux parties concernées. En clair, impossible pour elle de désigner, à ce stade de la procédure, Kyle comme inapte. Encore devrait-elle en apporter la preuve.

Le processus promettait d'être ardu. Elle n'aurait pas droit à l'erreur. Elle devrait étayer son dossier avec deux fois plus de données et d'observations impartiales que d'habitude. Ce qui signifiait deux fois plus de visites et deux fois plus de recherches. Aïe ! aïe ! aïe ! Elle n'en menait pas large à la perspective de passer ne serait-ce qu'une poignée de secondes avec celui qui l'avait guérie à jamais des garçons.

Mais bon, peut-être renoncerait-il à ses droits de père sans faire trop d'histoires…

La porte s'ouvrit et, en un clin d'œil, elle en oublia de respirer. Oh oui, Kyle Wade était bien de retour.

Elle promena avec avidité son regard sur son visage. Visage d'un homme, aujourd'hui. Un visage toujours aussi beau, mais buriné par le soleil. De petites rides étaient apparues autour de ses yeux, signe qu'il avait dû voir certaines choses pas très agréables, durant ces dix dernières années. Il portait les cheveux courts, très courts. Une coupe qui lui allait bien.

Mon Dieu, ces yeux, toujours aussi verts, mais d'un éclat plus dur aujourd'hui, comme deux sphères taillées dans le diamant. Un diamant brut, bien sûr. Il n'avait jamais été affable ni très ouvert, mais au lycée elle avait pourtant réussi à passer outre ses défenses. Oh ! et quand il l'avait regardée, la première fois ! Avec ce mélange d'amour et de dévotion… Quel instant magique !

A cette seconde, elle ressentit l'envie comme par le passé de se frayer un chemin jusqu'à lui, de faire tomber ce masque d'intransigeance et de méfiance. Elle était la seule à l'avoir pu, autrefois. La seule à avoir su l'apaiser, adoucir sa solitude…

Mais… Aurait-elle perdu la raison ?

Elle devait se sortir ça de la tête. Effacer une fois pour toutes de sa mémoire les jours heureux, les bons moments. Car cela avait mal tourné, très mal. Cet homme l'avait détruite. Brisée, elle avait bien failli rater sa première année de fac.

— Bonjour, Grace.

La voix de Kyle la pénétra. Mais où était donc passée sa détermination ? Volatilisée.

— Kyle, répondit-elle, avec une certaine brusquerie, mais pas question de se liquéfier devant, elle ne se le pardonnerait jamais. Tu t'es enfin décidé à rentrer pour reconnaître tes enfants, je m'en réjouis…

Il y avait de fortes chances pour que cela ne dure pas. Il repartirait sans prévenir, loin d'ici, pour étancher sa soif d'aventure. En laissant le chaos derrière lui. Comme la première fois. Mais elle était là pour s'assurer qu'au cours des prochaines semaines il ne fasse de mal à personne. Tout du moins, pas à ses merveilleux bébés.

— Oui, acquiesça-t-il, désinvolte. Le voyage a été long… Mais me voici à présent. Je compte sur toi pour régler ça avec l'administration et faire de moi officiellement le père de mes filles.

Bien. Seulement, un père, un vrai, était présent, aimant, attentionné et généreux. Il ne devenait pas du jour au lendemain distant et froid sans que personne ne sache pourquoi, allant jusqu'à oublier ses projets avec vous. Avant de venir demander pardon de s'être montré si méchant. Un père, un vrai, ne quittait pas non plus le navire dès que des nuages menaçaient.

— Certainement pas aujourd'hui, dit-elle avec fermeté. Je dois procéder à une enquête préalable, de manière à décider si ton mode de vie convient ou pas aux filles. Elles ont besoin de se sentir en sécurité et aimées. Et c'est mon travail de les placer dans un foyer qui réponde à ces exigences. Tu n'es pas nécessairement le meilleur choix, pour elles.

La noirceur de son regard s'intensifia.

— Ce sont mes filles. Je veux prendre soin d'elles, point.

Elle sentit son sang se glacer face à tant de fermeté. De férocité, pour être précise. Peut-être ne devrait-elle pas trop espérer qu'il signe sans sourciller les documents le privant de ses droits de père. Et cette réaction la surprit.

— A ce stade, les filles sont placées sous la responsabilité de ton frère. Elles ont reçu le statut de pupilles de l'Etat, une fois qu'il a été clair que tu ne répondrais pas aux messages que nous t'avons envoyés. C'est la procédure, pour les bébés abandonnés.

La formule était brutale. Et alors, c'était la vérité, non ? Mais peut-être en avait-elle rajouté une couche côté agressivité, en souvenir de ce qu'il lui avait fait, dix ans plus tôt. Bref. Elle devait penser aux bébés en priorité.

— Je n'ai pas eu un seul message de Liam. Sinon, je serais rentré sur-le-champ, dit-il, lèvres pincées. Mais aucune importance, maintenant. Entre. Et dis-moi ce que je dois faire.

— Entendu.

Elle le suivit dans le bureau où s'étaient succédé des générations de Wade. Sous ses vêtements, on devinait un corps tout en muscles. Il avait une façon de marcher tranquille, nonchalante, un peu surprenante pour un gabarit pareil. Mais parfaite pour un cow-boy. D'ailleurs, dans cette pièce magnifique, meublée avec goût, assis maintenant sur ce fauteuil élégant, il avait l'air mal à l'aise. Non qu'elle ait envie de le regarder si attentivement…

Menteuse.

Elle s'assit à son tour, fesses au bord du fauteuil, trop nerveuse pour se détendre.

— Nous avons un certain nombre de documents à remplir. Quelles sont tes perspectives d'emploi, maintenant que tu es rentré ?

— Le fait d'être un Wade ne suffit pas ? répliqua-t-il en haussant un sourcil.

Elle se renfrogna, le dossier contre son cœur, tel un bouclier, pour se protéger de quoi au juste, mystère. Sous les yeux diamant vert de Kyle, elle se sentit scrutée jusqu'à l'âme, en des endroits sensibles qu'elle croyait insondables, bien à l'abri des hommes. Notamment de celui-là.

— Non, ça ne suffit pas. Un héritage ne fait pas de toi forcément un bon parent. J'ai besoin d'une preuve d'engagement. D'une détermination à procurer un environnement stable à Maddie et à Maggie.

— Donc, être en mesure de leur acheter tout ce qu'elles veulent et de pouvoir subvenir à leurs besoins, tout ça ne pèse rien ?

Ce n'était pas une question, plutôt un défi. Elle tenta de ne pas lever les yeux au ciel, de toutes ses forces, vraiment, mais à quoi bon tant d'efforts devant un homme tel que Kyle Wade.

— Exactement. Liam et Hadley sont parfaitement en mesure de subvenir aux besoins des filles, ce qu'ils font d'ailleurs depuis deux mois. Autre chose, Maddie suit un traitement et se rend régulièrement chez le pédiatre. Es-tu prêt à assumer ce genre de choses ?

Il se figea, à tel point qu'elle prit peur. Elle devrait arrêter de s'inquiéter comme ça pour lui, mais c'était plus fort qu'elle, et elle s'en voulait. Etait-elle toujours sous son emprise, même après tant d'années ? C'était impossible. Et puis, cette conversation était tellement laborieuse. Autrefois, tous les deux se comprenaient sans rien dire. Elle n'avait jamais retrouvé avec personne cette facilité qu'ils avaient alors à communiquer, à se comprendre. Mais bon, il n'y avait pas de place pour les sentiments aujourd'hui. Une distance professionnelle s'imposait.

— Elle se rend régulièrement chez le médecin ? répéta-t-il à voix basse. Que se passe-t-il exactement ?

— Les jumelles sont nées prématurées. Maddie a des problèmes cardiaques et nécessite un suivi médical.

— Je… je l'ignorais.

Face à son expression morose, voire butée, elle sentit son cœur se serrer. Elle brûlait d'envie de se déchaîner contre lui. De l'accabler de reproches. Ses filles avaient dû se battre pour survivre après le décès de Margaret et, lui, où était-il pendant ce temps ?

— Juste par curiosité, pourquoi rentrer aujourd'hui ? Pourquoi pas deux mois plus tôt, lorsque Margaret s'est lancée à ta recherche ? Ou quand elle a appris qu'elle était enceinte ?

Elle s'en tint là. Non qu'elle n'ait pas autre chose à dire, bien au contraire, mais elle risquait de laisser échapper quelques remarques acides un peu trop personnelles qui ne feraient que compliquer l'affaire. Elle avait une mission, et la phase de récolte d'informations devait se limiter à un niveau strictement professionnel.

Et puis, elle connaissait la réponse, il était en Afghanistan, dans l'impossibilité de prendre un avion comme bon lui semblait. Oui, mais il aurait au moins pu appeler.

Croisant les bras, il s'enfonça dans ce fauteuil trop étroit pour sa grande carcasse, tous biceps dehors. Son corps, déjà exceptionnel autrefois, avait gagné en puissance. Elle laissa son regard descendre sur lui et en oublia de respirer. Il fallait qu'elle se ressaisisse, tout de suite : elle s'empressa de se rafraîchir le visage, utilisant son dossier en guise d'éventail.

Soudain, elle surprit alors ses yeux sur elle. Il la dévisagea, impassible, presque avec défi. Un regard laser qui la désarçonna. Elle réalisa alors le danger que représentait ce Kyle Wade, plus sombre, plus dur, plus féroce. Parce qu'elle ressentit en elle le besoin de comprendre les raisons de cette noirceur, de cette dureté, de cette férocité. Les raisons, aussi, qui l'avaient poussé à partir, après lui avoir déchiré le cœur.

— Visiblement, tu as un avis bien arrêté sur moi, remarqua-t-il. Tu vas donc pouvoir me dire pourquoi je n'ai pas sauté dans un avion et couru au chevet de Margaret pour la soutenir durant sa grossesse… ?

Ne pouvait-il pas formuler ses questions plus simplement ? Il avait toujours été comme ça, taciturne et prompt à fuir au lieu d'affronter les problèmes. Une attitude tellement exaspérante, qu'elle répondit la première chose qui lui passa par la tête.

— La culpabilité, sans doute. Tu n'avais pas envie de t'engager et tu espérais que l'affaire puisse se résoudre d'elle-même…

Une remarque parfaitement injuste, car en réalité elle ignorait pourquoi il n'avait contacté personne. Oh ! le nouveau Kyle était décidément déstabilisant, elle avait du mal à le cerner.

En fait, elle n'était pas très douée pour analyser les gens. Un défaut dans son travail, mais pas uniquement. La preuve, autrefois, elle avait cru voir en cet homme son prince charmant, son Clark Gable et son Dr Mamour tout ensemble. Grossière erreur. Qu'elle avait payée très cher. Dans ces conditions, difficile de se fier à son jugement. Raison pour laquelle elle était si méthodique dans son analyse des cas qui lui étaient confiés. Elle ne pouvait se permettre de laisser ses émotions influencer ses décisions. Ni se permettre de se tromper quand l'avenir d'un enfant était en jeu.

Elle s'en tiendrait donc à cette ligne de conduite dans le cas présent. Maddie et Maggie méritaient l'amour d'une famille, la chaleur d'un foyer, des parents responsables. Et Kyle Wade aurait beau dire et jurer ses grands dieux de sa bonne foi, il n'avait pas le profil.

— Bien, dit-il sèchement. Que puis-je rajouter, puisque tu fais les questions et les réponses…

Des réponses, elle n'en avait pas vraiment. Elle ne savait toujours pas pourquoi il était rentré précisément maintenant. Ni la raison de cet intérêt subit pour ses filles. Prévoyait-il sérieusement de s'installer dans la région ? Elle en doutait, car après tout il n'avait pas son pareil pour fuir à la première contrariété.

Mais surtout, comment allait-elle pouvoir évaluer si l'homme endurci par le temps, face à elle, était en mesure de procurer aux deux petites filles l'amour et l'environnement protecteur dont elles avaient besoin ?

Pas de précipitation. Ils auraient tout le temps d'aborder le sujet, puisque Maddie et Maggie se trouvaient encore légalement sous la responsabilité de Liam et de Hadley.

— Je pense pouvoir m'en tenir là, pour l'instant. Je vais rédiger mon premier rapport et t'enverrai une copie après l'aval de ma hiérarchie.

La situation était difficile, tendue. Et, sans qu'elle puisse comprendre pourquoi, en sa présence elle sentait qu'elle perdait ses moyens. Elle devait sortir d'ici au plus vite, avant de s'effondrer sous l'effet d'autant d'émotions.

— Vraiment ? Et que vas-tu dire dans ce rapport ?

— Que tu as manifesté le souhait de conserver tes droits de parent et que je t'ai informé ne pas pouvoir approuver avant d'avoir réalisé mon enquête.

— Et cette enquête, dit-il en l'observant, imperturbable, elle va durer longtemps ?

— Le temps qu'il faudra pour que je sois convaincue de tes capacités à assurer ton rôle de père. Ou pas. Dans ce cas, je recommanderai ce que je considère comme le foyer idéal pour Maddie et Maggie. Sans doute ici, avec Liam et Hadley.

Soudain, il se leva, son corps puissant vibrant d'une colère contenue, et la regarda avec une intensité extrême. Elle se figea, retint son souffle.

C'était précisément ce qui lui avait manqué toutes ces années. Ce genre de regard sur elle, un regard qui la faisait se sentir vivante. Non, impossible, pas aujourd'hui, pas ici.

— Pourquoi devrais-je céder mes enfants à mon frère ? demanda-t-il, la voix étranglée.

— Eh bien, essentiellement parce que Hadley et lui souhaitent en obtenir la garde. Ils se sont déjà renseignés pour l'adoption. Mais aussi parce qu'ils connaissent les bébés et s'occupent d'eux à merveille, depuis le début.

— Tu ne m'enlèveras pas mes filles, dit-il entre ses dents. Pourquoi ai-je l'impression que tu en fais une affaire personnelle ?

— C'est tout le contraire, Kyle, répondit-elle, un peu déstabilisée par sa réflexion. Je suis toujours impartiale dans mon travail. Notre histoire n'entre absolument pas en ligne de compte…

— Oh. Un moment, j'ai cru que tu avais oublié que nous avions eu… une histoire, toi et moi, dit-il, en insistant sur ces derniers mots.

Sur ce, quand il la regarda, un peu comme un gourmand regarderait un morceau de chocolat, quelque chose crépita dans l'air. Elle tressaillit. A cet instant, elle eut le sentiment que tous deux se souvenaient de la passion qui les unissait autrefois. Ils étaient si jeunes, mais l'expérience qui leur faisait défaut à l'époque, ils l'avaient compensée avec leur enthousiasme. Leur relation avait même donné lieu à des étreintes qui… Bref. Elle préférait dans l'immédiat ne pas repenser à tout ça, devant lui, lui qui autrefois savait si bien faire vibrer son corps.

— Je n'ai pas oublié un seul jour de notre histoire commune, dit-elle, se maudissant pour ces trémolos dans sa voix.

— Même pas le dernier ? murmura-t-il.

Elle frissonna à l'écho de sa voix.

— Que veux-tu dire, au juste ? Nous avions rompu. Cela t'avait échappé ? Puis tu es parti pour l'armée et, aujourd'hui, te revoilà, point barre.

— Cela ne m'avait pas échappé. Et tu vois, je crois que ce qui est arrivé entre nous il y a dix ans était une erreur. A ne surtout pas répéter. Le passé est le passé, pas vrai ? Et tu vas bien trouver une solution pour résoudre ce problème de garde…

Une erreur. Le passé. Son cœur se rétracta à ces mots qui ne faisaient que confirmer une chose. Elle n'avait jamais vraiment compté, pour lui. Leur rupture l'avait touché moins qu'elle ne l'espérait. Le subterfuge grossier qu'elle avait mis en scène pour attirer son attention, en faisant en sorte qu'il la surprenne avec Liam, à l'époque incorrigible séducteur, n'avait pas fonctionné. Tout simplement parce que Kyle se fichait qu'elle ait une liaison avec son frère. Sa ruse n'avait servi à rien.

Ebranlée, elle le fixa, incapable de détourner les yeux, incapable d'apaiser ce désarroi en elle, face à un Kyle à la fois si près, si loin. Ils avaient rompu dix ans plus tôt parce qu'il semblait toujours en retrait, sur la réserve, pas complètement engagé dans leur relation. N'était-il pas temps pour elle de tourner la page aujourd'hui ?

— Oui, le passé, répéta-t-elle, et ce fut tout ce qu'elle trouva à dire.

Après s'être engagée à lui faire parvenir le programme

de ses prochaines visites, elle se dépêcha de prendre congé, roulant même un peu trop vite sur la route, tant elle ressentait le besoin de fuir le ranch. Pas suffisamment vite toutefois, craignait-elle, pour pouvoir rattraper son impartialité légendaire. Une impartialité qu'elle doutait de pouvoir appliquer ici. Elle était tout sauf neutre sur le plan affectif, dans ce cas. Et sans doute devrait-elle redoubler d'efforts pour dépasser ce handicap. C'était une nécessité. Tout le monde s'en porterait mieux, y compris elle.

Par la fenêtre, Kyle suivit la voiture de Grace des yeux, avant d'abattre rageusement son poing contre le mur. Le mur, vraiment ? Ou Liam ?

Après tout, il avait un vieux compte à régler avec son frère. Liam semblait déterminé à se dresser une fois de plus sur son chemin, en l'empêchant d'assumer son rôle de père. Son frère voulait adopter ses enfants ? Il ne le laisserait pas faire.

Il partit aussitôt à sa recherche.

La cour autour du ranch s'étendait sur trois cents mètres. A une certaine époque, il enchaînait les kilomètres sans même verser une goutte de sueur. Mais, avec sa jambe blessée, la balade lui prit plus de quinze minutes. Ce qui ne fit qu'accroître sa mauvaise humeur. Il avait du mal à accepter d'avoir été mis sur la touche. Du mal à accepter de ne pas être au top de sa forme. Du mal à garder tout ça en lui.

Il finit par trouver Liam à l'écurie. Ecurie étant un mot bien faible pour décrire cette structure, avec son entrée digne d'un palace, son parc paysager et son enclos tout au fond, pour les démonstrations. Les bureaux occupaient une partie de l'espace lounge censé accueillir les clients. Mais il ne prit pas le temps de s'émerveiller devant tant de luxe. Sa jambe le faisait souffrir et sa colère n'avait cessé de croître, depuis sa discussion avec Grace.

Grace qui par ailleurs était encore plus belle que dans ses souvenirs. Comment était-ce possible ? Pour lui, autrefois, elle correspondait en tout point à l'image qu'il se faisait de la femme idéale. Elle était si différente des autres. Et aujourd'hui encore, avec ses regards effarouchés, elle avait apparemment gardé le pouvoir de le troubler. Il était fou d'elle, alors, et le désespoir qu'elle lui avait infligé l'avait marqué à jamais. En dix ans, pas une fois il n'avait ressenti le besoin ou l'envie de tisser un vrai lien avec une autre femme. Des liaisons le temps d'un week-end, ça oui, mais pas plus. Comme avec Margaret. Et voilà où ça l'avait mené…

Il soupira tout en classant dans sa tête Grace dans le tiroir étiqueté « Problèmes ». Un de plus avec Liam et tout le reste. Mais rien qu'il ne soit capable de surmonter.

Il aperçut son frère devant le box de l'un de ces étalons d'exception élevés au ranch, des champions vendus ensuite à de riches propriétaires ou à des écuries prestigieuses. Il attendit que Liam s'éloignât du box, ne voulant pas effrayer l'animal.

— Alors, comme ça, tu veux adopter mes filles ? Qu'est-ce que ça signifie ? l'agressa-t-il d'emblée, quand Liam lui fit face.

— Ah, je comprends que Grace est passée, marmonna Liam. Elle t'a fait signer les papiers ?

Personne ne lui dictait ce qu'il avait à faire, encore moins Grace.

— Elle m'a expliqué que tu avais des vues sur ma famille… Tu peux d'ores et déjà oublier ça. Que ça te plaise ou pas, c'est moi qui prendrai la responsabilité de mes filles.

Il s'empressa de croiser les bras, avant d'envoyer son poing dans la bouche de Liam, pour vouloir lui prendre Maddie et Maggie, et pour avoir osé prononcer le nom de Grace. Elle représentait tout, pour lui, autrefois, mais pour Liam ce n'était qu'une conquête de plus à son tableau de chasse.

Tout en mâchonnant un brin de paille, Liam referma la

porte du box avec nonchalance avant de rajuster son chapeau sur sa tête, manifestement peu impressionné.

— Dis-moi quelque chose. Combien rapporte la vente d'étalons chaque année au ranch Wade ?

— Comment veux-tu que je le sache ! grommela-t-il. C'est toi qui fais tourner la boutique.

— Exact, répondit Liam avec un sourire machiavélique. Mais la moitié de ce ranch t'appartient, tu te rappelles ? Grand-père est décédé depuis bientôt deux ans, pourtant pas une fois tu ne t'es intéressé à ce que je fais ici. Tous les mois, de l'argent arrive sur ton compte, mais visiblement tu ne t'es jamais demandé pourquoi ! Parce que j'y veille, tout simplement. Depuis tout ce temps, je gère tout, en fait pendant que monsieur parcourt le Moyen-Orient en long et en large, en ignorant ses responsabilités ici, chez lui. Et parmi ces choses dont je m'occupe, en effet, il y a Maddie et Maggie. Parce que tu n'étais pas là pour elles. Alors, non, je ne te laisserai pas être un père absent comme tu l'as été pour moi et pour le ranch.

— Quelle mauvaise foi, remarqua-t-il en secouant la tête.

Liam n'avait jamais caché son dédain à propos de son engagement dans les Forces spéciales. Pour son frère, c'était une fuite, rien de plus.

— Tu voulais le ranch, moi pas. En revanche, je veux mes filles et j'ai bien l'intention d'être présent pour elles.

Le ranch Wade n'avait jamais signifié grand-chose pour lui, autre qu'un endroit où vivre, le seul qu'il ait en vérité. Hier comme aujourd'hui. Un beau jour, leur mère avait décidé qu'elle avait mieux à faire qu'à s'occuper de ses enfants. Préférant aller faire fortune à Dallas, elle les avait confiés, Liam et lui, aux soins de leur grand-père. Oubliant ses fils, Lillian Wade avait rapidement su s'imposer sur le marché.

A l'évidence, l'abandon de leur mère avait profondément marqué Liam. Au point de vouloir prouver coûte que coûte qu'il ne portait pas le gène de l'abandon. Il pouvait le comprendre, bien sûr, mais il n'admettait pas de tels procédés. Il s'agissait de ses filles, pas de celles de Liam. Et il n'avait pas l'intention d'imiter maman en abandonnant ses enfants.

— Trop tard, répondit Liam, la paille toujours entre les lèvres. Hadley et moi les élevons depuis des mois et souhaitons les adopter. J'espère que tu as un bon avocat, parce que je ne renoncerai pas aux jumelles sans me battre.

Décidément, songea-t-il, ce n'était pas son jour. Il rentrait à peine à la maison après dix ans d'absence que c'était déjà des histoires à n'en plus finir, grâce à son frère manifestement déterminé à lui compliquer l'existence.

Ils se défièrent un moment du regard, tous deux bien décidés à ne pas baisser les yeux le premier. Etant aussi têtus l'un que l'autre, la confrontation pouvait durer jusqu'au soir.

Sauf que cela ne résoudrait rien. Et puis, il y avait Grace, à laquelle il devrait prouver qu'il était un garçon sérieux, capable d'élever ses filles. Flanquer une correction à cette tête de mule de Liam ferait forcément mauvaise impression. Son frère lui reprochait de ne pas s'investir dans le ranch. Parfait, il allait se retrousser les manches, ainsi il pourrait se prévaloir d'avoir un travail. C'était le genre de choses qui pèserait forcément. Et dans la foulée, l'affaire arrangée, il se débarrasserait de Grace, qui hantait ses pensées depuis dix ans.

— Donne-moi de quoi m'occuper, puisque c'est si important, pour toi, que je sois à la hauteur de mes responsabilités, sur ce satané ranch. Je pourrais par exemple travailler avec les chevaux…

Liam ricana, ce qui n'arrangea pas son humeur.

— A la limite, oui, pour les nourrir. Je ne vois pas ce que tu pourrais faire de plus.

Sans parler qu'il n'était pas au mieux de sa forme, mais ça, personne n'avait besoin de le savoir. De toute façon, au diable ses blessures. Il était prêt à tout pour cette nouvelle mission. Ces bébés en valaient la peine.

— Je peux apprendre. Il faut être cohérent. Soit tu me donnes un coup de main pour être le digne demi-propriétaire du ranch, soit tu arrêtes de me faire la leçon.

— Entendu, gros malin, dit Liam avec un air de défi. Nous venons d'acquérir un troupeau de vaches. Ayant de mon côté trop de travail avec les chevaux, j'ai demandé à Danny et à Emma Jane de s'en occuper. Tu n'as qu'à prendre les commandes de l'opération.

— Parfait.

Il s'y connaissait en matière de bétail à peu près autant qu'en matière de bébés. Cela dit, il ne s'y connaissait guère plus en armes automatiques et en explosifs, quand il avait rejoint l'armée. Mais, grâce à un entraînement intensif, il avait appris à survivre dans les milieux les plus hostiles, à en demander toujours plus à son corps, tout ça grâce à un mental d'acier. Sans le mental et la détermination, l'homme ne valait pas grand-chose.

— Vraiment ? demanda Liam, avec un regard sceptique.

— Absolument. Je ferai de mon mieux. Juste une question. Qu'attends-tu de moi ?

— Nous élevons des black angus. Emma Jane, la responsable des ventes que j'ai embauchée l'année dernière, fait un super boulot. Elle a vendu près de deux cents têtes. J'estimerai que tu as réussi si tu parviens à en vendre le double d'ici six mois…

Cela n'avait pas l'air sorcier, surtout avec une responsable des ventes qui visiblement avait les compétences.

— Pas de problème. De ton côté, laisse tomber cette idée d'adoption et nous serons quittes.

— J'attendrai d'abord de te voir à l'œuvre, ensuite nous pourrons en discuter. Rien ne me dit pour l'instant que tu resteras ici. Si tu repars, les bébés seront à moi de toute façon. Autant ne pas perdre de temps et faire les choses légalement. C'est toi qui as décidé de partir, il y a dix ans ; ne me reproche pas d'exiger aujourd'hui des garanties.

Oui, sauf qu'il était parti pour des raisons bien précises. Liam et lui n'avaient jamais été proches, et ses frères de cœur, il les avait trouvés au sein des Forces spéciales. Dans l'armée, il pouvait enfin s'attacher à quelqu'un sans risque de se voir une fois de plus trahi ou abandonné.

A part ses filles, il aurait aimé pouvoir dire avoir trouvé une raison de rester au ranch, aujourd'hui. Mais les choses avaient-elles changé, ici ? Apparemment, non.

A la seule différence, de poids, qu'il était père. Et qu'il se devait d'offrir à ses filles une vie de famille digne de ce nom. Elles étaient toutes deux adorables et il avait envie de les voir grandir. Et puis, avec les problèmes de santé de Maddie, pas question de déménager, de toute façon.

Il prit une profonde inspiration, pour essayer de se calmer.

— Je n'irai nulle part, dit-il, se répétant en cela pour la centième fois peut-être.

Peut-être qu'à force de le dire les gens finiraient par le croire. Et le croirait-il lui aussi.

- 3 -

Kyle se rendit en ville un peu plus tard, dans la soirée, puisque Hadley était à court de couches et de lait en poudre. Elle avait paru surprise quand il s'était porté volontaire pour aller faire les courses.

Il ne comprenait pas pourquoi. Après tout, il s'agissait de ses enfants. Certes, il avait demandé à Hadley de lui noter très précisément ce qu'il devait acheter, la seule poudre qu'il connaisse étant celle qui servait à fabriquer des explosifs. La liste en poche, il avait sauté dans son pick-up, bien décidé à revenir dans l'heure qui suivait.

Mais il venait de se garer sur le parking de l'unique supermarché de Royal, quand il aperçut Grace avec son Caddie plein à ras bord. Bien. Il n'allait pas rater cette opportunité. Il avait encore une foule de questions à poser à la fille à laquelle il avait autrefois donné son cœur. Cœur qu'elle lui avait rendu en lambeaux.

Il attendit qu'elle soit arrivée au niveau de sa voiture, avant de descendre du pick-up pour se poster juste devant sa Toyota.

— Belle soirée, n'est-ce pas, mademoiselle Haines ?

Elle sursauta et lui fit face, manquant lâcher son sac au passage.

— Tu m'as fait peur.

— Comme quelqu'un dont la culpabilité pèse sur la conscience ? dit-il, de sa voix la plus suave.

C'était le moment ou jamais de lui offrir la chance de

confesser ses crimes passés. Il suffirait qu'elle lui fasse part de ses regrets, il lui pardonnerait.

— Non, plutôt comme une femme accostée par un homme sur un parking plongé dans l'obscurité.

A ce moment, l'aura d'un lampadaire éclaira son visage. Preuve qu'il ne faisait pas si noir.

— Nous sommes à Royal. Le seul danger qui plane sur ce parking, c'est l'accident de Caddie…

— Tu es parti depuis longtemps, Kyle. Beaucoup de choses ont changé, ici.

En effet, et plus qu'il n'aurait aimé. La voix de Grace était plus grave. Plus sexy que dans sa mémoire. Et des souvenirs d'elle, il en avait à revendre. Physiquement, elle avait gagné en volupté et pris un peu de poids en des endroits stratégiques de son anatomie. Il ressentit soudain l'envie de l'attirer contre lui, de manière à explorer plus en détail tous ces changements.

Aïe. Visiblement, il la désirait toujours autant. Voilà une chose qui n'avait pas changé. Il avait toujours été dingue d'elle. Pourtant, elle lui avait fait vivre un calvaire, le faisant attendre, un an et plus, d'avoir eu ses dix-huit ans pour enfin accepter de faire l'amour avec lui. Un corps à corps époustouflant. Si intense qu'il s'était aussitôt mis au travail pour renouveler l'expérience. Et une autre fois encore. Et encore.

Le fait qu'il soit tombé amoureux d'elle au fil de leurs rencontres était plutôt inattendu. Il n'avait pas pour habitude de se laisser aller à trop de sentiments. Elle avait été une exception.

— Toi, tu n'as pas changé, dit-il alors sans réfléchir. Tu es toujours la plus jolie fille de toute la ville.

Il se maudit silencieusement. C'était la vérité, mais cela ne signifiait pas qu'il devait dire tout ce qui lui passait par la tête ! Pas question de se laisser aller. Elle prendrait toute la place dans son cœur, dans son corps, comme la première fois. Comme si les défenses érigées contre les gens susceptibles de lui faire du mal n'existaient pas.

— Vraiment, dit-elle en levant les yeux au ciel. Tu n'as donc rien trouvé de mieux que la flatterie pour tenter de me manipuler ? Je te l'ai dit, je traiterai ton cas de façon impartiale. Inutile de recourir aux compliments.

Ah, elle se croyait donc immunisée contre son charme. Il sourit et prit appui sur sa bonne jambe, histoire de soulager l'autre, fatiguée après cette rude journée.

— Mais pas du tout, je ne dis que la vérité. J'ai parcouru le monde et je suis devenu expert en matière de séduction féminine.

— Je n'en doute pas, mais tes belles paroles ne me font ni chaud ni froid, Kyle.

L'agressivité avec laquelle elle s'exprima réveilla son instinct de prédateur, autrement dit ce sens aigu qu'il avait de pouvoir analyser une situation ou lire dans le regard des gens. Un don qui lui avait été très utile en territoire ennemi.

Ce fut grâce à ce don qu'il comprit qu'elle était folle. Folle de lui.

Mais qu'est-ce que cela signifiait ? C'était elle qui l'avait quitté, sans autre explication que la volonté de vouloir se consacrer à ses études. Mensonge. Elle était excellente élève avant de sortir avec lui et n'avait pas cessé de récolter des « A » par la suite, jusqu'à l'obtention de son bac, un an après lui. Non, en fait, elle l'avait tout simplement laissé tomber pour Liam.

— Aurais-tu quelque chose à me dire, Grace ? demanda-t-il, bras croisés, en s'appuyant à la Toyota. J'ai l'impression que quelque chose te tracasse.

Liam l'avait peut-être plaquée un peu vite et sans ménagement. Elle en avait gardé une rancœur tenace contre les Wade. Et, aujourd'hui, l'occasion était trop belle pour elle, de prendre sa revanche. Lui n'attendait qu'une chose, qu'elle reconnaisse l'avoir blessé et lui demande pardon.

Qu'elle avoue s'être trompée en jetant son dévolu sur le mauvais frère. A partir de là, peut-être pourrait-il enfin tourner la page et rencontrer quelqu'un qui ne lui rappelle pas en permanence qu'entre les femmes et lui c'était mission impossible. Peut-être parviendrait-il alors à refaire confiance. Et à oublier Grace Haines.

— Je suis désolée, dit-elle en évitant son regard. Les jumelles sont importantes, pour moi. Tous les cas que je traite le sont, mais, à cause de notre relation passée, je dois doublement veiller à opérer dans une stricte neutralité. Toutes mes décisions doivent reposer sur des faits et ton aptitude à offrir à tes filles un foyer. Alors, s'il te plaît, épargne-moi ce genre de discours, comme si tu me trouvais jolie.

Une profonde déception le submergea. Pas un mot sur sa relation avec Liam. Peut-être ne savait-elle même pas qu'il les avait vus ensemble. Peut-être s'en moquait-elle. De son côté, il n'y avait non plus jamais fait allusion. A quoi bon, puisque le mal était fait ? Car certaines choses ne se faisaient pas, comme de draguer le frère de votre petit ami. Elle avait bafoué cette loi universelle et, du coup, elle était tombée du piédestal sur lequel il l'avait placée.

— Tu pourrais confier mon cas à un confrère, dit-il avec un haussement d'épaules.

Sans doute ne gardait-elle même pas le souvenir de ce qu'elle avait fait avec son frère. Et elle devait penser que lui-même était passé à autre chose. Ce qu'il aurait dû faire. Si seulement les choses avaient été aussi simples…

— Impossible, répondit-elle. Nos services sont débordés. Nous sommes obligés de travailler ensemble.

Traduction, elle avait donc essayé de se débarrasser de son affaire. Et, d'une certaine façon, sa démarche le déçut plus encore que son refus obstiné de lui présenter des excuses.

Tant pis.

Après tout, elle n'était que sa petite amie d'autrefois. Il n'y avait plus rien entre eux depuis longtemps. Il avait passé ces dix années avec tout ça enfoui en lui, bien verrouillé. Il continuerait, pas de souci.

D'autant qu'elle tenait le sort de ses bébés et de leur avenir entre ses mains. S'il avait besoin de quelqu'un dans son camp, c'était bien d'elle. Ils devraient pouvoir faire face à une telle situation et se comporter en adultes, avec à l'esprit le bien-être des enfants. La meilleure solution pour cela était encore de laisser le passé où il était, comme il l'avait suggéré. Même s'il n'en croyait pas un mot à ce moment.

— Tu as raison. Moi aussi, je suis désolé. Recommençons depuis le début, comme des amis…

Et il lui tendit la main.

Elle hésita une éternité avant de la prendre. Le contact l'électrifia. Il n'avait rien ressenti de pareil depuis longtemps. Ils échangèrent une poignée de main tout en se regardant.

L'éclat de ses yeux marron s'intensifia, au point de faire un peu fondre l'étau de glace autour de son cœur. Comme sa bouche devait être douce, et chaude. Sa peau soyeuse et parfumée. La pleine lune déversait maintenant une lumière argentée sur le parking et une légère brise chahutait ses cheveux. L'atmosphère n'aurait pu être plus romantique. Il dut prendre sur lui pour ne pas l'attirer entre ses bras.

S'il avait l'intention de la jouer amical et impartial, il avait un gros problème. Elle était l'assistante sociale de ses enfants. Mais surtout, il était clair maintenant qu'il n'avait jamais pu tourner la page sur Grace. Espérer en finir une bonne fois pour toutes avec ses sentiments pour elle était pure utopie. Et se retrouver face à elle, une torture.

Le lendemain matin, comme à son habitude, Kyle s'éveilla à l'aube. Il avait appris à se passer d'un réveil, deux semaines seulement après être entré dans les Forces spéciales.

Il resta un moment allongé dans cette chambre qui était la sienne, enfant, à contempler le plafond, entre deux eaux.

Tu n'es plus un agent des Forces spéciales. Tu n'es pas en Afghanistan. Ni à l'hôpital. Cette partie de la journée était la pire. Chaque matin, il faisait le point pour savoir qui il était, où il était. Puis il remerciait le ciel pour avoir eu la chance de servir son pays. Ce moment de la journée était aussi celui où il prenait la décision de laisser ses antalgiques dans leur flacon.

Une décision certains jours plus difficile que d'autres, car une partie de son cerveau aspirait à cette insensibilisation procurée par les médicaments. Raison pour laquelle il n'avait jamais ouvert ce flacon. C'était trop facile d'oublier ainsi, de façon artificielle. Un homme, un vrai, devait puiser les ressources nécessaires en lui.

Et, aujourd'hui, il n'avalerait pas non plus un seul de ces maudits cachets. D'autant qu'il voulait rester l'esprit clair pour réfléchir à tous ces changements intervenus dans sa vie en moins de vingt-quatre heures. Père, il était père. Et éleveur de bétail. Chouette. Oui, c'était bon d'avoir des projets devant soi. Il en avait bien besoin, après six mois d'enfer.

Bien sûr, il serait sous la surveillance de Grace. Et Liam ne lui faciliterait pas non plus la tâche, ni comme aspirant papa ni comme responsable du bétail du ranch. Les deux personnes qui lui inspiraient le plus de méfiance détenaient donc les clés de son avenir.

Il se leva, enfila T-shirt à manches longues, jean et bottes. Pas vraiment la tenue de l'emploi, comme Liam, mais bon, chaque chose en son temps. Le besoin de café se faisant sentir, il emprunta le grand escalier pour se rendre dans la cuisine, au rez-de-chaussée. En faisant bien attention de ne pas rater une marche.

Hadley l'avait devancé à la machine à café.

— Bonjour, dit-elle en lui souriant. Bien dormi ?

— Très bien, mentit-il, car il était resté éveillé longtemps à penser à cette femme et à cet homme qui voulaient lui prendre ses enfants. Et vous ?

— Magnifique. Les petites ne se sont réveillées qu'une fois et, miracle, en même temps. Ce n'est pas toujours comme ça. Parfois, elles se réveillent l'une après l'autre et plusieurs fois de suite, au cours de la nuit, expliqua-t-elle en riant, avant de baisser la voix. Je crois que ça les amuse beaucoup, les petites canailles.

Un sentiment de culpabilité l'étreignit. Quel père il faisait. Ils avaient convenu la veille que Hadley continuerait de prendre soin de Maddie et de Maggie, le temps que Kyle trouve ses repères. Mais, ce matin, l'idée ne lui paraissait pas aussi bonne qu'hier soir. Sa belle-sœur avait dû se lever en pleine nuit pour s'occuper de ses enfants, tout ça quelques heures après qu'il leur avait fait, à elle et à Liam, un grand discours sur sa détermination à assumer pleinement son rôle de père.

— J'apprécie ce que vous faites pour mes filles, dit-il, la gorge serrée. Mais, à partir de maintenant, je souhaite m'occuper d'elles. C'est moi qui me lèverai désormais, la nuit.

Elle le dévisagea un moment avec perplexité.

— Vous êtes conscient de ce qui vous attend ?

Que faire, la jouer au culot ou admettre sa défaite ? Et zut. Il détestait devoir reconnaître ses faiblesses. Mais il y avait de fortes chances pour que Hadley sache déjà qu'il était incompétent, en matière de bébés.

— Hmm, eh bien… j'apprendrai. L'épreuve du feu, ça me connaît.

— Elles ne vont pas braquer sur vous une arme automatique, Kyle, remarqua-t-elle, tentant de dissimuler un sourire, en vain, avant de lui tendre une tasse de café.

— Merci, répondit-il, trempant les lèvres dans le breuvage fumant. Dites-moi ce que je dois savoir, à propos des filles.

— Entendu.

Elle lui énuméra un certain nombre de choses que Kyle enregistra dans sa mémoire. Les repas. Le bain. Le sommeil.

Ne jamais les perdre des yeux. Des choses banales en somme, mais tout était nouveau pour lui.

— Puis-je les voir ? demanda-t-il, comme s'il avait besoin d'une permission, mais il craignait trop de faire une bêtise.

— Bien sûr. Elles dorment, mais nous ferons doucement. Pas un bruit, d'accord ?

— Aussi silencieux qu'un soldat prêt à s'abattre sur l'ennemi, dit-il avec gravité.

Hadley sourit, comme s'il plaisantait.

Il la suivit dans la chambre des filles, un endroit merveilleux tout décoré de rose, avec des petits lits à barreaux. La gorge nouée, il regarda un long moment les jumelles endormies. Ce visage, si petit… Comment pouvait-on survivre en étant aussi petit ? Et comment garder son cœur en un seul morceau quand autant d'amour s'y engouffrait dedans, à la seule vue de ces deux petits êtres ?

— J'ai été leur nounou, au début, chuchota Hadley. Avant d'épouser Liam.

En quoi consistait une nounou, exactement ? Une baby-sitter doublée des pouvoirs d'une maman ? Si tel était le cas, il serait bien bête de la relever totalement de ses fonctions. En ce qui le concernait, elle pouvait continuer de s'occuper des filles, de temps en temps, dès lors que Grace donnait son accord. Sans doute. Elle semblait trouver que Hadley et Liam formaient une bonne équipe.

— Je ne cherche pas à vous prendre votre travail, bredouilla-t-il…

D'ailleurs, considérait-elle cela comme un travail ? Si elle et Liam souhaitaient adopter les filles, c'était signe qu'ils s'étaient attachés à elles. Ne vaudrait-il pas mieux leur enlever carrément les bébés ? Pour qu'elle et son frère s'habituent à l'idée ?

Peut-être. Mais ce serait se montrer bien cruel. En outre, il avait besoin d'aide.

— J'en suis sûre, répondit-elle. Je trouve admirable que

vous vouliez prendre soin d'elles. Mais vous avez beaucoup à apprendre et ces petites chéries sont fragiles. Mieux vaut gérer une chose après l'autre.

Un plan qui lui convenait parfaitement. Après tout, on ne lâchait pas une nouvelle recrue dans un nid de Talibans. On commençait par lui confier des missions simples, comme la surveillance.

— Puis-je rester, pendant le biberon ?

— Bien sûr. Dès qu'elles se réveilleront.

Ils ressortirent de la chambre sur la pointe des pieds, sans réveiller les bébés. Ce qu'il considéra comme un bon début de l'opération Paternité.

Prochaine étape ; faire quelque chose à propos de Grace. Parce qu'il avait passé une bonne partie de la nuit à penser à elle plus qu'il ne l'aurait voulu. Il devait absolument éteindre ces étincelles entre eux. Ou les étouffer, d'un baiser.

Garée devant la maison des Wade, Grace fit semblant de consulter ses dossiers. En fait, elle était terriblement anxieuse à la perspective de revoir Kyle. Impossible de se raisonner.

Pourquoi tant de nervosité ? Dix longues années s'étaient écoulées. La flamme était depuis longtemps éteinte. En quoi serait-ce différent, aujourd'hui ?

En rien. Elle avait un job à faire et elle le ferait. *Descends de cette voiture*, s'ordonna-t-elle. *Entre et mène ton enquête.* Plus vite elle compilerait les éléments pour interdire à Kyle la garde des filles et recommander leur placement définitif chez Liam et Hadley, mieux ce serait.

Hadley la fit entrer et l'invita à monter au premier pour retrouver Kyle, en ce moment même avec les jumelles. Parfait. Elle allait pouvoir l'observer à l'œuvre et noter dans son dossier des observations d'une impartialité exemplaire.

Mais lorsqu'elle poussa la porte de la chambre, armée de son plus beau sourire de façade, celui-ci s'évanouit aussitôt.

Installé sur le rocking-chair, Kyle somnolait, Maddie dans un bras, Maggie dans l'autre. Les bébés dormaient, à croquer dans leur couverture rose, tellement délicates, par rapport à la carrure de leur papa.

Le plus saisissant néanmoins, c'était Kyle. Pris en flagrant délit de vulnérabilité. De tendresse même, ses grosses mains infiniment protectrices autour de ses filles. Il aurait dû sembler ridicule dans cette chambre décorée de couleurs pastel et d'affaires de bébé. Sauf que non. On craignait pour l'intégrité du rocking-chair, mis à mal par ce corps athlétique. Il avait toujours été beau, mais plutôt maigrelet. Ce n'était plus le cas. Il était bâti comme un dieu de la guerre. Irrésistible.

Ce qui ne faisait pas vraiment partie du plan. Elle soupira. Un peu trop fort peut-être.

Soudain, il ouvrit les yeux. Aucun autre muscle de son visage ne bougea, mais il fixa son regard sur elle. En alerte. Ses yeux verts la transpercèrent, la mettant à nu, elle et ses pensées plus que suspectes.

Il y avait quelque chose de grisant à être l'objet d'un tel regard. Déjà autrefois, il la dévisageait ainsi, comme s'ils étaient liés à jamais par quelque chose de rare, d'exclusif. Mais, avec les années, il avait aiguisé ce regard, bien plus pénétrant. Troublée, elle agita la main en guise de bonjour et il lui sourit.

Un sourire dont l'écho toucha l'endroit le plus sensible de son cœur, l'envahissant d'une chaleur dont elle ne voulait pas. Mais oh, oui, que c'était bon. Comme quand il lui avait pris la main, sur le parking, la veille. Ces sensations… comme elles lui avaient manqué.

Elle était restée éveillée une bonne partie de la nuit, l'imaginant l'embrasser. Car là, à la lueur des lampadaires, elle avait cru deviner en lui l'envie de l'attirer entre ses bras. Mais non, pas de ça entre eux. Echanger des baisers ne faisait pas partie du programme. Hors de question de se laisser tenter. Mais cela n'empêchait pas d'y penser.

Elle avait un gros problème.

— Bonjour, chuchota-t-elle, sachant qu'elle devait absolument dire quelque chose, au lieu de rester plantée là bêtement à regarder cet homme bercer ses bébés.

— Bonjour, murmura-t-il en retour. C'est déjà l'heure de ta visite quotidienne ?

— Oui. Mais je peux revenir plus tard.

Il secoua la tête puis se leva avec d'infinies précautions, afin de ne pas réveiller les jumelles. Et, comme s'il avait fait cela toute sa vie, il coucha la première, puis la seconde, chacune dans son berceau. Sans qu'aucune n'entrouvre les paupières.

Incroyable. Puis il se dirigea vers la porte sur la pointe des pieds, à savoir à l'endroit même où elle se trouvait depuis son arrivée, comme pétrifiée. Elle devrait bouger de là, maintenant.

Il s'arrêta juste devant elle, un vague sourire aux lèvres, puis posa une main sur son bras, sans doute pour l'inviter à sortir de la pièce. Oh ! la chaleur de cette main… Elle en frissonna, la sensation menaçant de l'engloutir tout entière avec une intensité qu'elle n'avait pas ressentie depuis très longtemps.

Depuis Kyle.

En fait, en dehors de lui, les hommes, tous les hommes lui avaient toujours paru d'une fadeur extrême. A bientôt trente ans, elle n'avait eu qu'un amant digne de ce nom dans sa vie. Cet homme aux yeux verts électriques, au visage d'une beauté inouïe.

Elle sentit ses joues s'embraser à cette idée, car Kyle avait sans doute accumulé les conquêtes. La preuve ? Il avait eu des jumelles avec une femme apparemment oubliée après une nuit.

S'il savait quelle vie rangée elle en revanche avait menée,

il en déduirait qu'elle avait toujours des sentiments pour lui. Ce qui n'était pas la vérité. C'était juste qu'elle n'avait pas trouvé l'homme qui correspondait à ses critères amoureux. Sans doute était-ce vieux jeu, mais, avant de faire l'amour, elle avait besoin d'être amoureuse. Et la plupart des hommes n'avaient pas cette patience.

Excepté Kyle. Il n'avait jamais émis l'ombre d'une protestation lorsqu'il avait réalisé qu'elle ne se jetterait pas dans son lit au troisième rendez-vous. Et, à vrai dire, cela avait valu la peine d'attendre.

La chaleur de ses joues grimpa de plusieurs degrés et elle fut parcourue de picotements. Elle ferma les yeux, se souvint de la douceur de ses mains… Pitié, elle devait arrêter de penser à ça de toute urgence. Mais le problème, c'était qu'il la regardait comme il l'avait fait la veille, les yeux rivés sur sa bouche. Elle se demanda alors si cette fois il allait le faire. L'embrasser, comme il l'avait fait tant de fois, par le passé.

A cet instant, l'un des bébés poussa un cri, faisant voler en éclats la magie de ce moment.

En un éclair, le visage de Kyle se modifia pour exprimer une profonde inquiétude et regarder en direction du berceau du bébé en pleurs. Maddie. Il était facile de les reconnaître, elle était la plus menue des deux. Longtemps, elle avait porté un moniteur cardiaque, mais Grace ne voyait plus aucun câble sortir de sa grenouillère. Signe, peut-être, qu'elle allait mieux ?

— Hé, pourquoi ces grosses larmes ? murmura-t-il en prenant l'enfant dans ses bras.

Maddie hurla de plus belle. Il fronça les sourcils et essaya de tenir l'enfant autrement, la berçant avec vigueur, puis plus doucement.

— Tu aimais ça, tout à l'heure, dit-il. Excuse-moi de ne pas comprendre, ce n'est pas évident, pour moi.

— Peut-être a-t-elle besoin de changer de couche ? suggéra-t-elle en dissimulant un sourire.

Il acquiesça d'un signe de tête et se précipita vers la table à langer.

— Une couche neuve, tout de suite !

Il en sortit une du tiroir sous la table, allongea le bébé sur le matelas en mousse, puis noua les sangles destinées à empêcher Maddie de tomber. Il plaça ensuite devant lui le talc et la pommade antirougeurs, l'air plus déterminé que jamais. Elle n'en perdit pas une miette.

Il retira avec précaution sa couche au bébé, avec une grimace à mourir de rire, et en quelques gestes hésitants mais précis changea la petite fille. Mais rien n'y fit. Maddie continua de pleurer, et plus fort.

— Pas d'inquiétude, dit-il. Les bébés en général pleurent pour trois raisons. Pour être bercés. Des couches sales. Et, euh…

Une ride se creusa en travers de son front.

A ce moment, Maggie se réveilla et se mit à pleurer avec sa sœur.

— Tu veux que je la prenne ? demanda-t-elle.

— Non, je gère. Ne crois pas pouvoir me disqualifier aussi vite, marmonna-t-il en prenant Maggie dans ses bras, la berçant elle et sa sœur avec application. Ça y est, je me rappelle, le biberon. Hadley me l'a expliqué. Eh bien, allons-y pour le biberon.

Super. Il avait demandé à Hadley de l'aider. Il semblait réellement décidé à donner tout ce qu'il pouvait. Beaucoup plus qu'elle ne s'y attendait. Ce constat lui donna la chair de poule. Une sensation bien différente de celles éprouvées un peu plus tôt. Une espèce d'envolée dans le cœur, bien plus dangereuse.

Le biberon fit son effet. Une fois les filles rassasiées, elles se calmèrent et, de retour dans leur berceau, se rendormirent aussitôt. Cette fois, ils sortirent de la chambre et descendirent, leur corps se frôlant par moments dans l'escalier. Si bien qu'arrivée en bas elle s'empressa de prendre du recul, évitant surtout de s'asseoir avec lui sur le canapé.

— Ouf, soupira-t-elle. C'était stressant.

— Non, pas vraiment, dit-il en se passant la main dans les cheveux. Désamorcer une bombe qui risque d'exploser à tout instant, ça, c'est stressant.

Ils n'avaient encore jamais parlé de ces années dans l'armée, essentiellement parce qu'il était très discret là-dessus, mais, à en juger par les ombres qui parfois traversaient son regard, l'expérience avait dû être traumatisante.

— C'était ton travail, en mission ? Désamorcer les bombes ?

— Oui, répondit-il. Je suis un expert en ce domaine.

Il aurait pu y laisser la vie. Cent fois. Et elle n'en avait jamais rien su. Un jour, la mairie aurait organisé une cérémonie pour son retour à Royal, dans un cercueil. Cette pensée la perturba profondément, sans qu'elle comprenne vraiment pourquoi. Des émotions contradictoires se bousculaient dans son cœur et dans son esprit…

Il avait servi son pays. Non pas utilisé le prétexte de l'armée pour disparaître, toutes ces années. A cette prise de conscience soudaine, elle sentit toute cette colère en elle se dissiper, pour laisser la place à la culpabilité pour n'avoir pas eu connaissance de ses sacrifices, au nom de la liberté.

— Et, aujourd'hui, te voilà décidé à te lancer dans la paternité…

Cela semblait insensé. Cet homme, une force de la nature, prêt à troquer les bombes contre des bébés. Puis elle se rappela la délicatesse dont il avait fait preuve avec les filles. Elle ne pouvait le nier. Il avait montré beaucoup de patience, de tendresse.

— Je ne fais que ce que je dois faire, dit-il avec calme.

Et la sincérité de son regard à cet instant fut telle qu'elle ne put détourner les yeux.

Depuis quand était-il devenu aussi responsable ? Aussi adulte ? Il avait tellement changé qu'elle continuait à douter de pouvoir évaluer objectivement ses capacités à être père.

— As-tu repensé à notre discussion d'hier ? s'enquit-elle.

— J'ai trouvé du travail. Je suis responsable du secteur bétail. Est-ce que cela te semble un job suffisamment sérieux, pour un père ?

Il se laissa aller entre les coussins, d'une certaine façon plus à l'aise dans le salon que dans le bureau, hier, et croisa les jambes. Il portait des santiags, pas ces bottes noires de l'armée qu'il avait aux pieds la veille. Ce n'était certes qu'un détail, mais qui en disait long sur ses intentions.

Se pourrait-il qu'il dise la vérité en prétendant que cette fois il projetait de rester ?

— C'est un bon début, répondit-elle simplement, sans préciser le début de quoi.

Elle devrait faire un travail sur elle-même en réévaluant toutes ses idées préconçues à propos de Kyle et de sa capacité à assumer son rôle de père. Et, pendant qu'elle y était, elle pourrait aussi essayer de trouver la réponse à la question qui n'arrêtait pas de tourner dans sa tête : était-il aujourd'hui suffisamment mature pour devenir ce qu'il était autrefois pour elle, autrement dit, tout ? Et, cette fois, pour toujours ?

- 4 -

Il était à peine 6 heures du matin lorsque Kyle monta dans son pick-up pour aller au travail. Son premier jour avec le bétail. Lentement mais sûrement, des fragments de son enfance commençaient à lui revenir. Il avait regardé son grand-père, Calvin Wade, s'affairer sur ses terres pendant des années. Il se revoyait, perché sur la clôture, observant son grand-père marquer les veaux ou donner un coup de main à Glade, le vétérinaire.

Les choses avaient bien changé depuis. L'étable avait été déménagée à cinq cents mètres de la maison, complètement séparée de l'aire dédiée aux chevaux. Le désintérêt de Liam pour le bétail était évident. Raison pour laquelle il l'avait embauché.

Il secoua la tête. Grand-père devait se retourner dans sa tombe, il n'avait jamais eu de respect pour ces snobs qui se prétendaient éleveurs mais rechignaient à se salir les mains, préférant dépenser leur argent en femmes et en whisky. Manifestement, Liam n'avait pas la même philosophie.

L'étable se dressait juste devant, à côté d'un immense enclos, désert à cette heure. Les bêtes devaient paître quelque part, sur la propriété. Il se gara à côté d'une poignée d'autres véhicules marqués du logo du ranch Wade sur la portière. Il descendit du pick-up, la poussière voletant autour de ses bottes. Des bottes qui le serraient un peu, avec une hauteur de talon que supportait mal sa jambe convalescente.

Il pénétra dans l'étable, dotée de bureaux semblables à

ceux équipant l'écurie. Mais là s'arrêtait la comparaison. On était ici dans le vrai. L'endroit sentait le fumier et le foin. L'atmosphère ici lui rappelait son grand-père et il ressentait une certaine sérénité à marcher dans les pas de Calvin. Tous deux n'avaient jamais été très proches, mais à cette époque il n'était proche de personne. Excepté de Grace.

Le contremaître, Danny Spencer, le regarda approcher et le salua brusquement.

— Tu t'es choisi un cheval, mon garçon ?

Il sentit son poil se hérisser. Voilà comment Danny souhaitait la bienvenue à son nouveau patron. Sauf qu'il n'était le garçon de personne, et encore moins de cet homme qui devait avoir une quinzaine d'années de plus que lui. Cette remarque en réalité n'avait qu'un but, imposer son autorité. Or il n'était pas décidé à se laisser faire.

— Je commence aujourd'hui.

— Ici, on travaille à cheval, mon gars. Alors, dépêche-toi d'aller te chercher une monture à l'écurie et reviens ici. On a à discuter, toi et moi.

Cela avait tout l'air d'une mise à l'épreuve et il avait bien l'intention de la réussir. Aussi remonta-t-il dans son pick-up, direction l'écurie. Il aurait pu s'y rendre à pied, mais il était impatient de mettre la main à la pâte. Et puis, marcher n'était pas ce qu'il faisait de mieux, en ce moment.

Ce fut Liam, déjà au travail, qui l'accueillit. Son frère se proposa de l'aider à se choisir une monture adaptée, sans faire de commentaire désobligeant, ce qu'il apprécia.

Une poignée d'hommes se rassembla pour regarder, espérant sans doute le voir se casser la figure et filmer la scène avec leur téléphone portable. Que pensaient ces types de son retour ? Savaient-ils pour les bébés et la mort de Margaret ?

Bien sûr, qu'ils savaient. Le ranch Wade était comme un village, les nouvelles ici allaient vite. Aucune importance. Que cela leur plaise ou pas, il était le patron. Le cheval lui manifesta la même bienveillance que Danny Spencer. A peine eut-il glissé le pied dans l'étrier que l'animal s'esquiva et il aurait chuté, si Liam n'avait maîtrisé la bête.

— Holà ! du calme…

Paratonnerre. Tel était le nom du cheval. Un nom ridicule. Mais bon.

— Bon garçon Paratonnerre, doucement, murmura Liam au cheval, qui obéit.

Il en profita pour glisser de nouveau son pied dans l'étrier. Et, cette fois, il se retrouva en selle, une sensation bizarre, aussi bizarre que tout le reste en fait, ici.

Les employés applaudirent, narquois, tout en discutant à voix basse entre eux.

Une minute plus tard, il rejoignit l'étable au trot, perplexe. Il y avait une éternité qu'il n'avait posé les fesses sur un cheval et plus longtemps encore qu'il avait ressenti l'envie de le faire. Et maintenant, c'était sur un cheval qu'il devrait passer le plus clair de son temps…

La balade fut une vraie torture, à cause des vibrations. Il serra les dents, allant jusqu'à regretter le goût de la poussière dans sa bouche quand, à plat ventre sous l'étal d'un marché, il avait désamorcé cette bombe qui menaçait de tuer des dizaines de personnes. Au moins maîtrisait-il son sujet, là-bas. Contrairement à ici.

Oh ! bien sûr, il allait prouver à tout le monde qu'ils se trompaient, sur lui. Qu'il n'était pas un fainéant qui avait oublié d'où il venait. Que Liam et Grace, et Danny Spencer, et tous ceux qui l'avaient dans le collimateur, ne réussiraient pas à le faire renoncer.

Il retrouva à l'étable Danny et ses gars en train de l'attendre. Visiblement déçus. Ils avaient dû espérer voir le patron mordant la poussière. Raté.

— Un cow-boy à cheval, comme demandé ! lança-t-il, sa colère en sourdine, même si l'envie le démangeait d'envoyer paître tout ce petit monde.

Mais pas question de montrer ce qu'il avait dans la tête. Ses pensées, il avait pour habitude de les garder pour lui.

— Bien, marmonna Danny avec un hochement de tête, mais le regard toujours aussi noir. Nous devons rassembler une centaine de têtes en pâture, au nord. Prends Slim et Johnny avec toi, et ramène-les-moi, entendu ?

— Mes oreilles fonctionnent parfaitement, merci, répondit-il avec nonchalance. Et si c'était moi qui donnais les ordres, à partir de maintenant ? Qu'en pensez-vous ?

Danny cracha au sol, à quelques centimètres du sabot avant gauche de Paratonnerre, le cheval agitant plusieurs fois la tête en réaction. Il tira sur les rênes, au cas où sa monture aurait l'idée lumineuse de se cabrer.

— J'en pense que tu n'as pas toute ta tête si tu crois pouvoir commander si vite, soldat.

Il décida qu'il valait mieux garder son sang-froid, pour le moment, et laissa échapper un petit rire.

— Vous l'ignorez, visiblement, mais j'étais dans les Forces spéciales, pas simple soldat.

— M'en moque. Pour moi, c'est du pareil au même.

— Désolé, enchaîna-t-il sans ciller. N'importe qui, même un vieux cow-boy borné, peut s'engager comme soldat. Ça vous tente ? Je vous recommanderai auprès d'un sergent et, à votre retour, vous saurez faire la différence entre un homme de troupe et un agent des Forces spéciales, croyez-moi. D'ici là, mon nom est Wade et vous n'avez le droit de m'appeler que d'une seule façon, patron.

Impassible, Spencer finit par tourner les talons avant de disparaître dans l'étable. Il se félicita de cette petite victoire et fit face aux deux hommes que le contremaître lui avait assignés, dont l'un souffrait visiblement de surcharge pondérale. Slim, sans doute. C'était le genre de plaisanteries qu'affectionnaient les cow-boys. Lui-même resterait probablement, et quoi qu'il fasse, le « soldat », jusqu'à sa mort…

— Cela vous pose un problème de travailler avec moi ? lança-t-il.

Slim et Johnny secouèrent la tête avant de se mettre en selle sans discuter, leur monture sagement au trot derrière la sienne, direction le nord.

Restait à présent à savoir ce qu'il devait faire. En évitant si possible de se mettre quelqu'un d'autre à dos. Oh ! et sans tomber non plus de cheval. Et, tant qu'à faire, en cachant aussi la douleur que lui causaient ces élancements, dans sa jambe, après moins de trente minutes en selle.

Ils arrivèrent bientôt en vue de la pâture nord. Enfin. Toujours au même endroit que dix ans auparavant, mais la balade lui avait semblé durer une éternité, surtout à cause du silence tendu entre lui et ses hommes. Les vaches s'éparpillaient sur plusieurs centaines de mètres, innombrables petits points noirs sur l'herbe verte.

Aïe. Il avait cru que les bêtes seraient plus ou moins au même endroit et qu'il serait plus facile de les rassembler. Mais la tâche allait leur prendre beaucoup plus de temps que prévu, sans compter que certaines n'auraient pas forcément envie de rejoindre le troupeau.

— Combien sont-elles ? demanda-t-il à Johnny, derrière lui.

— Quelques centaines, marmonna Johnny, répétant en cela les propos de Danny Spencer.

Quoique bourru, Johnny semblait plus liant que Slim, manifestement bien décidé à continuer à faire la gueule. Tant pis. Ils n'étaient pas obligés de s'aimer. Juste de travailler ensemble.

— Combien exactement ? demanda-t-il aussi patiemment que possible. Nous devons savoir si elles sont toutes là, avant de rentrer.

Johnny le regarda comme s'il venait de parler chinois.

— Il faut juste les rassembler pour les ramener à l'étable. Rien d'autre.

— Vous faisiez peut-être comme ça avant, mais,

aujourd'hui, nous allons nous assurer de toutes les ramener, répliqua-t-il, car il n'envisageait pas cette mission autrement. Liam n'aurait pas investi dans un GPS, par hasard ?

Slim et Johnny échangèrent un regard.

— Euh… Pardon ?

— La localisation par satellite. Les puces d'identification. Ce genre de choses. On marque les bêtes, et la technologie permet de repérer les fugueuses, facilitant ainsi le décompte, expliqua-t-il. Et, face aux regards effarés de ses hommes, il ajouta : Bien, je suppose que ça veut dire non.

En tant que responsable du bétail, ce serait son premier achat. Les puces électroniques représenteraient un gain de temps appréciable. L'armée utilisait les mêmes outils pour ne pas perdre la trace de ses hommes et de son matériel. Un procédé de plus en plus répandu, dans les ranchs. Etonnant que Liam ne s'en soit pas encore équipé.

— Bien, soupira-t-il. Au travail.

Ils arpentèrent la prairie deux bonnes heures, avant de rassembler le bétail, a priori sans qu'aucune bête ne manque à l'appel. Il dut se résoudre à se fier à l'expérience de Slim et de Johnny, qui « avaient fait ça toute leur vie ». Ils reprirent donc le chemin en sens inverse.

Ce fut pour lui un moment à la fois épuisant et euphorisant. Il était ici sur ses terres. Il s'agissait de son bétail. De ses hommes, en dépit de leur animosité.

De retour au ranch, il trouva Liam en train de l'attendre, bras croisés, livide.

— Qu'y a-t-il, encore ? grommela-t-il.

Il descendit de cheval, prenant soin de s'accrocher au pommeau de la selle pour ne pas faire peser tout son poids sur sa jambe blessée.

— Danny Spencer a démissionné, répliqua sèchement son frère. Il est parti, sans même réclamer sa dernière paye. En disant qu'il préférerait manger du foin que travailler avec toi. Bravo.

— C'est la meilleure nouvelle de la journée, répondit-il, soulagé. Oui, il a bien fait de partir.

— Non, ce n'est pas une bonne nouvelle, reprit Liam en l'entraînant à l'écart des hommes. Tu as perdu la tête ? Tu débarques ici en jouant les gros bras. C'est Danny qui était chargé du bétail, je te l'ai dit. C'est son domaine et, toi, tu viens mettre la pagaille.

— Ce n'est plus son domaine, c'est le mien.

— Vraiment ? s'exclama Liam en ricanant. Tu n'as pas bien compris, je crois. Ces hommes respectent Danny. Ils lui obéiraient les yeux fermés. Toi, ils ne t'aiment pas. Que vas-tu faire s'ils démissionnent tous ? Tu ne peux pas gérer le bétail tout seul !

Non, mais, s'il le fallait, il le ferait plutôt que de supporter la moindre dissension dans ses troupes. La division au sein d'un groupe menait toujours à la défaite. Il ne pouvait y avoir qu'un patron. Et le patron, c'était lui.

— Eh bien, qu'ils démissionnent. Il y a plein de cow-boys qui ne demandent qu'à travailler, dans le coin. J'ai besoin de types durs à la tâche, pas de gars qui font des histoires et des drames à n'en plus finir.

— OK, dit Liam, mains levées. Tu l'auras voulu. Mais ne viens pas te plaindre, je t'aurai prévenu. Et n'oublie pas, nous avons conclu un marché…

Sur ces mots, son frère sauta dans son pick-up et s'éloigna, libérant le passage à grands coups de klaxon.

Il prit une profonde inspiration. Son unique préoccupation, c'était ses filles. Cela valait bien la peine de supporter l'agressivité du monde entier.

A ce moment, Johnny s'approcha. Quoi, encore ? Il était fatigué, en avait assez des bêtes, de sa jambe, des contremaîtres susceptibles et, enfin, de son entêté de frère.

— Quoi ? grommela-t-il.

— Euh, je voulais juste vous remercier, répondit Johnny. Pour avoir défendu notre drapeau.

Ces quelques mots, aussi simples que sincères, le déstabilisèrent au point qu'il manqua en tomber par terre. C'était la première fois que quelqu'un à Royal lui manifestait de la reconnaissance pour son engagement dans l'armée. Oh ! il ne s'attendait pas à une médaille ni à un défilé. Il préférait éviter les honneurs. Ce genre de choses était réservé aux vrais héros, pas à lui, un estropié, fauché bêtement par une rafale, au cours d'une simple mission de reconnaissance.

Mais bon, le compliment était bon à prendre.

— Oui, eh bien, merci, Johnny. Vous connaissez quelqu'un qui a servi ?

En règle générale, les seules personnes qui pensaient à remercier un vétéran étaient celles qui avaient de la famille ou des amis dans les forces armées. C'était comme ça. Les gens jouissaient de leur liberté, mais songeaient rarement aux personnes qui se sacrifiaient pour la préserver.

Johnny acquiesça, le regard sombre.

— Mon père. Il a été tué lors de la première guerre du Golfe. J'étais encore un bébé, à l'époque. Je n'ai pas eu le temps de le connaître.

Cela vous liait forcément deux hommes. Touché, il tendit la main.

— C'est triste. Désolé pour votre papa. Je suis fier d'avoir pu marcher sur les traces de ces hommes tombés pour notre pays.

Le jeune garçon lui serra la main avec respect et là s'arrêta la discussion. Les mots sont inutiles pour certaines choses.

De retour à la maison, Kyle se rua sous la douche. Lorsqu'il en émergea, Hadley et Liam lui demandèrent la permission d'emmener les bébés faire une balade en poussette avant le dîner, lui proposant même de se joindre à eux.

Une balade. Autant lui demander s'il se sentait en état de voler. Tout juste s'il arriverait à ramper, à ce stade. Après sa conversation avec Johnny, il avait plutôt envie de se retrouver seul, même si ne pas avoir la force de faire quelque chose d'aussi simple que de promener ses filles dans leur poussette lui crevait le cœur. Il déclina l'invitation le plus aimablement possible, puis se rendit dans le salon, avec l'intention de regarder la télévision. Mais à peine s'était-il assis sur le canapé, qu'un coup de sonnette retentit.

— Vous avez fait vite, dit-il en ouvrant la porte, sourire crispé aux lèvres, excepté qu'au lieu de Liam et de Hadley il se retrouva nez à nez avec Grace.

Grace, toujours aussi belle, lumineuse, qui se tenait là sous le porche, mains croisées, ses longs cheveux noirs retombant en cascades sur ses épaules, vêtue d'un pull léger et d'un jean. Difficile de s'arracher à sa contemplation. Il fit pourtant l'effort.

— Bonjour, Kyle, dit-elle en toute simplicité.

En une fraction de seconde, de crispé, son sourire passa en mode béatitude. Pour quelle raison, mystère. Elle ne représentait qu'un nœud de problèmes inextricable. Et alors, n'avait-il pas toujours eu un faible pour les challenges ?

Ils avaient convenu de tirer un trait sur le passé et de repartir sur de nouvelles bases. Oui, mais pour quelle destination, ça, ils ne l'avaient pas clairement décidé. Le moment était peut-être venu de s'y atteler.

— Bonjour, Grace, dit-il, bras croisés, en s'appuyant au chambranle, de manière à reposer discrètement sa pauvre jambe. Que puis-je pour toi ?

Le soleil brillait derrière elle, pas loin de se coucher à présent, et des éclats de rouge et de jaune striaient le ciel. Un décor fantastique, pas aussi spectaculaire pourtant que la femme devant lui.

— Nous avions rendez-vous. Plus tôt.

Il étouffa un juron. Cela lui était complètement sorti de la tête. Génial. Bonjour le super papa qui oubliait son rendez-vous avec l'assistante sociale de ses filles !

Vite, une solution. Il avait besoin de Grace à ses côtés.

— Mais tu étais occupé au ranch, poursuivit-elle, un peu essoufflée, comme si elle avait couru jusqu'à la porte, depuis sa voiture.

Une distance plutôt courte, cela n'expliquait pas ses joues en feu.

— Exact. Une certaine personne m'a vivement conseillé de trouver un emploi stable si je voulais gagner le droit d'être le père de mes filles. Désolé pour l'oubli. Et merci d'être venue.

Une bonne chose qu'elle ne soit pas descendue à l'étable pour assister à ses impressionnants débuts de responsable du bétail.

— Pas de problème, répondit-elle, visiblement mal à l'aise. Je dois procéder à un nombre précis de visites, avant de rédiger mon rapport. Je tiens à tout faire dans les règles.

Peut-être trouverait-il un moyen de la distraire de son travail. Avant qu'elle ne tire des conclusions négatives sur sa facilité à oublier un rendez-vous avec la personne qui était la plus susceptible de ficher sa vie en l'air. Non, en fait la seconde, la première étant lui-même, car oui, jusqu'à preuve du contraire, c'était lui son pire ennemi dans cette histoire.

— Pourquoi ne pas bavarder un moment ? suggéra-t-il en désignant la balancelle sur la gauche, aux premières loges pour admirer le coucher du soleil.

Autant faire bon usage des rénovations de la maison réalisées par Liam et en profiter au passage pour mener sa propre enquête. Dans l'immédiat, il avait envie d'en savoir plus sur la femme chargée de ce satané rapport que sur le rapport lui-même.

— Oh…

Elle regarda la balancelle, puis à l'intérieur de la maison derrière lui.

— Je préférerais te regarder à l'œuvre avec les filles,

comme hier. C'est le moyen le plus rapide pour que je puisse évaluer tes capacités.

— J'en serais ravi, excepté qu'elles ne sont pas là. Liam et Hadley les ont emmenées faire une promenade, avant le dîner…

Et très vite, avant qu'elle ne puisse demander pourquoi il ne s'était pas joint à eux, il leva un doigt, comme si une idée lumineuse lui était soudain venue.

— Pourquoi ne resterais-tu pas dîner avec nous ? Tu pourrais ainsi apprécier la qualité des menus de la maison Wade. D'ici là, nous pourrions nous installer sous le porche, en attendant leur retour.

— Hmm…

Il referma la porte et, une main dans le creux de ses reins, la poussa jusqu'à la balancelle. En réalité, elle ne résista pas beaucoup, s'exécutant même de bonne grâce, mais, à peine assis à côté d'elle, il comprit. Il aurait dû, *lui*, résister.

Le parfum de Grace l'enveloppa. La balancelle était trop exiguë pour quelqu'un de son gabarit et, forcément, ils se retrouvèrent collés l'un à l'autre. Le contact de sa hanche contre la sienne le brûla à travers son jean, embrasant sa peau, et, quand il voulut s'écarter, son pied cogna contre le rebord du mur, ce qui eut pour effet de mettre la balancelle en mouvement. Mouvement qui le renvoya de nouveau contre elle et, cette fois, il sentit son sein gauche se presser contre son bras.

Tout compte fait, cette balancelle était parfaitement adaptée à eux. Et s'y asseoir avec Grace resterait probablement l'une des meilleures idées de toute son existence.

Il ferma brièvement les yeux. Ils étaient restés assis comme ça, autrefois, chez sa maman, mais dans le salon, en faisant semblant de regarder la télévision, un samedi soir. Ce qui équivalait à un rendez-vous dans une ville comme Royal, où les petits couples d'ados pouvaient se rencontrer soit autour du stade, à la buvette, soit chez l'un des deux, sous la haute surveillance d'un tiers. En règle générale, tous deux préféraient la seconde solution. Mais, une fois les parents de Grace montés se coucher, le rendez-vous prenait une autre tournure.

Jamais une autre femme n'avait eu le pouvoir de le troubler autant. Un baiser, un seul, et aussitôt il partait dans les étoiles. Le souvenir de ces moments privilégiés le submergea, chassant un peu de cette noirceur en lui, sa plus fidèle compagne durant toutes ces années. Elle était si passionnée. Si docile, sous sa bouche.

Soudain, il se demanda si ses lèvres avaient le même goût, mélange d'innocence et de volupté.

— Grace, murmura-t-il en glissant son bras sur le dossier de la balancelle.

Elle se tourna vers lui, le dévisageant derrière ses longs cils. Pensait-elle à la même chose que lui ? Se pouvait-il que l'étincelle soit encore là, après tout ce temps ?

— Quand Liam et Hadley doivent-ils rentrer, avec les filles ? demanda-t-elle à voix basse.

— Dans un moment. Ne t'inquiète pas…

— Je, euh… ne m'inquiétais pas.

Elle fit glisser la pointe de sa langue sur ses lèvres. Et, soudain, il ne vit plus que cela, ses lèvres, plus généreuses encore aujourd'hui, plus épanouies, à l'image du reste de son visage, de son corps. Elle était devenue une femme en son absence. Une femme qui avait vécu toutes sortes d'expériences.

En un éclair, il ressentit le besoin de savoir lesquelles.

— Je me demandais… Pourquoi avoir choisi d'être assistante sociale ? Je me souviens, autrefois, tu voulais devenir institutrice.

Ce n'était pas exactement ce qu'il avait envie de dire, mais, à sa question, son visage s'illumina, occultant la magie du crépuscule, battu à plate couture dans son éclat.

— C'est juste, répondit-elle. J'ai d'ailleurs obtenu mon

diplôme pour cela, mais, à ma première nomination à la tête d'une classe, quelque chose n'a pas fonctionné. Le problème ne venait pas des élèves, mais de moi. Quelque part, c'était trop encadré, trop routinier ; bref, je n'ai pas eu le déclic. Tu comprends ?

— Oui, acquiesça-t-il.

Après trois jours au sein des Forces spéciales, lui avait eu le déclic, certain d'avoir trouvé sa place en ce monde.

— J'ai commencé à enchaîner différents jobs. A essayer de me raisonner, à l'affût de ce déclic. Puis, un jour, ma mère m'a appelée en disant que l'une de ses amies cherchait une réceptionniste, la fille occupant le poste devant partir en congé maternité. Serais-je assez gentille pour lui rendre service, trois mois…

Elle parlait avec les mains et il se surprit à sourire en la regardant lui raconter toute l'histoire. A sourire, et plus. Se demandant par exemple sur quelle partie de son corps il aimerait sentir ses mains. Mais il ne ferait pas la fine bouche, elle ferait comme elle l'entendrait…

— En fait, l'amie de ma mère, Sheila, dirige une agence d'adoption. Elle a vraiment été mon mentor, en m'aidant à comprendre où était ma vocation. J'aime les enfants, mais pas l'enseignement, tu vois ? Ce qui me plaît, c'est d'aider les plus fragiles d'entre eux. J'ai travaillé quatre ans à l'agence, à différents postes, tout en suivant des cours du soir pour obtenir mon master.

— Tu as un master ?

Cette révélation était parvenue à détourner son attention de sa bouche pendant une demi-seconde. Non qu'il soit si surpris, elle avait toujours été excellente élève, c'était juste un élément de plus qui se rajoutait à ce portrait d'une femme qu'il ne connaissait plus vraiment.

— Oui, répondit-elle. C'est obligatoire.

— Génial.

— Et toi ? Je sais que tu t'es engagé, mais pas grand-chose de plus. Dans les Forces spéciales, selon Liam ?

— Tout à fait, dit-il, un peu mal à l'aise, comme à chaque fois qu'il était question de ses années en Afghanistan.

Pas facile de parler de ça, pour quelqu'un qui avait enchaîné les opérations top secrètes et vécu des situations terribles. Il poussa un soupir avant de poursuivre :

— Oui. C'était bien moins glamour que ce qu'en racontent les médias. Bref, j'ai beaucoup transpiré, avalé des tonnes de poussière et appris à survivre dans les conditions les plus extrêmes. J'ai obéi aux ordres, en ai donné parfois. Et aujourd'hui, me voilà, retour au bercail.

Elle posa une main sur son avant-bras, juste sur sa peau sous la manche de chemise retroussée.

— En effet, cela n'a rien de glamour… Tu as dû te sentir seul…

— Oui, c'est vrai, marmonna-t-il, se le reprochant aussitôt, un tel aveu étant signe de faiblesse.

— Je suis désolée.

Mais sa sympathie lui réchauffa le cœur, ce cœur où elle avait toujours eu sa place.

Parce qu'il l'y avait laissée. L'avoir là, en lui, l'apaisait, adoucissait son sentiment de solitude. Et, apparemment, ça n'avait pas changé. Il avait le sentiment qu'il en serait toujours ainsi.

— C'est terminé, maintenant.

Le bras sur le dossier de la balancelle, il le bougea d'un demi-centimètre. Ce fut suffisant pour la rapprocher de lui. Une mèche à cet instant glissa sur sa joue. Il s'empressa de l'écarter, du bout des doigts, qu'il laissa s'attarder sur son visage.

Ils se regardèrent, les yeux dans les yeux, une éternité. Sa peau était douce, et chaude. Elle pressa sa joue contre ses doigts, à peine, juste assez pour lui faire comprendre qu'elle ne le repousserait pas.

Il fit alors glisser sa main sous son menton et, soudain, cette bouche fabuleuse se retrouva à portée de la sienne. Il fit donc ce qui semblait s'imposer, il la prit.

Elle entrouvrit les lèvres et accueillit les siennes dans un soupir. Leur baiser se prolongea, comme si c'était la chose la plus évidente, la plus naturelle qui soit. Quelque chose explosa dans sa poitrine. Grace. La sensation d'elle. C'était comme revenir chez soi, comme si toute chose retrouvait sa place dans le chaos du monde, tout ça par la grâce de cette femme.

Il voulait plus. Et il lui fut impossible de ne pas le prendre.

Il enfouit ses mains dans ses cheveux et l'embrassa avec plus de fougue, nouant sa langue à la sienne. Elle gémit, l'enlaça, ses mains agrippant ses épaules comme si elle n'avait jamais voulu le laisser partir. Ce qui lui convenait tout à fait, puisqu'il ne voulait pas qu'elle le fasse.

Il se gorgea de la saveur de sa bouche, s'enivra de tout ce qu'elle offrit dans ce baiser. Cela faisait si longtemps que son corps n'avait tressailli à de telles sensations. Qu'il ne s'était ouvert, comme ça. Avec un seul baiser, elle fit sauter toutes ses barrières, toutes ses défenses érigées depuis tant d'années.

Et la seconde d'après elle s'arracha à lui.

Elle se leva d'un bond, le souffle court, et recula contre la rambarde.

— Désolée, haleta-t-elle. Je n'aurais pas dû faire ça…

— Mais tu l'as fait, dit-il, verrouillant en une fraction de seconde cet endroit de son âme où elle venait de semer le plus doux des chaos.

— Je me suis laissé surprendre. Cela ne se reproduira pas.

Dans ses yeux il nota pourtant l'éclat d'un désir qui refusait de dire son nom. Et il n'avait pas rêvé, elle avait fait plus que répondre à son baiser, elle l'avait embrassé. S'était abandonnée contre lui, avec des gémissements qui appelaient à plus. Alors, pourquoi cette fuite ?

— Je proteste énergiquement. Cela doit au contraire se renouveler, dit-il en souriant, alors que tout son corps était en feu.

Et cette femme était la seule à pouvoir éteindre l'incendie.

— Mais tu ne comprends donc pas, Kyle ?

Pas tout, non. Par exemple, il aurait besoin d'avoir quelques éclaircissements : pourquoi ce rejet de sa part, après un tel baiser ?

— Je suis l'assistante sociale de tes filles, lui rafraîchit-elle la mémoire, l'air excédé. Il ne doit rien y avoir entre nous de… de ce genre !

Il sentit son sang se glacer, pire que si elle lui avait lancé un seau d'eau froide au visage.

— Tu as raison.

Bien sûr qu'elle avait raison. Comment avait-il pu perdre cela de vue ? Il ne s'agissait pas de savoir si elle était intéressée ou pas. Il s'agissait de ses filles. Ce qui avait commencé par un vague plan destiné à la distraire de son travail l'avait en réalité distrait lui cent fois plus.

Et il avait envie de recommencer. Ce qui était dangereux, car elle risquait de lui prendre ses filles au moindre faux pas, et il ne pouvait se permettre de la contrarier. Elle lui avait promis de traiter son cas aussi objectivement que possible. Qu'avait-il fait ?

Mais c'était sa faute, aussi. Elle l'avait troublé. Touché. Pas question de lui montrer le pouvoir qu'elle avait sur lui, elle pourrait l'utiliser à son avantage. Comment avait-il pu oublier cette règle essentielle ? Ne jamais ouvrir son cœur. Ni sa bouche. C'était sa devise. Voilà pourquoi il s'en tenait à des liaisons sans lendemain, comme celle qu'il avait eue avec Margaret. Personne n'attendait de lui qu'il se mette à nu. Et il était libre de reprendre sa liberté avant que l'une de ces demoiselles ne se mette à tirer des plans sur la comète.

C'était le mieux qu'il pouvait faire. Le mieux qu'il était prêt à faire. Sauf que, cette fois, il ne pourrait pas quitter Royal quand les choses deviendraient un peu trop sérieuses. Il devait absolument garder tout ça au fond de lui, ses souvenirs, ses sentiments, sa rancœur, et tant pis si cela l'oppressait.

Elle pensait qu'il ne comprenait pas ? Qu'il était irresponsable, superficiel ? Parfait. Après tout, qu'elle continue à le croire comme ça, cela l'arrangeait.

— Désolé, dit-il, mains levées, avec un sourire espiègle. A partir de maintenant, on se concentre uniquement sur Maddie et Maggie…

Du moins jusqu'à ce qu'il sache dans quel sens le vent tournait dans la tête de Grace, à propos de la garde des jumelles. S'il ne pouvait se permettre de la contrarier, il n'était pas non plus décidé à la laisser lui échapper. Une fois qu'il l'aurait amenée à lui apporter son soutien et à lui confier la garde des filles, il appliquerait ses propres règles du jeu.

Et, lorsqu'elle bredouilla une excuse à propos d'une invitation à dîner en ville, il la laissa partir.

Tout en cherchant déjà dans sa tête le moyen de la ramener entre ses bras.

- 5 -

Ce baiser était une erreur.

Grace le savait. Elle l'avait su au moment même où elle embrassait Kyle. Mais, pour l'amour du ciel, pourquoi ne pouvait-elle arrêter d'y penser ?

Elle avait embrassé Kyle plein de fois, dans le passé.

Mais, aujourd'hui, il n'était plus l'adolescent d'autrefois. Il était devenu un homme.

Plus fort, plus ténébreux, plus exigeant. Et avec quelle facilité il le lui avait fait sentir, simplement en posant sa bouche sur la sienne. La sensation de ses lèvres l'avait subjuguée, se répandant délicieusement dans ses veines. Lui rappelant qu'elle était une femme.

Et qu'elle ignorait tout de ce que cela signifiait.

Oh ! bien sûr, elle avait embrassé d'autres hommes avant de devenir célibataire professionnelle. Des baisers chastes, comparés à celui de Kyle.

Non. Pas question de recommencer. Et tant pis si elle en mourait d'envie. Tant pis si elle n'en avait pas fermé l'œil de la nuit et si elle n'arrivait pas à se concentrer sur son travail, tout ça parce qu'elle n'arrivait pas à apaiser ce feu sur sa peau que Kyle avait allumé, à la seconde où il l'avait touchée.

Lorsque Clare Connelly l'appela pour lui proposer d'aller dîner dehors, elle bondit sur l'occasion, manquant pleurer de soulagement tant elle aspirait à se changer les idées. Infirmière en pédiatrie, Clare s'était occupée de Maddie et de Maggie, suite aux problèmes dus à leur naissance prématurée. C'était à cette occasion que toutes deux étaient devenues amies.

Elle arriva au Waters Café, au centre de Royal, avant Clare, aussi s'installa-t-elle devant un verre de vin pour patienter. A l'image des autres structures de la rue principale, le café avait fait l'objet d'une rénovation après le passage d'une tempête qui avait quasiment rayé la ville de la carte. Les propriétaires, Jim et Pam Waters, avaient presque tout perdu, mais, grâce à une bonne assurance et au soutien des habitants, l'endroit avait pu rouvrir. Grace mettait un point d'honneur à manger ici le plus souvent possible, juste par solidarité.

Clare apparut, ses longs cheveux blonds encore relevés en ce petit chignon qu'elle portait quand elle était de service, à l'hôpital. Elle lui fit un signe de la main, avant de réaliser que son amie était accompagnée. Clare donnait le bras à une autre femme, Violet McCallum, copropriétaire du Double M Ranch avec son frère, Mac.

Incroyable. A peine si elle la reconnut. Violet était magnifique et elle que l'on voyait toujours en jean et bottes portait aujourd'hui une robe. Toutes deux ne s'étaient pas vues depuis un bon moment. Depuis qu'elles se retrouvaient à l'atelier de Raina Patterson, l'antiquaire, qui leur avait enseigné l'art de réaliser des vitraux.

— J'ai eu le plus grand mal à la faire sortir de chez elle, dit Clare en guise de bonjour, dans un éclat de rire, en désignant Violet.

C'était une plaisanterie entre elles trois, Violet et Grace en ayant fait autant pour Clare, quand celle-ci avait connu des problèmes de cœur.

— J'espère que ça ne t'ennuie pas.

— Bien sûr que non. Bonjour, Violet ! dit-elle, se levant pour embrasser la jeune femme aux cheveux auburn.

Violet la serra brièvement entre ses bras et se dépêcha de s'asseoir.

Grace et Clare l'imitèrent, puis Grace fit signe à la serveuse, avant de se tourner vers Violet.

— Mais quelle potion magique utilises-tu sur ta peau ? Je suis prête à dépenser une fortune pour ton secret. Tu es lumineuse !

Violet esquissa un haussement d'épaules et lui offrit un pâle sourire.

— Merci, c'est, euh, une nouvelle lotion à l'abricot. Je t'enverrai le nom par texto, une fois rentrée.

— Avec joie, répondit-elle avec un enthousiasme qui sonna faux.

Violet avait un problème, c'était évident. Mais toutes deux étaient amies depuis longtemps ; si elle voulait se confier, elle choisirait le moment.

— Donne-moi ta main, Clare. Pas question de manger avant d'avoir examiné ta bague sous toutes les coutures !

Un sourire radieux se dessina sur le visage de Clare qui avança aussitôt la main.

— Prenez garde, mesdames. L'éclat de ces diamants pourrait bien vous aveugler ! dit-elle, en prenant la pose.

Clare s'était dernièrement fiancée avec le Dr Parker Reese, un éminent néonatologiste du Royal Memorial Hospital, où tous deux travaillaient. Une romance nouée à l'occasion de recherches frénétiques pour retrouver la mère de Maddie, après que le bébé eut été abandonné dans un snack, juste après sa naissance. Margaret Garner était ensuite repartie au volant de sa voiture, donnant naissance à Maggie une dizaine de kilomètres plus loin, avant de décéder sur le bord de la route. Un scénario tragique qui avait valu aux jumelles d'être séparées. Lorsque Liam et Hadley avaient pris Maggie en charge, ils ignoraient qu'elle avait une sœur. Grâce au ciel, on avait finalement fait le lien entre Maggie et Maddie, toutes deux des Wade.

Et, bien sûr, tout ça s'était passé avant le retour de Kyle.

Zut, pas question qu'elle se remette à penser à lui. Elle se pinça discrètement la cuisse sous la table, ce qui n'eut guère d'effet. Le souvenir de leur baiser resurgit dans sa tête, plus troublant que jamais.

Kyle était un homme difficile à oublier, elle devrait pourtant le savoir. Elle avait passé des années à essayer de l'effacer de sa mémoire. En vain.

— Parle-nous un peu de ce mariage, reprit-elle avec entrain, priant pour que cela détourne son attention.

Clare ne se fit pas plus prier et leur parla avec enthousiasme de la future cérémonie, avant de se taire lorsque la serveuse, enfin, se présente à leur table. La jeune fille, la vingtaine, queue-de-cheval, sortit un stylo de derrière son oreille et leur sourit, carnet dans la main.

— Désolée pour l'attente, mesdames, s'excusa-t-elle. Nous sommes à court de personnel, aujourd'hui.

— Pas de problème, répondit-elle avec un sourire. Ce chardonnay est sublime. Pouvez-vous nous en amener deux verres de plus ?

— Non ! s'exclama Violet, avant de les regarder avec effroi, quand elles se tournèrent vers elle, surprises. Non, euh, je n'ai pas mon permis de conduire et je sais que vous allez me le demander, alors pas de vin pour moi, merci, juste de l'eau.

— Ne vous en faites pas, mademoiselle McCallum, répondit la serveuse avec chaleur. Je sais que vous avez plus de vingt et un an. Vous étiez au lycée dans la classe supérieure de ma sœur et aujourd'hui elle a vingt-quatre ans. Tant pis pour le permis de conduire.

— C'est gentil de votre part, dit Violet, livide, mais je prendrai de l'eau. Excusez-moi…

Et sur ce, Violet se leva, attrapa son sac et se précipita vers les toilettes, au fond de la salle, heurtant dans sa hâte une chaise qui, en se renversant, fit un bruit d'enfer.

Les gens arrêtèrent de parler et se retournèrent pour voir la cause d'un tel fracas. Deux secondes plus tard, Violet s'engouffra dans les toilettes. Oui, à l'évidence, quelque chose ne tournait pas rond.

— J'ai pratiquement dû employer la force pour qu'elle vienne, ce soir, confessa Clare à voix basse, tout en faisant signe à la serveuse stupéfaite de revenir plus tard. Peut-être n'aurais-je pas dû insister, mais ça fait des semaines qu'elle vit terrée chez elle et Mac m'a appelé. Il s'inquiète. Elle est déprimée depuis un moment, mais il pensait qu'elle allait un peu mieux.

Cela ressemblait bien à Mac McCallum, le frère de Violet. Elle aurait rêvé d'avoir un grand frère comme lui, toujours très protecteur avec sa petite sœur, même aujourd'hui, alors que tous deux étaient adultes. Plus jeune, au lycée, il avait mis K-O Tommy Masterson, ce dernier ayant mal parlé de Violet. Très vite, les garçons de Royal avaient compris qu'il y avait une ligne à ne pas franchir avec Mac, concernant sa sœur.

— Nous devrions aller voir comment elle va, proposa-t-elle, le cœur serré, en pensant à Violet qui couvait peut-être une mauvaise grippe. Les amies doivent s'entraider.

Lorsque Grace et elle pénétrèrent dans les toilettes, Violet se tenait devant le miroir, le regard absent, mains crispées autour du lavabo, comme si elle craignait de tomber.

— Ne vous sentez pas obligées d'interrompre votre repas pour moi, déclara alors Violet sans les regarder, les yeux toujours rivés sur le miroir.

— Certainement pas, répondit-elle en glissant son bras autour de la taille de Violet pour lui offrir le seul soutien dont elle connaissait les vertus, le contact physique. Quoi qu'il t'arrive, tu iras mieux dans quelque temps. Ce méchant virus finira bien par partir. Tu veux grignoter quelque chose ? Un peu de vitamine C peut-être ? Je peux aller t'en acheter un tube à la pharmacie, si tu veux.

Un sourire fugace passa sur les lèvres de Violet.

— Tu es gentille, mais ce que j'ai attrapé ne peut pas se guérir avec de la vitamine C.

Elle la sentit trembler. Elle s'apprêtait à lui demander de se rendre chez le médecin dès le lendemain, sous peine de l'y emmener de force, quand Clare croisa le regard de Violet dans le miroir.

— Tu es enceinte, décréta soudain Clare avec un large sourire. Je le savais. L'autre soir, à l'atelier… tu étais bizarre.

Mais oui, réalisa-t-elle, stupide qu'elle était. *Bien sûr.* Cela expliquait le comportement étrange de Violet, son refus de boire du vin.

Violet secoua la tête, hébétée, comme sous le choc.

— Non, c'est impossible.

— Impossible, genre je suis dans le déni ? Ou impossible, genre tu n'as couché avec personne pour expliquer ce fait ?

— Non, impossible, point final et, maintenant, parlons d'autre chose, marmonna Violet en fusillant Clare du regard, dans le miroir. C'est juste un dérangement intestinal. Retournons nous asseoir.

Avec un hochement de tête indiquant qu'elle laissait tomber le sujet, mais comptait bien revenir à la charge, Clare entraîna Violet jusqu'à leur table, où elle commanda un thé au citron et s'assura, très maternelle comme à son habitude, que chacune choisisse sur la carte de quoi se rassasier.

Autour de la table, l'atmosphère bientôt se détendit. Jusqu'à ce que Clare se tourne vers elle, lui demandant de but en blanc :

— Que se passe-t-il entre toi et Kyle Wade ?

— Euh… Rien.

Elle sentit aussitôt ses joues s'embraser à ce mensonge éhonté.

— Tiens donc ? chantonna Clare. J'aurais juré pourtant avoir entendu quelqu'un évoquer ta rencontre avec Kyle, sur le parking du supermarché, l'autre soir. Tu ne veux pas nous en parler ?

— Comment ? s'anima instantanément Violet. Tu ressors avec Kyle ?

— Plutôt mourir ! répondit-elle, avec plus de véhémence que nécessaire. Enfin, je veux dire…

— Je ne l'ai pas encore vu, poursuivit Violet en s'adressant à Clare, comme si Grace n'avait rien dit. Mais à la banque, hier, Cindy m'a raconté qu'il avait beaucoup changé, en bien évidemment… Hyper sexy, voilà la formule qu'elle a employée.

— Tu as intérêt à nous raconter, dit alors Clare, en lui faisant les gros yeux.

— Mais raconter quoi, à la fin ! s'agaça-t-elle. Je suis chargée du dossier de ses filles et nous nous sommes rencontrés par hasard au supermarché. On est à Royal. Il n'y a rien d'étonnant à ce que je sois tombée sur lui.

— Moi, je ne suis pas tombée sur lui, remarqua Violet en sirotant son thé. Et toi, Clare ?

— Moi non plus, répondit la traîtresse.

— Il n'y a rien de spécial à ajouter sur Kyle, soupira-t-elle, et, sur ce, elle vida son verre de vin d'un trait et appela la serveuse pour un deuxième.

— Kyle Wade est un ours mal léché, poursuivit-elle, toujours silencieux, et, moi, j'ai besoin d'un homme qui ouvre la bouche de temps à autre, ne serait-ce que pour me dire ce que je représente pour lui. Sans la communication, il n'y a pas de couple. Mais bref, peu importe dans le cas présent, parce qu'il ne se passera rien entre nous. Lui n'a qu'un but, être père, et, moi, je dois faire en sorte de l'y aider. C'est tout.

Soudain, elle réalisa avoir déjà décidé dans sa tête des aptitudes de Kyle à assumer son rôle de père. Après tout, il faisait tout ce qu'il pouvait pour cela. Elle l'avait vu de ses yeux. Comment pourrait-elle objectivement s'opposer à ce qu'il obtienne la garde des jumelles ? Impossible. Tout ce qu'elle pourrait dire contre ne lui serait inspiré que par cette souffrance infligée dix ans plus tôt. Le moment était plus que venu de tourner la page et d'aller de l'avant.

— Les hommes ne sont source que de problèmes, se lamenta Violet, morose.

— C'est faux, la reprit Clare. Moi, j'ai trouvé l'homme idéal.

— Oh ! de ce genre-là, on en dénombre un sur un million. Peut-être pourrais-tu partager ? suggéra Grace, taquine, en essayant d'étouffer ce sentiment de jalousie dans son cœur.

Clare avait rencontré son prince charmant, mais elle n'avait rien, rien qu'un grand vide en elle, vide autrefois occupé par Kyle. Et, en dix ans, personne n'était venu le combler. Comme si la place n'était faite que pour lui. Pourtant, elle n'imaginait pas le laisser essayer, même si jour après jour elle avait de plus en plus envie de se marier, d'avoir des enfants.

— Donc, tu persistes à t'accrocher à ton statut de célibataire ? s'enquit Clare.

Le ton qu'employa son amie ! Comme si elle n'était pas du tout convaincue par sa détermination.

— Je te l'ai expliqué voilà des mois, insista-t-elle. Il n'y a rien de mal à être exigeante et, jusqu'à ce que je trouve celui qui réponde à mes standards, je préfère rester seule.

En réalité, ses standards n'étaient pas si élevés, elle se contenterait d'une rencontre qui la fasse chavirer, corps et âme. Et, si elle attendait un enfant d'un homme qui l'aimait comme un fou en retour, elle s'estimerait heureuse et comblée.

— Je suis d'accord, dit alors Violet en levant son verre. J'adhère à ton club de célibataires.

— Tout le monde est bienvenu. Excepté Clare, dit Grace en souriant, histoire de dissimuler cette douleur dans sa poitrine, comme un étau. Elle n'avait rien à l'horizon qui ressemblât à une romance de conte de fées. Juste une nouvelle confrontation avec un homme qui la rendait folle.

Le lendemain, Grace se rendit au ranch sans téléphoner au préalable et sans rendez-vous.

Elle ne voulait donner à Kyle aucune sorte d'indication sur sa venue ou la décision qu'elle avait prise. Avec un peu de chance, cela lui permettrait de prendre — et peut-être de garder — la main.

Fini les conversations au crépuscule qui se terminaient entre les bras puissants du père de ces adorables bébés dont elle était l'assistante sociale.

Peu importait que Kyle ait changé. Qu'elle-même ait changé. Peut-être qu'à l'occasion d'un autre baiser, identique au premier, découvrirait-elle qu'il s'était métamorphosé en prince charmant ?

Non, ses sentiments, ses sensations, rien de tout cela n'importait.

L'avenir de Kyle et de ses filles, d'un père et de ses enfants, cela seul importait. Ce matin, elle avait passé deux heures en entretien avec sa responsable, Megan, pour lui parler des efforts que Kyle faisait au quotidien, depuis son retour, pour obtenir la garde des jumelles. Et de sa décision de la lui accorder. Avec la signature de Megan sur son rapport, son rôle dans cette affaire complexe touchait maintenant à sa fin.

Ce fut Hadley qui lui ouvrit la porte. Après l'avoir invitée à l'intérieur, Hadley lui mit les jumelles dans les bras, ce dont elle ne se plaignit pas. Elle sourit en respirant l'odeur des bébés, la plus douce odeur du monde. En une fraction de seconde, elle se sentit au bord des larmes, preuve qu'elle n'avait pas tout à fait réussi à dépasser son émotion, suite à sa rencontre avec Clare et Violet, la veille.

Si cette visite se déroulait comme prévu, ce pourrait bien être sa dernière rencontre avec Kyle. Et les bébés. Et, à cette perspective, elle sentit son cœur se déchirer. Mais elle avait un travail à terminer et ce n'était la faute de personne, hors la sienne, si elle n'avait pas d'enfant à elle.

— Je suis venue voir Kyle, dit-elle à Hadley, en lui rendant les bébés à contrecœur.

— Il est à l'étable, sa place désormais, répondit Hadley, songeuse. Je dois avouer que Kyle a beaucoup changé. Il ne s'intéressait pas du tout au ranch, avant. Mais vous devez vous en rappeler, vous aussi, non ?

Elle se jeta avec avidité sur cette opportunité de changer de sujet, tout en se répétant qu'elle avait raison de faire confiance à Kyle pour ses filles. D'ailleurs, sa supérieure hiérarchique avait validé son analyse.

— Oui, je me souviens... Donc, il va s'occuper du bétail, si j'ai bien compris ?

— Exact. Liam a trop à faire avec les chevaux. Mais il ne s'attendait pas à ce que son frère accepte cette mission. Néanmoins, Liam m'a confié, en privé bien sûr, qu'il s'était peut-être trompé, à propos de son frère.

Liam l'avait donc constaté, lui aussi. Kyle n'était plus le même. Voilà qui était intéressant.

— Croyez-vous que Kyle le prendrait mal si j'allais le voir à l'étable ? Je voudrais lui parler de mon rapport.

— Bien sûr que non, répondit Hadley avec un sourire. Tant que vous y êtes, ramenez-le et restez dîner avec nous...

— Oh ! euh...

Elle regarda Hadley, sur le rocking-chair, en train de bercer les jumelles et, à ce moment, elle réalisa les conséquences que ses recommandations auraient sur Liam et son épouse. Des conséquences négatives. Et elle détestait cette idée, après tous les efforts et l'amour que tous deux avaient déployé pour les bébés, en l'absence de Kyle. Quelle déception ce serait pour eux.

Soudain, elle ne pensa plus qu'à clôturer cette affaire si pénible. A la seconde où elle avait entendu le nom de

Kyle, lorsque Liam l'avait appelée, elle aurait dû céder le dossier à une collègue. Mais elle n'en avait pas été capable et aujourd'hui elle avait en main le destin de plusieurs personnes.

— Merci pour l'invitation, mais je dois repasser au bureau. La prochaine fois, peut-être, dit-elle avec entrain, s'éclipsant avant que Hadley n'insiste.

Elle parcourut les cinq cents mètres de chemin caillouteux séparant la maison de l'étable bien plus rapidement qu'elle n'aurait voulu. Elle se gara à côté de deux pick-up et entra, espérant trouver Kyle à l'intérieur.

Bingo.

Dès qu'elle posa les yeux sur lui, derrière la baie vitrée séparant les bureaux de l'étable proprement dite, elle fut saisie par sa beauté virile. Appuyé à l'encadrement d'une porte, hanche décalée, il devait être en pleine conversation avec quelqu'un, et cette position traduisait une absolue confiance en soi, lui donnant un air presque arrogant.

Il portait le jean à la perfection et, oui, il avait toujours des fesses admirables. Mais ça, ce n'était pas son problème. Enfin, si, c'était bien là l'un de ses problèmes mais… Bref.

A cet instant il se retourna, la surprenant en plein acte de voyeurisme. Oh non. Elle se dépêcha de lui tourner le dos, mais entre-temps vit un drôle de sourire se dessiner sur sa bouche. Comment avait-elle pu se laisser aller ainsi ? Elle sentit ses joues s'embraser.

Il sortit du bureau et, tout le temps qu'il mit à la rejoindre, elle sentit ses yeux sur elle, avec l'impression très nette que son regard restait rivé sur ses fesses, comme un juste retour des choses.

— Bonjour, Grace, dit-il avec entrain.

Elle ferma brièvement les yeux avant de lui faire face.

— Bonjour, Kyle.

— Tu as vu quelque chose à ton goût ?

Qu'était-elle censée répondre à cela ? Pff, les hommes.

Ils avaient tous un ego démesuré, pas question de l'alimenter un peu plus. Et qu'il s'estime heureux qu'elle ne lui fasse pas ravaler son sourire avec une claque. Même si elle était mal placée pour jouer les princesses outragées, vu que c'était elle qui avait commencé ce petit jeu. Si elle avait été prise en flagrant délit, finalement, il fallait qu'elle s'en prenne à elle-même.

— Rien que je n'aie déjà vu auparavant.

— Vraiment ? dit-il avec ironie, un sourire espiègle scotché sur ses lèvres. Tu as déjà acheté du bétail ?

— Du bétail ? répéta-t-elle, commettant l'erreur de regarder dans ses yeux verts, d'un éclat vibrant, même dans la pénombre de l'étable. Je ne… Non. Je ne suis pas venue pour ça.

Elle croisa les mains dans l'espoir de faire cesser ces picotements qu'elle ressentait partout en repensant au contact de ses épaules auxquelles elle s'était accrochée, la veille, et à son baiser. La tête lui tournait et elle avait du mal à réfléchir.

— Tu es sûre ? C'est ce que nous faisons, au ranch, vendre du bétail. J'ai cru que tu venais faire ton marché.

— Ah ? Oh. Non. Non, pas de bétail…, bafouilla-t-elle, se maudissant, puisqu'elle n'était même plus capable d'aligner trois mots.

Hélas, il s'approcha encore, trop près. L'odeur de sa peau la submergea alors, une odeur tellement masculine et ténébreuse, qu'elle sentit ses jambes flageoler.

— Ah, bien, murmura-t-il. Alors, pourquoi cette visite si ce n'est pas pour admirer la marchandise ?

Oh ! elle était là pour ça, en réalité. Sauf qu'elle ne devait pas oublier son travail.

— Je voulais te parler.

— Quelle coïncidence ! Moi aussi.

— Je ne te dérange pas ?

— Oh ! mais non, Grace, en aucun cas, répondit-il, avec

cette voix riche et profonde, sexy à mourir. Cette nuit, je n'ai pas arrêté de penser combien j'avais envie de t'embrasser encore et encore. Et sous la douche, aussi. Et même quand je suis en selle…

A l'imaginer à cheval, elle rougit trois fois plus. Il la désirait, lui aussi. Un frisson la parcourut, la laissant sans voix. Elle avait été amoureuse de Kyle, et le sexe avec lui avait été quelque chose de si nouveau, de si fort, la première fois, pour tous les deux.

Elle repensa à leurs étreintes d'adolescents. Si elle s'en tenait à leur baiser de la veille, bien plus troublant que ceux qu'ils avaient échangés dix ans plus tôt, il semblait avoir appris deux ou trois choses entre-temps sur le sujet.

— Alors toi aussi, tu penses à notre baiser ? demanda-t-elle sans même réfléchir.

— *Aussi* ? répéta-t-il, s'engouffrant aussitôt dans la brèche. Dois-je en conclure que tu y penses de ton côté ?

Et il la regarda avec du feu dans les yeux, deux brasiers face auxquels elle crut bien se liquéfier.

Trop tard pour revenir en arrière.

— Hmm… Peut-être une ou deux fois, oui. C'était un joli baiser.

— Joli ? dit-il, avec son sourire ravageur. Je dois être sacrément rouillé, si c'est le seul mot que tu as trouvé pour le qualifier. Laisse-moi essayer encore et je te garantis qu'après ça *joli* ne fera plus partie de ton vocabulaire.

Mais, avant qu'il ne joigne le geste à la parole, elle plaqua sa main sur son torse, dur comme du marbre, ce qui lui donna envie de l'explorer plus en détail.

— Pas si vite, chuchota-t-elle, craignant de perdre la raison. Je suis ici à titre professionnel.

Son visage devint sérieux.

— Il s'agit de mes filles, je suppose. Je t'écoute, qu'attends-tu ?

Elle s'empressa de retirer sa main de son torse.

— J'ai fait part de mes recommandations à ma responsable qui doit elle-même encore en référer à ses supérieurs. Mais, dans l'ensemble, je ne vois aucune objection à ce que tu aies la garde de tes filles.

Il laissa échapper un soupir, avant de s'emparer d'elle pour la faire tourner entre ses bras. Riant de sa réaction, elle lui martela les épaules et bredouilla quelques protestations. Puis il la reposa sur ses pieds, bien plus lentement qu'il n'aurait dû.

Elle toussota et recula de quelques pas.

— Merci, Grace. Cela signifie tant de choses, pour moi, dit-il, avec une sincérité qui lui donna le frisson. Alors, c'est fini ? Plus de visites sur site ?

— Eh bien…

Elle hésita, incapable de répondre par l'affirmative.

— Pas totalement… Je vais garder un œil sur toi.

Les vibrations entre eux s'intensifièrent quand il se pencha sur elle.

— Si tu n'es plus l'assistante sociale de mes filles, il n'y a plus aucune raison pour que je ne t'embrasse pas de nouveau.

Exact. Mais elle ne pouvait jouer sur les deux tableaux. Soit elle avait besoin d'une excuse pour continuer à venir le voir, même si ladite excuse devait empêcher qu'il se passe quoi que ce soit entre eux, soit elle déballait tout. En lui avouant être aujourd'hui encore terriblement attirée par lui et on verrait bien ce qui se passerait.

— Je ne referme pas le dossier pour autant, s'entendit-elle dire. Je reviendrai donc deux fois encore, juste pour étayer mes recommandations. En cas de problème, la décision pourrait être annulée.

— Très bien. Mais, si ton rapport est fait, c'est que ton objectivité dans l'affaire est évidente, non ?

Peut-être devrait-elle songer à dire les choses clairement, pour une fois.

— Absolument. Mais…

Elle haussa les épaules et lui sourit.

— Ce n'est pas la seule chose en jeu ici, Kyle, et tu le sais. Nous ne sommes plus ensemble depuis longtemps et je ne suis pas certaine que reprendre notre histoire là où nous l'avions laissée soit une bonne idée. Je ne dis pas que la chose est impossible. Je voudrais juste prendre un peu de temps… Et du recul.

Ainsi, elle pourrait réfléchir. Décider si elle était prête à lui faire confiance de nouveau. Comprendre pourquoi tout semblait différent cette fois, entre eux, tellement plus dangereux et excitant aussi.

Il hocha la tête, mais au sourire plaqué sur ses lèvres elle comprit qu'il n'était pas convaincu par son petit discours. Et, à vrai dire, elle ne s'était pas convaincue elle-même.

— Tu sais où me trouver. A présent, si tu veux bien m'excuser, je dois m'occuper des bêtes.

Elle le regarda s'éloigner, ce fut plus fort qu'elle. Comme tout. Oui, tout était plus fort qu'elle, avec Kyle, et elle avait le sentiment que cela ne faisait qu'empirer.

- 6 -

Kyle ne revit pas Grace d'une semaine entière. Au septième jour, il crut devenir fou. Il n'arrêtait pas de penser à elle. De rêver d'elle. Il avait envie de l'embrasser. Et plus. Surtout maintenant qu'avait disparu tout conflit d'intérêts, entre eux.

Conflit d'intérêts auquel elle avait substitué un autre rempart. Elle avait besoin de prendre du recul. De temps. Or il ne supportait pas les temps morts. Il était un homme d'action.

Au lieu de l'appeler pour un rendez-vous — trop simple —, il se jeta à corps perdu dans ses occupations, au ranch. Le soir, une fois rentré, il se consacrait à ses filles.

Un emploi du temps bien chargé et éreintant. Dix fois plus que nettoyer la rue d'une bourgade afghane de ses snipers, afin de faciliter la circulation des troupes américaines.

Il aurait pourtant juré qu'avoir servi comme agent des Forces spéciales le préparait à tous les défis. Et le premier de tous, quand on faisait la guerre, consistait à en revenir entier, quitte pour cela à devoir ôter la vie à un autre être humain. Sur les champs de bataille, il n'y avait pas de place pour les sentiments.

Etre père par contre, c'était cent pour cent d'émotions brutes, sept jours sur sept. Peur de mal faire. Joie infinie, à seulement tenir dans ses bras un petit être humain qui était sa chair et son sang. Angoisse d'être un mauvais parent, comme les siens l'avaient été pour lui : un père absent, et une mère qui l'avait abandonné. Soudain, il sentit sa gorge se serrer. Et si Grace, demain ou après-demain, estimait s'être trompée en décidant de lui confier la garde de ses filles ?

Une chose pourtant le hantait par-dessus tout. La conviction qu'il ne pourrait y arriver seul. Les enfants avaient besoin d'une mère. Hadley était attentive, clairement attachée aux bébés, mais elle était la femme de Liam, pas la sienne. Maintenant qu'était connue la nouvelle sur la décision de Grace, ce n'était pas juste de demander à Hadley, qui avait espéré adopter les filles, de continuer à être leur nounou.

Cela étant encore un sac de nœuds qu'il ignorait comment démêler, il décida de laisser le problème de côté, le temps de trouver une solution. Et puis, personne ne semblait pressé de changer le train-train et, pour l'instant, il vivait toujours sous le même toit que Liam et Hadley, avec Maggie et Maddie. Sans compter que quelqu'un devait bien veiller sur ses filles, quand il était au travail.

En effet, il était très occupé au ranch, la saison des vêlages battant son plein. Ce qui impliquait de la part de ses hommes et de lui une vigilance constante, pour s'assurer de la survie des petits, sous peine de perdre de l'argent. Or il ne pouvait pas passer dix à douze heures par jour à l'étable et prendre soin de ses propres enfants en même temps. Un raisonnement d'une logique imparable.

Bref, une semaine après que Grace lui avait appris qu'il avait gagné le droit de garde de ses filles, il vivait l'enfer dans son bureau, à répondre à son courrier et à compulser des dossiers qu'Ivy, sa cousine et comptable du ranch, lui avait posés sous le nez, avec un petit sourire en coin. Un sourire sadique. Bon sang, il détestait la paperasse. Il préférait cent fois avoir les mains dans le purin.

A ce moment, on frappa à sa porte. Sauvé ! Levant la tête, il reconnut Emma Jane, tout sourires. Emma, la responsable des ventes. C'était elle qui recevait et négociait les prix avec leurs clients. Elle gérait la partie commerciale, ce dont il se félicitait chaque jour.

— Bonjour, patron, le salua-t-elle. Vous avez une minute ?

— Pour vous, toujours, répondit-il en croisant les bras. Que se passe-t-il ?

D'un mouvement de la tête alambiqué, Emma Jane fit voleter ses longs cheveux blonds, avant de venir dans sa direction avec une démarche savamment chaloupée pour s'asseoir sur le coin de son bureau, prenant soin d'ajuster sa jupe de manière à révéler la quasi-totalité de ses jambes. Il réprima un sourire, essentiellement pour qu'elle ne le prenne pas comme un encouragement. Emma Jane avait la délicatesse d'un hélico près d'atterrir.

— J'ai beaucoup réfléchi, chuchota-t-elle avec une expression faussement ingénue. Nous vendons nos bêtes dans toute la région, mais pourquoi n'envisagerions-nous pas d'étendre notre offre à Fort Worth ?

Manifestement, elle avait quelque chose derrière la tête, aussi il se garda bien d'émettre le moindre son en attendant la suite.

— Le ranch Wade devrait facilement trouver des partenaires, là-bas, poursuivit-elle avec un nouvel effet de sa chevelure. Nous pourrions y aller ensemble, en voyage d'affaires. Et nous y passerions la nuit, histoire de jouer un peu les touristes et, pourquoi pas, d'aller prendre un verre à Sundance Square ?

Ce n'était pas une bonne idée, car il n'avait aucune intention de tomber dans le piège d'Emma Jane. En même temps, il devait faire attention : il ne pouvait se permettre de voir un autre employé démissionner. Danny Spencer n'avait toujours pas été remplacé et, de ce fait, pour le moment, il devait assumer non seulement ses tâches, mais aussi celles qui revenaient à Danny.

Il décida de jouer le jeu, sans trop s'engager cependant.

— Je comprends, dit-il. Et j'applaudis à cette suggestion.

Elle battit des cils et son sourire s'élargit. Comme son décolleté, quand elle se pencha vers lui.

— Vous n'êtes qu'un flatteur…

Comme il ne semblait pas approprié de plonger les yeux dans le décolleté de son employée, même si manifestement l'employée en question n'attendait que cela, il fit en sorte de diriger son regard derrière Emma Jane, vers la fenêtre. Pour apercevoir qui ? La seule personne qu'il espérait voir. Grace. Enfin.

Il en avait été presque à se demander si elle n'avait pas décidé de l'effacer de son existence pour les dix autres prochaines années. En l'observant du coin de l'œil garer sa petite voiture dans la cour, puis se diriger vers l'étable, il sentit son pouls s'accélérer. Il était doté d'une vision périphérique suffisamment performante pour repérer un sniper planqué en haut d'une tour — ou une jolie assistante sociale aux yeux sombres, qui récemment lui avait déclaré avoir besoin de temps pour faire le point. Seule.

— Non, c'est la vérité, insista-t-il en reportant son attention sur Emma Jane. Vous vous occupez de la vente de notre bétail depuis un an maintenant. Votre bilan est exceptionnel. On voit que vous connaissez votre travail.

Emma Jane excellait à bomber la poitrine face à un éventuel acheteur. Il n'existait aucune loi contre ça et, dès lors qu'elle vendait son bétail, il se fichait bien des arguments qu'elle employait.

Par ailleurs, il n'existait pas non plus de loi qui l'empêchait de laisser croire à Grace que des choses se passaient dans son bureau. Des choses qui n'avaient rien à voir avec le boulot.

Mademoiselle avait besoin de rester seule ? Comment mieux répondre à ces exigences qu'en faisant semblant de s'intéresser à une autre ? Si son compte à rebours était juste, Grace ne devrait pas tarder à réaliser combien il était soucieux de la laisser en paix. Il offrit son plus beau sourire à Emma Jane et posa une main sur le bureau, tout près de son genou. Emma Jane se pâma, radieuse, à la seconde même où Grace apparut, la porte étant restée ouverte.

— Merci, trésor, roucoula sa responsable des ventes en faisant courir sa main sur son bras, qu'il ne retira pas. C'est le compliment le plus gentil que quelqu'un m'ait jamais fait.

Grace se figea, comme pétrifiée. A cet instant, il tourna la tête pour la regarder et lui faire savoir qu'il l'avait vue, juste au cas où l'idée lui viendrait de fuir.

— J'arrive au mauvais moment ? demanda-t-elle sèchement, Emma Jane sursautant, l'air paniqué, en réalisant qu'ils n'étaient plus seuls.

Génial. Forcément, à un moment ou à un autre, il devrait mettre les choses au clair avec Emma Jane, mais à cet instant, grâce à cette mise en scène, il pourrait peut-être comprendre ce que Grace voulait vraiment de lui.

— Absolument pas, répondit-il, et il se leva, congédia d'un signe de tête Emma Jane, dont le rôle s'arrêtait là. Nous étions juste en train d'envisager d'étendre nos ventes à la région de Fort Worth. Nous reprendrons plus tard.

— Bien sûr, ronronna Emma Jane qui lança un regard assassin à Grace, avant de s'éclipser.

— Comme c'était touchant, commenta-t-elle, une fois sa responsable des ventes disparue.

— Oh ? Vraiment ? dit-il, bras croisés, en faisant mine de réfléchir. Nous ne faisions que parler. Je ne vois pas ce que tu veux dire.

— Oh ! enfin, Kyle ! Elle était pratiquement allongée sur ton bureau à minauder…

— Tiens, tiens, tu crois ? Je n'ai rien remarqué.

— Evidemment, répliqua-t-elle en le fusillant du regard. Tu étais trop occupé à regarder son décolleté.

Ses yeux étincelaient de jalousie, du moins l'espérait-il.

— Emma Jane est une belle femme, j'en conviens.

— Non, non, c'est pire que cela. Cette femme est prête à tout, c'est évident, pour te séduire et…

Plus elle parlait, plus elle s'agitait, pointant un doigt, agitant les bras. Incontrôlable.

— C'est vrai qu'elle n'y va pas de main morte, avec son maquillage, dit-il avec un haussement d'épaules. Mais c'est une commerciale en or, pour nous. Je n'ai pas à me plaindre d'elle.

Elle laissa échapper un sifflement de dédain.

— Excepté pour sa façon outrancière de te draguer, tu veux dire ? Je n'en reviens pas que tu la laisses te parler comme ça.

— Comme quoi ? On ne faisait que discuter, dit-il avec un haussement d'épaules, conscient de verser de l'huile sur le feu, mais curieux de voir jusqu'où il pouvait aller avant que Grace n'explose.

— Bien sûr, mon pauvre Kyle, tu es toujours aussi aveugle…

Ce n'était pas la première fois qu'elle lui jetait ce mot à la figure. Aveugle. Cela signifiait forcément quelque chose pour elle. Qui lui échappait. Il s'apprêtait à l'interroger quand Johnny apparut, essoufflé, jean et bottes maculés de boue.

— Kyle. On a un problème. L'une de nos vaches est coincée dans le ravin, près de la crique, et elle est sur le point de mettre bas.

A ces mots, il se leva d'un bond et s'excusa auprès de Grace. Il détestait la laisser comme ça, mais le travail l'appelait.

— Allons-y.

Liam lui avait confié la charge du bétail. Cette occasion représentait un test, le premier, et, face à la gravité de la situation, il ressentit tout le poids de ses responsabilités avec une acuité à laquelle il ne s'attendait pas.

Il suivit Johnny jusqu'à l'enclos où ils gardaient les chevaux, ignorant la douleur dans sa jambe quand il se mit en selle. Sûr qu'il souffrait moins à s'occuper de la paperasse au bureau.

Il lança Paratonnerre au galop derrière Johnny pour

rejoindre le secteur du ranch où ils avaient rassemblé les bêtes attendant des petits, précisément pour éviter tout problème de ce genre. En théorie, aucune vache n'aurait dû se trouver près de la crique, sur la partie nord du ranch.

Il ne s'était pas rendu là-bas depuis des années, mais il gardait un souvenir précis de l'endroit. Enfants, son frère et lui allaient souvent jouer, là-bas.

Après deux minutes de chevauchée, ils arrivèrent à la limite de la pâture. Une partie de la clôture était à terre. Ceci expliquait cela.

— Que s'est-il passé ? demanda-t-il en inspectant, toujours juché sur sa selle, le fil de fer barbelé et les piquets en bois.

— On ne sait pas. Slim et moi, on longeait la clôture, quand on a découvert les dégâts. Il est alors descendu jusqu'à la crique et c'est là qu'il a trouvé la vache. Il a décidé de rester avec elle, pendant que j'allais vous chercher.

— Bonne initiative.

Ils traversèrent jusqu'à la crique et finirent par repérer Slim, en bas dans le ravin, près de la vache qui, grâce au ciel, se tenait sur ses quatre pattes. Dès qu'une vache se couchait, cela signifiait qu'ils avaient moins d'une heure avant que le travail ne commence. Ils avaient intérêt à faire vite, sinon elle donnerait naissance à son petit là, entre l'escarpement rocheux et la crique. Si le bébé se présentait mal, il serait difficile de l'aider à mettre bas, sans compter que l'équipement était à l'étable.

Il devait trouver une solution. Vite. Manifestement, Slim ne savait que faire, sinon il n'aurait pas envoyé Johnny chercher le patron. Cette mission était la sienne. Pas question d'échouer. Et il n'échouerait pas.

Il parcourut les abords du site pour en étudier les moindres détails. Malheureusement, tout le long, la pente était à pic. Comme quand il était petit garçon. Ici même, Liam et lui se laissaient glisser tout en bas sur les fesses. Que de fonds de culotte ils y avaient laissés. Mais c'était au mois d'août, quand le temps était sec. En mars, après un hiver rigoureux, et maintenant un printemps pluvieux, cette pente était pleine de boue. Ce qui expliquait la chute de la vache.

Il eut soudain l'idée d'employer ce toboggan naturel à son profit.

— Slim ! appela-t-il. Tiens bon encore quelques minutes ! Le temps de retourner à l'étable chercher du matériel pour la sortir de là !

— La sortir de là ? répéta Slim, sans cacher sa perplexité. Cela me paraît compromis. Danny Spencer n'aurait certainement pas agi comme ça.

— Possible, marmonna-t-il, en ravalant sa fierté.

Qu'aurait-il pu dire à Slim ? Le supplier de lui donner une chance de prouver qu'il pouvait faire aussi bien que Spencer ? Il ne répondit pas à la provocation et garda la blessure à l'intérieur de lui. Comme toujours.

Il retourna à l'étable au galop et trouva ce qu'il cherchait, deux lances à incendie que son grand-père gardait toujours sous la main, en cas d'urgence. On les avait branchées au réservoir d'eau, à côté de l'étable. Un réservoir suffisant pour patienter jusqu'à l'arrivée des pompiers, si un feu venait à se déclarer.

Eh bien, aujourd'hui, ces tuyaux allaient servir à sortir une vache d'un mauvais pas.

Il sauta dans le pick-up du ranch et reprit la direction de la crique en zigzaguant entre les bêtes sur la pâture, franchissant la clôture à l'endroit où elle était endommagée.

Lorsqu'il arriva sur site, d'autres hommes du ranch étaient là, sans doute impatients d'assister au spectacle. A son échec, surtout. Mais il n'avait besoin de la bénédiction de personne, encore moins de soutien. Si son idée ne plaisait pas à ces messieurs, il n'en avait que faire. Impassible, il attrapa les tuyaux dans la benne du pick-up et se dirigea vers Johnny.

— Je vais descendre ficeler la vache pour la remonter à

l'aide de ces tuyaux fixés au pick-up. Toi, tu vas te mettre au volant…

Johnny et les autres ne parurent guère convaincus, mais il les ignora et se mit au travail, attachant les deux extrémités des tuyaux au pick-up avec un nœud à huit boucles pour sécuriser le tout. Un nœud que lui-même utilisait dans ses missions, mais jamais avec des lances d'arrosage. Ne restait plus à espérer que ça tiendrait. Une fois le dispositif en place, il jeta l'autre bout du tuyau à Slim.

Il attendit un moment puis entreprit de descendre, ses gants en cuir accrochant mieux au caoutchouc qu'il n'avait osé l'espérer. L'exercice n'avait rien à voir avec les rappels qu'il pratiquait en mission, mais il était le seul ici à avoir l'expérience de ce type de sauvetage. Cent fois, il avait procédé ainsi à l'extraction d'hommes et matériels en terrain hostile. En règle générale, chargé comme un baudet, avec son paquetage et arme sur le dos. Descendre récupérer une vache ? Un jeu d'enfant…

Jusqu'à ce que sa botte glisse…

Sa jambe blessée cogna contre la paroi. Une douleur fulgurante. Il laissa échapper un juron. Quel idiot ! Il aurait dû faire peser son poids sur sa jambe valide. Ces maudites bottes étaient idéales, à cheval. Mais, pour l'escalade, elles ne valaient rien.

Il sentit des gouttes de sueur rouler sur son front, jusque dans ses yeux, l'aveuglant instantanément. En plein milieu de la paroi.

Il recourut alors à son mantra, en pareille situation, comme à chaque fois que le danger menaçait. Une chanson de Taylor Swift, à la fois nostalgique et joyeuse, qui évoquait l'adolescence, ses espoirs et sa foi en l'avenir. Et c'était à des hommes comme lui qu'il appartenait de préserver cette innocence, cette sécurité. Cette mission, il y avait consacré une bonne partie de sa vie. Jusque dans les contrées les plus désespérées de la planète.

Il chantonna ainsi jusqu'en bas. Il lâcha alors le tuyau et regarda autour de lui. La vache était encore debout. Manifestement, les lances à incendie tenaient. Il fit un signe de tête à Slim et tous deux s'efforcèrent de rapprocher le plus possible la vache de la pente. Chose qui ne fut pas facile, la pauvre bête étant apeurée, près d'accoucher et… très têtue.

Il leur fallut également plusieurs minutes pour confectionner un harnais, puis il fit passer la lance sur ses épaules et se prépara à refaire le chemin en sens inverse. En haut, ses gars s'étaient approchés du bord pour regarder.

A vingt centimètres du but, Johnny se pencha et lui tendit la main pour l'aider à prendre pied. Puis tous deux coururent attacher la lance au pick-up et Johnny alla se mettre au volant. L'heure de vérité était arrivée.

Johnny mit le contact.

— Doucement ! hurla-t-il, de retour au bord du ravin.

Le pick-up avança centimètre après centimètre, tendant la lance, puis les pneus mordirent la poussière quand la charge se fit plus pesante. La vache meugla son mécontentement, mais le mécanisme continua de tenir bon.

Peu à peu, la bête se retrouva plaquée contre la paroi et entama son ascension, à mesure que Johnny faisait avancer le pick-up, la boue facilitant la remontée.

Enfin, après dix longues minutes d'une tension extrême, la vache retrouva la terre ferme, au bord du ravin. Il ne sentait plus ses bras, ses mains étaient en feu, mais l'opération avait réussi.

Johnny descendit du pick-up et vint lui donner une claque entre les épaules. En un instant, ce fut comme si une barrière invisible autour de lui volait en éclats. Les autres hommes s'approchèrent pour le féliciter, même Slim, remonté entretemps, lui lança un « Beau boulot, patron ! ».

Il accepta le compliment, savourant par-dessus tout le mot « patron » dans la bouche de son employé. Puis les hommes se dispersèrent pour retourner à leur travail. Et peut-être réparer, enfin, cette maudite clôture ?

Il se retrouva seul, à vrai dire plutôt satisfait d'avoir prouvé ce qu'il valait, quand personne ne croyait en lui. Excepté lui-même.

Même Grace ne croyait pas complètement en lui, sinon elle n'aurait pas accompagné ses recommandations de menaces à peine voilées, en précisant que le dossier n'était pas clos.

Que pourrait-il prouver d'autre, lui qui tenait en si haute estime des valeurs telles que l'honneur, l'intégrité et la loyauté ?

A l'entrée de l'étable, Grace observa les hommes de retour de la crique. Tous descendirent de cheval, chacun racontant à sa façon à grand renfort de cris et de gestes le sauvetage de la vache en perdition. Apparemment, Kyle avait utilisé des lances à incendie en guise de cordages pour extraire l'animal du ravin. Une initiative tenant du génie pour les uns et de la folie pour les autres.

Il semblait en tout cas que l'opération avait été couronnée de succès, l'un des hommes tenant la vache en question au bout d'une corde.

Elle soupira. Que faisait-elle ici ? Elle devrait déjà être partie. Elle avait dit à Kyle ce qu'elle avait à lui dire, après l'avoir surpris avec une autre femme, à l'occasion d'un échange plus que suspect, qu'elle n'aurait jamais dû surprendre. Elle n'avait plus rien à faire ici. Mais bon, en dépit de la tension qui régnait entre eux, elle s'inquiétait pour lui. Bien sûr, il avait grandi sur le ranch, mais un accident était si vite arrivé.

Mais personne ne mentionna quoi que ce soit, à propos de Kyle, signe sans doute qu'il était indemne. Peut-être, mais elle le croirait quand elle le verrait. Puis, une fois rassurée sur sa santé — et uniquement au titre d'assistante sociale de ses filles, bien sûr —, elle partirait.

Peu après, le pick-up qu'il avait emprunté apparut dans la cour et il en sortit, couvert de terre, l'air épuisé. Au point qu'elle faillit se précipiter vers lui. Hélas, Emma Jane la devança, s'avançant vers Kyle avec un déhanchement outré, ce qui attira l'attention de presque tous les mâles à proximité. Tous sauf un, sa proie précisément.

Kyle avait arraché à la benne du pick-up les lances à incendie maculées de boue et les avait approchées de la citerne, à côté de l'étable, pour les nettoyer. Emma Jane le rejoignit et se mit à parler, tout sourires, les mains jointes. Elle était trop loin pour entendre, mais elle imagina sans mal les grandes lignes : « Oh, Kyle, vous êtes un héros, si fort, si courageux. »

Et, oui, il l'était, cela ne faisait pas de doute, mais elle ne voyait pas l'intérêt de dire toutes ces choses à un homme en lui mettant quasiment ses seins sous le nez.

Le héros en question, sans s'interrompre dans sa tâche, leva alors les yeux sur Emma Jane. Et sourit. Avec ce même sourire malicieux qu'il lui avait adressé, à elle, juste après l'avoir embrassée.

Ce même sourire sexy, qui avait bien failli la renvoyer direct entre ses bras.

Du calme, Grace.

Ce n'était qu'un sourire.

Croisant les bras, elle tendit l'oreille, alors même qu'elle n'avait pas la moindre chance de capter une bribe de leur conversation, à cette distance, encore moins avec le fracas qui régnait autour d'elle, les hommes du ranch bavardant et brossant leurs montures à l'abreuvoir, juste à côté.

Puis Emma Jane abattit ses mains sur le bras de Kyle. Qui ne la repoussa pas. A cette seconde, c'en fut trop, et elle vit rouge. Il dit alors quelque chose à Emma Jane, celle-ci riant aussitôt à gorge déployée. Elle n'avait pas besoin d'en voir plus. Manifestement, il appréciait beaucoup la compagnie d'Emma Jane.

De toute façon, cela ne la regardait pas. Il n'était pas sa propriété et, au fil des années, il avait forcément eu des liaisons. D'ailleurs, n'était-il pas papa ?

Oui, bien sûr. Sauf qu'elle n'en avait jamais réellement pris conscience, jusqu'à aujourd'hui. Elle n'avait plus rien à faire ici.

Et elle s'apprêtait à partir, lorsqu'elle vit Kyle lâcher ses lances à incendie pour venir dans sa direction, Emma Jane dans son sillage.

Peut-être voulait-il lui parler ? Il se dirigeait peut-être simplement vers l'étable.

Mais, à ce moment, son regard rencontra le sien et quelque chose d'immense la pénétra, la submergea, l'engloutit tout entière.

- 7 -

— Mademoiselle Haines, grommela Kyle avec un bref hochement de tête.

Avant d'entrer dans l'étable !

Sans même s'arrêter !

Grace n'en revenait pas. Elle s'était trompée sur toute la ligne.

Quelle meilleure façon de lui faire comprendre qu'elle était de trop, ici ? En le suivant du regard, elle eut le temps de l'apercevoir à l'intérieur, tout près d'Emma Jane. Puis il traversa l'étable et disparut de sa vue, caché par une cloison.

Sans prendre le temps de la réflexion, elle se lança à sa poursuite. Elle était restée ici à l'attendre, à moitié morte d'inquiétude, et monsieur ne prenait même pas la peine de s'arrêter pour lui parler ? Comment osait-il ? Emma Jane avait eu droit en revanche à bien plus qu'un simple hochement de tête.

Déjà elle se glissait derrière la cloison, prête à en découdre, quand elle se figea. Il se tenait devant un immense lavabo. Nu jusqu'à la taille. Elle en eut le souffle coupé.

Sidérée, elle contempla son torse nu quand il l'aspergea d'eau. Une eau qui dégoulina sur sa peau couleur bronze, pour aller finir sa course sous la ceinture de son jean.

Son cœur cognait dans sa poitrine : elle était trop près du fruit défendu.

Et trop loin en même temps.

La bouche sèche, la gorge nouée, même pour un million

de dollars, elle n'aurait accepté de détourner les yeux de ce corps. En fait, elle aurait même payé un million de dollars pour que cette scène se fige dans l'éternité.

— Tu voulais me parler, Grace ?

Sous le choc, elle baissa les yeux un instant. Prise la main dans le sac. Encore une fois.

— J'ignorais que tu étais en train de te débarbouiller. Désolée.

Il s'appuya avec nonchalance au lavabo, position qui lui permit de continuer à admirer pleinement ce torse incomparable.

— Cela ne répond pas vraiment à ma question, dit-il.

Une question ? Quelle question ? Mon Dieu, cet homme avait le pouvoir de la troubler, au point d'en devenir sourde. Sourde, peut-être, mais aveugle, certainement pas.

— Euh, tu m'as demandé quelque chose ?

— Eh bien, répondit-il avec un petit rire qui la fit vibrer, je voulais juste savoir ce que tu faisais ici, Grace. Mais peut-être dois-je poser ma question autrement. Es-tu là pour regarder ? Ou souhaites-tu te joindre à moi ? Parce que, dans les deux cas, je suis partant.

En un éclair, elle sentit toute sa fureur revenir.

— Après avoir flirté de façon éhontée avec ta chère responsable des ventes ?

— Attention, dit Kyle. Avec ce genre de réflexion, je pourrais penser que me voir flirter avec une autre femme te contrarie. Mais ce n'est pas le cas, n'est-ce pas ?

Elle croisa les bras, mais impossible de faire barrage à ses yeux verts, si pénétrants, si brûlants.

— Bien sûr que non, voyons ! Je m'en fiche ! C'est juste que je trouve affligeant, après avoir fait le joli cœur avec une autre, que monsieur m'invite trois minutes après à… à…

Soudain, elle l'imagina l'arroser d'eau et lui lécher la poitrine juste après. La vague de chaleur qu'elle sentait naître dans son ventre se gonfla et déferla sur elle. Un seul regard, et il la faisait fondre.

Elle ne se rappelait pas avoir été aussi bouleversée par sa présence, autrefois. Autant de sensations nouvelles, excitantes. Frustrantes. Terrifiantes, aussi.

— Peut-être, dit-il, toujours sourire aux lèvres. Mais je te fais remarquer que c'est toi qui es ici. Et que ce n'est pas à Emma Jane que j'ai demandé de me rejoindre sous la douche.

— Oh ! uniquement parce qu'elle n'a pas eu l'idée de te suivre.

— Contrairement à toi, dit-il, impassible, avant d'ouvrir les bras. Je suis là. Que vas-tu faire de moi ?

Mais quel aplomb il avait ! Mains fermement ancrées sur les hanches — juste au cas où il leur prendrait l'envie d'explorer les abdominaux de l'homme en face d'elle —, elle le fixa.

— Ce n'est pas toi, ça, Kyle. Oh ! Liam, lui, était un vrai don Juan, multipliant les conquêtes. Mais, toi, tu n'as jamais été comme ça…

Voilà. Cela avait le mérite d'être clair.

— Oh ! c'est ce que tu penses ? répondit-il dans un éclat de rire. Mais cela ne nous avance pas plus sur ce qui se joue ici.

— Tiens donc ? Explique-moi.

— Emma Jane est mon employée, rien de plus, fit-il avec un haussement d'épaules. Toi… C'est autre chose.

— Vraiment ? Comment ça ?

Il la regarda de haut en bas, le genre de regard qui n'aurait pas dû la troubler autant ; pourtant, elle en frissonna jusqu'à la plante des pieds.

— Toi, j'ai envie de t'embrasser. Toujours.

Envie de l'embrasser, toujours ? Ou plus ?

Cherchant une réponse adaptée, elle s'avança vers lui

pour lui planter son index sur la poitrine. Il regarda son doigt, puis de nouveau plongea ses yeux dans les siens.

— Il y a une minute, tu avais envie d'embrasser Emma Jane, alors que ce soit clair. Je ne vais pas faire la queue.

— Grace, murmura-t-il, et c'est à peine si elle l'entendit. Je n'ai aucune envie d'embrasser Emma Jane.

— Ce n'est pas l'impression que j'ai eue. Ni elle, à mon avis. Je te rappelle que tu n'as pas arrêté de lui faire les yeux doux et de te laisser tripoter par elle.

— Peut-être parce que je savais que tu nous regardais…

— Que je… Quoi ? s'exclama-t-elle, le souffle coupé, avant de retrouver la parole. Tu l'as fait exprès ? De flirter avec Emma Jane ? Tu as fait ça parce que j'étais là ? Oh ! c'est…

Elle chercha mais ne trouva pas de mot suffisamment ordurier pour qualifier un tel acte. Il l'avait manipulée. Il avait prémédité tout ça et elle avait marché. Couru. C'était toujours la même histoire, les gens faisaient d'elle ce qu'ils voulaient. Et elle s'exécutait sans émettre le moindre son. Il se tenait devant elle et la regardait.

— Alors tout ça, c'était pour de faux ? demanda-t-elle par principe, car il l'avait affirmé, sans pour autant lui expliquer le pourquoi de l'affaire. Mais dans quel but ?

Il continua de la fixer, puis se pencha dans sa direction, juste un peu, mais sa chaleur irradia et se propagea aussitôt à sa peau, comme s'il avait collé son torse à sa poitrine.

Elle se retrouva incapable de faire le moindre geste. Et, à vrai dire, elle n'en avait pas vraiment envie, trop fascinée qu'elle était par cette expression, sur son visage, et cette chaleur en lui, qui n'en finissait pas de l'appeler.

— Je fais simplement ce que tu as exigé, murmura-t-il. Tu as exprimé le besoin de prendre du recul, du temps, je m'exécute et te laisse en paix. Si tu changes d'avis, je suis là, mais en attendant je m'occupe.

Ils se défièrent un moment du regard. Il ne faisait que

respecter ses volontés. Seulement, elle n'allait pas admettre qu'il marquait un point. Quant à ses intentions, si elle décidait avoir pris suffisamment de recul et de temps, cela ne pouvait être plus clair.

Elle n'avait pas envie qu'il flirte avec d'autres femmes ? Eh bien, soit, elle n'avait qu'un mot à dire.

Inutile de continuer à tourner autour du pot, à faire semblant. Oui, c'était clair. Il avait envie d'elle. Mais il ne tenterait rien spontanément.

Le passé était le passé. Aujourd'hui, ils étaient attirés l'un par l'autre. Elle avait maintenu cette distance entre eux pour garder la tête froide. Pour se protéger. C'était la même tactique qu'elle employait dans son travail. Si elle voulait être sûre de ne pas se laisser dépasser par ses émotions, de rester objective dans ses décisions, elle s'appliquait toujours à prendre du recul. S'efforçait d'évaluer chaque cas avec neutralité.

Mais il ne s'agissait pas ici de son travail. Il s'agissait de Kyle et d'elle : une affaire très personnelle. Et il n'y avait pas mille façons d'étudier leur cas, excepté en plongeant dedans tout entière. Tergiverser ne mènerait à rien.

Impassible, immobile, il continua de la dévisager. Comme il venait de le lui faire comprendre avec beaucoup de subtilité, la balle était dans son camp.

Bien. Soit elle se comportait en adulte, en prenant des décisions par rapport à l'homme qu'elle désirait. Soit elle laissait les ondes entre eux se diluer, en restant ainsi à des hésitations d'adolescents.

Elle décida d'agir en adulte. En femme.

N'écoutant que son instinct, elle plaqua les mains sur le torse nu de Kyle tout en le regardant au fond des yeux, pour voir sa réaction. Quand elle ouvrit les doigts, son regard vert s'obscurcit, elle-même tressaillant à la chaleur moite de sa peau. A la fermeté de ses muscles.

Il n'était pas comme ça, autrefois. Si viril. Et c'était

terriblement excitant. Quand il la regardait ainsi, comme si elle était le centre de l'univers, il était facile de se rappeler pourquoi elle était folle de lui. Toutes les émotions qui étaient les siennes, lorsqu'elle était amoureuse de lui, resurgirent.

— Voilà, je suis là, chuchota-t-elle, devant toi.

— Grace, dit-il entre ses dents, et elle le sentit trembler sous ses doigts. J'espère que tu es sûre de toi.

— Je suis sûre de moi. Si tu en as envie, embrasse-moi, je suis d'accord.

— Tu es « d'accord » ? Le terme me paraît un peu fade, mais…

Et soudain, il l'enlaça, l'attira contre lui et, avant qu'elle puisse réagir, sa bouche s'empara de la sienne.

Le contact de ses lèvres la surprit, puis elle ne sentit plus que ses mains qui la caressaient, glissaient sur son dos et finalement se refermaient autour de ses hanches pour la maintenir contre lui.

Elle frissonna en sentant la force de son érection se presser sur le bas de son ventre. Ce fut un baiser extrêmement physique, impliquant la totalité de leurs corps, de leurs esprits. Rien à voir avec leur baiser sous le porche, qu'elle croyait pourtant unique, exceptionnel. Ce baiser-là tout compte fait, par rapport à celui-ci, était bien sage. Quelle différence !

Passion, fièvre, un véritable incendie, ce baiser résonna en elle comme un séisme.

Elle l'embrassa avec plus de ferveur encore, nouant et dénouant sa langue à la sienne. Kyle… Comme ses bras lui avaient manqué. Comme son odeur lui avait manqué.

Excepté que Kyle n'était pas ce qu'elle avait imaginé, non, ce Kyle-là était comme un livre qui s'ouvrait, une histoire merveilleuse avec une intrigue délicieuse au lieu d'un univers sombre et plein de secrets.

Il promena ses mains sur elle, partout, et aussi sous ses vêtements, et elle le laissa s'emparer de son sein. Mais, quand il pressa une jambe entre les siennes et la fit bouger sur sa cuisse, elle retint un cri.

Ah non, on était au-delà du baiser.

Les rares cellules de son cerveau encore en activité lui rappelèrent soudain un détail. Ils étaient dans cette étable et elle était prête à… à tout, en fait. Or elle ne savait même pas pourquoi les choses devraient marcher entre eux, cette fois. Malgré ses filles, elle n'avait même pas la certitude qu'il resterait, cette fois. Et, à supposer que oui, était-il plus fait pour elle aujourd'hui qu'il ne l'était dix ans plus tôt ?

S'arrachant à ses lèvres, manquant en même temps en pleurer, elle le repoussa.

— Attends, dit-elle, le souffle court.

Il la regarda, les yeux ronds, tremblant.

— Pourquoi ?

— Tu sais pourquoi, répondit-elle.

Elle devait faire en sorte de s'assurer que ce jeu en valait la chandelle. Oh oui, il était sexy, embrassait divinement bien, mais elle n'était pas femme à coucher pour coucher.

— Je n'ai jamais été doué pour les devinettes.

— A cause de ce qui est arrivé entre nous autrefois, Kyle, répondit-elle, exaspérée. Tant de non-dits subsistent. De questions sans réponse. Non, cette fois, je veux faire les choses sans hâte, pour nous…

— Dans ce cas, tu ferais mieux de partir, dit-il. Parce que je ne me sens pas en état de faire les choses sans hâte, là.

La gorge serrée, elle suivit son conseil et partit sur-le-champ. Ce ne fut qu'une fois au volant qu'elle se rendit compte de ce qu'elle venait de faire. Ce n'était certainement pas dans la fuite qu'elle pourrait décider si tous les deux avaient un avenir ensemble.

Non, faire les choses sans hâte n'était peut-être pas la meilleure solution.

Et, à ce moment, elle eut une illumination. Une sorte de

révélation. Leur liaison passée contaminait le présent, pesait sur ses sentiments. Le problème était là. Et la solution ?

Dans le sexe, peut-être ?

Kyle enfila sa chemise, manquant en déchirer les manches au passage.

Grace ne voulait rien précipiter à cause de ce qui était arrivé entre eux, dix ans auparavant.

Furieux, il était impatient de se remettre au travail, qui ne manquait pas, n'importe quoi ferait l'affaire, l'urgence étant de calmer son ardeur. Un pari qui n'était pas gagné : la sensation de Grace entre ses bras, contre sa peau, l'avait mis au supplice.

S'il comprenait qu'elle ait besoin de faire le point avant d'aller plus loin avec lui, il n'allait certainement pas rester là à attendre que le présent soit entaché par le passé.

Liam était marié, aujourd'hui. Il y avait prescription, non ?

Mais, dans l'immédiat, il n'avait pas d'autre choix que de ronger son frein. Il avait du travail, des hommes à diriger.

Il ne ménagea pas sa peine jusqu'au coucher du soleil, les employés du ranch l'évitant avec soin. Le sauvetage de la vache ne lui avait valu aucun point, apparemment. A moins que sa mauvaise humeur explique qu'aucun n'ait osé l'approcher. Bref, ça suffisait pour aujourd'hui.

A peine rentré, Liam vint le retrouver.

Il répondit par un signe de tête, pas d'humeur aux politesses.

— Nous nous envolons pour Vail, Hadley et moi, ce week-end, dit Liam, lèvres pincées. Tu penses pouvoir te débrouiller seul deux jours, avec les filles ?

— Bien sûr.

Liam hésita, s'attendant à une conversation apparemment, voire à un refus, mais que rajouter de plus ? Il ne pouvait retenir le couple de force. Et Maddie et Maggie étaient ses enfants. Il devrait y arriver.

— Parfait. Nous partons dans une heure environ.

Il acquiesça d'un hochement de tête.

— Je pilote moi-même mon Cessna. Aussi, si tu as besoin de parler à Hadley, pas de problème pour retarder notre départ.

Hadley lui avait déjà appris l'essentiel, non ?

— C'est inutile.

— Tu as mon numéro de portable, poursuivit Liam. Tu peux appeler, en cas de souci.

— D'accord.

Bon sang. Allait-il continuer comme ça longtemps ? Liam avait pris soin des bébés avant son retour, sans quelqu'un derrière lui en permanence, à l'affût de la moindre erreur. Monsieur estimait peut-être avoir seul les compétences pour ce genre de choses. Sa détermination ne s'en trouva que renforcée.

Il n'appellerait pas. Manifestement, Liam et Hadley avaient d'autres projets en tête, de quel droit irait-il jouer les trouble-fête ? Et tant pis s'il ne s'était jamais retrouvé seul à la maison avec les filles, Hadley n'étant jamais bien loin, prête à intervenir.

C'était dans un moment pareil qu'il ressentait avec plus d'acuité le besoin d'avoir quelqu'un à ses côtés. Quelqu'un comme Grace. Ses filles avaient besoin de l'amour d'une mère. Seul problème, il n'osait pas imaginer la réaction de Grace, s'il venait à aborder le sujet. Liam se leva pour s'affairer, rassemblant quelques affaires ici et là. Et le laissant à ses pensées moroses. Tout se passerait bien, il n'y avait pas de raison. Un moment, il avait pensé inviter Grace au restaurant, à Odessa. Loin de Royal, où tout le monde les connaissait. Peut-être même lui aurait-il demandé de passer la nuit avec lui, dans un hôtel chic. Il n'avait jamais eu l'occasion de dépenser son argent. Qui mieux que Grace pour commencer ?

Mais bon, mieux valait ne plus y penser. Une sortie en

tête à tête ne correspondait pas vraiment aux attentes de Grace, soucieuse de faire les choses *sans hâte*. Elle l'aurait de toute façon envoyé sur les roses, avec son invitation.

Et alors ? Il passerait le week-end avec ses filles. Ce serait super. Tous trois en profiteraient pour tisser des liens précieux. Et puis, c'était l'occasion ou jamais pour envisager ensuite de relever Hadley de ses fonctions de nounou. En toute amitié, bien sûr. Car une chose était sûre, elle adorait ses enfants et était prête à s'en occuper chaque fois qu'il en émettait le souhait. Sauf que cela devait cesser et qu'il devait assumer pleinement son rôle de père.

Il avait pris la décision de rester à Royal, avait accepté la responsabilité du bétail. Le moment était venu pour lui de se comporter en homme et de commencer à construire cette vie de famille dont ses filles avaient besoin.

Après mille instructions et autant de regards inquiets, Liam et Hadley finirent par s'en aller, le laissant seul avec Maggie et Maddie. Il ressentit un étrange pincement au cœur. Pincement qui persista et commença même à ressembler à un début de panique.

Maddie et Maggie étaient des bébés ! *Des bébés !* se répéta-t-il, lui qui avait affronté un repaire de Talibans en transpirant moins que ça.

Il pénétra dans la chambre des filles, ébloui par tout ce rose. Les bébés le regardèrent avec, lui sembla-t-il, un regard vaguement narquois. En tout cas, sages comme des images. Pas le moindre pleur.

— Allez, on va faire un tour ! lança-t-il sur un ton enjoué.

Il était encore tôt, non ? Il prit Maggie dans son berceau et l'emmena en bas, dans le coin du salon réservé aux bébés. Il décida de l'installer sur l'un des sièges bébé, comme il avait vu Hadley le faire, un siège avec sangles, assez semblable au harnais d'un parachute. Il attrapa le minuscule poignet de Maggie pour le glisser dans le trou correspondant.

La réaction fut immédiate. Maggie lui assena son autre poing sur le nez, ce qui le fit rire.

— Je suppose que je m'y prends mal, c'est ça ?

Elle émit un drôle de son, et de son côté il hocha la tête, comme s'ils entretenaient une conversation. Hadley répétait ça tout le temps. Les bébés étaient des personnes, pas des extraterrestres. Au lieu de s'adresser à ses filles dans un langage débile, il devait leur parler normalement, cela enrichirait leur vocabulaire, pour plus tard. Ce qui lui convenait parfaitement, car il trouvait complètement ineptes les areu ! areu ! dans la bouche des adultes.

Une fois Maggie en sécurité sur son siège, il monta chercher Maddie et répéta l'opération. C'était le hic avec les jumeaux. Vous n'en aviez jamais terminé. Il y en avait toujours un qui avait besoin de quelque chose, puis c'était l'autre qui voulait la même chose, ou autre chose, voire les deux.

Mais, voilà, la petite famille se trouva enfin prête. Satisfait, il s'assit sur le canapé et regarda ses filles gigoter sur leur siège.

— Mesdemoiselles veulent regarder la télé, peut-être, au lieu de sortir ?

Aucune des deux n'émettant d'objection, il prit cela pour un oui.

Il alluma la télévision à écran plat et chercha le canal pour les petits. Pour tomber sur une émission où un groupe d'adultes chantait une chanson parlant d'un chien nommé Wags. Une chanson affligeante dans sa simplicité, sans parler de la niaiserie de la chorégraphie. De quoi lui donner des cauchemars, à supposer qu'il puisse fermer l'œil, trop occupé qu'il serait à revivre le baiser échangé un peu plus tôt avec Grace.

Les bébés se figèrent, fixant l'écran avec de grands yeux, donnant vraiment l'impression de regarder. Hadley lui avait bien dit qu'elles n'étaient pas en mesure de comprendre ce qu'elles voyaient, mais visiblement les couleurs et les lumières étaient à leur goût.

Soudain, Maddie poussa un cri, puis un second. Plus fort.

Il la prit dans ses bras, maudissant ses mains encore enflammées, après sa petite escalade au-dessus de la crique.

— Chhuuut, petit bébé. Ce n'est pas une façon de parler à son papa…

Elle pleurait à présent, à gros sanglots. Il ne se faisait pas d'illusion : d'ici peu, Maggie, jalouse de son attention, se joindrait au concert. Si Hadley dans ces cas-là restait imperturbable, lui ne s'en sentait pas l'énergie.

Le plan A ne fonctionnant pas, il berça sa fille, qui cria de plus belle. Et personne à proximité pour l'aider à analyser la situation et, surtout, à trouver une solution. Il était seul.

Le biberon. C'était toujours le plan B, celui qui suivait le câlin. L'heure du repas n'était pas loin. Il rassit Maddie sur son siège et s'éclipsa, obligé de la laisser. Cruel mais nécessaire. Il avait besoin de ses deux mains pour préparer le biberon.

Il avait bien vu des types harnachés d'un porte-bébé kangourou, mais il rechignait à aller jusque-là. D'autant qu'il n'avait jamais vu Liam le faire. Après l'attirail de l'agent des Forces spéciales, ce genre d'accoutrement… non.

Maddie avala son biberon à toute vitesse. Après le rot, il la réinstalla sur son siège, avec l'intention d'enchaîner avec Maggie, qui devait avoir l'estomac dans les talons. Sauf que Maddie ne lui en laissa pas le temps en repartant pour une autre série de hurlements.

Ne sachant que faire, l'idée lui vint de fredonner cet air de Taylor Swift, ce qui, étonnamment, eut un effet immédiat. Il chanta donc le refrain de bon cœur, encore et encore, mais, à la seconde où il se tut, Maddie se remit à pleurer de plus belle. Il chantait, elle s'arrêtait. Il s'arrêtait, elle criait.

— Maddie, soupira-t-il. Je ne peux pas chanter sans cesse…

Et, en guise de réponse, toujours plus de pleurs. Paraissant le prendre en pitié, Maggie depuis un moment restait parfaitement calme, silencieuse. Mais ça ne durerait pas.

Alors, en désespoir de cause, il se rendit dans la cuisine pour appeler Hadley. Appeler Liam, jamais de la vie, mais Hadley, c'était différent. Elle décrocha à la première sonnerie.

— Tout va bien ?

— Bien, bien, répondit-il, imaginant Liam aux commandes de son Cessna, faisant aussitôt demi-tour, direction le ranch. En fait, Maddie n'arrête pas de pleurer. J'ai tout essayé, le biberon, les câlins, mais rien n'y fait. Tu as une idée ?

— A-t-elle fait son rot ?

— Bien sûr, répondit-il.

Bon, il ne l'avait pas changée, mais n'avait relevé aucune odeur suspecte.

— Sa température ?

Il retourna en vitesse dans le salon, grimaçant aux cris stridents de Maddie, avant de poser la main sur son front.

— Elle ne semble pas en avoir…

— Elle pleure bien fort, je trouve, remarqua Hadley, à l'évidence inquiète maintenant. Prends-lui tout de même sa température, pour être sûr. Donne-lui ensuite des gouttes antigaz et rappelle-moi dans une heure pour faire le point.

— Je ne veux pas vous déranger, dit-il, déjà honteux d'avoir appelé une première fois, alors une deuxième…

— Alors, débrouille-toi ! entendit-il marmonner Liam en arrière-plan. Et toi, Hadley, arrête de le materner.

Il envoya son frère au diable, ce qu'Hadley fut seule à entendre.

— Désolé, Hadley. Bien, je m'en occupe. Vous avez autre chose à faire, tous les deux, je comprends…

— Nous devrions rentrer, dit alors Hadley, suggestion suivie d'un « Non ! » véhément de la part de Liam et d'une conversation inaudible, entre les deux tourtereaux.

— Non, nous ne rentrons pas. Tout va bien se passer,

ajouta-t-elle de cette voix apaisante qu'elle réservait en temps normal aux filles, mais qui s'adressait à lui ou à Liam, difficile à dire. Appelle Clare, si tu veux. Elle se fera un plaisir de t'aider.

— Clare ? s'exclama Liam depuis le cockpit, incrédule. Elle a déjà bien assez de bébés à s'occuper comme ça, au Royal Memorial. Non, si tu tiens à appeler quelqu'un, appelle plutôt Grace !

Grace. Bon sang, pourquoi n'y avait-il pas pensé plus tôt ? Il pouvait faire venir Grace au ranch sous prétexte qu'il avait un problème avec les bébés. Finalement, il passerait peut-être la soirée avec elle. Parfait. Mais pas question d'en souffler un mot à Liam.

— Pardon pour le dérangement. Bonne nuit.

Il regarda sa fille toujours en pleurs. Une chose était sûre, la paternité n'était pas faite pour les mauviettes. Ni pour les idiots, catégorie dans laquelle Grace semblait déterminée à le classer. Un idiot, vraiment ? On allait bien voir ça.

Le moment était venu d'exploiter cette prétendue idiotie à son avantage.

- 8 -

Lorsque le téléphone sonna, Grace faillit ne pas décrocher.

Son four faisait encore des siennes. Pire que la dernière fois. Oh ! il chauffait, oui, mais pour s'arrêter en plein milieu du cycle de cuisson, porte bloquée. Jusqu'à refroidissement complet de l'appareil. D'où l'état du dîner. Le rôti était cru à cœur et les pommes de terre pareilles à du silex.

Elle avait vérifié les branchements, menacé son four des flammes de l'enfer, mais rien n'y faisait. La dernière fois, elle l'avait débranché et rebranché et, miracle, il était reparti. Mais pas cette fois.

Tant pis donc pour le dîner. Et autant répondre au téléphone.

Sauf qu'elle vit le nom de Kyle s'afficher sur son écran et elle tressaillit. Elle lui avait pourtant dit vouloir ne pas précipiter les choses, entre eux, non ? Et il osait l'appeler quelques heures à peine après cette mise au point. Après ce baiser, le deuxième ?

— J'espère pour toi que c'est important, dit-elle en guise d'allô.

— Ça l'est, répondit-il avec, en arrière-plan, le hurlement d'une sirène. J'ai un souci avec Maddie.

Cette sirène, c'était Maddie ? Elle sentit son cœur s'accélérer et repensa à toutes ces heures d'angoisse, quand personne ne savait de quoi souffrait le bébé. Puis le diagnostic était tombé, malformation cardiaque, et les chirurgiens l'avaient aussitôt opérée.

— Qu'est-ce qui ne va pas ? Où est Hadley ? demanda-t-elle, proche de l'hyperventilation.

— Elle et Liam sont partis pour le week-end à Vail. Je ne veux pas les ennuyer.

A Vail ? Un profond scepticisme s'empara d'elle. Le couple s'était rendu là-bas juste deux mois plus tôt. Ne s'agirait-il pas plutôt d'une forme de mise à l'épreuve, pour amener Kyle à assumer plus sérieusement ses responsabilités de père ?

— Entendu, répondit-elle, sur ses gardes, avec le sentiment d'avancer sur un terrain miné. As-tu essayé de…

— Ouais, j'ai tout essayé. Voilà une heure qu'elle pleure non-stop et que ses cris perturbent Maggie. Je ne t'aurais pas appelée, sinon…

Il donnait l'impression d'essayer de ne pas céder à la panique, mais elle ne fut pas dupe. Il était désemparé. Elle sentit fondre son cœur, ce qui balaya toute perplexité en elle.

Peu importait la raison pour laquelle Liam et Hadley étaient repartis à Vail. Maddie — et Kyle — avait besoin d'aide et cela, elle ne pouvait l'ignorer.

— Veux-tu que je vienne ? demanda-t-elle alors, tout en sachant qu'elle ne devrait pas se rendre au ranch, pour les mêmes raisons qui l'avaient poussée à sortir de l'étable, plus tôt dans la journée.

Même si, et cela méritait d'être relevé, il ne lui avait pas demandé de venir. Peut-être cela allait-il de soi ? N'empêche, c'était typique de Kyle. Oh ! il reconnaissait avoir un problème, mais ça s'arrêtait là. Pour le reste, c'était bouche cousue. Il disait sans dire, tournait autour du pot, mais, pour l'essentiel, se murait dans le silence. C'était sans doute la raison majeure qui faisait qu'elle n'était pas restée entre ses bras, pas plus quand ils étaient ados qu'aujourd'hui.

En fait, rien n'avait changé.

— Ça serait génial, dit-il avec enthousiasme, sur un ton qui laissait penser que l'initiative venait d'elle, comme s'il n'y avait jamais pensé lui-même. Pour te remercier, je préparerai le dîner. A moins que tu aies d'autres projets ?

Ah. Si elle n'entendait pas Maddie pleurer, elle aurait pensé qu'il avait manigancé tout ça. Elle regarda son four, son repas à moitié cuit, puis la table à laquelle elle avait pris tant de dîners solitaires, surtout ces trois dernières années, depuis qu'elle avait acquis le statut de célibataire professionnelle.

Jusqu'ici, elle avait soigneusement évité de partager un seul repas avec lui et sa famille. Impossible. Cela lui rappellerait trop combien elle aspirait à fonder une famille. Un mari, des enfants. Or rien n'indiquait dans un futur proche comme lointain que son rêve soit près d'être exaucé.

Mais, ce soir, on parlait d'un cas d'extrême urgence. Du moins ferait-elle en sorte de s'en convaincre.

— J'arrive, dit-elle, avant de jeter le rôti à la poubelle.

Elle se mit en route et, en roulant un peu plus que la vitesse limite autorisée, se retrouva au ranch en un rien de temps.

— Salut, Grace, l'accueillit Kyle à la porte. Merci.

Face à sa beauté, une beauté sauvage, elle manqua vaciller, saisie. Elle le regarda, mémorisant chaque trait de son visage, complétant ainsi le portrait qu'elle avait de lui, torse nu. Elle l'avait vu quelques heures plus tôt. Pourquoi cette réaction, simplement à se retrouver face à lui ?

— Où est Maddie ? demanda-t-elle avec brusquerie, de manière à cacher son émotion.

— Par ici.

Elle le suivit jusqu'à l'arrière de la maison. A reculons, à présent qu'elle se trouvait si près de lui. Car, en fin de compte, elle n'était pas particulièrement compétente en matière de bébés. La plupart des enfants dont elle s'occupait étaient déjà des ados. Sa méfiance quant aux raisons réelles pour lesquelles il l'avait appelée se ravivèrent. Ce ne serait pas la première fois aujourd'hui qu'il élaborerait un scénario pour la faire réagir.

Dans le salon, les bébés installés dans leur siège regardaient l'écran de la télévision, dans un silence religieux.

— Hmm, dit-elle. Maddie ne pleure plus ?

— Je lui ai donné ses gouttes de Tylénol, il y a quelques minutes, répondit-il, sur la défensive.

Bon, une chose était sûre, elle avait bien entendu Maddie pleurer, au téléphone. Et puis, il n'avait pas mis Liam et Hadley dehors pour l'attirer ensuite dans ses filets.

— Pardon, soupira-t-elle. Je suis un peu tendue. C'est juste que… j'ai pensé que tout ça était un coup monté, pour m'obliger à venir dîner avec toi.

— Pourquoi diable aurais-je fait une chose pareille ? s'exclama-t-il.

— Tu sais bien…, hésita-t-elle, tandis qu'il la regardait, médusé. Tu as bien comploté cette scène, avec Emma Jane, aujourd'hui. J'ai cru que tu avais récidivé.

Il secoua la tête et lui sourit.

— Je t'ai appelée pour deux raisons. J'avais besoin d'aide avec Maddie et j'avais également envie de te voir. Est-ce si grave ?

Non, bien sûr, pas présenté de cette façon.

— Mais alors, ma présence ici n'est plus utile. Maddie va bien. Je crois que je vais y aller…

— Ne dis pas de sottises. Elle peut se remettre à pleurer d'un moment à l'autre. Et entraîner Maggie avec elle. Je t'en prie, reste. Et puis, je t'ai promis un dîner. Laisse-moi te préparer quelque chose, pour te remercier d'être venue.

La panique qu'elle percevait dans sa voix se raviva. Maudit soit-il. Elle ne put s'empêcher de sourire, touchée par sa détresse.

— Oh ! ce n'est pas loin. Mais d'accord. Je reste.

— Super. Alors, marché conclu ?

Et il lui tendit la main, apparemment pour la serrer et sceller leur accord, mais, lorsqu'elle avança la sienne, il s'en empara pour l'entraîner vers les bébés.

— Prends-en une et viens me regarder cuisiner.

En riant, elle s'exécuta. Comme Kyle insista pour prendre Maddie, elle en fit autant avec Maggie, avant de le suivre à la cuisine, installant comme lui le siège bébé à proximité du comptoir. Sans doute pour que ses filles ne se sentent pas exclues.

Elle déposa un baiser sur le front de Maggie, incapable de résister à la douceur de son visage.

— Elles vont rester un moment avec nous, dit-il. Ensuite, nous les coucherons. Hadley a beaucoup insisté. Elles doivent respecter des horaires très stricts.

— Bien sûr. Je serai heureuse de t'aider…

Et c'était la vérité. Les enfants dont elle était chargée avaient soit une famille, soit étaient en attente d'en trouver une meilleure. Bien sûr, elle respectait la règle numéro un de la profession en évitant de trop s'attacher à eux. Mais les voir partir à chaque fois restait un crève-cœur.

Et aujourd'hui, elle était là, dans cette maison, le foyer de Maddie et de Maggie, en compagnie de leur père. Tous les quatre… Comme une vraie famille. Ridicule, elle n'appartenait pas à cette famille. Soudain, des notes de jazz résonnèrent dans la cuisine. Il venait de sélectionner une station à la radio. Un frisson lui parcourut le dos, l'ambiance se chargeait de sensualité.

Non, non et non. Ce n'était pas sa vie. Elle n'avait pas suffisamment confiance en Kyle pour envisager que leurs retrouvailles puissent déboucher sur quelque chose. En même temps, était-ce si important ? Pourquoi ne pas jouir simplement du moment présent ?

— Puis-je te donner un coup de main, pour le repas ? proposa-t-elle, les bébés étant d'une sagesse exemplaire.

Il lui sourit et lui désigna un tabouret, au comptoir.

— Assieds-toi. Tout ce dont j'ai besoin, c'est que tu me tiennes compagnie.

Sous le charme, elle fit ce qu'il attendait d'elle. Et ne le regretta pas. Il évoluait dans cette cuisine comme en terrain conquis, sûr de lui. Il sortit une bouteille de vin du réfrigérateur, avec la même aisance qu'il avait montrée à tenir les rênes de sa monture, un peu plus tôt, dans la journée.

Le bouchon, en cédant, émit un léger *pop*. Toujours avec élégance, Kyle remplit d'un vin blond un verre qu'il lui tendit, avant de lui faire signe de bien vouloir patienter. Il se servit à son tour et cogna doucement son verre contre le sien.

— Au passé.

Elle haussa un sourcil. Drôle d'idée pour un toast. Mais appropriée, sûrement. Elle était bien déterminée à ne pas laisser le passé interférer avec ce moment magique, si familial. Quant au futur… elle préférait ne pas y penser.

Ils burent tout en se regardant derrière leur verre.

La saveur fruitée et acide du breuvage la ravit, mélange surprenant.

— Je n'aurais jamais cru que tu sois un adepte du chardonnay, remarqua-t-elle.

— Je suis un garçon plein de surprises, répondit-il, énigmatique, puis il posa son verre sur le comptoir et sortit divers ingrédients du réfrigérateur. Je vais préparer quelque chose de simple. Salade de poulet. J'espère que ça te convient. Ces demoiselles ne m'ont pas laissé le temps de faire de la grande cuisine.

— C'est parfait, dit-elle, souriant à son allusion aux bébés.

Il commença à s'affairer devant elle, hachant une laitue, effilochant des blancs de poulet. Elle suivait chacun de ses mouvements, ne le quittant des yeux que pour regarder les bébés. Elle était venue pour s'occuper de Maddie et de Maggie, non, à l'origine ?

— Je ne me rappelais pas que tu étais aussi doué, en cuisine, dit-elle lorsqu'il s'attaqua à l'assaisonnement.

Mais ils étaient si jeunes, il y a dix ans. Et, aujourd'hui, cette époque était loin. Et tous deux, bien sûr, avaient changé. Cela n'avait rien d'extraordinaire.

— Dans un endroit comme l'Afghanistan, si tu n'apprends pas à cuisiner, tu meurs de faim, dit-il.

Il évoquait rarement ses années dans l'armée, et elle réalisa elle-même n'avoir pas vraiment tenté de le pousser à se confier, le sujet étant trop sensible. Pour elle, en tout cas. C'était pour s'engager sous les drapeaux qu'il était parti. Mais elle fut soudain curieuse d'en savoir plus.

— Tu as apprécié cette période dans l'armée ?

Il leva les yeux, regard noir, visage fermé soudain.

— Ça a été toute ma vie, à un moment. Aujourd'hui, ça ne l'est plus.

Très bien, message reçu. Il n'avait pas envie d'en parler. Tant mieux. Finalement, elle non plus.

— Voilà, enchaîna-t-il aussitôt sur un ton enjoué, en s'essuyant les mains. Bien, d'abord, allons coucher les filles.

Même si elle soupçonnait qu'il s'agisse d'une diversion, elle acquiesça et le suivit pour le rite du coucher. Ils changèrent les couches des bébés, les habillèrent pour la nuit, puis les allongèrent dans leur berceau, avant de sortir de la chambre sur la pointe des pieds.

— Et c'est tout ? chuchota-t-elle quand ils rejoignirent la cuisine.

— Oui. Parfois, si elles ont du mal à s'endormir, je les berce.

Il désigna le moniteur vidéo dans sa main.

— Grâce à ça, je peux les surveiller. Au moindre pleur, je cours dans leur chambre.

Ils furent accueillis dans la cuisine par les arômes acidulés de l'assaisonnement de la salade. Il posa le moniteur sur le comptoir et finit de préparer le dîner.

Il avait répondu clairement à ses questions. Et elle était impressionnée, il s'y prenait très bien avec ses bébés.

— Tu prends manifestement la paternité très à cœur, remarqua-t-elle en se glissant derrière lui, pour le regarder faire.

A cette remarque, il se figea, avant de lui faire face, tout ça à une telle vitesse qu'ils faillirent entrer en collision.

— Que dois-je faire à la fin, pour que tu comprennes que je suis là pour elles ? Que je suis là pour rester ?

Surprise, elle le regarda, fascinée par l'éclat pénétrant de ses yeux verts. Un regard plein de reproches. Par réflexe, elle voulut faire un pas en arrière, ce dont il l'empêcha. Il l'attrapa par les coudes et l'attira contre lui. A quelques centimètres à peine de ces pectoraux parfaits sur lesquels elle avait promené ses doigts, l'après-midi même.

— Que dois-je faire, Grace ? murmura-t-il. J'ai vraiment l'impression que tu doutes encore de moi, de ma détermination à être un papa digne de ce nom. J'ai trouvé un emploi. Je me suis soumis de mon mieux à ton enquête préalable. J'ai appris auprès de Hadley tout ce qu'il faut savoir sur les bébés. Mais, non, tu restes sceptique. Pourquoi refuses-tu de croire en moi ?

— Enfin, Kyle, comment oses-tu poser cette question ? s'exclama-t-elle, voyant rouge. Tu es parti si longtemps. Sans même prendre la peine de rentrer quand Liam t'a appelé pour t'apprendre l'existence des bébés. Et tu t'étonnes que je puisse m'interroger sur tes intentions ? Tu viens de m'expliquer que l'armée était tout, pour toi. Et si un beau matin te venait l'idée de partir de nouveau, pour retourner sous les drapeaux ? Tu as pensé au chagrin de tes filles ?

A mon chagrin à moi…

Mais à quoi pensait-elle ? Elle voulut se libérer, mais soudain, face à lui, sa présence la submergea, les émotions lui ôtant toute énergie, toute volonté. Emotions qu'elle maudit. Comme elle maudit la vérité.

Depuis son retour, elle avait laissé son cœur s'entrouvrir. Oh ! rien qu'un peu. Elle avait bien essayé de résister, de garder ses distances, mais inutile de se voiler la face. La vérité, c'était qu'elle n'avait jamais pu l'oublier pour la simple et bonne raison qu'elle avait encore des sentiments pour lui.

Et il n'avait fallu qu'un baiser pour les raviver. Elle aurait beau se mentir et tempêter, s'il en était autrement, la scène avec Emma Jane ne l'aurait pas autant touchée. Blessée.

Et, non, elle n'avait pas confiance en lui. Un jour ou l'autre, il la ferait souffrir, c'était écrit.

— Grace, murmura-t-il, l'arrachant à ses pensées. Je suis là. Pour de bon. Je n'ai jamais eu les messages de Liam, sinon je serais rentré bien plus tôt. Tu as une image figée de moi, celle d'un homme toujours attiré par des horizons nouveaux. Mais tu te trompes à mon sujet. Je veux vivre ici, à Royal, le temps que mes filles grandissent…

Il n'envisageait pas de disparaître comme ça, du jour au lendemain. Elle le vit dans ses yeux, il était sincère. Peut-être n'était-elle pas si mauvaise psychologue après tout ? Peut-être pourrait-elle baisser sa garde. Juste un peu.

L'étau autour de sa gorge se desserra et elle respira, pour la première fois, depuis sa volte-face.

— Entendu. Je me tais.

— Pardon, mais juste pour m'en assurer…

Il l'enlaça et l'embrassa. Sa bouche s'empara de la sienne pour un baiser plein de ferveur, auquel elle répondit instantanément. Peut-être n'avait-elle plus besoin de résister, s'il ne devait pas repartir. Peut-être n'avait-elle plus à faire semblant de ne pas vouloir davantage. Car il était là, bien là, visiblement prêt à tout lui donner. Tout ce qu'elle avait à faire, c'était de se servir.

Il l'attira plus près de lui pour l'embrasser sans retenue, y mettant tout son être, tout son corps. Elle sentit le désir l'envahir, la submerger tandis qu'il la plaquait contre le comptoir et pressait son corps contre le sien, écrasant ses lèvres contre les siennes.

Elle laissa échapper un gémissement quand il fit glisser une main sur son dos et ses reins. Ses caresses l'électrisaient et elle aspirait à plus.

Sa main descendit plus bas, agrippa l'arrière de sa cuisse

pour la soulever, de sorte que son genou vint frotter contre sa jambe, relevant au passage sa robe et… Elle soupira, bougea contre lui, et il se pressa un peu plus contre elle, son jean râpeux frottant contre le tissu délicat de sa petite culotte, mettant le feu à tout son être. Retenant son souffle, elle laissa la chaleur la pénétrer, ivre de sensations. Un instant, ou deux, impossible de savoir, il délaissa sa bouche et elle faillit en pleurer.

— Grace, murmura-t-il en faisant courir ses lèvres sur sa gorge, avant de lui mordiller le lobe de l'oreille.

La sensation était si douce qu'elle en oublia ses baisers et laissa sa tête retomber en arrière pour lui offrir son cou.

Il y déposa une pluie de baisers, puis chuchota :

— Tu sais, lorsque je dis vouloir rester à Royal, je ne m'imagine pas passer ma vie seul…

— Evidemment, tu as deux filles.

Il rit doucement, comme elle s'y attendait, avant de plonger son regard dans le sien.

— Tu as très bien compris ce que je voulais dire…

Bien sûr. Mais était-ce donc si difficile d'expliquer clairement les choses ? De lui avouer ce qu'il ressentait pour elle ? Elle voulait l'entendre exprimer ce qu'il avait dans le cœur. Cette fois, elle ne se contenterait pas de non-dits et d'allusions.

— Non, Kyle. Dis-moi ce que tu veux.

— Eh bien, moi. Et toi, dit-il, effleurant son décolleté. Et que dirais-tu d'enlever cette robe ?

Frissonnant malgré elle en voyant le désir qui faisait rage dans ses yeux verts, elle sourit.

— Imaginons que je sois d'accord pour la robe. Me parleras-tu tout en me l'enlevant ?

La lueur qui traversa son regard déclencha un feu d'artifice en elle.

— Il n'y a qu'une façon de le savoir, chérie…

Lentement, avec une infinie délicatesse, il fit glisser la

robe sur ses épaules, mettant au jour son soutien-gorge. A ce moment, elle se félicita d'avoir eu la bonne idée de choisir cette robe-là, celle sans fermeture Eclair, plus facile à retirer. Mais sans doute n'était-ce pas un hasard.

— Merveilleux, murmura-t-il en déposant un baiser sur son épaule, la mordillant encore et encore jusqu'à ce qu'elle crût défaillir.

Lorsqu'elle lui avait demandé d'exprimer ses pensées, elle croyait qu'il lui déclarerait ses sentiments. Mais ceci ? C'était encore mieux. Pour l'instant en tout cas.

En une fraction de seconde, elle se retrouva avec robe et soutien-gorge autour de la taille, poitrine offerte à son regard brûlant, le regard avide d'un homme face au plus rare des diamants.

— Grace, soupira-t-il. Tu es si belle, comme dans mes souvenirs. Comme dans mes rêves. Et tellement plus encore…

Le compliment l'enchanta pour diverses raisons. C'étaient là des paroles bien plus douces que tout ce qu'il avait pu lui dire par le passé. Il l'avait déjà vue nue, mais toujours dans la pénombre, et le plus souvent dans sa voiture. Les banquettes d'un pick-up n'étaient guère propices au romantisme.

Il se mit à lui caresser le bout des seins, caresse à laquelle elle répondit par un gémissement.

— Kyle, dit-elle, manquant s'étrangler quand il la souleva pour l'asseoir sur le comptoir, avant de lui écarter les jambes pour se placer au plus près d'elle.

Sa bouche se referma sur l'un de ses seins et, soudain, elle en oublia tout langage, trop absorbée par la sensation de ses lèvres, de sa langue sur elle.

Oui, elle en oublia tout, seul importait le contact de la bouche de cet homme sur son corps.

Il enfouit à ce moment une main dans ses cheveux, l'attirant en arrière, comme pour mieux dévorer son sein. Elle soupira, haleta, envahie d'une douce chaleur.

Comme s'il devinait ses pensées, son autre main joua

avec sa petite culotte, puis elle sentit ses doigts la toucher, effleurer son sexe humide. Et ses caresses, sa bouche sur son sein, tout cela finit par faire monter en elle quelque chose de lumineux, d'aveuglant. Très vite, elle éclata dans un cri, emportée par un puissant orgasme.

Elle cherchait encore à reprendre son souffle, quand il la fit descendre de son perchoir, avant de l'entraîner dans l'escalier, direction sa chambre. Son territoire. Il alluma la lumière, en régla l'intensité au plus bas, puis il s'avança vers elle, lentement, prédateur.

— Oh ! dois-je m'attendre à plus ? plaisanta-t-elle.

— A beaucoup plus, répondit-il, d'une voix riche et profonde. Il y a trop longtemps que je ne t'ai sentie sous moi. Et je te veux nue, entièrement. Maintenant.

Retenant son souffle, elle se figea, le laissant lui retirer sa robe qui alla s'échouer sur le tapis. Elle oublia très vite les quelques kilos superflus sur ses hanches et ses cuisses qu'elle avait pris depuis son départ.

Il retira sa chemise, lui dévoilant son torse dans toute sa splendeur, torse qu'elle n'avait guère eu le temps d'explorer, plus tôt dans la journée.

Quand son jean se retrouva par terre, elle en eut le souffle coupé. Dans la pénombre, il était d'une beauté saisissante. Et, entre ses cuisses musclées, son érection disait toute la passion qui l'animait, mille fois mieux que n'importe quels mots. Elle trembla, bouleversée : elle se trouvait face à un homme dont la seule ambition était de lui faire l'amour, de lui donner du plaisir. Et elle avait bien l'intention d'en faire autant pour lui.

Pourquoi avoir attendu si longtemps ?

— Grace.

Elle plongea ses yeux dans les siens, dont le feu était si intense qu'elle en sentit la brûlure sur sa peau. Et que sa fièvre en fut décuplée.

— Arrête de me regarder comme ça, murmura-t-il.

— Sinon ?

— Sinon, tout sera terminé en moins de dix secondes, répondit-il avec un petit sourire espiègle. Or je veux prendre mon temps avec toi. Te savourer…

— Tout à l'heure, si tu veux, suggéra-t-elle, un peu surprise par son audace, mais déterminée. Tant pis si tu n'arrives pas à te maîtriser cette fois-ci. Mais j'ai envie de te regarder. Et de te toucher aussi…

Joignant le geste à la parole, elle promena ses mains sur son torse. Il gémit sous le bout de ses doigts, mais, quand il voulut l'interrompre dans ses caresses, elle protesta :

— Non.

Il haussa les sourcils.

— Quand es-tu devenue aussi autoritaire ?

— Il y a cinq minutes, répondit-elle, mutine.

En fait, quand elle avait pris conscience d'être une femme désirée. Pourquoi ne prendrait-elle pas les commandes ?

D'une chiquenaude sur le torse, elle le fit reculer vers le lit. Et il ne résista pas. Elle ne l'aurait de toute façon pas permis. Quand il bascula en arrière sur les draps, elle s'agenouilla à côté de lui, ne sachant trop par où commencer. Mais bien décidée à le découvrir.

— Reste tranquille, ordonna-t-elle quand il l'interrogea du regard.

Puis elle commença son exploration.

Quel goût avait-il ? Elle se pencha sur lui et fit courir sa langue sur son torse. Délicieux. Il tressaillit.

— Avec ce genre de préliminaires, il va m'être difficile de rester tranquille, marmonna-t-il, sa voix se brisant lorsque, du bout de la langue, elle s'attarda sur ses abdominaux, puis plus bas.

Elle caressa son érection et, en en sentant la puissance sous ses doigts, elle ferma les yeux.

Soudain, il dit entre ses dents :

— La récréation est terminée…

En moins de deux secondes, il roula sur elle et s'empara de sa bouche pour un baiser plein de désir et de sensualité qui lui ôta toute velléité de résistance. Elle gémit quand il glissa une jambe entre les siennes, allant et venant contre elle jusqu'à ce qu'elle fût en feu.

Un instant, il abandonna ses caresses pour se protéger, avant de revenir sur elle, cette fois, pour la pénétrer.

Retenant un cri, elle s'agrippa à ses épaules tout en s'ouvrant à lui. La sensation, aujourd'hui, était tellement plus intense, plus puissante. Quelque chose alors explosa en elle, qu'elle reconnut à peine. Avant, Kyle était sagement classé dans un tiroir de son cerveau. Tiroir dont elle l'en sortait au gré de ses souvenirs, pour l'y remettre aussitôt, quand la peine se faisait trop forte.

Mais ça… Il lui serait difficile de ranger ce moment dans un tiroir.

L'essence même de Kyle la subjugua, emplissant chaque coin et recoin de son âme, de son corps. Bien sûr, il ne lui avait pas dit les mots tant attendus, il ne lui avait pas dit ce qu'il ressentait pour elle. Mais cela viendrait. Elle devait y croire.

Avec un soupir, il plongea en elle de tout son corps. Si intimement soudés l'un à l'autre, que Grace sentit les battements de son cœur résonner en elle. Ils bougèrent en une harmonie parfaite, chacun cherchant à accroître le plaisir de l'autre. Et, dans ce corps à corps, elle perdit toute notion du temps et de l'espace.

C'était comme regarder un tableau que vous connaissiez par cœur, mais dont vous releviez à chaque fois une nouvelle nuance de couleur, une profondeur de champ qui jusqu'alors vous avait échappé. Expérience à la fois familière et tellement riche en découvertes.

Comme il le faisait autrefois, tout en allant et venant en elle, il plongea ses yeux dans les siens, refusant de la laisser détourner le regard. Lui ouvrant son âme encore et encore, au rythme de ses assauts. Et la fusion de leurs êtres fut telle que, bouleversée, elle l'étreignit de toutes ses forces.

Voilà pourquoi elle était tombée amoureuse de lui. Pourquoi elle n'avait jamais vraiment ressenti du désir pour un autre homme. Il la faisait se sentir comme si elle lui était essentielle, et cela, sans prononcer un mot. Bien sûr, de mots, elle en avait besoin. Mais, dans des moments d'une telle vérité, ils étaient superflus.

Il accéléra le rythme, l'entraînant avec lui dans une sorte d'urgence, et elle se laissa emporter. Puis elle jouit et il la suivit dans la lumière, s'accrochant à elle le temps de leur envol.

A bout de souffle, comblée, elle se nicha entre ses bras, n'aspirant qu'à une chose, y rester.

Il dut lire dans ses pensées, car il murmura :

— Reste. Le week-end.

— Je ne sais pas si…

— Reste. S'il te plaît.

Pourquoi pas ? Mais après ? Reprendraient-ils leur relation là où ils l'avaient laissée, dix ans plus tôt, comme si de rien n'était ? Comme s'ils ne s'étaient pas quittés, comme s'ils n'avaient pas souffert de leur séparation ?

Soudain, ce fut trop. Trop de souvenirs, trop de présent. Et l'avenir, inconnu. S'arrachant à ses bras, elle s'assit sur les draps froissés.

— J'ai l'impression de voir les rouages de ton cerveau tourner, dit-il tout en couvrant sa nudité, dans un geste étonnant de pudeur. C'est juste un début, Grace. Attendons de voir où cela nous mènera. Je t'en prie, ne t'éloigne pas…

Elle ferma les yeux. Tout ce qui leur arrivait était beau, et romantique, mais elle attendait tellement plus d'une relation. Ils n'avaient échangé aucune promesse d'amour. Pourquoi était-elle si indulgente avec lui ? Pourquoi lui donner ce qu'elle refusait de donner aux autres hommes ?

Elle était perdue entre ses sentiments incontestables pour lui et ses exigences.

Face à l'immense espoir que les choses, cette fois, pourraient être différentes.

Mais comment pourrait-elle le savoir, si elle fuyait ?

— D'accord, dit-elle, ignorant les battements saccadés de son cœur. Voyons où cela nous mènera…

- 9 -

Kyle décida d'attendre le retour de Grace, partie chez elle prendre quelques affaires, en tentant de s'occuper l'esprit devant la télévision. En vain.

Si son corps avait retrouvé une température normale, du moins en apparence, intérieurement, impossible de faire descendre la fièvre. Tout ce qui l'intéressait, c'était de ramener Grace dans son lit, mais cette fois pour toute la nuit.

Lorsque le gravier crissa dehors, tout l'air qu'il n'avait même pas réalisé retenir dans ses poumons s'échappa d'un coup. Elle était revenue.

Il courut l'accueillir à la porte, et la regarda gravir les marches du porche, les cheveux encore ébouriffés de leurs étreintes, moins d'une heure plus tôt. A la lueur de la lampe, face à son visage si lumineux, si frais, il sentit sa gorge se serrer, comme un homme à l'apparition d'un ange.

— Grace, murmura-t-il, troublé.

Il avait craint un moment qu'elle ne revienne pas. Qu'elle appelle pour lui expliquer avoir changé d'avis. Elle était encore si farouche. Elle avait beau s'être donnée à lui, il ne se faisait pas d'illusion. Elle ne lui avait encore donné accès ni à sa tête ni à son cœur. A l'inverse de leur histoire passée, lorsqu'il était son héros, quand il était tout pour elle. Il y avait aujourd'hui entre eux une distance qui n'y était pas autrefois. Et il n'aimait pas ça.

Bien sûr, il en était en partie responsable. Il hésitait encore à lui accorder pleinement sa confiance et, s'il avait juré ses grands dieux avoir fait table rase du passé, la chose était plus compliquée à faire qu'à dire. D'où son peu d'empressement à combler le fossé entre eux.

— Hello, répondit-elle, un sac sur l'épaule, avec un sourire timide.

Timide ? Après avoir déployé autant de savoir-faire et de détermination à lui faire perdre la tête ? Il en resta bouche bée. Peut-être qu'une partie de cette distance entre eux tenait à ce qu'ils ne se connaissaient plus, somme toute. On n'effaçait pas dix ans de vie simplement en faisant l'amour.

— Nous n'avons toujours pas pris le temps de dîner, dit-il. Viens, allons manger.

Elle acquiesça d'un signe de tête et le laissa prendre son sac pour le suivre jusqu'à la table qu'il avait dressée, remplissant même leurs verres. Ils dévorèrent la salade de poulet et vidèrent la bouteille de vin, discutant de choses et d'autres, longtemps après avoir terminé leurs assiettes. Grace lui raconta des anecdotes glanées au fil de ses missions, auprès d'enfants en difficulté. Il en fit autant en évoquant certains épisodes sélectionnés avec soin de son passage dans l'armée, notamment lors de sa formation à Coronado. Sélectionnés avec soin, parce que cette période avait été l'une des plus rudes de son existence. N'intégrait pas qui voulait les Forces spéciales. Et, à ce moment-là, il devait en plus mener de front une bataille intérieure, en tentant de se relever des souffrances que cette femme lui avait infligées. Mais il avait survécu et ne voulait plus y penser, aujourd'hui.

Oui, il refusait d'y penser. Liam ? De l'histoire ancienne. Cette fois, il voulait faire les choses autrement avec Grace. Et, parole de soldat, elle en oublierait jusqu'au prénom de son frère.

Un cri dans le moniteur mit un terme à leur conversation et tous deux montèrent s'occuper des filles. Il était près de minuit. Avec un peu de chance, les bébés ne se réveilleraient plus avant le matin.

Il se fichait bien de devoir se lever toutes les heures pour ses filles, mais très égoïstement, cette nuit, il avait envie de la consacrer à Grace. Rien qu'à Grace. Et son vœu fut exaucé. Ils firent l'amour longuement, tendrement, puis s'endormirent dans les bras l'un de l'autre.

Quand Kyle rouvrit les yeux, à l'aube, il eut une nouvelle fois ce moment de désarroi, ne sachant où il était, ni qui il était. Pas un agent des Forces spéciales. Pas en Afghanistan. Mais avec Grace. Quelle chance, il avait… Un vrai bonheur.

Du moins jusqu'à ce qu'il voulût l'attirer contre lui. Aussitôt, des lances chauffées à blanc lui cisaillèrent la jambe, lui coupant la respiration. Ravalant un juron, il tenta de recouvrer son souffle.

La douleur, il l'avait ressentie au fil de la nuit, mais, à vrai dire, il était occupé à autre chose. Et puis, le soir, avant de se coucher, il avait l'habitude de tremper cette maudite guibole un long moment dans l'eau froide, chose qu'il n'avait pas eu le temps de faire, et pour cause. Apparemment aujourd'hui, il le payait.

Toute cette agitation finit par réveiller Grace.

— Bonjour, chuchota-t-elle d'une voix endormie en frottant une jambe à la sienne, ce qui eut pour effet simultané de réveiller son désir et d'accentuer la douleur.

— Attends un peu, dit-il, en réprimant une grimace.

— Je n'ai pas envie d'attendre…

Et elle s'étira, provocante, avec sensualité, plaquant ses seins nus contre son torse, nouant sa jambe à la sienne, ronronnant comme un petit chaton.

— Grace…, dit-il, en la prenant par les épaules pour attirer son attention. Arrête…

Elle fronça les sourcils, visiblement surprise. Sur ses gardes. Tout son corps se figea, puis elle s'écarta de lui.

— D'accord. Désolée.

— Non, ne sois pas désolée, marmonna-t-il tout en se maudissant de gâcher ce moment, quand tout ce à quoi il aspirait était de la serrer contre lui, de s'abandonner, d'oublier tout, entre ses bras, mais impossible. Ecoute-moi…

Il inspira profondément, serra les dents contre cette satanée douleur. Luttant contre son instinct qui lui disait de se taire.

Il n'avait raconté à personne ce qui lui était arrivé en Afghanistan, et il n'avait pas envie de commencer avec Grace, qui malgré tout gardait le pouvoir de le déclarer inapte à élever ses filles, s'il lui avouait avoir une jambe foutue. Mais, quand il plongea ses yeux dans les siens, ce fut plus fort que lui, il ressentit le besoin de se confier. Cela les rapprocherait. Il devait apprendre à lui faire de nouveau confiance.

Elle lui avait expliqué être décidée à lui laisser ses filles. Il devait la croire. Croire en elle ; sinon, ce qui se passait entre eux ne les mènerait nulle part, ni aujourd'hui ni dans un siècle.

— Je ne t'ai pas dit d'arrêter parce que je ne te désirais pas…

Son regard s'adoucit et elle s'allongea contre lui.

— Mais alors quoi, Kyle ?

— J'ai été blessé.

— Oh ! je l'ignorais ! s'exclama-t-elle avant de s'agenouiller devant lui pour le regarder des pieds à la tête, un petit sourire espiègle se dessinant sur ses lèvres, quand elle s'arrêta sur son érection. Tu n'as pas l'air gravement blessé. Tout semble au contraire fonctionner normalement…

Génial, oui. Mais qu'y pouvait-il, s'il la désirait tout le temps ? Il devait se ressaisir.

— Hmm, voilà, dit-il, la gorge serrée, avec tout le

sérieux dont il était capable. C'est ma jambe. L'os a été fracassé. J'ai subi plusieurs interventions chirurgicales et les médecins ont plus ou moins réussi à recoller les morceaux. Malheureusement, la douleur persiste, surtout le matin, quand je suis à froid.

Il vit une profonde tendresse briller dans les yeux de Grace qui, tout de suite, examina ses jambes, à la recherche d'une cicatrice, qu'elle finit par trouver. Elle effleura les surpiqûres le long de son mollet.

— Tu as réussi à me cacher ça, hier soir. Pourquoi ne m'as-tu rien dit ?

— Eh bien, c'est…

Comment lui expliquer l'horreur d'avoir été blessé en service commandé ? Il ne s'agissait pas que de souffrances physiques, ni du fait qu'il ne serait plus jamais le même. La vérité, c'était qu'il avait échoué à protéger le reste de ses hommes. Il avait échoué dans son job, à cause de sa jambe. Quand il était à terre, un agent des Forces spéciales se relevait. Toujours. Sauf que lui était resté au sol.

Et peut-être échouerait-il aussi dans son rôle de père, pour la même raison. Cette peur-là était la pire de toutes.

— Je déteste me sentir diminué, dit-il enfin, ce qui était la vérité, mais pas toute la vérité. Comment pourrais-je faire un bon père, avec ma patte folle, pas vrai ? finit-il avec un ricanement plein d'amertume.

— Oh ! Kyle…

Elle pressa doucement ses lèvres sur sa cicatrice, et ce baiser le toucha en plein cœur.

— Jamais je ne t'enlèverai tes filles à cause d'une blessure. C'est ridicule, voyons.

Il haussa les épaules, incapable de la regarder en face.

— C'est pourtant ce que tu t'apprêtais à faire, quand je ne me suis pas manifesté. Chose qui m'était impossible. J'étais à l'hôpital.

— Tu aurais pu appeler Liam, pour lui expliquer ! Bon

sang, Kyle, pourquoi cette manie de tout taire ! Je ne suis pas censée lire dans les pensées !

Dommage. Cela lui aurait épargné de se torturer à essayer de trouver le bon moment, les bons mots pour aborder le sujet.

— Maintenant, tu sais. Voilà pourquoi je t'ai dit d'arrêter, tout à l'heure. En aucun cas parce que je n'avais pas envie de toi. Juste parce que j'attendais que la douleur s'estompe.

— Bien, soupira-t-elle, avant de sourire en faisant remonter sa main sur sa cuisse.

Un peu trop haut.

Une minute avait dû s'écouler…

— Est-ce que ça va mieux ?

Toute velléité de protestation en lui s'évanouit quand elle se pencha sur lui pour le chevaucher, en veillant à ne pas toucher sa jambe, ses seins et ses cheveux caressant son torse. Elle lui emprisonna les poignets et lui maintint les bras au-dessus de la tête, un sourire énigmatique aux lèvres.

— Que fais-tu ? dit-il, la voix cassée, alors qu'elle mettait le feu à son corps, avec ses mouvements enivrants.

— Oh ! dit-elle, mutine, je pensais que c'était évident. Visiblement non. Dans ce cas, tais-toi, je vais faire en sorte que ce soit clair.

Il s'exécuta sans mal, vu qu'à cause de ses caresses il était déjà dans l'incapacité de penser normalement. Puis elle se pencha et l'embrassa. Un baiser brûlant. Torride. Le genre de baiser chargé de promesses, auquel il s'empressa de s'abreuver. Elle explora différents angles au-dessus de lui, cherchant une position nouvelle, et il se soumit bien volontiers à l'expérience, tout en gémissant, tant il devait lutter contre lui-même pour ne pas la prendre, là, tout de suite.

Elle fit glisser sa bouche sur sa gorge, lui mordilla le lobe de l'oreille, et tout ça en effleurant ici et là son érection. Il se cambra, amenant ses hanches à la rencontre des siennes, bougeant malgré lui. Puis il fit mine de libérer ses mains, bien décidé à lui montrer de quel bois il se chauffait. Mais elle secoua la tête et resserra sa prise.

— Non, monsieur, le sermonna-t-elle, avec un sourire machiavélique. Interdiction de bouger.

Cette séance libertine allait le tuer. Son cœur n'y résisterait pas.

Il fit pourtant ce qu'elle lui demandait. Elle voulait qu'il laisse sa jambe au repos. Elle s'occupait du reste. En la regardant faire, si sérieuse dans sa concentration à le couvrir de baisers et de caresses, un sentiment de tendresse le submergea. Comment avait-il fait, sans elle, pendant dix ans ? Il se cambra de nouveau, frotta son érection contre elle, entre ses cuisses. Elle était si chaude, si humide…

— Désolé de te contredire, chérie, mais ne pas bouger, non, cela m'est impossible, tu le vois. Tu ferais mieux de te demander comment tu vas pouvoir me poser un préservatif en ayant les mains occupées comme ça, sinon je vais venir en toi dans les deux secondes.

— Ne te gêne pas, répondit-elle, taquine, et elle lui croisa les poignets, qu'elle maintint d'une main, tout en lui agitant l'autre sous le nez.

Pour ne pas perdre l'équilibre, elle referma les cuisses autour de ses reins et se pencha sur la table de chevet pour attraper un préservatif dans le tiroir. Préservatif qu'elle brandit, triomphante.

— Voyons la suite, dit-il en désignant le préservatif d'un coup de menton.

En fin de compte, elle dut le lâcher pour ouvrir le sachet. Mais il resta sagement poignets au-dessus de la tête, puisqu'elle l'avait si gentiment demandé. Et, quand elle le prit doucement entre ses doigts pour ajuster le préservatif, il n'éprouva plus du tout le besoin de parler.

Il gémit une nouvelle fois quand elle le guida en elle, avec des gestes d'une infinie douceur. Puis elle se laissa aller et il la pénétra profondément, les sensations se bousculant en lui. Sublimes. Encore plus fortes que la nuit dernière. Plus intenses. Plus étonnantes. Peut-être parce qu'il n'y avait plus de secrets entre eux.

Elle était au courant, pour sa blessure, et n'était pas repartie sur-le-champ, menaçant de revoir sa décision pour les filles. Elle n'avait pas fui, face à son handicap. Au lieu de cela, elle avait déployé des trésors de douceur pour pouvoir faire l'amour avec lui, sans toucher à sa jambe. Une attention adorable. Merveilleuse.

Elle ne ménageait pas sa peine, le chevauchant avec une fièvre éblouissante, roulant des hanches jusqu'à le rendre fou. Il lui manifesta toute sa gratitude en répondant avec ardeur à sa passion, les emmenant de plus en plus haut, puis elle laissa échapper un cri de jouissance et il la suivit.

L'attirant contre lui, tous deux respirant du même souffle frénétique, il resta en elle, n'ayant aucunement l'intention d'en bouger. N'ayant aucune intention de la laisser partir.

— Tu es fascinante, murmura-t-il, et elle posa la tête sur son épaule, un sourire comblé aux lèvres.

— Je dirais même que je mérite un bouquet de fleurs, le taquina-t-elle.

Il se promit de lui faire envoyer une centaine de roses. Dès qu'il aurait retrouvé la faculté de penser.

— Où as-tu donc appris à bouger les hanches comme ça ?

— Je ne sais pas... Je n'avais jamais fait cela auparavant. Mais ici, avec toi, ça m'est venu tout naturellement.

En un éclair, il sentit toute sa bonne humeur se dissiper. En dix ans, elle avait forcément expérimenté toutes sortes de positions érotiques avec d'autres hommes. Avec Liam, par exemple. Etait-il plus performant que son frère, au lit ? Ou pire ? Ou pareil ? Il serra les dents, se rendant compte qu'il était jaloux.

Incapable de s'en empêcher, il arbora un large sourire, totalement dénué de joie, et la repoussa doucement, mais fermement.

— C'était génial. Super. Manifestement, tu as une grande pratique.

Quel salaud il faisait. Mais la seule pensée de Grace avec un autre homme le mettait hors de lui. Surtout quand l'un de ces hommes était son frère.

— Vraiment ? dit-elle, l'air perdu. Ou tu te moques de moi ?

La sincérité dans sa voix ne fit rien pour apaiser sa colère.

— Pas du tout, répondit-il, charmeur. Tu as pigé le truc, chérie. Les hommes du comté doivent se bousculer pour avoir l'honneur de se glisser dans ton lit…

Non seulement il était jaloux, mais il se comportait comme si lui-même avait été un enfant de chœur, ces dix dernières années. Ce qui était le contraire de la vérité. Il s'était même forgé une réputation de tombeur, même si cela ne correspondait pas à ce qu'il voulait ou à l'image qu'il se faisait de lui-même. En fait, la raison pour laquelle il avait été incapable de tourner la page et de se ranger se trouvait là, assise sur son lit. Mais, comme à son habitude, il n'allait quand même pas avouer ce qu'il avait dans la tête. Surtout ne jamais dévoiler ses points sensibles, cela vous revenait toujours en pleine figure.

Contrairement à ce qu'il s'attendait, elle éclata de rire.

— Oh ! c'est donc ce que tu crois, vraiment ! Bien, puisque c'est l'heure des aveux, allons-y…

Un verre, il avait besoin d'un verre. De plusieurs même. Mais il était à peine 6 heures du matin et les bébés allaient se réveiller d'une seconde à l'autre pour leur biberon.

— Ça peut attendre, Grace.

— Non, non, j'y tiens, insista-t-elle. Tu m'as parlé de ta jambe, ce qui clairement n'était pas facile pour toi. Je pense qu'il est important que tu saches pour moi. Je n'ai aucune pratique de quoi que ce soit. Vois-tu, je trouve ta remarque particulièrement drôle, étant donné que tu es le dernier homme avec lequel j'ai couché.

Et elle le regarda derrière ses longs cils, attendant sa réaction. Qui ne tarda pas. Il bondit, se cognant au passage la tête contre le lit.

— Tu… Quoi ?

Elle n'avait eu aucun amant, depuis lui ? En dix ans ? Pas un seul ?

— En réalité, tu peux te vanter de m'avoir vaccinée contre le sexe. Mais ce n'est pas la seule raison. En fait, c'est juste que je n'ai pas trouvé chaussure à mon pied.

Traduction, un homme qui le valait, lui. Elle n'avait pas trouvé d'homme assez bien pour elle. Se serait-il fait de fausses idées ?

Elle était vierge, lorsqu'ils s'étaient rencontrés. Et il avait été l'unique amant de Grace. Cette révélation lui causa un choc.

Puis il se mit à l'imaginer, congédiant ses admirateurs, l'un après l'autre, toutes ces années. Sauf que tout ça ne collait pas ! Et Liam, alors ? De nouveau, il sentit son humeur frôler dangereusement la fureur.

— C'est extrêmement flatteur, dit-il. Si c'est vrai, bien sûr.

Elle écarquilla les yeux, visiblement surprise.

— Pourquoi mentirais-je ?

— Bonne question. Et j'aimerais bien connaître la réponse, dit-il, croisant les bras sur son cœur, en pleine débandade. Tu vas peut-être pouvoir m'expliquer comment tu peux prétendre n'avoir jamais eu d'autre amant que moi, alors que je t'ai quasiment prise en flagrant délit avec un autre homme. Liam.

Le seul fait de prononcer ce nom lui demanda un réel effort, tant il avait la gorge serrée.

— Oh ! Kyle…

Et elle lui sourit avec une infinie tendresse en prenant son visage entre ses mains.

— Je ne savais pas… Ne me dis pas que tu y as cru une

seule seconde… Toutes ces années. Il ne s'est rien passé, avec Liam.

— Rien passé, vraiment ? répliqua-t-il en la repoussant. Je l'ai vu promener ses sales mains sur toi !

— Pour commencer, nous étions toi et moi séparés, à l'époque, lui rafraîchit-elle la mémoire. Deuxièmement, c'était un coup monté, chéri. Je voulais attirer ton attention et, à vrai dire, j'ai été effondrée que ça ne marche pas. Liam a été si gentil de se prêter au jeu. Je lui en ai toujours été reconnaissante.

Sa vision se brouilla, passant du noir au rouge. Il ferma les yeux, puis les rouvrit. *Respire*, s'ordonna-t-il. *Respire.*

— Un coup monté, répéta-t-il.

— Oui, nous avions tout prémédité. Pour que tu nous surprennes. C'était idiot, j'en ai conscience. Mais j'étais jeune et naïve, en ce temps-là. J'espérais une réaction, de ta part. L'occasion pour moi de te dire combien je tenais à toi. Combien j'étais perdue, sans toi. Mais ça ne s'est pas passé comme je l'espérais. Tu es parti et j'en ai conclu que je ne représentais rien, pour toi.

Un coup monté. Pour l'obliger à réagir. Et, au lieu de cela, elle avait interprété son silence comme de l'indifférence, de sa part. Ce qui était faux, bien sûr.

— Pourquoi ? demanda-t-il, le souffle court. Pourquoi avoir fait ça ? Et avec Liam, surtout ?

Son frère. Il existait une ligne sacrée entre frères à ne pas franchir. Elle l'avait non seulement franchie, mais en plus avait été l'instigatrice de cette transgression. Liam avait posé les mains sur la femme qu'il aimait, pour rendre service. D'une certaine façon, c'était pire que lorsqu'il croyait que son frère avait juste ajouté un autre nom à la liste de ses conquêtes. La trahison était deux fois plus grave, précisément parce qu'il s'agissait d'un coup monté.

Cette prise de conscience l'anéantit.

— Parce que…

Elle s'interrompit, cherchant son regard, des larmes dans les yeux.

— Je t'aimais. Tellement. Passionnément. Mais tu étais si distant. Nous avions rompu, et tu semblais t'en moquer. Alors j'ai eu l'idée d'un électrochoc pour te faire réagir.

Il secoua la tête, ébranlé.

— Mais aller jusqu'à faire ça…

Il s'était donc engagé à cause d'un mensonge. Incapable d'imaginer rester à Royal plus longtemps. Bien décidé à trouver un endroit où l'on n'avait qu'une parole. Avec des gens prêts à prendre une balle pour vous. Un endroit où il trouverait sa place, avec des hommes qui croyaient en lui. Un endroit loin d'ici.

— Oui. Comme tu as utilisé Emma Jane pour me rendre jalouse, dit-elle. C'est la même stratégie.

La même stratégie ? Il serra les poings à ces mots. Pour elle, le fait qu'il flirte avec une femme dans un lieu public et que, de son côté, elle se trémousse dans la chambre de Liam était donc la même chose ? La femme à laquelle il avait donné son cœur, dans les bras de son frère ! Dans le lit de son frère !

— Va-t'en, dit-il en se levant d'un bond pour se rhabiller, ignorant la douleur dans sa jambe. J'ai envie de rester seul.

— Kyle… Tu es fâché ? demanda-t-elle, l'air confus, comme si tout ça n'était qu'un détail.

Puis elle se figea, semblant réaliser.

Il ne dit rien. A quoi bon ?

Non, ce n'était pas la même chose. Déjà, il recommençait à lui faire confiance. Non, en réalité, il s'était obligé à oublier le passé, en dépit de la souffrance, tout ça pour quoi ? Pour découvrir qu'elle pouvait mentir bien plus qu'il ne l'imaginait.

Il sortit de la chambre, claqua la porte derrière lui et alla préparer les biberons. Impossible de prendre le large, comme il l'aurait voulu à cet instant. Elle en profiterait aussitôt pour exploiter ça contre lui et lui déchirerait encore une fois le cœur, en lui prenant ses filles, puisqu'elle en avait le pouvoir.

Mais terminé. Grace Haines avait suffisamment gâché sa vie comme ça.

Ne pouvant partir, Kyle resta donc à broyer du noir. Et, lorsque Liam et Hadley rentrèrent de week-end, le lendemain après-midi, il était d'une humeur massacrante.

En forme pour la confrontation.

— Liam…, marmonna-t-il en retenant son frère dans la cuisine, une fois Hadley montée, impatiente d'aller embrasser les bébés.

— Quoi, un problème ?

— Grace m'a tout raconté. Avant que je ne m'engage dans l'armée. Toi et Grace. C'était un coup monté.

Il croisa les bras pour éviter d'abattre son poing sur sa mâchoire, et prit appui sur sa jambe valide. Incroyable, Liam avait même le culot de le regarder comme s'il ignorait à quoi il faisait allusion.

— Oh ! ça ? répondit Liam en secouant la tête. C'est de l'histoire ancienne.

— Pas tellement, puisque je viens juste de l'apprendre.

— Eh bien, peut-être l'aurais-tu compris à cette époque si, au lieu de partir pour t'engager, tu étais resté. La finalité de tout ça, pour Grace, c'était juste de t'amener à t'ouvrir à elle. Moi, là-dedans, j'étais juste un pion.

— Sauf que, si je suis entré dans les Forces spéciales, c'est à cause de vos petites manigances, répliqua-t-il entre ses dents. Ravi de savoir que tout le monde s'est bien amusé. Et désolé de n'avoir pas su participer à la fête. Où est donc Hadley ? Je suis sûr qu'elle aimerait jouer à ce genre de jeu. Tu m'accompagnes ? Ou tu préfères nous surprendre en pleine action ?

— Ferme-la !

Cette fois, il avait anticipé le coup et il bloqua sans difficulté le poing de Liam.

— C'est beaucoup moins drôle, quand on est de l'autre côté, pas vrai ?

Ses yeux lançant des éclairs, son frère le dévisagea, blême.

— Qu'est-ce que ça peut te faire ? Grace, tu l'ignorais, au point qu'elle n'arrêtait pas de pleurer à cause de toi !

Grace pleurant à cause de lui. Mais qu'en savait son frère ? Sans doute n'était-ce même pas vrai. Simple stratagème pour le distraire de qui était vraiment à blâmer dans cette histoire.

— Figure-toi que cela a été terrible, pour moi, espèce d'idiot. Mais évidemment, tu ne peux pas comprendre ce que j'ai pu ressentir ! Comment as-tu osé me faire ça ! Poser tes mains sur ma femme ?

— *Ta* femme ? Je ne crois pas que Grace serait d'accord, répliqua Liam en reculant. Et puis, te faire quoi, au juste ? Tu avais rompu. Vous n'étiez plus ensemble quand c'est arrivé, tu as oublié ?

— C'est elle qui a rompu, pas moi, rétorqua Kyle. Et je cherchais un moyen de la reconquérir. Pas facile, quand une femme vous a envoyé paître et a choisi un autre type. Type qui, pour arranger le tout, était mon propre frère. Et rien ne serait arrivé, si tu lui avais dit non. Parce qu'il y a des limites à ne pas franchir, entre frères. Et celle-là est sacrée, Liam. Moi, jamais je ne t'aurais fait ça.

Quelque chose passa dans le regard de Liam.

— Merde… Tu étais amoureux d'elle ?

— Mais bon sang, il faut donc te mettre les points sur les *i* ?

Ecœuré par tous ces mensonges, par toutes ces trahisons, il s'appuya au comptoir, n'ayant à ce moment envie que d'une chose, d'un whisky, voire deux ou même trois, et pourquoi pas la bouteille entière ? Découvrir que votre frère jumeau était l'artisan de votre malheur valait bien ça.

— Tu étais amoureux d'elle, répéta Liam, en secouant la tête, n'en revenant manifestement pas. Et tu l'es toujours.

Oui, bien sûr qu'il l'était ! Pourquoi serait-il si en colère, sinon ?

Minute. Il ferma les yeux une demi-seconde, mais la vérité refusa de s'effacer comme par magie. Il aimait Grace. Voilà pourquoi sa trahison faisait si mal.

— Ce n'est pas le sujet, marmonna-t-il.

Et puis, cela n'avait plus aucune importance. Grace et lui, c'était terminé. Pour de bon, cette fois.

— Tu as raison. Le sujet, c'est que, pour moi, c'est une découverte. Et ça le serait sans doute aussi pour Grace. A condition que tu prennes la peine de lui avouer tes sentiments. Ce que tu n'as pas fait, bien sûr. Comme tu ne lui as pas dit que tu l'aimais, il y a dix ans, crétin que tu es !

Il haussa les épaules, agacé d'être aussi transparent pour son frère. Mais quelque chose lui réchauffa le cœur. Peut-être le ton apaisant, et pas totalement dépourvu de sympathie, de son frère. Peut-être l'espoir. L'espoir d'une seconde chance avec Grace.

— Certaines choses n'ont pas besoin d'être dites…

— Ah, sacré Kyle ! soupira Liam. Si c'est ce que tu crois, continue, garde le silence, reste dans ta bulle. Mais je doute qu'une femme supporte de vivre avec une huître…

— Tu oses me donner des leçons en matière de femmes ? Toi, le tombeur de ces dames ? lâcha-t-il avec ironie, regrettant la seconde suivante ses mots.

Mais, après tout, son frère l'avait bien mérité, non ? Il voulut s'excuser, mais Liam haussa les épaules.

— Tu as raison… Puis un jour, si tu as de la chance, tu rencontres la femme qui change tout, qui te change toi et ta vision du monde et de la vie, dit-il avec tendresse, pensant évidemment à Hadley, à l'étage avec les bébés. Mais, pour conquérir Hadley, j'ai dû apprendre certaines choses. Par exemple, à communiquer. A ne pas garder mes sentiments et mes pensées pour moi. Regarde ce que cela t'a valu. Tu as envie de passer les dix prochaines années sans la femme que tu aimes, sous prétexte que tu n'es pas du genre bavard ?

Oui, il n'avait jamais eu le moindre penchant pour la confidence. Garder le silence était un mécanisme de défense qu'il avait adopté enfant pour se protéger du mal-être constant qui pesait alors sur ses épaules. Cacher aux autres ses sentiments était sa carapace. Certaines blessures restaient invisibles en surface, mais elles étaient profondes.

La vieille pendule comtoise égrenait les secondes, comme elle le faisait depuis toujours. C'était sur elle qu'il avait appris à lire l'heure. Chaque tic-tac résonnait dans son cœur de petit garçon. Il les comptait alors en silence, en priant. Espérant qu'à la millième seconde sa mère apparaîtrait à la porte. Mais, à chaque fois, la porte restait close.

Elle n'était jamais revenue pour l'emmener loin de ce ranch qu'il n'aimait pas, où il ne se sentait pas à sa place. En réalité, il ne se sentait à sa place nulle part. Tout allait de travers en lui. Jusqu'à sa rencontre avec Grace. Elle était le seul être humain à lui avoir donné le goût de vivre.

Et peut-être avait-il eu tort de ne jamais lui dire ce qu'elle représentait, pour lui. S'il lui avait avoué ses sentiments, elle n'aurait probablement jamais eu l'idée de ce coup monté, avec Liam. Mais bon, il était impossible de revenir en arrière.

— Bien, c'est réglé ? demanda Liam, avec dans les yeux bien plus de compréhension.

— Oui, soupira Kyle. C'est le passé…

— Je sais que cela ne change rien, mais franchement je suis désolé…

Liam lui tendit la main et il n'hésita pas à la prendre. Puis ils s'étreignirent, une accolade fraternelle, quoique un peu gauche, en tout cas sincère. Suffisamment pour enterrer la hache de guerre.

— Il y a quelque chose dont je voudrais te parler, reprit Liam, avec gravité. Quelque chose qui me préoccupe.

— De quoi s'agit-il ? Tu as l'air bien mystérieux…

— Une multinationale, la Samson Oil, a débarqué à Royal et je n'aime pas trop leurs méthodes. Ils rachètent les terres du comté à tour de bras. Ils m'ont même proposé une jolie somme pour le ranch. Je voulais juste m'assurer que tu étais de mon côté en…

— Tu as refusé, j'espère ? s'exclama-t-il, interrompant son frère.

Ce ranch aujourd'hui, c'était sa maison. L'endroit où il voulait élever ses filles. Aucune somme d'argent ne remplacerait jamais un foyer, un environnement stable pour sa famille.

— Eh bien, je voulais d'abord en discuter avec toi. Mais oui. J'ai refusé.

Un immense soulagement le submergea. Un comble ! Il n'avait jamais considéré le ranch comme sa maison, son port d'attache. Mais voilà, face à la menace de s'en voir dessaisi, il s'était senti prêt à tout pour le défendre.

— Donc, c'est non. Où est le problème, dans ce cas ?

— Je n'en sais rien, marmonna son frère avec un haussement d'épaules. Quelque chose cloche, dans cette histoire. Le type de la Samson n'a même pas visité la propriété. Il m'a juste tendu un document avec une offre, disons, surprenante. Plus de quinze millions de dollars au-dessus du prix du marché…

— Il n'y a pourtant aucune trace de pétrole, dans le coin, remarqua-t-il en se passant la main dans les cheveux, perplexe à son tour. Le peu que l'on a trouvé est déjà exploité.

— Tu vois ? Toi aussi, tu trouves ça bizarre…

Il acquiesça d'un hochement de tête, la gorge serrée de nouveau. Il avait été touché par le fait que Liam lui demande son avis. Comme s'il était vraiment propriétaire pour moitié de ce ranch. Comme si tous deux, en fin de compte, formaient une vraie famille. Oui, il élèverait ses filles sur ces terres. Serait le père qu'elles méritaient.

Quant à Grace… Eh bien, c'était une autre histoire, dont il ignorait l'épilogue.

- 10 -

Grace balança un coup de pied rageur contre son four. Qui refusa de redémarrer. Ce qui ne l'étonna pas outre mesure.

Mais se défouler sur ce maudit appareil lui faisait du bien. Au moins commençait-elle enfin à émerger de cette torpeur qui ne la quittait pas, depuis qu'elle avait laissé le lit de Kyle, bouleversée par tant d'émotions contradictoires. Le cœur brisé, une nouvelle fois. Elle ne comprenait pas ce qui s'était passé. Ils avaient fait l'amour, elle avait abandonné toute défense et s'était ouverte à lui, tout ça pour quoi ? Cette fois, la douleur faisait encore plus mal. Car, cette fois, elle était confrontée à une douleur de femme, pas d'adolescente. Et la différence était essentielle, réalisa-t-elle, ébranlée.

Déterminée à se changer les idées, elle passa vingt minutes à dévisser chaque boulon de son four, espérant ainsi que quelque chose viendrait l'éclairer sur les causes de la panne. En vain. Elle resta hébétée devant l'appareil en pièces détachées, ne comprenant rien à ce qu'elle regardait, si ce n'était une chose. Son four était cassé. Elle n'avait pas faim, de toute façon.

Sortant de la cuisine, elle arpenta telle une âme en peine sa petite maison, à une centaine de mètres du centre de Royal. Trois ans qu'elle l'avait achetée. Une manière pour elle, à l'époque, de fêter son tout nouveau statut de célibataire professionnelle, bien résolue à être heureuse et épanouie. Seule. Objectif atteint, d'une certaine façon. Personne pour lui faire des remarques désobligeantes, lorsque lui prenait la lubie de changer de rideaux — à peu près cinq fois par an. Et puis, elle n'était pas obligée de partager sa salle de bains.

Le silence ? A vrai dire, elle n'y avait jamais prêté attention, jusqu'à aujourd'hui. Car passer le week-end avec Kyle avait apparemment fait voler en éclats ses rêves de bonheur en tant que célibataire. Ses rêves ? Ses délires, plutôt. Car, au fond d'elle et plus que jamais maintenant, elle avait envie d'avoir un mari et des enfants pour remplir ce vide dans son lit, dans son cœur. D'un chien aussi, que les enfants baptiseraient d'un nom ridicule.

L'écho de deux coups énergiques frappés à sa porte se répercuta dans la maison, l'arrachant brutalement à ses pensées. Elle faillit ne pas répondre, peu encline à devoir faire face à son visiteur, manifestement en colère contre elle. Après dix ans passés à ressasser sa relation avec Kyle, à en analyser tous les aspects jusqu'à l'écœurement pour tenter de trouver la raison pour laquelle ça n'avait pas marché, pas une fois elle n'avait eu l'idée de se faire des reproches.

Or, des erreurs, elle en avait commis, forcément. A l'époque et aujourd'hui.

Pourtant, elle refusait d'admettre que ce qui était arrivé dix ans plus tôt puisse être entièrement sa faute.

Soudain, il lui devint urgent et nécessaire de faire entendre raison au mystérieux visiteur qui se tenait derrière sa porte.

Après, sur la même lancée, elle réglerait la question Kyle Wade, en allant à la confrontation : il l'avait quasiment jetée de son lit, deux jours auparavant, et elle devait savoir pourquoi.

Elle alla donc ouvrir telle une furie.

Et sa colère retomba aussitôt.

Kyle était là, incroyablement beau et sexy, en jean, chemise à carreaux et bottes aux pieds, comme tous les hommes de Royal. Et pourtant, il ne ressemblait à aucun autre homme du Texas, ni d'ailleurs, puisque c'était Kyle. Ne comprendrait-elle donc jamais ? Ils n'étaient pas destinés à vivre ensemble. En couple, encore moins comme mari et femme.

Il tenait un bouquet de fleurs à la main. Pas un petit, non, un immense. Un vrai feu d'artifice de couleurs et de formes. Sa vision se brouilla face à ce déluge de fleurs et à l'expression sérieuse sur le visage de Kyle.

— Bonjour, Grace.

Elle se ressaisit. Non, il n'avait pas le droit de venir lui présenter ses excuses, bouquet de la paix en main. Ce n'était pas juste. Elle ne lui offrirait pas son cœur, une fois de plus. Elle en avait terminé avec lui. Fini.

— Que veux-tu, Kyle ? l'apostropha-t-elle, s'étonnant elle-même de sa brusquerie.

Un palier avait été franchi, lorsqu'elle s'était retrouvée à la porte de chez cet homme, à moitié nue, après une nuit d'amour qu'elle avait cru magique.

— Je t'ai apporté ceci, dit-il, impassible, en lui tendant le bouquet. Des fleurs pour me faire pardonner. Parce que je te dois des excuses.

N'était-ce pas romantique ? Mais elle ne prit pas le bouquet.

— Des excuses ? Sans doute m'en dois-tu, mais des fleurs, certainement pas. Je préférerais une explication à ton attitude.

Il baissa la main, celle qui tenait le bouquet, le regard noir.

— Puis-je entrer dans ce cas ? Ta voisine est sous le porche en train de grignoter des pop-corn et…

— Mme Putters vient de fêter ses soixante-douze ans, répliqua-t-elle, bras croisés, en s'appuyant au chambranle. C'est la seule distraction qu'elle aura de toute l'année.

— Bien. Je suis venu te présenter des excuses. J'ai tiré d'abord et posé les questions après. C'est toujours ce que je fais. Essentiellement, pour me défendre.

Toujours aussi sibyllin.

— Quelles questions ? répondit-elle, avec la même amabilité.

— Grace, soupira-t-il et, à ce moment, ses yeux verts prirent un éclat tel, qu'elle se retrouva piégée comme un lapin par des phares, dans l'impossibilité de regarder ailleurs. Tu représentais tant de choses pour moi, quand nous étions ados. Je voudrais que tu comprennes une chose. J'avais alors dans la tête un tas de choses qui me perturbaient. Des problèmes que je refusais d'affronter. Et que je gardais enfouis en moi. Ce n'était pas juste, vis-à-vis de toi. Pourtant, tu étais la meilleure chose qui me soit arrivée. Puis tu es partie. J'étais effondré. Te voir avec Liam a été le coup de grâce. Je n'ai pas pu le supporter, alors j'ai quitté Royal, pensant que tu avais choisi mon frère. Incapable d'aller te voir pour tenter d'éclaircir la situation.

Bouche bée, elle le dévisagea. C'était le plus long discours qu'elle avait entendu de sa bouche. Et cela suffit à la radoucir. Sensiblement.

— J'ai eu tort, pour Liam, confessa-t-elle. C'était stupide. J'aurais dû être plus claire quant à mes sentiments, moi aussi.

— Nous étions si jeunes, dit-il. Mais il faut néanmoins que je te remercie. J'ai choisi de m'engager pour partir loin, très loin de Royal. Pour oublier la fille qui avait brisé mon cœur. Mais, au lieu de trouver un endroit où cajoler mon ego blessé, j'ai découvert quelque chose d'inattendu. D'inespéré. Etre agent des Forces spéciales a fait de moi un homme, l'expérience m'a changé.

En effet, elle l'avait constaté. Il était devenu un homme responsable, déterminé avant toutes choses à prendre soin de ses filles.

— Tu sembles tellement plus épanoui…

— C'est juste, acquiesça-t-il avec enthousiasme. J'ai trouvé ma place, dans l'armée. Place que j'avais toujours échoué à trouver, au ranch. Ce qui était l'un de mes problèmes majeurs, à l'époque. J'étais incapable d'imaginer mon avenir ici. J'étais perdu, sans but. Et, si tu n'avais pas mis en scène cette histoire avec Liam, je n'aurais sans doute jamais rencontré ces gars qui ont fait partie de ma vie, dix ans durant. Plus que des amis, une famille.

Oh ! cette émotion dans son regard. Il avait réellement trouvé sa place, au sein de l'armée. Cet engagement l'avait enrichi. Changé à jamais.

Elle sentit sa gorge se nouer. S'il ne se sentait pas à sa place, au ranch, pourquoi avoir pris en charge le bétail ? Car c'était ce qu'il lui avait expliqué. Avoir pris ce travail pour offrir la stabilité à ses filles. Il prévoyait vraiment de rester, cette fois. Etait-il sincère, dans cette démarche ? Ou s'y était-il résolu parce qu'elle l'y avait forcé, en dépit de sa répugnance pour tout ce qui touchait au ranch ?

— Je ne comprends pas, chuchota-t-elle. Si tu aimes tant l'armée, pourquoi être rentré ?

— Ma jambe, répondit-il avec une expression de vulnérabilité qu'elle ne lui avait jamais vue.

Elle faillit le prendre dans ses bras pour le réconforter. Son cœur souffrait pour lui, mais elle tint bon.

— Tu es revenu parce que tu étais blessé, dit-elle, comme une évidence.

C'était l'unique raison. Non parce qu'elle lui manquait ou qu'il regrettait d'être parti. Non pas pour ses filles, ni pour se bâtir une vie, ici, sur le ranch, avec sa famille. Mais parce qu'il n'avait pas eu le choix.

Qu'adviendrait-il lorsqu'il serait fatigué de ce travail qui ne lui correspondait pas ? Qu'adviendrait-il quand sonnerait pour lui de nouveau l'appel du large ?

Il partirait. Exactement comme il l'avait fait la première fois. Mais alors, il emmènerait les bébés. Aucune loi ne lui imposait de rester à Royal pour conserver la garde de ses filles. Oui, il partirait et lui briserait de nouveau le cœur et, cette fois, elle serait confrontée à l'absence non pas d'un seul être cher, mais de trois.

S'il n'était pas venu la voir dix ans plus tôt pour s'expliquer avec elle à propos de Liam, c'était parce que déjà au fond de lui il ne rêvait que de s'envoler, loin d'ici. Loin d'elle, loin de tout ce que le ranch représentait. S'il avait vraiment tenu à elle, il se serait battu pour leur amour. Telle était la vérité.

Il pouvait dire ce qu'il voulait, il ne s'était pas engagé parce qu'il l'avait surprise avec Liam. Cela n'avait été que l'élément déclencheur. Il était déterminé depuis longtemps déjà à s'envoler.

— Oui, dit-il. J'ai été remercié, à cause de ma jambe. Et je n'avais d'autre endroit où aller. Mais quand j'ai vu Maddie et Maggie pour la première fois… Quand tu es réapparue dans ma vie… Bref, les choses sont différentes, maintenant. Je veux vraiment qu'elles le soient. Je veux une seconde chance, avec toi.

— Non, soupira-t-elle, le cœur comme dans un étau. Nous avons déjà eu tant de nouvelles chances. Tu as tiré sans sommation, en me posant les questions trop tard.

Elle commençait tout juste à lui refaire confiance. Tout ça pour quoi ? Pour rien. Elle ne pouvait imaginer revivre le même cauchemar, encore et encore. Alors qu'elle pouvait très bien essayer d'être heureuse, seule. C'était un choix à faire, la décision lui appartenait.

Il posa le bouquet dans le fauteuil à côté de la porte et lui prit la main. L'emprisonna plutôt. Puis il plongea ses grands yeux verts dans les siens, la faisant vibrer jusqu'à l'âme.

— Ne dis pas ça, Grace. Je suis resté éveillé toute la nuit en pensant à toi. A nous. A la vie que nous pourrions avoir, ensemble. Je ne veux pas que les filles grandissent sans maman. Elles et moi avons besoin de quelqu'un pour nous épauler…

Il dit cela avec un petit sourire penaud si attendrissant qu'elle dut se faire violence pour ne pas revenir en arrière. Si seulement il avait évoqué son cœur, dans ce discours. En lui avouant combien il souffrait d'être séparé d'elle. Qu'il n'imaginait pas la vie sans elle. Au lieu d'une simple requête pour s'assurer d'offrir à Maggie et à Maddie une mère.

A vrai dire, elle aspirait tellement à fonder une famille qu'elle n'avait aucun mal à se projeter dans le rôle de la maman de ces merveilleux bébés. Mais à quel prix ?

— Tu as Hadley, pour cela, dit-elle sèchement. Je ne suis pas indispensable.

— Tu ne m'as pas bien écouté, Grace, répondit-il, une main sur le cœur. Hadley est la femme de Liam. Ce que je veux, c'est une femme à moi.

Cela ressemblait à une demande en mariage, sauf qu'il ne lui avait pas expressément demandé de l'épouser. Comme d'habitude, il ne parvenait pas à dire les choses clairement. C'était ce qui les avait menés à ce fiasco, avec Liam, dix ans plus tôt. Visiblement, rien n'avait changé.

Rien de tout cela ne correspondait à ce qu'elle avait eu la faiblesse d'espérer. En oubliant ses exigences. Ses rêves de grand amour et d'une vie de conte de fées. Comment leur relation survivrait-elle à l'épreuve du temps, avec leurs manigances destinées à rendre l'autre jaloux et surtout cette incapacité, pour Kyle, à communiquer ?

— Non, Kyle. J'y ai cru, à un moment, mais je sais qu'au moindre problème tu t'esquiveras. Comme autrefois. Je ne peux pas…

Sa voix se brisa.

— Je suis là aujourd'hui, Grace, répondit-il, le regard noir soudain. Excuse-moi, mais, si quelqu'un s'esquive ici, c'est toi.

— C'est trop tard, enchaîna-t-elle, ne voulant qu'une chose, en finir avec cette conversation. Nous n'avons pas suffisamment confiance l'un dans l'autre. Nous ne voulons même pas les mêmes choses.

— Comment oses-tu dire ça ? répliqua-t-il en secouant la tête. Je veux vivre avec toi, n'est-ce pas ce que tu veux, toi aussi ?

— Non, ce n'est pas ce que je veux, Kyle, chuchota-t-elle, se forçant à le regarder, son beau visage livide, aussi désespéré que les terres arides du Texas après une longue période de sécheresse. Adieu, Kyle.

Et, craignant de flancher, elle referma vite sa porte.

Maintenant, seule, elle pouvait pleurer.

A présent que Johnny et Slim respectaient Kyle comme patron, tout se passait sans heurt.

Et tant mieux, parce qu'il exigeait beaucoup d'eux. Mais sans doute plus encore de lui-même. On était en pleine saison des vêlages de printemps et dix-huit heures de travail d'affilée lui convenaient parfaitement. A ce rythme, impossible de ressasser ce qui s'était passé, avec Grace. Ou de souffrir de son absence.

Sauf que, la nuit, la douleur l'empêchait de trouver le sommeil. Une douleur pire encore que celle de sa jambe. Alors, dans ces moments-là, seul dans son lit, les yeux grands ouverts, son cerveau n'en finissait pas de cogiter. Il repensait à ses paroles, se les répétait encore et encore. Grace ne voulait pas de lui. Elle ne lui faisait pas confiance.

Tous ses efforts pour dépasser ses propres doutes, oublier les trahisons, tout ça n'avait servi à rien. Elle ne lui pardonnerait jamais d'être parti. Alors que tout ce qu'il voulait, c'était trouver sa place en ce monde. Et, quand on n'avait plus voulu de lui à l'armée, il était rentré au bercail. Pour se construire une vie, y planter ses racines. Un sacré challenge, l'un des plus ardus de son existence, et oui, quand tous ici semblaient se dresser contre lui, l'intrus, il avait songé une fois ou deux à reprendre la route. Mais il n'en avait rien fait. Or apparemment, pour Grace, cela ne signifiait rien.

Une semaine entière passa et, un jour, Liam l'invita à venir passer un moment au Texas Cattlemen's Club, histoire de se changer les idées, ainsi que le dit très élégamment son frère. Curieux de découvrir le club auquel son grand-père appartenait et dont Liam aujourd'hui était visiblement un membre actif, il accepta, mais à la condition de revenir dans deux heures. Le bétail n'attendait pas.

A la seconde où il pénétra dans le bâtiment jadis réservé exclusivement aux hommes, le monde extérieur cessa d'exister. Il régnait au cœur de cette institution une atmosphère solennelle. Et chaleureuse à la fois.

Il suivit Liam à une table près du bar, où d'autres hommes étaient installés devant une bière. Il reconnut Mac McCallum, un ami proche de son frère depuis toujours, ainsi que Case Baxter.

— Case a été élu récemment président du club, lui expliqua Liam. Et voici Nolan Dane.

— Oui, je me souviens de vous, répondit-il en serrant la main de Nolan. Ça fait un bail.

— Je suis revenu en ville depuis peu, pour exercer mon métier d'avocat en droit de la famille, dit Nolan, en se tournant vers Liam. Ton frère est d'ailleurs l'un de mes clients.

Il acquiesça d'un signe de tête, en alerte soudain. Liam avait pris un avocat en droit de la famille ? Inutile de se demander pourquoi. Lorsque son frère avait brandi la menace, ce n'était donc pas des paroles en l'air. Ils n'avaient plus discuté de ça depuis et il croyait que Liam avait renoncé à toute idée d'adoption.

Manifestement, il se trompait.

Cette invitation à venir avec lui au club, était-ce une manière pour son frère de lui infliger une piqûre de rappel ? Après toutes les épreuves auxquelles il avait dû se plier pour prouver son aptitude à être père ? Et surtout après leur conversation à couteaux tirés, lorsque Liam lui avait finalement présenté des excuses, pour Grace ?

Tout ça en disait long sur ce que les gens d'ici pensaient réellement de son retour. Il n'était pas le bienvenu à Royal. Il ne le serait jamais. Voilà pourquoi il attaquait le premier. Invariablement, il se trouvait toujours quelqu'un pour lui tirer dans le dos.

Dents serrées, il prit un siège, le plus loin possible de Liam. Après un moment, la conversation s'engagea sur la Samson Oil, éveillant son intérêt. Suffisamment pour le faire sortir de sa coquille et participer à la discussion. Particulièrement lorsque Nolan Dane se leva et s'éclipsa, la mine contrite.

— Ils semblent déterminés à acheter chaque parcelle de nos terres, affirma Liam. Y compris le ranch Wade. Tout ça ne sent pas bon, selon moi…

Les autres autour de la table donnaient l'impression de partager l'inquiétude de son frère.

— Que veut la Samson Oil, au juste ? demanda-t-il. Ils doivent bien savoir qu'il n'y a pratiquement pas de pétrole, dans le coin. Les gens ont creusé pendant plus d'un siècle. Ils n'en trouveront pas plus que les autres.

— Personne ne sait vraiment ce qu'ils manigancent, remarqua Case. Peut-être du gaz de schiste. Mais la Compagnie du schiste a déjà racheté les rares terres concernées, dans la région.

A ces mots, il eut une idée.

— Il faut faire quelque chose, on ne peut pas laisser la Samson Oil continuer comme ça, décréta-t-il. Si vous voulez, je connais un type à la CIA. Owes me doit un service. Je vais le brancher sur l'affaire pour qu'il mène son enquête.

La proposition lui était venue comme ça, spontanément. Il ne devait rien à ces gens. Ce n'était pas comme s'ils lui avaient déroulé le tapis rouge, à son retour du front. Ou même comme s'ils le respectaient, en tant que responsable du bétail du ranch Wade. Il ne faisait même pas partie du club. Et il n'était pas plus à sa place ici qu'il ne l'était dix ans plus tôt. Seulement voilà, il était prêt à se battre pour son ranch.

— Je savais que tu trouverais une solution, répondit Liam, lui souriant.

— C'est une super idée, renchérit Mac. Plus nous en saurons, mieux ce sera.

Tous se tournèrent vers lui, le visage plein d'espoir. Difficile de revenir en arrière maintenant. Et, après tout, ces terres étaient aussi les siennes, non ?

— C'est réglé, marmonna-t-il.

Et ce furent ses dernières paroles, à cette table. Les autres avaient à discuter d'affaires liées au Cattlemen's Club, et qui donc ne le concernaient pas. Il n'était pas membre. Et n'avait aucune envie de le devenir.

Mais, un peu plus tard, le téléphone de Liam vibra et il le vit se renfrogner en regardant l'écran. Quand ses yeux se posèrent sur lui, il se redressa aussitôt sur sa chaise, tous ses sens en alerte.

— Nous partons, décréta Liam. Désolé.

Et, sur ce, Liam sortit du club.

Il le suivit. Que se passait-il ? L'appréhension lui nouait le ventre, car il ne pouvait s'agir que d'une urgence. Les jumelles.

Ce ne fut qu'une fois dans la voiture que son frère grommela :

— C'est Maddie.

Il sentit son sang se glacer et crut que son cœur allait exploser. Hélas, il avait vu juste.

— Comment ça, c'est Maddie ? Que veux-tu dire ? demanda-t-il, la gorge serrée, pris de panique à l'idée que quelque chose soit arrivé à sa fille.

— Hadley n'en sait rien encore, mais…

Lorsque Liam s'interrompit, il lui empoigna le bras.

— Attention, je conduis ! Ce n'est pas le moment d'avoir un accident. Nous allons à l'hôpital. D'après Hadley, Maddie ne se réveillait pas et avait une forte fièvre. Avec ses problèmes cardiaques, nous devons être prudents. Hadley a appelé l'ambulance et confié Maggie à Candace. Elle nous attend au Royal Memorial.

Le trajet ne prit pas plus de cinq minutes, qui lui parurent durer cinq ans, coincé qu'il était dans le pick-up de son frère, pendant que sa petite Maddie souffrait. Elle était si fragile, sans défense. Il envisagea toutes les possibilités, les plus terribles surtout, tétanisé à l'idée de perdre l'une de ses filles. Tellement pire que de perdre Grace. Tellement pire que de perdre sa place au sein des Forces spéciales.

Liam se gara sur le parking de l'hôpital dans un crissement de freins, le pick-up n'étant même pas encore à l'arrêt lorsqu'il en bondit. Un peu comme on saute d'un avion, parachute sur le dos. Sauf que, lorsqu'il s'amusait à cela, il pouvait compter sur ses deux jambes.

La douleur le déchira jusqu'aux entrailles, au point que son cœur, qui n'avait pas besoin de ça, marqua un temps d'arrêt. Réprimant une grimace, il se redressa tant bien que mal, sa jambe tel un poids mort, et se précipita aux urgences, cherchant un médecin avec fébrilité.

Ce fut la secrétaire qui l'accueillit.

— Monsieur Wade. Hadley vous attend à l'unité des soins intensifs du service pédiatrie. Suivez-moi.

Les soins intensifs ? Des images de la minuscule chambre, en Allemagne, où il était resté alité plusieurs mois se bousculèrent dans son esprit. Une série de nausées le submergea. Il n'allait quand même pas craquer, alors que sa fille était en danger. Liam et la secrétaire le firent monter dans l'ascenseur, chacun se tenant auprès de lui, tels des anges gardiens.

Une fois au deuxième étage, ils s'engouffrèrent dans un couloir interminable puis Hadley surgit, en larmes, et se jeta dans les bras de Liam. Tous deux échangèrent quelques mots, mais il continua son chemin, cherchant des yeux son bébé. Essayant de se rassurer. Non, Maggie ne grandirait pas sans sa sœur. Ses filles avaient déjà traversé tant d'épreuves. Sans leur père à leur côté pour les y aider.

Mais aujourd'hui, il était là. Prêt à en découdre avec

tout ce qui mettrait sa famille en danger. Y compris son frère. Car il faudrait bien régler une fois pour toutes cette histoire d'adoption.

— Qui est le responsable, ici ? marmonna-t-il à l'intention de la secrétaire, visiblement habituée à gérer le stress des parents, puisqu'elle lui sourit.

— Je vais chercher l'infirmière. Le Dr Reese est avec votre fille en ce moment, répondit-elle, avant de disparaître dans les couloirs de l'hôpital.

Hadley et Liam le rejoignirent.

— Le Dr Reese est un éminent spécialiste, tenta de le réconforter Hadley, en plaçant une main sur son bras. C'est lui qui s'occupe de Maddie depuis sa naissance.

Oui, eh bien, cela ne le rassurait pas du tout. Si seulement il pouvait voir son bébé.

Une jeune femme avec une blouse décorée de ballons multicolores apparut et se dirigea vers eux.

— Bonjour, monsieur Wade. Mon nom est Clare Connelly, mais sans doute ne vous rappelez-vous pas de moi. Nous avons placé Maddie sous intraveineuse et respirateur. Elle est dans un état stable, ce qui est bon signe.

— Qu'est-il arrivé ? Qu'est-ce qui ne va pas ? demanda-t-il, le cœur serré.

— Le Dr Reese s'inquiète des conséquences de sa forte fièvre sur son cœur, répondit Clare sans fioritures, ce qu'il apprécia. Il tente de faire baisser la température tout en lui faisant subir quelques examens. La dernière opération aurait dû résoudre le problème, mais on ne peut jamais être sûr à cent pour cent. Nous savions qu'une rechute était possible. Mais nous allons continuer de nous battre. Et nous finirons bien par gagner, une fois pour toutes.

Manifestement, la jeune femme était très attachée à Maddie. Cela se voyait à ses yeux, à son sourire plein d'inquiétude. Une infirmière ne manifestait jamais d'émotion pour ses patients. En tout cas, pas les infirmières allemandes.

— Merci. Pour tout. Puis-je parler au médecin ?

— Bien sûr. Il va venir vous voir. Nous voulons tous ici voir Maddie gambader avec sa sœur et souffler année après année les bougies de leur gâteau d'anniversaire. Dès que le Dr Reese a terminé, je vous l'envoie, promit Clare.

Elle les invita à s'installer dans la salle d'attente du service pédiatrie et disparut aussitôt après.

Il dut se raisonner pour ne pas la suivre. Une salle d'attente était conçue pour les personnes qui avaient de la patience. Qualité qui lui faisait défaut.

— Laisse le docteur faire ce qu'il a à faire, chuchota Hadley, en posant de nouveau une main réconfortante sur son bras.

De longues minutes s'écoulèrent. Il se mit à arpenter le couloir de long en large, piétinant de rage et d'impuissance, devant la porte de la chambre de sa fille. Pourquoi était-ce si long ? Oh ! et marcher ainsi n'était pas très judicieux. Sa jambe le faisait souffrir. Enfin, une autre infirmière osa s'approcher pour lui demander de dégager du couloir, au cas où une urgence se présenterait, et d'aller se rasseoir.

Ce qu'il fit, pour une seule raison, reposer un peu sa maudite jambe. Mais doutant de pouvoir néanmoins rester assis bien longtemps.

La salle d'attente commença à se remplir. Mac McCallum apparut et alla s'asseoir avec Liam et Hadley. Hadley s'éclipsa une minute plus tard pour aller s'occuper du dossier à remplir, à l'accueil. Elle lui avait proposé de s'en charger, de manière à ce qu'il puisse rester là, au cas où le médecin viendrait pour donner des nouvelles. Kori, une amie de Hadley, arriva à son tour et alla s'asseoir à côté de Liam.

Tous se montrèrent très gentils avec lui, s'efforçant de l'encourager. Ils évoquèrent Maddie et sa force, ainsi que cette fameuse nuit, lorsque tous ici avaient prié pour ce bébé, baptisé alors Janey. On avait le sentiment que chacun dans cette ville avait entouré sa fille d'affection, sans même savoir qui elle était. Et, aujourd'hui qu'ils le savaient, rien n'avait changé. Ils étaient là, présents, soucieux de lui apporter leur réconfort. Comme des amis. Comme une famille.

Puis quelque chose dans l'air vibra. Levant les yeux, il se figea. Grace.

Elle surgit dans la salle d'attente, cheveux au vent, emmenant dans son sillage un parfum de printemps… Et de soleil et d'espoir aussi. La chaleur de sa présence le pénétra et il put enfin respirer, son premier vrai souffle depuis que Liam avait eu le message de Hadley, au club.

— Je suis venue dès que Hadley m'a appelée, dit-elle, plongeant ses grands yeux dans les siens.

Les bruits de l'hôpital, les chuchotements autour d'eux, tout s'estompa pour les laisser seuls au monde.

— Je suis désolée pour Maddie, poursuivit-elle, prenant sa main dans la sienne. Comment te sens-tu ?

— Ça va, grommela-t-il.

Oui, mieux maintenant. Bien mieux. Comment se pouvait-il que la femme qui n'en finissait pas de lui déchirer le cœur eût ainsi le pouvoir d'en recoller les morceaux, juste en apparaissant ?

Il n'avait pas fini de s'interroger sur ce paradoxe.

Elle s'assit à côté de lui, sans lui lâcher la main. Ce fut à cet instant qu'il réalisa être glacé, quand sa peau réchauffa la sienne.

— Qu'a dit le Dr Reese ? demanda-t-elle.

Tout le monde dans cette ville connaissait donc le nom du pédiatre de sa fille ?

— Je ne l'ai pas encore vu. L'infirmière, mademoiselle Connelly, dit que la fièvre pourrait avoir des conséquences sur son cœur, mais ils ne peuvent pas encore se prononcer.

A ce moment, sa voix se brisa et un sentiment de profond désarroi l'envahit. Ce fut comme si en un instant tout le poids du monde s'abattait sur ses épaules, le clouant sur sa chaise.

— Oh non, gémit Grace, pas ça…

Il hocha doucement la tête.

— Merci d'être venue.

Jamais il ne l'aurait appelée. Jamais il n'aurait fait le premier pas. Mais à présent elle était là, la seule personne dont il avait besoin, en un moment pareil. La femme qu'il aimait était là, avec lui, à attendre des nouvelles de sa fille. Tout le reste importait peu. Car, oui, il l'aimait, encore et sans doute pour toujours.

Mais à quoi bon ?

- 11 -

En temps normal, Grace aimait venir au Royal Memorial, car le plus souvent c'était pour rendre visite à une maman qui venait d'accoucher. Soit un heureux événement. Mais être là à attendre des nouvelles sur l'état de santé du bébé de Kyle resterait sans doute l'un des moments les plus angoissants de son existence.

En même temps, il régnait dans la salle d'attente une atmosphère chaleureuse, fraternelle. Beaucoup d'amis étaient accourus en apprenant la nouvelle, soucieux de manifester leur amitié, leur solidarité. Elle-même n'avait pas lâché un seul instant la main de Kyle. Les gens ne semblaient pas surpris de les voir ensemble.

Sauf qu'ils n'étaient pas vraiment ensemble.

Elle ferma brièvement les yeux, la gorge nouée.

Cent fois elle s'était rejoué sa dernière conversation avec Kyle, se demandant si elle n'avait pas été trop dure. Trop impitoyable. Si elle n'en demandait pas trop, avec ses exigences. Des exigences dressées entre Kyle et elle, tel un bouclier. Parce qu'il était dangereux pour elle. Pour son cœur. Ne l'avait-il pas prouvé à maintes reprises ?

Mais, à se retrouver dans cette salle d'attente avec lui dans un moment si grave, elle prit conscience d'une chose. En réalité, si rien n'était résolu entre eux, ils n'en avaient pas fini, ensemble.

Oh ! tout était si compliqué. Elle espérait juste que d'être venue le soutenir dans cette épreuve ne l'induirait pas en erreur. Qu'il s'imagine par exemple qu'elle pourrait peut-être revoir ses exigences à la baisse. Oublier qu'il n'avait pas hésité à lui briser de nouveau le cœur, dans un moment où elle avait eu la faiblesse de baisser sa garde.

Ayant perdu toute notion du temps, elle regarda l'horloge au mur lorsque le Dr Reese apparut à la porte, les traits tirés.

Dans la salle d'attente, tout le monde cessa de parler. De bouger. De respirer.

Elle sentit la main de Kyle serrer la sienne un peu plus fort, puis il se leva et elle le suivit. Appréhendant le pire, elle se pressa contre lui.

— Je suis le Dr Reese, dit Parker en tendant la main à Kyle. Votre fille est stable, ce qui est un signe encourageant. Mais je ne sais pas encore si son cœur a souffert de cette forte fièvre. Je dois la garder en observation pour la nuit et je lui ferai subir de nouveaux examens demain matin. D'ici là, essayez de dormir un peu. Maddie est une battante et j'ai de bonnes raisons de croire qu'elle se remettra. Mais je vous en dirai plus demain.

— Appelez-moi Kyle. Je considère tout homme qui sauve la vie de ma petite Maddie comme un ami. Puis-je la voir ? répondit Kyle avec un soupir de soulagement.

— Bien sûr. Elle dort, mais vous pouvez rester à son chevet un moment, si vous voulez…

— Oui, je le veux, répondit-il avec véhémence. Pour m'en déloger, il faudra me jeter dehors.

Elle n'irait nulle part, elle non plus. Et si quelqu'un avait une objection, que ce soit la direction de l'hôpital, le shérif Battle ou même le maire, que tout ce monde aille au diable ! Personne ne l'empêcherait de rester aux côtés de l'homme qui avait besoin d'elle.

A part l'homme en question, bien sûr. Homme au demeurant avec lequel elle ne voulait plus rien avoir à faire quelques heures plus tôt.

Il se tourna à cet instant vers elle et esquissa un sourire, teinté d'espoir et de fatigue.

— Je suis heureux de t'avoir auprès de moi.

Et ce fut tout. Ce regard, ces quelques mots suffirent à la conforter dans sa décision. Il avait besoin d'elle, et elle n'imaginait pas ignorer son appel à l'aide.

Ils retournèrent dans la salle d'attente pour informer les autres de la situation, puis Kyle conseilla à tout le monde de rentrer chez soi, promettant d'appeler pour d'autres nouvelles, dès le lendemain matin. Tandis qu'on échangeait étreintes et chaleureuses poignées de main, elle l'observait du coin de l'œil, pour s'assurer qu'il allait bien.

Et ce qu'elle vit la surprit. Il eut un sourire pour chaque personne et accepta avec chaleur les manifestations d'amitié des uns et des autres. Pour quelqu'un rentré chez lui contraint et forcé, il ne semblait pas avoir de difficulté à s'intégrer dans leur petite communauté. S'en rendait-il compte ?

— Liam et moi allons rester avec toi, décréta soudain Hadley avec un air entêté, sans bouger de son siège.

Son mari se pencha sur elle pour lui murmurer quelque chose à l'oreille. Hadley décroisa alors les bras, mais ne parut pas plus convaincue de sortir de la salle d'attente.

— Ton soutien me touche beaucoup, Hadley, dit alors Kyle. Mais tu en as assez fait. Et puis, j'ai besoin d'une personne en laquelle j'ai toute confiance, à la maison, pour s'occuper de Maggie. C'est la chose la plus importante que tu puisses faire pour moi.

Elle sentit son cœur se serrer face à l'attitude de Kyle. Comme elle avait eu raison dans sa décision de lui accorder la garde des bébés. Le bien-être de ses filles était manifestement sa priorité.

— Candace est tout à fait digne de confiance, protesta Hadley. Elle a souvent veillé sur Maggie.

Liam prit la main de sa femme.

— Chérie, *Grace* va rester auprès de Kyle.

A ce moment, quelque chose passa dans les yeux de Hadley, comme une illumination, puis elle donna le bras à son mari.

— Eh bien, dans ce cas, qu'attendons-nous ? Allons-y. Et surtout, appelez-nous, promis ?

Et tous deux disparurent, la laissant seule avec Kyle. Si une certaine tension persistait, entre eux, Maddie demeurait au cœur de leurs préoccupations. La situation exigeait d'eux qu'ils se comportent en adultes, chose qu'ils avaient eu le tort de ne pas faire, jusqu'ici.

— Je suppose qu'ils veulent nous offrir l'occasion de passer la nuit en tête à tête, remarqua-t-il, juste après le départ de son frère et de Hadley. C'est pour la même raison qu'ils sont allés passer le week-end à Vail. Pour me laisser la maison, dans l'espoir que je t'appellerai.

Et pas pour le mettre à l'épreuve, en tant que père, avec ses filles. Car ce n'était pas nécessaire, même au début. Liam et Hadley avaient fait cette escapade à Vail pour elle. Pour elle et Kyle. Et l'initiative aurait été bénéfique si tous deux s'étaient contentés de parler franchement de leurs problèmes, avant d'envisager de se remettre ensemble, au lieu de se retrancher derrière les non-dits.

Raison pour laquelle elle ne pouvait se permettre de lui laisser croire que sa présence ici, ce soir, signifiait qu'elle était prête à réessayer. Encore faudrait-il qu'elle parvienne elle-même à s'interdire d'espérer.

Elle était convaincue d'avoir pris la bonne décision en mettant un terme à leur relation, ce qui n'empêchait pas une petite voix dans sa tête de lui répéter que, peut-être, il n'était pas trop tard. Que peut-être ils pourraient venir à bout de leurs problèmes.

— Tu veux bien venir voir Maddie avec moi ? demanda soudain Kyle. Je ne suis pas sûr de pouvoir y aller seul…

Il était tétanisé par la peur. Comment cela avait-il pu lui échapper ? Elle était trop occupée par la suite de leur relation, à supposer qu'il y en ait une, pour penser à la raison de leur présence ici. Maddie. Quelle piètre assistante sociale elle faisait !

— Je suis là, répondit-elle en lui serrant la main de toutes ses forces. Et je resterai avec toi aussi longtemps que tu auras besoin de moi.

— Grace, murmura-t-il, ses yeux verts plus brillants que le diamant le plus précieux. Viens donc avec moi.

Elle le suivit dans la chambre où Maddie dormait, dans un petit lit qui ressemblait beaucoup à son berceau, à la maison, sauf qu'elle était entourée d'appareils, d'écrans et qu'elle était branchée à des tubes. Une vision de cauchemar, à peine supportable.

En train d'analyser les graphiques sur l'un des écrans de contrôle, Clare sourit en les voyant.

— Elle va bien. Juste un peu fatiguée, à cause de la fièvre et des examens. Tenez, ajouta-t-elle en désignant un canapé, sous la fenêtre, si vous prévoyez de rester, vous pouvez le déplier. Je dois aller m'occuper d'autres patients, mais je reviendrai dans deux heures. Appuyez sur ce bouton, en cas de besoin.

— Entendu, dit-il. Merci.

Clare sortit de la chambre, les laissant seuls avec Maddie.

— Je donnerais n'importe quoi pour prendre sa place, dit-il avec douceur, les yeux rivés sur sa fille. Elle est si fragile. Tous ces tubes reliés à son petit corps. Ce n'est pas juste.

Elle hocha la tête, la gorge serrée, n'osant parler de peur de ne plus pouvoir retenir ses larmes.

Soudain, il lui fit face, la prit entre ses bras et enfouit son visage dans ses cheveux. Nouant les mains à son cou, elle tressaillit en le sentant trembler. Ils demeurèrent ainsi enlacés un moment, le temps pour chacun de puiser en l'autre la force nécessaire pour maîtriser son angoisse.

— Je suis désolée, chuchota-t-elle.

— Merci de rester avec moi. Oh ! Grace, soupira-t-il.

Ma vie, jusqu'à ce que je découvre Maddie et Maggie, était devenue si vide. Si inutile… Et aujourd'hui encore il me manque quelque chose…

— Oui, je sais. L'armée.

— Non, pas l'armée. Toi, dit-il avec force et, prenant son visage entre ses mains, il ajouta : Je t'en prie, Grace. Nous devons trouver une solution, parce que cette fois je n'irai nulle part. J'ai besoin de toi. Je t'aime. Je t'ai toujours aimée.

Et il l'embrassa, insufflant à ce baiser tendresse et passion. Détresse. Peur. Désir.

Elle l'embrassa avec la même ferveur, elle aussi en proie aux mêmes sentiments, aux mêmes émotions. Il venait de lui exprimer ce qu'elle représentait pour lui, d'abord avec des mots, et maintenant à travers ce baiser. Mais tout ça pour quoi ? Chaque fois qu'elle se laissait aller à nourrir quelques espoirs, il s'arrangeait pour les anéantir.

Oui, en quoi serait-ce différent, cette fois ? Elle finit par détacher ses lèvres des siennes et recula d'un pas.

— Asseyons-nous et essayons de nous parler, de nous parler vraiment, pour une fois, dit-il.

Elle le regarda, troublée, et retint son souffle.

— Car nous n'avons jamais été très doués pour ça, pas vrai ? Je te demande pardon, pour Emma Jane.

C'était si inattendu qu'elle resta silencieuse, surprise, avant de murmurer :

— Oh. J'ai déjà oublié l'incident.

— Pas moi. C'était idiot. Et totalement injuste, pour toutes les deux. Je me suis d'ailleurs déjà excusé auprès d'elle.

Un silence, puis il poursuivit :

— Oh ! Grace, j'ai toujours eu les pires difficultés à dire ce que je ressentais…

Elle se mordit la langue, ne voulant pas rajouter à son désarroi, mais, mon Dieu, il serait temps qu'il en prenne conscience.

— C'est difficile pour moi, reprit-il, d'une voix lasse, et

elle sentit son cœur se serrer, touchée par ses efforts pour exprimer ses pensées.

Il demeura silencieux un moment, au point qu'elle crut qu'il n'irait pas plus loin, mais il se tourna vers elle, essuya avec tendresse une larme sur sa joue, avant de reprendre.

— J'ai tellement eu l'habitude d'être trahi par les gens que j'aimais. Très vite, j'en ai déduit que la seule façon de ne pas souffrir, c'était de me taire. Et tu sais quoi ? Eh bien, ça ne marche pas comme je l'espérais.

— Bien sûr que non, ça ne marche pas, répondit-elle avec fougue. Si je t'avais avoué mes sentiments, il y a dix ans, au lieu de rompre et de mettre en scène ce flirt ridicule avec Liam, nous n'en serions pas là. Au lieu de ça, je nous ai fait du mal à tous les deux pour rien.

Oui, car finalement ils étaient pareils, tous les deux. Elle aussi avait été incapable de lui dire ce qu'elle ressentait vraiment. Comment ne l'avait-elle pas compris plus tôt ?

— J'ai déjà oublié cette histoire, dit-il, avec un sourire.

— Pas moi, rétorqua-t-elle. J'ai passé ces dix dernières années à essayer de t'effacer de mon cœur, de mes pensées et tu sais quoi ? dit-elle avec un petit rire plein d'amertume, en écho à ses paroles, un peu plus tôt. Eh bien, ça ne marche pas.

— Pour te dire la vérité, je t'avais pardonné à propos de Liam, bien avant de venir frapper à ta porte avec ce misérable bouquet.

Elle ferma les yeux, submergée par le chagrin. Elle ne méritait pas son pardon, sa compréhension. En réalité, tout ce qu'elle méritait, c'était qu'il lui demande de sortir de cette chambre et ne lui adresse plus jamais la parole.

Pourtant… Oui, pourtant, elle pressentait qu'il se passait quelque chose, ici, entre eux, d'essentiel. Quelque chose qui ressemblait à un début, à l'aube d'une nouvelle chance.

— Je suis désolée, pour les fleurs. J'étais en colère. Blessée. Je n'avais pas compris que je pouvais être en partie responsable de nos problèmes, en ne m'exprimant pas plus que toi. Et je n'ai même pas d'excuse. Je vais donc m'efforcer de faire les choses autrement, cette fois. Et tout de suite…

Elle prit alors ses mains entre les siennes, ayant un besoin vital de le toucher.

— Je suis une rêveuse incorrigible, poursuivit-elle, et, lorsque quelqu'un a le malheur de ne pas correspondre à mes aspirations, je coupe les ponts. Je te voulais exalté et romantique. T'entendre me murmurer des poèmes au clair de lune, comme quoi j'étais ton soleil, ton éternité, ce genre de niaiseries…

Le fait d'avouer tout cela à haute voix finit de lui faire prendre définitivement conscience de ses erreurs. Elle le regarda, avec ses cheveux ras, la coupe réglementaire pour un soldat. Il avait été envoyé à l'autre bout de la planète avec la mission de défendre leur pays. Il avait vu, vécu des choses qu'elle n'imaginait même pas. C'était un homme courageux, passionné, généreux.

— Je regrette, dit-il. Tu mérites un homme qui te dise toutes ces choses. Je peux essayer de m'améliorer, mais je…

— Non, l'interrompit-elle d'une voix tremblante. Tu m'apportes des fleurs et, moi, je n'en veux même pas. Je suis autant à blâmer que toi, pour tous nos problèmes. Peut-être plus, même. Jamais tu ne serais parti si j'avais pris la peine de te dire ce que tu représentais pour moi.

Elle ne voulait pas qu'il soit différent. Il était parfait tel qu'il était, elle venait enfin de le réaliser. Il ne serait jamais comme son père, à semer des petits mots doux partout dans la maison pour sa mère ou à lui offrir de sublimes boucles d'oreilles, en souvenir de leur tout premier rendez-vous.

Mais après tout, quelle importance ? Si elle prenait juste la peine d'y prêter attention, cet homme lui disait son amour de mille façons.

Du bout du doigt, il lui fit lever le menton, puis il posa ses lèvres sur les siennes, avant d'avouer :

— En revanche, je ne regrette pas d'être parti. J'en ai tiré tant d'enseignements. Pour commencer, je me félicite d'avoir su trouver le chemin du retour pour Royal, ce qui m'a permis de découvrir ma paternité. J'étais perdu et, dans les Forces spéciales, je me suis retrouvé. Il est probable que je n'aurais jamais eu le courage de m'engager, si les choses n'avaient pas aussi mal tourné entre nous. Jamais je n'aurais eu Maddie et Maggie. Bien sûr, j'en ai bavé, mais les épreuves m'ont construit et ont fait de moi un homme.

Elle hocha la tête, trop émue pour articuler un seul mot.

Toutes ces années, elle les avait passées empêtrée dans une totale mauvaise foi, à se cacher derrière ses rêves d'une relation parfaite, alors qu'elle n'appartenait qu'à cet homme. En réalité, elle avait tout simplement évité de s'interroger sur ses propres défauts.

Il restait encore tant à dire, aussi se fit-elle violence pour exprimer l'ampleur de cette angoisse qui la rongeait, à l'idée qu'il puisse partir de nouveau. Mais, là encore, n'était-ce pas un prétexte ? Car il était évident qu'il était là pour de bon. Quelle autre preuve voulait-elle ? Malheureusement, cela n'effaça pas comme par magie ses peurs, de la même façon qu'être amoureuse ne suffisait pas pour que le ciel s'éclaircisse.

Il l'écouta, en lui tenant la main, avant de prendre la parole à son tour. Ils se parlèrent ainsi jusqu'au réveil de Maddie, hurlant pour son biberon. Et, quand le bébé se rendormit, ils parlèrent encore.

A l'aube, ils parlaient encore, n'ayant pas dormi de la nuit. Elle en avait appris plus sur l'homme qu'elle aimait en ces quelques heures que dans toute la durée de leur relation. Il ne lui avait pas répété *je t'aime* — mots qu'elle ne se lasserait jamais d'entendre — et il ne lui avait pas parlé volontiers de ses états d'âme. Ce fut pourtant la nuit la plus romantique qu'elle eut jamais vécue.

Ne manquait plus que l'état de santé de Maddie s'améliore pour que le moment soit parfait.

Peu après l'aube, lorsque Clare pénétra dans la chambre de Maddie, Kyle ressentit le besoin de faire bouger sa jambe. Après un sourire à Grace, il se leva et marcha de long en large, autour du berceau où dormait son petit ange.

Il appréhendait de perdre le contact précieux qu'il avait établi avec Grace, même si elle ne semblait pas pressée de le quitter. Mais rien n'était jamais sûr et, en un clin d'œil, tout pouvait basculer. Il regrettait de ne pas avoir su mieux lui expliquer combien il était important pour lui qu'elle soit restée à ses côtés, cette nuit. Cette incapacité à ouvrir son cœur avait été l'une des causes de leur malheur.

— Le Dr Reese ne va pas tarder, leur dit Clare. Descendez donc à la cafétéria prendre un café et manger quelque chose pendant que je change Maddie. Ça vous fera du bien de prendre l'air.

Il acquiesça d'un signe de tête et prit la main de Grace. Pas question de la perdre des yeux, même dix secondes. La nuit dernière avait marqué un tournant, dans leur relation. Ils étaient tous deux en bonne voie de guérison. Elle méritait un homme capable de lui murmurer des mots doux. De lui décrocher la lune. Sauf qu'il n'était pas vraiment ce genre d'homme. Elle était là avec lui, pour lui, néanmoins. L'avait apparemment toujours été. Rien n'avait été encore décidé et, avec la santé de Maddie, il avait le sentiment que le sort du monde entier reposait sur ses épaules. Il était fatigué, tant sur le plan émotionnel que physique, et aspirait à régler sa vie sur pause.

Ils achetèrent de quoi grignoter quelque chose, et du café, et de retour au service pédiatrie ils retrouvèrent Liam et Hadley devant la porte de la chambre de Maddie.

— Des nouvelles ? s'enquit aussitôt Hadley, anxieuse.

J'ai à peine fermé l'œil. Je m'attendais à recevoir un texto à tout moment et à devoir nous précipiter à l'hôpital…

— Rien de nouveau pour l'instant, répondit-il. Le médecin sera bientôt là. Nous en saurons plus à ce moment-là.

A cet instant précis, le médecin se matérialisa devant eux.

— Je vais l'examiner. Je viendrai vous voir d'ici peu.

Tous les quatre le regardèrent disparaître dans la chambre de Maddie. Il sentit sa gorge se nouer. Qu'était-il censé faire, à présent ? Attendre, toujours attendre.

— Hmm, toussota Liam à ce moment. Hadley et moi avons pris une décision. Nous avons officiellement annulé notre demande d'adoption pour tes filles. Franchement, tu es le meilleur père dont elles pouvaient rêver. Mais nous tenons à te dire que nous serons toujours présents à tes côtés, si tu as besoin d'aide.

Il crut que son cœur allait imploser.

— Oh… C'est… c'est merveilleux, parvint-il à articuler.

— Kyle est extraordinaire, renchérit alors Grace en glissant sa main dans la sienne. En tant qu'homme et en tant que papa.

Leur chaleur, la sincérité de leur soutien le touchèrent en plein cœur. Il n'allait quand même pas se mettre à pleurer, lui, un ex des Forces spéciales !

— Vous teniez tant à adopter Maddie et Maggie, dit-il, une fois la parole retrouvée. Je crains que ça ne soit difficile pour vous, de vivre sous le même toit que les filles, après avoir rêvé de les adopter, après avoir tant fait pour elles…

Lui-même ne l'aurait pas supporté. Si son frère et Hadley avaient obtenu la garde des bébés, il serait parti. Réduisant à néant du même coup sa seconde chance d'être heureux avec Grace. Partir restait un réflexe chez lui, quand les choses tournaient mal. Pourtant, si l'avenir s'annonçait aussi rose qu'il l'espérait, il avait une bonne raison de rester. Pour toujours.

— Cela ne sera sans doute pas évident, répondit Hadley.

Mais c'est notre décision à tous les deux. Nous aimons les filles et ne voulons que le meilleur, pour elles. C'est-à-dire toi. Elles sont tes filles. Nous avons eu beaucoup de chance de pouvoir nous en occuper en ton absence. Mais, aujourd'hui, tu es là. Et puis, tu n'as pas l'intention de repartir, n'est-ce pas ?

— Non, répondit Kyle en serrant la main de Grace dans la sienne. Certainement pas. Ma place est ici, à Royal.

Ces mots lui sortirent tout droit du cœur, lui qui n'aurait jamais imaginé les prononcer.

— Alors, tout se passera bien, dit Liam. Hadley comme tante et moi en tant qu'oncle, nous espérons bien pouvoir jouer les baby-sitters de temps en temps.

— Marché conclu, répondit-il, en serrant la main de son frère, une façon de sceller ce lien fraternel mis à mal depuis une décennie.

Hadley et Liam attendirent avec Grace et Kyle, discutant du ranch, des frasques du chat de Hadley, le terrible Waldo, pour détendre l'atmosphère. Enfin, le médecin réapparut. Il essaya de lire dans ses yeux, en vain. Il se leva.

— Elle va de mieux en mieux, déclara Reese. Les résultats des examens sont excellents. La fièvre n'a eu aucune conséquence sur l'état de son cœur.

A partir de ce moment, tout le monde se mit à parler en même temps, chacun exprimant son soulagement et voulant remercier le médecin. Il sentait son cœur s'emplir d'une joie immense et, après avoir serré la main de Reese, il se rendit dans la chambre de Maddie. Il tremblait, n'osant pas croire que sa fille était vraiment hors de danger, et avait besoin de la voir, de la toucher, de manière à se rendre compte par lui-même.

Un quart d'heure plus tard, Grace insista pour qu'il rentre à la maison afin de dormir un peu. Dormir ? Comment le pourrait-il ? S'il était rassuré pour Maddie, il ne pouvait pas en dire autant concernant Grace.

Ils avaient beaucoup parlé, tous les deux, et l'espoir était permis. Mais personne n'avait fait de promesses. Bien sûr, ce n'était ni l'endroit ni le moment, alors que sa fille luttait pour sa survie, dans cette chambre d'hôpital.

Maintenant qu'il était rassuré quant à la santé de Maddie, il devait s'occuper de Grace. En lui offrant tout ce qu'elle désirait, tout ce qu'elle espérait de la vie.

Quand Hadley appela pour l'inviter à un rodéo le vendredi soir, Grace eut un moment de flottement.

— Un rodéo ? En pleine saison de vêlage ? s'étonna-t-elle.

Dans une ville comme Royal, tout le monde vivait et mourait en fonction des récoltes et des bêtes. La municipalité n'organisait ni manifestations ni fêtes durant ces périodes d'activité intense. Elle n'avait d'ailleurs quasiment pas vu Kyle de la semaine, trop occupé qu'il était avec ses veaux ou son vétérinaire, tout ça pour tomber de sommeil le soir venu.

Bien sûr, il ne se passait pas un jour sans qu'il ne lui envoie un texto pour lui souhaiter bonne nuit, quelle que soit l'heure.

Bonne nuit, mais pas un mot sur leur avenir.

Elle comprenait parfaitement que le ranch l'accapare. Les femmes qui avaient le malheur de tomber amoureuses d'un rancher connaissaient par cœur ces tourments.

Cela ne l'avait pas empêchée d'espérer un coup de fil de dernière minute, pour un rendez-vous, vendredi soir. Mais il était déjà presque 18 heures et de minute en minute ses espoirs s'amenuisaient.

— Allez, insista Hadley. Liam est lui aussi occupé avec Kyle. Et, moi, j'ai besoin de prendre l'air. Une soirée entre filles.

Elle finit par accepter l'invitation. Il n'y avait que Hadley, ex-reine du rodéo, pour considérer qu'un concours hippique était l'activité idéale pour une soirée entre filles.

— Super ! répondit-elle. J'ai déjà demandé à Candace de venir veiller sur les filles. Je passe te prendre d'ici une demi-heure. Tenue de soirée obligatoire.

Hadley saisissait encore la moindre occasion pour opérer comme nounou des jumelles. Elle, de son côté, passait de temps en temps au ranch pour voir les bébés. Si bien que Hadley et elle s'étaient rapprochées. Suffisamment en tout cas pour qu'elle taquine parfois son amie.

— Une tenue de soirée pour un rodéo ?

— Parfaitement. Figure-toi qu'après ça j'ai l'intention de t'emmener boire un verre. Allez, à tout à l'heure.

Elle raccrocha en riant.

Elle jeta son dévolu sur une robe mi-longue rose qui la mettait particulièrement en valeur. Bien sûr, elle ne sortait pas dans l'idée de se trouver un admirateur. Mais il y avait quelque chose de réjouissant à faire enrager les mâles de Royal.

Le seul endroit du comté capable d'accueillir un rodéo se trouvait à la sortie de la ville. Une fois sur place, elle s'étonna de trouver le parking complet, étant donné l'heure.

— Comment se fait-il que je n'ai pas entendu parler de ce rodéo ? demanda-t-elle, avec un drôle de pressentiment, tandis que les véhicules continuaient de se déverser sur le parking.

— Oh. L'événement a été organisé à la toute dernière minute, répondit Hadley avec un geste vague. Liam a inscrit certains de ses chevaux, voilà pourquoi je suis au courant.

— Je comprends, répondit-elle en suivant son amie dans les gradins.

Hadley l'entraîna au premier rang. Les meilleures places…

— Comme quoi ça peut servir d'avoir un mari dans le milieu, répondit Hadley avec un clin d'œil.

La moitié des sièges était occupée. Elle salua le flot continu des gens qu'elle connaissait, en embrassa certains, comme Violet McCallum, qui semblait aller mieux depuis leur dernière rencontre. Arrivèrent Raina Patterson et Nolan Dane, avec le petit garçon de Raina, suivis de Case Baxter et de sa femme, Mellie. Tous quatre s'arrêtèrent pour échanger quelques mots, avant d'aller s'asseoir un peu plus loin.

Puis les spots se braquèrent sur le shérif Battle qui, un peu intimidé, annonça le programme de sa voix de stentor. Il y eut ensuite un roulement de tambour et des chevaux pénétrèrent dans l'arène pour un numéro époustouflant, se croisant, se recroisant sans cesse, sans jamais se heurter ni hésiter, chacun mené par un cavalier émérite.

Eclairés par un jeu de lumières étourdissant, les chevaux se mirent ensuite en formation. L'un derrière l'autre, exposant sur leur flanc, peinte en blanc, une lettre capitale. *G-R-A-C*.

Elle écarquilla les yeux. Avait-elle la berlue ou ces chevaux étaient en train d'épeler son prénom ? Non, impossible, voyons. Puis le E se mit en place. Et ce fut ensuite, *V-E-U-X*.

Quelque chose voleta dans son cœur, comme un essaim de papillons.

— Hadley, de quoi s'agit-il ?

— Une surprise, répondit celle-ci en pouffant. Heureusement, tu m'as écouté, pour la robe.

T-U. Le dernier cheval hennit en prenant sa place. Puis arriva le suivant. *M-E*.

Mon Dieu. Ce *E* était la première lettre d'un mot dont elle n'osait même plus rêver. Soudain, un bruit sur sa droite détourna son attention des chevaux. La lumière d'un spot éclaira la rangée de sièges où elle avait pris place avec Hadley. Elle vit un homme se frayer un chemin dans sa direction. Un homme supposé être en plein travail au ranch. Son cœur battait désormais la chamade. Le dernier cheval prit position et mit ainsi un point final à la phrase. « Grace, veux-tu m'épouser ? » La demande en mariage la plus merveilleuse du monde.

Elle retint son souffle quand Kyle s'arrêta devant elle, vêtu d'un costume ultra-chic dans lequel il était presque aussi beau que lorsqu'il ne portait rien.

Il s'agenouilla devant elle et prit sa main.

— Bonjour, Grace.

A ce moment, elle dut prendre sur elle pour ne pas fondre en larmes.

— Bonjour, Kyle. Je ne m'attendais pas à te trouver ici…

— J'ai entendu parler d'un rodéo. Il se trouve que le ranch Wade a deux chevaux inscrits au programme. Alors me voici…

Il lui présenta un petit écrin.

— Bon, d'accord, j'avoue. C'est moi qui ai mis tout ça en scène. Parce que je voulais faire les choses en grand. Je t'aime, Grace. Tellement. Et tout ce que je souhaite, c'est que tu acceptes de glisser cette bague à ton doigt, devant tous ces gens, nos amis, notre famille.

Oui, oui, oui. Mille fois oui. Elle ne voulait, n'avait jamais voulu que cela. Jamais elle n'aurait imaginé demande en mariage plus romantique. Elle se préparait à passer la soirée chez elle, tranquillement, et là… Elle n'oublierait jamais ce moment. Elle raconterait la scène à Maddie et à Maggie jusqu'à ce qu'elles n'en puissent plus de l'entendre. Parce qu'elle allait devenir leur mère.

— Je suis, hmm, d'accord, dit-elle, la gorge nouée par l'émotion.

— Une minute, dit-il et, à son grand désarroi, il referma l'écrin qu'il glissa dans sa poche. Puis-je ?

Elle ouvrit la bouche, la referma. Il la prit alors dans ses bras et la serra contre lui, très fort, comme s'il ne devait jamais la lâcher.

Les applaudissements et les hourras fusèrent dans la foule, Hadley n'étant pas la dernière à manifester sa joie.

— J'espère que tu ne m'en voudras pas, mais tu ne verras pas la fin du spectacle.

Il la souleva et la prit entre ses bras, et elle s'accrocha à son cou.

— Je m'en moque, tu es tout ce dont je rêvais.

Une fois qu'ils furent sortis de l'arène, il la reposa avec délicatesse sur ses deux pieds et lui donna un baiser à la fois tendre et passionné. Puis, quand il détacha sa bouche de la sienne, elle remarqua une limousine en train de se garer derrière eux.

— Qu'est-ce que c'est ?

— Ça fait partie du spectacle, répondit-il en riant. Maintenant que Maddie est sortie d'affaire, je t'emmène pour un week-end romantique, rien que toi et moi, afin de célébrer nos fiançailles. Mais je tiens à ce que tout soit fait dans les règles.

Il sortit l'écrin de sa poche, puis glissa la bague à son doigt, un somptueux diamant qui étincela sous la lune. Une merveille.

— Oh ! Kyle… Toi et moi… Pour toujours ?

— Pour toujours, répondit-il, d'une voix profonde, les yeux brillants. Je n'ai l'intention d'aller nulle part. Je suis un rouage du ranch, désormais, Liam a besoin de moi, pour le bétail. Et ce matin, le Texas Cattlemen's Club m'a désigné comme l'un des leurs, en me faisant membre de l'institution. Mes filles vont bien et je m'apprête à épouser la femme idéale. Pourquoi partirais-je ?

— Bien dit, chuchota-t-elle, ne prenant même plus la peine de retenir ses larmes. Mais, si pour une raison ou une autre tu décidais de quitter Royal, je te suivrai.

— Vraiment ? dit-il, l'air surpris.

— Bien sûr. Je t'aime. Je le sais aujourd'hui, je ne serai jamais heureuse sans toi… Alors oui, où tu iras, j'irai.

Nous formons une équipe maintenant. Quatre Wade. Pour l'instant, car il se peut que d'autres petits Wade suivent…

— Tu me mets l'eau à la bouche, répondit-il en riant. Vite, allons-y, ne perdons pas de temps…

YVONNE LINDSAY

Toi que je ne devrais pas aimer

Traduction française de
ANDRÉE JARDAT

PASSIONS

HARLEQUIN

Titre original :
CONTRACT WEDDING, EXPECTANT BRIDE

Ce roman a déjà été publié en 2017.

- 1 -

Il était là.

Elle le sut d'instinct, à la frénésie ambiante qui anima d'un coup les couloirs du château. Pour la énième fois, Ottavia lissa inutilement les plis pourtant impeccables de sa robe et inspira profondément, s'efforçant de rester calme.

Depuis qu'elle le pratiquait, son métier d'escort-girl l'avait habituée à maîtriser ses nerfs de même qu'à être dans le contrôle permanent. Alors, côtoyer les puissants de ce monde ou le roi d'Erminia, quelle différence ?

Elle prit soudain conscience du tic-tac de l'horloge ancienne qui, en égrenant chaque seconde, semblait calquer son rythme sur les battements de son cœur.

Dieu merci, elle n'eut pas à attendre longtemps. Elle vit s'ouvrir l'imposante porte en bois massif sculpté qui donnait sur la pièce où elle patientait, les nerfs à fleur de peau. Elle ressentit une pointe de déception lorsqu'elle vit entrer à la place du roi sa conseillère, Sonja Novak.

Comme à son habitude, celle-ci était impeccablement habillée et coiffée. De ses traits réguliers émanait une beauté classique qui aurait pu attirer les regards si elle n'avait été aussi austère.

— Sa Majesté vous attend, annonça-t-elle avec raideur.

— Je la recevrai ici, rétorqua Ottavia aussi fermement qu'elle le put.

Sonja l'épingla d'un regard noir.

— Je ne pense pas que ce soit à vous d'en décider.

— Dans ce cas, Sa Majesté devra renoncer à cet entretien.

Rassemblant tout son courage, elle tourna le dos à la conseillère et regarda fixement au-dehors.

Un, deux, trois…

Elle ferma les yeux pour mieux se concentrer sur sa respiration et tenter de calmer les battements désordonnés de son cœur. Elle en était à sept lorsqu'elle perçut le soupir excédé autant qu'outragé de Sonja Novak que suivit le claquement sec de ses talons sur le parquet.

Puis, plus rien qu'un silence de plomb.

Elle s'autorisa un sourire victorieux. Il viendrait. Le roi Rocco viendrait à elle. Cela ne faisait pas l'ombre d'un doute. Elle l'avait vu dans son regard, et Dieu sait qu'elle n'était pourtant pas à son avantage ! Mais qui le serait, après plusieurs jours de captivité sans même pouvoir se changer ?

Pourtant, même vêtue du même tailleur, même sans maquillage, elle avait capté son regard brûlant de désir sur elle.

Il lui était redevable. Non seulement sa sœur, la princesse Mila, avait usurpé son identité mais elle l'avait retenue prisonnière — certes, dans l'une des suites d'un palace de la ville, mais cela n'excusait en rien sa façon d'agir.

Profitant de la négligence du vigile chargé de la surveiller, elle avait pu s'échapper et s'était alors précipitée au palais pour prévenir le roi des manigances de la princesse.

Mais, au lieu de lui en savoir gré, ce dernier, craignant de voir toute cette histoire livrée en pâture aux journalistes, avait refusé de lui rendre sa liberté. Le scandale avait malgré tout éclaté. Toutefois, sa valise lui avait été restituée, mais il lui restait un dernier détail à régler : négocier avec le roi.

Elle inspira profondément et redressa les épaules en vue de dénouer un peu de la tension qui raidissait ses muscles. En vain. Elle ne supportait pas l'idée d'être à la merci de quelqu'un, fût-ce d'un roi.

Habituée depuis son plus jeune âge à prendre ses décisions elle-même et à diriger sa vie comme elle l'entendait, cette impuissance la rendait folle.

Elle était si profondément plongée dans ses pensées qu'elle n'entendit pas les portes s'ouvrir de nouveau derrière elle. Elle se retourna pourtant, consciente de la présence imposante qui, tout à coup, venait d'emplir la salle.

Comme à chaque fois qu'elle s'était retrouvée en sa présence, elle présenta au roi Rocco un visage impassible qui était bien loin de laisser deviner les ondes frissonnantes courant au creux de ses reins. Du moins l'espérait-elle !

La grande taille du roi la força à lever les yeux pour pouvoir soutenir son regard, un regard qui, contrairement à son corps immobile, en disait long sur le désir qu'elle suscitait en lui.

Tout en lui rappelait un félin prêt à fondre sur sa proie. Mais, loin de l'effrayer, cette image faisait affluer des pensées érotiques qu'elle avait bien du mal à refouler.

Visiblement, à en croire le regard ardent qu'il promenait sur ses formes, le trouble qu'elle ressentait en sa présence était partagé.

Elle s'inclina légèrement, dans une révérence gracieuse, puis attendit docilement qu'il lui ordonne de se relever.

— Epargnez-moi cette fausse déférence à mon égard, mademoiselle Romolo, déclara-t-il d'une voix grave qui la fit une fois de plus frissonner de désir. Et je vous en prie, relevez-vous.

Tout en se redressant, elle prit le temps de l'observer à travers la barrière de ses longs cils. Elle nota le contour de ses lèvres bien dessinées qu'encadraient deux rides minuscules ainsi que sa mâchoire volontaire. Il semblait contrarié, mais le jeu en valait la chandelle.

Un sourire aux lèvres, elle releva fièrement le menton, se gardant bien de prononcer le moindre mot.

Ottavia Romolo resta immobile face à lui, son regard rivé au sien. Il admira en silence sa silhouette harmonieuse qui se découpait à contre-jour et qu'accentuaient les rayons du soleil couchant.

Elle avait beau susciter en lui un désir physique intense, elle se trompait si elle pensait que sa stratégie, bien que très habile, allait se montrer payante. Depuis plus de quinze ans qu'il dirigeait son royaume, il avait appris à contrôler ses émotions et à ne jamais rien laisser transparaître de ce qu'il pouvait bien ressentir.

Il s'approcha d'elle jusqu'à ne laisser qu'une infime distance entre eux. Elle ne bougeait toujours pas, semblant ne pas paraître intimidée de se retrouver ainsi face à son roi. S'il s'amusait de son insolence, il se faisait fort de ne rien en laisser paraître.

Il brandit sous son nez la feuille de papier qu'il tenait à la main.

— Pouvez-vous m'expliquer ce que cela veut dire ?

— Je suppose que vous n'ignorez pas ce qu'est une facture, répliqua-t-elle.

Elle s'était exprimée d'une voix suave parfaitement maîtrisée qui renforçait encore son pouvoir de séduction. Etait-ce ainsi qu'elle s'y prenait pour traiter ses affaires ? En usant d'intonations ensorcelantes puis en ayant recours à d'autres stratagèmes que, il n'en doutait pas, elle devait également maîtriser à la perfection ?

Ses lèvres se retroussèrent en un rictus moqueur. Elle apprendrait vite, à ses dépens, qu'il ne se laissait pas facilement impressionner, fût-ce par la plus attirante des femmes.

— Je vous rappelle que vous êtes ma prisonnière.

Et, pour mieux souligner ce dernier mot, il déchira la feuille en deux et en laissa les morceaux tomber au sol.

— En tant que telle, vous n'avez donc pas le droit de me facturer votre temps passé ici, précisa-t-il. D'ailleurs, vous n'avez aucun droit.

En guise de réponse, elle arqua un sourcil parfaitement arrondi.

— Permettez-moi de ne pas être d'accord, Majesté. Je crois, au contraire, que votre famille me doit beaucoup.

Bien qu'agacé par tant d'aplomb, il salua au passage le culot dont elle faisait preuve. Si peu de gens se risquaient à lui tenir tête !

— Vraiment ? Si vous voulez bien m'éclairer un peu plus sur ce sujet, mademoiselle Romolo.

— Volontiers. Je n'ai pas pu honorer le contrat qui me liait à l'un de mes clients parce que votre sœur, puis vous-même, m'avez retenue contre mon gré. Comme cela est votre cas et celui de la plupart de vos sujets, j'ai des responsabilités auxquelles je ne peux me soustraire. Si vous refusez de payer ce que vous me devez, je risque de me retrouver face à d'ennuyeuses difficultés financières.

Il laissa son regard s'attarder sur elle. Son cou, long et gracile, reposait sur deux épaules rondes que révélait la coupe simple de la robe qu'elle portait, une robe couleur rubis qui accentuait le teint diaphane de sa peau.

— Vous m'avez traitée d'une manière inqualifiable et vous continuez à le faire, poursuivit-elle, semblant ne pas apprécier son silence. Je vous somme non seulement de me libérer mais de me dédommager du préjudice subi.

Il devina, derrière ces mots qu'elle s'était appliquée à prononcer d'un ton neutre, une colère sourde qu'elle avait bien du mal à contenir. Ses pupilles brillaient d'un feu qu'il ne lui avait encore jamais vu.

Il se surprit à s'amuser des réactions qu'il provoquait chez elle.

— Vous libérer ?

Il observa quelques secondes de silence durant lesquelles il feignit de considérer sa requête, juste pour voir la petite flamme d'espoir s'allumer dans son regard.

— Je crois que je vais vous garder encore un peu, dit-il enfin. Je n'en ai pas encore fini avec vous.

— Vous n'en avez pas encore fini ? répéta-t-elle, ulcérée par l'offense qu'il venait de lui faire. Mais, pour cela, il faudrait que vous ayez commencé quelque chose.

— C'est exact. Et c'est bien là le problème, mademoiselle Romolo. Vous m'avez facturé le temps que vous avez passé ici. Je suppose que vous avez appliqué le tarif habituel ?

En guise de réponse, elle inclina légèrement la tête de côté, dans un mouvement plein de grâce et d'élégance.

— Aussi, enchaîna-t-il d'un ton dégagé, vous serez d'accord avec moi, n'est-ce pas, que vous me devez une réduction pour services non rendus.

L'espace d'un bref instant, il vit passer un flot d'émotions sur ses traits délicats. Mais, très vite, elle se ressaisit pour lui offrir un visage neutre.

— Sa Majesté souhaite-t-elle profiter de mes services ? proposa-t-elle.

Si elle le lui avait demandé cinq minutes plus tôt, il aurait refusé. Elle lui avait déjà causé bien assez d'ennuis comme cela en acceptant de servir d'escort-girl au roi Thierry de Sylvain.

Ce dernier, bien que promis depuis des années à la princesse Mila, ne s'interdisait aucune privauté. En usurpant l'identité d'Ottavia, Mila avait voulu s'assurer que l'homme qu'elle aimait depuis l'enfance et qui allait devenir son mari n'aurait d'autre maîtresse qu'elle-même.

Son plan avait marché. Enfin… Dans un premier temps. Car, lorsque Thierry, furieux, avait découvert la supercherie et s'était retrouvé sous le feu des médias, il avait rompu le pacte qui le liait à Mila. Il avait fallu attendre un événement dramatique pour que Mila et Thierry soient de nouveau réunis. Mais, à présent, ils étaient mariés et merveilleusement heureux.

Cela ne résolvait pas pour autant le problème « Ottavia

Romolo » sans qui tous ces malheureux contretemps n'auraient pas existé.

Alors, non, jusque-là, il n'avait pas eu la moindre envie de profiter de la situation et par voie de conséquence de ses charmes, qu'il supposait pourtant nombreux. Mais il venait de changer d'avis.

— Je n'ai pas encore décidé, répondit-il, sans se formaliser de son petit mensonge.

— Et, moi, je ne vous ai encore rien offert.

Décidément, elle ne manquait pas de panache, accrochée comme elle l'était à sa fierté et à sa dignité alors que la situation lui échappait totalement !

Le désir qu'il avait d'elle monta d'un cran.

— Vous vous méprenez si vous pensez avoir le choix, mademoiselle Romolo.

Pour toute réponse, elle releva le menton et le défia du regard.

— J'ai *toujours* le choix, rétorqua-t-elle crânement. D'ailleurs, je suis heureuse que vous ayez déchiré cette facture.

Rocco, qui ne s'attendait pas à une telle réponse, arrondit la bouche de surprise.

— Vous m'en voyez ravi, dit-il. Mais je ne comprends pas que vous vous en réjouissiez ainsi.

— C'est que, voyez-vous, le tarif a augmenté.

- 2 -

Un silence pesant s'installa entre eux. Ottavia soutint sans ciller le regard de Rocco, priant en silence pour qu'il ne remarque pas l'anxiété qu'elle s'appliquait à dissimuler.

Le monarque fronça les sourcils tandis qu'un éclair de colère assombrissait ses prunelles couleur d'ambre. Toute la complexité du personnage lui apparut alors avec évidence.

A cet instant précis, elle prit conscience du pouvoir dont était investi l'homme qui se tenait face à elle. Il ne faisait pas l'ombre d'un doute qu'il pourrait l'envoyer croupir jusqu'à la fin de ses jours au fond d'une cellule aveugle aussi sûrement qu'il l'avait retenue prisonnière dans ce magnifique palais, isolé sur une île au beau milieu d'un lac.

Elle retint son souffle si fort que de petits points noirs se mirent à danser devant ses yeux. Elle s'autorisa un léger soupir, puis un autre, son regard toujours rivé à celui de Rocco. La peur s'empara d'elle. Etait-elle allée trop loin ?

Jusque-là, lorsqu'il s'était agi d'atteindre le but qu'elle s'était fixé, elle s'était toujours débrouillée pour prendre le dessus sur les autres. Pourtant, elle pressentait que son pouvoir de séduction, qui agissait habituellement sur les hommes comme une arme fatale, ne suffirait pas à faire plier le roi Rocco.

Cette toute-puissance dont il faisait montre l'agaça prodigieusement, elle qui s'était fait le serment de ne jamais plus laisser quiconque décider pour elle ou, pire, tenir les rênes de sa vie.

Mais elle ne devait pas fléchir. Elle devait continuer à se battre avec ses propres armes comme elle l'avait toujours fait.

Recouvrant un peu de son assurance, elle entrouvrit les lèvres et les humecta délicatement du bout de la langue. Aussitôt, elle vit le regard de Rocco s'attarder sur sa bouche tentatrice.

Allait-il enfin mordre à l'hameçon ? Rien n'était moins sûr.

— Il vaut mieux pour vous que cela en vaille le coup, finit-il par dire.

Il avait parlé d'une voix teintée d'un mélange de rudesse et de douceur qui pouvait laisser à penser qu'il se livrait à une bataille intérieure.

Elle esquissa un sourire enjôleur en même temps qu'elle battait des cils.

— Dois-je comprendre que le contrat évoqué est toujours à l'ordre du jour, Majesté ?

Elle avait prononcé ce dernier mot d'une voix caressante qui se voulait porteuse de promesses infinies.

Malheureusement, Rocco accueillit cette question d'un rire aussi sonore que sarcastique visant à lui faire clairement comprendre qu'il n'était pas dupe.

— Vous pensez vraiment avoir le contrôle de la situation ? s'enquit-il en arquant un sourcil sceptique. Mais, dites-moi, êtes-vous toujours aussi optimiste ?

— Ce que je peux dire, c'est que je suis la seule à décider de mes choix, rétorqua-t-elle fermement.

Au moment où elle prononçait ces mots, elle se souvint qu'il n'en avait pas toujours été ainsi. Elle revit alors avec acuité le moment où elle avait surpris sa mère en train de marchander avec son amant le prix qu'elle voulait lui faire payer pour avoir abusé de sa fille de quatorze ans.

Elle s'empressa de chasser ce souvenir douloureux d'un haussement d'épaules qui se voulait désinvolte. Ce jour-là, et malgré son jeune âge, elle avait décidé qu'elle serait désormais la seule à prendre le contrôle de sa vie et que plus jamais elle ne serait à la merci de quiconque. Et, jusqu'ici, elle avait réussi.

Pour l'heure, que pouvait-elle bien faire pour amener Rocco là où elle le voulait ?

Tout à ses interrogations, elle lui tourna le dos et se dirigea de sa démarche souple et élégante vers les hautes fenêtres qui ouvraient sur les jardins et, au-delà, sur le lac. Malgré la distance qui les séparait, elle sentit le regard brûlant de Rocco se poser sur le décolleté profond de sa robe qui dévoilait largement son dos.

Elle le sentit s'approcher d'elle plutôt qu'elle ne l'entendit.

— Vous avez beaucoup de chance, lui chuchota-t-il au creux de l'oreille, si près que le souffle tiède de sa bouche la fit frissonner de désir.

Elle ferma les yeux, se forçant à rester parfaitement immobile et indifférente au flot d'émotions contradictoires que cette proximité faisait naître en elle.

— De la chance…, répéta-t-elle d'une voix rauque.

— Oui. En dépit des apparences, un monarque n'a pas vraiment le choix.

Sur ces mots un brin énigmatiques, elle l'entendit s'éloigner d'elle. Elle se retourna. Il se tenait immobile, de l'autre côté de la pièce et, ses deux mains jointes derrière lui, contemplait un tableau représentant son père.

— J'ai une proposition à vous faire, mademoiselle Romolo, dit-il sans détacher son regard du tableau. Il n'incombera qu'à vous d'accepter ou de refuser.

— Juste comme cela ? Sans même connaître les termes du contrat ? Sans même avoir la possibilité de négocier ? Je crains bien que ce ne soit pas possible.

— Vous avez l'habitude de tout négocier, n'est-ce pas ?

— Je vous rappelle que je suis avant tout une femme d'affaires.

Ces mots eurent le pouvoir de le faire se retourner vers elle.

— Est-ce ainsi que vous appelez votre… activité ? Une affaire ?

— Comment devrais-je la nommer ?

Elle s'agaça de voir ses lèvres se retrousser en un rictus ironique. Il la testait, la provoquait. C'était évident. Mais, si elle voulait obtenir de lui ce qu'elle pensait lui revenir de droit, il lui faudrait prendre sur elle et ne rien laisser paraître de son irritation.

Il replia son index et lui fit signe de s'approcher.

Elle obéit mais parce qu'elle le voulait bien, se persuada-t-elle en se dirigeant vers lui d'un pas digne et mesuré.

— Majesté…

Une fois encore, elle se courba légèrement en avant dans une révérence obséquieuse.

— La servilité ne vous sied pas plus qu'elle ne vous honore, lui fit-il remarquer d'un ton moqueur.

Dans un geste qui la surprit, il lui releva le menton d'un doigt et plongea son regard ardent dans le sien.

Elle entrouvrit les lèvres presque machinalement. Aussitôt, il pressa sa bouche sur la sienne dans un baiser qui l'emporta bien loin de la réalité. Le contact de leurs langues qui s'emmêlaient fit déferler sur elle la vague d'un plaisir intense qui s'insinuait jusqu'à la moindre parcelle de son corps. Le feu de lave incandescente qui se mit alors à couler dans ses veines la ramena brutalement sur terre.

Une colère sourde l'envahit. Quelle image d'elle avait donc cet homme pour penser qu'il la tenait à sa merci et qu'il pouvait se permettre de l'utiliser à sa guise ? De quel droit voyait-il en elle l'objet de ses fantasmes ?

Elle ravala sa fierté et, reculant d'un pas, lui adressa un sourire qu'elle s'appliqua à garder neutre.

— La marchandise vous satisfait-elle ? s'enquit-elle d'un ton glacial.

Rocco lui renvoya un sourire tout aussi factice, destiné à masquer le désir qui le taraudait encore. Il commençait à comprendre pourquoi Ottavia était aussi demandée. En fait, elle était tout simplement irrésistible.

Cela faisait si longtemps qu'il ne s'était pas autorisé une parenthèse purement physique. S'il avait toujours fait passer les intérêts de son royaume en priorité, il n'en restait pas moins qu'une nuit d'amour avec cette femme sublime lui ferait le plus grand bien, voire lui éclaircirait les idées, décida-t-il en son for intérieur.

— Vous disiez donc que votre tarif avait augmenté, reprit-il. Si je comprends bien, vous vous étiez sous-évaluée.

Elle accueillit sa remarque par un silence obstiné qui lui fit penser qu'il avait l'avantage.

— Mais je suis d'accord, enchaîna-t-il en la jaugeant ostensiblement. Combien ?

Elle lui annonça une somme astronomique. Pensait-elle le faire renoncer, avec ses exigences extravagantes ?

— Pour le coup, vos prestations sont hors de prix, mademoiselle Romolo, se contenta-t-il de lui faire remarquer, hésitant entre amusement et agacement.

— C'est sans doute que je vaux bien une telle somme, répliqua-t-elle avec le plus grand sérieux.

La petite note chevrotante qu'il perçut dans sa voix lui laissa penser qu'elle avait conscience du ridicule de la somme qu'elle lui demandait. Peut-être même se disait-elle qu'elle était allée trop loin ?

— Votre prix sera le mien, assura-t-il.

Il la regarda enrouler une mèche de cheveux autour de son index, dans un geste enfantin en parfaite dissonance avec la femme élégante et distante qu'elle était.

Lorsqu'elle surprit son regard sur elle, elle laissa retomber sa main puis redressa les épaules afin de reprendre son attitude de femme d'affaires avisée.

Durant ce bref instant où elle s'était abandonnée, elle

lui avait fait entrevoir la femme véritable qu'elle s'évertuait à cacher derrière la façade de courtisane. Cette facette de sa personnalité le fascinait, comme presque tout en elle, d'ailleurs.

— Dois-je considérer que nous sommes d'accord ? s'enquit-il.

— Nous n'avons pas discuté les dates du contrat.

— Compte tenu de la somme demandée, je pourrais exiger qu'il soit à durée indéterminée, ironisa-t-il avec une pointe d'agacement.

— Vous comprendrez bien que cela nuirait à la pérennité de mes affaires, répliqua-t-elle avec aplomb.

A cet instant, elle lui apparut telle une déesse sensuelle, porteuse de promesses hédonistes infinies mais que venait néanmoins contrebalancer un sens aigu de la négociation.

En fait, s'il la trouvait aussi captivante, c'était parce qu'elle ne ressemblait en rien aux femmes qu'il avait connues jusque-là. Elle lui donnait l'impression de n'attacher aucune importance au fait qu'il accepte ou refuse sa proposition. Ce détachement la lui rendait tout simplement envoûtante en même temps qu'il stimulait chez lui le goût qu'il avait des défis à relever.

— Dans ce cas, disons un mois, décida-t-il.

Au moment où il prononçait ces mots, il prit conscience du fait que cette proposition était utopique. Comment pourrait-il passer un mois entier enfermé ici en sa compagnie ? Son devoir l'appelait ailleurs. Son devoir l'obligeait à se mettre en quête d'une épouse digne du nom qu'il portait ainsi que de son rang.

Mais, à bien y réfléchir, il pouvait bien s'autoriser un peu de répit, surtout qu'il pouvait rester en contact permanent avec la capitale de son royaume, via les nouvelles technologies.

— Un mois, répéta-t-elle. Très bien. Si vous voulez bien m'autoriser l'accès à mon ordinateur et à mon téléphone portable, je pourrais faire parvenir ce nouveau contrat à vos services.

— Je m'en occupe. Nous nous verrons ce soir pour dîner dans mes appartements privés. 21 h 30.

Il allait franchir la porte lorsqu'il s'arrêta pour se retourner vers elle.

— Mademoiselle Romolo ?

— Majesté ?

— Inutile de vous habiller. Il s'agit d'un dîner informel.

Satisfait d'avoir eu le dernier mot sur cette créature exaspérante, il quitta la pièce.

Il s'apprêtait à gagner son bureau lorsqu'il tomba sur Sonja Novak, sa fidèle conseillère.

— Dois-je préparer le départ de Mlle Romolo ? s'informa cette dernière.

— Non.

— Non ?

— Mlle Romolo va rester encore quelques jours parmi nous. Selon les termes du contrat que nous venons de passer, un mois. A moins que je ne me fatigue d'elle avant.

— M… Mais, je…, bafouilla Sonja, prise de court.

Rocco réprima un soupir de profonde exaspération. Y avait-il une femme, une seule, dans ce royaume, qui allait exécuter ses ordres sans discuter ? D'abord sa sœur, puis cette escort-girl et maintenant sa conseillère ! A croire qu'elles s'étaient toutes donné le mot pour le contredire !

— Que je sache, c'est toujours moi qui suis à la tête de ce royaume, non ? lança-t-il d'un ton sec.

— Bien sûr, Majesté.

— Dans ce cas, c'est moi qui décide qui peut rester ou pas dans ce palais. Je vous sais gré de votre fidélité sans faille, Sonja, mais je souhaite que vous n'oubliiez pas votre position.

Sonja inclina légèrement la tête dans un mouvement qui se voulait d'humilité.

— Je vous prie de bien vouloir m'excuser, Majesté.

— Oh ! je vois bien que vous n'en pensez pas un mot. Vous vous dites que je commets une erreur.

— Garder une courtisane dans ces lieux peut, en effet, être mal perçu, lorsque l'on se dit en quête d'une future souveraine.

— J'ai bien conscience de ce que mon peuple attend de moi.

Il disait vrai. Mais épouser une femme par devoir plutôt que par amour valait bien qu'il s'amuse un peu tant qu'il était encore libre.

— Y a-t-il autre chose dont vous souhaiteriez m'entretenir ? s'enquit-il, désireux de mettre un terme à cette discussion.

— Rien qui ne puisse attendre demain.

— Au fait, Mlle Romolo n'est plus ma prisonnière. Aussi, veillez à ce que ses affaires personnelles lui soient restituées.

— Pensez-vous que ce soit sage ?

Il lui lança un regard courroucé qui en disait long sur la frustration qu'il éprouvait à ce que son autorité soit sans cesse remise en question.

Sonja, qui avait capté le message, hocha la tête en silence.

— Merci, grommela-t-il entre ses dents serrées avant de reprendre la direction de ses appartements.

Dès qu'il fut dans sa chambre, il se débarrassa de la veste de son costume puis de sa cravate en soie rouge frappée des armoiries du royaume d'Erminia, un étalon blanc magistralement cabré sur ses membres inférieurs. Ce fut ensuite au tour de son pantalon et de ses sous-vêtements d'aller rejoindre la pile qui gisait par terre.

Une fois nu, il enfila un T-shirt et un short puis se chaussa de baskets éculées. S'il ne faisait pas un peu d'exercice, s'il ne décompressait pas un peu, il prenait le risque de devenir fou ou, pire, de perdre tout contrôle.

La journée avait été difficile, certes, mais, comme toujours, il était parvenu à faire face. Aussi ressentait-il le besoin presque vital de se réserver les quelques heures à venir.

Flanqué de sa garde rapprochée, il effectua dix kilomètres à un rythme soutenu avant de s'autoriser à ralentir le pas et à laisser ses pensées dériver vers sa sœur, si heureuse de s'être unie à l'homme qu'elle aimait.

Il n'en revenait pas que Thierry soit revenu à de meilleures intentions après avoir renoncé à épouser Mila. Sans la réunification de leurs deux royaumes, il y avait fort à parier qu'ils se seraient dirigés tout droit vers une guerre des frontières, nourrie par le mouvement subversif qui voulait le voir renoncer à son trône d'Erminia pour y installer à sa place un imposteur, se réclamant de droits qu'il ne détenait pas.

Ce dernier clamait être le fils illégitime du père de Rocco, feu le roi. S'il gardait secrète son identité, il n'en restait pas moins que le nombre de ses partisans augmentait sans cesse, exigeant un changement qu'ils étaient prêts à payer, même au prix d'une guerre civile.

Jusque-là, Rocco avait réussi à éviter les hostilités, grâce surtout à Andrej Novak, fils de Sonja et chef d'état-major des armées, qui avait fortement préconisé la présence de forces armées aux frontières.

La situation avait empiré lorsque le « scandale Mila » avait éclaté. Kidnapper Ottavia Romolo pour usurper son identité n'avait fait que mettre un peu plus d'huile sur le feu. A ce moment-là, Rocco avait vraiment cru le conflit inévitable. Mais Mila avait été kidnappée à son tour et la situation avait basculé en leur faveur.

Son cœur se serra à l'étouffer au souvenir des jours affreux durant lesquels sa sœur avait été retenue en otage par des hommes qui exigeaient qu'il renonce à son trône s'il voulait que Mila soit relâchée.

Fort heureusement, l'opération secrète menée par le roi Thierry et ses hommes avaient fait échouer le plan machiavélique de ses détracteurs, et Mila avait été libérée, saine et sauve. Toutefois, les kidnappeurs avaient eu le temps de prendre la fuite, échappant ainsi à tout travail d'identification.

Ce moment douloureux fit surgir en lui une colère sourde qui le poussa, sans même qu'il s'en rende compte, à accélérer de nouveau l'allure. Les grognements qui s'élevèrent dans son sillage le firent doucement sourire mais il ne ralentit pas pour autant.

Le moment n'était pas venu de se laisser abattre. Car, si le spectre de la guerre était momentanément écarté, ses ennemis n'avaient pas renoncé à lui rendre la tâche plus difficile qu'elle ne l'était déjà. L'idée de ce mariage de convenance était si démodée qu'elle en était grotesque. Bien sûr, il avait toujours songé à se marier un jour. Il avait même failli se fiancer officiellement. Mais Elsa, qu'il avait connue à l'université où il effectuait ses études, avait décliné sa proposition. Issue d'une famille de roturiers, elle ne supportait pas d'être sans cesse la proie des paparazzis.

C'était en tout cas l'excuse qu'elle lui avait donnée. Mais, avec le recul, il avait compris qu'elle ne l'aimait pas assez pour consentir à un tel sacrifice. Ce qui, finalement, était pour le mieux.

A l'image du rythme qu'il s'imposait, ses pensées allaient bon train. Selon une loi ancienne, récemment déterrée par ses détracteurs, il devait, s'il voulait demeurer le monarque qu'il était, se marier et donner un héritier au royaume avant le jour de son trente-cinquième anniversaire. Passé ce délai, il devrait renoncer au trône et céder sa place à l'imposteur. Il lui restait donc un an pour satisfaire à ces exigences d'un autre siècle.

Tous ces événements l'avaient bien sûr poussé à se remettre en question et à envisager de partir de son propre gré. Il n'aurait pas hésité à le faire s'il avait pu céder sa place à un homme fiable et bienveillant qui ferait passer en priorité les intérêts de son royaume. Mais les événements récents n'avaient fait que démontrer le contraire.

Après avoir longuement réfléchi au problème, il en était arrivé à la conclusion qu'il devait aux sujets qui lui restaient fidèles de défendre sa position. Et, si pour cela il lui fallait épouser une femme qu'il connaissait à peine, voire qu'il n'aimerait jamais, il estimait que le jeu en valait la chandelle.

Dans cette optique, il avait demandé à ses conseillers de lui dresser la liste des femmes susceptibles d'assumer le rôle de reine consort. Malheureusement, si les princesses célibataires ne manquaient pas, la réputation sulfureuse qui les précédait réduisait considérablement le champ des investigations.

Homme de principes, il exigerait de la femme qui partagerait sa vie une conduite irréprochable. Ce qui limitait à trois le nombre de ses prétendantes.

Tout à ses pensées, il ralentit le rythme et gravit en petite foulée l'allée pavée qui conduisait au palais. Ce soir, il étudierait de plus près le profil de chacune de ces jeunes femmes. Il verrait bien si l'une d'elles suscitait en lui un quelconque intérêt.

Il en était là de ses réflexions lorsqu'une silhouette qui se détachait sur l'une des fenêtres du premier étage attira son attention.

Il devrait remettre ses bonnes résolutions à plus tard, se dit-il, car, ce soir, il avait rendez-vous.

En dépit des kilomètres parcourus, en dépit de tous ses soucis, cette perspective le stimula. Il se sentit soudain revigoré.

Demain viendrait bien assez vite pour renouer avec la réalité.

- 3 -

Ottavia détourna le regard de la silhouette athlétique qui se détachait en contrebas. Ses mains se mirent à trembler tandis qu'elle laissait retomber le rideau sur la fenêtre. Rocco était aussi séduisant, voire plus, en tenue de sport que dans le costume strict qu'il portait quelques heures plus tôt. Il émanait de lui une énergie virile, brute, bien différente de la force tranquille dont il avait fait preuve durant leur entretien.

Leur entretien. Quelle ironie !

Un entretien qui, sous des dehors civilisés, n'avait fait qu'attiser un peu plus l'attirance primaire qu'ils éprouvaient l'un pour l'autre.

Peu habituée à ce flot d'émotions contradictoires dont elle était la proie, elle poussa un long soupir. Evidemment, elle savait bien que la plupart des gens supposaient que, parce qu'elle était escort-girl, son corps était à louer et que le sexe faisait partie du lot.

Or c'était faux. Dès le début, elle avait bien pris garde à établir des règles strictes et à ne pas franchir certaines limites : elle ne couchait pas avec ses clients. C'était à prendre ou à laisser.

Le sexe avec elle n'était pas quelque chose qu'elle permettrait à quiconque d'acheter.

Ceux qui acceptaient ses conditions bénéficiaient de sa compagnie et de ce qu'elle était à même de leur apporter. Elle était alors l'amie bienveillante qui écoutait après une journée de labeur, la voix qui savait rassurer et réconforter, l'hôtesse discrète mais accomplie.

Mais en aucun cas, jamais, elle n'était la maîtresse.

Dans le but de se simplifier les choses et afin d'être capable de se conformer à ce qu'elle exigeait de ses clients, elle allait jusqu'à renoncer à traiter avec des hommes qu'elle trouvait trop séduisants. Ainsi, elle pouvait se consacrer totalement à ses clients sans se laisser distraire par ses propres désirs.

Même lorsqu'elle avait eu affaire au roi Thierry, homme indiscutablement beau et séduisant, elle était parvenue à rester de marbre. Comment aurait-il pu en être autrement quand, au cours des correspondances qu'ils avaient échangées, il lui avait clairement signifié que sa seule préoccupation, en faisant appel à ses services, était d'apprendre à être un bon mari pour sa future épouse.

En résumé, son rôle était d'amuser, de distraire, d'apaiser, d'instruire même parfois, l'espace d'un certain laps de temps défini à l'avance par les deux parties.

Mais jamais encore elle n'avait éprouvé ce trouble que faisait naître Rocco à chaque fois qu'elle se trouvait en sa présence. C'était un peu comme si elle se sentait à l'étroit dans son corps. Comme si chacune de ses terminaisons nerveuses vibrait d'une excitation qui ne demandait qu'à être comblée.

Un coup sec frappé à sa porte la fit violemment sursauter. Elle s'exhorta au calme mais ne put s'empêcher d'afficher une profonde contrariété lorsqu'elle vit Sonja entrer dans sa chambre sans même attendre d'y avoir été invitée. Elle était suivie d'un valet tenant entre ses mains son ordinateur portable et son smartphone. Enfin, elle allait être de nouveau connectée au monde extérieur !

— Voici vos appareils, dit Sonja avec raideur tout en faisant signe au valet d'aller les poser sur un petit bureau ancien. Sa Majesté a donné l'ordre pour que vous puissiez accéder au wi-fi du palais ainsi qu'à l'imprimante qui se trouve dans l'un des bureaux situés au bout de ce couloir. Le code d'accès de même que le mot de passe ont déjà été installés sur votre ordinateur.

— Merci, répondit Ottavia d'une voix mielleuse.

— J'espère sincèrement que la confiance que Sa Majesté place en vous est justifiée.

— Pourquoi ne le serait-elle pas ?

— Parce que vous êtes la dernière personne au monde en qui j'aurais confiance. Comment se fier à une femme qui n'hésite pas à se donner au plus offrant ? Qui nous dit que vous ne profiterez pas de votre situation ici pour trahir notre souverain ?

Ottavia sentit une bouffée de colère la submerger, qu'elle parvint néanmoins à refouler. Elle ne montrerait pas à cette femme ce que ses paroles avaient de blessant. D'ailleurs, elle devait bien le savoir.

— *Nous* ? souligna-t-elle.

Mais Sonja ne daigna pas répondre.

— Si vous pouviez me laisser seule, à présent, ajouta-t-elle.

Et, pour la seconde fois de la journée, elle tourna le dos à cette femme hautaine et méprisante qui, visiblement, ne la portait pas dans son cœur. En agissant ainsi, elle prenait un risque. Ne jamais tourner le dos à l'ennemi, se rappela-t-elle. Mais l'envie de ne pas avoir à soutenir le regard malveillant de la conseillère l'emportait.

— Mademoiselle Romolo, si vous pensez qu'avoir recouvré votre liberté vous confère certains droits, sachez que vous vous trompez lourdement. Ne me mettez pas au défi ou vous risquez de le regretter. De même, je vous conseille de ne jamais trahir la confiance du roi.

— Je vous remercie de votre conseil. Vous pouvez sortir.

Ce ne fut que lorsqu'elle entendit le bruit de la porte qui se refermait qu'elle put se détendre un peu.

Elle inspira une longue bouffée d'air puis alla chercher son téléphone portable. Sa messagerie devait être pleine. Elle pressa le bouton de mise en service mais l'écran demeura noir. La batterie était déchargée, bien sûr !

Elle brancha les deux appareils sur leur chargeur respectif et put enfin avoir accès à sa boîte vocale. Elle écouta chacun des messages, le cœur battant, les yeux noyés de larmes.

Il était trop tard pour appeler Adriana. Un appel aussi tardif pourrait la perturber pour la nuit. Elle renonça donc, préférant s'installer devant l'écran de son ordinateur. Toutes ses données, même les plus intimes, avaient-elles été passées au crible ? Sans aucun doute. De même que tout ce que contenait son smartphone.

Elle esquissa un léger sourire tandis que, ayant ouvert un contrat type, elle en surligna certaines sections et en supprima d'autres. Une fois satisfaite des modifications apportées, elle pressa la touche « imprimer ». Son sourire se figea lorsqu'elle vit le nom de l'imprimante du palais s'afficher dans le menu sélectionné. S'il lui fallait une dernière preuve que, durant toute sa détention, elle avait été espionnée, eh bien, elle l'avait sous les yeux.

Elle sortit de la pièce pour se rendre dans le bureau que lui avait indiqué Sonja. Alors qu'elle longeait le couloir, elle eut l'impression qu'elle faisait quelque chose de mal, qu'elle se comportait comme une prisonnière cherchant à échapper à la vigilance de ses geôliers.

Curieusement, la perspective de devoir passer un mois supplémentaire dans ces lieux qui l'avaient vue otage ne la dérangeait pas outre mesure. Peut-être cela avait-il à voir avec le contenu du contrat qu'elle venait de verrouiller solidement. Si Rocco en refusait les termes, elle serait libre de repartir chez elle. Si une partie d'elle-même souhaitait cette éventualité — il lui serait plus facile de renouer avec le sang-froid qui la caractérisait habituellement si elle était loin de lui —, une autre partie aimerait bien savoir jusqu'où pourrait les conduire l'attirance mutuelle qui les portait irrésistiblement l'un vers l'autre.

La liberté était une notion décidément bien relative, songea-t-elle en franchissant la porte du bureau. Il ne faisait pas l'ombre d'un doute qu'elle était sous surveillance. Les caméras placées aux quatre coins de la salle, de même que celles du couloir, en témoignaient largement.

Forte de cette prise de conscience, elle décida de s'en amuser au nez et à la barbe de ses gardiens invisibles. Elle inspecta la pièce d'un pas nonchalant, ne s'arrêtant que pour aller feuilleter les pages qui venaient d'être imprimées.

Elle prit son temps, même si elle en connaissait le contenu par cœur, puis elle les sépara en deux piles qu'elle relia à l'aide de trombones trouvés sur l'une des tables de travail qui meublaient la pièce. Puis, un sourire de satisfaction aux lèvres, elle sortit du bureau pour regagner sa suite.

Il était encore tôt et il lui restait pas mal de temps avant son rendez-vous avec le roi.

Pour quelle tenue allait-elle opter ? Puis elle se rappela cette phrase qu'il lui avait lancée par-dessus l'épaule avant de s'éclipser : « Inutile de vous habiller. »

Un sourire ironique vint fleurir sur ses lèvres. Elle allait obéir aux ordres de son monarque. Après tout, n'était-ce pas ce qu'elle savait faire de mieux, répondre aux exigences de ses clients ?

Un goût amer lui emplit la bouche. Certes, elle se pliait à leurs exigences mais toujours parce qu'elle le voulait bien et selon *ses* conditions.

Le roi Rocco n'allait pas tarder à en faire les frais.

Rocco pivota sur lui-même aussitôt qu'il entendit les coups discrets frappés à sa porte.

— Entrez.

Lorsque la porte s'ouvrit sur Ottavia, un frisson de désir le parcourut tout entier, bien vite remplacé par le choc de voir la tenue qu'elle avait choisi de porter pour la circonstance. Plus de robe en soie. Plus de coiffure sophistiquée. Plus de maquillage. Même ses lèvres étaient dépourvues de la moindre trace de rouge.

Une fois l'effet de surprise passé, il se réjouit intérieurement de l'humour dont elle faisait preuve.

Ainsi donc, elle l'avait pris au mot, dédaignant de sortir le grand jeu, au point même de s'affubler d'un pantalon de yoga assorti d'un T-shirt trop large et de vieilles tennis fatiguées. Quant à sa chevelure, d'ordinaire luxuriante, elle l'avait rassemblée en une queue-de-cheval si serrée qu'il en avait la migraine pour elle.

Mais, malgré les efforts qu'elle avait fournis pour atténuer sa beauté naturelle, elle restait d'une séduction renversante.

— Majesté, dit-elle en esquissant une révérence pleine de grâce.

Cette marque de respect suprême lui parut incongrue, habillée comme elle l'était.

— Mademoiselle Romolo, relevez-vous, je vous en prie. Et cessez de feindre de me respecter moi, de même que ma position de roi.

— Je ne feins pas, Sire. Je respecte profondément la position qui est la vôtre.

Cette omission délibérée destinée à exprimer clairement le mépris qu'elle portait à l'homme qu'il était ne l'atteignit pas plus que cela. Au contraire, même. Les défis qu'elle lui lançait en permanence l'excitaient au plus haut point.

— Vous respectez le roi mais pas l'homme. Je me trompe ?

— Le respect se mérite, Sire. Et, pour être tout à fait honnête, on ne peut pas dire que nos rencontres ont été très constructives.

Il admira son audace, même si l'affront qu'elle lui faisait raviva l'exaspération qu'elle faisait naître en lui à chaque fois qu'ils se côtoyaient.

— J'ai pour règle de toujours faire ce qui est le mieux

pour mon peuple. Cela ne veut pas dire que c'est le mieux pour chaque individu.

— Qu'en est-il de vous, Sire ? Faites-vous ce qu'il y a de mieux pour vous ?

La sonnerie d'un minuteur retentit, lui épargnant une réponse qu'il jugeait embarrassante.

— Il est temps de passer à table, annonça-t-il.

Elle regarda autour d'elle, s'attendant sans doute à voir surgir une horde de domestiques venus les servir. Comme personne ne venait, elle posa sur lui un regard interrogateur.

— Je préfère me débrouiller par moi-même lorsque je suis dans mes appartements privés, dit-il. Ces rares moments d'intimité me sont aussi nécessaires que l'air que je respire. C'est même moi qui ai préparé le dîner.

— Vous cuisinez ?

Elle avait l'air si sceptique qu'il en ressentit une profonde satisfaction. Pour une fois, en la surprenant, il avait ébranlé ses certitudes.

— Cela ne m'arrive pas souvent mais c'est une activité que j'aime beaucoup, répondit-il. Cela me détend.

— J'imagine que vous devez en avoir besoin.

— Les semaines passées ont été très éprouvantes, en effet.

Elle eut un hochement de tête visant à signifier que, en effet, elle comprenait.

— Vous avez dû être très angoissé d'apprendre que votre sœur avait été kidnappée.

— Comment l'avez-vous appris ? Vous n'aviez ni télévision ni journaux.

— Par vos domestiques qui sont très attachés à la princesse Mila. Ils étaient très inquiets et les discussions allaient bon train.

Des têtes allaient tomber, songea-t-il, furieux. La discrétion était un élément essentiel au sein du palais que, visiblement, certains membres du personnel avaient oublié de respecter. Cela dit, comment en vouloir à des gens qui les avaient vus grandir, sa sœur et lui, et s'étaient montrés si protecteurs à la mort du roi, leur père ?

— Il semblerait que j'aie besoin de leur rappeler les règles de confidentialité qui figurent dans leur contrat, fit-il remarquer d'un ton faussement bourru.

— En parlant de contrat, j'ai…

— Pas maintenant, la coupa-t-il en abaissant les yeux sur le classeur qu'elle tenait à la main. Posez-le là, voulez-vous ? Il est temps d'aller dîner.

Puis, sans attendre de voir si elle lui emboîtait le pas, il traversa le salon pour gagner la cuisine.

Il apporta le plat de spaghettis bolognaises sur la terrasse qui surplombait une partie des jardins privés. Il adorait cet endroit d'où il pouvait contempler, dans les bassins en pierre, les reflets presque métalliques des carpes koï nageant entre les nénuphars.

Mais pour l'heure, avec la nuit qui tombait, le paysage n'offrait qu'un enchevêtrement d'ombres mystérieuses.

Il posa le plat sur la table, déjà dressée, et s'empara de la bouteille de champagne qu'il avait pris la précaution de placer dans un seau rempli de glace.

Il fit sauter le bouchon délicatement, comme le lui avait enseigné le sommelier auprès de qui il avait demandé conseil, ce dernier allant jusqu'à lui recommander de ne pas faire émettre au bouchon plus de bruit que celui du souffle d'une femme. Cette image fit surgir en lui un désir intense pour Ottavia. Comment se comportait-elle dans les feux de la passion ? Gémissait-elle doucement ou exprimait-elle plus bruyamment son plaisir ? Il se faisait fort de le savoir très vite.

— Asseyez-vous là, lui ordonna-t-il en désignant la chaise qui se trouvait face à la sienne.

— Merci.

Il apprécia les quelques minutes de silence qui suivirent. Visiblement, Ottavia n'avait pas besoin de combler le vide par des bavardages incessants, au contraire de nombre de femmes qu'il connaissait.

— Bon appétit, dit-il, tout en levant sa coupe de champagne dans la direction de son invitée. A notre premier dîner ensemble.

Elle leva à son tour sa coupe et la choqua légèrement contre la sienne.

— A vos talents de cuisinier, répondit-elle avant de tremper ses lèvres dans le breuvage pétillant.

Il la regarda fermer les yeux et pousser un léger soupir d'aise. Il avait, semblait-il, la réponse à sa question.

— Délicieux, commenta-t-elle après avoir bu une seconde gorgée et reposé sa coupe.

— Ce champagne est issu de notre propre vignoble, précisa-t-il avec une désinvolture qu'il était bien loin de ressentir tant Ottavia Romolo suscitait chez lui un tourbillon d'émotions qu'il pensait enfouies à jamais.

Avec elle, il se sentait jeune, vigoureux, fou. En un mot : vivant.

— L'élaboration de ce vin se fait-elle ici même ? s'enquit-elle.

— Oui, nous avons un maître de chais très compétent. C'est lui qui est à l'origine de ce millésime.

— Il vous arrive aussi de participer à l'assemblage des différents cépages, n'est-ce pas ?

Sa question l'étonna. Avait-elle effectué des recherches sur lui ? Et même, comment pouvait-elle connaître un détail aussi confidentiel ?

— En effet, reconnut-il. Mais ce n'est pas une information très répandue.

— Vous aimez cette activité. Je me trompe ?

— Non, mais comment le savez-vous ?

— Au son de votre voix et à la petite étincelle qui brille au fond de vos yeux. Votre visage exprime tant de choses secrètes.

— S'il est si facile d'être percé à jour, mieux vaut que je me montre plus prudent.

— J'imagine, en effet, tous les problèmes que cela pourrait engendrer.

Elle avait parlé d'un ton qui se voulait égal mais derrière lequel il sentait percer une bonne dose d'humour. De manière subtile, elle essayait de l'encourager à plus de dérision. Il commençait à entrevoir les raisons pour lesquelles elle était aussi demandée. Elle était à l'écoute, elle savait se tenir à l'écart pour mieux observer et, lorsqu'elle parlait, c'était toujours pour exprimer des choses pertinentes.

Il regretta soudain de ne pas avoir signé ce fichu contrat avant de passer à table. Débarrassé de ces formalités, il aurait tout loisir d'analyser la forte attirance qu'il avait pour elle. Attirance ? Le mot était faible quand il brûlait de se perdre en elle, de plaquer ses formes accueillantes sur les siennes ! Il brûlait d'un appétit qui n'avait rien à voir avec les nourritures terrestres mais tout avec le désir physique.

Il fit mine d'ignorer le tumulte intérieur qui l'agitait pour se consacrer au spectacle tout en délicatesse qu'elle lui offrait. Tout chez cette femme lui donnait envie d'oublier ses responsabilités pour vivre l'instant présent. Aussi, l'idée qui avait commencé à germer dans sa tête un peu plus tôt prit-elle forme avec plus de précision.

S'il voulait être le monarque à la fois stable et fiable que ses sujets attendaient qu'il soit, il lui fallait mener une existence harmonieuse. Et, pour cela, partager sa vie avec une femme qui saurait l'écouter et l'épauler, avec laquelle il partagerait ses rêves et ses espoirs.

Les termes du contrat tels qu'Ottavia avait dû les formuler ne l'autorisaient pas à devenir l'épouse d'un monarque. En revanche, si l'on y apportait quelques amendements…

Sa voix douce et suave lui parvint à travers le filtre épais de ses pensées.

— C'est tout simplement délicieux, Sire.

Pour toute réponse, il la regarda enrouler délicatement ses spaghettis autour de sa fourchette et porter celle-ci à sa bouche avec tout autant de grâce.

Sans qu'il s'y attende le moins du monde, une boule d'émotion se forma dans sa gorge.

— Cela a l'air de vous surprendre, rétorqua-t-il d'un ton qu'il voulait désinvolte.

— Un roi qui cuisine lui-même un plat aussi délicieux, cela peut, en effet, paraître surprenant.

— Mais vous-même, Ottavia ? Savez-vous cuisiner ?

— Un peu.

— Seriez-vous prête à me mitonner l'une de vos spécialités ?

— Si vous le souhaitez.

Son regard fut soudain attiré par la ligne gracile de son cou que mettaient en évidence ses cheveux relevés haut sur son crâne. Il fut soudain saisi de l'envie irrépressible d'effleurer de ses doigts le lobe velouté de ses oreilles. Frissonnerait-elle de désir à cette douce caresse ?

Désireux de ne pas céder à une impulsion qui ne pourrait que se révéler désastreuse, il enroula plus fortement une main autour de sa fourchette et prit sa coupe de champagne de l'autre.

Grâce à Dieu, on lui avait appris dès le berceau à garder la tête froide en toutes circonstances.

L'espace d'un court instant il regretta de ne pas pouvoir, pour une fois, une seule, lâcher prise.

- 4 -

Ottavia observa Rocco un peu plus attentivement alors qu'ils finissaient de dîner. Elle devinait, derrière l'apparence normale qu'il souhaitait donner de lui, un homme différent.

Evidemment, on ne pouvait pas ignorer le corps d'éphèbe sous les vêtements à la fois chic et sobres. D'ailleurs, elle avait eu l'occasion de le constater elle-même lorsqu'il s'était arrêté sous ses fenêtres après son jogging matinal. Elle n'avait pu détacher les yeux des muscles saillants de ses cuisses ni de la puissance de ses bras vigoureux.

Cette image était encore si vivace qu'elle prit une gorgée de champagne et laissa le liquide couler lentement dans sa gorge afin d'apaiser le feu qui s'était mis à couler dans tout son corps.

Oui. Rocco était l'incarnation même du mâle dans toute sa splendeur. Mais ce pouvoir de séduction pouvait se révéler aussi dangereux qu'il était attirant.

Elle se demanda une fois de plus comment il allait réagir en découvrant les termes du contrat. Et, une fois de plus, elle fut tiraillée entre l'envie de le voir refuser et celle de le voir accepter, ou du moins de tenter de le renégocier.

Une vague de désir la submergea, si violente qu'elle la jugea aussi inappropriée que ridicule. Comment, elle qui se targuait sans cesse de maîtriser ses nerfs et ses émotions en toutes occasions, pouvait-elle se laisser troubler aussi facilement par un homme ? Qui plus est celui-ci ?

Peut-être était-elle victime du syndrome de Stockholm,

songea-t-elle en s'autorisant un léger sourire. Voilà qui était mieux ! Si elle parvenait à garder le sens de la dérision qui la caractérisait si bien, cela signifiait que tout n'était pas perdu et qu'elle pouvait encore contrôler la situation.

Forte de cette évidence, elle reposa sa fourchette dans son assiette et planta son regard dans celui de Rocco.

— Quelque chose ne va pas ? s'enquit-il.

— Non. Enfin, rien de grave mais…

— Allez-y, l'encouragea-t-il. Je vous écoute.

— Eh bien, je…

Elle hésitait encore, pesant soigneusement les mots qu'elle s'apprêtait à prononcer. Mais, après tout, qu'avait-elle à perdre sinon l'argent qu'il ne lui donnerait pas ?

— Pour être honnête, je me trouve dans une situation inhabituelle, avoua-t-elle.

— Vous voulez dire par là, dîner en tête à tête avec moi ?

— En partie, oui.

— Je ne suis qu'un homme, vous savez.

— Vous pensez vraiment ce que vous dites ?

— Bon, d'accord. Je suis également roi, précisa-t-il en souriant. Mais cela n'enlève rien à l'homme que je suis.

Cette dernière phrase lui alla droit au cœur. Il avait raison, bien sûr, mais combien de personnes de son entourage avaient conscience d'une telle réalité ? Y en avait-il, d'ailleurs ?

— Que vous soyez roi n'a aucune importance à mes yeux, affirma-t-elle.

Mais, alors qu'elle prononçait ces mots, elle sut qu'elle ne faisait que se mentir à elle-même.

— Pour moi, vous êtes un client comme un autre, reprit-elle. Ce qui m'amène à vous parler d'une clause bien spécifique du contrat. Car, maintenant que nous avons dîné, nous pouvons parler affaires, n'est-ce pas ?

— Puisque vous insistez…

Il se tamponna délicatement les lèvres avec l'un des coins de sa serviette puis, l'ayant reposée sur la table, repoussa son siège pour pouvoir se lever. Ensuite, il alla l'aider à faire de même.

— Merci.

— Allez vous installer à l'intérieur, lui suggéra-t-il. J'apporte le champagne.

— Le champagne ?

— Oui, il en reste. Les négociations ne pourront que mieux se faire autour d'une coupe. Ne pensez-vous pas ?

— Qui vous dit que je suis prête à négocier ?

Ce disant, elle alla chercher son dossier et revint s'asseoir dans le salon.

— Sachez que je suis du genre à tout discuter, rétorqua-t-il en lui tendant sa coupe remplie.

— Vraiment ?

Ses mains se mirent à trembler tandis qu'elle ouvrait le dossier et y prenait un exemplaire du contrat.

— Voici, dit-elle d'une voix qu'elle voulait égale. Vous y trouverez la liste de mes prestations.

— Vos… prestations. Parfait.

Il s'installa à côté d'elle et lui prit la feuille des mains. Ce contact, pourtant léger, suffit à rallumer le feu du désir violent qui couvait en elle.

— Vous semblez nerveuse, remarqua-t-il. Qu'y a-t-il ?

Il lui fallait accepter cette ambiance électrique qui régnait entre eux deux en permanence. L'accepter et feindre de l'ignorer.

— A vrai dire, jusque-là, l'occasion ne m'avait jamais été donnée de traiter avec un roi.

— Je me suis laissé dire que vos clients étaient des hommes d'influence.

— J'ai pour règle d'or de ne jamais discuter de mes clients.

— C'est tout à votre honneur. Je suis certain que votre discrétion est pour beaucoup dans le succès de votre… affaire.

Elle fut quelque peu décontenancée de le voir s'aventurer sur un terrain qu'elle s'évertuait pourtant à éviter.

— Je vous en prie, Majesté, si vous voulez bien lire les termes de ce contrat et le signer, que nous en finissions.

Elle se laissa aller contre le dossier et s'exhorta au calme tandis qu'elle buvait une gorgée de champagne. Lorsqu'elle vit Rocco froncer les sourcils alors qu'il avançait dans sa lecture, elle n'y tint plus.

Elle se leva pour aller faire le tour de la pièce, s'attardant sur les objets qui révélaient un peu de l'homme qu'il était. D'après les nombreuses photos encadrées qui se trouvaient là, un peu partout, elle pouvait en déduire qu'il attachait beaucoup d'importance à sa famille. Elle remarqua également les étagères recouvertes de livres qui attestaient d'un goût prononcé pour la lecture.

Pourquoi lui avait-il donné rendez-vous dans un lieu aussi intime ? Elle aurait compris qu'il veuille garder son jardin secret, lui qui était persécuté par les médias aussitôt qu'il franchissait les grilles du palais. Surtout en cette période délicate où des dissensions régnaient au sein du Parlement. Des bruits commençaient même à circuler selon lesquels une poignée de détracteurs souhaitait le voir abdiquer. Qu'il veuille l'installer au palais, elle, une escort-girl, même pour une durée déterminée, ne pouvait que desservir ses intérêts. Dans ce cas, pourquoi souhaitait-il la garder à ses côtés ? Pourquoi prendre un tel risque ?

Le claquement sec que fit le dossier lorsqu'il le reposa sur la table basse la fit sursauter.

— C'est bien ce contrat que vous avez établi ? s'enquit-il d'une voix métallique derrière laquelle pointait une colère retenue.

Ce n'était pas ce à quoi il s'attendait mais elle ne s'en excuserait pas. En guise d'assentiment, elle hocha légèrement la tête.

— Il manque quelque chose, poursuivit-il sur le même ton.

— Je ne pense pas, non. C'est le contrat type.

Il toussa un peu pour s'éclaircir la gorge avant de continuer :

— Aucune clause n'est relative à notre… intimité.

— Notre intimité, Sire ? J'imagine que nous aurons des moments très intimes, mais vous pouvez compter sur moi, toutes nos conversations resteront du domaine privé.

— Ne jouez pas à ce petit jeu là avec moi, mademoiselle Romolo, gronda-t-il d'une voix sourde.

Il la rejoignit et la fixa alors si intensément qu'elle eut envie de fuir. Pourtant, elle était incapable d'esquisser le moindre mouvement et resta là, comme clouée sur place.

— Sauf votre respect, je ne joue à aucun jeu, Majesté. Mais nous pouvons rajouter un alinéa à la clause 6.2, si vous le souhaitez. Je suis une partenaire efficace au tennis et l'on dit de moi que je suis une fine joueuse de poker.

Les doigts de Rocco s'enroulèrent autour de son bras, la retenant prisonnière.

— Je me fiche éperdument de jouer au tennis avec vous, et vous le savez très bien.

— Malheureusement, je crains de ne pas comprendre, mentit-elle d'une voix égale alors que son cœur battait la chamade et que sa respiration s'altérait.

Il approcha son visage du sien et fixa sur elle ses prunelles ardentes.

— Je veux parler de sexe, Ottavia. D'ébats torrides, de luxure !

Elle se mit à trembler si fort qu'elle crut un instant que ses jambes allaient se dérober sous elle.

— Pourtant, parvint-elle à dire d'une voix égale, vous avez dû lire le passage où il est dit de manière très explicite que le sexe ne fait pas partie de mes prestations.

— Ce doit être une erreur de votre part, rétorqua-t-il, feignant de ne pas avoir entendu. Surtout quand il est aussi évident que votre corps est fait pour le plaisir.

Il s'approcha alors un peu plus, si près qu'elle pouvait sentir son souffle tiède dans son cou. Elle ferma les yeux, prête à accepter sa bouche sur la sienne. Mais ce moment de faiblesse fut de courte durée. Elle parvint à se ressaisir malgré les effluves de son eau de toilette, mélange envoûtant de bois de santal, d'agrumes et d'épices, qui la grisaient.

— Ottavia ?

Sa voix chaude et grave contre son oreille la fit se raidir. Sa détermination à ne pas lui céder serait la plus forte. Si elle lui accordait un peu, elle serait bien capable de tout lui donner d'elle-même. Par ailleurs, elle pressentait qu'avec lui rien ne serait simple. Elle n'était même pas sûre de s'en sortir indemne lorsque viendrait pour elle le moment de quitter ce palais. Elle devait à Adriana de se montrer résolue.

— Il n'y aura pas de sexe, dit-elle fermement. Il n'y en a jamais.

— Que voulez-vous dire par là ? Vous êtes bien call-girl ou je me trompe ?

Elle but une gorgée de champagne, le temps pour elle de rassembler ses esprits.

— Comme cela ne vous a sans doute pas échappé si vous avez pris la peine de vous pencher sur mon CV, reprit-elle posément, je suis diplômée en économie mais aussi en arts plastiques. Je connais le protocole comme personne et je suis une hôtesse accomplie. Je suis donc capable d'aborder des sujets aussi différents que la finance, la politique, le commerce extérieur ou la décoration d'un intérieur. Je peux également deviser sur l'art, la littérature et vous citer n'importe lequel de nos grands poètes ou philosophes. Je saurai recevoir vos invités et veiller à ce qu'ils ne manquent de rien durant tout le temps qu'ils passeront sous votre toit. Selon les cas, je sais faire preuve de compassion, d'humour, et je sais comme nulle autre apporter compagnie et réconfort.

Elle interrompit son discours pour reprendre discrètement son souffle.

— Mais je ne couche pas, conclut-elle sur le même ton.

— C'est ridicule ! Tout le monde couche !

— Tout le monde. Sauf moi.

Elle le vit se passer une main dans les cheveux tandis qu'il affichait un visage sceptique.

— Vous voulez dire qu'il n'y a jamais de sexe entre vous et vos clients ? demanda-t-il.

— C'est exactement ce que je veux dire.

— Mais, ces hommes… Ils acceptent de ne pas vous toucher ?

— Absolument.

Une ride vint se creuser au milieu de son front, signe visible d'une totale incompréhension.

— Et cela ne leur pose aucun problème ?

— Non.

— J'ai du mal à croire une chose pareille.

Elle esquissa un sourire compatissant qui finit de l'exaspérer.

— Je ne vois pas ce qu'il y a de drôle là-dedans, mademoiselle Romolo ! Vous vous moquez de moi, c'est ça ?

— Pas du tout, Majesté. S'il est vrai que, à de rares occasions, certains hommes se sont montrés pressants, j'ai toujours su rester ferme et ne pas déroger à la règle. Ou ils acceptaient cette clause ou ils annulaient le contrat. Il n'y a pas d'autre option, Sire.

Il réprima avec peine un soupir impatient.

— Arrêtez un peu ces formules obséquieuses, lui ordonna-t-il. Dans l'intimité, appelez-moi « Rocco », tout simplement.

— Si vous contestez les termes de ce contrat, Sire, je ne vois pas comment nous pourrions vivre des moments d'intimité.

— Parce que j'accepte de le signer, ce fichu contrat, mademoiselle Romolo ! lança-t-il avec humeur.

— Vr… vraiment ?

— Oui. A une condition.

— Laquelle ? s'enquit-elle avec une pointe d'appréhension.

— Eh bien, à condition que cette fameuse clause puisse être révisée au cas où les deux parties seraient d'accord.

De prime abord, cela lui parut raisonnable. Mais, à voir la franche détermination qui s'était inscrite sur le visage de Rocco, elle sentit vaciller ses certitudes.

— J'accepte, dit-elle néanmoins d'une voix plus ferme que nécessaire.

Elle s'affaira ensuite à rassembler les documents épars et à les replacer dans son classeur.

— Je vous soumettrai ce nouveau contrat aussitôt que j'y aurai apporté les modifications nécessaires, précisa-t-elle.

— Inutile.

Il lui prit les papiers des mains.

— Vous avez un stylo ?

Elle opina en silence et lui tendit celui qu'elle accrochait toujours à son classeur.

— Nous allons procéder à ces changements ici même et maintenant, décréta-t-il, fixant sur elle un regard empli de défi.

Il alla s'installer à son bureau et parapha chacune des pages, jusqu'à la dernière où il rajouta la toute récente clause d'une écriture large et nerveuse.

Elle resta immobile, tout le temps que dura l'exercice. Devait-elle se méfier de lui et voir dans son acceptation une manigance quelconque ? Avait-il en tête de la piéger ?

Lorsqu'il eut fini, il lui fit signe de le rejoindre et de prendre place à ses côtés. Elle s'assit et focalisa aussitôt son attention sur la chaleur qui émanait du cuir du fauteuil et enveloppait tout le bas de son corps.

— Mademoiselle Romolo ? Y a-t-il un problème ?

Prise en faute, elle redressa les épaules sans répondre puis, à son tour, apposa ses initiales au bas de chaque page. Elle lut le dernier paragraphe avec la plus grande attention. Il apparaissait clairement que tout rapport sexuel et autres obligations ne pourraient être pris en compte sans l'accord préalable et conjoint des deux parties.

Elle leva sur lui un regard interrogateur avant de demander :

— Quelles autres obligations ? Pourriez-vous être plus précis sur ce point ?

Il haussa les épaules, dans un mouvement qui se voulait désinvolte.

— Qui sait ce qui peut arriver ? répondit-il de façon énigmatique. Nous agirons en conséquence, au cas par cas.

Poussée par l'impression désagréable qu'il lui cachait quelque chose, elle relit attentivement chacun des mots qui composaient cette nouvelle clause. Elle n'y vit rien d'alarmant ou qui aurait pu laisser planer un doute quelconque.

Il était bien stipulé qu'il lui suffirait de s'opposer à une décision qui ne lui conviendrait pas pour que celle-ci soit abandonnée.

Elle s'efforça de reléguer la pointe d'appréhension qui subsistait dans un coin de sa tête puis parapha ce dernier paragraphe.

Voilà. C'était fait.

- 5 -

— Le contrat prendra effet dès demain, décréta-t-elle en se levant, impatiente de mettre un terme à cette discussion.

Mais Rocco ignora la main qu'elle lui tendait. A la place, il lui adressa un sourire victorieux qui en disait long sur des intentions qu'il ne fut pas long à exprimer.

— Il prend effet à la seconde, répliqua-t-il sans se départir de son sourire.

Il lui prit alors le dossier des mains et le laissa tomber négligemment dans le fauteuil qu'elle venait de quitter.

— Et j'aimerais que nous scellions ce marché par un baiser.

— Mais enfin… Le contrat…

— Il n'est stipulé nulle part dans ce contrat qu'il est interdit de s'embrasser.

Elle aurait aimé protester mais aucun son ne sortit de sa gorge. Pire, même, elle ne lui opposa pas la moindre résistance lorsqu'il l'attira à lui et qu'il prit ses lèvres dans un baiser si tendre et si doux qu'elle comprit que les semaines à venir allaient mettre ses nerfs à rude épreuve.

Non seulement elle répondit à son baiser mais ses mains, au lieu de le repousser, s'agrippèrent au coton fin de sa chemise, cherchant à le plaquer un peu plus contre elle.

Quelle folie ! songea-t-elle, sans toutefois être capable de rompre le charme. Elle n'était jamais allée sur ce terrain avec aucun de ses clients, respectant ainsi la promesse qu'elle s'était faite. Ne valait-elle donc pas mieux que ce que sa mère avait pensé d'elle ? Sa mère avait-elle eu raison, le jour où elle avait accepté de vendre son corps à l'un de ses amants ? Avait-elle eu raison de voir en elle une fille qui ne valait pas mieux que cela ?

Une image en particulier jaillit avec tant de précision qu'elle s'écarta brusquement de Rocco. Non ! Elle n'était pas ce que sa mère avait voulu voir en elle. Loin s'en faut, même.

— S'il vous plaît, dit-elle d'une voix suppliante. Laissez-moi partir.

Il posa sur elle un regard interloqué.

— Ottavia ?

— Je... J'ai besoin de quelques secondes pour reprendre mon souffle.

— Qu'y a-t-il ? Quelque chose ne va pas ? Vous étiez là, et bien là, et voilà que...

— Et voilà que nous avons franchi les limites, conclut-elle à sa place d'une voix qui avait retrouvé toute son assurance. Je vous ai pourtant prévenu.

— N'exagérons rien. Il ne s'agissait que d'un baiser.

Cet homme était-il fou ou pensait-il sincèrement ce qu'il disait ?

— Il n'en reste pas moins que ce baiser ne fait pas partie du contrat, lui fit-elle remarquer.

— Pas si nous le classons dans la catégorie des moments *réconfortants* auxquels j'ai droit.

— Ne jouez pas sur les mots, Majesté, je vous en prie.

Elle avait parlé sur un ton sec qui traduisait toute la colère qu'elle dirigeait contre elle. Il ne lui avait pas fallu longtemps pour faillir à sa promesse ! Cet homme était dangereux. Bien plus qu'elle ne l'avait imaginé.

— Rocco, la corrigea-t-il. Vous vous rappelez ?

— Rocco, si vous voulez. Peu importe le nom ou le titre que je vous donnerai, cela ne changera rien à la chose. Notre petite séance étant achevée, il me reste à vous remercier pour cet excellent dîner et à me retirer dans mes appartements.

— Vous n'irez nulle part.

Elle se retint de ne pas céder à l'exaspération que la désinvolture affichée de cet homme suscitait en elle.

— Pourquoi cela ?

— Parce que, pendant que nous dînions, j'ai fait monter vos bagages ici. J'ai décidé que, pendant la durée de notre contrat, vous vivrez avec moi.

Une boule d'anxiété se forma dans sa gorge, qu'elle eut le plus grand mal à refouler.

— Vous avez fait monter mes affaires ici, répéta-t-elle. Avant même que nous ayons signé ce contrat ? Avant même d'en connaître les termes ? Si vous me permettez, je trouve cela assez présomptueux de votre part.

— Peut-être, mais j'ai la réputation de quelqu'un qui sait ce qu'il veut, surtout lorsqu'il y va de l'intérêt de tous.

— En quoi ma présence ici est-elle censée servir l'intérêt général ?

Elle comprit aussitôt son erreur. Laisser à Rocco l'occasion de s'expliquer revenait à lui ouvrir une brèche dans laquelle il ne manquerait pas de s'engouffrer.

— Finalement, je préfère ne pas savoir, s'empressa-t-elle d'ajouter pour l'empêcher de répliquer. Et je refuse de m'installer ici. Cela ne fait pas partie du…

— Du contrat ? Pourtant, si. Il est bien précisé que je dois vous loger dans des conditions acceptables. Je me trompe ?

— Non, mais mes conditions de logement actuelles le sont déjà bien assez.

— Il n'appartient qu'à moi d'en décider. Et j'ai décidé que les appartements que vous occupez actuellement n'étaient pas à la hauteur du traitement que je souhaite vous réserver.

Elle éprouva un tel sentiment d'impuissance qu'elle ne trouva rien à redire. Elle resta immobile, à le fixer.

— Quoi de mieux que mes propres appartements pour répondre à cette attente ? poursuivit-il en englobant l'espace d'un geste large des deux mains.

Là non plus, elle ne sut que répondre à cela. Il ne lui restait plus qu'à accepter la défaite et à s'incliner, du mieux qu'elle pouvait. Certes, cette proximité ne lui faciliterait pas les choses mais elle entendait bien lui faire respecter les règles fondamentales. L'intimité commencerait et finirait là où *elle* le voudrait bien.

Elle accepta donc d'un léger hochement de tête.

— Puisque nous voilà d'accord, dit-elle, pouvez-vous m'indiquer ma chambre ? Je suis exténuée et j'aimerais aller me coucher.

— Ottavia, ne soyez pas aussi abattue. Tout cela n'est pas si grave.

— Si vous le dites, Sire, rétorqua-t-elle sans pouvoir cacher son agacement.

Rocco fit comme s'il n'avait rien remarqué. Il lui sourit et lui fit signe de le suivre.

— Venez avec moi, dit-il d'un ton enjoué. Je vais vous faire faire le tour du propriétaire.

Elle s'étonna en silence du nombre de pièces qu'il lui faisait visiter. Outre la cuisine et le salon, qu'elle connaissait déjà, les appartements privés comprenaient également une salle à manger et une salle de gym. Ils longèrent ensuite un long corridor au milieu duquel Rocco s'arrêta pour pousser une porte qui ouvrait sur une chambre immense.

— C'est ici que je vais dormir ? s'enquit-elle en pénétrant à l'intérieur. C'est magnifique.

— J'ai demandé que vos vêtements soient rangés dans le dressing qui se trouve là-bas, lui expliqua-t-il en désignant une porte à double battant. Vos affaires de toilette devraient se trouver dans la salle de bains attenante.

— Votre personnel est très efficace, fit-elle remarquer après avoir vu ses vêtements soigneusement alignés sur des cintres.

— Je fais en sorte de n'employer que les meilleurs.

En parlant, il avait posé sur elle un regard éloquent qui,

à son grand désarroi, lui donna l'envie d'aller se plaquer contre lui.

— J'en suis heureuse, rétorqua-t-elle d'un ton qu'elle voulait léger.

En réponse, il émit un petit rire sonore qui la fit frissonner.

— Je dois vous laisser à présent. J'ai des affaires en attente.

Déjà, il était parti, la porte massive se refermant silencieusement derrière lui.

Une immense lassitude s'abattit aussitôt sur elle.

Vivre avec Rocco n'allait pas être simple. Elle allait devoir se battre sans cesse pour garder les idées claires.

Un sourire aux lèvres, Rocco se dirigea vers son bureau d'une démarche nonchalante. Ottavia allait lui donner du fil à retordre mais cela n'était pas pour lui déplaire, bien au contraire.

Lorsqu'il poussa la porte de son bureau, il eut la surprise d'y trouver Sonja Novak qui l'attendait, immobile devant l'une des fenêtres.

Elle tourna vers lui un visage qui affichait une profonde contrariété.

— Je ne m'attendais pas à vous trouver ici à une heure aussi tardive, dit-il en allant s'asseoir à sa table de travail.

— Vous avez installé cette femme dans vos appartements privés ?

— En effet.

Sans un mot, elle pointa du doigt le dossier qu'elle avait placé en évidence sur son bureau.

— C'est la liste réactualisée des jeunes femmes susceptibles de vous correspondre, annonça-t-elle.

— Encore ?

— L'une des trois finalistes ayant exprimé tout récemment son vœu de rejoindre l'Eglise, vous n'aurez le choix qu'entre deux princesses.

— Je verrai cela demain matin, décida-t-il d'un ton sans appel.

— Pressé d'aller rejoindre votre… votre call-girl ? demanda-t-elle d'un ton profondément dédaigneux.

— Tout ce qui touche à ma vie privée ne regarde que moi, répondit-il sèchement. De même qu'avec qui je choisis de passer mon temps libre.

Il ouvrit le dossier d'une main rageuse puis scruta attentivement le visage de chacune des deux prétendantes. Comment pouvait-il choisir sur photo ? Comment saurait-il si l'une ou l'autre de ces femmes avait le pouvoir de lui faire battre le cœur lorsqu'il s'en approcherait ou, mieux, ferait naître en lui un désir intense d'un simple regard ?

Il secoua la tête de dépit et de frustration.

— Vous n'allez tout de même pas les rejeter sans même les avoir rencontrées ? s'indigna Sonja.

— Non, je pensais juste aux options qui s'offrent à moi. Convoquez-les au palais. Nous verrons bien.

— Très bien. Mais est-ce si important, laquelle vous choisirez ? L'essentiel est qu'elle vous donne un héritier.

Quelque chose dans le ton de sa conseillère le dérangea profondément.

— Pour vous, il n'y a que cela qui compte, n'est-ce pas ? s'enquit-il. Que l'une de ces femmes, peu importe laquelle, me donne un héritier.

— Excusez-moi de me montrer pragmatique mais je vous rappelle que le temps presse. D'ailleurs, si vous me permettez d'être tout à fait franche…

Elle marqua une pause qui lui laissa penser que ce qu'elle avait à dire risquait de le mettre en fureur. Aussi fut-il tenté de la renvoyer afin d'éviter le différend qui n'allait pas manquer de les opposer. Mais fuir les problèmes n'était pas dans ses habitudes. Il était de son devoir de monarque d'affronter les situations les plus difficiles, de même que de prendre les décisions qui en découlaient. Une fois encore, il ne dérogerait pas à la règle.

Il opina en silence, l'encourageant à poursuivre.

— Votre réticence à vous marier… Doit-on y voir le signe d'un renoncement ?

— Pardon ?

— Cette quête d'épouse, juste pour parer à l'éventualité où la loi déjà votée par le Parlement ne serait pas rejetée… Ne pensez-vous pas qu'il est un peu tard ? Peut-être…

Elle marqua une nouvelle pause au terme de laquelle elle reprit, en le regardant droit dans les yeux :

— Peut-être devriez-vous faire passer l'intérêt de votre peuple avant vos propres ambitions ? Peut-être devriez-vous considérer l'éventualité d'un nouveau gouvernement ?

— Seriez-vous en train de me suggérer d'abdiquer en faveur d'un imposteur qui brigue ma place sur le trône ?

Il avait parlé d'un ton égal mais derrière lequel pointait une profonde irritation.

— Je manquerais à mon devoir si je ne me faisais pas l'avocat du diable, répondit-elle. Qui sait si cet imposteur, comme vous dites, n'est pas dans son bon droit ?

— Mais parce qu'il n'a aucune preuve de ce qu'il avance et qu'il n'a pas l'air pressé de nous en apporter. Voilà pourquoi !

— Certes. Mais supposons qu'il dise vrai.

— C'est curieux mais j'ai la désagréable impression que vous avez basculé du côté de ce gredin.

— Ma loyauté est sans faille, Majesté. Et je crois vous l'avoir prouvé à maintes reprises, non seulement à vous mais également à feu votre père. Je tenais juste à faire valoir un point de vue différent du vôtre. N'anticipons pas. Il se peut que le Parlement vote votre maintien sur le trône et il ne sera alors plus question de mariage. Maintenant, si vous le permettez, je vais me retirer pour la nuit.

Il lui fit un signe bref de la tête et la regarda quitter la pièce d'un air pensif.

L'idée que sa cause ne lui était plus acquise de manière inconditionnelle, comme par le passé, l'inquiéta. Qu'allait-il devenir si son cercle le plus proche le lâchait ?

Car tout dans les propos de Sonja laissait à penser qu'elle avait envisagé une éventuelle abdication. Pire, même, qu'elle la souhaitait.

En ce qui le concernait, renoncer au trône n'était même pas une option. Il se savait encore l'homme de la situation, seul capable de diriger son royaume. Et, s'il s'avérait que Sonja Novak avait été corrompue, il se faisait fort de trouver les coupables et de les faire écrouer.

Pour l'heure, il en avait encore pour deux bonnes heures de travail.

Il était plus de minuit lorsqu'il délaissa son ordinateur pour regagner sa chambre. La journée avait été difficile, tant sur le plan physique que psychologique. Parfois, dans des moments comme celui-ci où la fatigue était intense, il se demandait quelle aurait été sa vie s'il n'était pas né roi. Quelle aurait été sa destinée s'il avait vu le jour dans une famille normale ?

Ces questionnements cessèrent à la seconde où il poussa la porte de ses appartements privés, véritable havre de paix pour lui.

Le carillon d'une des grandes horloges d'époque qui jalonnaient le corridor lui rappela qu'il ne lui restait que quatre heures à dormir. Quatre petites heures avant son jogging matinal et une nouvelle journée de labeur.

Il laissa tomber le dossier qu'il avait à la main sur la table basse du petit salon, puis il se rendit dans la salle de bains pour y prendre une douche.

Il accueillit avec bonheur l'eau qu'il laissa ruisseler un long moment sur ses muscles tendus. En ces périodes troubles, le poids des responsabilités se faisait lourdement sentir sur ses épaules. Finalement, ce ne serait peut-être pas si terrible de se marier, se dit-il, cherchant là une manière de se raisonner. Cela pourrait même le soulager de partager ses soucis avec une compagne qui saurait lui être fidèle et loyale. L'une de ses deux prétendantes répondrait-elle à ses attentes ?

Il se surprit à l'espérer. Toutes deux, issues de sang noble, avaient reçu une éducation sans faille et devaient être rompues au protocole. Mais étaient-elles animées de la même passion qui animait Ottavia ? Sauraient-elles se montrer de taille à le défier, comme cette dernière l'avait fait tout au long de la journée ?

Inutile de se mentir, Ottavia Romolo exerçait sur lui un pouvoir de fascination qui le captivait. Non seulement elle était la créature la plus belle et la plus excitante sur laquelle il lui avait été donné de poser les yeux mais, de surcroît, elle débordait de charme et d'intelligence.

Le désir, tapi en lui, surgit de manière aussi intense qu'inattendue. Mais, à cause de cette fichue clause qu'elle lui avait imposée, il n'avait pas d'autre choix que de respecter sa volonté.

Pourtant, lorsque, un peu plus tard, il contempla son reflet dans le miroir, il se mit à sourire.

Il n'était pas aveugle. Il avait bien vu qu'elle n'était pas aussi indifférente à son charme qu'elle voulait bien le lui laisser croire.

Ottavia allait apprendre qu'il ne renonçait jamais à atteindre le but qu'il s'était fixé. Certains diraient de lui qu'il était têtu, lui se qualifierait plutôt d'opiniâtre.

Fort de cette certitude, il laissa tomber au sol la serviette dont il s'était enroulé les hanches et se rendit dans sa chambre sans se départir de son sourire.

Il souleva délicatement le drap et se glissa à côté d'Ottavia qui, se croyant en sécurité, dormait d'un sommeil paisible.

Certes, à l'abri, elle l'était.

Mais peut-être pas d'elle-même.

- 6 -

Quand Ottavia ouvrit les yeux, le lendemain matin, elle eut la désagréable impression qu'elle n'était pas seule. Un rapide coup d'œil circulaire la délivra de ses craintes. Pourtant, elle avait beau se savoir seule, la sensation persistait, tenace.

Elle se releva puis, après s'être adossée aux oreillers de son immense lit, entreprit de passer soigneusement la pièce en revue.

Elle ne remarqua rien d'anormal jusqu'à ce que son regard se pose sur l'autre côté du lit. Les draps étaient froissés et l'oreiller en plumes portait encore l'empreinte d'un creux sur lequel Rocco — qui d'autre que lui avait pu se permettre une telle audace ? — avait laissé un mot griffonné à la main accompagné d'une rose sublime.

Elle respira le parfum délicat qui s'en dégageait puis la fit tourner pensivement entre ses doigts. Elle remarqua alors que le bord d'un des pétales était abîmé, stigmate probable d'un insecte ou d'une ondée passagère. Pourtant, cette légère imperfection ne lui enlevait rien de son éclat. Au contraire, même, elle lui rajoutait du caractère.

Elle ne put s'empêcher d'établir une comparaison avec elle qui, aussi, avait su affronter l'adversité. Elle en était ressortie blessée mais plus forte. Bien sûr, elle ne devait voir aucun signe dans le choix qu'avait fait Rocco puisqu'il ignorait tout de ce pan sordide de sa vie.

Elle baissa les yeux sur le mot qui semblait avoir été rédigé à la hâte.

Vous êtes aussi belle dans votre sommeil que lorsque vous êtes éveillée.

Le billet ne portait aucune signature mais elle reconnut l'écriture nerveuse de Rocco, la même que celle qui figurait sur le contrat.

Rocco avait-il passé toute la nuit là, à côté d'elle ? L'avait-il épiée durant son sommeil ? Tout allait dans ce sens. Elle secoua la tête, à la fois amusée et agacée. Comment était-il possible qu'elle n'ait rien entendu ? Qu'elle ne se soit pas réveillée à son contact ?

Il n'y avait pas à chercher bien loin pour trouver les réponses à ces questions. Elle devait cette inertie au somnifère qu'elle avait eu la faiblesse de prendre au moment de se coucher. Une faiblesse qu'elle se faisait fort de ne pas répéter. Elle devait garder le contrôle en toutes circonstances, même lorsqu'elle dormait.

Et si Rocco, décidant de ne pas respecter les termes du contrat, la forçait à entretenir avec lui des rapports sexuels qu'elle s'était juré de ne pas avoir ?

Cette supposition se dissipa aussi vite qu'elle avait jailli. Sans bien connaître Rocco, elle ne pouvait pas imaginer qu'il puisse être comme…

Elle repoussa avec force les images oppressantes qui vinrent l'assaillir.

Elle posa la rose sur la table de chevet et se glissa hors du lit. Ses pieds nus s'enfoncèrent dans la moquette moelleuse, étouffant chacun des pas qui la conduisaient vers le dressing. Elle écarquilla les yeux à la vue des dizaines de costumes et de chemises suspendus à des cintres et visiblement répertoriés par couleur et par saison. Dessous, impeccablement alignées, se trouvaient les paires de chaussures assorties.

Ainsi donc, Rocco l'avait installée dans sa propre chambre. Et dans son lit.

Un sentiment de profonde exaspération l'envahit. Que croyait-il ? Qu'il pouvait la manipuler comme il l'entendait ?

Son irritation n'eut d'égale que la colère qu'elle sentait enfler en elle. Il était évident qu'elle avait sous-estimé son adversaire.

Elle repensa au baiser qu'ils avaient échangé la veille. S'il ne faisait aucun doute que Rocco avait envie d'elle, elle était plus sceptique en ce qui la concernait. Elle n'avait jamais eu de difficulté à dissocier l'esprit du corps. Mieux même, elle avait toujours sélectionné ses clients en fonction du degré de séduction qui émanait d'eux, ne retenant que ceux dont elle savait qu'ils la laisseraient de marbre.

Sans aller jusqu'à dire qu'elle adorait son métier, elle pouvait affirmer, en revanche, qu'elle le trouvait acceptable. Il lui assurait des revenus confortables ce qui, à ses yeux, était essentiel. Pas pour elle mais pour Adriana. Pour pouvoir financer l'établissement spécialisé dans lequel elle avait été dans l'obligation de la placer. Au début, cela n'avait pas été facile mais, peu à peu, à force de persévérance, elle avait réussi à assurer le quotidien, puis plus encore.

Elle repensa au contrat qu'elle avait fait signer à Rocco. La somme demandée, exorbitante, l'avait été dans le but de le faire renoncer, pas de l'inciter à accepter. Pourtant, il avait accepté, et cet argent, ajouté à celui qu'elle avait économisé tout au long des années précédentes, les mettait à l'abri, elle et sa sœur, pour le restant de leurs jours.

Elle pourrait même se payer le luxe de renoncer à son métier d'escort-girl. Sa vie serait certes plus simple, moins trépidante, mais n'était-ce pas ce à quoi elle aspirait depuis le tout premier jour où elle avait commencé ?

L'année prochaine, elle aurait trente ans. Elle ne serait pas vieille, loin de là, mais sa beauté commencerait à s'altérer, à manquer de la fraîcheur de la jeunesse. Tout comme la rose que Rocco lui avait offerte, le temps commencerait son œuvre et imprimerait alors sur elle les premières marques d'un vieillissement qui pousserait les hommes à se tourner vers des femmes plus jeunes, toujours plus jeunes.

Le carillon d'une horloge la tira des pensées dans lesquelles elle était plongée. Il était temps de s'activer.

Après une douche rapide, elle enfila une tunique sans manches qu'elle affectionnait tout particulièrement et qu'elle assortit à un pantalon fluide couleur améthyste. Elle brossa ensuite ses longs cheveux qu'elle laissa cascader sur ses épaules puis, d'une main experte, maquilla ses yeux d'un trait d'eye-liner noir et sa bouche d'un rouge carmin.

Satisfaite du reflet que lui renvoya son miroir, elle quitta les appartements pour se mettre en quête du roi.

Elle n'eut pas à aller bien loin. A peine avait-elle refermé la porte derrière elle qu'elle le vit venir à sa rencontre. Vêtu d'un costume à la coupe impeccable et d'une chemise tourterelle dont le col était resserré par une cravate en soie, on aurait pu le prendre pour l'un de ces riches hommes d'affaires qui peuplaient la capitale. La différence résidait dans la puissance qui se dégageait de lui et qui faisait dire que Rocco était né roi.

— Avez-vous pris votre petit déjeuner ? s'enquit-il sans préambule.

— Bonjour, Sire.

— Rocco, la reprit-il. Vous n'avez pas répondu à ma question.

— La réponse est non.

— Parfait. Venez avec moi.

Est-ce ainsi qu'il comptait la traiter ? se demanda-t-elle, un brin irritée. En lui lançant des ordres, comme on le faisait aux animaux de cirque ?

— S'il vous plaît, dit-elle posément sans esquisser un pas.

— Pardon ?

— Si vous voulez que je vous suive, il va falloir me le demander de manière un peu plus courtoise. Si ce ne sont vos parents, je suppose que le bataillon de nurses chargé de votre éducation vous a inculqué, sinon les bonnes manières, du moins les rudiments de la politesse.

Peu habitué aux leçons de morale — il était plus enclin à les donner qu'à les recevoir —, Rocco arqua un sourcil sceptique.

— Dois-je comprendre que vous critiquez ma famille ?

— A moins que votre grossièreté à mon égard relève de votre propre volonté ? Auquel cas, je vous présente mes excuses d'avoir douté des capacités de vos parents à vous avoir bien élevé, Majesté. Je suis certaine que leur conduite était exemplaire et que c'est vous qui avez fait le choix de ne pas suivre leurs traces.

Visiblement sidéré qu'elle puisse prendre de telles libertés avec lui, il combla l'espace qui les séparait et gronda d'une voix sourde :

— Je suis votre souverain et il est de votre devoir de m'obéir.

En réponse, elle poussa un léger soupir d'exaspération.

— Allons-nous nous chamailler à tout propos, Sire ?

— C'est en effet le risque, si vous discutez sans cesse mes ordres, rétorqua-t-il en fronçant un peu plus les sourcils.

Mais elle voyait bien, derrière la menace feinte, la petite lueur malicieuse qui dansait au fond de ses yeux.

— Je vous demanderai encore une fois de bien vouloir m'appeler par mon prénom, ajouta-t-il. Il se peut qu'alors je pense à user de formules de politesse.

Elle esquissa un sourire amusé.

— Dans ce cas, Rocco, je me ferai un plaisir de vous accompagner.

— Merci.

Ils longèrent en silence un long couloir au bout duquel ils prirent un ascenseur pour descendre au rez-de-chaussée. Une fois là, il la conduisit sur une vaste terrasse.

— J'ai demandé à ce que le petit déjeuner soit servi ici, expliqua-t-il en tirant l'une des chaises pour qu'elle puisse s'asseoir aisément. Pendant que nous attendons, j'aimerais vous demander votre avis.

— Mon avis ?

— Oui. Cela a l'air de vous surprendre.

— En effet. Vous ne donnez pas l'image d'un homme pour qui l'opinion d'autrui compte.

— Ah… Je suppose que c'est la grossièreté dont j'ai fait preuve à votre égard qui vous a conduite à une telle conclusion ?

— Cela, et le fait de m'avoir retenue prisonnière sans tenir compte de mes protestations.

— C'était un cas de force majeure. Je me devais de protéger ma sœur.

L'espace d'un court instant, elle envia cette princesse pour qui son frère avait pris tous les risques. Une fois, rien qu'une fois, elle aimerait tant être celle que l'on protège !

— Mais vous vous méprenez si vous pensez que je ne tiens jamais compte de l'avis de mes sujets, conclut-il.

Elle esquissa une moue dubitative tandis qu'arrivait une domestique portant le plateau du petit déjeuner.

— Merci, Marie, dit-elle. Je m'occuperai moi-même du service.

La jeune fille esquissa une courbette furtive puis s'éclipsa vers la sortie.

— Vous connaissez son nom ? s'étonna Rocco.

— Bien sûr.

Elle marqua une pause durant laquelle elle remplit leurs deux tasses du café fumant.

— Du sucre ? proposa-t-elle.

— Non. Et pas de lait non plus, merci.

— Eh bien, vous voyez, ce n'est pas si terrible d'être poli, lui fit-elle remarquer en souriant.

— Pour en revenir à Marie, je ne vous aurais en effet pas cru capable de vous attarder sur ce que l'on pourrait considérer comme un détail lorsque l'on est prisonnière.

— Il fallait bien que je trouve un moyen de tromper mon ennui, répondit-elle, mi-figue, mi-raisin. Pour être honnête, je ne me suis pas forcée. Je trouve naturel de m'intéresser à tous ces gens qui sont là pour nous assurer le plus grand confort. La moindre des choses est de les connaître par leur prénom. Que vouliez-vous me demander, Rocco ?

En guise de réponse, il pointa du doigt le dossier qu'il avait apporté et posé à côté de lui, sur la table.

— Je serais curieux d'avoir votre avis sur ces deux femmes. Il se trouve que, dans toute l'Europe, il ne reste que deux princesses pouvant prétendre au titre de reine.

— Les connaissez-vous personnellement ? s'enquit-elle, ressentant une pointe de jalousie à l'idée qu'il allait épouser l'une de ces prétendantes.

Ce qui était ridicule. Cet homme n'était rien pour elle.

Rocco la scruta un moment par-dessus sa tasse avant de répondre :

— Non. Mais ce n'est pas important. Il faut que je me marie, de préférence avec une femme capable de me donner un héritier.

— Faut-il également qu'elle ait une dentition parfaite et qu'elle soit docile, Majesté ?

— Il n'y a pas là matière à plaisanter. Il me faut une épouse et un héritier. Le tout dans un délai très court.

Il marqua une pause, semblant hésiter à développer sa pensée.

— Rocco, vous n'êtes pas obligé de parler mais sachez que tout ce que vous me direz restera strictement confidentiel.

Il l'observa un instant en silence avant de hocher la tête.

— Il existe une loi, restée ignorée pendant des siècles, relative à la succession du trône, lui expliqua-t-il. Si le Parlement refuse de l'abroger…

Elle l'écouta patiemment lui exposer les termes de cette loi puis, lorsqu'il se tut, elle se renfonça dans son siège et le fixa d'un air sceptique.

— Seigneur ! murmura-t-elle, comme pour elle-même.

— C'est tout ce que vous trouvez à dire ?

Elle aurait voulu lui poser mille questions mais le retour de Marie, venue leur apporter un panier débordant de viennoiseries, l'en empêcha.

— Mangez tant que c'est chaud, lui ordonna Rocco aussitôt que la jeune fille se fut retirée. S'il vous plaît, rajouta-t-il à la hâte.

— Vous apprenez vite, je vous félicite, le railla-t-elle gentiment.

Elle choisit un croissant et en coupa un morceau, se délectant de la délicieuse odeur de pâte fraîche et chaude qui s'en dégageait. Puis, toujours silencieuse, elle y étala une fine couche de confiture.

— En voulez-vous ? proposa-t-elle.

— J'ai déjà déjeuné, merci.

Elle mordit à belles dents dans la pâte souple et odorante.

— Vous ne savez pas ce que vous manquez, dit-elle dans un soupir d'aise.

Rocco la regardait faire, résistant difficilement à l'envie d'embrasser ses lèvres pulpeuses.

Mettait-elle dans chaque chose la même passion et le même enthousiasme ?

Il l'espérait car il trouvait que cet heureux mélange de fougue et de délicatesse accentuait sa sensualité, pourtant déjà débordante.

— Revenons-en à mon problème, dit-il pour dissiper les images érotiques qui se bousculaient dans sa tête. Je souhaiterais vraiment que vous me donniez votre avis sur la question.

— Pourquoi moi ?

— Parce que j'ai cru comprendre, au travers des qualités

que vous m'avez vantées, que vous étiez une femme pleine de discernement.

Elle posa son croissant sur l'assiette en porcelaine qui se trouvait devant elle et but une gorgée de café.

— Vous devez avoir une multitude de conseillers bien plus avisés que moi pour vous guider dans vos choix, lui fit-elle remarquer.

— C'est exact mais c'est votre avis qui m'intéresse. Pas celui de mes conseillers.

Il s'empara du dossier et le lui tendit.

— Vous voulez bien y jeter un coup d'œil ? insista-t-il.

Le bruit de talons qui claquaient sur le sol, signalant l'arrivée imminente de Sonja, l'irrita au plus haut point. Il avait pourtant demandé à n'être dérangé sous aucun prétexte !

— Sonja, la salua-t-il d'un ton glacial.

Le regard de la conseillère se posa immédiatement sur le dossier qu'Ottavia avait en mains.

— Le Premier ministre demande à vous parler, annonça-t-elle. C'est urgent.

Il se leva sans attendre.

— Je reviens tout de suite, mademoiselle Romolo. Attendez-moi ici. S'il vous plaît.

— C'est si gentiment demandé que je ne peux pas refuser, répliqua-t-elle en lui adressant un sourire complice.

Il lui retourna son sourire, détail si inhabituel qu'il lui valut un regard réprobateur de Sonja Novak.

— Vous oubliez votre dossier, Majesté, lui fit-elle remarquer d'un ton pincé.

— Non, je ne l'ai pas oublié.

— Ce sont des documents confidentiels dont Mlle Romolo n'a pas à prendre connaissance, insista-t-elle.

— Pourtant, je lui ai demandé de les lire.

— Avez-vous perdu la tête ?

— C'est parce que j'ai toute ma tête, justement, que je voudrais que Mlle Romolo me donne son avis.

— Je ne vois pas en quoi l'avis d'une call-girl peut avoir une quelconque importance, laissa-t-elle tomber avec mépris. De toute façon, peu importe ce qu'elle pense. Vous n'avez pas d'autre choix que d'épouser l'une de ces deux femmes, maintenant.

— Que voulez-vous dire ? s'enquit-il, soudain inquiet. Les membres du Parlement ont tranché ?

— Exactement. Ils ont voté le maintien de cette loi.

Satisfaite de son petit effet, elle ouvrit la porte du bureau et, d'un geste de la main, l'invita à y pénétrer.

Rocco fixa le voyant rouge du poste fixe, comme s'il s'agissait d'un animal venimeux prêt à lui ôter la vie.

— Merci, Sonja, dit-il d'une voix blanche. Laissez-moi seul, je vous prie.

Elle inclina légèrement la tête et obéit.

Son imagination lui jouait-elle des tours ou avait-il vraiment capté le sourire victorieux qu'elle venait d'esquisser ?

Il secoua la tête. Le moment était mal choisi de céder à une crise de paranoïa. Plus que jamais, il devait continuer à croire en la fidélité de ceux qu'ils considéraient comme des alliés indéfectibles.

La mort dans l'âme, il alla prendre l'appel de son ministre.

Lorsqu'il raccrocha, il se renfonça dans son fauteuil et ferma les yeux. Il avait vraiment cru que tous les efforts qu'il avait fournis se révéleraient payants. Que serait rejetée cette loi stupide qui datait d'une époque, bien lointaine, où l'on était considéré comme un vieillard à trente-cinq ans. Mais, aujourd'hui, on était dans la force de l'âge, à cet âge-là ! Combien de chefs d'Etat européens étaient devenus père à plus de quarante ans, voire cinquante ?

Peu importait ce qu'il pensait, désormais. Cela ne changerait rien aux faits. S'il voulait rester à la tête de son royaume, il allait devoir se marier avec l'une des deux femmes qu'on lui avait soumises. Et encore devait-il s'estimer heureux que l'on n'ait pas choisi pour lui !

Cette idée le révolta.

Et pourtant, n'était-ce pas ce qu'il avait attendu de sa sœur, qu'elle épouse le mari que leur père lui avait choisi dès sa plus tendre enfance ?

Il se prit à considérer sous un autre angle ce que Mila avait enduré au cours de ces dernières années. Il commençait même à comprendre les raisons qui l'avaient poussée à usurper l'identité d'Ottavia. Elle avait agi sans calcul. Par amour. Tout simplement.

Que penserait-elle de ses états d'âme et de ses interrogations, s'il se confiait à elle ? Fervente adepte du mariage d'amour mutuellement consenti, il ne faisait pas l'ombre d'un doute qu'elle saurait se montrer compréhensive et bienveillante. Tout ce que lui avait manqué d'être à son égard.

Il se fit la promesse de faire amende honorable aussitôt qu'elle rentrerait de son voyage de noces mais, pour l'heure, il avait un coup de fil important à passer.

— Andrej ? dit-il lorsque son interlocuteur eut décroché.

— Majesté, répondit son chef des armées.

— Je veux que vous concentriez tous vos efforts sur l'origine de ces attaques contre moi. Je veux que vous découvriez celui qui a réussi à convaincre la majorité des membres du Parlement de voter le maintien de cette fichue loi.

— Je vais m'y employer sérieusement, Majesté.

— Merci, Andrej. C'est bon de savoir qu'il me reste encore quelques alliés fidèles.

Il était sincère. Il connaissait Andrej Novak depuis toujours. De deux ans son aîné, Andrej était le fils de Sonja. Ils avaient grandi ensemble et Rocco le considérait comme un véritable frère. Et, à ce titre, il lui accordait une confiance aveugle.

— Y a-t-il autre chose, Majesté ?

— Non, Andrej. Tenez-moi au courant du résultat de vos recherches, dès que vous aurez appris quelque chose.

— Je n'y manquerai pas, Majesté.

Rocco laissa son regard errer par la fenêtre.

Ottavia, toujours assise à la même place, semblait étudier attentivement les candidatures qu'il lui avait soumises. Qu'attendait-il vraiment d'elle ? Ne voyait-il en elle qu'une maîtresse potentielle dont il se débarrasserait sans regret une fois échu le terme du contrat qui les liait ?

Même à distance, il ressentait les effets du pouvoir hypnotique qu'elle exerçait sur lui. Par quel miracle ses clients se satisfaisaient-ils de la relation platonique qu'elle leur imposait ? Comment parvenaient-ils à contrôler leurs pulsions ? A ne pas céder à la tentation de vouloir se repaître de ses courbes sensuelles, de voir ses grands yeux verts se voiler de désir ?

Ce n'était pas en restant là, les bras ballants, qu'il se différencierait de ces hommes soumis ! Et tant pis si, pour affaiblir la résistance d'Ottavia, il lui fallait se montrer un brin manipulateur.

Le temps pressait, avec ce mariage qui se profilait. Car lui ne serait pas comme son père. Il entendait bien être un mari fidèle.

En attendant…

Lorsqu'il ouvrit la porte de son bureau, il vit Sonja, qui l'attendait patiemment, glisser discrètement son téléphone portable dans sa poche.

— Et maintenant, qu'allez-vous faire ? s'enquit-elle.

— Je vais choisir une épouse. Vous êtes-vous occupée d'inviter ces deux prétendantes au palais, comme je vous l'avais demandé ?

— Oui. Le rendez-vous est pris pour le courant de la semaine prochaine.

— Très bien. Merci.

— Pardon ?

— J'ai dit « merci ».

Elle écarquilla les yeux mais ne fit aucun commentaire sur cet excès de politesse inhabituel.

— Souhaitez-vous que j'organise la réception qui suivra ces entrevues ? demanda-t-elle. Pour pareil événement, nous devrions rapidement atteindre les deux cents personnes.

— S'il le faut, complétez la liste et envoyez les invitations aussi vite que possible. Je vais demander à Mlle Romolo de vous assister, Sandra et vous.

Le visage de Sonja se ferma aussitôt et sa bouche se pinça.

— Pensez-vous que ce soit là une sage décision ?

— Elle a l'habitude de ces grandes réceptions, assura-t-il. Son expérience ne pourra que nous être bénéfique.

En guise de réponse, sa conseillère grommela entre ses dents.

— Si vous avez quelque chose à dire, je vous prierai de le formuler de façon claire, ordonna-t-il sèchement.

— Je ne doute pas de la compétence de Mlle Romolo dans de nombreux domaines. Cependant, j'émettrais une réserve quant à votre désir de la voir interférer dans l'organisation d'une réception royale. Que penseraient vos sujets ?

— Pourquoi cela poserait-il un problème ? Elle a travaillé pour d'éminents hommes d'affaires qui, tous, ont loué ses services.

Sonja accueillit cette remarque avec un ricanement méprisant qui lui valut un regard incisif.

— Pardonnez-moi, Sire.

— Si vous n'avez rien à ajouter, vous pouvez disposer. Je pense qu'il serait préférable que vous preniez votre journée, ajouta-t-il. Vous avez subi une grande pression au cours de ces derniers jours et les effets commencent à s'en faire sentir.

— Ne vous inquiétez pas pour moi, Majesté. Je suis aussi solide qu'un roc.

— C'est un ordre, Sonja.

Ils s'affrontèrent du regard quelques secondes avant que Sonja comprenne qu'elle devait capituler.

— Très bien, Sire. Mais sachez que je n'aime pas l'idée

de vous savoir en compagnie de cette intrigante. Vous pourriez avoir à le regretter un jour.

— Je prends bonne note de vos inquiétudes, Sonja. Et maintenant, allez. Profitez de ce que ces quelques heures de liberté pourront vous offrir.

Elle lui opposa un visage fermé puis tourna les talons et s'éloigna, le corps aussi raide que la justice.

Il resta immobile à méditer les dernières paroles de sa conseillère. Et si elle avait raison ? Si, par sa volonté à vouloir imposer Ottavia au palais, il risquait son avenir, déjà bien incertain ?

Jusque-là, il s'était toujours rangé du côté de Sonja, trouvant ses conseils judicieux. Pourquoi doutait-il soudain de sa loyauté ?

Le lendemain matin, Ottavia trouva une nouvelle rose sur son oreiller. Cette fois, elle ne pouvait imputer à la prise d'un somnifère le fait qu'elle dormait si profondément qu'elle n'avait pas entendu Rocco se glisser entre ses draps.

Cette image la fit sourire. Quelle folie ! Plutôt que d'être flattée d'être ainsi l'objet d'une cour empressée — qui ne visait qu'à la faire céder à la tentation —, ne devrait-elle pas s'en offusquer ?

Elle se leva et la rose alla rejoindre celle de la veille. Il lui faudrait un vase plus grand, si Rocco comptait prolonger cette tradition quotidienne, songea-t-elle avec amusement tandis qu'elle se rendait dans la salle de bains.

Une journée chargée l'attendait. A sa grande surprise, Rocco l'avait chargée d'assister Sandra, l'actuelle organisatrice des événements officiels, en vue de la préparation de la réception donnée en l'honneur des deux princesses. Parvenue à un stade avancé de sa grossesse, Sandra ne pouvait envisager de passer toute la soirée debout à veiller au bon fonctionnement de la réception.

Ottavia comptait parmi ses clients une majorité de veufs ou de divorcés qui, bien que ne cherchant pas de relation stable, trouvait auprès d'elle la compagnie féminine qui manquait à leur vie. Elle avait pour règle de ne jamais accepter de client marié. Car, même si toutes relations sexuelles étaient exclues, elle ne pouvait empêcher les sentiments qui naissaient de ces relations. Des sentiments qu'un homme marié se devait de ne réserver qu'à son épouse.

Mais, pour Rocco, elle était prête à faire une entorse à son sacro-saint règlement. Il ne s'agissait pas pour lui de faire un mariage d'amour mais de raison. Il ne trahirait personne en passant du temps avec elle. Elle rendrait même service à la future reine en enseignant à son futur époux à traiter les femmes avec un peu plus d'égards qu'il ne le faisait.

Une fois prête, elle descendit dans le bureau qui lui avait été attribué. Une conférence téléphonique avec Sandra était prévue. Ensemble, elles devaient établir les menus et prévoir l'hébergement nécessaire aux invités reçus au palais pour plusieurs jours.

Sonja Novak lui avait déjà fait passer une copie de la liste des convives tout en marquant clairement sa réticence et sans manquer de souligner l'importance de tenir secrète cette liste de têtes couronnées et d'hommes politiques influents.

La matinée passa si vite qu'elle fut surprise d'être interrompue par Marie, la jeune domestique, venue frapper à sa porte.

— Madame. Sa Majesté souhaite que vous le rejoigniez pour déjeuner, annonça-t-elle après avoir esquissé une courbette.

— Merci, Marie. Où puis-je le trouver ?

— Sur la terrasse principale, madame. C'est l'endroit qu'il préfère lorsqu'il séjourne au palais.

Ottavia rassembla ses notes éparses et les rangea dans l'un des tiroirs de son bureau.

Elle alla ensuite vérifier son reflet dans le miroir du

cabinet de toilette attenant à la pièce. Ses joues étaient anormalement roses et au fond de ses yeux pétillait une petite lueur d'impatience.

Inutile de se voiler la face. Elle présentait tous les signes de l'excitation précédant une rencontre amoureuse. Il ne lui restait plus qu'à espérer que Rocco mettrait les signes de cette excitation sur le compte de l'énergie dépensée à remplir la fonction qu'il lui avait confiée.

Elle inspira profondément puis gagna la terrasse où elle le trouva installé à table. Avant de le rejoindre, elle prit le temps de détailler sa posture, la façon dont sa tête était légèrement inclinée sur le côté tandis qu'il étudiait attentivement le dossier qu'il tenait à la main.

Elle crut que son cœur allait s'arrêter de battre lorsqu'elle le vit lever la tête dans sa direction et plonger son regard ardent dans le sien. Elle eut alors l'impression que ce regard la caressait aussi sûrement qu'auraient pu le faire ses mains. Tout son corps se mit à frémir d'un désir intense qu'elle eut bien du mal à feindre d'ignorer.

Rocco quitta son siège aussitôt qu'il vit Ottavia s'approcher de lui.

Il se courba légèrement et effleura de ses lèvres sa main qu'il avait prise dans la sienne.

— Je suis heureux que vous ayez trouvé le temps de me rejoindre.

Il remarqua tout de suite l'éclat de ses yeux, de même que ses lèvres entrouvertes qui donnaient l'impression qu'elle manquait d'air. Il se réjouit intérieurement du trouble qu'il suscitait en elle et qu'il considérait comme positif.

— Où en êtes-vous, dans la préparation de cette réception ? s'enquit-il en lui présentant une chaise.

— Je pense être sur la bonne voie. Mais je dois admettre

que j'ai été très surprise de me voir confier une aussi lourde responsabilité. Imaginez un peu que je ne sois pas à la hauteur.

Il s'assit face à elle et remplit leurs deux verres d'eau pétillante.

— Si je vous ai choisie, c'est parce que je ne doute pas de vos compétences.

— Vous avez raison. Je mets toujours un point d'honneur à relever les défis que l'on me lance. Mais j'avoue que celui-ci est de taille.

— Parlez-moi un peu de vous, Ottavia. Avec tous les diplômes dont vous êtes bardée, vous auriez pu faire carrière dans bien des domaines. Pourquoi avoir choisi celui-ci ?

Elle resta silencieuse un long moment. Elle ne s'attendait visiblement pas à une telle question. Elle finit par lui adresser un sourire qu'il commençait à savoir décrypter : charmeur, il était destiné à répondre sans révéler tout à fait le fond de sa pensée.

— Disons que c'est parce que j'aime cette manière de vivre. J'aime avoir accès à tout le luxe que m'offre cette activité. Les beaux vêtements, les beaux hôtels, les belles voitures. Vous voyez, je n'ai aucune excuse valable.

— Vous n'avez pas à vous justifier.

De nouveau, il la vit esquisser ce sourire factice qui n'avait pour but que d'esquiver une question qu'elle jugeait sans doute embarrassante. Elle laissait planer le doute, les interrogations. Mais, après tout, ils se connaissaient à peine. Pour quelle raison lui livrerait-elle ses pensées les plus intimes ?

Leur déjeuner terminé, il se renfonça dans son siège et se mit à la dévisager en silence. Puis il laissa son regard errer sur le lac que traversait une cane, suivie de près par ses canetons.

— C'est l'endroit au monde que je préfère, avoua-t-il. Le saviez-vous ?

— Non, je l'ignorais. Qu'est-ce qui vous rend cet endroit si spécial ?

— Le fait, peut-être, que j'y ai vu mes parents heureux, se surprit-il à répondre.

Elle aussi parut étonnée qu'il se laisse aller à une telle franchise. Pour une fois, il avait eu envie de laisser parler son cœur, sans se poser de question.

— Et vous ? s'enquit-elle. Avez-vous de bons souvenirs d'enfance liés à ce palais ?

— Oui. Mais assez parlé de moi. A vous maintenant. Vos parents étaient-ils heureux ensemble ?

Elle ne répondit pas tout de suite, semblant chercher la réponse à lui donner. Il sut alors d'instinct qu'elle allait lui apporter la réponse qu'elle pensait qu'il attendait d'elle.

— Ne vous croyez pas obligée de répondre, Ottavia, dit-il en se levant pour couper court à cette discussion trop personnelle. Si nous allions marcher un peu, plutôt ?

— J'en serais ravie, répondit-elle en se levant à son tour.

Sous son regard perplexe, il étala sa serviette sur la table et y posa les tranches de pain qui tapissaient le fond de la panière. Puis il réunit les quatre coins et les noua ensemble.

— Que faites-vous ? demanda-t-elle, intriguée.

— Vous verrez.

De sa main libre, il prit la sienne et l'entraîna dans le vaste escalier de pierre qui menait vers la pelouse bordée de rosiers.

— Ces roses, dit-elle en désignant le massif. Ce sont celles que vous posez sur mon oreiller chaque matin ?

— Vous les aimez ?

— Je les adore. Elles sont magnifiques.

— Ce sont des Pierre de Ronsard. C'étaient les préférées de ma mère. C'est elle qui a planté la plupart des massifs que vous voyez là. Elle adorait séjourner ici parce qu'elle y était elle-même et qu'elle pouvait s'adonner au jardinage en toute liberté.

— Je comprends mieux pourquoi vous êtes aussi attaché à ce lieu, murmura-t-elle, visiblement touchée de le voir lui livrer un pan aussi intime de sa vie.

— Ici, poursuivit-il comme pour lui-même, nous pouvions avoir l'illusion d'être une famille comme les autres. Jusqu'à ce que mes parents se séparent.

— Je comprends tout à fait ce que vous pouvez ressentir, assura-t-elle avec un accent de sincérité qui ne trompait pas. Mes parents se sont séparés lorsque j'avais dix ans. J'ai vécu cela comme une période très troublée de ma vie. Je suis née aux Etats-Unis mais, une fois divorcée, ma mère a voulu revenir vivre ici, à Erminia.

— Votre père était américain ?

— Oui. Après le divorce, je n'ai plus jamais entendu parler de lui.

— Je suis désolé.

— Ne le soyez pas. Tout cela appartient à un passé bien lointain.

Ils prirent la direction du lac en silence. Dès qu'ils arrivèrent sur les rives, les canards qu'il avait contemplés un peu plus tôt de la terrasse vinrent à eux en se dandinant.

— Oh ! regardez ! s'exclama-t-elle. Pouvons-nous les nourrir ?

Pour toute réponse, il leva la serviette nouée devant elle.

— Votre vœu va être exaucé, répondit-il en souriant.

Il déplia alors la serviette et lui tendit quelques-unes des tranches de pain.

Il la regarda les découper en morceaux et les lancer aux canards qui se mirent à caqueter de concert. Si elle était superbe lorsqu'elle était en représentation, elle l'était encore plus comme cela, naturelle et ravie de profiter de l'instant présent.

Il eut soudain envie de mieux la connaître. De savoir qui se cachait vraiment derrière cette femme énigmatique.

La tâche allait s'avérer difficile. Car, tout comme ce lac dont la surface était lisse, il pressentait chez elle une personnalité plus profonde et plus secrète.

- 7 -

Ottavia attendait l'arrivée des premiers invités dans le grand salon. L'après-midi avait été ponctué des allées et venues incessantes d'hélicoptères, de bateaux et de limousines, faisant passer le palais d'une tranquillité toute relative à une frénésie permanente.

L'ambiance électrique lui donnait l'impression qu'un scandale pouvait éclater à tout instant. Elle redoutait l'arrivée intempestive de quelque laissé-pour-compte, mécontent d'avoir été écarté de ce qui était considéré comme l'événement de l'année.

Cette éventualité fit monter en elle une bouffée d'angoisse subite. Elle aurait préféré rester en retrait mais Rocco avait insisté pour qu'elle assiste à la réception en sa compagnie.

Elle lissa les plis imaginaires de sa robe, qu'elle avait choisie pour l'occasion, chic et sobre. Cette soirée était donnée en l'honneur des deux princesses, et il aurait été malvenu qu'elle soit au centre des regards.

Elle vérifia d'un dernier coup d'œil circulaire que tout était bien en place. Si les convives pouvaient se montrer aussi parfaits ! Si chacun pouvait se conduire comme leur rang l'exigeait !

Pour tromper l'attente, elle passa une nouvelle fois en revue la liste des tâches qu'elle avait eu à accomplir.

Elle avait veillé personnellement à la décoration florale du grand salon ainsi que de celle des tables et de la terrasse. Elle avait vérifié le stock de chacun des deux bars, intérieur et extérieur, et donné des instructions strictes au personnel chargé de présenter les plateaux d'amuse-bouche, sublimes créations du chef officiant au palais.

Si elle tenait compte du peu de temps dont elle avait disposé pour organiser pareille réception, elle pouvait s'estimer satisfaite du résultat.

— Un penny pour vos pensées ? demanda Rocco qui venait d'apparaître à côté d'elle.

Elle le trouva superbe dans son smoking sombre qui accentuait l'ambre de ses yeux et le jais de ses cheveux.

Dans un geste automatique, elle brossa doucement le revers de sa veste.

— Mes pensées ne valent même pas ce prix-là, répondit-elle en souriant.

Il prit sa main et la maintint serrée dans la sienne.

— Vous êtes magnifique, ce soir, Ottavia.

Elle sentit ses joues s'empourprer. Elle était pourtant habituée aux compliments, mais tout ce qui venait de Rocco la troublait plus que de raison. Le décor de rêve ajoutait une note romantique qui lui donnait l'illusion de vivre un conte de fées.

— Merci, Majesté. Vous êtes superbe, vous aussi.

Elle avait parlé d'un ton qu'elle voulait léger mais qui ne reflétait pas le tumulte intérieur qui l'agitait.

— En ce qui concerne vos deux prétendantes, enchaîna-t-elle pour faire diversion.

— Oui ?

— Toutes deux sont des femmes accomplies, pourtant je me demandais… Qu'ont-elles en commun avec vous ?

— Avec moi ? Peu importe.

Elle se mordit la lèvre, pesant soigneusement les mots qu'elle s'apprêtait à dire.

— Je me suis penchée très attentivement sur chacun de leur dossier. Si ce sont effectivement de parfaites candidates au mariage, j'aurais pensé qu'un homme comme vous choisirait une partenaire impliquée plutôt qu'une ombre qui vous suivrait dans votre sillage.

— Vraiment ? C'est l'image que vous avez de moi ?

— Vous m'avez demandé mon avis, il me semble.

— Quoi d'autre ?

Elle hésita à aller plus loin mais, puisqu'il la pressait de parler, elle poursuivit :

— Votre royaume traverse une période de troubles et, si le Parlement exige que vous vous mariiez, c'est afin d'apaiser les esprits et de stabiliser votre règne. Vos sujets ne pourront que faire le lien entre les deux et en conclure que la fin justifie les moyens. En bref, que vous vous mariez juste pour pouvoir rester sur le trône.

Rocco se caressa le menton d'un air pensif.

— Vous pensez que mon peuple, lui, acceptera mal ce mariage ?

— Oui. Parce qu'il leur apparaîtra clairement que vous n'aviez pas d'autre choix que de vous trouver une épouse dans l'urgence. Or vos sujets ont besoin de rêver. De savoir que leur future reine aura été épousée par amour et non pour des raisons bassement politiques.

— Un mariage d'amour, fit-il remarquer d'un ton cynique.

— Sinon un mariage d'amour, du moins une union basée sur un respect mutuel et une franche entente, les deux pouvant être les bases d'une histoire durable.

— Tout cela est bien romantique mais me paraît un peu utopique.

— C'est en tout cas ce que les gens ont envie de voir. Pensez un peu à tous ces mariages princiers qui, une fois célébrés en grande pompe, n'intéressent plus personne. Pourquoi ? Parce qu'il n'y a rien de croustillant à en dire. Comparez ces royaumes sans histoires à ceux qui restent la proie privilégiée des paparazzis parce que la vie privée de leur monarque est truffée de scandales à répétition. Croyez-moi,

Majesté, si le peuple est témoin d'une véritable histoire d'amour, il aura des raisons d'espérer un avenir radieux.

Rocco resta quelques secondes silencieux avant d'opiner d'un hochement de tête.

— La sagesse de ces paroles mérite que l'on y réfléchisse, murmura-t-il. Et je ne manquerai pas de les garder en tête au moment où je prendrai ma décision.

La lourde porte à double battant s'ouvrit sur deux valets de pied, signe que les premiers invités n'allaient plus tarder à se présenter.

— Venez, dit-il en la prenant par le bras.

Elle marcha à son côté avec la conscience aiguë de ce contact pourtant anodin sur elle. Si elle n'y prenait garde, cet homme pourrait bien finir par fendre l'épaisse carapace dont elle s'enveloppait pour se protéger.

Rappelle-toi la promesse que tu t'es faite, se sermonna-t-elle intérieurement. *Toi seule peux décider de tes choix, de la tournure à donner à ta vie. Ne fais confiance à personne d'autre qu'à toi.*

Forte de ces bonnes résolutions, elle afficha un air à la fois affable et distant tandis qu'était annoncé le premier de la longue liste des invités. Malgré les regards appréciateurs que les hommes posaient sur elle, et ceux, intrigués, que lui adressaient les femmes qui les accompagnaient, elle parvint à garder un air digne.

Tandis que le salon se remplissait, elle se mit à observer Rocco qui venait d'engager la discussion avec la princesse Bettina. Benjamine d'un monarque régnant sur un pays d'Europe du Nord, cette dernière affichait tous les signes de la femme confiante et sûre d'elle. Ottavia se repassa mentalement sa fiche en revue. Femme de cœur, la princesse Bettina était à la tête de plusieurs œuvres caritatives. Athlète accomplie, elle était connue pour ses prouesses en équitation, ce qui lui avait valu d'être sélectionnée pour représenter son pays aux jeux Olympiques. Elle pourrait faire une compagne intéressante pour Rocco. Et, pour ne rien gâcher, elle était belle ; aussi blonde et pâle que Rocco était brun et hâlé.

— Excusez-moi.

Elle se retourna vers la voix féminine qui venait de rompre le fil de ses pensées. Son sourire se figea sur ses lèvres lorsqu'elle reconnut la princesse Sara, la seconde des prétendantes de Rocco.

— Bonsoir, Altesse. En quoi puis-je vous aider ?

— J'aimerais savoir quel est votre rôle au sein de ce palais, demanda la princesse d'un air hautain tandis qu'elle l'épinglait d'un regard incisif.

— Ce soir, je suis l'invitée du roi.

La princesse Sara afficha un air empreint de scepticisme.

— Son invitée, répéta-t-elle, dubitative. Je vois.

— Y a-t-il autre chose pour votre service, Altesse ?

La princesse Sara étrécit ses yeux de félin en même temps que ses lèvres se retroussaient en un sourire carnassier.

— Je pense que nous allons bien nous entendre, dit-elle.

— Je crains de ne pas comprendre, Altesse.

En guise de réponse, Sara désigna Rocco du menton.

— Oui, vous et moi, lorsque je serai mariée à Rocco. Vous êtes la femme idéale pour ce genre de distractions.

— Pardonnez-moi, Altesse, mais je ne vois pas à quoi vous faites allusion.

— Allons, ne soyez pas aussi timorée ! Surtout que je connais votre réputation ainsi que…

Elle marqua une pause durant laquelle elle la jaugea de la tête aux pieds.

— Ainsi que vos talents de call-girl, reprit-elle. Je ne verrai aucune objection à ce que mon mari s'amuse un peu, une fois que je lui aurai donné l'héritier qu'on lui réclame. Ne soyez pas inquiète, je vous le rendrai aussitôt que j'aurai accompli mon rôle de reproductrice.

Ottavia en resta sans voix. Comment une femme aussi

belle et distinguée pouvait-elle se montrer aussi froide et détachée ? Comment pouvait-elle s'imaginer un seul instant qu'elle était prête à partager Rocco avec elle ?

Cette soudaine prise de conscience la frappa de plein fouet. Elle avait besoin d'espace, de calme. De respirer l'air frais du dehors pour tenter de rassembler ses esprits.

— Si vous voulez bien m'excuser, Altesse.

— Je vous en prie, répliqua la princesse qui tourna les talons et s'éloigna d'une démarche hautaine.

Ottavia se rendit sur la terrasse, pressée de fuir les lumières et le brouhaha ambiant. Elle se mit à l'écart et s'agrippa des deux mains à la pierre froide de la balustrade. Non, elle n'était pas cette femme que la princesse Sara voulait qu'elle soit. Et, oui, l'idée du corps de Rocco enchevêtré à celui d'une autre femme suscitait en elle une jalousie insoupçonnée.

Il fallait qu'elle se ressaisisse. Ce n'était pas comme si Rocco et elle étaient amants. Ou même associés dans une quelconque affaire. Elle n'était qu'une escort-girl et leur relation s'arrêtait aux termes d'un contrat dont elle avait elle-même établi les clauses.

Elle resterait sourde à l'appel de ses sens, décida-t-elle fermement.

Ne s'en était-elle pas fait un jour la promesse ? Une promesse née de la douleur, de larmes intarissables et d'un profond sentiment d'impuissance ?

Elle ne renoncerait pas à ce pouvoir qu'elle avait acquis à force de volonté mais aussi d'abnégation. Un pouvoir sur les autres mais aussi sur elle-même. La vie lui avait appris à jouer avec la superficialité des gens, avec leurs besoins. Elle estimait la valeur des hommes qui louaient ses services pour ce qu'ils pouvaient lui apporter. Et peu lui importait que ce calcul fasse d'elle une sorte d'opportuniste. Cet argent, elle en avait besoin pour mettre Adriana en sécurité.

Adriana…

Une pointe douloureuse lui vrilla le cœur.

Sa petite sœur était la seule personne au monde à qui elle vouait un amour inconditionnel. Lorsqu'elle lui avait parlé, dans le courant de la matinée, Adriana l'avait suppliée de venir la voir. Chacune des larmes qui s'étaient mises à ruisseler sur ses joues avait été un véritable crève-cœur. Pour Adriana, le temps était une notion abstraite mais, en revanche, elle comprenait parfaitement le nombre de croix qu'il lui restait à cocher sur son calendrier avant qu'elles ne soient réunies. Du haut de ses quatorze ans, cette attente était infiniment trop longue.

C'était pour sa petite sœur qu'elle s'était lancée dans cette activité lucrative. Pour elle et ses semblables. Adriana était née trisomique mais également affligée d'une malformation cardiaque inopérable qui laissait peu d'espoir de la voir atteindre l'âge adulte.

En attendant ce jour tant redouté, Ottavia faisait tout ce qui était en son pouvoir pour lui procurer les soins et le confort indispensables à sa santé précaire.

Son seul regret était d'être trop souvent et trop longtemps éloignée de sa petite sœur. Ses clients attendaient d'elle qu'elle soit disponible à tout instant, ce qui lui laissait peu de temps à partager avec Adriana. Mais c'était à ces seules conditions qu'elle pouvait payer cet établissement spécialisé dans lequel elle avait placé sa sœur.

Lorsqu'elle aurait mis de côté assez d'argent pour vivre une vie confortable, elle dirait adieu à ce monde superficiel qui n'était pas le sien et elle achèterait une maison qu'elle partagerait avec Adriana.

Rassérénée, elle redressa les épaules, plaqua sur ses lèvres un sourire de circonstance et regagna le grand salon.

Aussitôt qu'elle fut parmi la foule dense des invités, son sens aigu du devoir reprit le dessus. Elle veilla à tout, ne laissant aucun détail lui échapper.

Lorsque la nuit fut tombée, tous les invités se rendirent

sur la terrasse pour admirer le feu d'artifice qui allait être tiré depuis le lac. Elle resta en arrière, peu désireuse de se mêler à la foule. C'est alors qu'elle vit sortir des ténèbres et s'avancer vers elle un homme qu'elle ne connaissait pas.

— Mademoiselle Romolo.

— Vous avez un avantage sur moi, monsieur, répliqua-t-elle en souriant. Je ne vous connais pas.

Mais son sourire se dissipa bien vite. Il émanait de cet inconnu quelque chose d'indéfinissable qui la mettait mal à l'aise.

— Général Andrej Novak. Pour vous servir.

Le chef des forces armées. La première fois qu'elle avait entendu prononcer son nom, c'était au moment du kidnapping de la princesse Mila. Le bruit avait couru au palais qu'il n'avait pas hésité à prendre la balle qui était destinée à la jeune femme. Pourtant, tout auréolé qu'il était de sa conduite héroïque, le malaise qu'elle ressentait persistait, tenace.

— Passez-vous une bonne soirée, général ? s'enquit-elle poliment.

Il ne lui répondit pas tout de suite, semblant réfléchir à ce qu'il allait dire.

— Pour un homme, une soirée n'est bonne que s'il est accompagné d'une jolie femme.

Ces mots, qui auraient dû sonner comme un compliment, ne firent qu'accentuer son appréhension. Aussi ne lui accorda-t-elle qu'un rapide sourire de politesse.

— J'ai une question à vous poser, reprit-il en posant sur elle un regard lubrique. Quand le contrat qui vous lie à notre très estimé monarque doit-il prendre fin ?

— Cela ne regarde que le roi et moi, répondit-elle aussi posément qu'elle le put.

Une explosion soudaine la fit sursauter violemment. Profitant de l'occasion, le général se rapprocha d'elle et lui passa un bras faussement protecteur autour de la taille.

— Je vous posais la question parce que je recherche, pour tromper ma solitude, une femme comme vous. Une femme discrète mais qui saurait répondre à toutes mes exigences. Vous m'avez été chaudement recommandée par quelques-unes des relations que nous avons en commun.

De nouveau ce malaise, accompagné cette fois d'une vague nauséeuse.

— Je ne suis pas certaine de bien comprendre, dit-elle d'un ton glacial.

Il se pencha alors à son oreille et murmura le nom de certains de ses clients. Il détenait là des informations qu'elle pensait confidentielles. Elle se libéra de son étreinte d'un geste brusque.

— Comment connaissez-vous ces noms ?

— Je suis général des armées, mademoiselle Romolo. J'ai accès à toutes les informations que je veux. J'ai même accès à toute votre vie privée.

Puis il tourna les talons et disparut aussi vite qu'il était apparu, la laissant figée sur place.

L'esprit en ébullition, elle envisagea toutes les possibilités. Aucune n'était vraiment rassurante. Elle eut un mauvais pressentiment qui la fit se sentir subitement vulnérable. Son instinct, qui la trompait rarement, lui soufflait qu'une menace planait au-dessus de sa tête.

Elle inspira une grande bouffée d'air. Il lui fallait un remontant. Vite.

— Un whisky sec, commanda-t-elle au barman.

Aussitôt servie, elle porta le verre à ses lèvres et laissa le liquide de feu couler dans sa gorge. Elle ferma les yeux, cherchant à rassembler les forces qui lui faisaient défaut. Si elle n'était pas liée à Rocco par ce contrat, elle ferait ses bagages et partirait sur-le-champ.

Elle prit le temps de finir son verre puis, après avoir remercié le serveur, retourna sur la terrasse. Elle chercha

Andrej Novak mais, Dieu merci, il avait disparu. En revanche, elle vit Rocco qui souriait aux propos de la princesse Sara.

Elle chercha désespérément à ignorer la vague de jalousie qui la submergea.

La fin justifiait les moyens. Rocco serait pour elle le moyen de recouvrer sa liberté. Elle honorerait son contrat puis elle disparaîtrait, comme elle l'avait prévu, pour mener une vie normale.

Et plus jamais elle n'aurait à redouter la présence malveillante du général Andrej Novak.

- 8 -

Rocco chercha du regard la seule personne qu'il avait envie de voir mais il ne la trouva pas.

Où donc était passée Ottavia ?

Un brin contrarié, il se fraya un passage parmi la foule dense des invités pour aller vérifier sur la piste de danse. Mais elle n'était pas là non plus.

Elle devait bien se trouver quelque part. Il était plus de minuit et il commençait à en avoir assez de jouer aux hôtes attentionnés. Tout ce qu'il souhaitait, c'était fuir cette foule oppressante et retrouver le calme lénifiant de ses appartements.

Même Andrej, semblait-il, avait déserté les lieux.

Les deux princesses paraissaient, elles, profiter de la réception.

Serait-il capable d'épouser l'une de ces deux étrangères, juste pour raison d'Etat et alors qu'aucune d'elles n'avait allumé en lui la petite étincelle ? Il avait bien essayé de se projeter au bras de l'une ou de l'autre, mais à chaque fois le visage d'Ottavia était venu oblitérer ses pensées.

Il fallait qu'il la trouve.

Il allait prendre le couloir qui menait aux communs lorsqu'un bruit de voix attira son attention. Il s'arrêta net et, en penchant un peu la tête, vit Ottavia qui, assise sur la première marche de l'escalier, était en grande discussion avec une petite fille assise sur ses genoux.

— Est-ce une réunion secrète ou puis-je me joindre à vous ? demanda-t-il en manifestant sa présence.

La petite fille écarquilla les yeux en le voyant surgir devant elle.

— Majesté, dit Ottavia. Venez donc nous rejoindre au lieu de rôder dans les couloirs comme un méchant dragon.

— Est-ce ainsi que vous me voyez ? s'enquit-il, amusé. Comme un méchant dragon ?

— Oui. Un gros dragon cracheur de feu, répondit-elle en prenant une voix théâtrale.

La fillette gloussa et alla se blottir un peu plus contre elle.

— Je ne suis pas un vrai dragon, tu sais, chuchota Rocco qui la voyait impressionnée. Mais surtout, ne le dis à personne, c'est un secret.

— Promis, rétorqua l'enfant.

— C'est Gina, la fille de Marie, expliqua Ottavia. A cette heure-là, elle devrait dormir mais elle a fait un cauchemar et elle est descendue chercher sa maman. Je l'ai trouvée en pleurs dans l'escalier.

— Elle se promenait seule dans ce palais ? Il n'y a donc personne pour la surveiller ?

Il comprit, en voyant la fillette enfouir son visage dans le cou d'Ottavia, que sa brusquerie l'avait effrayée.

— Tu as été très courageuse, ma petite Gina, dit-il d'un ton radouci.

— D'après ce qu'elle m'a dit, précisa Ottavia, elle n'a pas réussi à réveiller sa grand-mère, qui était chargée de veiller sur elle. J'ai envoyé quelqu'un vérifier mais, à mon avis, nous avons affaire à une grosse dormeuse qui ne va pas tarder à venir récupérer cette aventurière intrépide. Mais que faisiez-vous ici, Majesté ? Vous me cherchiez ?

Il contempla sans mot dire le tableau touchant que formaient Ottavia et cette petite fille, toujours blottie contre elle.

— En fait, oui. Je vous cherchais.

— Quelque chose ne va pas ?

Un bruit de pas dans l'escalier leur fit tourner la tête sur une femme d'un certain âge qui s'arrêta net lorsqu'elle reconnut son souverain.

— Oh ! Majesté ! Mademoiselle ! Je suis tellement désolée ! Je vous prie de bien vouloir nous excuser.

— Gina, murmura Ottavia à l'oreille de la petite, va rejoindre ta grand-mère. Juliet, ajouta-t-elle plus haut, vous n'avez pas à vous excuser. N'est-ce pas, Sire ?

— Tout à fait, confirma-t-il.

La vieille dame prit la fillette par la main et, après une ultime courbette, remonta l'escalier sans demander son reste.

Un sourire aux lèvres, Rocco tendit une main à Ottavia pour l'aider à se relever.

— Il semblerait que vos talents soient multiples, dit-il en la regardant lisser sa robe, humide des larmes de la fillette.

— Pourquoi dites-vous cela ? Parce que j'ai su faire face à une petite fille perdue ?

— Il y a fort à parier que peu de femmes se trouvant ici ce soir auraient agi de même.

— Vos invités doivent vous chercher, Majesté. Vous devriez aller les retrouver.

Pour toute réponse, il lui reprit la main et la maintint au creux de son bras.

— Vous avez raison, allons les retrouver, dit-il d'un ton résolu.

Gênée, elle esquissa un geste visant à se libérer de cette douce emprise mais il la retint un peu plus fort.

— Sire, nous ne sommes pas un couple, protesta-t-elle.

— Rocco. Je m'appelle Rocco. Vous vous rappelez ?

— Je ne peux pas me montrer aussi familière devant tant d'invités prestigieux. Ils pourraient se méprendre.

— Se méprendre ? Mais sur quoi ?

Elle observa un court instant de silence puis précisa le fond de sa pensée :

— Vous ne voudriez tout de même pas décourager vos prétendantes ?

Sa main toujours bien calée au creux de son bras, il l'entraîna vers la salle de bal.

— Il n'y aura pas de problème, affirma-t-il.

— Vraiment ? Vers laquelle des deux princesses va votre choix ?

Etait-ce un effet de son imagination ou avait-il discerné une pointe de déception dans sa voix ?

Il l'espéra de tout cœur, car l'idée qui avait germé dans sa tête un peu plus tôt commençait à prendre une forme plus définitive.

— J'ai pensé que nous pourrions ajouter une clause supplémentaire à notre contrat, dit-il.

— Une autre clause ?

— Oui. Une clause qui préciserait… vous savez, ces obligations éventuelles que nous avons mentionnées.

Elle fronça les sourcils, signe manifeste d'une vive appréhension.

— Si vous croyez que nous allons poursuivre nos petits arrangements une fois que vous serez marié, vous allez être déçu, Majesté. Je ne traite jamais avec des hommes mariés.

— Vous ne supportez pas l'adultère ?

Elle secoua la tête avec véhémence.

— Au lieu de rajouter un énième codicille à ce contrat, vous feriez mieux de me libérer maintenant, Majesté. Je ne tiens pas à être encore liée à vous lorsque vos fiançailles auront été annoncées.

Lorsqu'ils furent tout près des portes de la salle de bal, il s'arrêta et se tourna vers elle.

— Mais, si vous partez, Ottavia, je ne pourrai pas faire ceci…

Il l'attira à lui et prit sa bouche dans un baiser plein de fougue.

Quelle folie ! songea-t-il, sans pour autant la libérer.

Quelques-unes des personnes les plus influentes du pays étaient venues à cette réception, impatientes de découvrir laquelle des deux princesses allait devenir leur future reine.

Quel scandale si ces mêmes personnes le surprenaient, embrassant une autre femme ! Mais c'était plus fort que lui. L'idée de la voir le quitter lui était insupportable.

Il devait se rendre à l'évidence. Ottavia Romolo n'était pas loin de lui être devenue indispensable.

Il la sentit tout d'abord se raidir entre ses bras puis finir par se détendre pour répondre à son baiser avec la même ferveur. Lorsque ses mains s'agrippèrent aux revers de son smoking, il la serra un peu plus étroitement contre lui, lui faisant sentir la force de son désir.

Les notes étouffées de la musique qui leur parvenaient par vagues successives redoublèrent d'intensité, leur indiquant que quelqu'un franchissait les lourdes portes ouvragées.

Il lâcha les lèvres d'Ottavia et releva la tête sans toutefois s'écarter d'elle.

— Ah ! Andrej, dit-il. Je pensais que vous étiez parti.

— Non. J'étais…

Ce dernier marqua une pause durant laquelle son regard alla d'Ottavia à lui.

— …occupé, conclut-il.

Si Rocco n'avait pas vu Ottavia en compagnie de la petite Gina, un peu plus tôt, il aurait pu en conclure qu'elle était en compagnie d'Andrej tant celui-ci faisait peser sur elle un regard insistant.

Il vit passer au fond de ses yeux quelque chose d'indéfinissable que, s'il n'avait eu une totale confiance en son vieil ami, il aurait pu pendre pour un mélange de lubricité et de jalousie.

Dans un geste instinctif, il resserra encore son étreinte. Ottavia éveillait en lui un instinct de possession ignoré jusque-là de lui.

— La princesse Bettina m'envoie vous chercher, Sire, reprit Andrej. Que dois-je lui dire ?

— Laissez, répondit-il après avoir poussé un soupir d'exaspération. Je vais aller lui parler. Ottavia, si vous voulez bien m'excuser.

— Bien sûr. Je vais en profiter pour m'assurer qu'il n'y a pas de problème.

— Vous pourriez commencer par celui-ci, lui conseilla Andrej en désignant de la tête la trace de rouge sur les lèvres de Rocco.

Rocco sourit et sortit de la poche de sa veste un mouchoir avec lequel il se tamponna la bouche.

— Merci, dit-il. Maintenant, vous pouvez m'escorter jusqu'à la princesse.

— Ne préférez-vous pas que je veille sur Mlle Romolo, pendant votre absence ?

Alors qu'elle leur tournait le dos et s'éloignait d'eux, Rocco surprit de nouveau le regard de convoitise de son ami sur elle.

— Ottavia est assez grande pour veiller toute seule sur elle, rétorqua-t-il d'un ton brusque qui ne cachait rien de son irritation.

Andrej esquissa un sourire plein de cynisme.

— Je n'en doute pas. Elle m'a paru… Comment dire ? Pleine de ressources.

— Vous lui avez parlé ?

— Oui. Elle est très belle. Je comprends que vous vous laissiez distraire.

Rocco ressentit une nouvelle pointe de jalousie qu'il s'efforça de refouler. Andrej ne manifestait ni plus ni moins de curiosité que les autres invités. Il n'était pas le premier homme de la soirée à gratifier Ottavia d'un commentaire élogieux sur sa beauté. Pourtant, lui seul avait ce don exaspérant de susciter en lui ce curieux mélange de colère et de suspicion.

Allons ! Tout cela était ridicule ! Il ne devait ces réactions exagérées qu'à la pression que faisait peser sur lui cette loi absurde.

— Conduisez-moi jusqu'à la princesse Bettina, ordonna-t-il de nouveau d'un ton plus ferme.

Une fois qu'Andrej se fut éclipsé, il écouta d'une oreille distraite la princesse le féliciter sur le bon déroulement de la soirée.

Mais il gardait les yeux rivés sur la porte, dans l'attente de voir surgir Ottavia. Il avait l'impression que plus il la voyait, plus se faisait sentir le besoin de passer du temps avec elle.

— Je vois que Mlle Romolo est revenue, lui fit remarquer Bettina qui, visiblement, avait noté son impatience.

Il reporta son attention sur la princesse qui lui souriait posément.

— C'est elle que vous cherchiez tout à l'heure, n'est-ce pas ? s'enquit-elle.

Il se sentit mal à l'aise à l'idée que l'on puisse lire en lui comme dans un livre ouvert. Mais pourquoi serait-il embarrassé ? La princesse Bettina avait l'air de prendre la chose plutôt bien.

— Oh ! ne vous inquiétez pas, poursuivit-elle. Je comprends qu'un homme comme vous ait envie d'assouvir ses… disons ses envies. Laissez-moi vous dire que vous faites preuve d'un goût infaillible. Cette jeune femme est non seulement belle et talentueuse mais aussi très efficace. Elle a effectué un travail remarquable.

— Merci. Je ne manquerai pas de lui faire part de votre compliment.

— J'y tiens. Et maintenant, si vous voulez bien m'excuser.

Il s'inclina légèrement puis la regarda rejoindre sa dame de compagnie qui l'attendait près du bar.

Ce bref échange l'avait troublé. Il rejoignait celui qu'il avait eu un peu plus tôt avec la princesse Sara. L'idée d'être trompée par leur éventuel futur mari ne dérangeait donc aucune de ces deux femmes ? Pire, même, elles avaient l'air de vouloir le pousser dans cette voie et de s'en satisfaire.

Cette prise de conscience le répugna. Il n'était pas homme à partager. Il avait bien vu chez ses parents les dégâts que provoquait le désamour. Ils étaient devenus un couple qui ne s'aimait plus et allait chercher le plaisir ailleurs.

Aussi, lorsqu'il se marierait, serait-il l'homme d'une seule femme. Pour l'éternité.

Malheureusement, quand il pensait aux deux princesses, cette éternité romantique n'éveillait rien en lui sinon un profond ennui.

Lorsque Elsa l'avait quitté, il n'avait pas pu ouvrir son cœur à une autre femme. Il pratiquait le sexe pour assouvir un besoin purement physiologique, en gardant enfouis au plus profond de lui les trésors d'amour qu'il savait pouvoir prodiguer. Pourtant, il n'avait jamais désespéré de trouver un jour le grand amour.

Finalement, se retrouver confronté à ces deux prétendantes l'amenait à se poser les bonnes questions. Qu'attendait-il du mariage ? En toute franchise, ce qu'il voulait, c'était vivre le même amour immense et sincère que vivait sa sœur avec son mari.

Il se savait un bon monarque, mais, avec la femme idéale à ses côtés, il serait un grand roi. Malheureusement, il venait d'en prendre conscience, ni Sara ni Bettina ne serait sa femme idéale.

La foule qui commençait à se disperser lui permit d'apercevoir aisément Ottavia qui allait encore de l'un à l'autre, aussi aisément que si elle avait grandi à la cour.

Il la revit alors avec la petite Gina sur les genoux. Sara ou Bettina auraient-elles agi de même ? Auraient-elles su apporter à cette fillette bouleversée toute l'attention et la gentillesse spontanées qu'Ottavia lui avait prodiguées ?

Sauraient-elles même faire preuve de ces qualités à l'égard de leurs propres enfants ?

Penser aux enfants qu'il aurait éveilla chez lui un élan protecteur infini. Ses enfants seraient aimés et choyés non seulement par ses parents mais aussi par leur peuple.

Cette fois, plus aucun doute ne subsistait.

Il fixa Ottavia qui, sous l'intensité de son regard, se mit à rougir légèrement avant de lui sourire. Un sourire ravissant qui lui chavira le cœur.

Oserait-il ?

Oserait-il faire d'une call-girl la future reine de son royaume ?

- 9 -

Une semaine plus tard, Sonja Novak fit irruption dans le bureau de Rocco et vint se planter devant lui, l'air revêche.

— Les deux princesses ne vont pas tarder à quitter le palais et j'ai cru comprendre qu'aucune demande en mariage n'avait été faite.

— C'est exact, rétorqua-t-il sans se départir de son calme. Mais c'est sans doute parce que je ne souhaite épouser aucune des deux.

Les sourcils de Sonja s'arquèrent haut sur son front, signe d'une vive contrariété.

— Votre sens de l'humour est déplacé, laissa-t-elle échapper entre ses lèvres pincées.

— Il ne s'agit pas d'humour, croyez-le bien. Le mariage est une affaire bien trop sérieuse pour qu'on la prenne à la légère. Aussi, si je nourrissais l'espoir que mon union avec l'une de ces deux femmes était constructive pour mon pays, je n'hésiterais pas à me marier.

— Qu'allez-vous faire ? Le temps presse. A moins que vous n'ayez décidé d'abandonner le trône ?

— J'ai une alternative. Une idée dont j'aimerais m'entretenir avec vous. Asseyez-vous, je vous en prie.

Sonja prit place dans le fauteuil qui faisait face au bureau et redressa les épaules, dans une posture à la fois fière et hautaine.

— Je vous écoute.

Il prit quelques secondes pour la détailler.

Dans les premiers temps qui avaient suivi son accession au trône, il s'était souvent tourné vers elle, attentif aux conseils avisés qu'elle pouvait lui prodiguer. Puis, peu à peu, au fil de l'expérience qu'il avait acquise en gouvernant, il avait fini par ne se fier qu'à son seul jugement, reléguant du coup Sonja au rôle de simple conseillère. Aussi était-il impatient d'entendre ce qu'elle aurait à dire sur la décision qu'il avait prise.

— Nous sommes bien d'accord que je dois me marier, dit-il. Mais la loi ne stipule pas avec qui.

Sonja ne dit mot, se contentant d'opiner en silence.

— J'ai toujours nourri l'espoir d'épouser une femme qui serait issue de mon royaume. Une femme apte à comprendre notre nation, notre peuple. Une femme sur qui je pourrais compter et qui m'assisterait dans ma fonction sans provoquer de conflits. Une femme, enfin, avec qui je vivrais une parfaite entente physique et intellectuelle.

Il vit le moment exact où Sonja accusa le choc et comprit où il voulait en venir. Son visage blêmit et ses mains s'agrippèrent aux bras de son fauteuil.

— Vous n'envisagez tout de même pas d'épouser cette… cette fille de rien, parvint-elle à articuler. Cette Ottavia Romolo qui vit de ses charmes.

— Non seulement je l'envisage mais je vais le faire, rétorqua-t-il en feignant d'ignorer l'insulte faite à Ottavia. Elle répond en tout point aux critères que je viens de vous énoncer. En outre, je la connais déjà, je n'aurai pas à lui faire la cour et elle se trouve déjà dans l'enceinte du palais. Nous célébrerons un mariage intime dans la chapelle privée.

— Vous ne pouvez pas faire une chose pareille ! s'exclama Sonja. C'est une vulgaire prost…

— Je l'ai décidé ainsi. Et puis, je ne serai pas le premier monarque à épouser sa maîtresse, que je sache. D'ailleurs, n'est-ce pas vous qui me disiez que peu importait l'élue pourvu que je me marie et que j'aie un héritier ?

— Mais enfin Rocco, revenez un peu sur terre ! Vous ne parlez pas sérieusement. Cette femme vend… vend son corps. Même Andrej…

— Même Andrej, quoi ? la coupa-t-il alors que revenait la petite pointe insidieuse de la jalousie.

— Peu importe. Peu importe parce que vous n'épouserez pas cette fille.

Il revit alors le regard lubrique d'Andrej sur Ottavia. Se pouvait-il que… ?

— Avez-vous pensé à la réputation sulfureuse qui la précède et qui ne pourrait que rejaillir sur vous ? demanda Sonja. Une fille comme elle ferait des ravages à la cour.

— Vous ne la connaissez pas. D'ailleurs, je ne suis pas certain qu'épouser l'une des deux princesses m'aurait préservé de l'infidélité. Mes parents eux-mêmes, et leurs parents avant eux ne…

— Il ne s'agit pas de vos parents mais de vous. Votre peuple ne respectera jamais une fille comme elle. Ecoutez-moi bien, Rocco. Personne ne vous soutiendra, si vous persistez dans cette voie. Si vous en êtes à vous rabaisser à de telles extrémités pour rester sur le trône, je crois qu'il est temps pour vous de considérer une éventuelle abdication.

Il posa sur elle un regard étonné.

Certes, il s'était attendu à ce qu'elle lui résiste mais certainement pas à ce qu'elle prenne position de façon aussi claire. Mais, à bien y réfléchir, ce n'était pas la première fois qu'elle lui suggérait de renoncer au trône.

Qu'avait-elle en tête ? Avait-elle changé de camp ?

— Merci de m'avoir donné votre avis sur ce sujet, répliqua-t-il d'un ton glacial. Vous remercierez pour moi les princesses d'avoir pris la peine de se déplacer mais je n'épouserai aucune d'elles.

— Très bien. Que comptez-vous faire ?

— Pour l'heure, je crois que je vais aller faire un tour

sur le lac en compagnie de Mlle Romolo. Demandez à ce que l'équipage prépare le bateau.

Décontenancée par le ton dégagé qu'il avait employé autant que par la trivialité de ses projets immédiats, Sonja blêmit un peu plus.

— Vous allez faire un tour de bateau dans un moment aussi difficile ?

Elle marqua un temps de silence durant lequel son visage se ferma.

— En fait, vous vous souciez peu de votre peuple et de son avenir, n'est-ce pas ?

— Détrompez-vous, Sonja. C'est justement parce que l'avenir de mon peuple me tient à cœur que je ne veux pas d'un mariage à la hâte avec une femme qui m'indiffère. Cela étant dit, et malgré la période trouble que nous traversons, nous avons tous droit à quelques moments de détente. Même vous.

Les lèvres de Sonja se crispèrent, signe d'une profonde désapprobation.

— La légèreté de votre conduite ne fera que conforter vos détracteurs dans l'idée que vous devez céder votre place, dit-elle avec raideur.

Rocco, qui jusque-là était parvenu à garder son calme, sentit une colère sourde l'envahir.

— Etes-vous en train de sous-entendre que je néglige mes devoirs ? Voire que je suis irresponsable ?

— Vous le deviendrez si vous vous entêtez à vouloir épouser cette catin. Je vous laisse. Car, quoi que vous en pensiez, j'ai du travail en attente.

Sur ce, sans même attendre d'y être invitée, elle se leva et se dirigea vers la porte d'un pas pressé.

Il la regarda sortir, perplexe. Non seulement elle avait franchi les limites mais, en plus, il pouvait considérer qu'elle ne faisait plus partie du clan de ses fidèles alliés.

Tout à ses pensées, il sortit sur la terrasse.

La confrontation qu'il venait d'avoir avec cette femme en qui il avait eu toute confiance le perturbait. Et si elle avait raison ? Si cette violente condamnation était le reflet de ce que lui réserverait son peuple à l'annonce de son mariage avec une roturière, qui plus est aux mœurs légères ?

Le moment n'était plus aux tergiversations sans fin. Il ne savait trop comment mais il saurait se montrer convaincant et remporter l'adhésion de ses sujets.

Il le fallait.

L'enjeu était trop important pour baisser les bras.

Installée sur la terrasse des appartements privés de Rocco, Ottavia laissait son regard errer distraitement sur les eaux du lac. La personnalité complexe de Rocco la laissait perplexe. Depuis la signature du contrat, il venait chaque nuit la rejoindre dans son lit. Mais, contrairement aux couples normaux, eux ne faisaient que dormir.

Elle s'y était habituée, au point d'aimer cette présence forte et tranquille à ses côtés qui lui rappelait qu'elle n'était pas seule. C'était une sensation étrange, à la fois réconfortante et dérangeante, qu'elle n'avait jamais connue jusque-là.

Curieusement, depuis les baisers qu'ils avaient échangés, Rocco n'avait plus jamais esquissé le moindre geste équivoque, ni tenté la moindre approche visant à la faire céder à la tentation. Une tentation qui, pourtant, se faisait plus forte de jour en jour.

Elle était si profondément plongée dans ses pensées qu'elle sursauta au contact d'une main qui venait de se poser sur son épaule. Elle sut, à la chaleur diffuse qui se répandit aussitôt dans tout son corps, que c'était celle de Rocco.

— Votre réunion s'est bien passée ? s'enquit-elle d'un ton qu'elle voulait dégagé.

Elle remarqua tout de suite qu'il avait troqué le costume qu'il portait le matin contre un pantalon en toile et une chemise en lin plus décontractés. Mais son allure désinvolte ne parvenait pas à cacher les traces de fatigue qui altéraient ses traits réguliers.

— Pas vraiment, non, répondit-il. J'ai besoin de me distraire. Accepteriez-vous de m'accompagner pour une sortie en bateau sur le lac ?

Elle eut du mal à dissimuler son étonnement. Elle avait pourtant entendu dire que les princesses devaient quitter le palais en fin d'après-midi. L'annonce de son mariage avec l'une d'elles était imminente et voilà qu'il lui proposait, à elle, d'aller faire un tour de bateau sur le lac. Sans doute ne seraient-ils pas seuls.

— Volontiers, répondit-elle. Les princesses vont-elles nous accompagner ?

— Non.

— Ah. Dois-je aller changer de tenue ?

Il fit glisser son regard sur le pantalon de corsaire et le chemisier en soie sans manches qu'elle avait choisi de porter ce jour-là. Un regard… aussi ardent que l'étaient ses baisers. Et elle eut beau feindre l'indifférence, son corps tout entier frémissait de désir contenu.

— Ce ne sera pas nécessaire, répondit-il. Vous êtes parfaite comme vous êtes. Il fait encore un peu frais pour envisager de nous baigner mais cette petite escapade sur l'eau ne pourra que nous faire du bien. Toutefois, avant que nous partions, j'aimerais que vous preniez connaissance de ceci.

Il lui tendit des feuilles imprimées qu'elle parcourut hâtivement du regard.

— Rocco, vous plaisantez, n'est-ce pas ? dit-elle lorsqu'elle eut pris toute la mesure de la proposition qu'il lui faisait. Vous ne voulez pas vraiment m'épouser ?

— Pourquoi pas ? Un contrat nous lie déjà. Considérons que celui-ci en est une prorogation. Ou un réajustement, si vous préférez.

— Le mariage n'est pas qu'une question d'ajustements, Rocco. C'est une affaire sérieuse.

— Cela tombe bien, je n'ai jamais été aussi sérieux de ma vie.

Elle le dévisagea un long moment, cherchant à savoir où se trouvait la faille. Mais elle ne décela rien pouvant laisser supposer qu'il lui tendait un piège.

— Etes-vous certain d'avoir bien réfléchi ?

— Certain. Si cela peut vous aider à prendre votre décision, je vous suggère de penser aux perspectives que cette position pourrait vous offrir.

— A vrai dire, l'aspect mercantile de la chose me dérange un peu.

— C'est un contrat, Ottavia. Ni plus ni moins que celui que nous avons déjà négocié. Vous restez libre de refuser. Cependant, je pense sincèrement que notre union serait viable. Nous nous plaisons. Nous nous respectons. N'avez-vous pas été la première à me soutenir qu'un mariage basé sur ces deux valeurs pouvait déboucher sur une vraie relation amoureuse ? Je suis certain qu'à nous deux nous formerions une belle équipe, à la fois saine et solide.

De manière habile et dans le but manifeste de la convaincre, il n'hésitait pas à reprendre à son compte des arguments qu'elle lui avait opposés quelques jours plus tôt. Le tout présenté comme quelque chose de simple et d'évident. Mais elle savait qu'il ne pouvait pas être plus éloigné de la vérité. Ses attentes étaient très clairement formulées. Il voulait un vrai mariage et un héritier aussi rapidement que possible. Il exigeait également une fidélité à toute épreuve. Pour qu'il ne puisse subsister aucun doute, cette condition avait même été imprimée en lettres capitales.

Cette offre était trop précipitée et si bien verrouillée qu'elle la rendait nerveuse. En vérité, elle n'avait jamais songé à se marier. En vérité aussi, elle se trouvait face à l'homme qui pouvait la faire changer d'avis…

Elle secoua la tête. Non. C'était impensable. Impossible, même. Elle n'avait pas l'étoffe d'une future reine, ni rien de ce qu'auraient pu lui offrir les deux princesses venues se présenter à lui.

Et que dire des zones d'ombre de sa vie qui, si elles étaient étalées sur la place publique, pourraient se révéler catastrophiques pour Rocco ? Et Adriana ? L'accepterait-il, une fois qu'il connaîtrait son existence ? Lui laisserait-il une chance de faire partie de leur vie ?

— Pourquoi moi ? demanda-t-elle. Pourquoi pas l'une des princesses ? Elles sont pourtant mieux adaptées à la situation que moi.

Il marqua quelques secondes de silence durant lesquelles il se perdit dans la contemplation de la surface lisse du lac.

— Parce que je ne peux pas envisager d'avenir commun avec elles, répondit-il en toute simplicité. Le fait que toutes deux m'aient laissée entendre que votre présence au palais n'était pas un problème m'a fait comprendre que j'attendais ou plutôt que j'exigeais bien plus du mariage que ce qu'elles étaient prêtes à me donner.

Cela signifiait-il qu'il se projetait vraiment dans un avenir commun avec elle ? se demanda-t-elle, troublée.

Elle prit le temps de laisser les mots pénétrer son esprit.

Au moins, avait-il l'honnêteté de jouer franc jeu en ne lui faisant pas de fausse déclaration d'amour. Ce qui ne signifiait pas pour autant qu'il n'en viendrait pas à l'aimer un jour. Qui pouvait le dire ?

Elle inspira profondément puis, maîtrisant le tremblement de ses mains, reposa le contrat sur la table.

— Je vois, dit-elle. Mais, comme vous venez très justement de le souligner, j'ai besoin d'un temps de réflexion.

— Bien sûr. Ne me laissez pas attendre trop longtemps, tout de même, précisa-t-il en souriant.

Evidemment. Le temps pressait pour lui. Il devait très vite annoncer son mariage s'il voulait respecter la loi votée par le Parlement. Il y avait trop d'intérêts en jeu. Pour elle aussi, d'ailleurs. Non seulement elle serait mariée mais, en plus, elle deviendrait mère, deux éventualités qu'elle avait toujours écartées.

Rocco leva la main devant elle, sans doute pour mettre un terme à ses pensées tumultueuses.

— Venez, ordonna-t-il. Vous serez plus à même de réfléchir une fois que nous aurons fait cette sortie en bateau.

Elle prit une nouvelle inspiration puis mit sa main dans celle qu'il lui tendait. Leurs différences physiques, de même que l'emprise qu'il avait sur elle, réelle et imaginaire, ne lui étaient jamais apparues aussi évidentes qu'à cet instant. S'il l'avait voulu, Rocco aurait pu la forcer à obtenir ce qu'il voulait. Pourtant, il ne l'avait pas fait, respectant en cela les termes du contrat. Cette prise de conscience la perturba autant qu'elle la soulagea.

Main dans la main, ils descendirent les marches du palais puis traversèrent la pelouse pour se rendre à l'embarcadère.

— Le bateau est-il équipé de gilets de sauvetage ? s'enquit-elle alors qu'ils approchaient. Je ne suis pas une très bonne nageuse et, si par malheur il arrivait quelque chose, je ne…

— Nous avons tout ce qu'il faut, ne vous inquiétez pas. Et puis je suis là, moi, pour veiller sur vous.

Elle esquissa un petit sourire tandis qu'il lui tendait encore la main pour monter à bord. Elle parvint à prendre la passerelle sans encombre mais la légère houle qui berçait le bateau la déséquilibra et elle se retrouva plaquée contre Rocco.

Le cœur palpitant, elle resta là un bref instant, incapable de bouger, ses deux mains posées sur son torse athlétique.

— Je suis désolée, dit-elle en s'écartant brusquement de lui.

— Ne le soyez pas. Vous tenir ainsi dans mes bras

est un bonheur immense, que vous ne pouvez même pas soupçonner.

— Arrêtez ou vous allez finir par me briser le cœur, le taquina-t-elle.

— Encore faudrait-il qu'il soit ouvert à l'amour.

Piquée au vif, elle plaqua sur ses lèvres un sourire faussement désinvolte.

— Veuillez m'excuser, ajouta-t-il, conscient de ce que sa remarque avait de vexant. Je ne voulais pas être désobligeant.

— Je sais que vous ne l'êtes pas, assura-t-elle en espérant qu'il n'entendait pas les battements désordonnés de son cœur.

Il ouvrit un petit compartiment duquel il sortit deux gilets de sauvetage.

— Permettez-moi, dit-il en l'aidant à en enfiler un puis à l'attacher à la taille.

— Ils sont bien légers, fit-elle remarquer, une note d'inquiétude dans la voix.

— C'est la toute dernière génération. Le fait qu'il y ait peu de matière permet aux mouvements de ne pas être entravés. Ils sont conçus pour se gonfler aussitôt qu'ils entrent en contact avec l'eau.

— Si vous le dites, répliqua-t-elle d'un ton peu convaincu.

Elle retint son souffle lorsque les mains de Rocco revinrent se poser sur elle pour ajuster la sangle à sa taille. Son visage était si près du sien qu'elle pouvait aisément voir le cercle doré qui entourait ses iris. Elle ferma à demi les yeux pour mieux se griser de l'odeur virile qui émanait de lui.

— Comment me trouvez-vous ? demanda-t-elle d'un ton faussement dégagé lorsqu'elle sentit ses mains s'éloigner d'elle.

— Superbe. Mais un brin anxieuse aussi. Si vous avez trop peur, nous pouvons renoncer à cette sortie et faire autre chose, Ottavia.

— Non, ça va aller. Je…

Elle hésita un instant avant de lancer les mots qui lui étaient venus spontanément à l'esprit :

— Je vous fais confiance.

Elle vit ses traits s'adoucir en même temps que son regard, devenu ardent, la faisait captive. Le caquetage des canards les ramena brusquement à la réalité.

— Allons-y, dit-il tout en commençant à s'affairer.

Elle tenta de relâcher ses muscles tendus en focalisant son attention sur les manœuvres qu'il effectuait, aisément lui sembla-t-il.

Il jeta à l'un des hommes d'équipage resté à quai les cordes qui retenaient le bateau puis remonta les pare-battages et enfin prit le contrôle des manettes pour se lancer sur l'eau.

Il croisa d'abord à vitesse réduite le long de la côte tout en lui désignant du doigt les bâtiments et les formations rocheuses qui lui paraissaient dignes d'intérêt.

Puis il coupa le moteur, laissant le bateau se balancer au gré de la houle.

— C'est si paisible, murmura-t-elle, oubliant presque ses craintes. Je comprends mieux votre amour de la navigation, à présent.

— Cela vous amuserait-il de venir à la barre ?

Elle hésita quelques secondes avant de décider que, finalement, toute nouvelle expérience était bonne à vivre. Elle prit une profonde inspiration et, rassemblant tout son courage, alla le rejoindre.

— Je veux bien essayer mais, je vous préviens, je ne suis pas très douée. Je sais à peine conduire une voiture.

— Vraiment ?

— C'est-à-dire que je n'en ai que rarement l'occasion.

C'est lorsqu'elle vit les muscles de sa mâchoire tressaillir qu'elle comprit trop tard sa maladresse. Elle venait de lui rappeler que d'autres hommes que lui la conduisaient là où elle avait besoin d'aller. Mais, après tout, il n'y avait pas là de quoi culpabiliser. Ne savait-il pas tout de ses activités ?

Cette interrogation l'amena à s'imaginer répondre à la curiosité des gens. Si elle acceptait d'épouser Rocco, que serait-elle en droit de leur dire ou de leur cacher de son passé ? Elle ne pouvait décemment pas prendre le risque de le mettre dans une position embarrassante.

Aussitôt qu'elle fut devant le gouvernail, elle sentit ses bras s'enrouler autour de sa taille.

— C'est de cette façon que vous initiez vos élèves à la navigation ? demanda-t-elle, un sourire amusé aux lèvres.

— Non, répondit-il d'une voix si rauque qu'elle en eut des frissons dans tout le corps. Juste celle que je veux épouser.

Elle sentit faiblir dangereusement le peu de résistance qui lui restait. Il lui serait si facile d'accepter son offre, si elle n'était pas de nature aussi loyale !

Le bruit caractéristique des pales d'un hélicoptère déchira soudain le silence. Elle vit un premier appareil, puis un second, survoler le palais royal puis le lac avant de s'éloigner vers la ligne d'horizon.

Les princesses Bettina et Sara étaient parties. Elles ne seraient plus là pour tenter de capter l'attention de Rocco. Enfin, elle allait l'avoir pour elle seule.

— Il est temps de commencer notre première leçon, dit-il en posant son menton au creux de son épaule.

Elle ne sut trop comment elle réussit l'exploit de se concentrer alors qu'elle avait une conscience aiguë de son corps contre le sien et des paroles qu'il lui murmurait à l'oreille.

— Nous allons augmenter un peu la vitesse, annonça-t-il, une fois qu'il la sentit plus assurée.

Joignant le geste à la parole, il poussa la manette des gaz en avant.

— Mes cheveux…, protesta-t-elle par-dessus le rugissement du moteur.

— Vos cheveux sentent divinement bon, affirma-t-il en donnant plus d'impulsion au bateau. Maintenant, tournez le gouvernail légèrement vers la droite, ajouta-t-il tandis qu'il la guidait de ses deux mains posées sur les siennes.

Le bateau décrivit alors un large arc de cercle. En dépit de ses craintes, elle commençait à se détendre et même à profiter des joies de cette première sortie.

Lorsqu'ils foncèrent droit devant eux à une allure qu'elle jugeait vertigineuse, elle éclata de rire, ivre d'air pur et de liberté.

Rocco se tenait toujours derrière elle, lui donnant l'illusion que c'était elle qui pilotait le hors-bord. Pour la première fois depuis bien longtemps, un homme la faisait se sentir à sa place et en sécurité entre ses bras vigoureux.

Elle devait son pouvoir sur les hommes au fait qu'ils avaient besoin d'elle alors que l'inverse n'était pas vrai. Pourtant, depuis quelques jours, elle se surprenait à attendre impatiemment que Rocco se libère de ses obligations pour venir la rejoindre… Elle tendait alors l'oreille juste pour le plaisir d'entendre le son de sa voix ou le bruit de ses pas qui le rapprochaient d'elle.

Pour être tout à fait franche, lorsqu'elle était en sa présence, elle avait le sentiment d'un cadeau tombé du ciel, qui lui faisait toucher du doigt quelque chose qui ressemblait au bonheur.

Elle qui avait toujours mis un point d'honneur à se suffire à elle-même, elle en arrivait presque à espérer la présence permanente de Rocco à ses côtés.

Elle avait vu sa mère si dépendante qu'elle détestait cette idée d'avoir besoin d'un homme dans sa vie. Sa mère… Une mère qui avait laissé son amant poser les yeux sur sa fille et…

Cette image lui fit crisper les doigts autour du gouvernail. C'était pour ne plus jamais avoir à subir un tel traumatisme qu'elle s'était endurcie au point de considérer les hommes au mieux comme un moyen d'atteindre le but qu'elle s'était fixé, au pire comme des objets qu'elle manipulait à sa guise.

Mais voilà que Rocco était entré dans sa vie et qu'il chamboulait toutes ses certitudes. Avec lui, elle en oubliait son rôle d'escort-girl pour se laisser séduire par la beauté des paysages environnants et par le charme de ce client privilégié.

Un client qui voulait l'épouser, qui serait source de stabilité et de tendresse, et peut-être un jour, qui sait, d'amour ? Oserait-elle lui faire part de ses pensées intimes porteuses d'espoir ?

— C'est magnifique ! s'exclama-t-elle alors qu'ils se dirigeaient vers les falaises qui bordaient le lac. Je n'aurais jamais cru qu'elles étaient si hautes !

Mais sa joie fut de courte durée. Lorsqu'elle vit la main de Rocco tenter vainement de baisser la manette des gaz, elle pressentit le pire.

Son sang se figea dans ses veines.

— Qu'y a-t-il, Rocco ? s'enquit-elle d'une voix étranglée d'inquiétude.

— Allez vous asseoir, lui ordonna-t-il. Il y a un problème avec la manette des commandes.

Elle s'exécuta, blême, la peur au ventre tandis qu'elle voyait la côte se rapprocher dangereusement.

— Accrochez-vous ! lui cria-t-il alors qu'il tentait de dévier le hors-bord de sa course folle.

— Rocco, que se passe-t-il ?

— Le gouvernail ne répond plus.

Il tourna alors la tête vers elle et la regarda droit dans les yeux, le visage grave.

— Nous allons devoir nous jeter à l'eau, Ottavia.

Joignant le geste à la parole, il la saisit par le bras et l'aida à tenir sur ses jambes flageolantes.

— Je ne vais pas pouvoir, Rocco, dit-elle d'une voix tremblante.

— Il le faut, sinon nous allons mourir. Le bateau se dirige droit vers la falaise. Il va la percuter.

— Allez-y d'abord.

— Pas question. Nous allons sauter ensemble.

Et, sans lui laisser le temps de protester, il la souleva et la fit passer par-dessus le bastingage avant de sauter à son tour.

Elle poussa un hurlement au moment où elle entra en contact avec les eaux froides du lac. Mais aussitôt son gilet de sauvetage se gonfla, la maintenant à la surface.

Sonnée, elle entendit soudain le bruit terrifiant d'une explosion. Le hors-bord venait de s'encastrer dans la falaise.

Rocco ! Où était-il ? Avait-il pu sauter à temps ? Elle ne le voyait pas.

— Tout va bien, je suis là, la rassura-t-il en apparaissant à côté d'elle. Accrochez-vous à moi, lui conseilla-t-il en enroulant un bras autour de sa taille. Nous allons regagner la rive.

Elle lui obéit, consciente d'être un poids mort entre ses bras.

— Vous devriez avoir pied, ici, dit-il lorsqu'ils furent à quelques mètres d'une petite plage.

Ses jambes la portaient à peine mais elle parvint à atteindre la rive en titubant.

— Que… que s'est-il passé ? balbutia-t-elle alors que des ondes de choc la faisaient trembler de manière convulsive.

— Je l'ignore mais je vais tout mettre en œuvre pour le découvrir, rétorqua-t-il d'une voix sourde. Ce que je peux affirmer, en revanche, c'est que ce n'était pas une panne.

Elle leva les yeux sur lui. Sa mâchoire, naturellement volontaire, était contractée et ses yeux qui brillaient d'une flamme féroce lui rappelèrent ceux d'un lynx. Elle sentit qu'il déferlait sur lui une force et une puissance qui n'attendaient qu'à être libérées.

C'est alors qu'elle remarqua le filet de sang qui coulait le long de sa tempe.

— Rocco, vous saignez ! s'écria-t-elle, le cœur battant à tout rompre.

Dans un geste d'une douceur infinie, elle repoussa en arrière ses cheveux dégoulinants d'eau et vit une entaille au-dessus de son front.

— Elle n'est pas très profonde mais vous saignez beaucoup. Je vais déchirer un morceau de mon chemisier pour pouvoir faire une compresse.

— Inutile. J'ai ce qu'il faut.

Il sortit de la poche de son pantalon un de ses mouchoirs brodés à ses initiales qu'il portait toujours sur lui et le lui tendit.

— Je ne vous fais pas mal ? s'enquit-elle en pressant délicatement le tissu fin sur la plaie.

En guise de réponse, il posa une main sur son avant-bras.

— Non. Et vous ? Comment vous sentez-vous ? Vous ne vous êtes pas blessée lorsque je vous ai jetée à l'eau ?

Soucieuse de le rassurer, elle parvint à esquisser un faible sourire.

— Non, non. Tout va bien. Je suis encore sous le choc, bien sûr, et j'ai froid. Mais, grâce à vous, je suis en vie.

Il ouvrit la bouche, prêt à rétorquer, mais le bruit de bateaux qui piquaient vers eux l'en empêcha.

— Il semblerait que l'on vienne nous secourir, laissa-t-il tomber d'un ton sardonique.

En effet, un instant plus tard, ils étaient entourés des hommes de la sécurité qui, flanqués du médecin du palais, le firent embarquer sur l'un des hors-bord venus à leur rescousse.

Elle fut embarquée sur un autre bateau et, avant même de s'en rendre compte, se retrouva enveloppée de serviettes et vigoureusement frictionnée.

Une fois ramenée au palais, elle fut examinée par un médecin qui estima que son état ne justifiait pas de traitement particulier. Elle fut ensuite conduite dans les appartements de Rocco où une domestique l'aida à retirer ses vêtements trempés. Elle avait l'impression que l'odeur du lac lui collait à la peau aussi sûrement que la peur qui oblitérait encore chacune de ses pensées.

Désireuse de se purifier, elle alla prendre une douche et y resta un long moment, puisant sous les jets d'eau chaude un réconfort dont elle avait bien besoin.

Lorsqu'elle regagna sa chambre, Juliet l'y attendait avec, à la main, un peignoir en éponge d'un blanc immaculé.

Elle voulut protester mais la gouvernante la fit taire d'un doigt posé sur sa bouche. Elle la fit asseoir sur un tabouret face à la coiffeuse puis elle lui frotta doucement la tête avec une serviette de toilette. Une fois le plus gros de l'eau absorbée par l'éponge douce et moelleuse, elle se mit à peigner ses longues boucles puis finit de les sécher à l'aide d'un sèche-cheveux pris dans l'un des tiroirs du meuble.

D'abord gênée, Ottavia finit par se laisser faire, trouvant fort agréable d'être ainsi prise en charge.

— Et maintenant, au lit, déclara Juliet d'une voix forte. Pendant ce temps, je vais vous préparer un plateau que je vous monterai pour votre déjeuner.

— Au lit ? Mais je n'ai pas sommeil !

— Il faut que vous vous reposiez.

Après tout, pourquoi pas ? De toute façon, elle n'avait pas la force de protester.

— D'accord, répondit-elle docilement.

Elle était couchée depuis peu lorsque Juliet réapparut, poussant devant elle une table roulante qu'elle approcha du lit. Dans un geste théâtral, elle souleva la cloche qui couvrait les assiettes et dévoila dans l'une un dos de saumon grillé accompagné d'une salade verte et dans l'autre un moelleux au chocolat blanc.

— Vous avez ordre de ne rien laisser, lui fit remarquer Juliet du ton faussement autoritaire qu'elle aurait employé pour se faire obéir d'une enfant difficile.

— Qui vous a demandé de vous occuper de moi de la sorte ? demanda-t-elle, bien qu'elle connaisse déjà la réponse.

— Sa Majesté le roi. Il m'a fait savoir en personne qu'il voulait que je veille sur vous. Maintenant, mangez.

— Comment va-t-il ? Sa blessure n'est-elle pas trop grave ?

Elle avait parlé d'une voix tremblante, chargée d'une émotion qui n'échappa pas à la gouvernante.

— Il va bien, ne vous inquiétez pas, répondit cette dernière d'un ton empli de douceur. Il est venu se changer pendant que vous preniez votre douche. Il m'a chargée de vous dire qu'il serait à son bureau tout le reste de la journée.

Elle l'imaginait d'autant plus aisément qu'elle avait compris la détermination avec laquelle il comptait tirer lui-même cette affaire au clair.

— Je suis heureuse qu'il aille bien, dit-elle.

— Il est résistant, vous savez. Et, maintenant que vous voilà rassurée, prenez votre repas et restez bien là, en sécurité. Sa Majesté a bien insisté sur ce dernier point.

Cette sollicitude la persuada d'obéir. Rocco avait assez de soucis sans qu'elle lui donne des raisons supplémentaires de s'inquiéter. Elle sentait qu'il avait besoin de concentrer toute son énergie à l'élucidation de cette panne, qu'elle soit ou non le fait d'un sabotage.

Dans la première hypothèse, qui était visé ? Rocco ou elle ?

Tout à ses interrogations, elle se mit à chipoter dans son assiette. En dépit de la saveur du plat, elle n'avait pas faim. Au grand dam de Juliet qui, une fois revenue, ne cacha pas sa contrariété.

— Sa Majesté ne va pas être contente.

— S'il vous plaît, Juliet, ne lui en parlez pas. Il a suffisamment d'ennuis comme cela.

Une fois de nouveau seule, elle se leva et se mit en quête de vêtements. Si elle avait ordre de rester confinée dans ces appartements, il n'était pas dit qu'elle devait rester couchée. Lorsqu'elle fut habillée, elle se rendit dans le petit salon attenant, cherchant quoi faire pour tuer le temps. Elle feuilleta quelques magazines puis alluma la télé. Mais, malgré ses efforts, elle ne parvenait pas à se concentrer sur ce qu'elle voyait. Elle décida donc de ne rien faire et de rester simplement assise, à réfléchir.

Jusque-là, elle n'avait jamais pensé à la mort. Ou, plutôt, à *sa* mort. Elle n'avait jamais envisagé ce qui se passerait si, d'un coup, sa vie basculait. Et, même si elle avait pris ses dispositions auprès d'un notaire pour le cas où elle disparaîtrait avant Adriana, elle n'avait jamais imaginé que cette éventualité pourrait se produire.

La réalité venait pourtant de la rattraper de manière brutale. Aujourd'hui, elle aurait pu mourir. Rocco aussi.

Une boule d'angoisse se forma au creux de son ventre qui la poussa à se lever et à faire les cent pas dans la pièce.

Elle pensait pouvoir tout contrôler, mais le drame à côté duquel ils étaient passés, Rocco et elle, lui prouvait le contraire. En fait, elle ne pouvait rien contrôler et surtout pas la mort. Il y avait tant de choses qu'elle n'avait pas faites, qu'elle repoussait sans cesse à plus tard puisque, croyait-elle, elle avait toute la vie devant elle. Comme, par exemple, prendre le temps d'aller admirer un coucher de soleil depuis le sommet d'une montagne. Ou voyager, connaître de nouvelles civilisations, de nouvelles cultures. Ou encore découvrir les Etats-Unis, son pays natal.

Elle ne connaissait pas non plus l'amour véritable. L'amour inconditionnel. Celui qu'un homme et une femme amoureux l'un de l'autre pouvaient mutuellement se porter. Or, même si elle s'était toujours refusé une telle opportunité d'être heureuse, elle savait qu'un tel bonheur existait.

Non, tous les hommes n'étaient pas comme celui qui l'avait agressée quinze ans plus tôt. Elle en avait bien conscience.

Alors qu'elle avait failli perdre la vie, le moment n'était-il pas venu de tirer certaines conclusions ?

Certes, elle avait des raisons de se méfier des hommes,

mais elle avait prouvé qu'elle était capable de remporter de grandes batailles.

Peut-être était-il temps de faire face à ses démons. De s'armer de courage et d'empoigner la vie à deux mains tant qu'elle le pouvait encore.

- 10 -

Rocco entra dans sa suite d'un pas pesant. Il était épuisé. Après le drame du matin, suivi d'un après-midi où s'étaient enchaînées les réunions, il n'aspirait qu'à retrouver le calme de sa chambre et à sombrer dans un sommeil profond.

Une enquête était en cours, sous la direction d'Andrej Novak. Les débris du hors-bord avaient été sortis de l'eau et stockés dans des hangars afin d'y être analysés. Mais il n'avait pas besoin d'attendre les résultats de l'enquête pour se faire son opinion.

Ses trois flottes — maritime, aérienne et automobile — étaient parfaitement entretenues, ce qui laissait peu de chances à l'hypothèse d'une panne. Le bateau avait été saboté en vue de le tuer. Lui, mais aussi Ottavia.

Cette idée lui donna la nausée en même temps qu'elle l'emplissait d'une colère vengeresse, comme lorsque sa sœur avait été kidnappée, à peine quelques semaines plus tôt.

C'était une chose que l'on en veuille à sa vie mais c'en était une autre que d'en vouloir à la vie d'une innocente. Une nouvelle vague de colère le submergea, qui lui fit serrer les poings et jurer tout bas. Lorsqu'il aurait trouvé qui était derrière ces attentats, il se faisait fort de le lui faire payer cher. Très cher, même.

Un bruit insolite attira son attention. Ses muscles se raidirent, dans l'attente d'une nouvelle trahison.

Mais, en fait d'ennemi menaçant, ce n'était qu'Ottavia qui venait vers lui d'une démarche que le déshabillé en soie qu'elle portait rendait un peu plus aérienne. Elle était si belle qu'il réprima avec peine le désir intense qu'il sentit monter en lui.

— Ottavia. Comment allez-vous ? demanda-t-il lorsqu'elle fut près de lui.

— Je vous retourne la question, répondit-elle en vérifiant d'un geste tendre le pansement qui recouvrait sa plaie.

— Je suis fatigué, furieux et frustré.

Il marqua une pause et prit sa main pour la porter à ses lèvres.

— J'espère que vous ne souffrez pas trop du contrecoup ?

— Je vais très bien, ne vous inquiétez pas, le rassura-t-elle.

Elle dégagea doucement sa main puis se dirigea vers un buffet sur lequel se trouvait un plateau en argent chargé de flacons remplis d'alcools divers.

— Puis-je vous servir quelque chose à boire ? s'enquit-elle.

— Je prendrais volontiers un whisky.

Il la contempla avec un plaisir non dissimulé tandis que, d'un geste gracieux, elle remplissait deux verres en cristal.

Elle revint vers lui et lui tendit l'un des verres.

— En sait-on un peu plus sur les raisons de cette panne ? demanda-t-elle.

— Pas encore mais l'enquête avance.

Il prit une longue gorgée de whisky qu'il garda en bouche un moment avant de la laisser couler dans sa gorge.

— Ce n'était pas un accident, n'est-ce pas ? Quelqu'un a essayé de vous tuer.

— Essayé, en effet, confirma-t-il. Mais ils ont raté leur coup et ils ne m'auront jamais.

— Je n'avais jamais vraiment envisagé la mort, avant aujourd'hui.

Elle avait parlé d'un ton où pointait encore l'angoisse du traumatisme qu'elle avait vécu mais qu'elle tentait vaillamment de dissimuler.

— Jusque-là, j'étais certaine d'avoir le contrôle non

seulement sur le présent et tout ce qui fait ma vie mais aussi sur mon avenir. Mais, avec ce qui s'est produit ce matin, je comprends que c'était bien présomptueux de ma part. L'avenir peut s'arrêter net.

— Je vous fais la promesse solennelle que, moi vivant, vous aurez de beaux jours devant vous, Ottavia.

— C'est bien plus que ce qu'une escort-girl mérite.

Lorsqu'elle porta son verre à ses lèvres, il vit le léger tremblement qui agitait ses mains. Il détestait l'idée que l'attaque dont ils avaient été victimes et qui ne visait que lui avait provoqué chez Ottavia un traumatisme qui lui laisserait des traces indélébiles.

— C'est le traitement que je réserve à chacun de mes sujets, rétorqua-t-il. Peu importent leurs fonctions.

Il lui prit son verre des mains et le posa à côté du sien sur la table basse. Puis il porta de nouveau ses doigts à sa bouche et les embrassa un à un avec une infinie douceur.

— Voilà, dit-il lorsqu'il eut terminé. J'ai scellé ma promesse et rien ne pourra venir la rompre.

— D'un simple baiser ? demanda-t-elle dans un sourire amusé.

— Vous avez raison. C'est dérisoire. Je devrais plutôt vous libérer du contrat qui nous lie. Vous rendre votre liberté afin que vous puissiez aller dans un endroit plus sûr.

Il vit alors une forte détermination passer dans son regard.

— Je pensais à tout autre chose, rétorqua-t-elle.

— A quoi donc ? s'enquit-il, intrigué.

— Je me disais que ce nouveau contrat que vous m'avez proposé…

— Oui ?

Pour toute réponse, elle rassembla les feuilles qu'elle avait laissées éparses sur le lit et les lui tendit.

Il lui lança un coup d'œil interrogateur puis remarqua le paraphe qui figurait au bas de chacune des pages. Sans un mot, elle lui tendit un stylo qu'il saisit sans vraiment y réfléchir. Une fois ses initiales apposées à côté des siennes, il laissa tomber les feuilles au sol et l'attira à lui.

Elle ne lui opposa aucune résistance. Au contraire, même, dans un geste infiniment tendre, elle lui caressa la nuque puis posa ses lèvres sur les siennes dans un baiser si sensuel que le feu se mit à couler avec une rare violence dans ses veines.

Lorsqu'elle s'écarta de lui, son cœur battait la chamade et le souffle lui manquait.

— Je veux faire l'amour avec vous, Majesté. M'y autorisez-vous ?

Il opina en silence, trop ému pour parler. Il avait l'impression d'avoir été propulsé dans un monde parallèle où les rêves devenaient réalité.

— Laissez-moi vous déshabiller, poursuivit-elle d'une voix envoûtante.

Déjà, elle joignait le geste à la parole, ses mains cherchant à déboutonner sa chemise.

— Ottavia, attendez.

— Rocco, s'il vous plaît. Laissez-moi faire.

— Non.

— Vous n'avez pas envie de moi ?

— Vous connaissez la réponse, Ottavia. Mais, avant d'aller plus loin, j'aimerais que vous me disiez si votre décision est liée à ce qui s'est passé aujourd'hui. Avez-vous changé d'avis par devoir ou en guise de récompense ?

Il s'en voulut aussitôt d'avoir choisi des mots qui pouvaient se révéler offensants. Pour toute réponse, Ottavia planta son regard dans le sien et fit glisser son déshabillé le long de ses épaules, dévoilant une nuisette qui dévoilait par transparence ses seins ronds à la pointe dressée et, plus bas, le triangle sombre de son pubis.

Il sentit sa bouche devenir sèche comme du buvard.

— Si je vous disais que j'ai envie de me donner à vous

comme une femme veut se donner à un homme, juste par désir, qu'en penseriez-vous ?

— Que vous êtes sous le choc et que vous vous apprêtez à commettre un acte que vous pourriez regretter.

— Je commence à comprendre pourquoi votre peuple vous aime tant. C'est que vous êtes très attentif à lui.

Son regard toujours rivé au sien, elle lui prit la main et la moula sur un de ses seins.

— Sentez-vous mon corps palpiter de désir pour vous, Majesté ? Un désir qui n'a rien à voir avec le sens du devoir.

Il sentait sous sa paume son téton ferme, tentateur, qui était comme un appel aux caresses. Incapable de résister plus longtemps, il se mit à l'agacer du bout de son pouce. Aussitôt, il entendit la douce plainte qu'elle laissa échapper entre ses lèvres humides.

— Oui, murmura-t-il d'une voix rauque. Je sens bien ton corps.

Enhardie par le pouvoir qu'elle avait sur lui, elle prit son autre main pour la placer plus bas, sur son sexe moite.

— Et là, Sire, vous sentez l'envie que j'ai de vous ?

Il déglutit avec peine tant la conscience de ce corps offert était aiguë.

— Oui, répéta-t-il d'une voix que la montée fulgurante du désir rendait un peu plus éraillée.

— Alors, laissez-moi vous faire l'amour, Majesté.

— Tu es certaine que c'est bien ce que tu veux ?

— Oui.

Elle avait répondu avec tant de détermination qu'il rendit les armes.

— Dans ce cas, déshabille-moi, lui ordonna-t-il.

Elle défit rapidement les boutons de sa chemise puis en écarta largement les pans avant de le faire basculer sur le lit. Elle se pencha ensuite sur son torse athlétique pour le lécher à petits coups de langue.

Il n'avait pas pour habitude de rester passif mais avec

Ottavia, et sans qu'il en connaisse la raison, c'était différent. Il avait envie de la laisser le dominer peut-être parce qu'il sentait qu'elle en ressentait le besoin. Il lui permit donc de le déshabiller entièrement puis de venir d'autorité se placer à califourchon sur lui.

Ses cuisses l'enserraient de part et d'autre comme un étau tandis que du bout des doigts elle partait à la découverte de ce corps qui lui était encore inconnu. Chacune des caresses qu'elle lui prodiguait suscitait en lui un plaisir qu'il n'avait jamais expérimenté jusque-là. Consciente du pouvoir qu'elle exerçait sur lui, elle prenait son temps, alternant effleurements et caresses appuyées. Ses longues boucles qui balayaient sa peau et même le contact de la soie sur lui contribuaient à le mettre au supplice.

Il était heureux d'avoir su se montrer patient. Il attendait ce moment depuis si longtemps ! En fait, depuis la seconde où il avait posé les yeux sur elle. Ce fantasme qu'elle lui permettait de vivre, il le chérissait d'autant plus que, le matin même, ils avaient failli perdre la vie.

La sentir sur lui, vibrante de vie et de désir, la lui rendait encore plus précieuse. Elle était venue à lui de son plein gré, sans qu'il exerce sur elle la moindre pression. Chaque baiser, chaque caresse, était comme un cadeau qu'elle lui faisait. Ils n'étaient plus que deux personnes qui avaient envie l'une de l'autre. Une envie qui les consumait.

Il glissa ses mains sous la soie de son vêtement et se mit à dessiner ses formes voluptueuses. A travers le voile opaque de ses pensées, il crut la sentir se crisper, un peu comme si elle craignait quelque chose de désagréable. Puis, de nouveau, elle s'abandonna à leur seul plaisir.

Cette femme était une énigme mais ce n'était pas pour lui déplaire. Capable par moments d'une sensualité extrême démontrant l'assurance d'une femme expérimentée, elle pouvait à d'autres montrer l'hésitation d'une jeune vierge.

Lorsqu'elle se pencha sur son torse et qu'elle prit un de

ses tétons entre ses dents, il réprima avec peine le désir de la basculer sur le dos et de reprendre le dessus. Il s'imagina relever sa nuisette haut sur le ventre et pénétrer de son sexe dur cette partie intime qui éveillait en lui un instinct primaire trop longtemps gardé enfoui en lui.

Mais, lorsqu'elle prit sa verge en érection dans sa bouche chaude et humide et qu'elle referma ses lèvres sur elle, il fut juste capable de s'abandonner au plaisir intense qu'elle lui donnait.

Après un temps de cette douce torture qui lui parut bien court, elle se redressa et retira sa chemise de nuit. Elle était si belle dans sa nudité qu'il en eut le souffle coupé. Il ne se lassait pas de contempler sa poitrine ronde et pleine auréolée de ses tétons dressés qui semblaient l'implorer de venir les toucher, les sucer, les caresser. Il fit alors remonter ses mains devenues impatientes le long de sa taille puis les mit en coupe sur ses seins tendus.

Il la sentit frémir et la vit fermer les yeux pour mieux se livrer à ses doigts audacieux. Elle poussa un petit gémissement de plaisir et, lorsqu'elle rouvrit les yeux, ce fut pour planter dans le sien un regard pénétrant qui lui donna l'impression qu'elle cherchait à sonder son âme.

La réalité le frappa d'un coup. Sa belle et fière courtisane offrait son corps pour la première fois. Cette prise de conscience aurait pu le bloquer dans son élan, mais elle ne fit que l'exciter un peu plus.

Lorsqu'elle s'accroupit au-dessus de lui, il comprit que le moment était venu. Il positionna son membre à l'entrée de son vagin puis, de ses deux mains plaquées de part et d'autre de sa taille fine, la guida sur lui.

Lorsqu'il fut en elle, le plaisir devint si fort qu'il aurait voulu partager cette émotion avec elle. Mais les mots lui manquaient pour lui dire ce qu'il ressentait.

— Je te sens bien, Ottavia, murmura-t-il.

Elle lui sourit et continua à aller et venir sur son sexe bandé.

— C'est tellement bon, Rocco..., dit-elle dans un souffle.

— Attends un peu. Ce sera encore meilleur.

Ses doigts s'immiscèrent alors dans son intimité pour trouver sa vulve gonflée, source d'un plaisir qui, il le savait, ferait voler en éclats les limites qu'elle s'interdisait encore de franchir.

Comme il l'avait pressenti, sous l'effet de ses caresses expertes, elle se mit à onduler de manière plus frénétique tout en criant son nom. Les muscles de son vagin se contractèrent alors si fort, mais de manière si délicieuse, autour de son pénis qu'il ne put se retenir plus longtemps.

Il la rejoignit dans une explosion de plaisir jusque-là inconnue de lui.

Ottavia, la tête reposant sur le torse de Rocco, se laissait bercer par les battements réguliers de son cœur. Un jour, elle s'était juré qu'aucun homme ne la toucherait plus. Mais c'était sans compter Rocco qui, pour l'heure, s'était paisiblement endormi entre ses bras.

Elle n'aurait jamais cru possible de faire l'amour ainsi, en se donnant corps et âme.

Elle avait parcouru un long chemin depuis cette nuit funeste où l'amant de sa mère était venu la trouver dans sa chambre. Il l'avait bâillonnée d'une main tandis que son sexe, en lui fouillant les entrailles, détruisait son innocence de jeune fille de quatorze ans. Et que dire de cette mère indigne qui, le lendemain, exigeait du violeur qu'il la paie pour services rendus plutôt que de le livrer à la police ?

Ce qu'elle venait de vivre n'avait rien à voir avec ce qu'elle avait enduré alors. A aucun moment elle n'avait ressenti de crainte, même s'il y avait eu un bref instant où elle s'était sentie vulnérable. Pas parce qu'elle avait eu peur de Rocco comme elle avait eu peur la nuit où elle avait été agressée, mais parce qu'elle avait compris que Rocco était celui qui pouvait ouvrir de nouveau son cœur à l'amour.

Elle s'était protégée si longtemps, luttant avec férocité pour préserver son corps et son esprit des ravages de l'amour !

Prendre la décision de faire l'amour avec Rocco s'était avéré un choix difficile mais elle l'avait fait en pleine conscience, pressentant que le moment était venu de laisser derrière elle son douloureux passé.

Avoir frôlé la catastrophe lui faisait réaliser avec acuité que la vie avait aussi son lot de belles choses à lui offrir. Et il n'était plus question de s'en priver.

Rocco était différent de tous les hommes qu'elle avait eu l'occasion de fréquenter. Et, même s'il était de sang royal, il restait un homme accessible, proche de son peuple.

Il n'avait sans doute pas été facile, pour quelqu'un comme lui habitué à commander en toutes circonstances, de la laisser prendre l'initiative de leurs ébats amoureux.

Ce sens de l'abnégation la bouleversait.

Elle, la femme que tous les hommes voulaient sans jamais l'avoir réellement, avait fini par trouver l'amour.

- 11 -

Ottavia se dégagea doucement de l'étreinte de Rocco, toujours endormi contre elle, et se glissa hors du lit en silence. Elle ramassa son déshabillé qui gisait toujours par terre et se rendit dans la salle de bains.

Elle resta un long moment devant le miroir à contempler son reflet, cherchant sur son visage quelque chose qui traduirait l'immense tumulte intérieur qu'elle ressentait. Elle trouvait troublant d'être tombée amoureuse d'un homme qui lui avait fait accepter l'idée d'un mariage arrangé aussi aisément qu'elle avait accepté d'être sa courtisane.

Elle se mit à arpenter nerveusement le sol carrelé, froid sous ses pieds nus. Comment en était-elle arrivée là ? Comment cet homme de nature impérieuse avait-il réussi à se frayer un chemin jusque dans son cœur ? Comment avait-il réussi l'exploit de réussir là où tous les autres avaient échoué ?

Mais peu importait, maintenant ! Le sort était jeté.

Elle s'était donnée à lui de son plein gré et ne regrettait rien. Au contraire, même, elle s'en réjouissait. Car ce qu'elle avait vécu avec Rocco, elle n'aurait pu le vivre avec aucun des hommes qui avaient traversé sa vie.

Tout à ses pensées, elle fit couler dans l'énorme baignoire ovale de l'eau chaude à laquelle elle ajouta de l'huile de bain parfumée à la rose. Aussitôt la douce fragrance envahit la pièce. Ce ne fut qu'une fois immergée dans l'eau délicieusement chaude et parfumée qu'elle commença à se détendre.

Mais, très vite, ses pensées retournèrent vers Rocco.

Ce qu'elle avait vécu avec lui était la plus belle expérience de sa vie.

Il n'y avait eu qu'un bref moment — celui où il l'avait prise par les hanches pour mieux l'asseoir sur lui — où une image furtive était venue parasiter son plaisir. Mais son emprise avait été douce, dépourvue de la moindre brutalité.

Elle était si profondément absorbée dans ses pensées qu'elle n'entendit pas la porte s'ouvrir. Et elle ne se rendit compte de la présence de Rocco que lorsqu'il vint se couler dans l'eau, derrière elle. L'enveloppant de ses bras solides, il la fit asseoir sur lui.

— Je n'ai pas aimé me réveiller seul dans notre lit, lui murmura-t-il à l'oreille.

— Comme tu vois, je n'étais pas bien loin, rétorqua-t-elle, à la fois flattée et amusée.

— Dieu merci. Ottavia, j'ai quelque chose à te demander.

— Je t'écoute.

Elle se laissa aller contre lui, acceptant le fait que, tant qu'il serait à ses côtés, elle n'aurait rien à craindre.

Rocco était la noblesse même. Un homme honorable qui avait le sens du bien et du mal.

C'était pour cette raison qu'elle avait accepté de l'épouser. Sans compter que le plaisir charnel qu'il lui avait fait découvrir s'était révélé au-delà de ses espérances. Elle comprenait maintenant pourquoi on pouvait devenir esclave de ses sens.

— Ce n'est pas facile à dire, commença-t-il. Je me demandais…

Son hésitation, peu coutumière, la fit se tourner vers lui pour lui faire face. Elle vit alors sur son visage une perplexité qui la fit se raidir instantanément.

— Oui, Rocco, dit-elle le cœur battant d'appréhension. Que te demandes-tu ?

— Eh bien, j'ai cru remarquer que… que tu étais vierge.

Elle s'attendait si peu à une telle question qu'elle se sentit stupide. Avait-elle été à ce point maladroite pour qu'il se soit rendu compte que c'était sa première fois ?

Elle ne lui mentirait pas. Elle ne le pourrait pas. Elle plaqua un sourire forcé sur son visage et lança d'un ton qu'elle voulait dégagé :

— En fait, cela faisait bien longtemps.

— Tant mieux, rétorqua-t-il, visiblement soulagé. Parce que j'aurais détesté l'idée que ce ne soit pas parfait pour toi.

Les larmes lui montèrent aux yeux sans qu'elle puisse les refouler. Elle détourna la tête mais pas assez vite pour que son émotion échappe à Rocco.

— Ottavia, pourquoi ces larmes ?

— Je…

Elle s'interrompit, incapable de trouver les mots tant elle était touchée par la sollicitude dont il faisait preuve à son égard.

Sa seule expérience en la matière avait tellement été le contraire de la perfection qu'elle regrettait de ne pas s'être assez débattue pour échapper à l'acte monstrueux que cet homme avait commis sur elle.

Elle aurait aimé être la première pour un homme comme Rocco. Et, même si elle avait fait un long travail sur elle-même pour accepter le fait qu'elle n'était en rien responsable de ce viol, le doute subsistait, aussi insidieux qu'implacable.

Elle chassa ces pensées de son esprit et se pencha vers lui pour lui donner un baiser d'une infinie douceur.

— Tu es un homme plein de bonté, Rocco.

Il l'attira à lui et lui rendit son baiser tandis que ses mains lui caressaient le dos. Ce contact suffit à allumer en elle le feu d'un désir qu'elle ne voulait plus contenir. Un désir si intense qu'il lui fit oublier ses vieilles craintes et, avec elles, ses anciennes blessures.

Elle enroula ses bras autour des épaules de Rocco et s'abandonna corps et âme au plaisir que le simple contact des lèvres et des mains de son amant suscitait en elle.

Elle se colla contre lui, contre son sexe déjà dur et tendu qu'elle brûlait de sentir de nouveau en elle.

Il prit ses seins tendus entre ses mains en coupe et en agaça la pointe dressée du pouce et de l'index. Puis il se pencha en avant et les prit tour à tour dans sa bouche pour les suçoter et les titiller du bout des dents tandis que ses doigts s'inséraient entre ses cuisses et allaient se poser sur sa vulve gonflée.

Le plaisir déferlait sur elle par vagues successives l'emportant loin, très loin de la réalité. Elle s'agrippa à lui comme une naufragée à sa bouée, ivre d'un plaisir indicible.

Dans une semi-conscience, elle sentit ses bras robustes la soulever aussi aisément que si elle avait été une plume. Dans un mouvement à la fois leste et puissant, il sortit de la baignoire pour aller l'installer sur le marbre du lavabo.

Toujours agrippée à lui, elle enroula ses longues jambes autour de ses hanches afin qu'il puisse se positionner plus aisément entre ses cuisses. Au comble de l'excitation, elle enroula ses doigts autour de son sexe puis les fit aller et venir sur toute sa longueur.

— Tu es prête ? lui demanda-t-il d'une voix rauque.

Durant de longues années, elle avait cru être une femme de contrôle. Mais Rocco la dépassait largement dans ce domaine. Elle le voyait aux veinules qui pulsaient à ses tempes, à la posture rigide de son corps, aux muscles bandés de son torse. Tout en lui était contrôle alors qu'il attendait qu'elle soit prête.

— Oui, répondit-elle dans un souffle. Je te veux.

Le souffle court, elle guida son membre en elle et, d'un coup de reins, le fit s'enfoncer un peu plus profondément.

— Ouvre les yeux, Ottavia, lui ordonna-t-il d'une voix que le désir rendait éraillée.

Elle obéit docilement et plongea dans son regard ardent tandis qu'il entraînait leurs deux corps unis dans un rythme plus soutenu. Ce va-et-vient régulier au plus profond de son intimité la propulsa très vite dans une autre dimension où la réalité n'existait plus.

— Regarde-nous, Ottavia. Regarde nos corps s'imbriquer l'un dans l'autre.

Elle se plia une nouvelle fois à ses exigences sans pouvoir contenir plus longtemps les gémissements de plaisir qu'elle s'était jusque-là appliquée à refouler.

Chacun des coups de reins de Rocco amplifiait son plaisir.

— Caresse-toi, lui ordonna-t-il.

D'abord timides, ses caresses devinrent plus assurées pour finir par se calquer sur le rythme de Rocco. Elle tint quelques secondes à peine avant de s'abandonner à la jouissance extrême qui déferlait sur elle. A la seconde où elle contractait les muscles de son vagin, Rocco vint la rejoindre dans un orgasme communicatif.

Lorsqu'il se retira, elle ne put qu'émettre une faible plainte de protestation tant elle se sentait à la fois repue et faible.

Elle laissa Rocco les essuyer à l'aide d'une serviette de toilette puis l'emporter dans ses bras jusqu'à leur chambre. Il la déposa délicatement sur le lit avant de se glisser près d'elle. Elle roula sur le côté pour lui permettre de se placer derrière elle et de poser sa main sur son ventre.

— Il est temps de dormir un peu, dit-il d'une voix déjà ensommeillée.

Un sourire amusé vint fleurir sur ses lèvres. Pour une fois, elle lui permettrait d'avoir négligé la formule de politesse de rigueur.

Il faisait tellement sombre qu'elle ne pouvait que sentir le corps lourd qui pesait de tout son poids sur elle. Elle se débattit pour échapper au souffle chaud et bruyant de l'homme, à ses mains brutales sur ses seins. Elle essaya de crier mais il la bâillonna d'une main sur la bouche, la pressant si fort qu'elle n'arrivait presque plus à respirer.

— Ottavia ! Ottavia, réveille-toi. Tu as fait un cauchemar.

La lumière inonda la pièce tandis qu'elle se redressait d'un bond, le cœur palpitant, le souffle haché. Elle s'écarta instinctivement de la main que Rocco tendait vers elle et qui, pourtant, se voulait rassurante.

Cela faisait bien longtemps qu'elle n'avait pas revécu en rêve chacune des secondes de ce viol monstrueux. Sous le choc, elle se mit à trembler de tous ses membres.

— Ottavia, tu vas bien ? Que puis-je faire pour toi ?

Elle secoua la tête. Rien ne pourrait changer ce qui était arrivé. Elle aurait beau fuir, occulter, se laisser aimer, ce passé lui collerait à la peau toute sa vie. En fait, depuis tant d'années, elle ne faisait que survivre à ce cauchemar qui, tapi en elle, était prêt à resurgir à la moindre occasion.

— Veux-tu en parler ? insista-t-il.

— Pas vraiment. Ce n'était qu'un mauvais rêve.

— Tu semblais terrifiée.

— Quelle heure est-il ?

— 4 heures.

— Je n'arriverai pas à me rendormir. Si cela ne te dérange pas, je vais aller lire au salon.

— Je vais préparer du thé. Je te rejoins.

— Merci. C'est gentil.

Elle revêtit sa robe de chambre tandis qu'il enfilait son pantalon. Elle resta un moment immobile à l'observer, touchée de le voir s'affairer pour elle. D'habitude, c'était elle qui anticipait les moindres désirs de ses clients.

Sentir sa présence rassurante à ses côtés était pour elle, qui avait depuis longtemps renoncé à attendre l'aide de quiconque, un soutien précieux qu'elle n'avait connu qu'une fois au cours de sa vie.

C'était au tout début de sa vie chaotique.

Elle travaillait alors comme femme de chambre dans un

hôtel. Le client de la suite qu'elle était censée nettoyer était rentré plus tôt que prévu et l'avait surprise plongée dans la lecture de l'un de ses livres. Au lieu de la réprimander ou, pire, de la faire renvoyer, il lui avait demandé ses impressions sur ce qu'elle avait lu.

Plus tard, lorsqu'il lui avait proposé de devenir sa dame de compagnie, elle avait tout d'abord refusé, craignant qu'il n'attende d'elle bien plus qu'elle ne pourrait lui donner. A cette époque, elle était encore beaucoup trop fragile et vulnérable pour ne pas voir au travers de tous les hommes qui croisaient sa route le monstre qui l'avait agressée. Mais, à force de patience et de bienveillance, il était parvenu à la rassurer, à l'apprivoiser et à lui faire bénéficier de son immense culture. Il l'avait encouragée à s'instruire et à s'ouvrir à d'autres horizons.

Son mentor serait fier d'elle s'il pouvait la voir aujourd'hui, alors qu'un roi venait lui servir une tasse de thé ! songea-t-elle, amusée.

— Tu te sens mieux ? s'enquit Rocco, visiblement inquiet.

— Oui, merci.

Il s'assit à côté d'elle, remplit les deux tasses du thé et lui en tendit une.

— Veux-tu que nous parlions de ce qui t'a bouleversée à ce point ? proposa-t-il.

Elle hésitait à parler tout en se blâmant de ne pas être capable de répondre spontanément à cet homme avec qui elle avait partagé la plus grande des intimités. Cet homme qui s'était réveillé avec elle et s'était levé au petit matin pour ne pas la laisser seule avec ses angoisses. Cet homme qui, de surcroît, allait devenir son mari et le père de ses enfants.

N'était-il pas temps de se libérer enfin de son lourd fardeau ?

Elle se mit à trembler alors que des images indélébiles de la nuit tragique de ses quatorze ans lui arrivaient par vagues successives.

— Tu es en sécurité avec moi, Ottavia. Sache que tu peux tout me dire mais que je ne te forcerai pas à parler si tu ne le souhaites pas.

Persister à se taire serait déloyal. L'heure était venue de se montrer honnête. Et qui sait si, une fois qu'elle se serait confiée, ce nuage opaque qui planait sans cesse sur ses pensées ne se dissiperait pas à jamais ? Son agresseur lui avait déjà trop volé. Elle ne le laisserait pas entacher la belle histoire que Rocco lui proposait de vivre avec lui.

— Je vais bien, dit-elle fermement, comme pour s'en convaincre elle-même.

Rocco reposa sa tasse et entreprit de lui masser doucement la nuque.

Elle le laissa faire, ne sachant trop comment gérer les trésors de gentillesse qu'il lui prodiguait. Elle avait su faire face au monarque exigeant et autoritaire, à l'homme qui commandait et savait se faire obéir de ses sujets. Mais découvrir cette nouvelle facette de lui la laissait désemparée. Une nouvelle vague d'émotion la submergea, qu'elle parvint cette fois à réprimer.

— Si tu cherches un jour à te reconvertir, sache que tu ferais un très bon masseur, dit-elle d'un ton qu'elle voulait léger.

— Je saurai m'en souvenir, rétorqua-t-il sur le même ton.

- 12 -

Rocco devina la fragilité sous les paroles désinvoltes d'Ottavia. Mais peu à peu il sentit la tension de ses muscles se dénouer sous ses doigts.

Il revit la crainte sur son visage lorsqu'elle s'était réveillée. Non. Ce mot était trop faible pour exprimer ce qu'il avait vu. Un mélange de terreur et de répulsion, plutôt. Il aurait voulu la presser de répondre pour tenter de comprendre ce qui, dans son passé, avait bien pu provoquer cet accès de panique. Mais il devait se montrer patient et attendre que ce soit elle qui se sente prête à se confier.

Il jeta un coup d'œil à la vieille horloge murale. 5 heures. Il serait bientôt l'heure pour lui de commencer sa journée. Pour la première fois de sa vie, il avait envie de se dérober à ses responsabilités de monarque pour pouvoir se consacrer tout entier à Ottavia. Pour tenter de cerner la personnalité complexe de cette femme qui, petit à petit, s'était frayé un chemin jusqu'à son cœur.

— Rocco ?

— Oui ?

— Il faut que je te dise…

— Ottavia, ne parle que si tu te sens prête à te libérer d'un lourd secret.

Il marqua une pause durant laquelle, dans un geste infiniment tendre, il prit son visage entre ses mains en coupe.

— Si cela réveille en toi des souvenirs trop douloureux, je comprendrai que tu veuilles garder le silence.

— Non. Il faut que tu saches.

Il la vit alors fermer les yeux et contracter tous les muscles de son corps, dans une posture qui laissait à penser que ce fardeau était si lourd à porter qu'elle avait besoin de rassembler tout son courage avant de se lancer.

Pour l'encourager autant que pour la réconforter, il prit une de ses mains entre les siennes puis il attendit patiemment.

— J'avais quatorze ans lorsqu'un homme m'a agressée, annonça-t-elle, le visage blême.

Il sentit aussitôt monter en lui une colère sourde qui lui fit serrer les poings. Agressée… Voulait-elle dire… ?

— C'était l'amant de ma mère, continua-t-elle d'une voix blanche. Mais il faut croire qu'il la trouvait un peu fanée et qu'il avait envie de chair plus fraîche.

Comme elle hésitait à poursuivre, il l'entoura de ses bras protecteurs.

— Tu n'es pas obligée de me raconter si cela est trop dur, dit-il.

— Non. Il faut que j'aille au bout de mon récit. Il le faut pour toi, mais aussi pour moi.

Elle s'interrompit pour prendre une profonde inspiration puis reprit :

— Il était tard. Je dormais dans mon lit. Lorsque j'étais montée me coucher, ma mère et son ami écoutaient de la musique et s'étaient mis à danser dans le salon. J'avais bien vu le regard libidineux que cet homme avait posé sur moi toute la soirée. Dès que ma mère avait le dos tourné, il me faisait des clins d'œil lourds de sous-entendus. J'étais tellement mal à l'aise que j'ai saisi la première occasion pour les laisser tous les deux seuls. J'avais verrouillé ma porte, comme j'avais l'habitude de le faire, mais ce que j'ignorais, c'est qu'il avait fait faire un double de toutes les clés de la maison. C'est sa main sur ma bouche qui m'a réveillée en sursaut. Il s'est penché à mon oreille pour me dire de ne pas crier, que c'était inutile parce que personne ne viendrait à mon aide. Il m'a dit aussi qu'il avait bien vu la façon dont je l'avais reluqué toute la soirée et que je n'étais qu'une petite aguicheuse. Il s'est alors mis à me pétrir les seins si fort que j'en avais mal. J'étais choquée, trop effrayée pour esquisser le moindre geste. Mais, quand il a relevé ma chemise de nuit, là, je me suis débattue et j'ai tenté de hurler. Il m'a fait taire d'un coup de poing sur la tête qui m'a à moitié assommée et après…

La scène devenue trop vivace, elle s'interrompit pour prendre une nouvelle goulée d'air.

— Après, il m'a violée.

Rocco laissa échapper un son qui se situait entre le cri et le grognement.

— Mais c'est monstrueux ! Que s'est-il passé ensuite ? Tu l'as dit à ta mère ?

— Au début, je ne voulais pas lui en parler parce qu'il m'avait soutenu qu'elle ne me croirait pas. Mais, le matin, elle m'a surprise alors que j'essayais de laver le sang qui souillait ma chemise de nuit et mes draps. Lorsqu'elle m'a demandé ce qui s'était passé, je me suis effondrée et je lui ai tout raconté. Je me sentais tellement sale ! Etait-ce ma faute ? L'avais-je aguichée toute la soirée, comme il l'avait prétendu ?

— Jamais de la vie ! Comment pouvais-tu être responsable du comportement de ce sale type ! Tu étais une jeune fille innocente.

— Je le sais aujourd'hui. Mais à cette époque…

— Ta mère a porté plainte contre lui ?

— Plus tard, je les ai entendus se disputer dans leur chambre. Et là, j'ai entendu ma mère marchander.

— Marchander ? Comment cela ?

— Elle lui a demandé de l'argent pour m'avoir déflorée. Elle lui a dit qu'elle n'irait pas porter plainte s'il la payait pour ce qu'il m'avait fait. Il faut croire qu'elle a eu gain de cause, puisqu'elle n'est pas allée trouver la police.

Il était horrifié. Comment une mère, la seule personne en qui un enfant devrait normalement avoir une confiance aveugle, avait-elle pu agir de la sorte ?

— Quand j'ai compris qu'elle ne bougerait pas, j'ai mis quelques affaires dans un sac et je suis partie pour ne plus jamais revenir.

Il se leva, incapable de rester inactif plus longtemps. Il lui fallait bouger pour tenter d'évacuer cette révolte qu'il sentait monter en lui. Ottavia le regarda faire les cent pas sans vraiment le voir, perdue dans cette page sordide de sa vie.

— Je ne sais pas comment j'ai fait pour survivre, reprit-elle. Lorsque les services sociaux m'ont retrouvée au bout de deux jours, j'ai refusé de parler. Je ne voulais leur dire ni qui j'étais ni d'où je venais. Mais ils ont vite fait le parallèle avec moi car ma mère avait signalé ma disparition. Elle leur avait raconté que j'étais une petite allumeuse qui avait tenté de séduire son amant mais, comme je m'étais heurtée à un refus, j'avais préféré fuguer. Elle s'est montrée si convaincante qu'ils l'ont crue. Mais, lorsqu'ils ont décidé que je devais retourner vivre chez elle, je suis devenue hystérique. J'ai même menacé de me suicider. Ils ont fini par me placer dans une famille d'accueil.

— Et ta mère et son amant ? demanda-t-il sur un ton aussi glacial que méprisant. Que sont-ils devenus ?

— Ma mère est morte. Mais tout cela n'a plus d'importance, aujourd'hui.

— Au contraire ! C'est extrêmement important.

Il ne s'était jamais senti aussi impuissant. Il aurait aimé avoir le pouvoir de remonter le temps ou de faire table rase du passé afin qu'Ottavia n'ait pas vécu une période aussi tragique dans sa vie d'adolescente. Mais il avait beau être roi, il n'avait pas ce pouvoir.

Il s'éclaircit la gorge, cherchant à dissiper la boule qui s'était formée dans sa gorge.

— Que s'est-il passé ensuite ? demanda-t-il.

— Je suis passée de famille d'accueil en famille d'accueil jusqu'à mes dix-huit ans et après je me suis retrouvée seule sans ressources jusqu'à ce que je trouve un poste de femme de chambre dans un hôtel.

Il comprenait mieux à présent sa gentillesse à l'égard des domestiques du palais. Elle était passée par là, elle aussi.

— Durant cette période, j'ai rencontré un homme.

Il se figea instantanément.

— Quel genre d'homme ?

— Un gentleman. Un homme âgé qui m'a offert de devenir sa dame de compagnie. Je dis bien *sa dame de compagnie*, pas sa maîtresse. Il a veillé à faire de moi une personne instruite. Il m'a poussée à aller à l'université, à décrocher des diplômes. Lorsqu'il est mort, j'ai décidé de poursuivre ce qu'il m'avait enseigné. J'avais rencontré plusieurs de ses amis au cours de notre relation, des hommes fortunés qui savaient ce que j'avais à offrir et qui connaissaient mes limites. Cela m'a permis de me lancer et de prendre en charge ma destinée.

Il la fixa sans rien dire. L'émotion menaçait de le submerger. Elle avait tant de force en elle ! Il admirait la jeune fille qu'elle était alors et qui avait réussi à surmonter seule le traumatisme que lui avait infligé cet homme abject.

— Depuis cette nuit horrible, y a-t-il eu d'autres hommes dans ta vie ?

— Non.

— Alors, je…

— Oui, Rocco. Tu es le premier. Je ne me serais jamais cru capable de pouvoir faire l'amour un jour. Surtout avec un homme comme toi, de nature aussi impérieuse et dominatrice, précisa-t-elle avec un petit sourire. J'avais depuis longtemps décidé que plus personne ne m'imposerait sa volonté et décidé de vivre entourée de gens qui me feraient me sentir en sécurité.

— Ressens-tu cela avec moi ?

Elle tarda à répondre, mais, lorsqu'il vit son visage se fendre d'un sourire radieux, son cœur se gonfla de joie.

— Oui. Encore plus maintenant. Jusqu'à ce que nous fassions l'amour, je me sentais plus une survivante qu'une victime.

Bouleversé, il alla se poster devant l'une des fenêtres et laissa son regard errer au-dehors. Le soleil n'allait pas tarder à se lever. Tandis que l'horizon s'enflammait, il se fit la promesse qu'un jour il retrouverait le criminel qui lui avait fait endurer une telle tragédie et qu'il lui ferait payer très cher.

Des coups frappés à leur porte le firent jurer tout bas. Etait-ce trop demander que de vouloir se réserver quelques moments d'intimité sans avoir à être dérangé ?

Il alla ouvrir. C'était Sonja. Evidemment ! Qui d'autre pouvait se permettre de telles familiarités avec lui ?

— Les médias ont eu vent de l'incident d'hier matin, annonça-t-elle sans même daigner saluer Ottavia.

— Il fallait s'y attendre.

— Ils ne parlent pas de la panne, répliqua-t-elle sèchement en dépliant le journal qu'elle tenait à la main. « Alors que son royaume est en pleine tourmente, le roi Rocco flirte sur son lac privé avec Ottavia Romolo, une célèbre call-girl. Est-ce là le comportement digne d'un monarque ? » lut-elle avec mépris.

D'un geste plein de dédain, elle lança dans un fauteuil tout proche le journal ouvert à la page où figurait une photo sur laquelle on le voyait, placé derrière Ottavia, elle-même à la barre, enfouissant son visage au creux de son cou.

— On ne peut pas dire que vous serviez votre cause, Sire, lui fit remarquer Sonja d'un ton hautement réprobateur.

— D'où vient cette photo ?

— Quelle importance ? Mais cela ne peut venir que de quelqu'un qui se trouvait sur place.

Ottavia s'empara du journal et étudia la photo de plus près.

— On dirait que c'est une vue aérienne, dit-elle.

— Les seuls hélicoptères qui ont traversé l'espace hier sont ceux qui ont transporté les princesses à l'aéroport, fit-il remarquer. Et ils appartiennent à ma flotte.

Ce qui induisait que ce cliché avait été pris par un proche. Quelqu'un en qui il avait confiance. Il sentit soudain la colère sourde qui était montée en lui se transformer en une rage bouillonnante. Il se faisait fort de retrouver le coupable et de lui faire regretter sa trahison ! Sans compter que punir le coupable serait montrer à son peuple qu'il fallait encore compter avec lui.

— Trouvez-moi le responsable et faites en sorte qu'il ne fasse plus partie du personnel, ordonna-t-il en se tournant vers Sonja.

— Bien, Majesté. Et entre-temps ?

— Je vais regagner la capitale. Il faut étouffer ce feu tant qu'il en est encore temps.

— Ce ne sera pas si simple. Des rumeurs…

— Il y aura toujours des rumeurs. Moi, je ne traite que les faits. Demandez que l'on prépare un des hélicoptères. Je le piloterai moi-même.

— Certainement, Sire. Et Mlle Romolo ? Vous accompagne-t-elle ?

En guise de réponse, Ottavia alla se presser contre lui.

— Je pars avec toi, dit-elle. Enfin, si tu le souhaites. Nous pourrions en profiter pour officialiser nos fian…

— Non, tu restes là, la coupa-t-il plus sèchement qu'il ne l'aurait voulu. Nous reparlerons de tout cela à mon retour.

Ottavia accusa le coup sans rien dire mais il voyait bien que le ton sur lequel il avait parlé l'avait blessée.

— Très bien, murmura-t-elle. Comme tu voudras.

— Je préviens le personnel navigant et j'annonce au palais votre arrivée imminente, dit Sonja d'un ton radouci avant de s'esquiver.

Rocco tenta de rassembler ses esprits.

— Ce contretemps tombe mal mais…

— Je comprends, Rocco. Vas-y, ne perds pas de temps.

Alors qu'il traversait la chambre pour se rendre dans le dressing, Ottavia alla se recroqueviller sur leur lit. Son regard s'attarda sur la courbe de ses seins que dissimulait à peine le vêtement transparent dont elle s'était couverte.

Aussitôt, le feu du désir s'alluma en lui. Il aurait aimé la rejoindre et lui montrer à quel point elle comptait pour lui. Mais il ne pouvait se laisser aller à de telles pulsions dans un moment pareil. Son devoir devait passer en priorité.

Il alla préparer un bagage léger et revint dans la chambre.

— Je reviendrai dès que possible, dit-il. Il faudra alors que nous ayons une discussion.

Puis, se sentant incapable de résister à la tentation de se couler à côté d'Ottavia s'il prenait le risque d'aller l'embrasser, il quitta la pièce sans ajouter un mot.

- 13 -

Quinze minutes plus tard, Ottavia regardait l'hélicoptère s'élever dans le ciel puis survoler le palais avant de prendre la direction de la capitale. Elle se sentait envahie d'une immense lassitude. Tant de choses s'étaient passées durant cette nuit ! Mais, plus que tout, l'attitude plus que distante de Rocco à son égard la plongeait dans la plus grande confusion. A peine lui avait-il prêté attention, après l'arrivée intempestive de Sonja.

Elle avait beau essayer de se raisonner, de se dire que, compte tenu des circonstances, il ne pouvait pas en être autrement, elle sentait instinctivement que quelque chose avait changé entre eux.

Le gargouillement de son estomac la ramena à une réalité plus prosaïque. Pourtant, elle n'avait pas faim. Elle prit son temps pour s'habiller avant de descendre jusqu'à la bibliothèque où elle avait passé tant d'heures lorsqu'elle n'était encore qu'une captive.

Elle prit le roman qu'elle avait commencé quelques jours plus tôt et alla s'installer confortablement dans l'un des fauteuils qui se trouvaient sous les fenêtres. Mais, à peine quelques minutes plus tard, elle dormait d'un profond sommeil. Elle se réveilla au pas caractéristique de Sonja Novak qui s'approchait d'elle.

Elle se redressa aussitôt dans une posture qu'elle jugeait plus digne.

— Que puis-je faire ? s'enquit-elle d'un ton faussement dégagé.

— Sa Majesté a besoin de votre aide.

— De quoi s'agit-il ?

— Il voudrait que vous jouiez les hôtesses au dîner qui aura lieu ce soir. Le général Novak vous assistera dans cette tâche.

Une boule d'angoisse se forma aussitôt dans son ventre.

— Le général Novak ?

— Andrej est tout à fait l'homme qu'il faut, durant l'absence de Sa Majesté. Il connaît très bien le général Vollaro, chef des forces armées du royaume de Sylvano. Lui et son épouse ont été conviés en vue de sceller un rapprochement entre nos deux nations. Le roi Rocco a bien insisté pour que vous soyez présente à ce dîner afin de vous occuper en personne de Rosina Vollaro qui a un net penchant pour l'alcool aussitôt que l'attention de son mari n'est plus tournée vers elle.

— Si je comprends bien, je dois veiller sur madame pendant que monsieur débat de sujets sérieux entre hommes.

Sonja arqua un sourcil sceptique au ton mi-railleur mi-offensé qu'elle avait employé.

— Je sais bien que vous préférez la compagnie des hommes mais je ne doute pas que vos talents multiples vous permettront de vous adapter à une situation à laquelle vous n'êtes pas habituée, répliqua-t-elle.

Ottavia feignit de ne pas être touchée par cette flèche empoisonnée que venait de lui décocher Sonja Novak et demanda d'un ton courtois :

— A quelle heure dois-je me tenir prête ?

— Le général Novak vous attendra dans le petit salon à 19 heures précises. Ne le faites pas attendre. Une tenue correcte est exigée, cela va sans dire.

Elle appuya ces derniers mots en la toisant de la tête aux pieds.

— Enfin… si vous êtes capable d'un tel exploit, ajouta-t-elle d'un air profondément méprisant.

Puis elle lui tourna le dos et disparut aussi vite qu'elle était apparue, la laissant en proie à un profond malaise.

Le général Novak…

Un frisson de dégoût la parcourut tout entière. Si la demande n'avait pas émané de Rocco, elle aurait refusé de se rendre à ce dîner. Pourtant, c'était à ce genre de corvées qu'il lui faudrait faire face lorsqu'elle serait reine. Jouer les hôtesses était le moins qu'elle puisse faire pour lui rendre service.

Pourtant, le malaise persistait à l'idée qu'Andrej Novak serait à son côté.

— Allons, il ne s'agit que de quelques heures, murmura-t-elle.

En outre, si Rocco avait placé sa confiance en Andrej Novak, elle n'avait aucune raison de s'inquiéter comme elle le faisait.

Pourtant, tandis qu'elle se préparait, un peu plus tard dans la soirée, l'appréhension subsistait.

Elle ne s'était pas inquiétée pour rien.

Aussitôt qu'elle se retrouva en présence du général, elle eut fort à faire pour tenter d'échapper à ses mains baladeuses. Aussi, dès que les Vollaro furent annoncés par le valet de pied en faction devant la porte, en profita-t-elle pour aller les accueillir et mettre de la distance entre cet homme déplaisant et elle.

Après les présentations d'usage, Rosina et son époux furent conduits sur la terrasse où les attendait un apéritif qui leur fut servi alors que le disque flamboyant du soleil plongeait doucement à l'horizon.

Ottavia s'apprêtait à aller les rejoindre lorsque Novak vint se placer à côté d'elle.

— Ne croyez pas que je suis dupe, lui glissa-t-il à l'oreille.

Elle se raidit, tous ses sens en alerte.

— Pardon ?

Elle chercha à s'écarter de lui mais son corps massif lui bloquait le passage.

— Se faire désirer peut être parfois excitant mais voyons un peu les choses en face, mademoiselle Romolo. Nous savons tous les deux que vous préparez le terrain avec moi en vue de vous placer lorsque Rocco se sera lassé de vous.

L'insulte lui fit l'effet d'une gifle. Elle prit néanmoins sur elle et parvint à rétorquer avec hauteur :

— Je suis ici à la demande de Sa Majesté. Et je vous prierais de me parler sur un autre ton.

— Sinon quoi ? Vous irez vous plaindre à lui ?

Il ponctua ces derniers mots d'un rire gras qui la fit frissonner un peu plus.

— S'il le faut, je n'hésiterai pas, affirma-t-elle.

— Vous oubliez que vous n'êtes que de passage dans ce palais. Un jour ici, l'autre ailleurs.

Il se trompait, se dit-elle fermement comme pour s'en convaincre. Elle n'était pas de passage. Elle allait devenir la femme de Rocco et la souveraine de ce royaume. Mais il ne lui appartenait pas de divulguer cette information sans l'autorisation de Rocco.

— Nos invités…

— Nos invités admirent le coucher de soleil, l'interrompit-il de manière grossière. Ne prenez pas vos airs supérieurs avec moi. Gardez en tête que vous n'êtes qu'une call-girl. Votre temps est fini ici.

— C'est faux ! s'exclama-t-elle, ulcérée.

— D'après ce que m'a confié Rocco au moment de partir, il se serait même déjà fatigué de vous.

Une gangue de glace l'enveloppa. Rocco n'avait pas pu révéler à cet odieux personnage son secret le plus intime. C'était impossible.

Mais Novak reprit, un sourire sardonique aux lèvres :

— Rocco n'a aucun secret pour moi. Nous partageons *tout*.

Il avait appuyé sur ce dernier mot pour être bien certain que l'allusion ne lui échapperait pas.

— Je ne fais pas partie de ce « tout », répliqua-t-elle.

De nouveau, il éclata de ce rire aussi sonore que féroce.

— Vous savez quoi ? Il n'était pas obligé de quitter le palais aujourd'hui. La vérité, c'est qu'il ne supportait plus l'idée d'être avec vous après que vous lui avez révélé la vérité sur votre sordide petite histoire.

— C'est faux ! s'écria-t-elle, mortifiée.

Novak but une gorgée de son cocktail puis pointa la terrasse du menton.

— Vous êtes ici pour travailler ? Alors, allez-y !

Sans trop savoir par quel miracle, elle parvint à jouer le rôle que Rocco lui avait demandé de jouer. Elle ne pouvait pas croire qu'il l'avait trahie. Durant tout le dîner, elle tenta d'analyser sa réaction. Certes, dans un premier temps, il s'était montré révolté mais, ensuite, il avait paru distant, allant même jusqu'à se montrer indifférent au moment de son départ. Maintenant qu'elle y repensait, presque pressé de la quitter. D'ailleurs, n'avait-il pas refusé qu'elle l'accompagne ? Ne l'avait-il pas brutalement interrompue alors qu'elle s'apprêtait à faire mention de leurs fiançailles ?

Et enfin, n'était-il pas parti sans même l'embrasser ?

Se pouvait-il qu'Andrej Novak ait raison ?

Cette seule pensée lui donnait l'impression qu'elle allait s'évanouir.

A la seconde où les invités eurent pris congé, elle se précipita dans les appartements de Rocco et s'y enferma à double tour. Puis, une fois en sécurité, elle s'exhorta à reprendre son calme.

Elle y était presque parvenue lorsqu'on frappa à sa porte.

— Qui est-ce ? s'enquit-elle le cœur battant alors qu'elle savait pertinemment qui se trouvait derrière la porte.

— Il faut que nous parlions, répondit Novak. Laissez-moi entrer.

— Non, je suis fatiguée.

— Dommage, rétorqua-t-il d'une voix devenue mielleuse. J'ai un message pour vous de la part de Rocco mais je ne vous en ferai part que si vous m'ouvrez cette porte.

Elle alla ouvrir à contrecœur, prête à refermer aussitôt qu'il lui aurait délivré son message. Mais horrifiée, impuissante, elle le vit forcer le passage et pénétrer dans la pièce. Les battements de son cœur redoublèrent d'intensité lorsqu'elle vit ses lèvres se retrousser en un rictus lubrique.

— S'il vous plaît, dit-elle d'un ton qu'elle voulait égal. Dites-moi ce que vous a dit Rocco et partez.

— Certainement pas.

Il s'approcha d'elle jusqu'à enfouir son visage dans sa chevelure.

— Ton odeur m'envoûte, ma jolie.

Elle parvint tant bien que mal à cacher la répulsion qu'il lui inspirait pour demander avec hauteur :

— Que vous a dit Sa Majesté ?

— Qu'il ne rentrerait pas ce soir.

Il marqua une pause qui lui parut une éternité et durant laquelle il enroula une mèche de ses cheveux autour d'un doigt.

— Tu comprends ce que cela veut dire ?

— Non ! hurla-t-elle.

Oh ! mon Dieu... Le cauchemar prenait de nouveau une forme réelle.

Elle chercha à échapper à cet homme abject mais il la retint en l'empoignant par les cheveux.

— Il a même dit que je pouvais t'avoir comme je voulais.

— C'est faux, dit-elle au bord des larmes. Il n'a pas pu vous dire une chose pareille.

— Ah, tu crois ça ?

Il relâcha son emprise mais ce ne fut que pour tourner autour d'elle comme un prédateur affamé.

— Est-il au courant, pour Adriana ? Je ne pense pas, non. Ce serait un sacré scandale ! Imagine un peu. Ta sœur chérie passer d'une institution privée à une autre, publique celle-là.

— Cela n'arrivera pas. Je paie pour qu'elle soit où elle est.

— D'accord. Mais si, tout d'un coup, tu n'avais plus les moyens ?

— Vous n'avez pas ce pouvoir.

— Vraiment ? Je te rappelle que ma position me permet beaucoup de choses et notamment d'avoir accès aux coordonnées bancaires de qui bon me semble.

Il marqua une pause, sans doute pour laisser les mots pénétrer son esprit. Elle voulait se convaincre que ses données étaient inviolables mais le doute, pernicieux, subsistait. Et s'il pouvait manipuler ses comptes à sa guise ? Si elle n'avait plus les moyens de laisser Adriana là où elle se trouvait, en sécurité ?

— Garde bien cela en mémoire, ma chère Ottavia. Je vois tout. Je sais tout sur toi et Adriana. Je peux faire en sorte qu'elle reste dans cette institution. Mais, en échange, j'attends de toi un petit service.

Elle ne lui demanderait pas de quoi il s'agissait. Elle ne lui ferait pas ce plaisir.

Face à son mutisme, il l'attira à lui et lui tira un peu plus les cheveux en arrière, la forçant à le regarder dans les yeux.

— Tu n'es pas curieuse, on dirait. Alors je vais te dire ce que j'attends de toi.

Il lui murmura à l'oreille, de façon on ne peut plus explicite, ce qu'il voulait d'elle. Les mots qu'il employa lui donnèrent la nausée.

Andrej Novak avait beau être un ami d'enfance du roi, il n'en avait ni l'élégance ni la retenue. Avoir mis sa vie en péril pour protéger la princesse n'avait sans doute eu pour but que de donner de lui l'image d'un preux chevalier qu'il n'était pas.

— Je refuse, déclara-t-elle aussi fermement qu'elle le put. Mon contrat ne vaut qu'avec Rocco.

— Et moi je crois que, pour le bien de ta sœur, il va te falloir revoir ta copie. Quel âge a-t-elle déjà ? Ah oui, quatorze ans. Le même âge que toi quand…

— Non ! Vous ne pouvez pas ! s'écria-t-elle.

La menace qu'il laissait volontairement planer était insoutenable. Elle avait tout fait pour protéger sa sœur, et elle était même prête à donner sa vie pour elle. Mais ce n'était pas sa vie que voulait ce triste individu. Et, pour continuer à sauver Adriana, elle endurerait le pire.

Alors…

Elle sentit ses dernières résistances l'abandonner.

— Très bien, dit-elle, résignée. Je dois vous laisser un instant.

— Pour quoi faire ?

— Je voudrais me préparer.

— Est-ce bien nécessaire ? Tu pourrais commencer par me servir un verre.

— Je veux me changer d'abord.

— Après tout, pourquoi pas ? Va te changer si tu y tiens tant, même si je n'en vois pas l'intérêt. Tu seras nue et bien disposée assez tôt.

Bien disposée ? Plutôt mourir !

Se rendant dans le dressing, elle prit un déshabillé et gagna la salle de bains qu'elle verrouilla derrière elle.

Et si elle restait là ? Si elle refusait de sortir ? Non, elle ne pouvait pas se permettre de risquer la sécurité d'Adriana.

Elle ôta sa robe, la même que celle qu'elle avait choisi de porter à la soirée donnée en l'honneur des princesses, et se glissa dans sa chemise de nuit en soie. Et, tandis qu'elle se changeait, elle ne pouvait refouler les pensées affreuses qui se télescopaient dans sa tête. Et si cette ordure disait vrai ? Si Rocco lui avait fait des confidences sur le secret qu'elle lui avait confié ? Si elle le répugnait au point qu'il avait ressenti le besoin de s'éloigner d'elle ?

Si c'était le cas, pourquoi ne pas avoir mis un terme au contrat qui les liait plutôt que de la traiter comme quantité négligeable ?

Elle refoula les larmes qui lui brouillaient la vue. Quelle idiote elle avait été ! Toute sa vie, elle s'était juré de ne plus jamais faire confiance à un homme et de ne jamais tomber amoureuse. Et qu'avait-elle fait ? L'exact opposé.

Cette fois, elle retiendrait la leçon, elle s'en faisait le serment.

Son regard erra dans la pièce avant de s'arrêter sur le tube de somnifères qu'elle emportait toujours avec elle, même si elle n'en faisait pas souvent usage.

Une idée germa soudain dans son esprit.

Combien en faudrait-il pour rendre Novak inoffensif ?

L'homme était grand, bien bâti, musclé. Un seul comprimé ne suffirait pas. Sauf si elle le diluait dans un alcool fort, ce qui en multiplierait les effets.

La seconde d'après, elle sortait de la salle de bains, deux cachets serrés dans son poing fermé.

Elle parviendrait bien à faire traîner les choses. A lui faire boire un verre, puis un autre.

Ensuite, elle attendrait.

L'homme était fort comme un bœuf, songeait-elle tandis qu'ils dansaient dans le salon.

Elle était parvenue à diluer les deux comprimés dans le premier verre, ce qui, normalement, ne devrait pas tarder à l'assommer.

— Assez dansé, dit-il d'une voix pâteuse. Venons-en au fait.

— Si c'est vraiment ce que vous voulez, murmura-t-elle, le ventre noué.

Elle ne pourrait pas. Faire l'amour avec Rocco avait été si différent de ce que cet homme ignoble voulait faire avec elle. Ou plutôt voulait lui faire subir, vu qu'elle n'était pas consentante.

D'un pas lourd et traînant, il la conduisit vers le lit et la fit basculer sans ménagement sur le matelas. Il se déshabilla à la hâte, sans plus prêter attention à ses vêtements qui s'empilaient par terre. Elle détourna la tête lorsqu'elle vit son sexe lourd de désir pour elle. C'était plus que ce que son regard dégoûté pouvait supporter.

— Qu'y a-t-il ? Tu n'aimes pas ce que tu vois ?

Il s'avança en vacillant et se laissa presque tomber sur elle pour la clouer de son corps massif. Aussitôt ses mains fébriles cherchèrent ses seins et se mirent à les pétrir.

— Tu vas voir. Tu vas adorer, lui assura-t-il d'une voix un peu plus cotonneuse.

Elle réprima le cri qui lui montait à la gorge. A quoi bon ? De toute façon, personne ne l'entendrait. Et puis, la peur la paralysait, l'empêchant d'esquisser le moindre geste.

Soudain, une lueur d'espoir lui fit battre le cœur. Le regard de Novak devint trouble en même temps que ses paupières se faisaient plus lourdes.

Enfin, il était inconscient !

Mais son corps inerte, devenu plus lourd, la retenait toujours captive.

Elle pouvait à peine respirer et tous ses efforts pour se dégager de ce poids mort sur elle restaient vains.

Elle entendit soudain la porte de la pièce s'ouvrir lentement.

C'était Rocco.

- 14 -

Rocco prit dans l'instant toute la mesure du tableau qui s'offrait à lui. Il resta pétrifié, sujet à une subite envie de vomir. A peine avait-il conscience de la présence de Sonja qui, derrière lui, le poussait à pénétrer dans la pièce.

— C'est bien ce que je craignais, siffla-t-elle entre ses dents. J'aurais dû vous prévenir avant, Sire. En fait, elle a commencé à flirter avec Andrej lors de la réception. Je suis désolée que vous découvriez ses manigances en de telles circonstances.

Sans dire un mot, Rocco alla vers le lit et, d'un geste qu'il voulait digne, fit rouler Andrej sur le côté. Il posa alors son regard sur Ottavia qui s'empressa de rabaisser son déshabillé sur elle. La voir ainsi à demi nue, livrée à un autre homme que lui, lui donnait la nausée. Comment avait-elle pu se moquer ainsi de lui ?

Elle se leva d'un bond, le visage blême.

— Rocco, ne la crois pas ! J'ai été victime d'une machination montée de toutes pièces par cette femme et ce…

Les mots moururent sur ses lèvres tandis que ses traits exprimaient la plus vive répulsion.

— Cet homme, reprit-elle d'une voix blanche, il m'a dit que tu ne voulais plus de moi après ce que je t'avais raconté ce matin. Que c'était toi qui m'avais offerte à lui. Rocco, dis-moi la vérité. Tu n'as pas fait une chose pareille ?

Son visage exprimait une profonde angoisse.

— Cette fille ment, intervint Sonja. Regardez un peu

dans quel état se trouve Andrej. Il est inconscient, précisa-t-elle en s'agenouillant près de lui. Que lui avez-vous fait ? J'appelle un médecin et la sécurité.

Joignant le geste à la parole, elle sortit de sa poche le téléphone portable qui ne la quittait jamais.

— Rocco, il faut que tu me croies, dit Ottavia d'une voix implorante. Il a voulu me forcer et…

Elle s'interrompit net, sa voix s'étranglant dans un sanglot.

— Votre petit numéro pourrait être très convaincant si nous ne savions pas à qui nous avons affaire, dit Sonja. J'imagine que vous avez raconté à mon fils la même pitoyable histoire que vous avez servie à Sa Majesté. Enfin… votre version des faits.

Rocco se raidit et regarda les deux femmes sans comprendre.

— De quoi parlez-vous ?

— Je n'ai rien dit à votre fils, se défendit Ottavia en soutenant le regard de Sonja. Sinon que je ne voulais pas céder à son chantage immonde. Et puis, que savez-vous de mon passé ? Qui vous en a parlé ?

Puis elle se tourna vers lui et l'épingla d'un regard accusateur qu'il fut incapable de soutenir.

Ce n'était pas elle, la victime. C'était lui ! Lui qui avait été trahi. Il ne s'agissait pas d'inverser les rôles, tout de même !

— C'est elle qui ment, Sire, assura Sonja. D'ailleurs, j'en ai la preuve.

— Apportez-moi cette preuve dans mon bureau, ordonna-t-il.

Puis il tourna le dos aux deux femmes et se dirigea vers la porte.

— Et Mlle Romolo ? lança Sonja.

— Demandez aux agents de la sécurité de rester avec elle, répondit-il sans même se retourner.

Il croisa les deux gardes alors qu'il était encore dans le couloir. Il se retourna et les regarda entrer dans ses appartements. Une pointe de remords l'envahit lorsqu'il entendit le cri de détresse d'Ottavia.

Mais très vite la raison l'emporta. Il devait rester sourd à ce que lui dictait son cœur, s'il voulait sauver sa peau.

Fort de cette bonne résolution, il descendit l'escalier qui menait à son bureau. Une fois là, il se laissa tomber dans son fauteuil en cuir et se prit la tête entre les mains. Dire qu'il avait précipité son retour pour retrouver Ottavia plus vite ! Et, pendant ce temps, elle l'avait pris pour un imbécile.

Vingt minutes plus tard, Sonja frappait à sa porte.

— Je suis désolée que vous ayez été témoin d'une scène aussi navrante, dit-elle aussitôt qu'elle fut entrée.

— Comment va Andrej ?

— Bien. Le médecin pense que la prise des antalgiques quotidienne combinée à l'alcool est la cause de son malaise. A moins que cette fille ne l'ait drogué. Il nous faudra attendre les résultats des analyses pour le savoir.

Andrej. Son ami, son frère, qui n'avait pas hésité à prendre la balle qui était destinée à la princesse et qui, depuis, en subissait les désagréments.

— Veillez à ce qu'il bénéficie des meilleurs soins, dit-il.

— Je n'y manquerai pas.

Ce problème écarté, il se leva et alla se poster près de la fenêtre. Il laissa son regard errer quelques secondes sur les jardins enveloppés d'ombres puis, au-delà, sur le lac.

— Vous disiez que Mlle Romolo s'est mise à séduire Andrej il y a quelque temps déjà ? demanda-t-il.

— Malheureusement, oui. Andrej a bien tenté de la dissuader mais j'imagine que face à la détermination de cette fille…

— Vous m'avez soutenu avoir une preuve.

Sonja poussa un petit soupir empli de compassion.

— En effet.

— Allez-y. Je vous écoute.

— Eh bien, Mlle Romolo est à l'origine des fuites dont se sont emparés les journalistes. J'ai fait confisquer son ordinateur pour le confier à nos spécialistes. Ils ont mis la main sur certains documents qui avaient été effacés. Parmi eux figure un échange de courriels entre elle et le journal en question, courriels datant de deux jours avant la réception donnée en l'honneur des princesses.

— Et... ? la pressa-t-il lorsqu'il la vit hésitante à poursuivre.

— La liste des invités était attachée en pièce jointe.

Il serra les poings en signe de frustration et de dépit. Il eut l'impression qu'on lui plantait un coup de couteau en plein cœur.

— Avez-vous autre chose ?

— Des photos de vous deux prises alors que vous étiez sur le bateau.

— Elle n'a pas pu prendre ces photos elle-même, fit-il remarquer, cherchant à se convaincre encore qu'il devait y avoir méprise.

Mais croire à l'innocence d'Ottavia revenait à croire à la culpabilité de Sonja et d'Andrej, ses fidèles alliés depuis toujours.

— Non, bien sûr, reconnut Sonja. Mais elle a dû user de ses charmes pour convaincre quelqu'un de le faire pour elle. Vous n'ignorez pas que l'un des pilotes a donné sa démission ce même jour. Et, curieusement, il a eu les fonds nécessaires pour monter sa propre affaire.

A ces mots, il se tourna vers elle. Il restait encore un détail non éclairci.

— En tout cas, elle ne peut pas avoir saboté le bateau, affirma-t-il.

— Pourquoi pas ?

Chacune des réponses de Sonja était autant de poison

distillé peu à peu dans ses veines, mais il ne pouvait malheureusement pas les réfuter.

— Très bien. Si vous n'avez rien à ajouter, vous pouvez y aller. J'ai besoin d'être seul.

— Je crains que ce ne soit pas tout.

Quoi encore ? se demanda-t-il, soudain furieux contre lui. Tout comme son père et son grand-père avant lui, il avait laissé le désir physique pour une femme commander sa vie. Et voilà où cela l'avait mené !

— Elle a un enfant, poursuivit Sonja, impitoyable.

— Un enfant ? !

— Une fille. Mais, visiblement, Mlle Romolo semble dépourvue du moindre instinct maternel. Depuis sa naissance, cette enfant est placée dans une institution.

Mensonges ! Tout ce qu'Ottavia lui avait raconté n'était qu'un tissu de mensonges ! Dans ce cas, comment expliquer cette souffrance qui lui broyait le cœur ? Pourquoi n'était-il pas soulagé d'être bientôt débarrassé à jamais d'une intrigante qui n'avait cherché qu'à profiter de lui et de sa position exceptionnelle ?

— Demandez aux agents de la sécurité de l'amener jusqu'ici, ordonna-t-il. Puis, lorsque j'en aurai fini avec elle, veillez à ce qu'elle quitte le palais dans les plus brefs délais.

— Souhaitez-vous que nous la poursuivions en justice ?

— Non, je souhaite juste ne plus jamais la revoir ni même entendre parler d'elle.

Cinq minutes plus tard, Ottavia se trouvait face à lui, la mine défaite et les yeux rougis d'avoir trop pleuré.

— Merci, dit-il aux agents. Vous pouvez vous retirer et donnez ordre de ne pas nous déranger.

Ottavia n'attendit même pas que la porte se soit refermée pour prendre la parole.

— Je t'en supplie, Rocco. Dis-moi que tu vas écouter ce que j'ai à te dire.

En guise de réponse, il éclata d'un rire sardonique.

— Ecouter quoi ? Vos mensonges ? Vous n'en avez pas assez raconté comme cela ?

— Rocco…

— Je vous prierais de m'appeler « Majesté » !

Dans un geste purement défensif, il croisa les bras et afficha une expression qu'il voulait d'indifférence hautaine. Pourtant, bien malgré lui, il brûlait de la prendre dans ses bras et de caresser son visage empreint de détresse. Une détresse feinte, bien sûr.

Elle fit un pas en avant et tendit vers lui une main qu'il écarta aussitôt.

— Non ! Ne me touchez pas. Vous vous êtes comportée de façon indigne avec moi. Vous avez trahi ma confiance. Je veux que vous sortiez à jamais de ce palais et, par voie de conséquence, de ma vie.

— Tu ne peux pas me demander cela, Rocco. Ouvre les yeux ! Tu ne vois donc pas ? Sonja et Andrej, ce sont eux qui ont conspiré contre moi, contre nous !

— Vraiment ? Même là, preuves à l'appui, vous continuez à mentir ? A accuser les deux seules personnes qui m'ont toujours manifesté la plus fidèle loyauté. Et quand comptiez-vous me parler de votre enfant caché ? Si tant est que vous comptiez m'en parler un jour, bien sûr.

— Ma sœur ? Qu'a-t-elle à voir avec toute cette histoire ?

Il marqua un temps d'hésitation. Sonja avait évoqué une fille, pas une sœur. Avait-elle pu confondre ? Il ne pouvait pas y avoir d'autre explication possible.

Le doute, insidieux, s'insinua pourtant en lui. Non, il ne devait pas céder à la tentation d'écouter la version d'Ottavia. Il serait bien capable de donner foi à ses mensonges. Son cœur mis à mal avait tant besoin de croire qu'elle n'avait pas pu le trahir ! Il ne l'écouterait pas. Ne prendrait pas le risque de se laisser séduire de nouveau.

— Vous quittez le palais ce soir, ordonna-t-il.

Le visage fermé, il alla ouvrir aux deux gardes qui étaient restés en faction devant la porte.

— Tu te trompes, murmura-t-elle encore d'une petite voix qui lui alla droit au cœur. S'il te plaît, Rocco, ne me renvoie pas. Laisse-moi t'expliquer. Je t'aime.

— Assez de mensonges, Ottavia.

Elle fixa sur lui un regard incrédule. Comment pouvait-il avoir changé ainsi en moins de douze heures ? Pourquoi refusait-il de la croire ? Et, elle, avait-elle pu se tromper à ce point sur lui ? Elle avait cru déceler derrière la façade impérieuse, parfois même autoritariste, de la tendresse, de la douceur. Elle avait cru trouver en lui celui qui saurait lui faire oublier les démons du passé, celui qu'elle aurait pu aimer.

Elle ne pouvait pas s'être trompée à ce point. Pourtant, elle devait bien s'y résigner.

Elle rassembla le peu de dignité qu'il lui restait et tenta d'afficher un visage aussi dur que le sien.

— Notre contrat arrive donc à son terme ? demanda-t-elle d'une voix ferme.

— Le contrat a pris fin à la seconde où vous vous êtes allongée dans mon lit à côté d'Andrej.

Chacun des mots qu'il venait de prononcer lui fit aussi mal que l'affront que lui avait infligé Novak. Plus, même. Elle s'était donnée à Rocco comme elle ne pensait pas être capable de se donner un jour à un homme. Elle lui avait tout donné d'elle, non seulement son corps mais aussi son âme.

Et voilà qu'il la répudiait d'une manière brutale qui lui donnait l'impression d'être une moins-que-rien. Comme si ce qui s'était passé entre eux n'avait jamais eu la moindre importance.

Elle sentit des larmes de rage et d'impuissance menacer

de rouler sur ses joues sans qu'elle puisse les retenir. Mais elle ne lui ferait pas ce plaisir.

Elle inspira un grand coup et dégagea d'un geste brusque son bras de la main du garde.

— Ce ne sera pas nécessaire, lui dit-elle durement.

Elle passa le reste de la soirée dans la confusion la plus totale. Elle était retournée dans les appartements de Rocco et avait fait ses bagages, veillant à ne pas laisser la moindre trace de son passage ici, dans la vie de Rocco, à l'exception des copies de leur contrat qu'elle déchira en deux et laissa volontairement tomber au sol.

Il n'y aurait plus de roses sur son oreiller, le matin. Plus de discussions joyeuses autour de la table du petit déjeuner. Plus de promenades le long du lac. Elle n'ouvrirait plus son corps à la passion ni son cœur à l'amour. Plus jamais.

Elle passa les jours puis les semaines qui suivirent à tenter de se ressaisir. Il le fallait bien, si elle voulait offrir un visage neutre à la meute de journalistes qui campaient jour et nuit devant chez elle et ne manquait pas de la traquer aussitôt qu'elle mettait le nez dehors.

Mais ses efforts demeuraient vains. Elle somatisait tant qu'elle ne gardait même rien du peu qu'elle se forçait à avaler le matin au petit déjeuner. A la fin, épuisée, elle décida de demander l'aide d'un médecin. Lui seul saurait l'aider à retrouver des forces morales et physiques.

Elle retourna chez elle, à l'issue de la consultation, sans avoir le moindre souvenir du trajet effectué en taxi. Certes, le praticien s'était montré rassurant : elle n'était pas malade. Pourtant, ce qu'il lui avait annoncé la hantait sans lui laisser aucun répit.

Elle était enceinte.

L'idée lui faisait horreur, mais elle était bien obligée d'en informer Rocco.

Se procurer un numéro de téléphone susceptible de joindre le palais se révéla un véritable parcours du combattant. Mais elle y parvint en faisant jouer ses relations. Elle ne fut pas étonnée d'entendre la voix de Sonja Novak lui répondre.

— Je suis Ottavia Romolo, se présenta-t-elle d'un ton qu'elle voulait hautain. Je souhaite parler à Sa Majesté.

— Vous avez un sacré toupet !

Ottavia inspira un grand coup pour se donner le temps de ravaler sa fierté et de poursuivre :

— S'il vous plaît. Ce que j'ai à dire à Sa Majesté est de la plus haute importance.

— Le roi souhaite expressément ne plus avoir aucun contact avec vous. Il s'est montré assez clair à ce sujet, me semble-t-il. Au revoir, mademoiselle Romolo. Et cessez de nous importuner.

— Attendez ! Dites à Sa Majesté que… que je suis enceinte.

Sonja était bien la dernière personne à qui elle aurait aimé confier une chose pareille. Mais elle n'avait pas le choix.

— Pardon ?

— Je suis enceinte, répéta-t-elle le plus calmement possible.

— Et en quoi cela pourrait-il intéresser Sa Majesté ?

Elle ferma les yeux, priant pour que Sonja Novak fasse preuve d'une once d'humanité.

— Cela pourrait l'intéresser d'apprendre que ce bébé est le sien.

Un silence pesant lui répondit, que Sonja finit par rompre d'un ton encore plus sec.

— Laissez-moi votre numéro de téléphone. Je ferai remonter cette information à Sa Majesté. Lui seul décidera s'il souhaite ou non vous rappeler.

Elle le lui communiqua et raccrocha sans même une formule de politesse.

Deux jours, soit quarante-huit heures d'une attente insoutenable, s'écoulèrent avant que son téléphone ne sonne. Elle vérifia l'écran. Appel masqué.

Une lueur d'espoir lui fit battre le cœur tandis qu'elle prenait l'appel

— Ottavia Romolo à l'appareil, annonça-t-elle d'un ton qu'elle voulait dégagé.

— Ainsi donc, tu prétends être enceinte ? lança Rocco.

Ce n'était pas le ton auquel elle s'était attendue. Celui sur lequel il lui parlait lorsqu'il lui confiait ses souvenirs d'enfance au cours de leurs promenades au bord du lac. Celui sur lequel il lui murmurait des mots doux à l'oreille lorsqu'ils faisaient l'amour, et même après, lorsqu'ils restaient blottis l'un contre l'autre.

Il s'adressait à elle d'un ton froid dénué de la moindre émotion.

— Je n'ai aucune raison de te mentir, Rocco, répondit-elle dans un souffle.

— Pourquoi devrais-je croire que cet enfant est de moi ?

— Parce que je n'ai pas couché avec Andrej. Tu as été le seul homme dans ma vie depuis des années. Ce bébé ne peut être que de toi. Pourquoi refuses-tu de me croire ?

— Parce que tu m'as toujours menti. Sur tous les sujets. J'ai été informé du fait que c'était toi qui avais communiqué la liste des invités aux médias, de même que tu avais corrompu un des pilotes afin qu'il prenne ces photos de nous sur le bateau puis tu en as négocié la vente.

— Je n'ai jamais rien fait de pareil, Rocco ! s'écria-t-elle, ulcérée.

— Les preuves ont été trouvées dans ton ordinateur personnel. Ne cherche plus jamais à me contacter.

Le bip du signal de fin d'appel lui fit l'effet d'une gifle.

Elle fixa un long moment l'appareil avant de se laisser

lentement tomber à genoux. Il ne lui avait laissé aucune chance. Sonja et son ordure de fils avaient gagné.

Rocco ne la croirait jamais.

Elle eut l'impression que son cœur, déjà bien malmené, allait s'arrêter de battre.

- 15 -

Quelques jours plus tard, alors que sa vie avait repris tant bien que mal un cours à peu près normal, Ottavia reçut un coup de fil qui allait tout changer.

— Mademoiselle Romolo ? s'enquit une voix féminine.

— Elle-même, répondit-elle avec une pointe d'appréhension.

— Je suis l'une des infirmières de l'hôpital Queen Sophie, poursuivit son interlocutrice. Je vous appelle car nous venons d'admettre une patiente dont vous êtes la seule parente proche.

Son sang ne fit qu'un tour. Elle suspendit sa respiration, dans l'attente de ce qui allait suivre.

— Il s'agit de Mlle Adriana Romolo. Je ne me trompe pas, n'est-ce pas ?

Ottavia sentit une main invisible lui broyer le cœur. Elle avait eu Adriana la veille pour un appel vidéo. S'il ne lui avait pas échappé que sa sœur était anormalement agitée, l'aide-soignante présente à ce moment-là avait su se montrer rassurante. Il s'agissait d'un banal rhume accompagné d'une fièvre modérée.

Il fallait que son état se soit rapidement dégradé pour qu'elle ait été transférée à l'hôpital en si peu de temps.

— Nous lui avons diagnostiqué une pneumonie sévère, poursuivit l'infirmière. Nous aimerions que vous veniez aussi rapidement que possible.

Ces mots alarmants la firent raccrocher avec précipitation

pour appeler un taxi. Le trafic était dense à cette heure de la journée, et le trajet lui parut durer une éternité.

Aussitôt que la voiture s'arrêta devant les portes coulissantes des admissions, elle jeta une poignée de billets au chauffeur et jaillit de l'habitacle sans même attendre qu'il lui rende la monnaie.

Elle courut jusqu'au bureau des infirmières et, par chance, tomba tout de suite sur la personne qu'elle avait eue au téléphone un peu plus tôt.

— Venez avec moi, lui dit cette dernière. Je vais vous conduire jusqu'à votre sœur.

Elles étaient à proximité d'une chambre lorsqu'une alarme retentit, signe d'une urgence. Aussitôt, une nuée de blouses blanches convergèrent au même endroit.

— Attendez-moi ici ! lui ordonna l'infirmière en s'élançant dans le couloir.

Mais elle ne pouvait pas attendre gentiment là alors qu'elle pressentait un danger. Elle lui emboîta le pas et resta dehors, à regarder par la vitre le personnel médical s'affairer autour d'Adriana tandis qu'un médecin pratiquait sur le petit corps inerte de sa sœur un massage cardiaque censé la ramener à la vie.

Les yeux rivés sur le monitorage, elle pria, supplia des instances supérieures. Rien n'y fit. La ligne de vie resta plate. Cruellement plate.

Malgré les efforts désespérés des médecins, le cœur de sa petite sœur adorée ne battait plus.

Un sanglot s'étrangla dans sa gorge.

Elle savait depuis toujours que la malformation cardiaque dont Adriana souffrait depuis sa naissance était signe d'une espérance de vie très courte. Mais jamais elle n'aurait cru la perdre aussi vite.

Hébétée, elle entendit comme à travers un filtre le médecin en chef annoncer l'heure de la mort puis venir lui présenter ses condoléances en même temps qu'il lui fournissait des explications médicales dont elle n'avait que faire.

Car elle, tout ce qu'elle voulait, c'était se retrouver seule au chevet de sa petite sœur.

Lorsque la chambre fut enfin désertée, elle prit dans la sienne une des mains d'Adriana et resta un long moment debout, immobile, à la contempler, les yeux embués de larmes.

Les souvenirs affluèrent sans qu'elle ne fasse rien pour les refouler.

Depuis le jour de sa naissance, elle avait tout mis en œuvre pour tenter de protéger du mieux qu'elle pouvait ce petit être plus vulnérable que les autres. Elle avait attendu d'avoir dix-huit ans pour faire sortir Adriana, alors âgée de trois ans de l'institution où leur mère l'avait abandonnée, un enfant trisomique n'étant pas du meilleur effet lorsque l'on cherchait à se caser.

Elle s'était alors fait la promesse solennelle de toujours lui offrir une vie décente.

Pour ne pas faillir à ce serment, elle avait dépensé jusqu'à son dernier centime. C'est à cette condition qu'elle avait pu placer Adriana dans une institution spécialisée digne de ce nom. Elle avait toujours gardé en tête qu'il lui fallait bien gagner sa vie jusqu'à ce qu'elle puisse se permettre de lâcher un peu de lest puis d'arrêter ses activités pour pouvoir vivre une vie paisible dans la maison qu'elle aurait achetée pour sa sœur et elle.

Ce rêve, elle pouvait se le permettre, maintenant que Rocco, dans un dernier geste outrageant, avait fait effectuer un virement sur son compte, en paiement de « services rendus ».

Mais la disparition d'Adriana lui ôtait le goût du combat.

Au comble de l'émotion, elle se pencha sur sa sœur et déposa sur son front un baiser d'une infinie tendresse.

— Je t'aime tant, ma chérie, dit-elle dans un murmure. Je t'aimerai toujours.

Puis, peu à peu, la réalité la rattrapa. Tant de choses absurdement triviales l'attendaient... Des papiers à signer, des obsèques à organiser.

Dans un geste machinal, sa main alla se poser sur son ventre à peine renflé. Une nouvelle vie allait prendre le relais, songea-t-elle, émue aux larmes. Elle ne serait pas seule. Cette pensée lui insufflerait le courage d'avancer, de surmonter son chagrin et de vivre pour son enfant à venir.

Les jours suivant le décès d'Adriana s'écoulèrent comme dans un mauvais rêve. Le jour de ses obsèques, ils ne furent que quelques-uns à l'accompagner jusqu'à sa dernière demeure. Mais tous ceux qui étaient là lui avaient témoigné sinon de l'amour, en tout cas de l'attention et une infinie tendresse.

Une fois les funérailles célébrées, elle réunit tout le monde chez elle pour la collation d'usage.

— Que comptez-vous faire, maintenant ? lui demanda l'un des thérapeutes qui avaient suivi Adriana depuis le jour de son entrée à l'institution.

— Je crois que je vais retourner aux Etats-Unis.

— Pourquoi partir si loin ?

— J'ai besoin de distance pour réfléchir à la tournure que je compte donner à ma vie.

Plus rien ne la retenait à Erminia, désormais. Cela signifiait-il pour autant qu'elle trouverait sa place en Amérique ? Elle en doutait. Mais s'installer là-bas présentait le grand avantage de ne pas y être connue. Cela lui garantissait un anonymat qu'elle ne connaîtrait plus ici. Elle pourrait se perdre parmi la foule des anonymes sans être traquée, pourchassée en permanence par des meutes de paparazzis en mal de détails croustillants.

Et qui sait si, un jour, elle ne se relèverait pas de ces chagrins successifs qui, pour l'heure lui semblaient inguérissables ?

Rocco faisait les cent pas dans le bureau du palais officiel.

La nuit dernière, après une parodie de vote, le Parlement avait exigé de lui qu'il abdique. Le peuple était prêt à accueillir son successeur, fût-il un usurpateur. Mais il n'avait pas abattu toutes ses cartes, d'autant plus qu'il venait de découvrir une pièce maîtresse du puzzle qui pouvait l'aider à rester sur le trône.

Le moment était venu d'agir.

Quatre mois s'étaient écoulés depuis la fin brutale de son histoire avec Ottavia.

Il repensa à la nuit où il l'avait congédiée sans ménagement, sans même accéder à sa demande d'écouter ce qu'elle avait à lui dire. Bêtement, il s'était fié à la confiance aveugle qu'il avait en Sonja et en son fils.

Mais l'heure n'était pas aux regrets.

Il avait mieux à faire.

Des coups frappés à sa porte le tirèrent des pensées profondes dans lesquelles il était plongé. La personne entra sans même attendre d'y être invitée. Il sut, sans même relever la tête, qui pouvait se permettre une telle audace.

— Sonja, entrez, je vous en prie, dit-il d'un ton railleur.

— Je suis venue voir si vous aviez pris votre décision, rétorqua-t-elle du ton sec qui lui était familier.

— Ma décision ? demanda-t-il, feignant l'étonnement.

— Je vous rappelle que le Parlement a voté votre abdication. Je vous suggère d'annoncer votre décision à l'heure du déjeuner. J'ai convoqué les journalistes, et votre discours est prêt.

En guise de réponse, il lui adressa un sourire distrait. Cette chère Sonja, qui n'avait même pas conscience du fait qu'elle était elle-même en train de nouer la corde pour se pendre.

— Toujours aussi efficace, à ce que je vois, dit-il, moqueur. Cependant, sachez que je n'abdiquerai pas.

Sans doute sous l'effet du choc de cette nouvelle, les joues de sa conseillère s'empourprèrent légèrement tandis que ses yeux s'étrécissaient comme ceux d'un serpent venimeux.

— Malheureusement, je crains bien que vous ne soyez plus en mesure de décider, rétorqua-t-elle d'un air pincé. Vous devez abdiquer en faveur de votre frère aîné.

Il perdit toute envie de sourire. Voilà donc quel était le véritable visage de celle en qui il avait placé toute sa confiance ! Une traîtresse qui avait patiemment attendu l'heure de le poignarder dans le dos pour placer son propre fils sur le trône.

— Et, moi, je crains bien qu'il y ait un énorme malentendu car, voyez-vous, je n'ai pas de frère aîné, rétorqua-t-il d'une voix sourde. Vous pouvez mettre de côté vos rêves de voir votre fils accéder au trône. Andrej ne sera pas roi.

Un masque de haine déforma le visage de Sonja tandis qu'elle crachait plutôt qu'elle ne disait :

— Il est le fils de votre père, né avant vous. Il lui revient de droit de prendre votre place.

S'il était vrai que des rumeurs avaient couru sur une éventuelle liaison entre son père et Sonja, il s'était empressé de les chasser de son esprit. Les rumeurs étant ce qu'elles étaient, il avait jugé préférable de ne pas y attacher d'importance.

Même maintenant, face à ce que Sonja proférait comme une vérité, il n'était pas certain de devoir la croire. Et, en toute honnêteté, il s'en fichait éperdument.

Son père ayant été toute sa vie un coureur de jupons, il n'y aurait rien d'étonnant à ce que nombre d'enfants illégitimes existent d'un bout à l'autre du royaume.

Ce qui importait, en revanche, c'était de barrer la route à un homme sans vergogne qui n'avait pour but ultime que l'accession au trône et pour qui le bien-être de ses sujets ne serait pas une priorité.

Il ne subsistait plus aucun doute sur le fait que c'était Andrej qui était à l'origine du sabotage du bateau. Lui encore qui avait armé les hommes à qui il avait confié la mission d'enlever sa sœur. Et lui, toujours, qui avait manigancé avec sa mère pour faire croire à l'infidélité d'Ottavia.

Il en avait pour preuve le témoignage de plusieurs de ses employées qui, après avoir eu vent du départ d'Ottavia mais surtout des raisons pour lesquelles on l'avait chassée, étaient venues le trouver pour lui affirmer qu'elles aussi avaient été victimes d'un chantage sexuel de la part d'Andrej.

Le tableau était complet.

Qu'Andrej soit ou non le fils de feu le roi, il n'en restait pas moins un menteur, un usurpateur, un maître chanteur, un prédateur sexuel et, si son plan avait marché, un assassin potentiel.

— Tout le royaume est sur le qui-vive, reprit Sonja. Pensez-vous pouvoir éviter une guerre civile ? Non. Vous en êtes bien incapable. Vous avez coutume de vous autoproclamer chef suprême de cette nation mais que connaissez-vous des grandes tactiques militaires ? Andrej est le seul à pouvoir rétablir l'ordre et à ramener ce pays au temps de sa gloire.

— Vous oubliez que cette instabilité, c'est lui qui l'a créée.

— Avec mon aide, précisa-t-elle dans un sourire teinté d'un mélange de fierté et de cynisme. Je connaissais tout de cette ancienne loi, passée aux oubliettes depuis des lustres. J'y ai tout de suite vu l'occasion pour Andrej de prendre possession d'un trône qui lui revenait de droit. Evidemment, les choses auraient été différentes si votre père avait daigné m'écouter. J'aurais fait une reine plus digne de ce nom que votre pauvre mère qui se tenait à l'écart de la cour pour se consacrer à ses travaux de jardinage. Mais ce vieux fou n'a pas voulu m'écouter. Alors je me suis juré que, envers et contre tout, mon fils régnerait un jour sur le royaume d'Erminia. J'ai su prendre mon mal en patience, voyez-vous, n'hésitant pas à écarter tout obstacle qui se présentait en travers de notre route. Comme Elsa, qui m'a donné plus de fil à retordre que je ne l'aurais cru. Il a fallu que j'y mette le prix pour qu'elle renonce à vos fiançailles ! Mais fi du passé. Le moment est enfin venu pour vous de céder votre place. Vous n'avez plus le choix.

Elsa ? Il accusa le coup de cette nouvelle révélation sans broncher. Il ne montrerait pas à cette vipère le mal que lui faisait l'annonce de cette trahison.

— Je suis encore le monarque de ce royaume et, tant que je serai sur ce trône je mettrai tout en œuvre pour vous barrer la route, à vous et à votre fils, décréta-t-il d'une voix lourde de menaces.

Certaine de sa victoire imminente, Sonja était bien loin d'imaginer le sort que ses partisans et lui lui réservaient. Car c'était à son insu qu'il avait convoqué une réunion extraordinaire avec les membres du Parlement. Réunion au cours de laquelle il leur avait livré le vrai visage des Novak, mère et fils. Tout le monde avait été outré, ou avait feint de l'être, car il n'ignorait pas que certains d'entre eux connaissaient les limites franchies par le duo infernal.

Mais la vérité ayant fini par éclater au grand jour, les lâches ne prendraient pas le risque de se voir rangés aux côtés des traîtres à la nation.

Tous, sans exception cette fois, avaient voté en faveur de l'arrestation de Sonja et d'Andrej.

A l'heure qu'il était, ce dernier n'allait pas tarder à être placé en détention, mais il avait tenu à cette ultime confrontation en tête à tête avec Sonja.

D'un geste désinvolte, il pressa le bouton qui se trouvait sur son bureau et qui le reliait directement à son service de sécurité. Aussitôt, quatre gardes armés firent leur entrée dans la pièce.

— Veuillez confisquer tous ses appareils électroniques à Mme Novak, puis conduisez-la au centre de détention, ordonna-t-il.

— Vous ne pouvez pas me faire ça ! s'écria-t-elle en gesticulant pour tenter d'échapper aux bras fermes qui la retenaient déjà prisonnière. Mon fils est le véritable roi d'Erminia !

— Emmenez-la.

Il s'en voulait tant de s'être laissé manipuler de la sorte, de ne pas avoir su voir la préméditation derrière le zèle empressé à feindre d'exécuter ses ordres alors qu'elle travaillait à renverser le pouvoir en place.

Il l'entendit vociférer et clamer son innocence et la légitimité de son fils.

Evidemment, des tests ADN seraient effectués mais, quels qu'en soient les résultats, Andrej resterait sous le coup de la loi et serait jugé pour tous les crimes et délits qu'il avait commis.

L'entrée de son chef de la sécurité le ramena brusquement sur terre.

— Majesté. Je viens vous annoncer que, selon vos ordres, le général Novak a bien été conduit au centre de détention. Lui, ainsi que certains de ses hommes, soupçonnés de complicité.

— Et le test ADN ?

— Le général s'est volontiers prêté aux prélèvements tant il semble certain des résultats.

Comme si cette reconnaissance primait sur toutes les manigances élaborées par cette ordure ! Que pesait cette éventuelle filiation face aux dommages perpétrés ? Au trouble qu'il avait semé dans le royaume ? Mère et fils se valaient bien ! Tous deux persuadés que la fin justifiait les moyens, même si ceux-ci incluaient des actes aussi répréhensibles que l'agression sexuelle commise sur Ottavia.

Ses pensées s'envolèrent une fois encore vers elle et la façon brutale dont il l'avait disgraciée.

L'heure n'était pas encore à la rédemption, décida-t-il fermement. Il se devait dans un premier temps de guider son peuple à travers cette grave crise politique qu'il traversait maintenant depuis trop longtemps et d'y mettre un terme définitif.

Une semaine plus tard, il recevait les résultats des tests ADN. Ils se révélaient négatifs. Sonja protesta, bien sûr, criant à la machination. Mais, pour éviter ce genre de polémiques, il avait pris la précaution de faire intervenir un laboratoire suisse. On ne pouvait donc pas le soupçonner d'avoir usé de son pouvoir pour truquer ces résultats.

Ne pouvant plus prétendre appartenir à la famille royale et donc bénéficier des protections que cette position aurait pu lui apporter, Andrej fut inculpé pour tous les délits qu'il avait commis.

Il ne faisait aucun doute qu'il serait incarcéré pour un bon bout de temps, ce qui, finalement, était une bonne chose pour lui aussi. Car, lorsque le prince Thierry, au retour de son voyage de noces, apprendrait que c'était le général en personne qui avait échafaudé le kidnapping de la princesse Mila, son épouse, il aurait bien été capable de le réduire en pièces de ses propres mains.

Le temps fit son œuvre.

Les détracteurs de Rocco, et par voie de conséquence les fervents partisans des Novak, furent tous débusqués et chassés du gouvernement. Certains, qui avaient lourdement misé sur la victoire des Novak, se retrouvèrent non seulement dépossédés de tout mais, en plus, allèrent croupir en prison.

Porté par la vague d'un enthousiasme retrouvé, Rocco proposa à son peuple un référendum à l'issue duquel il saurait s'il devait se plier à l'ancienne loi déterrée par Sonja Novak — auquel cas il se verrait dans l'obligation d'abdiquer — ou s'il pouvait rester sur le trône.

Ce fut la seconde hypothèse qui l'emporta.

Le calme régnait à nouveau dans son royaume.

Il en restait le monarque.

Maintenant, il pouvait tenter de réparer les dommages causés à son cœur.

- 16 -

Rocco pressa plusieurs fois la sonnette de l'appartement mais personne ne vint lui ouvrir.

Dépité, il redescendit et sortit dans la rue. La circulation, dense à cette heure de la journée, générait une rumeur incessante. Les trottoirs débordaient d'une foule de passants pressés, indifférents au tumulte intérieur qui l'agitait.

Il avait cru que ce serait facile. Pour lui, il suffisait de vouloir quelque chose pour l'avoir. Et ce qu'il voulait, c'était Ottavia. Il s'était imaginé, tel le chevalier blanc sur son beau destrier, venu surprendre sa belle.

Malheureusement, rien ne se passait comme il l'avait prévu.

Il ne pouvait se résoudre à penser qu'elle cherchait à l'éviter de manière délibérée. De toute manière, c'était impossible. Sa visite à New York ayant été classée top secret, elle ne pouvait en avoir eu vent.

Non, il s'était simplement trompé dans les horaires qu'on lui avait communiqués et il était venu à une heure où Ottavia avait l'habitude de sortir.

Lorsqu'il le vit approcher, son chauffeur vint lui ouvrir la portière mais il lui signifia d'un signe de tête son refus de monter.

— Je vais marcher un peu, annonça-t-il, au grand dam de ses gardes du corps qui lui rappelèrent les dangers encourus.

Mais il tint bon. Il voulait se poster à un endroit d'où il pourrait observer sans être vu l'entrée de la résidence où logeait Ottavia. Ainsi, il ne pourrait pas rater son retour et, caché à son regard, ne lui laisserait pas l'opportunité de fuir cette confrontation.

— C'est par là, indiqua-t-il alors qu'il se dirigeait vers l'entrée nord d'Union Square.

Sa garde rapprochée lui emboîta aussitôt le pas, bien décidée à ne pas se laisser distancier tout en lui laissant l'illusion qu'il était un passant comme les autres.

Il aurait même souhaité, dans une occasion comme celle-ci, n'être qu'un homme ordinaire.

Il remarqua un homme qui se trouvait de l'autre côté de la rue, un bouquet de roses à la main et un sourire impatient aux lèvres. Nul doute qu'il attendait l'élue de son cœur.

Il ralentit le pas puis s'arrêta pour pouvoir contempler tout à loisir une belle brune s'approcher puis aller se blottir entre les bras de l'inconnu avec, aux lèvres, le même sourire béat que lui.

Il ne put s'empêcher de se projeter dans le tableau touchant que formait ce couple et se prit à espérer que lui aussi avait ses chances. Selon les tout derniers renseignements qu'on lui avait communiqués, Ottavia était libre de tout engagement. Il n'y avait pas d'homme dans sa vie, ni de relation de quelque sorte que ce soit, ni de nouveau contrat.

Un écureuil bondissant sur la pelouse le détourna de sa contemplation. Il quitta le trottoir pour entrer dans le parc où se tenait ce jour-là un marché fermier visiblement prisé si l'on se référait à la foule dense de visiteurs qui allait d'un stand à un autre.

Il repéra un banc qui faisait face à l'immeuble d'Ottavia et alla s'y asseoir. Puis, après avoir relevé le col de son manteau pour se protéger de l'air mordant de ce début d'hiver, il se mit à attendre patiemment.

Son regard infatigable scrutait chacune des personnes qui entrait dans son champ de vision, cherchant parmi elles la silhouette familière d'Ottavia.

Avait-il fait le bon choix en venant ici ?

Il avait pris sa décision sans y réfléchir à deux fois, sur une impulsion. Les enquêteurs qu'il avait chargés de retrouver Ottavia lui avaient certifié qu'elle vivait là depuis la disparition tragique de sa sœur, Adriana. Cette nouvelle l'avait bouleversé et lui avait fait regretter un peu plus son refus de ne pas avoir écouté ce qu'elle avait à lui dire.

Il s'était privé d'une femme au cœur d'or, désintéressée, la seule peut-être de son entourage proche.

Le rapport avait indiqué qu'elle avait fait don de tous ses fonds à l'établissement spécialisé dans lequel elle avait placé sa sœur afin que, avait-elle dit, les enfants handicapés puissent bénéficier pendant de longues années encore des soins indispensables à leur état.

S'il avait été touché au plus profond de lui-même, il n'avait pas été surpris plus que cela. Il avait su d'instinct qu'elle était une belle personne. La même belle personne, discrète et altruiste qu'il avait devinée en elle la nuit où elle avait accepté de l'épouser.

Il s'en voulait tellement d'être passé à côté de cette femme qu'il savait aujourd'hui être la femme idéale. Il aurait dû savoir qu'elle disait la vérité. Que jamais elle ne le trahirait.

Dans un geste plein de lassitude, il se prit la tête entre les mains. Il souhaitait désespérément la revoir pour pouvoir espérer se faire pardonner la conduite inqualifiable qu'il avait eue à son égard. S'il se retrouvait face à elle, il saurait trouver les mots pour lui prouver l'amour inconditionnel qu'il lui portait désormais.

Une honte indicible le submergea une nouvelle fois à l'idée qu'il avait abandonné la seule personne au monde qui lui criait la vérité.

Comment pourrait-elle lui pardonner ? Comment pourrait-elle oublier les mots durs qu'il lui avait jetés au visage ? En vertu de quoi lui laisserait-elle une chance de s'expliquer, après la façon dont il avait accueilli la nouvelle de sa grossesse ?

Il allait être père. Son enfant poussait dans le ventre de la femme qu'il aimait plus que tout au monde.

— Sire ?

Il était si profondément absorbé dans ses pensées qu'il leva un regard presque hagard sur le garde du corps qui venait de l'interpeller.

— Oui ?

— Je crois qu'elle est là.

Son regard trouva sur-le-champ la silhouette si familière auréolée de sa cascade de boucles brunes. Il la vit qui attendait au passage piéton, chargée de plusieurs sacs.

Presque sans s'en rendre compte, il se leva et traversa la rue pour s'approcher d'elle. Le bruit des pas de ses gardes qui le suivaient le ramena d'un coup sur terre.

— Restez en arrière, leur ordonna-t-il par-dessus son épaule.

Il ne voulait pas perdre Ottavia de vue une seule seconde, de peur qu'elle ne disparaisse à jamais. Encore trois pas et il fut tout près, derrière elle.

— Ottavia, appela-t-il tout bas, presque dans un murmure.

Sa voix se brisa sous le coup de l'émotion lorsqu'elle se tourna vers lui.

Les traits de son visage affichèrent tour à tour la stupeur puis une souffrance intense. Il la vit blêmir et vaciller sur ses jambes. Il n'eut que le temps d'entourer sa taille d'un bras protecteur qu'elle s'empressa de repousser avec horreur.

— Ne me touche pas, ordonna-t-elle entre ses dents serrées.

C'est alors qu'il remarqua le renflement de son ventre.

Il fut alors submergé d'une immense fierté et du besoin irrépressible de protéger ces deux êtres qui lui étaient si chers. Il n'aurait jamais cru être si profondément touché par cette petite vie qui avait été conçue dans un amour profond et réciproque. Et il comprit à cette seconde même qu'il remuerait ciel et terre pour ramener Ottavia à de meilleurs sentiments à son égard.

— Tu ne devrais pas porter tous ces sacs, dit-il en tendant la main pour les lui prendre. Ils sont beaucoup trop lourds pour toi.

— Je n'ai pas besoin de toi, rétorqua-t-elle sèchement. Je sais très bien me débrouiller toute seule.

— Je n'en doute pas. Mais il n'en reste pas moins que, dans ton état, tu dois te ménager.

Tout en parlant, il avait réussi à lui prendre les sacs qu'il passa ensuite à l'un de ses gardes du corps.

Elle leva au ciel un regard irrité.

— Et maintenant ? Tu comptes me raccompagner jusqu'à ma porte ?

— Si tu le veux bien, oui. Ce serait pour moi un grand honneur.

Il plongea alors son regard dans le sien, priant intérieurement pour qu'elle accepte.

Sans prendre la peine de lui répondre, elle s'écarta de lui et traversa la rue. Prenant ce silence pour un consentement, il la rejoignit et glissa une main sous son coude.

De nouveau, elle se dégagea d'un geste brusque.

— Je n'ai pas besoin de ton aide, répliqua-t-elle d'un ton toujours aussi acide.

— Je sais.

Il marqua une brève pause avant d'enchaîner :

— Ottavia, j'aimerais te parler.

— Malheureusement, l'heure n'est plus aux discussions. Je crois que tout a été dit, non ?

Il devina, derrière le ton faussement détaché, la souffrance intense qu'il lui avait fait subir.

— S'il te plaît, implora-t-il humblement.

Son humilité fut payante. Elle hésita un bref instant avant de hocher la tête.

— D'accord. Mais juste toi et moi.

Il lança un regard entendu à sa garde rapprochée.

— Vous avez entendu ce qu'a dit madame ? dit-il en se chargeant de nouveau des sacs de courses.

Le chef de la sécurité afficha un air contrarié mais obéit.

— A vos ordres, Majesté. Nous vous attendrons ici.

— Il n'en a pas pour longtemps, précisa Ottavia en poussant la porte du hall d'entrée.

Rocco bénit l'ascenseur trop étroit qui lui permit de se serrer près d'Ottavia. A son grand soulagement, il vit que son visage avait retrouvé toutes ses couleurs. Il bénit aussi la lenteur du mécanisme qui lui permit également de remarquer les changements subtils que la maternité avait opérés en elle. Ses joues, en prenant de jolies rondeurs, adoucissaient encore ses traits pourtant déjà naturellement bienveillants.

En baissant de nouveau les yeux sur son ventre joliment rebondi, il ressentit un vif remords à l'idée d'avoir manqué les premiers mois de sa grossesse.

Il l'avait abandonnée au moment où elle avait eu le plus besoin de lui. Au moment où toute femme normalement constituée se sentait forte mais aussi tellement vulnérable.

Il s'était tenu loin d'elle, la laissant affronter seule le décès de sa sœur, l'obligeant à fuir le royaume d'Erminia qu'elle aimait tant, la laissant se préparer seule au rôle de mère qui l'attendait.

Jamais il ne se pardonnerait son attitude. Mais Ottavia, elle, était bien mieux que lui ! Pouvait-il décemment espérer qu'elle lui accorderait son pardon ?

L'ascenseur s'arrêta dans une légère secousse avant que les portes s'ouvrent lentement sur le palier du dernier étage. Le bruit de leurs pas sur le sol marbré résonnant contre les panneaux d'érable qui recouvraient en partie les murs, ils longèrent un couloir étroit qui présentait toutes les marques d'un passé cossu.

Ottavia s'arrêta devant une porte, l'ouvrit et, d'un geste de la main, l'invita à entrer. Les lieux lui parurent simples mais chaleureux, à l'image de la femme qui y vivait.

— C'est charmant chez toi, fit-il remarquer.

— Epargnez-moi ces discours de courtoisie, Majesté. Dites-moi vite ce qui vous amène afin que vous puissiez repartir aussi vite.

Il prit le parti de ne pas relever le vouvoiement volontaire et alla déposer les sacs sur la table de la salle à manger.

— Je croyais que nous étions d'accord pour que tu m'appelles « Rocco ».

— Si je me souviens bien, lors de notre dernière entrevue, vous m'avez rappelée à l'ordre, me signifiant fort à propos que votre position de monarque demandait la plus grande distance entre la femme que je suis et le roi que vous êtes.

La bataille allait s'avérer difficile mais il était bien décidé à la remporter. Il inspira profondément et se lança.

— S'il te plaît, Ottavia, pouvons-nous oublier un moment ce que j'ai pu te dire ce soir-là ? J'aimerais vraiment que tu écoutes ce que j'ai à te dire maintenant.

Elle haussa les épaules dans un geste visant clairement à lui signifier qu'elle se fichait bien de ce qu'elle allait entendre, retira son manteau et le posa sur le dossier d'un fauteuil.

— Eh bien, allez-y, dit-elle en allant s'asseoir sur le canapé.

— Tu ne me facilites pas vraiment les choses.

Une lueur cynique passa dans son regard mais elle lui épargna l'affront d'une réplique cinglante qu'il n'aurait pas volée. Bien. Il était venu dans le but de faire amende honorable et, si pour cela il devait ramper à ses genoux, eh bien, il n'hésiterait pas.

— Allons droit au but, si cela peut vous aider. Pourquoi êtes-vous venu jusqu'ici ?

Elle avait parlé d'une voix pleine de lassitude qui lui fit remarquer les cernes mauves qui soulignaient ses yeux. Il se sentit soudain en proie à un profond sentiment de culpabilité.

— Je suis venu te demander de me donner une seconde chance.

— Vous voulez donner une seconde chance à la menteuse que je suis ? ! A une femme comme moi, sans foi ni loi, dénuée de toute moralité ? Il faut vraiment que vous n'ayez eu personne sous la main pour vous faire un enfant à temps pour venir me relancer de la sorte et après toutes les horreurs que vous m'avez fait subir. Mais je comprends. Votre trône est votre priorité et vous êtes prêt à tout pour y rester.

Ces paroles cuisantes lui firent l'effet d'une gifle, même s'il avait bien conscience de les mériter. Mais elles eurent l'avantage de lui faire comprendre qu'Ottavia n'était pas au courant des changements survenus à Erminia.

— Tu sais, il s'est passé beaucoup de choses, depuis ton départ.

— Que voulez-vous que cela me fasse ?

— Je ne sais pas mais cela pourrait t'intéresser de savoir que tu avais raison. De savoir à quel point je regrette la manière dont je t'ai traitée. Je suis venu me faire pardonner, si tu veux bien m'en laisser l'occasion, bien sûr.

Elle le fixa durant un bref moment qui, pourtant, lui parut une éternité.

— Vous faire pardonner, répéta-t-elle d'un ton qui n'augurait rien de bon. Ai-je l'air de quelqu'un prêt à pardonner ? Comme vous pouvez le constater, je n'ai besoin de personne et je n'ai rien à faire de votre remords tardif, Majesté.

Ottavia se força à ignorer l'air misérable qui passa alors sur le visage de Rocco. Mais, pour l'heure, elle devait penser à se protéger. Et, pour cela, elle n'avait pas d'autre moyen que de blinder son cœur, encore et toujours. Même si la présence de Rocco chez elle, dans l'intimité de son appartement, l'ébranlait plus qu'elle ne l'aurait voulu.

Elle s'était réfugiée derrière un mur de silence, s'exhortant à ne pas prononcer les mots que, pourtant, elle brûlait encore de lui dire. Elle ne laisserait personne se servir d'elle. Plus jamais.

Avec lui, elle avait rompu la promesse qu'elle s'était faite. Parce qu'elle avait cru en lui, parce qu'elle lui avait fait confiance. Elle ne referait pas la même erreur deux fois.

Elle inspira profondément pour se donner le courage d'aller au bout de ce qu'elle avait choisi de lui dire.

— Tu as beau être roi, pour moi tu n'es pas différent des autres hommes. Aussi, lorsque tu parles de te faire pardonner, j'entends que c'est pour mieux m'utiliser. Tu es venu ici parce que tu as besoin de moi mais tu ne te soucies pas de ce que j'attends, moi, de la vie.

— Je suis venu parce que j'ai conscience d'avoir commis une terrible erreur. Je sais à quel point je t'ai blessée. Je sais que j'ai trahi la confiance que tu avais en moi. Mon seul souci est de guérir tes souffrances et je suis venu pour te ramener au palais avec moi.

— Pourquoi ? Pour nous avoir sous la main, moi et notre enfant ? Un enfant que tu élèveras de loin, comme il est d'usage dans vos rangs ? Je ne veux pas de cette vie pour mon bébé. Comme tu peux le voir, je ne dépends de personne, je vis ma vie comme je l'entends, selon mes propres envies, et j'entends bien continuer ainsi.

— Cela ferait-il une différence si je te disais que je n'ai plus besoin de me marier pour rester sur le trône ? Que cette vieille loi selon laquelle, pour ne pas avoir à abdiquer, je devais me marier et avoir un héritier a été abrogée ? Et, enfin, que tous ceux qui conspiraient contre moi sont sous les verrous ?

Elle l'écouta en silence lui raconter les événements survenus depuis son départ et comment les Novak avaient été jugés comme le seraient n'importe lesquels de ses sujets.

Le seul nom d'Andrej et de ce qu'il avait failli lui faire subir éveilla en elle une profonde répulsion qu'elle eut bien du mal à refouler.

A la fin de ce récit, elle fut tout d'abord incapable de parler. Trop d'informations et d'émotions contradictoires se bousculaient dans sa tête pour qu'elle puisse en faire le tri. Cependant, il ressortait de tout cela que Rocco avait fait tout ce chemin jusqu'à elle de manière désintéressée.

Elle inspira de nouveau, cette fois pour se donner le courage de plonger son regard dans celui, couleur d'ambre, de Rocco.

— Je n'ai connu que deux hommes dans ma vie. Toi et l'homme qui m'a violée.

Elle vit la rage intérieure qui se mit à bouillonner en lui et l'effort qu'il faisait pour la tempérer.

— Je te crois. L'homme qui a commis ces violences sur toi croupit en prison et, crois-moi, il n'est pas près d'en sortir.

Elle écarquilla les yeux de surprise et fut submergée par l'émotion.

— Tu as fait ça ? Pour moi ?

— Cette ordure devait payer pour tout le mal qu'il t'a fait. Je l'aurais bien tué de mes propres mains mais, malheureusement, la loi interdit de se faire justice soi-même. C'est bien dommage.

Ces mots la plongèrent dans une certaine confusion mais elle préféra ne pas s'attarder dessus. Plus rien n'avait d'importance que l'espoir qu'elle voyait au bout du tunnel.

— Sais-tu ce que cela a pu signifier pour moi de me donner à toi comme je l'ai fait ? Car je ne t'ai pas donné que mon corps, Rocco. Je t'ai tout donné de moi.

— C'était un cadeau sans prix. Je l'ai bien compris maintenant.

Il avait parlé avec un accent de sincérité qui ne trompait pas. D'une voix basse, débordante d'une émotion contenue qui la toucha en plein cœur.

— Mais, ensuite, tu m'as rejetée, poursuivit-elle. En dépit de ce que nous avions partagé, en dépit du terrible secret que je t'avais confié, tu as choisi de ne pas me croire. As-tu la moindre idée de ce que j'ai pu ressentir à ce moment-là ?

— Je suis désolé, Ottavia. Tellement, tellement désolé.

— Mais ce n'est pas tout, ajouta-t-elle, impitoyable. Tu as aussi rejeté notre bébé.

Elle avait parlé d'une voix tremblante tant la plaie était encore vive. Elle se leva et enveloppa son petit ventre rond de ses deux mains, dans un geste aussi protecteur que défensif.

— Je me suis conduit comme le dernier des derniers. Les mots me manquent pour te dire à quel point je m'en veux. Ottavia, je te conjure de me pardonner.

Elle le fixa intensément, brûlant de l'absoudre de toutes les fautes commises. De lui pardonner les souffrances qu'il lui avait infligées, la solitude qu'elle avait ressentie depuis qu'il l'avait fait chasser du seul endroit où elle s'était jamais sentie à sa place. De l'avoir éloignée de lui.

Pourtant, les mots qu'il attendait de lui entendre prononcer restaient bloqués au fond de sa gorge.

— Je comprends, dit-il, face à son silence. Puis-je au moins te demander de voir le bébé lorsqu'il sera là ? Lui permettras-tu de bénéficier du droit imprescriptible qui sera le sien ?

— Ton enfant est un garçon, Rocco.

Elle vit son visage s'éclairer d'un mélange de joie et de peine.

— Ottavia, l'autoriseras-tu à me connaître ?

Elle renonça au dernier moment à ne pas accéder à sa

requête. Elle ne savait que trop la tristesse et la cruauté qu'il y avait à grandir sans l'amour d'un père.

N'avaient-ils pas tous assez souffert comme cela ? Le temps du bonheur n'était-il pas arrivé ?

Un doute subsistait, pourtant. Si elle était sûre de ses sentiments à l'égard de Rocco, lui ne lui avait pas dit qu'il l'aimait. Il était venu à elle, rongé de culpabilité, mais l'aimait-il vraiment ?

Elle le vit se lever, prêt à partir.

— La manière dont je t'ai traitée est impardonnable, dit-il. Pourtant, je veux que tu saches que te rencontrer a été l'un des plus beaux cadeaux que la vie m'ait faits. Un cadeau inestimable que je n'ai pas su apprécier à sa juste valeur. Et finalement c'est toi qui as raison. Je ne peux rien t'apporter pour te rendre heureuse.

Elle ne réussit pas à refouler la boule qui lui nouait la gorge et l'empêchait de parler. Les yeux embués de larmes, elle le regarda se diriger vers la porte sans esquisser le moindre geste pour le retenir. Si elle ne parlait pas maintenant, ils deviendraient deux étrangers qui se partageraient un enfant.

Tout ce qu'ils avaient vécu ensemble, tout ce qu'ils pourraient encore partager ne serait plus jamais à l'ordre du jour. Elle tenait entre ses mains l'avenir de trois personnes. L'occasion ne se représenterait pas de lui dire ce qu'elle ressentait vraiment, de lui demander s'il ressentait la même chose.

— Attends !

Lorsqu'il se retourna, elle se heurta à son regard, un regard vide de tout espoir.

— Il y a une chose que tu peux m'offrir, dit-elle en s'avançant vers lui.

— Quoi ?

— Ton cœur.

— Mon cœur t'appartient déjà, Ottavia. Il t'appartient depuis le moment où je t'ai surprise dans l'escalier, avec la petite Gina sur les genoux. Lorsque je t'ai vue avec cette enfant dans les bras, j'ai compris que tu étais tout ce que j'attendais d'une femme. De *ma* femme. De celle qui deviendrait la mère de mes enfants.

Les larmes qu'elle était parvenue à refouler jusque-là se mirent à ruisseler sur ses joues. Ainsi donc, il l'aimait. Il l'aimait vraiment.

— Dans ce cas, parvint-elle à articuler lorsqu'elle retrouva un semblant de calme, il faut que tu saches que je t'aime, moi aussi. Et ce serait pure folie que de vivre chacun dans un pays différent.

Un large sourire fendit le beau visage de Rocco.

— Je suis tout à fait d'accord. Où voudrais-tu que nous nous installions, ma chérie ?

Elle lui sourit à travers ses larmes.

— Là où tu seras le plus heureux.

— Je serai heureux partout où tu seras avec moi. Mais, pour simplifier les choses, que dirais-tu de rester à Erminia ?

— Je crois que c'est un choix judicieux.

— Ottavia, acceptes-tu de devenir ma femme, ma reine, et de régner avec moi sur ce royaume auquel nous sommes tous deux si attachés ?

Elle se sentit soudain euphorique. Non seulement Rocco l'aimait mais, de surcroît, il voulait l'épouser et lui offrir son cœur et son avenir. Un avenir qu'ils partageraient avec leurs enfants.

— Je crois qu'il manque quelque chose à ta demande, le taquina-t-elle.

— *S'il te plaît*, Ottavia.

— Rien ne pouvait me rendre plus heureuse, Rocco, dit-elle avec gravité. Oui, j'accepte de devenir ta femme, ta reine et la mère de tes enfants.

Au comble de l'émotion, il l'attira à lui et la serra dans ses bras. Et, même si son ventre rebondi rendait cette étreinte un peu malaisée, elle se sentit parfaitement à sa place, dans les bras rassurants de l'homme qu'elle aimait et qui savait si bien le lui rendre.

Folle de joie, elle leva son visage vers lui et prit ses lèvres dans un baiser plein des promesses d'un bonheur infini.

BRENDA JACKSON

Séduit par sa rivale

Traduction française de
MURIEL LEVET

PASSIONS

HARLEQUIN

Titre original :
THE RANCHER RETURNS

Ce roman a déjà été publié en 2017.

Prologue

— Hé, Vipère, ton portable sonne.

Gavin Blake, *alias* Vipère pour ses compagnons d'armes, hocha la tête en reposant sa tasse de café sur la table basse de la salle commune. En se levant, il sentit ses muscles lui faire un mal de chien. Leur dernière opération sous couverture avait été extrêmement risquée, mais ils avaient fini par détruire leur cible. Encore une base de l'État islamique en moins.

Plus que deux jours et ils auraient officiellement terminé leur mission. La plupart de ses camarades rentreraient chez eux, en permission. Pour sa part, il avait d'autres idées en tête. Cela faisait beaucoup trop longtemps qu'il n'avait pas partagé le lit d'une femme et il avait bien l'intention de retrouver la jolie serveuse qu'il avait rencontrée dans le Mississippi, quelques mois plus tôt.

Il se dépêcha de monter à l'étage pour rejoindre le dortoir et jeta un coup d'œil sur son téléphone. L'appel qu'il avait manqué provenait de Sherman Lott, l'homme qui vivait dans le ranch à côté du sien. Un sentiment de panique s'empara de lui. Était-il arrivé quelque chose à sa grand-mère ?

Celle-ci vivant seule en son absence, il avait donné son numéro de téléphone à ses plus proches voisins pour qu'ils le contactent en cas d'urgence. Une minute. Caldwell, le responsable des ouvriers agricoles, était forcément sur place. Il l'aurait appelé s'il était arrivé quelque chose. Sauf, peut-être, s'il avait dû se rendre à Saint Louis pour négocier avec l'un de leurs distributeurs de viande…

D'une main mal assurée, Gavin rappela. M. Lott répondit au bout de la deuxième sonnerie.

— Allô ! C'est Gavin. Il est arrivé quelque chose à mamie ?

— Non, Gavin. Votre grand-mère va bien sur le plan physique. Mais je me demande ce qui se passe dans sa tête.

Il fronça les sourcils. Sa grand-mère avait beau approcher de ses soixante-quinze printemps, il ne l'avait jamais vue divaguer. Son esprit était toujours aussi vif et aiguisé. Il lui avait parlé deux semaines plus tôt, elle se portait comme un charme. En apparence, du moins.

— Qu'est-ce qui vous fait dire ça ? demanda-t-il.

— Elle s'est laissé convaincre que le célèbre Jesse James aurait enterré le butin de l'un de ses hold-up sur les terres des Éperons d'argent. Les fouilles devraient commencer dans sa propriété la semaine prochaine.

Gavin dut se retenir de le corriger. Les Éperons d'argent n'étaient pas seulement la propriété de sa grand-mère ; c'était aussi la sienne. Ils en avaient tous les deux hérité. Mais peu importe. Il valait mieux se concentrer sur ce que Lott disait. Sa grand-mère avait donné à quelqu'un la permission de faire des fouilles dans le ranch ?

— Il doit y avoir erreur, monsieur Lott. Vous connaissez ma grand-mère aussi bien que moi. Jamais elle n'autoriserait un homme à…

— En l'occurrence, il s'agit d'une femme. Une universitaire qui se fait appeler Dr Harris.

Gavin prit une profonde inspiration. Qui était cette Dr Harris ? Et comment avait-elle pu convaincre sa grand-mère d'autoriser l'exécution de fouilles sur les terres des Blake ?

Il passa une main nerveuse sur son visage. En fin de

compte, sa petite escale dans le Mississippi était compromise. Dommage.

— Gavin ?

La voix de son interlocuteur le ramena à la réalité.

— Oui, monsieur Lott, je suis là.

— J'ai hésité à vous appeler, je me doutais que vous faisiez de grandes choses pour notre pays. Mais il me semblait important de vous prévenir.

— Et je vous en remercie. Ne vous faites pas de souci : il était prévu que je rentre dans deux jours.

Après avoir raccroché, il marmonna un juron et composa le numéro de Caldwell Andrews, le responsable des ouvriers agricoles. Celui-ci répondit au bout de la troisième sonnerie.

— Caldwell ? Qu'est-ce qui se passe aux Éperons d'argent ? Sherman Lott vient de m'appeler, il croit que mamie est devenue zinzin. Elle aurait autorisé une universitaire à faire des fouilles dans le ranch.

L'employé grommela quelque chose dans sa barbe avant de répondre :

— Lott n'aurait pas dû t'appeler, Gavin. Ta grand-mère va bien. Elle apprécie cette dame. Elle a lu l'intégralité de ses recherches et les trouve très intéressantes.

Gavin leva les yeux au ciel. Il n'allait pas s'y mettre, lui aussi.

— Écoute, Caldwell, tu sais très bien qu'il n'y a pas de trésor caché aux Éperons d'argent. Tu te souviens ? Quand j'avais une dizaine d'années, un géologue avait dit à papa qu'on avait du pétrole sur les terres. Des fouilles ont été entreprises. Ils ont retourné toute la terre. Au final, pas une goutte de pétrole.

— Je m'en souviens très bien. Mais Mme Mel a dû se dire que quelques petits trous ne pourraient pas faire de mal, vu que la zone de recherches est très limitée. C'est à plusieurs kilomètres de la maison et très loin de l'endroit où on met les vaches. Dans le pâturage sud.

— Le pâturage sud ?

— Ouais. Personne ne va jamais là-bas.

Personne, sauf moi. Gavin se rembrunit. Tout le monde considérait cette zone comme inutilisable : terre calcaire, végétation rare et irrigation impossible. Mais c'était toujours là qu'il trouvait refuge quand il avait besoin d'être seul. Pourquoi ? Difficile à dire. Ce lieu lui remontait le moral, voilà tout. C'était là qu'il se rendait, enfant, lorsque sa mère lui manquait. Et c'était aussi là qu'il s'était rendu en apprenant la mort de son père, tué au Moyen-Orient.

La voix de Caldwell le ramena au temps présent :

— Ne t'inquiète pas, Gavin, ta grand-mère a la situation bien en main.

Ah oui, vraiment ?

— J'en jugerai par moi-même à mon retour, dans deux jours. Mais ne parle pas de ça à mamie. Je voudrais lui faire une surprise.

Après avoir raccroché, il passa de nouveau la main sur son visage. Allons, du calme.

— Vipère ? Tout va bien ? lança une voix derrière lui.

En se retournant, il constata que quatre personnes le regardaient d'un air inquiet. Ses compagnons d'armes. Brisbane Westmoreland, surnommé Bane ; Thurston McRoy, dit Mac ; Laramie Cooper, *alias* Coop ; et David Holloway, Flipper pour les intimes. Tous les cinq avaient été formés ensemble au combat. Plus que des compagnons, ils étaient comme des frères. Ils avaient bien souvent risqué leur vie pour se sauver les uns les autres, ils ne manquaient jamais une occasion de se soutenir et de s'épauler, à la ville comme sur le terrain.

— Vipère ? insista Mac.

— C'est ma grand-mère, répondit-il enfin.

— Qu'est-ce qui lui est arrivé, à Mme Mel ? demanda Flipper en s'approchant.

Ils l'avaient tous, à un moment ou à un autre, accompagné chez lui. Chacun d'eux la connaissait.

— Elle est malade ? demanda Bane.

— Non, répondit Gavin en secouant la tête. Mais mon voisin vient de m'appeler pour me dire qu'elle avait autorisé une universitaire à faire des fouilles sur notre propriété. Apparemment, cette prof a réussi à la convaincre que Jesse James aurait enterré l'un de ses butins aux Éperons d'argent.

Sur le visage de ses amis, l'inquiétude laissa place au soulagement. Puis à un air vaguement amusé.

— C'est tout ? demanda Coop en souriant.

— C'est suffisant. Personne n'a le droit de fouiller les Éperons d'argent.

— Apparemment, ce n'est pas l'avis de ta grand-mère.

— Je m'en moque. Et je vais leur faire savoir, à mamie et à cette prof.

— Tu as parlé à Caldwell ? s'enquit Flipper.

Gavin hocha la tête avant de répondre :

— Oui, mais quoi que puisse dire ma grand-mère, il est toujours de son avis. À cause de toutes ces idioties, il va falloir que je rentre directement à la maison, sans faire escale dans le Mississippi, comme prévu. Moi qui comptais passer un bon petit moment de détente…

Mac sourit.

— Mais si Jesse James avait vraiment enterré l'un de ses butins dans ton ranch ? Si mes souvenirs sont bons, lui et sa bande ont dévalisé pas mal de banques dans la région du Missouri.

L'air grave, Gavin se tourna vers ses amis.

— Il n'y a pas de trésor caché aux Éperons d'argent. Personne ne réussira à me convaincre du contraire.

- 1 -

Avec un sourire, Layla Harris prit un biscuit.

— Je suis désolée de vous déranger, madame Melody.

Elle avait dit cela par politesse. En réalité, elle ne connaissait pas de meilleure pâtissière que Melody Blake. Quelle joie de voir que la vieille dame aimait partager avec elle les douceurs qu'elle préparait. Notamment quand les douceurs en question étaient accompagnées d'un délicieux verre de lait provenant directement des vaches du ranch.

— Tu ne me déranges pas du tout. Et puis j'apprécie ta compagnie. Je passe beaucoup de temps seule, tu sais ?

Les Éperons d'argent étaient situés à une bonne demi-heure de route de la ville. Mais la vieille dame avait tout de même quelques voisins qui venaient régulièrement prendre de ses nouvelles.

Les deux cents hectares de terre des Éperons d'argent et la demeure familiale des Blake avaient quelque chose d'unique. Layla s'était sentie comme à la maison dès le moment où elle avait passé le portail du ranch. Le corps de ferme était immense mais chaleureux, avec son grand porche sous lequel avait été installée une balancelle.

Mme Melody, une ancienne bibliothécaire, lui avait expliqué que la solitude ne lui pesait pas. Elle y était habituée et s'occupait en lisant et en cuisinant. C'était en effet dans la spacieuse cuisine qu'elle passait le plus clair de ses journées.

Au moment d'accepter ce projet de fouilles, elle l'avait

également gentiment invitée à séjourner dans le corps de ferme, mais Layla avait préféré la maison du gardien, toute proche de la demeure familiale. C'était plus facile pour aller et venir sans déranger la vieille dame.

D'après Mme Melody, les Éperons d'argent avaient toujours été un ranch prospère. Ils avaient survécu aux périodes difficiles, notamment celle de la guerre du Vietnam. À cette époque, la plupart des hommes, y compris son mari, avaient dû déserter les lieux pour partir au combat. Quand son fils petit-fils, Gavin, s'était engagé dans les marines, il avait confié la gestion du ranch à un chef d'équipe doué et expérimenté qui s'était très bien occupé des affaires. Mme Melody avait également expliqué que le petit-fils en question reprenait très volontiers son rôle de rancher de retour de mission.

Layla avait rencontré Caldwell Andrews, le chef d'équipe. C'était visiblement un homme agréable et capable. De même que les ouvriers agricoles qui travaillaient pour lui. Tous semblaient courageux et dévoués à leur travail ainsi qu'à la famille Blake.

Quant à Mme Melody, elle lui rappelait beaucoup sa propre grand-mère. C'étaient deux femmes indépendantes, très en forme pour leur âge et encore très actives. Au détail près que mamie Candace n'était pas une très bonne pâtissière, son talent à elle étant plutôt la couture.

— J'ai fait des biscuits aux pépites de chocolat cette fois, dit Mme Melody. Ce sont les préférés de Gavin.

À l'évocation du petit-fils de la vieille dame, Layla sentit un frisson parcourir tout son corps. Gavin Blake était vraiment beau garçon. Oh ! elle ne l'avait jamais rencontré en personne, mais elle avait vu suffisamment de photos de lui pour se faire une idée de son physique. Sa grand-mère en avait affiché littéralement partout dans la maison.

Et d'après ce qu'elle avait pu en voir sur ces clichés, il était très beau et très bien bâti. Quelle femme n'aurait pas éprouvé une forme d'attirance en jetant un coup d'œil à ces photos ?

Pour sa part, elle avait étudié attentivement l'une de celles où il apparaissait en gros plan. Avec ces fossettes encadrant son sourire, ce nez fin et droit, cette mâchoire virile et ces lèvres pleines, son visage anguleux correspondait plutôt bien à son métier de guerrier. C'était aussi un séducteur, semblait-il. Elle tenait l'information des gens du cru qu'elle avait rencontrés dans le café où elle déjeunait parfois.

D'après une serveuse très bavarde dont le regard s'illuminait chaque fois qu'elle parlait de lui, Gavin avait été un champion de l'équipe de football locale. Au vu du contexte familial, personne n'avait été surpris qu'il décide d'intégrer une école militaire. Son père était mort en héros à la guerre du Golfe, mais les habitants du pays semblaient savoir très peu de chose sur sa mère. On disait qu'elle était très belle et un peu plus jeune que son mari, qu'elle avait épousé une semaine à peine après avoir fait sa connaissance à New York. Apparemment, elle n'avait jamais réussi à s'adapter à la vie au ranch et à son statut d'épouse de militaire. Un beau jour, elle était partie pour ne jamais revenir.

— Votre petit-fils et moi, nous avons un point commun, dit-elle à Mme Melody. Les biscuits aux pépites de chocolat sont également mes préférés.

Mais c'était sans doute leur seul point commun. Contrairement à lui, elle ne s'était jamais beaucoup intéressée au sexe opposé. Elle avait passé la plus grande partie de sa vie à étudier. Ce qui lui avait permis d'obtenir un doctorat d'histoire et d'archéologie et de devenir la plus jeune enseignante de l'université de Seattle, à vingt-six ans. Un petit exploit qui avait exigé de nombreux sacrifices qui avaient pénalisé sa vie sociale et ses relations avec les hommes. Les plus contrariés par ces choix de vie avaient été ses parents. Eux qui ne rêvaient que de la voir mariée et mère de famille. Elle était fille unique, et ils ne cachaient pas leur désir de devenir grands-parents.

Ils n'avaient, par ailleurs, jamais caché leur désapprobation quant à ses choix de carrière. Étant tous deux neurochirurgiens, ils avaient toujours espéré qu'elle marche sur leurs traces en intégrant la sphère médicale. Et ils avaient été très attristés qu'elle en décide autrement. Comment pouvait-on préférer creuser des trous au fait de sauver des vies ? Hélas pour eux, elle n'avait jamais eu ce genre de vocation, alors que l'histoire était une discipline très importante à ses yeux. Comprendre le passé permettait de ne pas faire les mêmes erreurs dans le présent.

La voix de Mme Melody la ramena doucement à la réalité :

— Alors, Layla ? Quels sont tes projets pour aujourd'hui ?

Layla ne put s'empêcher de sourire. Elle aimait l'attitude de cette femme. Quand elle s'était présentée chez les Blake une semaine plus tôt, c'était avec une pointe d'appréhension. Elle ne pensait pas que la vieille dame croirait son histoire de trésor caché. Le cynisme de ses collègues l'avait presque préparée à être immédiatement rejetée. Mais Mme Melody l'avait écoutée et lui avait posé des questions pertinentes. Elle lui avait ensuite demandé deux jours pour lire ses travaux, ce qui avait amené d'autres questions. Finalement, elle avait accepté, à la seule condition d'être régulièrement informée de l'avancée des fouilles.

Manifestement, le petit-fils de Mme Melody n'approuverait pas sa décision, mais elle lui avait également promis de tout faire pour le convaincre le moment venu. De toute façon, il n'était pas censé revenir avant trois mois, et sa grand-mère était persuadée que le trésor serait retrouvé d'ici là. Pour sa part, Layla l'espérait de tout cœur. C'était sa crédibilité au sein de l'université qui était en jeu. Sa titularisation dépendait de la réussite de ce chantier et de la publication de ses découvertes.

Elle avait déjà participé à plusieurs opérations de fouilles, mais ce serait la première fois qu'elle en superviserait une. Les fonds qui lui avaient été alloués par l'université n'étaient pas aussi importants que prévu, mais elle était déterminée à en faire bon usage. Le directeur du département de recherches, le Dr Clayburn, ne l'avait pas beaucoup soutenue. Il avait même essayé de transférer les fonds à un autre projet. Heureusement, il était en déplacement à l'étranger quand la décision avait été votée.

Elle avait travaillé toute sa vie pour avoir l'occasion de prouver qu'elle était une archéologue douée. Si elle ne s'était pas trompée dans ses recherches (et elle était persuadée que non), elle serait la première personne à retrouver l'un des trésors de Jesse James.

— Comme tout est prêt, répondit-elle, j'ai contacté les membres de mon équipe. Ils arriveront la semaine prochaine.

Cette équipe était constituée d'étudiants de l'université. Certains suivaient ses enseignements et d'autres ceux du Dr Clayburn. Elle s'était entretenue avec chacun d'entre eux, et tous avaient hâte de commencer.

— Tu dois être contente.

— Très ! Le matériel arrivera lundi, en principe.

Après avoir pris une autre bouchée de biscuit, elle reprit :

— Encore une fois, je tenais à vous remercier de nous laisser entreprendre ces fouilles dans votre propriété.

— Inutile de me remercier. Il suffit de lire tes articles attentivement pour arriver à la même conclusion que toi. Les sources attestent que James et sa bande ont dévalisé une banque à Tinsel et sont partis vers l'est du Missouri, avant qu'une patrouille les pousse vers le sud. Je pense que tu as raison. Vu la vitesse à laquelle se déplace un cheval, la bande s'est certainement cachée dans la région en attendant une nouvelle occasion de reprendre la route de l'est. Et il semble encore plus logique qu'ils aient essayé de cacher une partie de leur butin avant de repartir vers la frontière de l'État. Non, vraiment, je trouve tes travaux très intéressants et sensés.

À ces mots, Layla se sentit envahie par le bonheur. Beaucoup avaient lu son rapport sans arriver à cette conclusion. Ils lui avaient reproché son jeune âge et son manque d'expérience, sans plus.

Le cours de ses pensées fut interrompu par un bruit. Un véhicule se garait dans la cour, manifestement.

Mme Melody leva les yeux vers la pendule.

— À peine midi… Je me demande bien qui ça peut être…

Sans se presser, la vieille dame se leva pour s'approcher de la fenêtre. Et quand elle se retourna, son visage rayonnait de joie.

— C'est Gavin. Il est rentré. Le rancher est de retour.

Sa sacoche à la main, Gavin sortit du camion. Il inclina son Stetson sur sa tête et regarda la voiture garée devant ce que sa grand-mère appelait la maison du gardien. Pour sa part, il avait toujours considéré ce bâtiment comme la maison des soirées. C'était là qu'il faisait la fête avec ses compagnons d'armes chaque fois qu'ils venaient lui rendre visite.

Pourvu que sa grand-mère n'ait pas autorisé la prof à séjourner là. Si c'était le cas, il la mettrait lui-même dehors. Hors de question que quelqu'un profite de sa famille.

L'espace d'un instant, il songea à tout ce qu'il avait manqué dans le Mississippi. Ah, s'il était dans le lit de la jolie serveuse ! L'appeler pour décommander n'avait pas été évident. Mais il avait tout arrangé en lui promettant de venir aussitôt après cette urgence familiale.

Il inspira profondément l'air du Missouri. Malgré tout, il était ravi de rentrer chez lui. Comme toujours. Les Éperons d'argent signifiaient beaucoup pour lui. Pour sa famille. C'était son héritage. Des terres qui appartenaient aux Blake depuis des générations. Des terres qu'il adorait. Il aimait sa vie de rancher tout autant que sa vie de marine. Ou presque autant. Car l'armée était une véritable passion.

C'était rassurant de voir que Caldwell s'occupait du ranch pendant ses absences. Le cow-boy assez âgé avait fait la même chose du vivant de son père. Et le père de Caldwell avait travaillé pour son grand-père. Cette famille était donc profondément liée au ranch.

Qui sait ? L'heure était peut-être venue pour lui de reprendre ses activités d'élevage. Il avait hâte de retrouver son fidèle Acer, d'aider Caldwell et ses hommes à s'occuper du bétail. Oh ! tiens, il fallait par ailleurs qu'il passe en revue les comptes avec Phil Vinson, le comptable.

Non, tout cela attendrait. La première chose à faire, c'était de discuter avec sa grand-mère. Autoriser une inconnue à effectuer des fouilles sur leurs terres, mais quelle idée ! Avec un peu de chance, tout serait réglé en fin de semaine et il pourrait partir pour le Mississippi. Une nuit de passion avec une femme… Il ne rêvait pas d'autre chose.

Gavin commençait à monter les marches du porche quand la porte s'ouvrit brusquement sur sa grand-mère. Tout sourires, elle lui ouvrit les bras. Sans hésiter une seule seconde, il laissa tomber son sac et la serra contre lui. Malgré sa silhouette petite et frêle, elle avait presque autant de force qu'un homme. Bon sang, comme il pouvait l'aimer et l'admirer. Elle s'était tendrement occupée de lui quand sa mère était partie. Et plus encore quand son père était mort. Elle avait toujours été solide comme un roc. Voilà pourquoi l'idée que quelqu'un essaie de profiter de sa gentillesse le révoltait à ce point.

— Bienvenue à la maison, Gavin, dit-elle en s'écartant pour l'observer de la tête aux pieds comme à chaque fois qu'il rentrait de mission. Je ne m'attendais pas à te revoir avant plusieurs mois. Tout va bien ?

Cette question le fit sourire. Elle savait très bien qu'il ne pouvait rien révéler. Secret défense oblige !

— Oui, mamie, tout va bien. Je suis revenu parce que j'ai cru comprendre qu'on avait besoin de…

Brusquement, il s'interrompit. Une silhouette venait d'apparaître derrière sa grand-mère. Et quelle silhouette ! Il cligna plusieurs fois les yeux. La femme face à lui était la plus belle qu'il ait jamais vue. Même bien couverte, même vêtue d'un jean et d'un pull, elle avait des courbes extraordinaires.

— Viens, Layla, que je te présente mon petit-fils, dit sa grand-mère.

Layla ? D'où venait cette Layla ? Était-ce la petite-fille de l'une des petites vieilles qui fréquentaient l'église ? Dans son souvenir, Mme Cotton avait une petite-fille en Floride qui se prénommait Layla. Ou était-ce Liza ? Aucune idée. Il avait du mal à réfléchir. Quand elle s'approcha de lui, il resta comme pétrifié. Le jean et le pull long de cette jeune femme mettaient en valeur ses courbes absolument parfaites et alléchantes.

Complètement subjugué, il dut prendre une profonde inspiration. Qu'est-ce qui lui faisait cet effet-là ? Était-ce sa peau couleur caramel, ses grands yeux, ses pommettes hautes, son nez légèrement busqué ou ses lèvres pleines et bien dessinées ? Sans doute un mélange de tout cela…

Quand elle approcha avec un sourire, il s'efforça de la regarder dans les yeux. Ce qui n'était pas des plus évident. Instinctivement, il aurait plutôt été tenté de laisser son regard s'attarder sur cette bouche si sensuelle, ce corps si voluptueux.

Sans attendre que sa grand-mère ait fait les présentations, il lui tendit la main.

— Bonjour. Moi, c'est Gavin.

Au moment où leurs peaux se frôlèrent, il sentit un élan de désir traverser son corps. C'était si fort qu'il s'étonna de ne pas en perdre l'équilibre. Jamais il n'avait ressenti cela de sa vie. Et pourtant, Dieu sait s'il avait connu des femmes.

Mais le plus fort, c'est qu'elle semblait ressentir la même chose.

— Ravie de vous rencontrer, Gavin, dit-elle d'une jolie voix douce. Je suis Layla. Layla Harris.

Harris ?

Brusquement, le charme se rompit. Harris ? Elle était de la famille du Dr Harris ? C'était peut-être sa fille. Elle paraissait jeune. Vingt ou vingt et un ans.

— Enchanté, marmonna-t-il.

Lâchant sa main, elle se tourna vers sa grand-mère.

— Merci pour les biscuits et le verre de lait, madame Melody. C'était délicieux. Il faut que j'aille en ville faire quelques courses. Vous avez besoin de quelque chose ?

— J'ai tout ce qu'il me faut. Merci.

— D'accord, répondit-elle en hochant la tête. Je reviens dans deux petites heures.

— Prends ton temps.

Après un dernier sourire à la vieille dame, elle descendit rapidement les marches du porche. Il observa attentivement le balancement de ses hanches parfaites et attendit qu'elle soit montée dans sa voiture pour tourner son attention vers sa grand-mère. Naturellement, elle le dévisageait d'un œil curieux.

— Je commençais à me demander si tu n'avais pas oublié que j'étais là, Gavin Timothy Blake, dit-elle d'un air vaguement amusé.

— Que veux-tu que je te dise, mamie ? demanda-t-il en lui adressant un sourire penaud. Elle est vraiment très jolie.

Et encore, c'était un euphémisme.

— Je suis d'accord. Allez, rentre, maintenant. J'ai fait des biscuits aux pépites de chocolat.

Avec un grand éclat de rire, il ramassa son sac. L'idée de

savourer ces biscuits lui avait mis l'eau à la bouche. Presque autant que les courbes voluptueuses de Layla Harris.

— Cette mission a tout de même duré plus de deux mois…, murmura sa grand-mère. Comment vont tes camarades ?

Il regarda la grande cuisine. Rien n'avait changé. Mais il flottait dans l'air un délicieux parfum de femme. Celui de Layla.

— Ils vont tous bien, mamie, répondit-il en posant son sac sur le canapé, mais ils avaient hâte de rentrer chez eux. Bane et sa femme vont renouveler leurs vœux dans quelques semaines. Je suis invité à la cérémonie. C'était la première opération sous couverture de Coop depuis son accident et il a été excellent, comme d'habitude.

S'il avait tenu à en informer sa grand-mère, c'était parce que tout le monde avait pensé que Coop était mort au combat. Le bataillon l'avait très mal vécu. Mais juste avant Noël, on avait appris que Coop était en réalité retenu en otage dans les montagnes syriennes. Lui et les autres avaient alors été envoyés à sa recherche. Et ils l'avaient ramené sain et sauf.

— C'était aussi le retour de Bane, non ? demanda-t-elle.

Décidément, elle se souvenait de tout. Bane, qui était un excellent sniper, avait enseigné son art à l'école militaire durant les six mois qui avaient précédé la mission.

— Oui. On était contents qu'il revienne. Et avant que j'oublie, j'envisage d'aller dans le Mississippi la semaine prochaine. J'ai des choses importantes à faire.

Notamment faire l'amour à une fille. Un détail que sa grand-mère n'avait pas besoin de savoir.

Après s'être lavé les mains, il se tourna directement vers la cafetière pour se verser une tasse. Sa grand-mère, pendant ce temps, avait déposé une demi-douzaine de biscuits dans une assiette. Elle le connaissait bien.

— Tu veux un autre café, mamie ?

— Oui. Merci.

Les deux tasses servies, il prit place en face d'elle — et

de l'assiette de biscuits dans laquelle il plongea aussitôt la main. La première bouchée fut un véritable festival de saveurs. Les biscuits aux pépites de chocolat de sa grand-mère étaient vraiment les meilleurs du monde.

Mais attention à ne pas perdre de vue l'essentiel. Le moment lui semblait bien choisi pour évoquer les raisons qui l'avaient poussé à rentrer si tôt aux Éperons d'argent.

— J'ai entendu dire que tu avais autorisé une universitaire à faire des fouilles sur nos terres. Qu'est-ce que c'est que cette histoire ?

— De qui tiens-tu ça ? s'enquit-elle en fronçant les sourcils.

— Sherman Lott. Il a pensé que j'avais le droit de savoir.

Sans le quitter des yeux, elle prit sa tasse de café.

— Si tu veux mon avis, il ferait mieux de se mêler de ses affaires.

— Si tu veux mon avis, c'est Caldwell qui aurait dû m'appeler. Il est payé pour m'informer de ce qui se passe ici. Mais il ne l'a pas fait parce que ça aurait été déloyal vis-à-vis de toi. Nous savons tous les deux ce que tu représentes à ses yeux.

Elle ne répondit pas, les yeux toujours rivés à sa tasse de café. De toute façon, il n'y avait pas grand-chose à dire. Il y avait quelque chose entre Caldwell et elle depuis des années. Il n'était pas stupide. Mais il n'était pas non plus insensible. Les deux personnes qui comptaient le plus pour lui méritaient d'être heureuses. Un jour ou l'autre, il en était sûr, ils finiraient par arrêter de se cacher. En attendant, ce qu'il y avait entre eux les concernait. Et s'il avait soulevé le sujet, c'était dans le seul but d'étayer son argumentation.

— Caldwell te l'aurait dit s'il avait jugé que c'était important, dit-elle enfin.

— Peu importe, rétorqua-t-il en prenant une gorgée de café. Mais je veux savoir la vérité. Tu l'as vraiment autorisée à faire des fouilles ici ?

— Oui, répondit-elle en croisant les bras. Et je ne vois pas où est le mal.

Gavin fit de son mieux pour garder son calme.

— Eh bien, moi, si. Franchement, mamie, comment as-tu pu croire à cette histoire de trésor enterré ?

— J'ai lu les travaux de cette universitaire, je les ai trouvés approfondis et convaincants. J'en ai gardé un exemplaire, si tu veux le lire…

— Je n'ai pas besoin de lire quoi que ce soit pour comprendre que tout ça est faux. Il n'y a pas de trésor ici et je suis contre l'idée que quelqu'un vienne faire des trous pour rien.

— Je ne suis pas d'accord avec toi, affirma-t-elle en se penchant vers lui. Mais peu importe, car de toute façon, j'ai dit oui à Layla. Elle m'a informée ce matin que son matériel devrait arriver dans quelques jours.

Il leva la main devant lui. Tout allait trop vite, il avait besoin d'y voir clair.

— Attends. Pourquoi as-tu dit oui à Layla ? C'est sa mère qui dirige les opérations ?

L'air étonné, elle ouvrit de grands yeux.

— Sa mère ? Je n'ai jamais rencontré sa mère. C'est Layla qui dirige les opérations. Enfin, le Dr Layla Harris.

— Quoi ? C'est Layla, l'universitaire ?

— Oui. Et elle est très compétente.

Il secoua la tête. Il n'en revenait pas !

— Et très jeune, aussi.

— Elle a vingt-six ans. Mais c'est vrai qu'elle fait moins.

Vingt-six ans ? C'était tout de même jeune. Il essaya de repousser les souvenirs qu'il avait de son corps voluptueux et de son joli visage et prit une profonde inspiration. Mais soudain, la colère refit surface. Elle avait tout de même essayé de rouler sa grand-mère…

— Tu lui as peut-être donné ton accord, mais je ne lui ai

pas donné le mien. Une chose si importante aurait nécessité une discussion entre nous.

— Non. Si tu te souviens bien, nous nous sommes mis d'accord. En ton absence, c'est moi qui prends toutes les décisions pour le bien des Éperons d'argent.

— Je ne pense pas que ces fouilles fassent du bien aux Éperons.

— Eh bien, moi, si. J'ai hâte de savoir ce que Layla va découvrir. Et je lui ai également donné la permission de séjourner dans la maison du gardien.

Il serra les dents. Quelle tête de mule, ce n'était pas une Blake pour rien ! Heureusement, il était aussi têtu qu'elle. Avec un soupir, il prit le dernier biscuit et, après avoir vidé sa tasse d'un trait, se leva.

— Je suis fatigué, j'ai besoin de sommeil. Mais on en reparlera demain, mamie. En attendant, dis à cette Layla d'attendre un peu avant de faire venir son matériel au ranch.

Et sans attendre sa réponse, il quitta la cuisine.

- 2 -

Quelques minutes après avoir quitté le ranch, Layla dut s'arrêter sur le bas-côté. Impossible de conduire. Le moteur coupé, elle se força à prendre plusieurs longues inspirations. Jamais, en vingt-six ans, un homme ne lui avait fait autant d'effet que Gavin Blake. Jamais personne ne l'avait laissée dans un tel état de désir sensuel. Qui aurait pu croire qu'un homme lui ferait perdre l'esprit ? Elle avait l'impression que ses mamelons avaient durci, comme s'il les avait caressés. Elle avait vraiment dû se faire violence pour ne pas poser les mains sur son corps si viril et puissant.

Grâce aux photos qu'elle avait vues, elle savait déjà que c'était une véritable incarnation de la beauté masculine. C'était d'ailleurs là que les problèmes avaient commencé : avec ces photos. Sur l'une d'entre elles, il affichait un petit sourire espiègle. Oh ! c'était stupide de sa part, mais elle avait eu l'impression qu'il lisait dans ses pensées avec ses grands yeux noirs si pénétrants. De toute façon, chaque fois qu'elle avait regardé l'une de ces photos, la puissance virile de Gavin avait totalement submergé ses sens.

Et naturellement, cela avait été plus fort encore quand elle l'avait vu en vrai. Avant qu'il se rende compte de sa présence, elle était restée figée sur place, une vague d'émotion déferlant sur son corps brûlant de désir. Et quand il avait fini par la remarquer, le regard qu'il avait posé sur elle l'avait littéralement embrasée.

Il portait un jean délavé et un T-shirt noir sur lequel se

détachait la plaque militaire argentée suspendue à son cou. Elle, malgré son pull, trouvait jusqu'alors le fond de l'air plutôt frais. Mais quand leurs regards s'étaient croisés, la température avait semblé monter de vingt degrés.

En tout cas, il était grand, beau, musclé. Elle n'avait aucun mal à l'imaginer en champion de football américain, éliminant ses adversaires avec force et agilité. Ou en marine, combattant de dangereux soldats ennemis pour protéger la nation.

Le problème, c'était qu'elle n'avait pas de mal non plus à l'imaginer nu au lit… avec elle. D'étranges et douces sensations parcoururent son corps à cette idée. Quand il lui avait serré la main en la regardant dans les yeux, elle avait oublié jusqu'à la présence de Mme Melody et dû se faire violence pour ne pas se mettre à ronronner. Elle avait senti le sang circuler fiévreusement dans son corps tout entier. C'était comme si sa main se souvenait encore des sensations qu'il lui avait procurées. Et si son corps réagissait ainsi au simple contact de cette peau contre sa main, que se passerait-il s'il touchait ses seins, son ventre, ses cuisses…

À vrai dire, elle n'avait jamais connu ce genre de désir. Le sexe était une chose qui n'avait jamais fait partie de sa liste de priorités. Elle avait mis toute son énergie dans ses études, puis son métier. Mais il y avait quelque chose chez lui qui éveillait le désir en elle. Quelque chose qui faisait naître une douce chaleur entre ses cuisses, au cœur de son intimité.

Allons, il fallait absolument qu'elle se calme. Elle n'était pas venue dans le Missouri pour fantasmer sur le copropriétaire des terres qu'elle envisageait de creuser. Tout ce qu'elle voulait, c'était réussir ses fouilles. D'autre part, il était fort probable que Gavin Blake regarde toutes les femmes de cette façon. Cette serveuse ne lui avait-elle pas dit que c'était un séducteur ?

Rester sur ses gardes : c'était la seule solution. Une

aventure avec lui était la dernière chose dont elle avait besoin, même si son corps essayait fiévreusement de la convaincre du contraire.

Et puis il y avait autre chose. Mme Melody lui avait expliqué la situation : il y avait de fortes chances pour que son petit-fils s'oppose aux fouilles. La vieille dame lui avait accordé sa permission, mais le retour de Gavin pouvait-il changer la donne ? À cette idée, elle sentit la panique s'emparer d'elle.

Peut-être devait-elle parler à Gavin. Lui présenter ses travaux de la même façon qu'à Mme Melody. Lui expliquer qu'elle ne comptait pas creuser dans toute la propriété, que ses recherches se concentreraient sur un lieu précis, déjà délimité.

Oui, elle allait lui parler. Mais elle allait attendre que sa grand-mère le fasse avant elle. Et prendre ainsi le temps de se préparer à l'affronter.

Gavin ouvrit les yeux et fut aussitôt en alerte. Il écouta les sons autour de lui. Au bout de quelques secondes, il soupira. Il était aux États-Unis, pas dans un pays en guerre où il devait rester sur ses gardes vingt-quatre heures sur vingt-quatre.

Il y avait toujours cette sorte de période de réadaptation, à chacun de ses retours. Il fallait se remettre dans le cours de la vie normale, se déprogrammer du « mode combat » pour se glisser de nouveau dans son rôle de rancher.

Machinalement, il se tourna vers le réveil. 22 heures. Il avait dormi près de neuf heures d'affilée. Étonnant. Mais quel était ce son qui l'avait réveillé ? On aurait dit de l'harmonica. La musique était lointaine, mais il pouvait l'entendre. Il avait toujours eu l'ouïe très fine.

Souvent, d'ailleurs, il se demandait s'il s'agissait d'une qualité ou d'un défaut, notamment quand il surprenait des conversations qu'il aurait préféré ne jamais entendre. Comme la fois où Mac avait expliqué à sa femme, en des termes pour le moins explicites, ce qu'il envisageait de faire avec elle une fois la mission terminée. L'espace d'un bref instant, il avait regretté de ne pas avoir lui-même une épouse ou une compagne qui l'attendait. Combien de temps se contenterait-il d'un simple carnet rempli de noms de femmes ?

Tout en s'efforçant d'écarter ces idées de son esprit, il se laissa retomber sur le lit pour écouter la musique. C'était tout simplement magnifique. Au bout de quelques secondes, il se releva brusquement et, sans se donner la peine de s'habiller, s'approcha de la fenêtre. L'air frais d'octobre aurait donné des frissons à n'importe qui. Mais grâce à son entraînement de marine, il pouvait supporter des températures extrêmes.

À la lumière de la lune qui soulignait les reliefs des montagnes et des vallées, le paysage était tout simplement éblouissant. Il n'y avait rien de plus beau que les Éperons d'argent la nuit. Du plus loin qu'il puisse se rappeler, il avait toujours été profondément ému par ces terres sur lesquelles il avait vu le jour.

La mélodie finit par s'arrêter. Bon sang, cela provenait de la maison du gardien où Layla séjournait. Si la jeune femme était toujours là, c'était que sa grand-mère n'avait pas fait passer le message.

Et s'il lui parlait directement ? Cela valait mieux. Il s'assurerait qu'elle avait bien compris. D'un pas décidé, Gavin partit vers la salle de bains pour prendre une douche rapide. Et quelques minutes plus tard, il sortit de la maison.

L'harmonica résonnait de nouveau.

Layla reposa son harmonica. La musique l'apaisait. Elle se souvenait encore de tous ces étés où elle était restée assise sous le porche de la maison de ses grands-parents à écouter son grand-père jouer. Elle le suppliait de lui apprendre ! Quand il était mort, dix ans plus tôt, elle avait découvert sa dernière volonté en lisant son testament : il voulait qu'elle joue à ses funérailles, ce qu'elle avait fait. Ce moment avait été rempli d'émotion.

Hélas, ces incursions dans le passé la rendaient toujours triste, et elle n'avait aucune envie de se perdre dans la nostalgie. Autant positiver ! Un peu plus tôt, Mme Melody lui avait assuré que tout allait bien se passer. Gavin n'était pas dans son état normal ; il était épuisé. Tout irait mieux après une bonne nuit de sommeil.

Pourvu que ce soit le cas, tout son équipement était sur le point d'arriver ! De toute façon, Mme Melody connaissait mieux son petit-fils qu'elle. Elle allait attendre qu'il ait sa bonne nuit de sommeil tant méritée. Après quoi, il verrait certainement les choses d'un œil plus compréhensif.

Layla jeta un coup d'œil autour d'elle. Elle aimait vraiment beaucoup cette maison où elle résidait. C'était plus grand que son appartement de Seattle. Le vaste séjour était doté d'une cheminée en pierre et la chambre où elle dormait avait une salle de bains équipée d'un jacuzzi et d'une douche à l'italienne. Il y avait aussi une deuxième chambre et une grande cuisine où on aurait pu manger à huit, un plancher en chêne et une belle hauteur de plafonds. Comme la maison était située à bonne distance du corps de ferme, elle pouvait jouer de l'harmonica sans craindre de déranger qui que ce soit. Ce qu'elle n'aurait certainement pas pu faire dans son appartement.

Perdue dans ses pensées, elle se leva pour se dégourdir les jambes. C'est là qu'elle entendit frapper. Elle jeta un coup d'œil à l'horloge murale. 10 heures du soir. Étrange ! Elle savait que Mme Melody, qui se levait toujours très tôt, était couchée tous les soirs à 8 heures. Et s'il s'était passé quelque chose ? La vieille femme se serait-elle laissé convaincre par son petit-fils que ces fouilles sur sa propriété étaient une mauvaise idée ?

Elle s'approcha de la porte. C'était le seul moyen d'en avoir le cœur net.

— Qui est-ce ? demanda-t-elle d'une voix prudente.

— Gavin. Gavin Blake.

Une douce sensation de chaleur s'empara aussitôt de son ventre, malgré tous ses efforts pour la repousser. Pourquoi était-il venu la voir à cette heure de la soirée ? Il était arrivé quelque chose à Mme Melody ? La vieille dame souffrait parfois de migraines, mais…

Elle ouvrit la porte. Il était vêtu d'un jean, d'un T-shirt et de bottes de cow-boy. Mais ses vêtements l'intéressaient moins que la façon dont ils mettaient son corps en valeur.

Malgré le froid, il ne portait pas la moindre veste. Il était sur le pas de sa porte, comme dans un rêve. Oui, il semblait tout droit sorti d'un fantasme féminin. Grand, beau, musclé. Sexy. Incapable de parler, elle se contenta de regarder ces yeux noirs pénétrants, tandis que son cœur battait à tout rompre dans sa poitrine.

Les marines étaient généralement des hommes puissants, mais le corps de l'homme qui se trouvait devant elle était tout simplement époustouflant. Elle n'avait jamais vu un type si bien bâti. Si magnifiquement hâlé. Son jean semblait épouser le contour de ses muscles. Et tout en lui évoquait la virilité.

Craignant presque de voir son propre corps s'embraser malgré la fraîcheur du soir, elle ravala sa salive avec peine et se força à parler :

— Mme Melody va bien ?

L'air surpris, il cligna les yeux.

— Qu'est-ce qui vous fait penser qu'elle pourrait aller mal ?

Elle poussa un profond soupir de soulagement.

— Pour quelle autre raison seriez-vous venu ?

Gavin la regarda sans rien dire. Pour quelle raison était-il venu ? Bonne question. Il avait entendu l'harmonica. Et rapidement compris que la musique provenait de la maison du gardien, et donc de Layla. Alors, qu'est-ce qui l'avait mené ici en pleine nuit ? Il aurait très bien pu attendre le lendemain matin pour lui parler des fouilles. Était-il venu simplement pour la voir ? Ou plutôt l'admirer ?

— Gavin ?

Et pourquoi le simple fait qu'elle prononce son nom déclenchait-il des vagues de plaisir dans son corps tout entier ? Vu l'état d'excitation dans lequel il se trouvait, il n'en faudrait pas beaucoup pour le pousser à bout.

— Oui ?

— Mme Melody va bien ? Pourquoi êtes-vous venu ?

— Je vous ai entendue jouer de l'harmonica.

Pour toute réponse, elle ouvrit de grands yeux. C'était compréhensible. La maison était située assez loin du corps de ferme et les chambres donnaient sur l'autre côté. Et sa grand-mère avait certainement dû lui dire qu'il dormirait toute la journée et toute la nuit.

Sauf qu'il ne dormait pas. Il était là. En train de s'imaginer dans un lit avec Layla Harris. Il y avait déjà pensé. Et plusieurs fois. À bien y réfléchir, dès le moment où son regard s'était posé sur elle. Et la voir dans cette maison n'arrangeait pas les choses. En règle générale, il n'avait qu'à claquer des doigts pour avoir les femmes qu'il désirait. Mais quelque chose lui disait que ce ne serait pas le cas avec elle…

— Je suis désolée, dit-elle enfin, coupant court à ses pensées. Je ne voulais pas vous réveiller. Je sais que vous avez besoin de repos et…

— Vous ne m'avez pas réveillé.

— Mais vous venez de me dire que vous m'avez entendue jouer…

— Oui. Mais ce n'est pas ça qui m'a réveillé.

Comment lui expliquer à quel point son sommeil était perturbé au cours des quelques jours qui suivaient son retour chez lui ? Au reste, cela ne l'aidait pas à répondre à sa première question. Pourquoi était-il ici ? Pourquoi était-il venu la trouver ? En pleine nuit ?

— Vous jouez très bien.

Elle était encore plus belle que le matin. Sans doute à cause du joli sourire qui flottait sur ses lèvres pulpeuses.

— Merci. Mais j'imagine que vous n'avez pas fait tout ce chemin pour me faire un compliment…

Non. S'il avait fait tout ce chemin, c'était pour lui reprocher d'avoir bourré le crâne de sa grand-mère d'histoires idiotes de trésors enterrés. Il fallait donc qu'il lui dise ce qu'il avait à dire.

— Il faut qu'on parle. Je peux entrer ?

Drôle de question. Après tout, Gavin était chez lui. C'était sa maison. Mme Melody lui avait expliqué que lui et certains de ses amis marines venaient souvent y passer du temps ensemble quand ils étaient en permission. Là, il pouvait organiser des fêtes sans déranger sa grand-mère. Ce qui expliquait sans doute pourquoi le réfrigérateur était rempli de bouteilles de bière.

Layla finit par hocher la tête.

— Bien sûr. Vous êtes chez vous.

— Mais vous êtes l'invitée de ma grand-mère.

Pourquoi avait-il dit cela ? Pour lui faire comprendre qu'elle n'était pas son invitée à lui ? Pour lui faire entendre que sa présence aux Éperons d'argent lui était insupportable ? Elle n'allait sans doute pas tarder à en avoir le cœur net.

D'un geste de la main, elle lui fit signe d'entrer.

— Vous voulez boire quelque chose ? proposa-t-elle en souriant. Il y a plein de bières dans le réfrigérateur.

— Alors je vais en prendre une, dit-il en riant. Et puis… On pourrait se tutoyer, qu'est-ce que tu en penses ?

— Bien sûr, ce sera plus simple, acquiesça-t-elle avec un sourire. Bon, je vais te chercher ta bière.

En se retournant, elle crut presque sentir le regard de Gavin se poser sur sa chute de reins.

— Voilà, dit-elle en revenant avec la bouteille en question. C'est un peu bizarre.

— De faire quoi ? demanda-t-il en haussant les sourcils.

— De t'offrir une bière qui est à toi.

— Pas de problème. Tu es l'invitée de ma grand-mère.

C'était la deuxième fois qu'il le mentionnait. Sans insister là-dessus, elle lui tendit la bouteille. Mais elle le regretta aussitôt. Car au moment où leurs doigts se frôlèrent, une vague de chaleur parcourut son corps. Le plus étrange, c'était qu'il s'était mis à la regarder comme s'il avait lui aussi ressenti cette sensation à la fois curieuse et agréable.

Pour essayer de se ressaisir, elle fit un pas en arrière et s'essuya les mains sur son jean.

— Tu ne penses tout de même pas que ça va t'en débarrasser ?

Elle chercha son regard. Elle pensait comprendre ce qu'il insinuait, mais autant vérifier.

— De quoi ?

— Rien, répondit-il avant d'ouvrir sa bouteille pour boire une gorgée.

Il ne la quitta pas du regard puis se lécha les lèvres. Elle pouvait toujours sentir cette chaleur au cœur de son intimité.

— Tu en veux une gorgée ? lui demanda-t-il sans détacher le regard du sien.

Quoi ? Venait-il de lui proposer de partager sa bière ? De boire dans la même bouteille que lui ? D'accord, ils se tutoyaient, mais il allait un peu vite en besogne à son goût. La chaleur qui la dévorait, elle, était de plus en plus prenante. Et la lueur de désir qui s'était allumée dans les yeux sombres de Gavin ne faisait rien pour arranger les choses.

Était-ce du bluff ? En tout cas, elle aurait pu le surprendre en acceptant la proposition. Mais la situation aurait vite pu dégénérer. Cela lui aurait certainement donné des idées. Des idées semblables à celles qui la taraudaient. Une aventure était la dernière chose dont elle avait besoin. Avec n'importe quel homme. Et surtout lui. Pas question de sacrifier tous ses efforts pour cela ; son travail était beaucoup trop important.

— Non merci, répondit-elle enfin. Je viens d'en boire une, ça me suffit.

Sans faire de commentaire, il hocha la tête et prit une autre gorgée. Une longue gorgée. Elle le regarda, comme hypnotisée. Comment pouvait-on être aussi excitée en regardant un homme boire ?

— Tu en veux une autre ? lui demanda-t-elle une fois la bouteille vide.

Il lui sourit.

— Je viens d'en boire une, ça me suffit.

Vaguement amusée qu'il ait repris ses mots, elle lui rendit son sourire.

— Tu es sûr ?

— Oui. Je ne suis pas venu pour ça.

En effet. Il ne s'était certainement pas présenté ici pour bavarder en buvant de la bière.

— Je sais, acquiesça-t-elle. Tu voulais me parler. Il y a un problème ?

Évidemment qu'il y en avait un et elle savait de quoi il retournait. Mais c'était mieux qu'il formule lui-même les choses.

— Qui t'a appris à jouer de l'harmonica ?

Cette question la prit de court. Elle s'attendait vraiment à ce qu'il s'engouffre dans la brèche en évoquant les fouilles.

— Mon grand-père, répondit-elle en penchant la tête sur le côté. C'était un type génial. En tout cas, c'est ce que pensent tous les amateurs de musique.

— Comment ça ? Il était connu ?

— C'était Chip Harris.

— Chip Harris, répéta-t-il d'un air incrédule.

— Oui, répondit-elle d'un ton léger.

Malgré sa fierté pour l'œuvre de son grand-père, elle évoquait rarement le lien qui l'unissait à lui. C'était un homme de valeur, un grand humaniste et un musicien de talent. Mais surtout, il avait été un merveilleux grand-père. Avec sa grand-mère, il l'avait aidée à trouver une certaine stabilité à l'époque où ses parents menaçaient de la rendre folle.

Alors qu'elle se faisait ces réflexions, le regard de Gavin était devenu froid et distant.

— Quelque chose ne va pas ?

— Alors c'est comme ça que tu as réussi ?

— Que j'ai réussi quoi ?

— À faire croire à ma grand-mère que le trésor de Jesse James était enterré dans ma propriété. Tu as su que c'était une grande admiratrice de Chip Harris et tu t'es servie de ton lien de parenté avec lui pour te faire bien voir auprès d'elle. Et une fois que tu as eu sa confiance, tu…

Layla resta bouche bée devant une accusation aussi odieuse. Pour qui se prenait-il ?

— Tu ne manques pas d'air ! s'exclama-t-elle. Comment peux-tu m'accuser d'avoir fait quelque chose d'aussi bas et d'aussi immoral ? Tu ne me connais pas, mais tu connais ta grand-mère. Tu penses vraiment qu'elle pourrait se laisser rouler dans la farine si facilement ? Comment peux-tu avoir si peu confiance en son jugement ?

Le temps de prendre une profonde inspiration, elle poursuivit :

— Pour ton information, je n'ai jamais évoqué mon lien de parenté avec Chip Harris devant elle. Mme Melody a fondé sa décision sur mes travaux, qu'elle a pris le temps de lire. Elle m'a ensuite posé des questions, des questions très pertinentes. Donc, quoi que tu puisses penser, sa décision repose sur des faits. Des faits, et rien que des faits.

Gavin regretta aussitôt d'avoir accusé Layla d'avoir manipulé sa grand-mère. Cet accès de rage était on ne peut plus sincère. Il avait dépassé les bornes et il lui devait des excuses.

— Je te demande pardon. Je n'aurais pas dû dire ça.

— Mais tu l'as fait. Garde tes excuses pour ta grand-mère. Elle compte parmi les femmes les plus intelligentes que je connaisse. Or tu viens de la faire passer pour quelqu'un d'influençable. Toi qui la connais si bien, tu devrais savoir qu'elle n'est pas comme ça.

Il resta muet. Sans doute parce qu'elle avait raison. Sa grand-mère avait l'esprit aussi aiguisé qu'une lame d'acier. À bien y réfléchir, peut-être aurait-il dû suivre son exemple, et lire lui-même le rapport de Layla.

— Je n'aurais pas dû venir ici, dit-il enfin

— Non. Surtout pour me raconter ce genre d'idioties. Je n'ai pas de temps pour ça.

Ces paroles eurent pour effet de raviver sa colère. Cette fois, c'est elle qui dépassait les bornes.

— Alors comme ça, tu estimes que je n'ai pas le droit de t'interroger sur les raisons de ta présence ici ?

Manifestement pas intimidée pour un sou, elle fit un pas en avant.

— Tu as tous les droits. Mais tu connais déjà les raisons de ma présence ici. Je peux parfaitement comprendre que tu ne sois pas d'accord avec ta grand-mère ou que tu veuilles savoir pourquoi je pense que ce trésor est enfoui là. Mais ce que tu viens de faire, Gavin, c'est remettre en question mon intégrité. Je le prends comme un affront personnel.

— Avoue que cette idée de trésor enterré semble assez fantasque.

— Pour toi peut-être, mais pas pour moi. Tu es un marine. Quand tu es en mission, certains détails t'amènent parfois à penser que tu vas réussir… Alors que, vu de l'extérieur, ça semble impossible.

Gavin secoua la tête, les sourcils froncés.

— Ce n'est pas la même chose.

— Si. J'ai fait des recherches sur la vie de Jesse James. Ça m'a pris cinq ans. J'ai étudié sa vie, et notamment l'épisode du hold-up de la banque de Tinsel. C'est ça qui m'a menée ici. Si tu prenais la peine de lire mes travaux, tu comprendrais que tout est là. Ce que je te demande, c'est de m'accorder le même respect que Mme Melody et de prendre le temps de les lire.

— Je n'ai pas besoin de lire quoi que ce soit pour comprendre que ce que tu dis n'est pas vrai.

Layla soupira. Gavin n'était pas militaire pour rien !

— Mais pourquoi es-tu si borné ?

Il haussa les épaules d'un air désinvolte.

— Je ne suis pas borné. Juste réaliste.

Comment allaient-ils s'en sortir ? Il n'essayait même pas de se montrer raisonnable.

— Alors qu'est-ce que tu veux, Gavin ? Tu sembles penser que j'ai manipulé ta grand-mère et que je suis une illuminée en quête d'un trésor enterré. Es-tu venu ici pour me demander de partir ? De quitter ta propriété car tu refuseras de me donner l'autorisation de faire ces fouilles ?

Sans un mot, il se contenta de la regarder de ses beaux yeux pénétrants. Il approuvait certainement ce qu'elle venait de dire.

— Très bien. Je partirai demain.

Elle se dirigea vers la porte dans l'idée de le raccompagner. Mais il l'attrapa par le bras. Et au moment où leurs peaux entrèrent en contact, ce fut comme si tout son corps s'était brutalement réveillé. Impossible de s'écarter de lui. Alors qu'elle restait là, immobile, il relâcha son étreinte pour lui caresser sensuellement le bras.

— Qu'est-ce que tu fais ? demanda-t-elle d'une voix faible alors que les battements de son cœur s'accéléraient.

Leurs regards se rencontrèrent et quelque chose de brûlant dans les profondeurs des yeux de Gavin la retint en otage. Elle voulait se détourner de lui, mais c'était impossible. Comment un homme pouvait-il avoir autant de sex-appeal ? Déclencher en elle une attirance si bestiale ?

Ce qu'elle était bête de réagir ainsi. Il venait d'anéantir tous ses projets. De la placer dans une position difficile vis-à-vis de son équipe et de l'administration de l'université. Elle allait devoir annuler les fouilles, elle perdrait ses financements. Et elle n'aurait sans doute jamais plus l'occasion de prouver ses théories et son talent. Et pourtant, à cet instant précis, elle ne pensait plus qu'au plaisir que pourraient lui apporter les mains de son bel ennemi.

— Je te caresse, répondit-il au bout de quelques secondes.

Comme s'il lui avait fallu du temps pour réfléchir à sa question.

C'était tout le problème. Elle refusait de le laisser faire. Alors qu'attendait-elle pour le lui dire ? Et pourquoi ressentait-elle une telle chaleur en elle ? Cette sensation qui avait pris sa source dans son ventre, mais semblait désormais s'être concentrée entre ses cuisses. Et pourquoi restait-elle immobile alors qu'il était en train d'approcher son visage ? Lorsque leurs lèvres se joignirent et qu'il la prit dans ses bras musclés, elle se laissa aller. Et lui rendit son baiser.

Un baiser qui lui fit tout oublier, même l'idée qu'il voulait la mettre dehors. La seule chose sur laquelle elle pouvait se concentrer, désormais, c'était les mouvements de cette langue qui déclenchaient de petites décharges de plaisir dans son corps. Et qui finirent par lui arracher un gémissement de volupté.

Gavin, lui, poussa un grognement avant d'approfondir son baiser. Il n'y avait pas de doute possible. Ce qu'il y avait entre eux, c'était du désir à l'état pur. Le genre de désir qui ne pouvait mener qu'au sexe. Mais ce serait s'aventurer sur un terrain dangereux. Elle n'avait aucune intention d'avoir une aventure, aussi brève soit-elle, avec cet homme qui refusait de prendre son travail au sérieux.

Cette idée l'aida à trouver le courage d'écarter sa bouche de la sienne.

— Comme je te l'ai dit, je partirai demain matin, affirma-t-elle en repartant vers la porte.

Avant de l'ouvrir, Layla jeta un dernier regard vers lui. Il était resté là à la regarder comme une énigme à décrypter. Ce n'était pas elle, pourtant, qui posait problème, mais bien lui.

C'était lui qui, manifestement sans faire le moindre effort, l'avait amenée à baisser la garde, à s'abandonner totalement à ce besoin qu'il avait créé en elle. Un besoin dont elle ignorait totalement l'existence jusqu'ici. Et qu'il semblait éprouver lui aussi.

— Le sexe doit rester en dehors de tout ça, Gavin.

Au vu de l'attirance qu'il y avait entre eux, il valait mieux formuler les choses ouvertement.

Sans faire de commentaire, il la regarda un long moment. Il avait l'air tendu. Ses paroles avaient-elles fait mouche ? Lui avait-elle fait comprendre qu'elle n'était pas aussi malléable qu'il le pensait ?

Quand il avança vers elle, elle sentit son cœur s'emballer. Jamais elle n'avait ressenti quelque chose d'aussi bestial. Même la démarche de Gavin, les jambes musclées qui fléchissaient sensuellement à chacun de ses pas, l'excitait.

Il finit par s'arrêter devant elle et lui attrapa la main pour l'empêcher d'ouvrir la porte. Immédiatement, comme la fois précédente, quelque chose sembla passer entre eux. Pourquoi étaient-ils unis par une si forte attirance physique ? Jamais un homme ne l'avait captivée au point de lui faire oublier son travail. Or elle avait déjà peine à se souvenir des raisons pour lesquelles elle était ici. Elle ne pensait plus qu'à lui.

— Pour toi, peut-être. Mais pour moi, non, Layla. Et tu

sais parfaitement pourquoi. Que tu le veuilles ou non, il y a quelque chose entre nous. Je l'ai ressenti dès le moment où j'ai posé les yeux sur toi ce matin. Si tu me dis que tu ne l'as pas ressenti toi aussi, je ne te croirai pas. Tu as beau faire comme si de rien n'était, tu as envie de moi autant que j'ai envie de toi.

Quoi qu'il en dise, elle comptait nier en bloc. Elle était venue à Cornerstone pour faire un travail — en l'occurrence, prouver sa théorie et avancer dans sa carrière —, pas pour avoir une aventure avec un marine. Un homme qui venait de démontrer qu'elle avait ignoré trop longtemps ses besoins sexuels. Non, elle ne coucherait pas avec lui. Ce serait une très mauvaise idée. Une erreur qui pourrait lui coûter tout ce qu'elle avait obtenu si durement. Et de toute façon, ne lui avait-il pas fait comprendre qu'elle devait quitter ses terres ?

— Ce que je veux, c'est qu'on me laisse faire mon travail, déclara-t-elle. J'ai besoin d'effectuer ces fouilles, Gavin.

Cette fois, son regard devint plus dur.

— Pourquoi ? Pour prouver que j'ai tort.

— Non. Pour me prouver à moi-même et prouver à mes pairs que j'ai raison. C'est différent. Mais je ne suis pas sûre que tu puisses comprendre.

Oh ! Gavin comprenait parfaitement la différence. N'avait-il pas lui-même ressenti le besoin de se démarquer ? De prouver que sa volonté de devenir marine était une décision personnelle ? L'histoire de sa famille était pourtant liée à ce corps d'élite de l'armée. Son grand-père avait été choisi pour prendre part aux toutes premières opérations des unités spéciales qui allaient devenir les marines. Quant à son père, il était mort en héros après avoir sauvé les membres de son commando et d'autres personnes retenues en otage durant l'opération Tempête du désert.

Pendant des années, il avait maudit cet héritage pesant.

Il lui avait fallu beaucoup de temps pour prouver aux autres — et se prouver à lui-même — qu'il avait son libre arbitre. Qu'il était libre de commettre ses propres erreurs. Désormais, il chérissait le souvenir des héros qu'avaient été son père et son grand-père, fier de porter leur nom et de perpétuer la tradition familiale. Au bout du compte, il avait compris une chose décisive. Pour se trouver, il avait moins besoin de faire ses preuves envers les autres qu'envers lui-même.

D'un côté, il se disait que les problèmes de Layla ne concernaient qu'elle. Que c'était à elle de les régler, et non à lui. Mais pour une raison qu'il ne parvenait pas à définir, il ne voulait pas la voir partir.

— Je ne veux pas que tu quittes les Éperons d'argent maintenant, dit-il.

Visiblement surprise par cet aveu, elle s'immobilisa.

— Et pourquoi ? Tu as ridiculisé mes années de recherches, tu m'as accusée de manipuler ta famille et tu as refusé que je fasse des fouilles sur tes terres. Pourquoi devrais-je rester ?

— Pour me convaincre que tu as raison.

Elle prit un air incrédule.

— Je ne peux pas le faire si tu ne m'autorises pas à creuser, Gavin.

Il était complètement captivé par elle. Par sa passion pour son travail, par la passion qu'il y avait entre eux. Pour quelle raison ? Difficile à dire. Certes, elle était bien faite, pulpeuse, avec des courbes délicieuses. Cela dit, elle n'était pas seulement belle et intelligente. Il y avait quelque chose en elle qu'elle refusait de laisser faire surface. Et c'était cette chose qu'il avait envie de découvrir.

En résumé, il n'avait qu'une seule certitude : il n'était pas prêt à la voir quitter les Éperons d'argent. Mais elle avait raison. Pourquoi resterait-elle s'il refusait de la laisser creuser dans sa propriété ? Il serra les dents à l'idée que cette femme le fascine à ce point. Elle lui faisait accepter la perspective de voir le pâturage sud endommagé, ses terres retournées. Ce n'était pas rien.

— Il est tard, dit-il enfin. On en reparlera demain.

— Est-ce que ça changera quelque chose ?

Tout ce qu'il savait, c'était qu'il ne pouvait pas réfléchir correctement en sa présence. Mais la dernière chose qu'il voulait, c'était de se réveiller le lendemain et d'apprendre qu'elle était partie.

— Peut-être. Mais je ne peux rien te promettre. Tout ce que je peux te dire, c'est que je suis épuisé et je n'arrive pas à penser.

Gavin préférait lui laisser croire cette demi-vérité. Ce qui le troublait, c'était la force du désir qu'il éprouvait pour elle.

— Tu liras mes travaux ?

— Non, avoua-t-il en toute honnêteté. Mais tu pourras toujours m'en exposer les grandes lignes quand on se reverra demain.

Layla le regarda un long moment.

— D'accord, répondit-elle. Je vais rester jusqu'à ce qu'on puisse parler.

Un intense sentiment de soulagement s'empara de lui, aussitôt remplacé par de la frustration et de l'agacement. Pourquoi le nier ? Jamais il ne s'était senti aussi dépendant d'une femme.

— À demain, alors.

Quand il était arrivé dans la maison du gardien, Layla avait les cheveux impeccablement attachés. Les avait-il caressés quand il l'avait embrassée ? Cela aurait expliqué pourquoi des mèches retombaient désormais sur son front. Ce qui la rendait encore plus excitante.

— Bonne nuit, Gavin.

Elle avait raison. Il fallait qu'il parte, désormais.

— Bonne nuit.

Sur ces mots, Gavin ouvrit la porte et retrouva l'air frais du Missouri.

- 3 -

En se réveillant le lendemain matin, Layla se demanda ce qu'elle faisait là. Allait-elle vraiment pouvoir convaincre Gavin de changer d'avis ?

C'était une possibilité, et c'était pour cette raison qu'elle n'avait pas encore fait ses bagages. D'autre part, elle avait toujours été du genre combatif. Jeter l'éponge à la première difficulté n'était pas dans ses habitudes. Il lui avait fallu plus d'une année pour convaincre l'université de lui accorder ces fonds. Le chef de son département ne partageait sans doute pas toutes ses hypothèses, mais au moins, il lui avait laissé sa chance.

L'ennui, c'était que le fruit de tous ses efforts — ses découvertes qui pouvaient changer les livres d'histoire et lui permettre de décrocher un poste prestigieux — risquait d'être détruit à cause de Gavin. À cette idée, elle poussa un profond soupir. Que pouvait-elle faire ? Mis à part coucher avec lui, elle était prête à faire n'importe quoi pour le faire changer d'avis.

Assise dans son lit, elle se tourna vers la fenêtre. Elle avait toujours pensé que la vue de son appartement surplombant Seattle était magnifique. De toute évidence, elle s'était trompée. Les majestueuses collines et vallées des Éperons d'argent étaient tout simplement époustouflantes. C'était autre chose que le paysage de verre et de béton qu'elle voyait tous les matins.

Elle se sentait déjà attachée à ce lieu. Ce serait formidable de le visiter. Mais cela attendrait. Elle avait une mission à accomplir et il fallait espérer que Gavin évite de lui mettre des bâtons dans les roues.

Gavin.

Il la pensait assez manipulatrice pour utiliser le nom de son grand-père musicien pour se faire bien voir de Mme Melody. Il avait beau s'être excusé, ces accusations l'avaient blessée. Malgré tout, elle l'avait laissé l'embrasser. Un baiser qu'elle n'arrivait pas à oublier. Un baiser qui semblait s'être imprimé dans son esprit au point qu'elle en avait rêvé la nuit. Et qu'elle était encore en train d'y penser, là, à moitié réveillée.

Jusqu'ici, elle n'avait jamais vraiment apprécié les baisers. Mais avec lui, les choses avaient été différentes. Les autres garçons qu'elle avait connus manquaient sans doute d'expérience. Gavin s'était montré très habile, très expérimenté. Ses lèvres charnues avaient déclenché de petites décharges de plaisir dans son corps tout entier.

Elle prit une profonde inspiration tandis que les souvenirs se bousculaient en elle. Ça y est, elle éprouvait le besoin de l'embrasser de nouveau. Mais comment pouvait-elle le vouloir alors qu'elle n'était même pas sûre de l'apprécier ? Tout ce qu'elle savait, c'était qu'elle avait envie de lui et qu'il avait eu l'arrogance de dire qu'il l'avait deviné.

Avec un soupir agacé, Layla se passa la main sur le visage. Il fallait qu'elle arrête de penser à lui. Elle n'avait jamais mélangé le travail et les amours, inutile de commencer maintenant. Le travail avait toujours eu la priorité dans sa vie, elle avait toujours délibérément évité les relations de couple pour rester concentrée sur ses objectifs. Pas question de laisser son attirance pour lui interférer avec ce qu'elle avait à faire.

Et ce qu'elle avait à faire, pour commencer, c'était de se lever. Il avait dit qu'ils parleraient après le lendemain. Pourvu que l'issue de cette conversation soit positive.

Quand Gavin se réveilla enfin, l'après-midi touchait à sa fin. Il pensa immédiatement à la femme qui séjournait dans la maison du gardien. La femme qu'il avait embrassée la veille au soir.

Layla avait répondu à son baiser avec une passion qui avait fait vibrer chacun des muscles de son corps. Là-dessus, ils semblaient sur la même longueur d'onde. Apparemment, elle éprouvait autant de désir pour lui que lui pour elle. Et il s'était efforcé de lui faire comprendre tout ce qu'il ressentait dans ce baiser.

Il aurait beaucoup aimé reprendre les choses là où ils les avaient laissées la veille. Pousser la passion plus loin encore. Et lui faire l'amour. Ce serait si bon de passer les mains dans ses cheveux soyeux, laisser leurs lèvres et leurs corps s'unir. De plonger totalement dans cette énergie sexuelle qu'ils semblaient tous les deux générer. Toutes ces voluptueuses possibilités mettaient déjà son corps en éveil.

Machinalement, il jeta un coup d'œil à l'horloge. Il avait dormi quasiment toute la journée, mais il avait vraiment besoin de sommeil. Des images d'elle s'étaient glissées dans les plus sombres recoins de son esprit. Et elle avait hanté tous ses rêves.

À quoi bon se mentir ? Il avait envie d'elle.

Et le pire, c'est qu'il ne parvenait pas à regretter. Il était un homme, il avait des besoins, et ce baiser qu'ils avaient échangé la veille avait complètement dissipé le désir qu'il éprouvait pour cette petite serveuse du Mississippi. Il n'avait plus aucune envie de prendre la route du sud. Ou de voir Layla quitter le ranch. Mais il était prévenu : s'il lui interdisait d'effectuer les fouilles, elle n'avait aucune raison de rester.

Bref, il lui faudrait échafauder un plan.

Tout en se frottant les yeux, Gavin se souvint d'avoir détecté quelques signes de faiblesse chez elle la veille. Elle tenait à faire ses preuves, disait-elle. Qu'est-ce que cela signifiait, exactement ? Avait-il vraiment envie de le savoir ? S'en souciait-il vraiment ?

Oui. C'était important. Il aurait même été jusqu'à dire qu'il admirait sa ténacité. C'était une femme volontaire et il ne mesurait sans doute pas la moitié de la force qu'il y avait en elle. Elle devait avoir une bonne résistance pour être devenue universitaire à un si jeune âge. Il n'avait aucun mal à l'imaginer en train de se dresser contre de vieux bonshommes accrochés à leurs postes.

Avec un sourire, il se souvint de ses propos concernant le sexe : cela devait rester en dehors de leur relation. Ce qu'elle ignorait, c'était qu'il n'avait aucune intention de respecter cette règle. L'attirance qu'ils éprouvaient l'un pour l'autre était trop forte, et il comptait bien l'utiliser à son avantage.

En se levant pour se rendre dans la salle de bains, il entendit parler au rez-de-chaussée. C'était sa grand-mère… et Layla. Le simple fait d'entendre le joli son de sa voix le fit frémir.

Pour mieux se concentrer sur ce qui se disait, il tâcha d'ignorer ces frissons. Sa grand-mère semblait sous le charme. Pour être honnête, il la comprenait sans mal. Il est vrai qu'elle devait un peu souffrir de la solitude en son absence. Il y avait bien Caldwell, mais elle était la seule femme aux Éperons d'argent.

Non, il ne devait pas penser à sa mère. Pourquoi penser à cette femme qui n'avait pas pensé à lui ? Un jour, elle avait fait ses valises et quitté le ranch, ne laissant derrière elle qu'une lettre. Elle y écrivait qu'elle avait besoin d'un peu de temps pour elle et qu'elle reviendrait bientôt. Elle n'était jamais revenue. C'était cela qui le gênait le plus. Comment avait-elle pu quitter son mari et son petit garçon de huit ans sans même se retourner ?

Plutôt que de se torturer avec ces souvenirs, il entra dans la salle de bains pour se laver. Ensuite, il irait trouver Layla. Il fallait vraiment qu'ils parlent.

Quand Gavin apparut dans la cuisine, Layla serra son verre de thé glacé. Elle n'eut même pas besoin de regarder par-dessus son épaule pour savoir que c'était lui. Le savoir dans la pièce faisait vibrer son corps tout entier. L'alchimie sexuelle qu'elle avait espéré voir disparaître était revenue dans toute sa force.

— Gavin ! s'exclama sa grand-mère en souriant. Je me disais bien que l'odeur de ma cuisine allait finir par t'attirer.

Lorsqu'il se trouva dans son champ de vision, Layla n'eut pas d'autre choix que de le regarder.

— Et tu ne t'es pas trompée, répondit-il. Bonjour, Layla. Comment vas-tu ?

Elle fut tentée de lui dire qu'elle allait très bien jusqu'à ce qu'il apparaisse. Impossible de détacher le regard de lui. Il était près de la fenêtre et la lumière du soleil mettait en valeur les traits durs mais réguliers de son visage, son corps puissant et musclé. Décidément, c'était vraiment l'homme le plus sexy qu'elle ait jamais vu.

Comme il la regardait d'un air perplexe, elle finit par se rendre compte d'une chose. Elle n'avait toujours pas répondu à sa question !

— Je vais très bien. Je te remercie, dit-elle en s'efforçant de se concentrer sur son assiette.

Pourquoi avait-elle mis tant de temps à répondre ? En agissant de la sorte, elle lui avait clairement fait comprendre qu'elle était troublée par sa présence.

La voix de Mme Melody vint heureusement briser la tension.

— J'ai laissé le plat dans le four, Gavin.

— Merci, mamie. Ça fait des mois que je rêve de retrouver tes bons petits plats.

Layla le sentit passer à côté d'elle en souriant et effleurer sa jambe. Puis il prit place en face d'elle et se servit. En relevant la tête, il la surprit en train de le regarder. C'était plus fort qu'elle. Elle savait qu'il ne l'avait pas touchée par accident. Ce contact avait été délibéré. Totalement délibéré.

— Comment s'est passée ta journée, Layla ? demanda-t-il d'un air faussement innocent.

Elle serra les dents. Comment pouvait-il avoir le culot de lui demander cela alors qu'elle avait attendu toute la journée pour lui parler ? Elle n'avait rien dit à Mme Melody de la visite de son petit-fils, la veille au soir. Jamais elle n'aurait pu l'évoquer de façon détachée. Et pour cause, le baiser qu'ils avaient échangé la hantait à chaque instant.

— Très bien, répondit-elle simplement.

Entre-temps, Mme Melody s'était levée.

— En tout cas, mon grand, je suis ravie d'avoir eu la chance de te voir avant de partir.

— Où vas-tu ? demanda-t-il en se tournant vers elle.

— À la salle des fêtes. Il y a une soirée loto. Viola vient me chercher. Elle devrait arriver d'une minute à l'autre.

Layla resta pétrifiée. Oh non, elle allait rester seule avec Gavin. Ce qui n'aurait pas dû être un problème, vu qu'ils avaient à parler. Et pourtant… Elle se sentait déjà nerveuse.

— On va s'occuper de la vaisselle. De toute façon, Layla et moi, nous avons des choses à nous dire.

Mme Melody les regarda à tour de rôle avant de se concentrer sur son petit-fils.

— Il me semble aussi, dit-elle enfin alors qu'un bruit de moteur se faisait entendre dans la cour. Ah, voilà Viola !

Et sans même leur laisser le temps de lui dire au revoir, la vieille dame attrapa son sac à main et passa la porte.

Voyant Layla porter les assiettes dans l'évier, Gavin posa la main sur son épaule.

— Tu n'es pas obligée de m'aider.

— Ça ne me dérange pas.

Elle lui tournait le dos et il ne pouvait empêcher son

regard de glisser sur la courbe de ces hanches et cette chute de reins parfaites. Avant qu'elle se lève de table, il s'était en revanche concentré sur le décolleté en V de son petit haut rose. Rien n'était plus excitant que de regarder les atouts qu'une femme dévoilait à peine. À quoi ressemblaient ses seins si prometteurs ? Quelles sensations lui procureraient-ils une fois dans ses mains ? Quel goût auraient-ils sur ses lèvres ?

— Ta grand-mère a oublié de nous dire qu'elle avait fait un dessert, lança-t-elle soudain.

Ce qui le tira de ses pensées sensuelles.

— Qu'est-ce que c'est ? demanda-t-il.

Elle s'était tournée vers lui et le regardait dans les yeux.

— De la tarte aux pêches. Tu en veux ?

Ce n'était pas cette question qu'elle aurait dû lui poser. Surtout à cet instant où il sentait tout son corps en éveil.

Pourquoi cette vision de Layla, debout devant l'évier de sa grand-mère, déclenchait-elle en lui un tel désir ? Elle avait relevé en queue-de-cheval ses cheveux soyeux. Il n'aurait eu aucun mal à les détacher. Et après…

Histoire de se libérer un peu de la tension qui l'animait, il gigota nerveusement sur sa chaise.

— Oui, très bonne idée, répondit-il d'une voix rauque et sensuelle.

De toute façon, elle comprendrait aussi bien que lui que ce n'était pas du dessert qu'il parlait.

Sans le moindre commentaire, Layla se contenta de le fixer. Mais pourquoi la trouvait-il si attirante ? Pourquoi ? Oh ! il savait bien pourquoi. Il était très excité et il le resterait tant qu'il n'aurait pas assouvi son désir. Bref, ils devaient parler. Et le plus tôt serait le mieux.

— On pourrait parler en mangeant cette tarte ? dit-il.

Visiblement soulagée, elle déposa sur la table les deux assiettes pleines.

— Mais par quoi commencer ? demanda-t-elle.

— Par parler de nous ? répondit-il en relevant la tête vers elle.

Vu l'expression qu'elle afficha aussitôt, cette perspective ne la comblait guère.

— On s'était mis d'accord pour parler des fouilles et non de ce truc entre nous.

Savait-elle que « ce truc » avait un nom ? Qu'il s'agissait purement et simplement de désir physique ?

— On devrait parler de nous avant de parler de ces fouilles, insista-t-il.

— Pourquoi ? répliqua-t-elle. Il faut que le sexe reste en dehors de ça, je te l'ai dit hier.

Certes, elle l'avait dit, mais pensait-elle vraiment que c'était possible alors qu'il y avait une telle attirance entre eux ? À cet instant précis, il n'aurait eu aucune hésitation à la prendre, là, sur la table de cuisine de sa grand-mère !

— Tu es une femme intelligente, Layla. Je suis sûr que tu es parfaitement au courant de la façon dont fonctionne le corps humain. Nous avons tous des besoins.

— Parle pour toi, Gavin.

Elle se mordilla nerveusement la lèvre, ce qui fit naître en lui un nouvel élan de désir. Malgré cela, il s'efforça encore de lire dans ses pensées. Essayait-elle de nier les besoins qu'elle éprouvait ? Manquait-elle d'expérience ?

— Es-tu en train de me dire que tu ne veux pas coucher avec moi ?

Comme si cette question l'avait brutalement ramenée à la réalité, elle se pencha au-dessus de la table, les yeux écarquillés.

— Je ne veux pas coucher avec toi, Gavin. Ni avec personne. Tout ce que je veux, c'est faire mon travail. Un travail que tu refuses de me laisser mener.

Il secoua la tête. Cette conversation ne les mènerait nulle part. Pour une raison qu'il n'arrivait pas à déterminer, il ne voulait pas parler avec elle des fouilles avant de comprendre pourquoi elle refusait de laisser libre cours à certaines de ses émotions. Et s'il tentait une nouvelle approche ?

— Parle-moi de toi, Layla.

Elle haussa des sourcils surpris. Ce n'était manifestement pas ce à quoi elle s'attendait.

— J'ai eu mon bac à seize ans et je suis aussitôt partie pour l'université. J'ai passé un master d'histoire puis un doctorat d'archéologie.

— Et tu n'as que vingt-six ans ?

— Oui. Mais j'ai déjà travaillé sur des fouilles durant mes études. Ce ne sera pas une expérience nouvelle pour moi.

— Mais ce seront les premières fouilles dont tu seras responsable, c'est bien ça ? demanda-t-il.

— Tout à fait.

Gavin se cala contre le dossier de sa chaise. Autant la laisser parler de son travail. Elle ne serait pas sur la défensive.

— Tu admets donc que tu es inexpérimentée ?

Elle fronça les sourcils. Avait-elle compris que ce n'était plus des fouilles qu'il parlait ?

— Je ne me considère pas comme inexpérimentée, non. Tu ne devrais donc pas non plus me juger de cette façon.

— Alors comment ?

Layla garda le silence quelques instants avant de répondre :

— Concentre-toi sur le fait que ma présence ici est le résultat de nombreuses années de recherches. Je ne me suis pas réveillée un matin en me disant que j'allais faire des fouilles dans un ranch au milieu de nulle part. J'ai resitué chacune des banques que James a dévalisées dans cette zone. J'ai retracé chacune des pistes qu'il a pu prendre, retrouvé chacun des lieux où lui et sa bande ont pu se cacher. Puis je me suis procuré des plans de ton ranch et de ceux des environs. Et avec mon équipe, nous avons recréé sur ordinateur les lieux tels qu'ils étaient à cette époque.

Elle prit une profonde inspiration avant de poursuivre :

— Les Éperons d'argent devaient constituer l'endroit

idéal pour s'arrêter, à cause des arbres bas. Et le lac qui sépare le ranch de celui des Lott a dû permettre à la bande de faire un brin de toilette tout en restant à l'écart de la civilisation. Je soupçonne même James d'avoir été assez rusé pour tracer une fausse piste afin d'envoyer les autorités dans une autre direction. Une fois en sécurité, il a dû prendre le temps d'enterrer son trésor dans l'optique de le récupérer plus tard.

Pendant cet exposé, Gavin essaya de ne pas se laisser porter par le son de sa voix. Il voulait entendre chacun des mots qu'elle prononçait. Layla était enthousiasmée par son travail et le fait d'en parler semblait la revigorer. On ne pouvait que remarquer la lueur dans ses yeux, la confiance dans sa voix, le sourire sur ses lèvres. Ces délicieuses lèvres qu'il avait eu l'occasion de goûter la veille.

Elle essayait de le convaincre qu'elle était sûre de son fait, que ses recherches étaient bien documentées, qu'elle y croyait dur comme fer. Beaucoup avaient dû douter… Comme lui.

Le discours de Layla terminé, il s'efforça de détacher le regard de ses lèvres pour fixer ses yeux.

— J'imagine que tu as déjà étudié la zone et utilisé un radar à pénétration.

Elle hocha la tête. Si elle était étonnée par ses connaissances en matière de fouilles, elle ne l'avait pas laissé voir.

— Je suis même allée plus loin. J'ai utilisé un spectroscope à infrarouges.

— Ah oui ?

De nouveau, elle hocha la tête.

— J'ai un étudiant très doué dans ce domaine. Il l'a créé pour moi. C'est l'avantage que j'ai sur les autres personnes qui ont déjà travaillé sur le sujet. Je peux mener des fouilles 2.0, si j'ose dire.

Ces aspects techniques relevaient d'un domaine qui ne lui était pas totalement étranger. Les militaires utilisaient en effet toutes sortes d'équipements futuristes pour sonder le sol afin que les troupes ne tombent pas dans des pièges ou ne marchent pas sur des mines enterrées.

Alors qu'il songeait à tout cela, Layla s'était mise à le regarder d'un air méfiant, comme si elle s'attendait à ce qu'il la contredise. Mais il se contenta d'acquiescer.

— Je suis assez au fait de l'utilisation des technologies numériques pour détecter des objets.

— Tous les outils que nous utilisons sont de véritables bijoux de technologie, dit-elle fièrement. Certains n'ont jamais été utilisés dans un contexte archéologique et d'autres ont été développés spécifiquement pour ces fouilles par des étudiants de mon département.

En toute honnêteté, Gavin était épaté. En dépit des incertitudes, Layla avait su rallier d'autres personnes à sa cause. Ce qui en disait long sur sa personnalité de leader. Il fallait beaucoup de volonté et de force de caractère pour convaincre des gens de se laisser embarquer dans un projet, quel qu'il soit. Il le savait d'expérience.

— C'est trop tard pour aujourd'hui, mais demain, j'aimerais voir la zone que tu as délimitée.

Elle découvrirait qu'il possédait lui-même une caméra haute technologie. C'était l'œuvre de Flipper. Il l'avait conçue pour des besoins militaires, mais elle s'était déjà révélée très efficace pour détecter des objets enterrés.

— D'accord.

Il y avait de l'espoir dans le son de sa voix. Sans doute parce qu'il avait montré de l'intérêt pour ses explications. Il y avait même un petit sourire sur son visage. Un sourire qui rendait ses yeux plus brillants et plus beaux encore.

— D'autres questions ?

Oui, il y avait autre chose. Quelque chose qu'il voulait vraiment savoir.

— Oui, mais pas concernant les fouilles. C'est quelque chose sur toi que je voudrais savoir.

— Quoi ? demanda-t-elle en haussant les sourcils.

Sans broncher, il soutint son regard.

— Quand as-tu fait l'amour pour la dernière fois ?

- 4 -

Layla prit une profonde inspiration. Non, elle avait dû mal entendre. Quel homme demanderait ça à une femme ? Et surtout une femme qu'il connaissait depuis à peine vingt-quatre heures ? Très vite, elle comprit qu'il avait vraiment posé cette question. Il la regardait, immobile, prêt à écouter sa réponse.

Tout en levant fièrement le menton, elle croisa les bras. Mais en voyant le regard de Gavin glisser aussitôt vers sa poitrine, elle laissa les mains retomber le long de son corps.

— Tu pensais vraiment que j'allais répondre à cette question ? dit-elle, incrédule.

— Et pourquoi pas ? Nous sommes attirés l'un par l'autre. Je voudrais simplement savoir à quoi je dois m'attendre quand nous déciderons de laisser libre cours à cette envie.

Laisser libre cours à cette envie ? Elle secoua la tête. Manifestement, il y avait quelque chose qu'elle ne comprenait pas. Oui, ils étaient attirés l'un par l'autre. Mais comment Gavin pouvait-il penser qu'ils allaient finir par donner libre cours à cette attirance ? Pour sa part, elle n'avait aucune intention d'y céder. Elle était là pour faire un travail, pas pour se plier aux fantasmes de cet homme. Ou aux siens, d'ailleurs.

— Je ne vois pas de quoi tu parles. Nous nous sommes mis d'accord pour laisser le sexe en dehors de tout ça.

— Nous ne nous sommes pas mis d'accord. Tu l'as

proposé, mais je n'ai jamais accepté. Pourquoi aurais-je accepté une telle chose ?

— Et pourquoi pas ?

Décidément, elle n'arrivait pas à suivre son raisonnement. Il s'adossa à sa chaise et elle en profita pour étudier ses moindres mouvements. Il semblait parfaitement calme et maître de lui-même. Agissait-il de façon intentionnelle, dans le but de la déstabiliser ? Quand il prit sa tasse de café, elle posa automatiquement le regard sur ses mains. Ces mains grandes et calleuses. Les mains qui lui avaient donné de délicieux frissons de plaisir la veille au soir.

Tout à coup, mille souvenirs de leur baiser se bousculèrent en elle. Elle glissa les yeux vers la bouche de Gavin. Il venait de poser ses lèvres sensuelles sur le bord de la tasse. Elle était vraiment fascinée. Mais ce qui acheva de la captiver, ce fut sa langue qu'il laissa courir sur ses lèvres après avoir pris sa gorgée de café. Quand il s'aperçut qu'elle le regardait, on aurait dit que ces yeux noirs et pénétrants étaient devenus plus sombres encore.

— Tu en veux ?

Elle détourna vivement la tête. Son cœur battait désormais à tout rompre. Heureusement qu'elle était assise. Sous ce regard brûlant, elle n'aurait pas pu tenir debout.

Le temps de s'éclaircir la gorge, elle prit sa tasse.

— Merci. J'ai le mien.

— Ce n'était pas de mon café que je parlais, répondit-il sans cesser de la regarder.

Layla prit une profonde inspiration. Si son but était de la déstabiliser, il avait réussi.

— Tu n'as toujours pas répondu à ma question. Quand as-tu fait l'amour pour la dernière fois ?

— Tu n'as pas répondu à la mienne non plus. Pourquoi n'es-tu pas d'accord pour laisser le sexe en dehors de cette histoire ?

Après avoir poussé un soupir d'exaspération, elle reprit :

— Il faut vraiment qu'on parle.

— C'est ce qu'on fait, non ?

Non. Ce qu'il était en train de faire, c'était essayer de la déstabiliser. Mais s'il pensait que son comportement arrogant allait la faire fuir, il se trompait sur toute la ligne.

— Je pense qu'il y a un malentendu.

— Ah oui ? s'étonna-t-il.

— Oui. Je suis ici pour travailler. À condition, bien sûr, que tu m'en laisses la possibilité. Mais je ne suis pas là pour ton plaisir, Gavin. Je ne suis pas comme ça. Apparemment, comme nous nous sommes embrassés hier soir, tu t'es fait une fausse idée de moi. Je vais donc mettre les choses au clair. Écoute-moi bien, dit-elle en se penchant vers lui. Je ne suis pas là pour avoir une aventure avec toi, si c'est ce que tu veux savoir sur ma vie sexuelle.

Ou son absence de vie sexuelle. Mais c'était un aspect de sa vie qu'elle ne comptait pas partager avec lui.

Gavin ne fit pas de commentaire. Layla pensait certainement qu'il était concentré sur ses paroles. Mais c'était sa bouche qui l'intéressait. Ses lèvres avaient une forme parfaite, avec une adorable petite fente au milieu. Il aimait les petites moues mutines qu'elles dessinaient. Mais surtout, cette bouche lui rappelait les sensations de la veille. Sa douceur. Son goût délicieux.

Comme elle gardait également le silence, il conclut qu'elle pensait avoir gagné. Il était donc temps de la détromper.

— Tu as fini ?

Elle parut surprise par la question, mais hocha la tête.

— Oui ! répondit-elle avant de s'adosser à sa chaise, l'air soudain beaucoup plus détendue.

— De toute évidence, il y a beaucoup de choses que tu ignores au sujet du sexe, Layla.

De nouveau, il vit son corps se crisper. Et ses lèvres, curieusement, devenir plus sensuelles encore.

— Tu peux préciser ?

Gavin continua de l'étudier. Elle affectait une expression nonchalante, un air blasé. Cette apparente indifférence à cette discussion sur le sexe ne signifiait qu'une chose. Elle était passée à côté d'un élément qu'il considérait comme essentiel. Pour atteindre un tel niveau de réussite en si peu de temps, elle avait nécessairement dû faire des sacrifices. Des sacrifices qui avaient très certainement influencé sa vie sexuelle.

— J'ai envie de toi et tu as envie de moi, dit-il enfin.

— Et ?

Il dut se faire violence pour ne pas sourire. C'était amusant de la regarder jouer les innocentes. Une minute. Elle ne jouait peut-être pas la comédie. Dans ce cas, il allait peut-être être forcé de lui expliquer comment les choses se passaient si une femme devenait l'objet de ses fantasmes.

— Et nous allons donc coucher ensemble, affirma-t-il.

Layla se redressa d'un coup. Ses lèvres étaient maintenant pincées, mais elles ne l'excitaient pas moins.

— Non, dit-elle d'une voix ferme.

— Si, c'est inévitable, répliqua-t-il avec un sourire.

— Non, répéta-t-elle en fronçant les sourcils. Mais pour qui tu te prends ?

— Pour un homme qui a envie de toi. Un homme qui a très envie de te faire l'amour. Un homme qui te montrera tout ce que tu as manqué.

Layla sentait son cœur battre à tout rompre. De nouveau, cette douce chaleur avait envahi son corps. Ce n'était pas le moment, mais c'était plus fort qu'elle.

— Et d'après toi, qu'est-ce que j'ignore concernant le sexe ?

— Qu'il s'agit de quelque chose de fiévreux et de passionnel. À l'évidence, tu as été trop occupée par d'autres choses pour t'y intéresser. Ce n'est pas bon d'empêcher son corps de combler ses besoins.

— Je n'ai pas empêché mon corps de faire quoi que ce soit.

— Ah oui ? Alors à ton avis, pourquoi es-tu si attirée par moi ?

Elle leva les yeux au ciel. Comment pouvait-il dire ça ? S'était-il regardé dans un miroir, récemment ? Toutes les femmes devaient être attirées par lui. Même là, assis à ne rien faire, il était merveilleusement sexy avec son corps musclé et hâlé. Et elle était assise juste en face de lui. Suffisamment près pour l'embrasser.

Il était tout simplement irrésistible. La passion faite homme. Mais elle aurait préféré mourir que l'avouer !

— Tu ne m'attires pas tant que ça, mentit-elle.

— Tu veux que je te prouve le contraire ?

— Non merci. Ce n'est pas nécessaire.

— Je pense que si.

Il avait prononcé ces mots d'une voix sensuelle au possible. Mais il était hors de question qu'elle se laisse aller à savourer les délicieux frissons qui couraient dans tout son corps.

— Tu essaies de m'intimider, c'est ça ?

Gavin parut surpris par cette question.

— De t'intimider ?

— Oui. De me mettre en colère pour que je quitte le ranch. Ça t'éviterait d'avoir à m'accorder le droit d'effectuer ces fouilles sur tes terres ou pas.

— C'est vraiment ce que tu penses ?

Pour être honnête, elle ne savait pas quoi penser. Elle avait besoin de son autorisation, mais tout ce qu'il avait en tête, c'était le sexe. Ce qui l'amenait à se demander…

— À moins que ce ne soit une forme de chantage. Tu me demandes implicitement de coucher avec toi en échange de ton autorisation ?

Sans hésiter une seule seconde, Gavin secoua la tête.

— Je ne chercherais jamais à te forcer à coucher avec moi. Mais ne te méprends pas, Layla. Si tu restes ici pour effectuer ces fouilles, tu finiras nécessairement par coucher avec moi. C'est sûr et certain. Ton corps finira par te trahir. Et quand ce sera le cas, je saisirai ma chance.

Elle leva les yeux au plafond. Pensait-il vraiment qu'elle laisserait son corps la trahir ? Si c'était le cas, c'était parce qu'il ne la connaissait pas. C'était d'ailleurs tout le problème. Il ne la connaissait pas. Il ignorait tout de sa détermination quand il s'agissait de son travail. Et de son entêtement quand il s'agissait d'atteindre des objectifs professionnels. Elle pouvait tout ignorer en dehors de ce qui était essentiel à sa réussite. Son ambition était de réussir sa vie professionnelle. Personne n'avait le droit de lui mettre des bâtons dans les roues, surtout les hommes.

Gavin était sûr de lui dès qu'il s'agissait des femmes. Un homme doté de son physique, aussi bien bâti, avait forcément toutes les femmes à ses pieds. Il n'avait certainement pas l'habitude qu'on lui résiste.

— Tu peux penser ce que tu veux, Gavin, mais je ne suis pas comme tes autres conquêtes. Je ne céderai pas.

Tout en se passant une main sur le menton, il la regarda intensément.

— On parie ?

Layla fronça les sourcils. Elle n'avait pas l'intention de parier sur quoi que ce soit, et elle n'hésita pas à le lui dire. Pour toute réponse, il se contenta de lui adresser un sourire. Un sourire auquel elle avait commencé à s'habituer. Mais qui ne manqua pas de faire vibrer son corps de désir alors qu'il aurait dû l'irriter. Parce que c'était un sourire satisfait. Un sourire qui lui disait qu'il était parvenu à ses fins.

— Que dirais-tu de parier tes fouilles là-dessus ? proposa-t-il.

— Là-dessus ? Sur quoi ?

Tout en la posant, Layla sentit qu'elle risquait plus tard de regretter cette question.

Gavin conserva son sourire victorieux. Layla l'ignorait peut-être, mais ce n'était pas pour rien que ses compagnons d'armes l'appelaient Vipère. Il n'était pas fourbe ou médisant, loin de là, mais une vipère savait comment capturer ses proies en utilisant tous les moyens nécessaires. Directs, si besoin. Indirects, le cas échéant. Il voulait Layla dans son lit et il était prêt à tout pour l'avoir. L'heure était venue d'échafauder un plan.

— J'aimerais conclure un accord avec toi, Layla.

— Quelle sorte d'accord ?

Savait-elle à quel point son visage était beau ? Elle avait des traits fins, gracieux, harmonieux. Il aurait pu passer des heures à les contempler. Mais cela n'aurait fait qu'accroître le désir qu'il éprouvait déjà pour elle. Avant de la rencontrer, il n'aurait jamais imaginé qu'on puisse éprouver un tel désir pour une femme. Et pourtant…

— Je ne suis pas convaincu par cette histoire de trésor enterré. Et je doute que des articles universitaires me fassent changer d'avis. Il faudrait que je t'aie dans mon lit pour ça.

Il avait dit les choses directement afin d'éviter tout malentendu.

— Voilà ce que je te propose, reprit-il. Malgré tout, je vais te laisser faire ces fouilles. Si tu trouves quelque chose, tant mieux. Tu m'auras montré que j'avais tort. Je serai content pour toi. Je serai le premier à te féliciter. Mais si tu ne trouves rien, tu devras admettre que tu as autant envie de moi que moi de toi. Et dans ce cas-là, tu coucheras avec moi.

— Tu mises sur mon échec ? Et tu envisages de profiter de moi ?

Cette idée la rendait furieuse. Il le sentait. Et le feu qui brûlait dans ses yeux le lui disait.

— Ne pense pas à l'échec. À moins que ce soit une possibilité. Si tu as des doutes quant à l'exactitude des résultats de tes recherches, alors je comprendrai que…

— Mes résultats sont parfaitement exacts. Il n'y a aucun doute dans mon esprit.

À ccs mots, Gavin put esquisser un sourire satisfait.

— Dans ce cas… Marché conclu ?

- 5 -

Comme si elle émergeait du brouillard, Layla comprit ce qui se passait. Intentionnellement ou non, Gavin essayait de la pousser à croire en elle : elle avait raison de penser que Jesse James avait enterré l'un de ses trésors sur ses terres.

— Alors ?

On lisait beaucoup de détermination dans ses yeux. Mais elle était aussi déterminée que lui. Elle n'aimait pas sa proposition. Mais c'était une occasion de prouver qu'elle était plus forte que ce désir dont il parlait sans cesse. Elle allait retrouver le butin de Jesse James, aucun doute là-dessus. Inutile, donc, de s'énerver. De lui reprocher son côté macho. Elle ne parviendrait jamais à le convaincre d'un détail capital : en matière de sexe, elle avait toujours été à même de prendre des décisions avisées, en dépit de toutes les tentations. Mais peu importe. Car il n'allait pas tarder à le constater par lui-même.

Elle allait effectuer ces fouilles et faire la découverte non seulement de sa carrière, mais aussi de toute sa vie. Une petite voix lui dit qu'il serait tout aussi agréable de perdre le pari et de gagner le lot de consolation quand même. Mais elle la fit taire.

— D'accord, dit-elle enfin.

Il lui jeta un regard interrogateur.

— Ça veut dire que tu acceptes le marché ?

— À partir du moment où tu me donnes ta parole que tu n'essaieras pas de me mettre des bâtons dans les roues.

— Je ne ferai jamais ça.

Pour sa part, elle le pensait tout à fait capable de tricher pour que les choses tournent en sa faveur. Encore une caractéristique typiquement masculine. Les hommes n'aimaient pas perdre.

— C'est ce que tu dis.

— Mais il va falloir que tu me croies, insista-t-il.

Layla leva les yeux au ciel. Quelle tête de mule, celui-là !

— Navrée de te décevoir, mais je ne te connais pas suffisamment pour te croire.

— Je peux remédier à ça.

— Par exemple en me donnant ta parole de marine que tu n'essaieras pas de faire quelque chose de malhonnête ?

Gavin haussa un sourcil étonné :

— Tu penses vraiment que ma parole de marine compte ?

— Oui. Les marines sont des hommes qui prennent très à cœur leur tâche de protéger le pays, ils suivent un code d'honneur et d'intégrité.

— Comment sais-tu ça ?

Elle dissimula son envie de sourire. Il ne s'attendait pas à une réponse pareille, un bon point pour elle !

— Un ami de mon père était marine. Il a pris sa retraite il y a quelques années, mais il nous a beaucoup parlé de son travail. Enfin, de ce qu'il avait le droit d'évoquer. Alors, puis-je avoir ta parole ?

Aussitôt, elle l'entendit répondre :

— Je te la donne.

Pour sa part, Gavin était persuadé qu'il réussirait à mettre Layla dans son lit avant le début du chantier.

Alors qu'il se faisait cette réflexion, elle avait jeté un coup d'œil à sa montre.

— Il se fait tard. J'imagine que tu as encore besoin de repos. Mais si tu veux que je t'aide à faire la vaisselle, je…

— Je n'ai pas besoin d'aide. C'est pour ça qu'on a inventé le lave-vaisselle.

— Tu veux toujours connaître l'endroit où on envisage d'effectuer les fouilles ?

— Oui. Je veux savoir ce que tu as projeté de faire dans ma propriété, et où.

— Pas de problème.

— Alors je viendrai te chercher demain matin, dit-il en se levant. Viens. Je vais te raccompagner.

Tout en se levant à son tour, elle secoua la tête.

— Ce n'est pas nécessaire.

— Mais ça me fait plaisir, Layla.

Comme si elle avait peur de se montrer impolie, elle ne chercha plus à le contredire et avança vers la porte. Quand elle voulut l'ouvrir, il fit de même. Il attrapa sa main. C'était trop tentant.

— Je peux ouvrir la porte, Gavin, dit-elle en regardant par-dessus son épaule.

Elle semblait troublée par ce contact physique. Tant mieux.

— Comme tu voudras, répondit-il en la lâchant.

La porte ouverte, elle prit une profonde inspiration.

— C'est une belle soirée, hein ? murmura-t-il.

— Oui. Content d'être rentré ?

— Très, répondit-il en souriant. Ça fait toujours du bien de se retrouver chez soi. D'oublier le marine pour retrouver le rancher.

— Ce n'est pas trop difficile ?

Il eut un haussement d'épaules :

— J'ai l'habitude, maintenant. Et j'ai des types bien qui travaillent pour moi, ils rendent la transition moins difficile.

— Tu aimes ta vie de marine ? demanda-t-elle.

— Oui.

— J'ai cru comprendre que ton père et ton grand-père étaient eux aussi marines…

Gavin fronça les sourcils. Quels autres détails sa grand-mère avait-elle partagés avec Layla ?

— Tout à fait, répondit-il. On a ça dans le sang. Et tes parents ? Est-ce qu'ils sont universitaires, eux aussi ?

— Non. Ils sont tous les deux neurochirurgiens. Je n'ai pas suivi leurs traces. La médecine est un domaine qui ne m'intéresse pas.

— Tu es libre de tes choix, Layla, dit-il le plus sincèrement du monde. Ce n'est pas parce que j'ai été content de suivre les traces de mon père et de mon grand-père que tout le monde doit se conformer aux traditions.

Elle garda le silence quelques instants, avant de répondre :

— Mes parents voulaient me façonner à leur image et me faire entrer en école de médecine. Mais ça ne me plaisait pas. Je suis une historienne dans l'âme.

— Alors tu as bien fait de suivre ton cœur. Quand as-tu découvert cette passion pour l'archéologie ?

Tout en posant la question, il s'interrogea. Layla s'était-elle aperçue qu'ils marchaient au même rythme ?

— À ma première année de lycée.

L'air méditatif, elle s'interrompit quelques instants.

— Ma professeur d'histoire avait participé à des fouilles en Égypte l'été précédent, et elle nous en a parlé. Ça m'a fascinée de savoir que son équipe et elle avaient déterré des objets, qu'ils avaient retrouvé une part de l'histoire enterrée sous la surface de la terre. À ce moment-là, j'ai compris que c'était ce que je voulais faire.

— Mais pourquoi Jesse James ?

Elle eut un petit rire enjoué. Un petit rire qui, curieusement, eut pour effet de l'exciter.

— Et pourquoi pas Jesse James ? demanda-t-elle d'un air amusé. Quand je venais voir mon grand-père à La Nouvelle-Orléans, on regardait souvent des westerns ensemble. C'était un grand admirateur de Jesse James. Il avait lu beaucoup de livres à son sujet. Regardé beaucoup de films et de documentaires, aussi. Je partageais sa passion et son intérêt. C'est comme ça que mes recherches ont commencé.

Gavin percevait de la passion dans sa voix. Il la sentait chaque fois qu'elle évoquait son travail. Elle croyait en ce qu'elle faisait. Il n'avait plus aucun doute à ce sujet. Elle prendrait le risque de coucher avec lui pour prouver qu'elle avait raison.

Oh ! Layla serait sûrement déçue de ne pas trouver ce qu'elle recherchait. Mais il l'aiderait à surmonter cette déception. Il ne croyait absolument pas que James ait enterré l'un de ses butins dans son ranch. C'était tout simplement impossible. Des années plus tôt, son père avait autorisé un inconnu à fouiller ses terres : l'homme était persuadé qu'elles abritaient un gisement de pétrole. Ils n'avaient rien trouvé. Les recherches de Layla aboutiraient au même résultat, c'était sûr et certain.

— Je crois qu'il est temps de se dire au revoir, murmura-t-elle.

Ce qui coupa court à ses pensées.

Ils étaient arrivés à la maison du gardien. Et manifestement, elle ne comptait pas l'inviter à entrer. Peut-être était-ce mieux ainsi. Car il n'aurait sans doute pas pu s'empêcher de la séduire. Et quoi qu'elle puisse penser, elle ne lui aurait pas résisté. Le baiser de la veille le lui avait prouvé. L'issue du pacte qu'ils venaient de conclure ne l'inquiétait pas. À un moment ou à un autre, son corps la trahirait et elle finirait par céder. Ce qui s'était passé dans la cuisine quand il avait touché sa main était une preuve suffisante du désir qu'il y avait entre eux.

La douce voix de Layla le ramena à la réalité :

— À quelle heure veux-tu que nous nous retrouvions demain ?

— On doit partir à cheval à l'aube pour vérifier deux ou trois choses. Je serai de retour vers 10 heures Ça te va ?

— Parfaitement.

— Très bien. On prendra mon pick-up ?

— D'accord. À demain.

Layla se tourna vers la porte pour entrer. Mais Gavin était déterminé à ne pas la laisser s'en tirer si facilement. D'un geste souple, il passa un bras autour de sa taille et l'attira près de lui.

— Qu'est-ce que tu fais, Gavin ? demanda-t-elle d'un air irrité.

— Ça, répondit-il avant de se pencher pour déposer sur ses lèvres un long baiser passionné.

Elle ne le repoussa pas. Elle l'attira même plus près d'elle. Et des émotions auxquelles il ne s'était pas attendu l'envahirent tandis qu'il tâchait de lui faire comprendre la force du désir qu'elle lui inspirait.

Le baiser qu'ils avaient échangé la veille était un test. Celui-ci allait sceller leur destin.

À ce moment-là, Gavin comprit qu'un baiser ne suffirait pas. Ce qu'il voulait, c'était prendre Layla dans ses bras, ouvrir la porte d'un coup de pied et partir droit vers la chambre. Mais il ne pouvait pas faire ça.

Elle devait d'abord admettre combien elle avait envie de lui. Mais il allait lui laisser le temps. De toute façon, ils avaient un accord. Un accord qu'il avait lui-même proposé. Et qui tournerait en sa faveur. Elle ne pouvait pas quitter les Éperons d'argent sans avoir fait l'amour avec lui.

À contrecœur, il finit par s'écarter. Il reprit son souffle et vit qu'elle faisait de même. Elle avait les lèvres humides et légèrement gonflées. Il dut se faire violence pour résister à l'envie de les couvrir de nouveau des siennes.

— Pourquoi m'as-tu embrassée ? demanda-t-elle en touchant sa bouche du bout des doigts.

— Pour la même raison que tu m'as laissé t'embrasser, dit-il avec un sourire. Parce que j'ai envie de toi et parce que tu as envie de moi.

Cette réponse sembla l'agacer. Pourquoi ? Parce qu'il

avait osé dire la vérité alors qu'elle préférait se retrancher dans le déni ?

— Il faut que je rentre, maintenant, lança-t-elle.

— À demain, 10 heures.

Elle hocha rapidement la tête avant de disparaître à l'intérieur. Une fois la porte refermée derrière elle, Gavin glissa ses mains dans les poches de son jean et repartit vers la maison. Elle se sentait désorientée et c'était normal. On était forcément perdu quand on essayait de nier la réalité de ses sentiments. Mais elle était intelligente. Elle finirait par comprendre. Et par voir les choses de la même façon que lui.

En tout cas, il allait tout faire pour.

- 6 -

Fatiguée de sa nuit sans sommeil, Layla alla s'installer sous le porche avec sa tasse de café. Elle en prit une gorgée. Elle avait vraiment besoin de ça pour réveiller son esprit. Embrasser Gavin avait été délicieux mais dangereux.

Comment avait-elle pu accepter le marché qu'il lui avait proposé ? Accepter de coucher avec un homme qui comptait sur elle pour rater le projet le plus important de sa vie ? Allons, elle n'avait pas à s'inquiéter puisque les résultats de ses recherches étaient exacts.

Mais si ce n'était pas le cas ?

Elle secoua la tête. Hors de question de douter ou de laisser quelque chose d'aussi insignifiant que le sexe miner sa confiance. Prenant une autre gorgée, elle sourit. Elle avait hâte de montrer à Gavin qu'il se trompait. Elle quitterait les Éperons d'argent avec le trésor de Jesse James, sans qu'il puisse la toucher.

Machinalement, elle tourna le regard vers le corps de ferme et fit de son mieux pour ignorer la douce chaleur qui semblait l'avoir envahie au moment même où ses pensées s'étaient dirigées vers lui. Mme Melody l'avait invitée à prendre le petit déjeuner mais elle avait poliment refusé, en prétextant avoir des rapports à lire. En réalité, elle avait peur de croiser Gavin. Elle le verrait à 10 heures et cela lui convenait très bien. Il semblait avoir un véritable don pour la distraire.

Et puis il y avait ce baiser auquel elle n'arrêtait pas de

penser. Ces sensations que lui avaient laissées ces lèvres sur les siennes. En s'habillant, Layla essaya de se convaincre de ne pas trop s'inquiéter. De ne s'inquiéter de rien, et surtout pas de Gavin Blake. L'accord qu'ils avaient passé devait l'inciter à redoubler d'efforts pour trouver le trésor de James. Elle n'avait pas menti à Mme Melody. Elle comptait bien consulter plusieurs documents ce matin. Pas question de passer à côté d'un détail important.

Machinalement, elle jeta un coup d'œil à sa montre. Gavin était censé arriver dans une heure. Ce qui ne lui laissait pas beaucoup de temps pour se préparer. Même si elle n'était pas certaine de pouvoir être prête face à un garçon comme lui.

— Qu'as-tu décidé concernant les fouilles, Gavin ?

Relevant la tête de son petit déjeuner, celui-ci regarda sa grand-mère. Il était couché quand elle était rentrée la veille au soir. Il était temps d'avoir cette fameuse conversation avec elle, il ne pourrait pas y couper. Le problème, c'était qu'il ne pouvait pas lui parler du pacte qu'il avait conclu avec Layla.

— Layla va me montrer le site ce matin. Je voudrais me faire une opinion avant de prendre ma décision.

Sur ces mots, il se remit à manger. Voilà qui suffirait à clore cette conversation.

— Et quand comptes-tu partir pour le Mississippi ?

— Qui t'a dit que je voulais aller dans le Mississippi ? demanda-t-il en manquant de s'étouffer.

Elle prit un air étonné.

— C'est toi-même qui m'as dit hier que tu avais des choses importantes à y faire.

Ah oui, il s'en souvenait !

— J'ai changé d'avis, je n'irai pas, affirma-t-il avant de se remettre à manger sous le regard pesant de sa grand-mère.

— Pourquoi ?

De nouveau, il releva la tête.

— Pourquoi quoi ?

— Pourquoi restes-tu ici ?

— Ça te pose problème ? répliqua-t-il en soutenant son regard inquisiteur.

— Absolument pas. Sauf si tu as de drôles d'idées derrière la tête, naturellement.

Il repoussa son assiette. *Si tu savais, mamie…*

— Ce petit déjeuner était délicieux. Je suis surpris que tu n'aies pas invité Layla.

— Je l'ai fait, se défendit-elle. Mais elle a refusé mon invitation. J'ignore pourquoi…

La mine fermée, il se leva. Elle essayait de pêcher des informations. Qu'elle ne compte pas sur lui pour l'aider !

— J'ai rendez-vous avec Phil pour étudier les comptes. Si tu me cherches, je serai dans mon bureau.

— Très bien. Tu n'iras pas dans le Mississippi, mais moi, je n'ai pas changé mes plans : j'envisage toujours de me rendre à cette conférence de bibliothécaires à Cincinnati. Ça doit durer une semaine. Je suis désolée, mais j'avais réservé ma place avant ton retour.

Gavin hocha la tête. Elle avait toujours adoré se rendre à ces conférences.

— Oui, vas-y, l'encouragea-t-il.

À ces mots, elle le regarda d'un air méfiant.

— Quelque chose ne va pas ? lui demanda-t-il.

— C'est à toi de me le dire, Gavin. Je ne suis pas dupe. Je connais ce regard. Tu as quelque chose derrière la tête. J'ignore encore ce que c'est, mais ce que j'espère, c'est que tu ne te feras pas prendre à ton propre piège.

— Quel piège ?

— Je te laisse y réfléchir. Mais n'oublie pas une chose. Layla n'est pas Jamie.

Il écarquilla les yeux. Où voulait-elle en venir ? Ces vieilles histoires n'avaient rien à voir dans tout ça !

— Qu'est-ce que tu veux dire par là ?

— Que de belles choses pourraient avoir lieu entre vous deux, si tu l'acceptais. Mais ce ne sera pas le cas. Parce que tu as peur qu'elle fasse comme Jamie. Que tu le croies ou non, ta mère vous aimait, toi et ton père. Je l'entendais souvent pleurer le soir quand il était absent.

— Alors pourquoi est-elle partie ? demanda-t-il durement.

— C'est la solitude qui l'a poussée à s'en aller. Les Éperons d'argent ne sont pas faits pour tout le monde, elle n'était pas heureuse ici. Tout le monde ne supporte pas l'isolement.

— Mais ce n'était pas une raison pour nous abandonner, papa et moi, affirma-t-il.

Et sans attendre sa réponse, il sortit.

Layla sentit son cœur s'emballer. On venait de frapper. Et elle n'avait pas besoin de regarder par le judas pour savoir qui c'était. Gavin lui avait dit qu'il arriverait à 10 heures. Il était 10 heures pile. Elle jeta un coup d'œil dans le miroir et regretta aussitôt son geste. Pourquoi aurait-elle dû se soucier du regard qu'il porterait sur elle ? Et pourquoi avait-elle décidé de laisser ses cheveux détachés plutôt que de les ramener en queue-de-cheval ?

Elle ouvrit la porte et il emplit tout l'espace. Mais pourquoi fallait-il qu'il soit si beau ? Et surtout, pourquoi avait-elle tant envie de se jeter dans ses bras ?

Elle n'avait pas le droit de penser à tout ce qu'ils pourraient faire ensemble, pas le droit de fantasmer. Son travail. Seul son travail comptait.

— Bonjour, dit-elle en attrapant son sac. Je suis prête.

— Bonjour, Layla. J'espère que tu as bien dormi.

Comme si c'était tout naturel, Gavin passa un bras autour

de ses épaules pour lui faire descendre les marches du porche. Aussitôt, elle sentit un élan de désir parcourir son corps.

— Il fait beau, hein ?

— Oui, balbutia-t-elle alors qu'ils s'approchaient de son véhicule.

— Et en parlant de beauté, je te trouve vraiment très belle ce matin.

— Merci.

La portière ouverte, elle s'installa sur le siège passager et le regarda faire le tour du pick-up. Il était beau lui aussi. Trop beau. Son jean moulait ses cuisses musclées et son blouson de cuir mettait en valeur ses larges épaules. Elle avait toujours eu un faible pour les hommes qui portaient des blousons de cuir.

Lorsqu'il prit place derrière le volant, elle ne put s'empêcher d'admirer ses bras forts et musclés.

— Tu es parti à cheval habillé comme ça ?

— Non. Comme on a fini tôt, j'ai eu le temps de me changer pour prendre le petit déjeuner avec ma grand-mère. D'ailleurs, elle a regretté que tu ne sois pas venue.

— Je lui avais expliqué que j'avais un rapport à lire ce matin.

Il n'eut aucune réaction. Croyait-il qu'elle mentait ?

— Ça va ? lui demanda-t-il.

À ce moment-là seulement, elle se rendit compte qu'elle avait toujours le regard fixé sur ses bras. Gênée qu'il l'ait surprise en train d'admirer son corps, elle releva les yeux vers lui.

— Oui. Merci.

Un sourire se dessina sur ses lèvres et une sensation tendre et chaude la gagna.

— Je me demandais juste, murmura-t-il en bouclant sa ceinture de sécurité. Mais je n'imaginais pas que tu admettrais ton attirance pour moi.

Les propos qu'il avait tenus la veille au soir lui revinrent en mémoire et elle fronça les sourcils.

— Ça n'arrivera pas, je te rassure, dit-elle d'une voix confiante mais en contradiction totale avec ses émotions.

Au prix d'un effort douloureux, Layla se força à se tourner vers la vitre pour observer les pâturages, vallées et collines qu'ils traversaient. Les Éperons d'argent étaient vraiment magnifiques. Ils passèrent devant les écuries et plusieurs petites dépendances. Des plaines immenses parsemées de vaches. Le soleil filtrait à travers les branches basses des arbres. La journée allait être belle malgré la fraîcheur de l'air.

— Bien dormi ?

Elle se tourna vers lui. Pourquoi cette question ? Pensait-il que non ? Dans ce cas, elle allait le décevoir.

— Comme un bébé, oui, mentit-elle.

— Tant mieux. Moi aussi. J'ai tellement bien dormi que j'ai eu du mal à me réveiller.

Là-dessus, Gavin garda le silence quelques minutes.

— Quel côté ? demanda-t-il enfin.

— Comment ?

— Quel côté ? Mamie m'a dit que l'endroit se trouvait juste après les anciennes écuries. À gauche ou à droite ?

Les écuries dont il parlait étaient un grand bâtiment peint en rouge. D'après Mme Melody, il n'avait pas été utilisé depuis dix ans, mais il ne menaçait pas de s'effondrer. Layla avait été tentée plusieurs fois de jeter un coup d'œil à l'intérieur, mais les portes étaient cadenassées. Gavin les autoriserait-il à entreposer leur matériel à l'intérieur ? Comme il semblait de très bonne humeur ce matin-là, le moment était sans doute bien choisi pour le lui demander.

— En parlant de ces écuries…

— Oui ?

— Je vais avoir besoin d'un endroit pour entreposer mon matériel, notamment la pelleteuse et le tracteur. Serait-il possible de les laisser là ?

Il se tourna vers elle et elle n'eut aucun mal à lire dans ses pensées. Pourquoi lui aurait-il apporté son aide alors qu'il avait misé sur son échec ?

Pourtant, à sa grande surprise…

— Bien sûr, oui.

Elle lui adressa un grand sourire. Formidable ! Maintenant qu'elle s'était lancée, elle pouvait sans doute continuer.

— Il y a aussi ce petit bâtiment à côté des écuries… J'ai cru comprendre que c'était là qu'on hébergeait les saisonniers à l'époque.

— Et ?

— Je pourrais également l'utiliser ? J'aurais aussi besoin d'un lieu clos pour analyser des échantillons de terre.

— Tu essaies de profiter de ma gentillesse, c'est ça ?

— Eh bien… Oui.

Gavin partit d'un grand éclat de rire.

— Ça a au moins le mérite d'être honnête. Bon, d'accord pour ça aussi.

— Merci.

— De rien.

Layla regarda la route.

— Prochaine à gauche. Dans trois kilomètres environ, tu pourras te garer dans la clairière. J'ai marqué l'emplacement exact où je souhaite creuser.

— D'accord.

Le reste du trajet se fit en silence. Elle se sentit soulagée quand il finit par couper le moteur du pick-up quelques minutes plus tard.

Gavin prit une profonde inspiration. Les mains toujours serrées sur le volant, il regarda le paysage qui s'étendait devant lui. Il fallait vraiment qu'il se reprenne. Layla semblait avoir un véritable don pour le troubler. Entre son corps, son parfum, ses cheveux qui flottaient dans le vent, il avait l'impression de devenir fou.

— J'imagine que ce lieu t'a manqué.

La voix de Layla l'arracha à ses pensées.

Avait-elle dit cela parce qu'il était resté assis dans le pick-up pour essayer de contrôler son corps et son esprit ? De toute façon, elle avait raison. Ce lieu lui avait manqué.

— Oui. Quand j'étais petit, je venais souvent ici. Il y a un grand lac un peu plus loin. Il sépare notre propriété de celle de Lott, mais il est à lui. Ceci étant, je m'en moquais complètement. De ça et du panneau « Interdiction de nager » qu'il avait placé. Chaque fois que je le pouvais, j'allais me baigner dedans. Il m'arrivait parfois de nager pendant des heures sans me faire prendre.

— Et quand tu te faisais prendre ?

Il se mit à rire.

— Sherman Lott téléphonait à ma grand-mère pour me dénoncer.

— C'est vrai ? demanda-t-elle d'un air surpris. Il l'appelait vraiment pour te dénoncer ?

Gavin hocha la tête. Elle semblait en douter mais c'était la stricte vérité.

— Tout le temps. Il n'aimait pas que les gens nagent ou pêchent dans son lac. Mais ne t'en fais pas : j'ai également pêché de gros poissons là-bas.

De nouveau, il rit en se souvenant du plaisir qu'il prenait à défier Lott.

— Bon. Allons voir. Mais avant de sortir, il y a quelque chose qu'il faut qu'on fasse.

— Quoi ? demanda-t-elle d'un air méfiant.

— Nous embrasser. J'ai très envie de t'embrasser, Layla.

Layla n'arrivait pas à croire que Gavin ait dit une chose pareille. S'embrasser ? Ne l'avaient-ils pas déjà fait suffisamment ? Deux fois, c'était déjà bien assez. Mais alors pourquoi espérait-elle qu'ils le fassent une troisième fois ?

— Nous embrasser ? dit-elle d'une voix basse.

Si seulement elle arrivait à lui cacher le désir que cette perspective avait fait naître en elle !

— Oui. C'est soit ça, soit te convaincre de t'allonger à l'arrière du pick-up.

Elle se mordilla nerveusement la lèvre inférieure.

— Et tu penses que tu pourrais y parvenir facilement ?

— Non, mais je ne regretterais pas mes efforts pour y parvenir. Alors, que dirais-tu de défaire ta ceinture et de te pencher vers moi ?

— Tu n'en as pas assez de m'embrasser ? demanda-t-elle en le regardant longuement dans les yeux.

— Non. Alors penche-toi vers moi. Laissons-nous aller au plaisir.

La passion qu'il y avait dans sa voix était si intense qu'elle sentit des frissons la traverser. Elle n'aurait pas dû l'embrasser de nouveau. En agissant de la sorte, elle risquait de lui donner de fausses idées. Mais elle n'avait pas oublié à quel point leurs deux premiers baisers avaient été magiques. Sensuels, fiévreux, délicieux.

Avec un soupir agacé, elle finit par défaire sa ceinture de sécurité pour se pencher vers Gavin. Malgré ses hésitations, elle était prête à lui donner le baiser qu'il voulait. Parce qu'elle le voulait elle aussi.

Ils se penchèrent ensemble et unirent leurs lèvres. Le cœur battant à tout rompre, elle ouvrit la bouche et le laissa y plonger sa langue. Le plaisir, à la fois doux et intense, irradia son corps tout entier.

Ivre de désir, Layla passa les bras autour du cou de Gavin tandis qu'il passait les siens autour d'elle. Ils s'embrassaient dans ce pick-up comme deux adolescents surexcités. Comme s'ils n'avaient rien de mieux à faire, comme s'ils avaient toute la journée. C'était complètement fou ! Hélas, elle avait perdu la raison au moment où ces lèvres viriles étaient entrées en contact avec les siennes. Leur goût avait quelque chose de primitif, instinctif, purement et simplement sexuel. Comment pouvait-elle détecter autant de choses dans un baiser ? Était-ce une forme d'avertissement ? Un moyen que le destin avait trouvé pour la prévenir de l'imminence d'un danger ?

Cette idée l'amena à s'interroger, mais pas suffisamment pour empêcher la langue de Gavin de se mêler à la sienne. Pas suffisamment pour l'empêcher de se montrer réceptive quand il approfondit son baiser. Pas suffisamment pour l'empêcher de pousser un doux gémissement de plaisir.

Elle était perdue. Et elle le savait.

- 7 -

Gavin dévorait avec passion la bouche de Layla. Jamais auparavant une femme ne l'avait excité à ce point. Et jamais il n'avait eu envie d'embrasser une femme chaque fois qu'il la voyait.

Chacun des muscles de son corps vibrait de désir pour elle, un désir qui dépassait l'entendement. Une chaleur intense l'envahissait en menaçant de lui faire perdre toute maîtrise de lui. Cette maîtrise qui avait fait sa fierté. Pourquoi les merveilleuses sensations que lui procurait ce baiser semblaient-elles totalement brouiller son esprit ? Pourquoi son corps semblait-il le pousser à faire l'amour avec Layla, ici même, sur le siège de son pick-up ?

Pouvait-il résister ? Non. Il ne pouvait absolument rien faire. Au fond, cela n'avait guère d'importance car il était trop occupé à savourer cette bouche délicieuse. Il voulait en profiter jusqu'à épuisement. Mais au fond de lui, il se demandait s'il pourrait un jour se lasser d'elle. Il avait envie d'elle, toujours plus envie d'elle. Ce n'était pas bon. Il fallait qu'il redevienne maître de lui-même et de la situation. Maintenant.

À contrecœur, il détacha donc les lèvres de celles de Layla. Ce fut l'une des choses les plus dures qu'il ait jamais eues à faire dans sa vie. Les yeux clos, elle se laissa brusquement retomber contre le dossier de son siège. Elle paraissait aussi émerveillée que lui par ce qui venait de se passer.

Ce qu'ils venaient de partager était bien plus qu'un simple

baiser. C'était une preuve du désir qui les animait tous les deux. Le problème, c'était qu'elle refusait de l'accepter. Cette femme était têtue, très têtue. Et il lui faudrait sûrement bien plus de baisers comme celui-ci pour la faire céder.

Gavin la regarda fixement tandis que cette chaleur presque brûlante continuait de le gagner. Il avait envie d'elle. Très envie.

— Dis-moi pourquoi tu ne veux pas coucher avec moi, lança-t-il.

Layla avait parfaitement entendu, mais elle ne parvenait pas à répondre. Ni même à ouvrir les yeux pour regarder Gavin. C'était parfaitement inutile. Elle savait bien ce qu'elle verrait dans les sombres profondeurs de ses yeux. Un désir si intense qu'elle serait forcée d'avouer ce qu'elle-même éprouvait pour lui. Un désir qu'il avait fait naître en elle, indépendamment de sa volonté.

— Ouvre les yeux, Layla. Je ne m'en irai pas tant que tu ne les auras pas ouverts.

À ces mots, elle se souvint qu'il devait partir pour le Mississippi pour affaires. Mme Melody le lui avait dit.

— Quand dois-tu t'en aller ? demanda-t-elle en ouvrant les yeux.

Comme elle s'y attendait, le regard intense de Gavin était fixé sur elle.

— M'en aller où ? s'enquit-il.

— Dans le Mississippi. Ta grand-mère m'a dit que tu devais t'y rendre pour affaires.

— Tu essaies de te débarrasser de moi, c'est ça ?

— Ça ne me ferait pas de mal, répondit-elle.

Elle passa le bout de la langue sur ses lèvres et remarqua que les yeux de Gavin s'étaient encore obscurcis.

— Alors… Quand dois-tu t'en aller ?

— J'ai changé d'avis, dit-il en regardant sa bouche puis ses yeux. Je ne partirai pas.

Cette réponse la déçut tellement qu'elle ne parvint pas à le dissimuler.

— Mais je croyais que tu avais des choses importantes à y faire…, protesta-t-elle.

— J'ai changé mon planning. Ça te pose problème ?

— Tant que tu n'envisages pas de me mettre des bâtons dans les roues.

— Je vais essayer de me retenir. Maintenant, si tu pouvais me montrer l'endroit où tu envisages de creuser, dit-il en ouvrant sa portière.

Docilement, Layla s'exécuta. Mais elle avait une certitude : quoi qu'il puisse en dire, il ne ferait rien pour l'aider.

Layla parut surprise de le voir tirer de derrière son siège ce qui ressemblait à une petite caméra.

— Qu'est-ce que c'est ?

— Un Vericon 12D, répondit-il en souriant. C'est une caméra qu'on utilise généralement sous l'eau. Mais Flipper l'a bidouillée pour qu'on puisse aussi l'utiliser sur terre.

— Flipper ?

— Oui. C'est l'un des membres de mon bataillon. Il est très porté sur la technologie, répondit-il en commençant à avancer à son côté.

— J'imagine que Flipper n'est pas son vrai nom.

Gavin ne put s'empêcher de rire.

— Son vrai nom est David Holloway. Flipper est son nom de code.

— Et toi ? demanda-t-elle en relevant la tête vers lui. Tu as un nom de code ?

— Oui.

— Qui est ?

Il prit une seconde pour réfléchir. Pourquoi lui faire des

cachotteries puisque sa grand-mère était parfaitement au courant ? Chaque fois que ses compagnons venaient lui rendre visite, ils l'appelaient par ce surnom.

— Vipère.

Elle le regarda en ouvrant de grands yeux.

— Vipère ? Pourquoi ?

Il s'arrêta de marcher et elle s'immobilisa à son tour. C'était la première fois qu'il remarquait à quel point elle semblait petite à côté de lui.

— Si on m'appelle Vipère, c'est parce que je ne lâche rien tant que je n'ai pas touché ma cible.

Layla releva la tête pour mieux le regarder.

— Tu me considères comme une ennemie ?

— Non, répondit-il sans hésiter.

Manifestement satisfaite par sa réponse, elle observa les environs. Soudain, l'expression de son visage changea. Elle paraissait désormais complètement désorientée.

— Quelque chose ne va pas ?

— Quelque chose ne va pas, non, répondit-elle en se tournant brusquement vers lui.

— Qu'est-ce qu'il y a ?

Devant sa réaction, il s'était lui aussi mis à regarder autour de lui.

— Quelqu'un a retiré mon repère. Il a disparu.

— Comment ça disparu ? demanda-t-il sans comprendre.

— Je ne sais pas ce qui s'est passé, dit-elle en fronçant les sourcils, mais il n'est plus là.

Gavin poussa un profond soupir. Il avait du mal à y croire.

— Pourquoi quelqu'un aurait retiré ton repère ? Tu es sûre de bien l'avoir mis là ?

— Bien sûr que oui, rétorqua-t-elle d'un air excédé. Quelqu'un l'a retiré.

— Mais qui aurait fait ça ?

— Je n'en sais rien. Mais quelqu'un l'a fait.

Il se gratta la tête. Non, vraiment, cette histoire n'avait aucun sens.

— Layla, ce ranch est situé au milieu de nulle part. Et cette prairie est très à l'écart de notre zone de travail, à plus de dix kilomètres du corps de ferme. Je ne vois pas pourquoi quelqu'un aurait délibérément décidé de venir ici pour retirer ton repère.

— Et pourtant, quelqu'un l'a fait ! s'exclama-t-elle.

— Tu es sûre ? lui demanda-t-il en baissant les yeux vers elle. Tu as peut-être la tête ailleurs. Je comprendrais que mon baiser t'ait un peu déstabilisée.

Elle se rembrunit davantage. Lui qui espérait la voir se calmer.

— Je suis sérieuse, Gavin. De toute façon, tu ne penses qu'au sexe.

— Pas du tout, répondit-il en souriant. Je pensais à notre baiser. Mais depuis que tu as évoqué le sujet, c'est vrai que je pense aussi à te mettre dans mon lit. Tu es tellement jolie...

Layla le reconnaissait sans mal : elle avait fait plus d'efforts que d'habitude pour se préparer ce matin. Dans le but de plaire à Gavin. Mais c'était avant qu'elle découvre que son repère avait été retiré.

— C'est toi qui l'as pris, hein ? demanda-t-elle d'une voix accusatrice.

— Pourquoi aurais-je fait ça ?

Elle ne répondit pas mais remarqua que le visage de Gavin avait changé d'expression. L'amusement avait laissé place à un certain agacement.

— Je ne vois pas pourquoi je serais allé déplacer ce repère que tu dis avoir mis là. C'est la première fois que je viens ici depuis mon retour à la maison.

Il se passa une main sur le visage, la mine fermée, avant de poursuivre :

— Si ce repère a bien été retiré, c'est que quelqu'un s'est introduit par effraction dans ma propriété. Mais je ne vois pas qui aurait eu intérêt à faire une chose pareille. J'en déduis que tu as peut-être oublié où tu avais placé ce fichu repère. Cette prairie est immense. C'était peut-être de l'autre côté.

— Ce n'est pas de l'autre côté. J'ai noté les coordonnées GPS et je me rappelle très bien m'être garée sous ces arbres. Ensuite, j'ai marché environ vingt mètres sur ma droite. Le repère est un petit fanion rouge, je l'avais planté à l'endroit exact où les fouilles doivent être effectuées.

— Si tu en es certaine, il faut commencer par réfléchir aux personnes qui savent que tu es ici. Et à celles qui aimeraient te voir échouer.

— Eh bien, tu sais quoi ? dit-elle en levant fièrement le menton. Ton nom figure en haut de cette liste. Après tout, nous nous sommes mis d'accord pour que je couche avec toi en cas d'échec de ma part !

Les dents serrées, Gavin se rapprocha d'elle.

— Je me moque complètement que tu échoues ou que tu réussisses. Et tu sais pourquoi ? Parce que j'ai la ferme intention de coucher avec toi, quelle que soit l'issue de ce chantier.

Layla fut d'abord prise de court par cet aveu. Il ne manquait pas de culot pour dire les choses aussi crûment ! Mais la colère finit par reprendre le dessus.

— Et comment comptes-tu y parvenir ? s'exclama-t-elle en plaçant les mains sur ses hanches.

— N'oublie pas qu'on m'appelle Vipère. Quand j'ai une cible en vue, je n'abandonne jamais. Tu es ma cible, Layla, et j'ai la ferme intention de te faire céder.

Elle serra les poings. Comment osait-il jouer les machos à ce point ? Il était ridicule.

— Jamais tu n'y arriveras. Je te l'ai déjà dit. Qu'est-ce que tu ne comprends pas là-dedans ?

— Ça, dit-il en caressant sensuellement son visage.

Elle ne put empêcher son corps de réagir, de frissonner de plaisir. C'était plus fort qu'elle.

— Tu me fais de l'effet et je te fais de l'effet. On ne pourra pas en rester là éternellement.

— Je te résisterai jusqu'à mon dernier soupir, dit-elle avec obstination.

— Garde tes soupirs pour le merveilleux orgasme que je vais te donner.

Layla fut tentée de lui répondre vertement mais finit par se raviser. Quel intérêt avait-elle à se disputer avec lui au sujet de choses qui n'arriveraient jamais, quoi qu'il puisse en penser ? Elle allait l'éliminer de ses pensées, sa décision était prise. Elle avait des choses plus importantes à faire. Comme retrouver celui ou celle qui avait retiré son repère. Et savoir pourquoi.

— Je veux savoir qui a retiré mon repère, Gavin.

— Te voilà revenue à ça, bougonna-t-il en levant les yeux au ciel.

— Oui. C'est pour ces fouilles que je suis ici. C'est pour ça que j'ai accepté de conclure cet accord avec toi. Alors, si ce n'est pas toi qui l'as retiré, qui s'en est chargé ?

Gavin poussa un profond soupir. Allez, autant passer outre la frustration qui l'animait. Layla était compétente, il n'avait aucun doute là-dessus. Ce qui signifiait que quelqu'un avait bien retiré son repère.

— Garde-moi ça, dit-il en lui tendant la caméra.

Et il commença à marcher en regardant le sol. Soudain, il s'arrêta. Les empreintes de pas qu'il voyait n'étaient ni celles de Layla ni les siennes. Tiens, tiens… Il s'accroupit pour passer un doigt sur l'une d'entre elles. La terre était froide. Les traces étaient fraîches, elles devaient avoir été laissées moins de quarante-huit heures plus tôt. Mais à qui appartenaient-elles ? L'un de ses hommes ? Possible, mais pour diverses raisons, il en doutait. Tous ses employés avaient été occupés dans les pâturages nord et ouest depuis quelques jours. Aucun n'avait de raison de se rendre dans le pâturage sud.

Les traces correspondant au pied gauche étaient plus marquées, comme si la personne s'était plus lourdement appuyée sur cette jambe. Il remonta la piste. Au bout d'une trentaine de mètres, les traces s'arrêtaient. Les yeux plissés, il s'accroupit de nouveau pour mieux regarder. C'est alors qu'il aperçut le petit trou marquant l'emplacement où avait dû se trouver le repère. Il regarda à gauche et à droite, étudia le sol. Les empreintes reprenaient. Identiques.

Étrange… Gavin retourna lentement vers Layla. Et sans dire un mot, il récupéra la caméra.

— Merci.

— Alors ? demanda-t-elle en lui jetant un regard interrogateur.

Elle était intelligente. Elle avait compris ce qu'il avait fait : utiliser ses compétences de marine pour déterminer si le repère avait bel et bien été enlevé.

— J'ai trouvé des empreintes de pas. Et l'emplacement du repère. Tu avais raison : quelqu'un l'a retiré.

— Mais qui ? Et pourquoi ?

— Je ne sais pas, Layla.

C'était sincère. Il n'en avait vraiment pas la moindre idée. Les Éperons d'argent étaient une propriété privée. Malgré les nombreux chemins qui y menaient, il ne voyait pas pourquoi quelqu'un serait venu à cet endroit précis. On ne voyait aucune trace de pneus. Mais la personne avait très bien pu se garer plus loin et venir ici à pied.

— Dresse la liste de toutes les personnes susceptibles de vouloir te voir échouer. Quant à moi, je t'ai dit ce que j'en pensais, et je n'ai pas changé d'avis.

- 8 -

Je t'ai dit ce que j'en pensais, et je n'ai pas changé d'avis.

Un peu plus tard dans la journée, Layla arpentait le séjour de long en large. Gavin Blake était borné et arrogant. S'il pensait qu'il pouvait la plier à sa volonté, il se mettait le doigt dans l'œil. Il n'en était pas question. Mais dans ce cas, pourquoi se sentait-elle si nerveuse ?

Elle l'avait regardé utiliser cette caméra sans être impressionnée par ses découvertes. Il avait confirmé qu'il y avait bien quelque chose d'enterré dans cette zone. De là à croire qu'il s'agissait du trésor de Jesse James… D'après lui, comme c'était une zone de chasse très prisée, il ne s'agissait que de balles ou de plombs.

Mais elle refusait d'admettre qu'elle s'était trompée. Il y avait un trésor enterré dans le pâturage sud, elle en était certaine. Quant aux personnes qui auraient pu souhaiter son échec, elles étaient nombreuses ; elle pouvait même compter ses propres parents dans le lot. Non, inutile de sombrer dans la paranoïa : ils n'iraient quand même pas jusque-là ! En revanche, son collègue, le Dr Clayburn, et d'autres personnes de l'université la jugeaient trop jeune et inexpérimentée pour un projet si onéreux. La personne qui avait retiré le repère avait-elle vraiment pensé qu'elle n'avait pas noté les coordonnées GPS ? Qu'elle abandonnerait si facilement ?

Soudain, elle s'arrêta de marcher. Quelqu'un venait de frapper. Gavin, elle en était certaine. Aussitôt, elle sentit cette douce chaleur revenir, doublée d'un vague sentiment de nervosité. Pourquoi était-il venu ? Une heure plus tôt, elle avait parlé à sa grand-mère qui l'avait appelée pour l'inviter à dîner. À contrecœur, et parce qu'elle ne serait pas de très bonne compagnie ce soir-là, elle avait refusé. Et puis c'était une façon de prendre un peu de distance vis-à-vis de Gavin. Mais à l'évidence, il ne l'entendait pas de cette façon.

Les coups reprirent. Il savait qu'elle était là, inutile de se cacher. De guerre lasse, elle ouvrit la porte. Et il apparut devant elle, un plateau à la main.

— Mamie m'a demandé de t'apporter ça. Elle imagine que tu n'as pas voulu prendre le petit déjeuner et le dîner avec elle à cause de moi.

Le contenu du plateau sentait délicieusement bon. Sans même y réfléchir, Layla lui fit signe d'entrer.

— Je lui expliquerai demain que ce n'est pas le cas, répondit-elle.

Pourtant, Mme Melody ne s'était pas vraiment trompée.

— Je ne sais pas si elle sera là. Je ne me souviens plus si c'est demain ou après-demain qu'elle part.

Machinalement, elle ferma la porte et le suivit jusqu'à la cuisine.

— Qu'elle part ? Mais où ?

— Elle doit s'absenter une semaine pour se rendre à une conférence de bibliothécaires à Cincinnati. De toute façon, elle ne partira pas sans t'avoir dit au revoir. Mais si tu penses que je vais te faire à manger à sa place, tu risques d'être déçue.

Elle le regarda, les yeux plissés. Qu'insinuait-il, au juste ?

— Je n'ai jamais demandé à ta grand-mère de me faire la cuisine.

— Je sais, rétorqua-t-il en posant le plateau pour se tourner vers elle.

— Alors pourquoi ces insinuations ?

— Je n'ai fait aucune insinuation.

— Si, répliqua-t-elle en croisant fermement les bras.

— Alors je m'excuse.

Le regard de Gavin glissait désormais sur son corps comme une douce caresse.

— Tu t'es changée ? demanda-t-il.

Voyant qu'il avait les yeux posés sur sa poitrine, elle laissa retomber les bras le long de son corps.

— Je me suis lavée.

— Je sais. Tu sens bon. Et tu es très belle dans cette robe. Elle te fait de très jolies jambes.

Elle aurait certainement apprécié le compliment si elle n'avait pas été si bouleversée par cette histoire de repère arraché.

— Je veux retourner sur le site de fouilles demain pour regarder, Gavin. Et cette fois-ci, je veux utiliser mon propre détecteur.

— Si tu t'inquiètes toujours de l'identité de la personne qui aurait pu retirer le repère, j'ai une petite idée là-dessus.

Au prix d'un effort douloureux, Layla ignora le regard de Gavin et ce qu'il déclenchait chez elle, puis s'approcha de lui.

— Je t'écoute.

— Ça pourrait être un coup de Clete. C'est un homme âgé que nous avons embauché l'année dernière pour nettoyer le sol des saletés que le vent charrie et réparer tout ce qui a besoin de l'être. De cette façon, Caldwell et les autres peuvent se concentrer exclusivement sur le bétail. Quand j'ai parlé du repère à ma grand-mère, elle m'a fait remarquer que Clete avait parfois tendance à déplacer des objets.

— Mais pourquoi aurait-il retiré mon repère ?

— Il a dû se demander ce que c'était et juger que c'était une saleté à jeter. Sa femme et lui sont partis il y a quelques jours rendre visite à leur fils, à Hawaii. J'irai lui parler dès son retour.

Layla poussa un soupir de soulagement. Ce n'était que

ça ! L'idée que quelqu'un ait pu piétiner sa zone de fouilles l'avait vraiment déstabilisée.

— Tu devrais manger. J'ai promis à mamie Mel que tu le ferais.

— Pourquoi ? demanda-t-elle en le regardant d'un air suspicieux. Qu'est-ce que ça peut bien te faire que je mange ou pas ?

Un sourire espiègle se dessina lentement sur le visage de Gavin et elle sentit un délicieux frisson lui parcourir le dos.

— Je ne voudrais pas que tu perdes du poids, répondit-il.

De nouveau, elle croisa les bras, puis les laissa retomber le long de son corps. Gavin l'observait encore avec insistance. Il ne pensait qu'à la gaudriole, c'était incroyable !

— Je ne vois pas en quoi ça te concerne.

— En fait, je voudrais sentir ta chair sous mes doigts quand je te ferai l'amour.

Oui. Il ne pensait qu'à cela.

— Ça n'arrivera pas.

— Ton repas est en train de refroidir.

Il ignorait délibérément ce qu'elle était en train de dire. Ce qu'il était pénible !

— Je mangerai quand tu seras parti, affirma-t-elle.

Étrangement, il se mit à rire.

— Si tu penses que tu vas me chasser d'ici comme ça, tu rêves. Je veux m'assurer que tu manges.

— Et qu'est-ce que tu comptes faire ? demanda-t-elle en fronçant les sourcils. Rester ici à me regarder ?

— Tout à fait.

Et le pire, dans tout ça, c'était qu'il avait l'air sérieux…

— Je n'ai pas besoin de baby-sitter, Gavin.

— Non. Mais tu as besoin d'un amant, Layla. Par ailleurs, tu n'as toujours pas répondu à la question que je t'ai posée l'autre soir. Quand as-tu fait l'amour pour la dernière fois ?

— Ne compte pas sur moi pour répondre. Ce ne sont pas tes affaires.

S'il n'y avait pas moyen de le faire partir, autant l'ignorer. D'un pas déterminé, Layla s'approcha du plateau. Au menu : poulet frit, pommes de terre écrasées, brocolis, patates douces. Et une part de gâteau au chocolat. Un vrai festin !

— Ta grand-mère, c'est vraiment quelqu'un, dit-elle en s'approchant de l'évier.

Après s'être lavé les mains, elle prit des couverts et alla s'asseoir à la table où Gavin s'était déjà installé. Envisageait-il vraiment de la regarder manger ? N'avait-il rien de mieux à faire ?

Elle décida tout de même de manger et de l'ignorer. Comment ne pas faire honneur à ces bons petits plats ! Elle prit une bouchée de pommes de terre, les yeux clos. Et laissa échapper un petit gémissement de plaisir.

— Si la purée te fait cet effet-là, je me demande vraiment comment tu vas réagir quand je vais te faire l'amour.

Elle eut envie de lui dire que ce ne serait certainement pas aussi bon. Mais en se tournant vers lui, elle se ravisa. N'importe quelle femme pouvait avoir un orgasme rien qu'en le regardant.

— Dans tes rêves, lança-t-elle tout de même en guise de protestation.

— Mes rêves deviendront un jour réalité, Layla.

Elle ne fit pas l'effort de répliquer. Cette conversation la fatiguait tellement. Mais s'il avait vraiment l'intention de rester là à la regarder, autant tirer parti de la situation pour lui poser quelques questions. Le faire parler pour essayer d'oublier à quel point il était beau. Et séduisant.

— Tu m'as parlé de ton collègue que tu appelles Flipper. Combien êtes-vous dans votre commando ?

— Suffisamment.

Cette information relevait-elle vraiment du secret défense ? Apparemment, il valait mieux changer de sujet. Mais la curiosité l'emportait.

— J'imagine que tu es plus proche de certains types que d'autres.

Comme pour se mettre à l'aise, Gavin se cala contre le dossier de sa chaise. Elle ne se souvenait plus de la dernière fois qu'elle avait dîné avec un homme. En tout cas, l'ambiance, ce soir-là, était intime. Ils étaient seuls, assis de part et d'autre d'une table dans la douce lumière d'un feu de cheminée.

— Dans ce cas, je dirais Flipper, Bane, Coop, Mac et Nick. On a fait toutes sortes de missions ensemble. Mais il y a deux ans, Nick est parti travailler pour la Sécurité intérieure. Il avait besoin d'un peu plus de stabilité, sa femme venait de mettre au monde des triplés.

Le plus simplement du monde, il se leva pour aller chercher une bière dans le réfrigérateur.

— Coop est la tête pensante de la plupart de nos opérations stratégiques. Mac, qui est légèrement plus âgé que nous, pense toujours qu'il peut nous tenir. Il est marié depuis des lustres, père de quatre enfants, et il aime bien jouer les vieux sages. Quant à Flip, il peut retenir sa respiration sous l'eau aussi longtemps qu'un dauphin !

— Et le fameux Bane ?

— C'est un tireur d'élite, le meilleur dans sa discipline, si tu veux mon avis. Il y a des fois où je me demande s'il ne pourrait pas atteindre ses cibles les yeux fermés. Il a assuré nos arrières plus d'une fois. Avec sa femme, Crystal, ils envisagent de renouveler leurs vœux le mois prochain.

— Ah oui ? Ils ont été séparés pendant un moment, ou quelque chose comme ça ?

— Je crois qu'on peut dire ça, oui.

Layla hocha la tête. Elle commençait à s'habituer à ces réponses évasives. Inutile de demander si ce travail était dangereux. Elle était assez bien informée sur les marines et le type de mission où ils étaient engagés. Elle termina donc son repas en silence, sous le regard de Gavin.

La dernière bouchée avalée, elle releva les yeux vers lui.

— Tu es satisfait ?

Il lui adressa un sourire espiègle.

— Je ne le serai que quand je t'aurai eue dans mon lit.

Elle manqua lâcher son verre. Le simple fait d'y penser la faisait trembler de désir.

— Pourquoi dis-tu sans arrêt des choses comme ça ?

— Pour être honnête.

Gavin l'avouait sans peine : il aimait titiller Layla. De toute évidence, elle n'avait pas l'habitude que des hommes lui parlent de cette façon, lui disent ce qu'ils voulaient et les sensations qu'ils comptaient lui faire ressentir. Tout en la regardant manger, il avait imaginé toutes sortes de choses. La conversation ne l'avait pas suffisamment distrait pour apaiser son désir. De toute façon, ce qu'il ressentait était trop puissant. Il avait envie d'elle. Il le lui avait clairement fait comprendre et elle avait également envie de lui. Alors où était le problème ?

— J'ai fini de manger, tu peux partir, dit-elle brusquement.

Il soutint son regard et, une fois encore, ressentit toute la force de l'attraction qu'il y avait entre eux. Sensuellement, il fit courir ses doigts sur elle. Et il la sentit frissonner sous sa caresse. C'était trop tentant.

— Pourquoi résister, Layla ?

— Et pourquoi insister, Gavin ?

Il aurait pu lui dire que c'était en partie parce qu'il était resté des mois sans avoir une femme dans son lit. Mais en disant cela, il serait passé pour un mufle qui ne pensait qu'au sexe. De toute façon, ce n'était pas la seule raison. S'il insistait tant, c'était également parce qu'il la trouvait aussi fascinante que ravissante.

— J'imagine que c'est dans ma nature, répondit-il.

Les lèvres pulpeuses de Layla dessinèrent une petite moue pensive. Aussitôt, il sentit le désir grandir en lui.

— Bien, dit-il en se levant. Je vais te laisser. Je dirai à mamie que tu as tout mangé.

Il fit mine de prendre le plateau mais elle l'en empêcha.

— Tu ne penses tout de même pas que je vais te laisser repartir avec de la vaisselle sale ?

— Je t'ai déjà dit qu'on avait inventé le lave-vaisselle pour ça.

— Mais ce n'est pas ma conception des choses. Je vais laver ces plats et je les rendrai à Mme Melody demain.

Sur ces mots, elle se leva d'un bond. Juste en face de lui. Un peu plus près, et elle aurait pu sentir la force de son envie. Mais peu importe. De toute façon, il comptait bien l'embrasser avant de partir.

— Tu me raccompagnes ? demanda-t-il.

Une lueur s'alluma dans les yeux de Layla. Manifestement, elle avait compris ses intentions. Elle se mit à se mordiller nerveusement la lèvre.

— Ne t'inquiète pas, ma belle. Je ne mords pas.

Elle leva le menton pour mieux le regarder.

— Mais tu pourrais faire pire, Gavin.

— Comme quoi ?

— Me donner envie de toi.

Gavin fit un pas en avant et se serra contre elle. Au moins, elle saurait exactement ce qu'il ressentait.

— De toute façon, tu as déjà envie de moi. Je ne comprends pas pourquoi tu t'obstines à dire non.

Pas de réponse. Apparemment, elle était à court d'arguments. Ce qui lui convenait très bien. Car il préférait céder à la tentation de l'embrasser.

Pourquoi refusait-elle de l'accepter ? Ces mots résonnaient dans l'esprit de Layla quand Gavin s'empara de sa bouche. Elle ne résista pas. C'était impossible. Bien au contraire, elle se lova dans ses bras.

Il l'embrassait avec une intensité égale à la sienne. Leurs bouches étaient unies, leurs langues, mêlées. Fiévreusement. Et les sensations qu'elle ressentait étaient si fortes que ses genoux se mirent à vaciller.

Elle s'accrocha plus fermement à son cou, se serra plus fort contre lui. Elle sentit mieux encore le désir qui l'animait, si ferme, si dur. Comment un homme pouvait-il être excité à ce point ? La certitude qu'elle était la cause de cette excitation ne faisait que décupler la sienne. Ses mamelons durcis se pressaient contre le tissu de sa robe, comme s'ils avaient hâte d'entrer en contact avec cette poitrine virile.

Au bout d'un certain temps, Gavin finit par détacher ses lèvres. Elle essaya alors de reprendre son souffle mais ses genoux se dérobèrent. Tout en la serrant dans ses bras, il se rassit à table, l'obligeant à s'asseoir sur ses genoux. Sans lui laisser le temps de protester, il l'embrassa à en perdre haleine. Une fois de plus, ce baiser la fit chavirer et lui arracha un gémissement de plaisir. Elle en avait la tête qui tournait. Il caressait doucement ses cuisses sous sa robe.

Peut-être aurait-elle dû se demander pourquoi elle le laissait faire une telle chose alors qu'elle n'avait jamais accordé cette permission à aucun homme ? N'avait-elle pas mis un bon coup de pied à Sonny Paul le jour où il avait glissé une main sous son haut pour essayer de caresser ses seins ? Pourquoi était-ce différent cette fois-ci ? Pouvait-elle accepter cette situation parce que le baiser de Gavin la rendait folle de désir, tout simplement ?

Et pourquoi continuait-elle de s'accrocher à son cou comme si sa vie en dépendait ? Décidément, elle était en train de perdre la tête.

Malgré la confusion qui régnait en elle, Layla remarqua vaguement qu'il s'était levé, sans détacher les lèvres des siennes. Ils se déplaçaient rapidement, désormais. Mais c'est au moment où il l'allongea sur le lit qu'elle retrouva ses esprits. Attention, danger ! Elle se dégagea de son étreinte. En rouvrant les yeux, elle s'aperçut qu'il était en train de déboutonner sa chemise.

— Qu'est-ce que tu fais ? lui demanda-t-elle d'une voix inquiète.

Le souffle court, Gavin baissa les yeux vers elle. Et en voyant la lueur de désir qui brillait dans son regard, elle sentit les battements de son cœur s'accélérer. Ce n'était d'ailleurs plus une lueur, mais un véritable brasier.

— Je m'apprête à te faire l'amour, Layla, répondit-il en retirant sa chemise d'un geste impatient.

Elle regarda les muscles bien dessinés de son torse puissant et sentit un délicieux frisson la parcourir. Tant bien que mal, elle s'écarta de lui. *Résiste !*

— Non !

Tout en se mordillant nerveusement la lèvre, elle s'efforça de détourner le regard de lui. Elle ne pourrait pas résister si elle continuait de le regarder. Principalement parce qu'elle avait envie qu'il lui fasse l'amour. Il n'y avait aucun doute dans son esprit.

— Layla, regarde-moi.

Non, elle ne le regarderait pas. Elle ne lui parlerait pas. Le temps de sortir du lit, elle rajusta ses vêtements avant de quitter rapidement de la chambre.

— Va-t'en, Gavin, dit-elle par-dessus son épaule.

Elle s'arrêta devant la porte d'entrée. Mais il vint la rejoindre quelques minutes plus tard seulement. Il lui avait sans doute fallu un peu de temps pour remettre sa chemise et recouvrer ses esprits.

Gavin avança vers elle, le visage fermé. Layla prit une profonde inspiration. Que pouvait-il bien penser ? La considérait-il comme une vulgaire petite allumeuse qui avait cherché à l'exciter avant de le repousser ? C'est vrai, elle s'était laissé prendre dans le feu de l'action. Mais contrairement à lui, elle n'était pas prête à passer à l'étape suivante.

Elle crut qu'il allait franchir la porte sans même lui adresser un mot. Il semblait tellement en colère !

Mais elle s'était trompée. Il s'arrêta devant elle et plongea un regard furieux au fond du sien.

— La prochaine fois qu'on s'embrassera, Layla, on fera l'amour. Ce ne sera pas négociable.

Sur ces mots, il ouvrit la porte et partit.

- 9 -

Le lendemain soir, Gavin alla se poster sous le porche avec une tasse de café. Il n'arrivait pas à croire qu'il ait couru vingt fois autour du corps de ferme, la veille. Cela devait bien faire l'équivalent d'une quinzaine de kilomètres. Quand avait-il fait cela pour la dernière fois ?

Au bout de quelques petites heures de sommeil, il s'était réveillé à l'aube pour faire le tour du ranch à cheval avec Caldwell et ses hommes. Le petit déjeuner qu'il avait partagé avec eux devant la cheminée lui avait rappelé des souvenirs. La plupart des hommes qui travaillaient au ranch étaient là depuis bien longtemps et l'avaient connu petit. Et s'ils l'appelaient « chef », c'était par pur respect, pas parce qu'il dirigeait les opérations quotidiennes. Cette fonction, c'était Caldwell qui la remplissait. Et bien. A chacune de ses absences, il pouvait dormir sur ses deux oreilles : le ranch était entre de bonnes mains, avec lui.

Assis sur les marches, il but une autre gorgée de café. La fraîcheur commençait à s'installer. Dans un mois à peine, ce serait Thanksgiving. Son commandant l'avait appelé un peu plus tôt : le bataillon repartirait en mission à la fin du mois de janvier. Lui et ses compagnons pourraient passer les fêtes au sein de leurs familles. Sa grand-mère resterait-elle au ranch cette année ? Comme il était généralement loin d'ici à l'époque des fêtes, elle avait pris l'habitude de se rendre à Saint Louis pour passer du temps avec sa sœur et sa famille.

La voix de Melody, derrière lui, le ramena brusquement à la réalité :

— Comment ça s'est passé avec Caldwell et les garçons, aujourd'hui ?

— Bien, répondit-il en se tournant vers elle. Mais ça n'a rien d'étonnant. Ils savent comment faire tourner la boutique en mon absence. Et j'avais quasiment tout passé en revue avec Caldwell hier.

Il regrettait simplement de ne pas avoir eu le temps de retourner sur le site des fouilles.

— Quand Clete doit-il revenir ? demanda-t-il.

— En milieu de semaine prochaine, répondit-elle en s'asseyant sur la balancelle.

Malgré sa conviction que Clete avait retiré le repère, il préférait en avoir le cœur net. Qui d'autre aurait pu venir sur sa propriété pour enlever ce petit drapeau ? Et pourquoi ?

Avec sa caméra, Gavin avait pu discerner deux choses sous la terre, l'une à l'emplacement du marqueur et l'autre quelques mètres plus loin. Sans doute des douilles ou des pointes de flèches en fer. L'un des deux objets paraissait plus volumineux, mais il avait une explication à cela. Il devait s'agir d'artisanat amérindien. Son grand-père lui avait toujours dit que les terres du ranch avaient jadis appartenu à ces peuplades. Si Layla avait fait des recherches aussi approfondies qu'elle l'avait dit, elle devait déjà le savoir.

— Je viens de manger une salade, dit sa grand-mère en coupant court à ses pensées. Mais si tu as faim, je peux te faire à dîner.

— Ne t'embête pas. Il faut que j'aille en ville, de toute façon. Je m'achèterai quelque chose à emporter.

En plus de s'alimenter, il comptait bien satisfaire d'autres besoins. Depuis son retour, il avait reçu plusieurs messages de jeunes femmes du coin. Il déciderait en route de celle à qui il rendait visite. Il n'empêche : c'était de Layla qu'il avait envie.

— On dirait bien que tu n'es pas le seul à aller en ville, Gavin. Tu ne trouves pas qu'elle est très jolie ?

Un sourcil haussé, il suivit le regard de sa grand-mère. Layla était en train de traverser la cour. Il ne l'avait jamais vue dans cette robe, courte devant et longue derrière. Elle avait noué un châle en laine autour de ses épaules. Au lieu de ses bottes, elle portait des escarpins à talons hauts.

Ses cheveux étaient comme il les préférait : lâchés, ils retombaient en cascade autour de son beau visage. Et contrairement à ses habitudes, elle s'était maquillée. Mais légèrement. Juste un peu de rouge à lèvres. Plus il la regardait, moins il avait envie de la laisser le repousser comme elle l'avait fait la veille.

— Bonsoir, madame Melody. Bonsoir, Gavin, dit-elle de sa voix douce.

Sans perdre une seconde, il se leva. Autant agir en gentleman. Le sourire qu'elle avait accordé à sa grand-mère était large et naturel. Celui qu'elle lui avait adressé était crispé et forcé. Mais peu importe.

— Bonsoir, Layla, dit-il en observant furtivement ses courbes voluptueuses.

Melody s'approcha d'elle pour l'embrasser.

— Tu es vraiment très jolie, ma grande. Tu as des projets pour la soirée ?

Concentrée sur sa grand-mère, elle haussa les épaules. Bon sang, elle l'avait snobé !

— On peut dire ça, oui. Mon équipement arrive demain, et mon équipe, après-demain. Comme c'est ma dernière soirée tranquille, j'ai décidé de faire quelque chose que j'aime beaucoup mais que j'ai rarement le temps de faire : aller au cinéma.

— Toute seule ? demanda Melody d'un air surpris.

— Oui, répondit Layla en riant.

— Qu'est-ce que tu vas voir ?

— La nouvelle comédie romantique de Julia Roberts.

— Quelle coïncidence ! intervint-il. Je comptais moi-même me rendre en ville pour voir ce film.

L'air incrédule, les deux femmes se tournèrent vers lui pour le regarder, les sourcils froncés. Vaguement amusé, il leur sourit avant de concentrer son attention sur Layla.

— Comme on va tous les deux voir le même film, allons-y ensemble…

Oh ! elle pourrait trouver des tas de raisons pour refuser. Mais elle ne les évoquerait pas devant sa grand-mère.

Comme elle ne répondait pas, il se pencha vers elle.

— Qu'est-ce que tu en dis ?

Manifestement arrachée à sa torpeur, elle ouvrit la bouche pour lui donner une réponse, sans doute un refus agressif. Elle se rappela alors la présence de sa grand-mère et parut se raviser.

— Oui, pourquoi pas ? Je suis juste surprise que tu veuilles voir un « film de filles ». Je te voyais plutôt comme un amateur d'explosions et d'hémoglobine.

— Les explosions et l'hémoglobine, c'est tous les jours pour moi quand je suis en mission, répondit-il en secouant la tête. Pas assez exotique, donc. Alors pourquoi pas un « film de filles ». Et puis, j'aime bien Julia Roberts.

— Dans ce cas, je ne vois aucune raison à ce qu'on n'y aille pas ensemble.

Layla avait prononcé cette phrase d'une voix amicale. Mais il voyait bien qu'elle n'était pas enthousiasmée par cette idée.

— Génial, répondit-il néanmoins. Prenons mon pick-up. Laisse-moi simplement aller chercher mon Stetson et ma veste.

— J'ai trouvé le film super. Et toi ?

Layla s'était efforcée d'ignorer Gavin depuis leur départ

du ranch, mais cela ne semblait pas le gêner. Il paraissait même vaguement amusé par sa réaction.

— Oui, super, soupira-t-elle.

Elle l'aurait sans doute apprécié davantage si cette présence ne l'avait pas tant déconcentrée. Comment se focaliser sur l'écran avec cet homme si séduisant à côté d'elle ?

— Quand vas-tu arrêter de te comporter de façon si puérile, Layla ?

Elle se tourna vivement vers lui. Il ne manquait pas de culot !

— Puérilc ? Alors c'est moi qui suis puérile ? Qui m'a dit hier soir qu'on devrait nécessairement coucher ensemble à notre prochain baiser ?

— Moi. Et je maintiens.

— Alors désolée de te dire ça, mais je me comporte de façon bien plus responsable que toi. Toi, tu ne penses qu'à…

— Faire l'amour avec toi.

Des images sensuelles s'éveillèrent aussitôt dans son esprit. Le corps nu de Gavin sur le sien, brûlant de désir. Sa bouche sur lui… Elle sentit d'un coup le feu lui monter aux joues.

— Oui, c'est ça.

— Je ne peux pas m'en empêcher. Tu me fais de l'effet, Layla.

C'était réciproque. Mais il était hors de question qu'elle l'admette devant lui. Il était comme tous les autres hommes, et c'était pour ça qu'elle ne voulait pas avoir d'aventure, peu importe avec qui. Tout ce que les hommes voulaient des femmes, c'était les mettre dans leur lit. Elle avait de plus nobles ambitions, des objectifs professionnels à atteindre.

En conséquence, elle lui jeta un regard dur.

— Tu es fils unique, je crois ?

— Jusqu'à preuve du contraire.

Comme elle le regardait sans dissimuler son étonnement devant cette réponse, il reprit :

— Ma mère est partie quand j'avais huit ans. Elle n'est jamais revenue. Si ça se trouve, elle s'est remariée et a eu d'autres enfants.

Tiens, elle ignorait complètement cet aspect de la vie de Gavin !

— Ton père et elle ont divorcé ?

— Non. Mais elle aurait très bien pu changer de nom pour refaire sa vie. Qui sait ?

Elle prit quelques instants pour réfléchir, avant de lui demander :

— Tu n'as jamais essayé de la retrouver ?

— Non.

— Même après la mort de ton père ?

L'expression de son visage avait changé. Il paraissait désormais crispé.

— Surtout pas, non. Si elle n'est pas revenue pour le voir quand il était en vie, pourquoi lui donner l'occasion de le voir mort ? répondit-il d'un air amer. Papa a toujours pensé qu'elle reviendrait. Il disait même qu'il comprenait les raisons de son départ. Il est vrai que c'était lui qui l'avait convaincue de venir vivre à Cornerstone.

— D'où venait-elle ?

— Manhattan. Mon père l'a rencontrée là-bas, il était à New York pour assister à une conférence de l'ONU. Ils se sont mariés une semaine après leur rencontre. Elle n'avait pas de famille.

Gavin resta muet un long moment. Mais soudain, il reprit :

— Papa était surpris qu'elle ait tenu si longtemps. D'après lui, c'était une épouse géniale et, dans mes souvenirs, c'était une maman géniale. Je crois que papa se sentait coupable de s'absenter souvent, de la laisser seule avec mamie et papy. Mais quand je suis né, un an plus tard, il a pensé qu'elle avait fini par s'adapter.

— Mais ce n'était pas le cas ?

— De toute évidence, non. Un jour, comme ça, elle est

partie. Elle a dit à mes grands-parents qu'elle avait besoin de prendre un peu de temps pour elle et leur a demandé de veiller sur moi. Elle a dit qu'elle reviendrait avant le retour de papa, qui était en mission à l'étranger. Puis elle a pris sa voiture, celle que papa lui avait offerte, et elle est partie.

Layla sentit son cœur se serrer. Le pauvre, cela avait dû être terrible.

— Elle n'est jamais revenue ?

Il secoua la tête.

— Non. Quand papa est rentré, quelques mois plus tard, il a eu le cœur brisé. Elle lui avait laissé une lettre, dans laquelle elle disait qu'elle reviendrait. Mais elle ne l'a jamais fait.

— Et après tout ce temps, tu n'as jamais essayé de la retrouver ? insista-t-elle.

— Je ne vois pas pourquoi je l'aurais fait. Elle a décidé qu'elle ne voulait plus de moi ni de papa dans sa vie.

En toute honnêteté, Gavin aurait dû reconnaître qu'il avait bien souvent songé à rechercher sa mère, ne serait-ce que pour lui demander des explications. Nick Stover, l'un de ses anciens compagnons d'armes, travaillait pour la Sécurité intérieure. S'il lui avait donné le nom de sa mère, elle aurait pu être localisée. Mais il ne l'avait pas fait. Sans doute par peur de ce qu'il allait découvrir. Et si sa mère n'avait jamais voulu de lui ou jamais aimé son père ? Parfois, il lui semblait plus facile de réagir comme son père, c'est-à-dire d'envisager la possibilité la plus optimiste. Même s'il se faisait certainement des illusions.

Il prit une profonde inspiration. Pourquoi avait-il raconté ces vieilles histoires à Layla alors qu'il ne l'avait jamais fait avec ses autres conquêtes ? Curieusement, quand elle lui avait demandé s'il était fils unique, tout était sorti d'un coup. Les émotions qu'il prenait soin de garder enfermées en lui avaient brusquement été libérées.

La douce voix de Layla le tira de ses ruminations :

— Tu as de la famille en plus de Mme Melody ? Des oncles, tantes, cousins… ?

— Ma grand-mère a une sœur cadette qui vit à Saint Louis et a un petit-fils, Benjamin, dont je suis très proche. On est plus des frères que des cousins. Il passait toujours ses vacances d'été ici. Il a un an de plus que moi et il est marine, lui aussi. En ce moment, il est en Afghanistan, et on espère qu'il sera de retour pour les fêtes. Et toi, des cousins ?

— Non, répondit-elle en secouant la tête. Du côté de mon père, mes grands-parents n'avaient pas de frères et sœurs. Lui-même est fils unique. Quant à mes grands-parents maternels, je ne les ai jamais connus. Ils sont morts dans un accident de bateau quand ma mère était adolescente.

Gavin ne fit aucun commentaire. Ils étaient à dix minutes de la maison. Malgré cette attirance toujours très vive entre eux, il lui semblait plus facile de se contrôler. Ce qui paraissait assez surprenant, étant donné qu'il avait prévu de finir la soirée dans le lit d'une femme, initialement. Comment avait-il pu renoncer à ce projet pour profiter de la compagnie de Layla ?

Quelques instants plus tard, il se garait dans la cour devant le corps de ferme. Sa grand-mère devait partir le lendemain ; il allait donc avoir la maison pour lui tout seul.

Après avoir coupé le moteur, il se tourna vers Layla.

— Je vais te raccompagner.

— Pas besoin, répondit-elle en ouvrant sa portière. Merci pour le ciné.

Elle avait refusé sa proposition, mais il la suivit quand même.

— De rien. Même si je sais que tu aurais préféré te passer de moi.

Comme elle ne répondait rien, il se mit à rire.

— Pas étonnant que tu n'aies pas de petit ami.

— Qu'est-ce qui te fait penser que je n'ai pas de petit ami ? répliqua-t-elle en se tournant brusquement vers lui.

— J'ai demandé à mamie si tu avais reçu de la visite ici, et elle m'a répondu que non.

— Ça ne veut rien dire du tout.

De nouveau, Gavin ne put s'empêcher de rire. Cette fille était la mauvaise foi incarnée !

— Bien sûr que si. Si tu avais un petit ami, il serait venu ici, ne serait-ce que pour veiller sur toi. Voir si tu allais bien. Si tes hôtes étaient aimables avec toi. Et pour montrer que tu lui appartenais, bien sûr.

— Je n'appartiendrai jamais à personne d'autre qu'à moi-même. Et puis tous les hommes ne sont pas si possessifs.

— Tous les hommes liés à toi devraient l'être.

Comme ils arrivaient au porche, Gavin tendit la main à Layla pour l'aider à monter les marches, mais elle l'ignora. Évidemment... Il aurait pourtant suffi que leurs deux corps se touchent pour s'embraser comme deux torches.

— Merci de m'avoir raccompagnée.

— De rien. À quelle heure ton équipement doit-il arriver, demain ?

— Avant midi, c'est tout ce que je sais. Merci encore de m'avoir autorisée à le stocker dans l'ancienne écurie.

— Pas de problème. Et ton équipe, quand doit-elle arriver ?

— Après-demain. Ils séjourneront dans un hôtel en ville. J'espère que nous aurons fini les fouilles dans deux semaines et que nous pourrons partir.

Deux semaines. En tout cas, il fallait qu'ils vivent ce moment de passion avant qu'elle s'en aille. Entre-temps, il allait s'en tenir à sa résolution. Celle de ne pas l'embrasser tant qu'elle ne serait pas prête à céder au désir qui les poussait l'un vers l'autre. Ce serait difficile, très difficile, mais il n'avait pas d'autre choix que de résister.

— Bonne nuit, Layla.

Elle le regarda longuement, sans rien dire, et il sourit. De toute évidence, elle s'attendait à ce qu'il l'embrasse.

— Je vais rester là jusqu'à ce que tu sois rentrée.

— Bonne nuit, dit-elle en hochant la tête.

Puis elle ouvrit la porte rapidement et disparut.

Gavin ne bougea pas avant d'avoir entendu le verrou se fermer. Alors, tout en remettant son chapeau, il descendit les marches du porche. Il lui avait été extrêmement difficile de résister à l'envie de l'embrasser, mais il pensait vraiment ce qu'il lui avait dit la veille. La prochaine fois qu'ils s'embrasseraient, ils feraient l'amour. Il ne pouvait en être autrement.

- 10 -

Trois jours plus tard, alors qu'il chevauchait Acer, Gavin aperçut Layla et son équipe dans le pâturage sud. La plupart des étudiants étaient arrivés la veille, mais il n'avait pas pu les accueillir. Ses hommes et lui avaient été très occupés à mener le bétail dans le pâturage nord.

Au cours des semaines à venir, les vaches devraient être nourries grassement pour résister à l'hiver. Et au nord du ranch, les herbages étaient beaucoup plus riches qu'au sud. D'autre part, les vaches en gestation devaient être séparées du reste du troupeau et le triage du bétail avait pris plus de temps que prévu.

Ce qui n'était pas une mauvaise chose. Car il avait besoin de prendre ses distances vis-à-vis de Layla. Depuis que sa grand-mère était partie pour Cincinnati, deux jours plus tôt, il avait d'ailleurs consciencieusement veillé à ce que leurs chemins ne se croisent pas.

Mais désormais, il était de retour. Et malheureusement, il la trouvait plus belle encore que dans ses souvenirs.

Il arrêta Acer au sommet de la colline et se passa une main sur le visage. Depuis le départ, rien, dans ce jeu de séduction, ne s'était déroulé comme il l'aurait souhaité. Quelque chose lui échappait. Ils étaient attirés l'un par l'autre. C'était indéniable. Alors pourquoi luttait-elle pour lui résister ? Le désir devait la ronger, la torturer tout autant qu'il le torturait.

Il ne l'avait pas vue depuis le soir où ils étaient allés

au cinéma. Et maintenant qu'il l'avait de nouveau sous les yeux, il se rendait compte que ces baisers brûlants l'avaient en quelque sorte rendue inoubliable. Il l'avait dans la peau. Comment était-ce possible ? Comment avait-elle réussi cet exploit que jamais aucune femme n'avait accompli avant elle ?

Il fixa le regard sur elle comme si les trois jours passés avaient pu la changer. Mais elle n'avait pas changé. Malgré la distance, il pouvait voir que sa peau était toujours aussi parfaite. Elle semblait aussi jeune que les membres de son équipe. Ses étudiants. Avec sa queue-de-cheval, son jean et son pull tout simple, elle aurait dû se fondre dans la masse. Mais ce n'était pas le cas. Il y avait quelque chose en elle qui la distinguait du lot. Une chose qui le rendait brûlant de désir chaque fois qu'il la voyait.

À bien y réfléchir, jamais il n'aurait pu retrouver une femme en ville pour une aventure d'un soir. La seule femme qu'il désirait, c'était Layla.

Layla et aucune autre.

Elle avait éveillé quelque chose de profond en lui, quelque chose qui ne disparaîtrait pas si facilement.

Mais en la regardant travailler avec son équipe, il se rappela soudain une chose. En l'occurrence, la conversation qu'il avait eue au téléphone avec Clete. Le vieil homme avait vu le repère, il s'en souvenait. Il avait entendu parler en ville des fouilles qui devaient avoir lieu sur la propriété et fait le rapprochement : il avait compris l'utilité du petit drapeau. Mais il avait affirmé qu'il ne l'avait pas retiré. Dans ce cas, qui était le coupable ? Clete était d'accord avec lui : ni la pluie ni le vent n'avaient pu arracher ce fanion. Quelqu'un avait dû s'introduire dans la propriété pour le retirer. Mais pourquoi ?

Gavin le reconnaissait sans mal : il n'était pas très enthousiaste à l'idée que Layla fasse ces fouilles. Mais si un individu quelconque essayait de lui mettre des bâtons dans les roues, il aurait affaire à lui. La caméra de Flip avait perçu quelque chose sous la terre. Quelqu'un avait-il eu l'intention de déterrer cet objet avant Layla pour s'en attribuer le mérite ? Il serra les poings. Pas sur sa propriété. Et pas avec sa femme.

Sa femme ?

Comment pouvait-il la considérer comme sa femme alors qu'il n'avait même pas encore couché avec elle ? Et puis il n'avait jamais considéré de cette façon aucune de ses conquêtes.

Ses yeux se posèrent de nouveau sur elle. Elle était en train de lire un document. Mais tout à coup, comme si elle avait senti qu'il l'observait, elle releva la tête et regarda droit dans sa direction.

Layla déglutit avec peine. Sur le ciel lumineux de cette belle fin de matinée se découpait la silhouette d'un puissant cavalier. Elle avait déjà vu ce cheval. Peu de temps après son arrivée aux Éperons d'argent, en se promenant devant l'écurie, elle avait vu l'un des cow-boys le bouchonner. Comme elle s'était arrêtée pour admirer l'animal, on l'avait informée que le cheval s'appelait Acer et qu'il appartenait au chef. Mais c'était la première fois qu'elle voyait Gavin dessus. Et c'était un spectacle époustouflant.

Trois longues journées s'étaient écoulées depuis leur sortie au cinéma. Il l'avait royalement ignorée depuis. Mais à quoi s'attendait-elle ? Ce soir-là, il ne l'avait pas embrassée, sans doute pour les raisons qu'il lui avait exposées la veille. Il avait donc renvoyé la balle dans son camp. En pensant certainement qu'elle n'aurait pas le courage de la renvoyer.

Ce n'était pourtant pas une question de courage. Le problème était qu'elle n'avait ni le temps ni l'envie de le faire.

Pas l'envie ? À qui voulait-elle faire croire ça ? L'absence de Gavin, au cours de ces trois jours, lui avait fait prendre conscience d'une chose : quand il s'agissait de lui, le proverbe « Loin des yeux, loin du cœur » ne pouvait pas s'appliquer.

— Qui est-ce ? lança soudain une voix à côté d'elle.

Elle se retourna en sursautant. Tammy Clemons, l'une de ses étudiantes, avait elle aussi le regard rivé sur Gavin.

— Gavin Blake, le propriétaire du ranch. Sa grand-mère et lui ont eu l'amabilité de nous autoriser à effectuer les fouilles sur leurs terres.

— Hum..., fit la jeune fille. Je devrais peut-être le remercier, alors. Comme il se doit.

À ces mots, Layla sentit un étrange sentiment s'emparer d'elle. Un sentiment des plus banal : de la jalousie. Hélas, elle eut beau chercher à l'arracher de son cœur, elle n'y parvint pas. Tammy avait été plus qu'explicite. Et en un sens, sa réaction n'avait rien d'étonnant. D'après les rumeurs qui couraient sur le campus, la jeune fille se vantait de coucher avec ses professeurs pour obtenir de meilleures notes.

Pour sa part, elle n'avait jamais été du genre à accorder le moindre crédit aux rumeurs, mais le comportement de son étudiante lui laissait penser qu'il y avait peut-être un peu de vrai là-dedans. Notamment parce que Tammy était présente dans son équipe. Certains disaient que sa dernière conquête était le Dr Clayburn. Ce qui était plausible : cet homme marié et père de deux enfants était connu pour être un coureur de jupons. Elle avait plus d'une fois entendu parler de ses rendez-vous galants avec certaines de ses étudiantes. Le président de l'université en avait lui aussi entendu parler, mais il avait délibérément choisi d'adopter la politique de l'autruche.

Avec ses résultats médiocres, Tammy n'aurait jamais dû faire partie de son équipe, mais le Dr Clayburn avait personnellement ajouté son nom à la liste des étudiants beaucoup plus méritants qui composaient l'équipe. Quand elle était venue lui en parler, le Dr Clayburn s'était fâché et l'avait menacée de faire annuler le financement de l'opération.

— Un vrai cow-boy, on n'en voit pas souvent…, reprit Tammy d'une voix rêveuse.

Layla lui jeta un coup d'œil furtif. Le regard fixé sur Gavin, la jeune fille de vingt et un ans se mordait la lèvre. Ce qui n'aurait pas dû la déranger. Et pourtant… Pourquoi se sentait-elle si jalouse ? Si elle ne voulait pas coucher avec Gavin, pourquoi s'inquiéter qu'une autre femme le fasse ?

— Dois-je vous rappeler, Tammy, que vous êtes ici pour travailler sur un projet ?

L'étudiante prit un air contrarié.

— Non, docteur Harris. Vous n'avez pas à me rappeler quoi que ce soit. Tout comme je n'ai pas à vous rappeler que nous pouvons profiter librement de nos soirées après le travail. Pour ma part, je compte bien le faire.

Layla fut prise de court par cette réponse. À bien y réfléchir, Tammy était peut-être le genre de femme qui convenait à Gavin. Une femme qui pouvait tout aussi bien s'investir dans son travail que dans ses relations avec les hommes. Une femme qui appréciait les défis que représentaient les deux types de situations.

Elle était sur le point de répondre à son étudiante quand celle-ci se mit à sourire.

— Il a vu que je le regardais et il descend me voir.

À l'idée qu'il puisse manifester de l'intérêt pour Tammy, Layla sentit son cœur se serrer.

Aussitôt, elle se tourna dans sa direction. Il était en effet en train de descendre la colline sur l'immense cheval. En le voyant, elle se souvint d'une chose qu'il avait dite. *Si j'ai une cible, je ne la lâche jamais.* Était-ce Tammy qu'il avait dans le viseur ? C'était en tout cas ce que semblait penser la jeune fille.

Seigneur, il était vraiment très beau sur son cheval, coiffé de son Stetson. Tammy avait raison. C'était l'incarnation même du cow-boy. Dur. Sauvage. Intrépide. Des caractéristiques qui pouvaient d'ailleurs tout aussi bien convenir à un marine. Alors qu'elle se faisait ces réflexions, il avait ralenti son allure et avançait désormais au pas dans leur direction.

— Alors, qu'est-ce que je vous avais dit ? murmura Tammy d'une voix confiante.

Gavin arrêta son cheval. Et Layla sentit son cœur s'emballer : il n'avait même pas tourné les yeux vers Tammy. Non, son beau regard était concentré sur elle.

— Salut, Gavin.

— Salut, Layla.

— Bonjour, moi, c'est Tammy, dit l'étudiante sans attendre d'avoir été présentée.

Elle adressa un grand sourire séducteur à Gavin qui finit par tourner le regard vers elle.

— Bonjour, Tammy. Enchanté.

— De même. Votre cheval est magnifique. J'aimerais beaucoup que vous m'emmeniez faire le tour du ranch.

Il se mit à rire doucement.

— Désolé, mais Acer est caractériel. Il ne tolère que moi sur son dos.

— Mais je suis certaine qu'on pourrait apprendre à se connaître…, répondit Tammy d'une voix suggestive.

Layla s'éclaircit la gorge. Elle n'en croyait pas ses oreilles. Quelle horreur, cette fille venait quasiment de s'offrir à Gavin !

— Peut-être, mais ça ne m'intéresse pas, répondit-il simplement en souriant. On dîne ensemble, ce soir, Layla ?

— Ce soir ? répéta-t-elle après avoir dégluti avec peine.

— Oui. On pourrait aller en ville.

— Le Dr Harris est responsable de ce projet, intervint Tammy d'une voix où perçait de la colère. Je suis sûre qu'elle a beaucoup à faire ce soir vu que les fouilles doivent commencer dans quelques jours. Il y a des rapports préliminaires à rédiger, des échantillons de terre à classer. Mais je serais ravie de sortir avec vous ce soir.

L'air irrité, Gavin se tourna vers la jeune fille.

— Vous êtes son porte-parole ?

Manifestement déstabilisée, Tammy ouvrit de grands yeux.

— Non.

— Alors laissez-la parler. On ne vous a rien demandé.

Il n'aurait pas pu se montrer plus méprisant. Un dépit teinté d'agressivité se peignit sur le visage de Tammy : elle n'avait pas l'habitude d'être rejetée. Ce que venait de faire Gavin lui était resté en travers de la gorge. Sans faire de commentaire, elle partit comme une furie.

Layla tourna alors son attention vers Gavin.

— Je crois que tu l'as blessée.

— Elle s'en remettra, répondit-il en haussant les épaules. Et puis il faut bien que quelqu'un lui apprenne les bonnes manières.

Il s'interrompit avant de se pencher un peu vers elle.

— Alors, qu'est-ce que tu en penses ? Tu dînes avec moi ce soir ? On pourrait même retourner au cinéma, après, si ça te dit…

Elle se mordilla nerveusement la lèvre. Tammy avait raison : elle avait beaucoup de travail à faire avant de commencer les fouilles. Pour autant, ils avaient quartier libre le soir, non ? D'autre part, en observant la façon dont Tammy s'était comportée avec Gavin, elle avait pris conscience d'une chose. Il aurait parfaitement pu prendre ce que Tammy lui avait proposé avec si peu de subtilité, mais il ne l'avait pas fait.

Layla en était certaine : il leur avait clairement fait comprendre à toutes les deux que c'était elle qu'il voulait.

Jusqu'ici, elle avait réussi à se convaincre qu'elle pourrait se passer de lui malgré tout le désir qu'il lui inspirait. Mais elle savait désormais que c'était impossible. Et puis, pourquoi se priver ? Elle avait passé toute sa vie à prouver qu'elle pouvait accomplir chacun des objectifs qu'elle se fixait. Pourquoi ne pas se fixer comme objectif d'effectuer les fouilles *et* séduire Gavin ?

Elle avait désormais une cible et elle ne la lâcherait pas. Tout comme lui. Vipère avait de la concurrence.

Sa décision étant prise, et bien prise, elle plongea le regard dans le sien.

— Pourquoi pas, oui. Je serais ravie de sortir avec toi ce soir.

- 11 -

En montant les marches du porche, Layla sentit son cœur s'emballer. Avait-elle pris la bonne décision en se fiant à son cœur plutôt qu'au bon sens ?

Instinctivement, elle tourna le regard vers l'homme qui se trouvait à côté d'elle. Gavin n'avait pas dit un mot depuis qu'il s'était garé dans la cour. Il était en train de la reconduire jusqu'à sa porte. Ce serait à elle de décider de la façon dont la soirée allait se terminer. Il ne l'embrasserait même pas pour lui souhaiter une bonne nuit s'il n'était pas certain que ce baiser les mènerait à autre chose. Mais était-elle prête à donner davantage ?

Ils avaient scrupuleusement veillé à ne pas se toucher pendant toute la soirée. Le moindre contact aurait pu mener à… Dieu sait quoi. L'attirance qu'il y avait entre eux était explosive. Elle en avait été consciente toute la soirée. Ce souffle puissant, ces vibrations sexuelles qui émanaient de lui, ces yeux qui la regardaient sous ses paupières mi-closes… Tout cela la rendait folle.

Le désir, entre eux, n'avait fait que grandir au fil de la soirée. Elle le sentait, et il devait le sentir lui aussi. C'était une sorte de tension permanente en elle. Jamais elle ne s'était sentie si attirée par un homme auparavant.

Devant la porte, Layla se tourna vers lui. Et malgré ce chapeau qui lui cachait les yeux, elle sentit son regard sur elle. Les yeux mi-clos, elle respira à pleins poumons son parfum viril. De plus en plus nerveuse, elle serra la bandoulière de son sac.

— Ce dîner était merveilleux. Et le film aussi. Ça faisait longtemps que je n'avais pas vu de comédie musicale.

À vrai dire, elle avait été surprise par les goûts de Gavin en matière de cinéma. Ils avaient d'abord vu ensemble une comédie romantique, et maintenant une comédie musicale…

— Ravi que tu aies apprécié.

— Beaucoup, répondit-elle en souriant. Merci de m'avoir invitée.

— Je ne vois pas avec quelle autre femme j'aurais pu y aller.

Ces mots suscitèrent en elle un profond sentiment de joie. Il aurait pu passer la soirée avec Tammy, qui avait cinq ans de moins qu'elle et qui était, à ses yeux, beaucoup plus jolie. Mais c'était avec elle qu'il avait vu ce film.

— C'est gentil.

— C'est la vérité.

L'instant de silence qui suivit fut rompu par le soupir qu'il poussa.

— Je vais te laisser. Je sais que tu as beaucoup de travail.

C'était sa façon à lui de lui donner le choix. Il ne voulait pas se montrer trop pressant. Il lui avait clairement expliqué sa position. Si leur relation passait à l'étape supérieure, ce serait de son fait à elle.

Layla prit une profonde inspiration avant de se lancer :

— Tu veux entrer boire un verre ?

Il soutint son regard pendant un moment qui lui parut durer une éternité. Puis sourit.

— Avec plaisir, Layla.

En ouvrant la porte pour le laisser entrer, elle sut que le plaisir serait au rendez-vous ce soir-là.

Gavin entra avec Layla, retira son Stetson et l'accrocha à la patère. Elle marchait devant lui, en direction du séjour. À chacun de ses mouvements délicieusement sensuels, il sentait le désir grandir en lui.

— Bière ou vin blanc ? lança-t-elle par-dessus son épaule.

— Bière.

En réalité, il aurait sans doute eu besoin de quelque chose de plus fort. Un ou deux doigts de bourbon auraient dû l'aider à tempérer son ardeur. Ou pas. Franchement, qu'est-ce qui pouvait l'aider à brider le désir qu'il éprouvait pour elle ? Ce sentiment était trop fort, trop puissant. Il pouvait presque le sentir courir dans ses veines. Il prit une grande inspiration pour s'enivrer du doux parfum de Layla.

— Voilà, dit-elle en revenant dans la pièce.

Il se souvint alors de la dernière fois qu'elle lui avait proposé une bière et de ce qui s'était passé au moment où leurs mains s'étaient touchées. Des exquises sensations qu'il avait ressenties. Allait-elle éviter de le toucher, cette fois-ci ? Il n'y avait qu'un seul moyen de le savoir.

Quand elle lui tendit la bouteille, Gavin soutint volontairement le regard de Layla. Et laissa ses doigts s'attarder sur elle. Il l'entendit alors inspirer profondément. Parfait. C'était une bonne réaction. Bien meilleure, en tout cas, que le jour où il avait glissé les mains sous sa robe.

Sans détacher le regard du sien, il ouvrit la bouteille et but une longue gorgée. Après s'être passé la langue sur les lèvres, il lui posa la même question que quelques jours plus tôt.

— Tu en veux ?

Il venait d'ouvrir une porte. Mais plutôt que de la refermer violemment comme la fois précédente, elle s'approcha de lui.

— J'en veux, oui, dit-elle sans pour autant attraper la bouteille. Mais je préférerais boire à tes lèvres.

Gavin prit une gorgée. Layla lui retira alors la bouteille des mains et se hissa sur la pointe des pieds pour que leurs lèvres s'unissent. Alors, avec une audace qu'il ne soupçonnait pas chez elle, en toute honnêteté, elle enroula les bras autour de son cou.

Une chaleur enivrante s'empara de lui. Jamais une femme n'avait déclenché chez lui une telle passion. Layla était décidément pleine de surprises et le rendait totalement fou de désir.

Le cœur battant à tout rompre, il la serra un peu plus fort dans ses bras. Leurs corps se fondirent harmonieusement. Et des sensations aussi intenses que voluptueuses l'envahirent. De toute évidence, la soirée ne se terminerait pas sur ce baiser. Tout cela n'était qu'un prélude. Enfin ils étaient sur la même longueur d'onde !

Ni une, ni deux, il la souleva du sol et murmura contre sa bouche :

— Je t'emmène dans ta chambre, Layla. Si ça te pose problème, tu dois me le dire maintenant.

En réponse, elle lui adressa un sourire espiègle et séducteur.

— Je n'ai pas de problème avec ça, Gavin.

Sans se faire prier, Gavin partit vers la chambre.

- 12 -

Une fois installée sur le lit, Layla remarqua que les yeux de Gavin étaient remplis d'un intense désir. Elle était déterminée à faire l'amour avec lui. Mais il changerait peut-être d'avis en entendant ce qu'elle avait à lui dire.

— Il faut qu'on parle, Gavin.

— Je t'écoute, répondit-il en lui ôtant son pull.

Mais il n'avait pas l'air de l'écouter. Il semblait beaucoup plus intéressé par l'idée de la déshabiller.

— L'autre jour, tu m'as demandé quand j'avais fait l'amour pour la dernière fois, poursuivit-elle quand même. Tu te souviens de cette conversation ?

Son pull était désormais par terre et il s'attaquait à son soutien-gorge. Un instant plus tard, il libéra ses seins. Les yeux brumeux de Gavin se posèrent sur ses mamelons, qu'elle sentit durcir sous son regard. Du bout des doigts, il en effleura un sensuellement, lui arrachant un petit cri de plaisir.

— Oui, je m'en souviens, répondit-il d'une voix rauque sans cesser de la caresser. Et alors ?

Seigneur, comme elle avait du mal à se concentrer. Il était en train de la rendre folle. Et quand il se mit à pincer ses mamelons, elle sentit une douce sensation de chaleur naître dans le creux de son ventre. Un gémissement s'échappa de ses lèvres.

— Layla ? lui demanda-t-il alors.

— Oui.

— Pourquoi voulais-tu me reparler de cette conversation ?

Mais de quoi parlait-il ? Elle avait l'esprit si embrumé qu'elle ne se rappelait presque rien.

— Tu es prêt à ce que je t'apporte une réponse à la question que tu m'as posée ?

— Ça n'a plus d'importance, maintenant, répondit-il.

Et sans lui laisser le temps de réagir, Gavin prit dans la bouche l'un de ses mamelons durcis de désir qu'il se mit à sucer sensuellement tout en relevant sa jupe.

Il écarta sa culotte pour glisser les doigts dans son sexe humide et brûlant de désir. Layla se mordit la lèvre. Cette invasion intime la fit tressaillir de plaisir. Comment pouvait-il déclencher en elle de telles sensations rien qu'en la touchant ? Elle se sentait délicieusement bien. Délicieusement femme.

Quand les doigts de Gavin l'explorèrent, au même rythme que cette bouche sur ses seins, elle se laissa aller à gémir ouvertement.

— Oui, ma chérie, vas-y. Ça fait des jours que tu me rends fou avec ton parfum. J'ai tellement hâte de te goûter.

Que voulait-il dire par là ? Tout ce qu'elle savait, c'était que ces mains semblaient faites pour son plaisir, de même que cette bouche, d'ailleurs, avec laquelle il s'était remis à torturer doucement ses seins.

Les sensations semblaient grandir dans le creux de son ventre et lorsqu'il suça plus fort ses mamelons tout en la caressant, le plaisir devint plus fort encore, trop fort. Comme s'il ressentait le besoin d'être libéré, son corps se mit à trembler. Et l'orgasme finit par l'envahir, pareil à des vagues aussi intenses que voluptueuses. Elle rejeta la tête en arrière et cria son nom.

— Et maintenant, je veux te goûter, murmura-t-il.

Sans lui laisser le temps de comprendre, Gavin la débarrassa de sa jupe et de sa culotte avant de glisser les mains sous ses hanches et de presser fermement les lèvres sur son sexe encore palpitant de plaisir.

Layla essaya de le repousser mais renonça en le sentant plonger au cœur de son intimité. Il l'embrassa de la même façon qu'il avait embrassé sa bouche. Profondément. Passionnément. Fiévreusement.

Au bout de quelques secondes à peine, elle l'attrapa par les épaules pour le serrer contre elle. Elle avait besoin de lui. Besoin qu'il continue de faire ce qu'il faisait si habilement. En sentant sa langue s'enfoncer plus profondément et aller et venir en elle, elle eut l'impression que son corps allait exploser de plaisir, s'éparpiller en milliers de petits morceaux.

— Gavin !

Il ne s'arrêta pas. Il continua de se servir de sa langue pour lui donner du plaisir. Jamais elle n'avait vécu quelque chose d'aussi fort. D'aussi merveilleux. L'espace d'une seconde, elle crut qu'elle allait s'évanouir. Elle était à deux doigts de perdre conscience tant elle était noyée dans les voluptueuses sensations qu'il lui procurait. Trop faible pour bouger, elle resta immobile, presque convaincue qu'elle était morte et qu'elle était au paradis. Rien ne pouvait être aussi bon sur terre.

Layla ne bougeait plus. Elle ne trouva pas la force d'ouvrir les yeux. Pas même quand elle entendit Gavin se déshabiller. Pas même quand elle le sentit écarter ses cuisses.

Pas même quand elle entendit le bruit d'un emballage de préservatif qu'on déchirait.

Un instant plus tard, elle percevait sa voix, juste au-dessus d'elle :

— Ouvre les yeux, ma chérie. Regarde-moi.

Malgré ses paupières lourdes, elle finit par trouver la force de les ouvrir. Il était nu, juste au-dessus d'elle, et une trouble lueur de désir brûlait dans son regard qui, paradoxalement, semblait être devenu plus sombre encore.

— Je te regarde, dit-elle doucement.

Elle le regardait, oui. Elle était complètement captivée par lui. Presque… hypnotisée.

— J'ai eu envie de toi dès le moment où mes yeux se sont posés sur toi.

C'était un beau compliment. Et elle eut envie de lui répondre quelque chose. Jusqu'à ce qu'elle sente son érection brûlante contre son sexe humide de désir.

Layla ouvrit alors des yeux où devait se refléter son angoisse. Le moment était venu de lui dire.

— Gavin ?

En guise de réponse, il posa les lèvres sur les siennes. Et avec cette langue si délicieusement experte, il menaça de nouveau de la rendre folle, de lui faire perdre le fil de ses pensées. D'instinct, elle écarta les cuisses et le sentit appuyer doucement pour essayer de la pénétrer.

Soudain, il détacha les lèvres des siennes et se mit à la regarder fixement. De toute évidence, il avait fini par comprendre lui-même ce qu'elle avait essayé de lui avouer.

— Tu es vierge, souffla-t-il sans chercher à dissimuler son étonnement.

— Oui.

Elle déglutit avec peine. Cela allait-il changer les choses ? Allait-il changer d'avis ?

— Si tu ne veux plus de moi, je comprendrai.

Il parut plus surpris encore.

— Pourquoi ne voudrais-je plus de toi ? Simplement parce que tu es vierge à vingt-six ans ?

Comme elle acquiesçait, Gavin sourit.

— Ça ne me gêne pas à partir du moment où toi, ça ne te gêne pas.

C'est à ce moment-là que Layla comprit une chose : elle était tombée amoureuse de lui. Elle avait essayé de nier ses sentiments, mais cela n'avait pas fonctionné. Elle n'avait jamais été amoureuse auparavant, mais elle n'avait aucun mal à identifier ce qu'elle ressentait. Et à deviner la douleur qu'elle éprouverait au moment de quitter le ranch, dans une semaine ou deux. Elle n'aurait pas dû tomber amoureuse d'un homme à cette période de sa vie, c'était absurde. Mais son cœur s'était fixé sur Gavin et elle ne pouvait rien y faire.

Pour la première fois de sa vie, faire l'amour lui semblait être un aboutissement naturel. Jusqu'ici, le sexe ne l'avait jamais intéressée. Elle n'avait jamais été excitée par l'idée de coucher avec un homme. Mais les choses étaient différentes avec Gavin. Avant même de le rencontrer, elle avait été touchée par ses photos. Ces photos qui l'avaient en quelque sorte avertie de ce qui allait se passer. Mais elle avait refusé d'accepter son destin jusqu'à ce qu'elle lui ouvre sa porte ce soir-là.

— Layla ?

Elle soutint le regard de Gavin. Sa décision était prise.

— Ça ne me gêne pas non plus.

S'il te plaît, ne me demande pas pourquoi c'est toi que j'ai choisi. En tout cas, pas maintenant.

Heureusement, il ne lui demanda rien. Sans faire de commentaire, il l'embrassa et écarta encore un peu plus ses cuisses. Après quoi, elle le sentit s'enfoncer en elle. Son sexe était long et elle inspira profondément quand il fut au fond d'elle. Elle sentit alors ses muscles se contracter, non pas pour l'empêcher d'aller plus loin, mais pour le sentir mieux. Tandis qu'une douce sensation de bien-être envahissait son corps, il continua de pousser, le plus loin possible. Ils ne faisaient plus qu'un, désormais.

Ses muscles se contractèrent encore et elle sentit le sexe de Gavin palpiter.

— Si tu continues comme ça, tu sais ce qui va se passer ? demanda-t-il d'une voix grave et sensuelle en se penchant vers elle.

— Non.

— Ça va me donner envie de faire ça, affirma-t-il avant

d'aller et venir en imprimant un rythme sensuel qui lui donna envie, à elle, de répondre à chacun de ses assauts.

Et chacun de ses assauts l'attirait vers un lieu qu'elle n'avait jamais connu. Il lui avait donné du plaisir avec sa bouche. Cette fois, c'était différent, plus intense, absolument extraordinaire. Et lorsqu'il accéléra le rythme, elle cria de nouveau son nom tandis que de divines sensations l'emportaient. Ivre de plaisir, elle s'accrocha à son dos, cambra les hanches pour resserrer les jambes autour de lui et mieux lier leurs corps.

Le plaisir était tel que Layla crut défaillir. C'était la première fois qu'elle faisait l'amour avec un homme. Mais ce ne serait pas sa dernière fois avec Gavin.

Cela avait été totalement irréel. Voilà ce que songea Gavin plus tard. Allongé sur le dos, il contemplait distraitement le plafond. Depuis quand ne s'était-il pas senti aussi satisfait et comblé ? Il était rompu aux plaisirs de la chair qu'il lui arrivait parfois de savourer pendant des nuits entières. En qualité de Marine, il était physiquement armé pour lutter contre la fatigue physique. Et pourtant, la femme qui dormait à côté de lui l'avait complètement vidé. Comment était-ce possible ?

Layla était vierge. Tout bien réfléchi, cela ne semblait pas vraiment étonnant compte tenu de son statut social. Pour accomplir tant de choses à son âge, elle avait nécessairement dû faire des sacrifices. Il s'était douté que son expérience avec les hommes était limitée, mais pas une seconde il n'avait pu imaginer qu'elle soit inexistante. Oh ! cela ne le gênait pas. D'ordinaire, il n'aimait pas beaucoup être le premier, mais il était ravi d'avoir fait découvrir ce plaisir à Layla. Cette idée lui donnait presque envie de se frapper la poitrine comme un homme des cavernes. De crier sur tous les toits qu'elle était à lui.

À lui ?

Comment pouvait-il penser une chose pareille ? C'était la deuxième fois qu'il pensait à elle de cette façon. Il fallait qu'il se souvienne qu'elle ne lui appartenait pas. Il avait même participé une ou deux fois à des ménages à trois au cours de ses années d'études. L'idée d'avoir une petite amie lui paraissait donc assez étrangère. Le sexe n'allait pas plus loin que le sexe, voilà tout. Inutile de se comporter comme un imbécile.

Alors pourquoi le faisait-il ?

En baissant les yeux pour contempler la femme qui dormait paisiblement à côté de lui, Gavin dut admettre que ce moment de passion avait été mieux que bon. Il avait été merveilleux. Époustouflant. Il avait observé le visage de Layla quand elle avait atteint la jouissance. Et cette expression lui avait paru exceptionnelle. Belle. Touchante. Elle était tellement passionnée qu'il avait du mal à croire qu'elle ait attendu si longtemps. Sa présence aux Éperons d'argent était la plus belle chose qui lui soit arrivée depuis des années. Si leurs rapports restaient aussi positifs, elle pouvait retourner tout le ranch pour chercher tous les trésors qu'elle voulait. Son trésor à lui, il l'avait trouvé. Et il était là, juste à côté de lui.

Il fronça les sourcils. Une minute. Il était en train de penser comme un adolescent éperdu d'amour. Pas question de se laisser entraîner sur cette pente. N'était-ce pas ce qui était arrivé à son père ? Il avait eu un coup de foudre pour une femme qui lui avait ensuite brisé le cœur.

Alors qu'il se faisait ces réflexions, Layla se retourna dans le lit. Elle frôla son sexe avec la jambe. Ce qui le fit aussitôt réagir. Machinalement, il jeta un coup d'œil au réveil. 2 heures du matin. Il aurait dû partir, mais l'idée de voir le jour se lever près d'elle avait un attrait auquel il avait du mal à résister.

Et puis il était tenaillé par cette tentation de la réveiller dès maintenant pour lui faire de nouveau l'amour. De se positionner entre ses cuisses et de s'enfoncer lentement en elle. Le plus loin possible. Pour mieux sentir sa douce chaleur.

Allons, du calme. Inutile de trop rêver. Il avait toujours joué la sécurité. « Mieux vaut prévenir que guérir », c'était son credo. Il n'envisageait pas d'avoir des enfants dans un avenir proche. Alors pourquoi l'idée d'une petite fille qui ressemblerait à Layla lui paraissait-elle si séduisante ?

Gavin ferma les yeux. Tout son esprit était sens dessus dessous. Il fallait qu'il arrête de se montrer trop sentimental. Ce chemin-là ne pouvait le mener qu'à des ennuis. Pas question de laisser le sexe prendre le dessus sur le bon sens, indépendamment de l'attirance qu'il éprouvait pour la femme qui dormait à côté de lui. Indépendamment du trouble que provoquait en lui son parfum.

Avec un soupir, Gavin serra Layla plus fort contre lui et sombra dans le sommeil.

- 13 -

Ce fut une forte et agréable odeur de café qui réveilla Layla. Il lui fallut un certain temps pour ouvrir les yeux. Même après cela, il lui fallut encore une minute pour se souvenir de l'endroit où elle se trouvait et de ce qu'elle avait fait la veille au soir. Pour se libérer des derniers doutes, elle n'eut qu'à tourner la tête sur le côté. Sous le chambranle de la porte, un homme à demi nu tenait une tasse de café fumante.

Gavin.

Elle cligna les yeux. Il ne portait qu'un jean, lui laissant ainsi tout le loisir d'admirer son torse si musclé. Dans la lumière matinale, il lui apparaissait comme la parfaite incarnation du cow-boy sexy. Du rancher fortuné. Du courageux Marine. Comment un seul homme pouvait-il si bien illustrer les trois à la fois ?

Elle laissa glisser son regard sur lui, de la tête aux pieds. Puis elle le posa sur sa braguette, ouverte. De deux choses l'une : soit il s'était habillé vite et avait oublié de la refermer, soit il avait des idées derrière la tête.

Cette pensée réveilla en elle des souvenirs de la nuit. Sa première fois. Pas de doute, elle avait bien fait d'attendre. D'instinct, elle le regarda de nouveau de haut en bas. En regardant sa braguette, elle vit quelque chose qu'elle n'avait pas vu la première fois. Une impressionnante érection. Plus elle la regardait, plus elle grandissait : elle aurait pu le jurer.

— Tu en veux ? demanda-t-il d'une voix basse et sensuelle.

Layla releva la tête pour observer le visage de Gavin. Le sourire espiègle et séducteur qu'il arborait était sans équivoque.

— Qu'est-ce que tu me proposes ? demanda-t-elle.

— Tout ce que tu voudras.

À contrecœur, elle détacha le regard du sien pour se tourner vers la fenêtre. Il faisait encore noir, mais l'aube n'allait pas tarder à poindre. Ce qui signifiait que son équipe allait arriver dans une heure ou deux. Elle se tourna vers lui.

— Je devrais prendre ce café et aller me préparer.

— Mais ?

Comment avait-il deviné qu'il y avait un « mais » ?

— Mais je préférerais m'occuper de l'homme qui me propose le café.

Le sourire de Gavin devint plus large encore.

— L'homme qui te propose le café n'aurait rien contre.

Elle commençait tout juste à comprendre à quel point le désir sexuel pouvait être intense.

— Est-ce que je t'ai dit qu'hier soir je m'étais prise pour une vipère ?

— Une vipère ? répéta-t-il d'un air surpris.

— Oui. Je me suis focalisée sur une cible et j'ai tout fait pour l'atteindre. Et il se trouve que tu étais ma cible.

De nouveau, il sourit.

— C'est vrai ?

— C'était toi que je voulais, répondit-elle en hochant la tête.

— Et moi, c'était toi que je voulais, affirma-t-il avant de prendre un air plus sérieux. Comment te sens-tu ? J'avais tellement envie de toi… Tu es sûre que tu es prête à remettre ça ?

Layla eut envie de rire. Elle était prête, naturellement. Il l'avait épuisée, oui. Mais elle n'avait absolument rien contre l'idée qu'il l'épuise une nouvelle fois.

— Certaine.

— Dans ce cas…, murmura-t-il en posant la tasse sur une table pour s'approcher du lit. Mais avant, je voudrais voir quelque chose.

Sans lui laisser le temps de s'interroger, Gavin releva les couvertures, dévoilant ainsi son corps nu. Mais enfin, il était devenu fou ?

Layla se hâta de les ramener sur elle mais il la découvrit de nouveau.

— Non. Ne te cache pas. Je voulais juste m'assurer que je n'avais rien imaginé. Que tu es aussi belle et désirable que dans mes souvenirs. Que mon esprit ne m'a pas joué des tours la nuit dernière.

Elle fut touchée par ces mots qui l'aidèrent soudain à se sentir merveilleusement bien. Merveilleusement femme. Elle était une femme qui avait un pouvoir sexuel sur un homme. Et en le regardant passer la langue sur ses lèvres, elle se rappela l'endroit où cette langue était passée la veille. Et les fantastiques sensations qu'elle lui avait procurées.

Ce souvenir fit naître une lancinante impression de chaleur entre ses cuisses. Et comme s'il avait lu dans ses pensées, il se déshabilla, découvrant ainsi totalement un sexe toujours tendu.

— Il manque quelque chose, dit-il en enfilant un préservatif.

Layla se mordit la lèvre. Seigneur, comment avait-elle pu l'accueillir la veille ? Peu importe. C'était la première fois qu'elle voyait un homme se préparer à faire l'amour. Et vu la façon dont il procédait, elle pensait pouvoir dire sans se tromper qu'il était habitué.

— Prête ?

— Oui.

Elle prit une profonde inspiration. La chaleur palpitante qui s'était concentrée entre ses jambes avait rendu ses mamelons durs comme du bois.

— On va essayer quelque chose de différent ce matin. Ce sera moins éprouvant pour ton corps.

D'une certaine façon, elle se sentait gênée de se lancer dans une telle conversation avec lui. Mais elle décida de mettre ce sentiment de côté. Après ce qui s'était passé au cours de la nuit — tout ce qu'il lui avait fait, la façon dont il lui avait fait —, elle n'avait plus aucune raison d'être gênée.

— Quoi ? demanda-t-elle.

Avec un large sourire, Gavin s'installa sur le lit.

— Je voudrais que tu me chevauches.

Layla déglutit avec peine. Elle eut presque du mal à en croire ses oreilles.

— Que je te chevauche ?

— Oui. Tu sais monter à cheval, non ?

Elle hocha la tête.

— Bien. Alors montre-moi ce que tu sais faire.

Une fois allongé sur le lit à côté d'elle, il la hissa au-dessus de son corps nu et puissant. Comme ça. Comme si elle ne pesait pas plus lourd qu'une plume.

— Je vais faire de mon mieux, dit-elle en se positionnant au-dessus de son sexe dressé qui semblait attendre qu'elle le prenne en elle.

Lentement, elle s'accroupit, les cuisses écartées pour faciliter son passage. La chaleur de l'organe viril de Gavin sembla enflammer l'intérieur de son corps tandis qu'elle l'enfouissait totalement en elle.

Ivre de désir, elle observa ce beau visage de la même façon qu'il avait observé le sien la veille. Leurs regards se rencontrèrent. À quoi bon parler ? Il s'agissait purement et simplement d'une affaire de sentiments. Elle pouvait le sentir dans chaque partie de son corps. D'instinct, elle contracta ses muscles autour de lui. Elle serra fort. Et au même moment, comme d'un commun accord, ils tressaillirent tous les deux sous le coup du désir qu'ils éprouvaient l'un pour l'autre.

— Chevauche-moi, maintenant, ma chérie. Vas-y.

Excitée par ces paroles, Layla se mit à bouger sensuellement de haut en bas. Elle sentit qu'il posait les mains de chaque côté de ses hanches. Pour la maintenir, pour la guider. Elle ne tarda pas à trouver le rythme et rejeta la tête en arrière en ondoyant fiévreusement au-dessus de lui.

Qu'était-il en train de lui arriver ? C'était comme si elle avait perdu le contrôle de son esprit et de son corps. Faire l'amour avec lui de cette façon, au-dessus de lui, déclenchait en elle une sensation d'excitation intense qu'elle avait peine à expliquer.

Et lorsque Gavin se hissa un peu sur les coudes pour lui murmurer des mots coquins et profondément érotiques, Layla devint complètement folle de désir. Elle entendit le lit grincer sans cesser de le chevaucher fiévreusement. Et chaque fois que son corps redescendait sur lui, il relevait le bassin pour mieux s'enfoncer en elle.

Soudain, les tremblements de son corps devinrent incontrôlables et elle eut l'impression qu'un véritable feu d'artifice de sensations voluptueuses venait de l'emporter. Au même moment, il posa les mains sur sa nuque pour l'attirer vers lui et joignit les lèvres aux siennes. Là, il l'embrassa avec une passion qui ne fit que renforcer encore l'orgasme qui la traversait.

Une fois de plus, il jouit avec elle. Elle le sentit. Et elle comprit aussi qu'elle l'aimait avec une ardeur qui ne pourrait jamais s'amenuiser, peu importe la distance qu'il y aurait entre eux. Tant qu'elle était là, aux Éperons d'argent, elle avait bien l'intention de se créer des souvenirs qu'elle pourrait chérir bien après son retour à Seattle.

— Alors, comment s'est passé votre rendez-vous avec le beau rancher, docteur Harris ? Vous avez conclu ?

Layla mit un certain temps à relever la tête de ses échantillons de terre. Tammy était la dernière personne à qui elle avait envie de parler, mais ignorer son étudiante aurait été impoli. Cependant, elle trouvait tout aussi impoli qu'une étudiante demande à son professeur comment elle avait passé la soirée. Elle-même s'était toujours attachée à maintenir une certaine distance avec ses étudiants. Du fait de son jeune âge, il lui semblait essentiel de veiller à ce qu'ils ne perdent jamais de vue son statut d'enseignante. À ce titre, cette question lui paraissait déplacée et irrespectueuse.

En relevant la tête de son microscope, elle soutint le regard de la jeune fille.

— Ça ne vous concerne pas, Tammy. Avez-vous fini votre rapport ?

Ce n'était certainement pas le cas. Plusieurs étudiants lui avaient fait part de leurs inquiétudes concernant le manque de travail et d'intérêt de Tammy. Manifestement, chaque fois qu'il y avait du pain sur la planche, la jeune fille avait une fâcheuse tendance à disparaître.

— Non, répondit-elle sans se démonter. Mais je ne vois pas pourquoi ce serait à moi de finir ce rapport. Donnell a beaucoup de temps libre.

— Si Donnell a du temps libre, c'est parce qu'il a fini son travail. Contrairement à vous.

Tammy eut un petit sourire en coin.

— Ce n'est pas grave. De toute façon, j'aurai une bonne note.

— Pas si vous ne faites pas votre part du travail, répondit Layla en fronçant les sourcils. Et si vous ne voulez pas travailler en équipe, je me verrai dans l'obligation de vous remplacer. Beaucoup d'étudiants aimeraient être à votre place.

— Mais ils n'ont pas mes relations. Je fais partie de cette équipe, docteur Harris, que vous le vouliez ou non. Je pensais que vous l'auriez compris.

Allez, stop. Layla n'avait aucune envie de poursuivre cette conversation. De toute évidence, Tammy était persuadée que son statut de maîtresse du Dr Clayburn lui conférait une sorte d'impunité. Mais ce n'était pas le cas. Pas dans cette équipe.

— La seule chose que je comprends, c'est que vous devez faire votre part du travail. Si vous ne pouvez ou ne voulez pas, vous n'avez pas votre place ici.

Tout en dégageant ses cheveux de son visage, Tammy lui adressa un nouveau sourire en coin.

— Vous vous trompez. Si quelqu'un n'a pas sa place ici, c'est vous. Je pourrais très bien faire savoir à Mark, je veux dire au Dr Clayburn, que j'ai été harcelée.

Et sur ces mots, elle tourna les talons et quitta la pièce.

Sous le coup de la frustration, Layla se passa la main sur le visage. En un sens, cette petite peste avait raison. Elle ne faisait pas partie des amis de Clayburn et il était évident que ce dernier était très épris de la jeune fille. Ce que l'intéressée avait tourné à son avantage.

— Elle finira par se faire prendre et par attirer des ennuis au Dr Clayburn. Ne perdez pas votre temps avec elle, docteur Harris.

Layla se retourna et trouva derrière elle un autre de ses étudiants, Donnell McGuire. Avait-il surpris la conversation qu'elle venait d'avoir avec Tammy ? Lui et les autres étudiants avaient-ils des doutes sur les liens qui unissaient leur camarade au Dr Clayburn ? Attention. S'il y avait bien une chose qu'elle ne pouvait pas faire, c'était discuter de l'un de ses étudiants avec un autre, même si elle brûlait d'envie de se plaindre à quelqu'un de la désagréable attitude de Tammy.

— Et ne vous inquiétez pas pour le rapport que Tammy n'a pas rédigé, reprit Donnell. Je vais m'en occuper.

Elle ne s'était donc pas trompée. Il avait bien surpris la conversation qu'elle avait eue avec Tammy.

— Cette mission avait été confiée à Tammy, Donnell, c'était à elle de le faire. J'avais par ailleurs autre chose à vous demander. Le reste de notre matériel est arrivé à la poste, en ville. J'aimerais que vous alliez le chercher. Si tout se passe bien, nous pourrons commencer les fouilles la semaine prochaine.

Un immense sourire vint illuminer le visage du jeune homme.

— Super, j'ai hâte de commencer ! s'écria-t-il avant de se précipiter dehors pour prévenir les autres.

Layla ne put s'empêcher de rire de tant d'enthousiasme. Quelle joie de compter au sein de son équipe des étudiants comme Donnell. Il prenait au sérieux le travail en commun. Si l'archéologie était une véritable passion pour lui, elle savait qu'il était aussi très doué pour la photographie.

Quoi qu'il en soit, il était hors de question qu'elle laisse Tammy ternir cette journée qui avait si bien commencé. La nuit qu'elle avait passée avec Gavin avait vraiment été merveilleuse. Et le matin, juste avant l'aube, elle avait prouvé qu'elle était toujours aussi bonne cavalière. Les souvenirs de ces moments passés avec lui continuaient de lui donner de délicieux frissons. Elle sentit le feu lui monter aux joues. Le sexe était décidément bien plus agréable qu'elle ne l'avait imaginé.

Machinalement, elle regarda sa montre. Gavin devait préparer le dîner dans la maison du gardien. Il prétendait être doué pour la cuisine. Elle avait hâte de savoir si c'était vrai. D'un autre côté, ce n'était pas vraiment cela qui l'intéressait.

Gavin s'était toujours vanté de sa maîtrise de soi. Dans son métier, cette qualité était indispensable. Le succès de toutes ses missions en dépendait. Impossible de baisser la garde. Toute faiblesse, quelle qu'elle soit, était inacceptable. Alors pourquoi perdait-il le contrôle de lui-même chaque fois qu'il était avec Layla ? Pourquoi avait-il l'impression qu'une immense faiblesse s'emparait de lui chaque fois qu'il faisait l'amour avec elle ?

Il avait préparé le dîner pour elle, ce soir-là. Il l'avait surprise par ses talents de cuisinier. Et il envisageait désormais de la surprendre en lui dévoilant d'autres talents.

Une fois arrivé à la maison du gardien, les bras chargés de provisions, il l'avait vue ouvrir dans une tenue qui ne semblait demander qu'à être retirée.

Elle l'avait tenté tout le temps où il était resté dans la cuisine. Il n'y avait aucun doute dans son esprit : elle savait ce qu'elle faisait en restant sur le tabouret du bar à l'observer. Dans cette robe courte, chaque fois qu'elle croisait et décroisait les jambes, elle lui montrait une partie de ses cuisses. Comment avait-il réussi à cuisiner puis à rester assis en face d'elle et à manger ? Il se le demandait encore. Mais il devait sans doute attribuer cet exploit à cette fameuse maîtrise qu'il exerçait sur lui-même.

Cependant, le temps n'était-il pas venu de se détendre un peu ?

— Comment s'est passée ta journée, Gavin ? demanda-t-elle de sa voix douce alors qu'il finissait de ranger les couverts dans le lave-vaisselle.

— Comme une journée de rancher normale. On a fini d'installer les vaches pour l'hiver, et c'est tant mieux, vu que la météo prévoit une vague de froid pour la semaine prochaine.

— J'ai entendu ça, moi aussi. J'espère que le mauvais temps ne retardera pas le chantier. On a prévu de commencer en début de semaine.

Gavin se tourna vers elle et laissa son regard glisser de plus en plus bas. Le désir qu'elle éprouvait pour lui était évident. Ce qui, naturellement, ne faisait rien pour atténuer le sien.

— T'ai-je dit à quel point je te trouvais jolie dans cette tenue ?

Layla se mit à rire doucement, ce qui eut pour effet de le rendre encore plus fou de désir.

— Oui, tu me l'as dit. Je savais que ça te plairait.

Elle avait vu juste. Sa robe courte dévoilait une grande partie de ses cuisses, et son décolleté, profond, mettait en valeur son opulente poitrine. Bon sang, il avait très envie d'elle. Douloureusement envie d'elle.

Lentement, il s'approcha sans chercher à dissimuler la passion qu'elle éveillait en lui. Sans paraître le moins du monde effarouchée, elle se leva. D'un geste rapide, il lui retira sa robe, révélant son corps totalement nu. Comme il l'avait soupçonné, elle ne portait absolument rien dessous.

Manifestement étonnée par la vivacité de son geste, elle le regarda en ouvrant de grands yeux.

— Un marine prête toujours attention aux détails. Pendant le dîner, j'ai étudié attentivement ta robe et réfléchi au meilleur moyen de la retirer sans avoir à la déchirer. Elle est jolie. Ça aurait été dommage de l'abîmer.

Il fit un pas en arrière.

— À mon tour, maintenant, murmura-t-il.

Et après s'être déshabillé, il la prit dans ses bras et l'allongea sur la table qu'il avait débarrassée quelques minutes plus tôt.

— Écarte les cuisses pour moi, Layla.

Il envisageait de plonger en elle aussi rapidement qu'il le pourrait. Il percevait la fiévreuse lueur de désir qui brillait dans ses yeux comme une forme d'encouragement. Mais il savait également que tout cela était encore un peu nouveau pour elle. Autant qu'elle soit à l'aise avec tout ce qu'ils feraient ensemble, c'était primordial.

Layla était là, allongée sur la table, les jambes écartées. Malgré le désir qu'il sentait bouillir dans ses veines, il prit quelques secondes pour la regarder. Et en se remémorant le goût de son sexe, il ne put s'empêcher de se lécher les lèvres. Il lui faudrait attendre pour le savourer de nouveau. Après avoir rapidement enfilé un préservatif, il se positionna entre ses cuisses. Elle soutint son regard tandis qu'il la pénétrait, l'emplissant tout entière. Être en elle, sentir ses muscles se contracter autour de lui… C'était tellement bon. Les sensations que lui procurait sa douce chaleur humide étaient intenses. Merveilleusement puissantes.

Accroché fermement à ses hanches, il se mit à se mouvoir d'avant en arrière. Les jambes serrées autour de sa taille, elle le pressait fermement contre elle. Il voulait qu'elle sente chacun de ses assauts de la même façon que lui-même les ressentait. Chacun des coups de reins qu'il donnait était dur et précis. Il allait et venait à une cadence régulière. Et le rythme soutenu qu'il imprimait provoquait un plaisir qui semblait se propager à leurs deux corps. Les doux gémissements de Layla ne faisaient qu'accroître sa volonté de lui faire du bien. Au bout du compte, dans une véritable explosion de plaisir, ils exultèrent ensemble, corps, cœurs et souffles mêlés.

Soudain, Gavin comprit pourquoi les choses étaient si différentes avec elle. Pourquoi, avec elle, il perdait si facilement le contrôle de lui.

Il pouvait toujours se mentir, mais cela ne changerait pas la vérité : il était en train de tomber fou amoureux de Layla Harris.

- 14 -

— Que comptes-tu faire au sujet de Tammy ?

Layla releva la tête de la poitrine de Gavin. Deux jours s'étaient écoulés depuis le soir où il avait préparé ce dîner pour elle. En arrivant à la maison, elle l'avait trouvé sur les marches du porche où il l'attendait. Et elle avait senti son cœur s'emballer dès le moment où elle avait posé les yeux sur lui. Il s'était levé en la voyant descendre de voiture et elle avait savouré le spectacle qu'il lui offrait. Avec son Stetson, ses bottes et son jean élimé, il était l'incarnation même du cow-boy. De quoi avait-il l'air habillé en marine ? Malheureusement, elle n'aurait sans doute jamais l'occasion de le savoir. Ce serait donc l'image de Gavin le rancher qu'elle garderait à jamais dans son cœur.

Il avait pris sa main dans la sienne. Une fois qu'ils avaient été enfermés dans la maison, il l'avait serrée dans ses bras pour l'emmener dans la chambre, où ils avaient fait l'amour trois fois. C'était là qu'il lui avait annoncé des nouvelles troublantes. Un peu plus tôt dans la journée, il avait surpris l'un de ses hommes qui se vantait d'avoir couché avec Tammy.

Ce qu'il avait entendu lui ayant déplu, il avait éprouvé le besoin d'en parler. Tant mieux. Cette histoire s'ajoutait aux problèmes qu'elle rencontrait avec cette fille. Ce qu'elle faisait de son corps ne concernait qu'elle mais son attitude hautaine, en revanche, était en train de compromettre la réussite des fouilles. Le rapport qu'elle devait écrire tardait toujours à arriver et les autres étudiants commençaient à se plaindre de sa paresse. Il s'agissait désormais d'un problème de moralité.

Elle s'était donc confiée à Gavin en lui racontant toute l'histoire, y compris l'aventure de Tammy avec son collègue.

Ces soucis en tête, Layla finit par répondre à la question de Gavin.

— Il n'y a qu'une chose que je puisse faire à son sujet : la renvoyer de l'équipe et me préparer à affronter les remontrances du Dr Clayburn. Elle ne sait pas travailler en équipe, elle manque de respect à tout le monde et elle ne fait pas son travail. Je ne vois pas pourquoi je lui passerais plus de choses qu'à un autre.

En réponse, Gavin hocha vivement la tête.

— Et sinon, vous comptez toujours commencer les fouilles lundi ?

— Oui. On a dû décaler d'un jour à cause d'un retard dans la livraison du matériel. Nous n'avons pas rencontré d'autres problèmes, mais je voulais te demander : as-tu interrogé le monsieur dont tu m'avais parlé ? Celui qui, d'après toi, aurait pu retirer le repère ?

— Oui. Et Clete dit qu'il n'a rien retiré du tout. La disparition de ton repère demeure un mystère.

— Peu importe, désormais, puisqu'on va bientôt commencer. J'ai vraiment hâte.

— Moi aussi, dit-il en la serrant plus fort dans ses bras. J'ai vraiment hâte de voir ce que vous allez découvrir.

Layla s'écarta de lui pour mieux le regarder. Avait-elle bien entendu ce qu'il venait de dire ?

— Alors comme ça, tu penses qu'on va trouver quelque chose, finalement ?

— Oui. Je t'ai dit que j'avais vu un truc avec la caméra de Flip. Je suis certain que tu vas découvrir quelque chose. En revanche, pas sûr qu'il s'agisse d'un trésor.

Elle lui adressa un grand sourire. Rien ne pouvait lui faire plus plaisir !

— Eh bien, moi, j'en suis certaine, monsieur Blake, dit-elle avant de poser passionnément les lèvres sur les siennes.

Quelques heures plus tard, Gavin fut réveillé par la sonnerie de son téléphone. Il baissa les yeux vers Layla qui dormait blottie contre lui. Le téléphone l'avait réveillée elle aussi. Il se tourna vers l'horloge : 3 heures du matin. Qui pouvait bien l'appeler à cette heure ?

— Allô, fit-il en décrochant.

C'était Caldwell, le responsable du ranch. Après l'avoir attentivement écouté, Gavin se leva d'un bond.

— On sort.

L'air alarmé, elle s'assit sur le lit.

— Qu'est-ce qui se passe, Gavin ?

— C'était Caldwell, expliqua-t-il en ramassant ses vêtements. Il y a le feu à l'ancienne écurie.

Il ne leur fallut pas beaucoup de temps pour arriver au pâturage sud.

— Ce n'est pas un accident ? demanda-t-il au capitaine des pompiers.

En un sens, il avait la sensation de déjà connaître la réponse.

— Bien vu, répondit Josh Timbales. Et celui qui a fait ça n'a pas cherché à dissimuler les traces. Ça sent l'essence à des kilomètres.

— Mais qui a pu faire une chose pareille ? s'écria Layla en regardant le bâtiment et son matériel, complètement détruits par les flammes.

— Je ne sais pas, avoua Josh. J'ai appelé le shérif pour lui faire part de mes remarques. J'espère qu'il pourra apporter une réponse à cette question.

Mais entre-temps…

Elle se retourna vers ses étudiants, rassemblés derrière elle. Elle avait appelé Donnell qui avait prévenu les autres.

— Il faut que je parle à mon équipe, murmura-t-elle en s'approchant d'eux.

Gavin la regarda s'en aller. Le joli visage de Layla était marqué par la colère et la déception. Sentant son sang bouillir dans ses veines, il se tourna vers le pompier.

— Quoi qu'il m'en coûte, je retrouverai la personne qui a fait ça.

Layla s'approcha du groupe. Mais avant qu'elle ait pu dire quoi que ce soit, l'une de ses étudiantes, Wendy Miller, la prit par le bras.

— C'est vrai ce qu'ont dit les pompiers ? Quelqu'un aurait délibérément mis le feu à l'écurie ?

— Oui, soupira-t-elle. D'après le chef des pompiers, il s'agirait d'un acte intentionnel. Il l'a signalé au shérif.

— On dirait que vous avez un ennemi, docteur Harris, lança alors Tammy avec un petit sourire ironique. Si on n'a plus d'outils pour les fouilles, c'est qu'on est libres de partir et de rentrer chez nous, non ? De toute façon, je n'aimais pas trop cet endroit…

À ces mots, Layla sentit la rage l'envahir.

— Vous pouvez partir, Tammy, oui. De toute façon, j'envisageais de vous renvoyer dès demain. Bon retour à Seattle.

Le visage de l'étudiante devint rouge de fureur.

— Vous voulez me virer ? Vous ne pouvez pas faire ça.

— Ah oui ? Je viens de le faire, pourtant.

Tammy leva fièrement le menton.

— Peu importe, de toute façon, puisqu'il n'y aura pas de fouilles. Une fois que le Dr Clayburn aura calculé le coût du matériel détruit dans l'incendie, il annulera l'opération.

— J'imagine que l'université a une assurance, intervint

Donnell qui paraissait tout aussi furieux. Il ne leur faudra pas beaucoup de temps pour le remplacer. Mais au fait, Tammy, où étais-tu hier soir ? J'étais au bar de l'hôtel, je t'ai vue rentrer tard. Je ne serais pas étonné si on me disait que c'est toi qui as mis le feu.

Au vu des mines qu'affichaient les autres étudiants, ils étaient tous de l'avis de Donnell. Tammy dut elle aussi s'en apercevoir. Comme si elle se sentait soudain acculée, elle fit un pas en arrière.

— J'étais avec quelqu'un, j'ai un alibi. Mais je compte bien appeler le Dr Clayburn pour lui raconter tout ça.

— Comment se fait-il que tu aies son numéro ? demanda Wendy d'une voix suspicieuse.

— Ce ne sont pas tes affaires, fiche-moi la paix.

Avec un soupir, Layla regarda la jeune femme s'en aller comme une furie et se tourna vers ses autres étudiants.

— Je vais appeler moi-même le Dr Clayburn demain matin. Personnellement, je doute qu'il veuille annuler le projet.

Elle avait affirmé cela d'un air convaincu. Mais au fond d'elle, elle n'en était vraiment pas si sûre que cela.

Le lendemain, Layla raccrocha rageusement le téléphone. Elle n'arrivait pas à croire à la conversation qu'elle venait d'avoir avec le Dr Clayburn. Comment avait-il pu se montrer aussi injuste ?

La belle voix grave de Gavin la ramena soudain à la réalité.

— Qu'est-ce qui ne va pas, Layla ?

Elle se tourna vers lui. Elle ne l'avait pas entendu entrer. Devant son air inquiet, elle se sentit plus amoureuse encore. Elle n'aurait pas cru cela possible. Il s'était montré tellement compréhensif et encourageant. Curieusement, il avait paru plus attristé par la perte du matériel que par la disparition de son bâtiment.

Cette nuit, ils avaient tous les deux parlé au shérif, Roy Wade, un ami d'enfance de Gavin. Il était déterminé à retrouver le ou les responsables de l'incendie. Visiblement, les empreintes de pas étaient les mêmes que celles qu'ils avaient remarquées à l'endroit où le repère avait disparu. Pas de doute, quelqu'un essayait de saboter son travail. Mais qui ? Et surtout, pourquoi ?

Layla finit par répondre :

— C'était le Dr Clayburn. Tammy a réussi à le joindre avant moi. Elle a dû l'appeler cette nuit comme elle avait menacé de le faire. Il ne veut absolument rien entendre.

L'air furieux, Gavin croisa les bras.

— Tu veux dire qu'il accorde plus de crédit à la parole d'une étudiante qu'à la tienne ?

— N'oublie pas que Tammy n'est pas qu'une simple étudiante, répondit-elle en secouant la tête. C'est aussi sa maîtresse. Je ne voulais pas le croire, mais maintenant, j'en suis certaine, vu l'influence qu'elle a sur lui. On dirait presque qu'elle exerce une forme de chantage.

— Qu'est-ce qui te fait penser ça ?

— Mes étudiants ont été informés ce matin par e-mail que les fouilles ont été annulées et qu'ils doivent retourner sur le campus. Il m'a également fait savoir que je pouvais faire une croix sur mon poste à l'université.

— Il t'a renvoyée ?

— Oui. Il dit que tout est ma faute. Pour lui, je suis responsable de cet incendie. J'aurais dû me concentrer sur mon travail plutôt que de m'engager dans une aventure avec un cow-boy.

C'était Tammy qui avait fourni cette information à son supérieur. Sur ce point, elle en aurait mis sa tête à couper.

— Pourquoi ne pas aller voir le président de l'université pour lui donner ta version de l'histoire ? demanda Gavin.

— Le problème, c'est que le Dr Clayburn et le président Connors sont très amis. Si j'ai été renvoyée, c'est que le président a approuvé cette décision. Certainement parce qu'il a cru mon supérieur.

— Ils peuvent bien croire ce qu'ils veulent. Moi, ce que j'en dis, c'est que tu es venue ici pour faire des fouilles et que tu vas les faire.

Layla se laissa tomber dans un fauteuil. C'était très gentil de sa part de vouloir lui remonter le moral, mais…

— Gavin, tu n'as pas compris ce que je viens de te dire ?

— Ce que j'ai compris, dit-il en venant s'accroupir devant elle, c'est que tu envisages de jeter l'éponge. De t'admettre vaincue.

Tendrement, elle caressa ses joues.

— Mais que veux-tu que je fasse ? Je n'ai plus de travail. Je n'ai même plus d'équipe. Je viens de t'expliquer que Clayburn leur avait envoyé un mail à tous pour leur demander de rentrer à Seattle.

— Intelligente et talentueuse comme tu es, tu trouveras un autre poste. Je te fais confiance. Ils ne savent pas ce qu'ils perdent. Mais je serais curieux de voir leur réaction quand tu trouveras le trésor de Jesse James. Tu n'es pas obligée d'être affiliée à une université pour faire des fouilles et publier tes recherches, je me trompe ?

— Non, répondit-elle en secouant la tête. Je pourrais très bien mener des fouilles indépendantes. Mais je n'ai plus de matériel et plus d'équipe…

En tirant doucement sur ses bras, il l'encouragea à se lever. Ce qu'elle fit d'assez mauvaise grâce.

— Je vais remplacer ton matériel. Et tu n'as peut-être plus d'équipe, mais moi, si. Je vais appeler mes compagnons d'armes.

Layla resta quelques instants à le regarder. Non, pas possible, elle avait dû mal entendre…

— Je ne peux pas te laisser faire ça, balbutia-t-elle. Comme toi, ils viennent de rentrer de leur dernière opération. Ils ont besoin de passer du temps avec leurs familles et…

Sans lui laisser le temps de terminer, Gavin fondit sur elle pour l'embrasser avec passion.

— Fais-moi confiance, d'accord ? dit-il en s'écartant. Je ne voudrais pas me vanter ou quoi que ce soit, mais on peut se débrouiller en deux fois moins de temps que ce qu'il t'aurait fallu avec ton équipe.

— Mais… Et le matériel ?

— Je peux avoir tout ce dont tu as besoin dans les plus brefs délais.

Oh ! elle savait que Gavin avait de l'argent et de l'influence. Cependant, elle venait tout juste de comprendre à quel point. Tout à coup, une interrogation lui traversa l'esprit :

— Et qu'en est-il de la personne qui a déclenché l'incendie ? Les choses pourraient devenir dangereuses…

Il eut un petit sourire mauvais.

— Si il ou elle est assez stupide pour affronter un commando de marines…

Au même moment, des coups résonnèrent à la porte.

Il prit un air étonné.

— Mamie n'est pas censée rentrer avant cet après-midi… Ce doit être Roy, dit-il en avançant vers la porte. Il a dû trouver quelque chose.

Elle lui emboîta le pas. Lorsqu'il ouvrit la porte, ce n'est pas le shérif qu'ils trouvèrent devant eux, mais trois de ses étudiants.

— Donnell, Wendy, Marsha ? Qu'est-ce que vous faites là ? Pourquoi n'êtes-vous pas retournés à Seattle ? Vous n'avez pas reçu le mail du Dr Clayburn ?

— Si, répondit Donnell d'un air soucieux. Mais on ne voulait pas s'en aller avant de vous avoir parlé. On ne partira pas tant qu'on n'entendra pas de votre bouche que les fouilles sont annulées.

— Mais vous pourriez avoir des problèmes si vous défiez le Dr Clayburn…

À ces mots, les étudiants se regardèrent les uns les autres pour échanger ce qui ressemblait à des sourires entendus.

— Nous ne sommes pas inquiets à ce sujet, répondit le jeune homme. Il aura bientôt ses propres problèmes à régler. Mais pour les fouilles, que comptez-vous faire ?

Une seconde, en quoi consistaient ces « problèmes » ? Elle aurait voulu interroger son étudiant mais Gavin intervint :

— Nous allons faire ces fouilles.

Vu le respect qu'elle pouvait lire dans son regard, il admirait certainement le courage de ces étudiants. Tout comme il était soutenu par ses compagnons, elle était soutenue par les siens. Cela faisait chaud au cœur.

Donnell, Marsha et Wendy se mirent à pousser des cris de joie.

— Quand on aura trouvé le trésor de Jesse James, l'université va regretter de vous avoir laissée partir, s'exclama le jeune étudiant.

- 15 -

— C'est donc vous la belle universitaire ?

Tout en déglutissant avec peine, Layla regarda les quatre hommes qui se tenaient devant elle. Gavin avait fait les présentations : il y avait Flipper, Bane, Coop et Mac. C'était Flipper qui avait posé la question. Ses beaux yeux bleus pétillaient d'amusement.

Tous les quatre étaient grands, musclés, bien bâtis. Et extrêmement beaux. Deux d'entre eux portaient des alliances. Brisbane Westmoreland et Thurston McRoy étaient heureux en ménage tandis que Flipper et Coop étaient célibataires et fiers de l'être.

— Sans doute, répondit-elle en se tournant vers Gavin.

Celui-ci se tenait à côté d'elle, le bras autour de sa taille. On aurait dit qu'il cherchait intentionnellement à clarifier la nature de leur relation devant ses amis. Pour sa part, elle avait toujours beaucoup d'interrogations à ce sujet. La seule chose dont elle était certaine, c'était qu'elle aimait passer du temps avec lui et qu'elle avait la chance de partager son lit tous les soirs.

— Tais-toi, marmonna-t-il à l'attention de son ami avant de se pencher vers elle pour l'embrasser.

Il se tourna ensuite vers ses amis.

— Elle est bien plus qu'une simple universitaire.

Gavin savait que ses amis cherchaient à tester Layla : ils avaient leurs raisons. Les quatre hommes connaissaient bien sa politique qui consistait à ne jamais s'attacher à une femme. Mais il devait leur sembler évident qu'il s'était attaché à elle. Et encore, « attaché » était un euphémisme.

Comme il s'en était douté, ils étaient immédiatement venus lui apporter leur aide. Sans poser la moindre question. Mais maintenant qu'ils étaient là et qu'ils avaient été mis au courant de la situation, ils cherchaient à évaluer la teneur de sa relation avec Layla. Les questions viendraient plus tard. Et il y répondrait sincèrement. Il avouerait qu'il était tombé amoureux. Bane et Mac comprendraient. Flipper et Coop, en revanche, le traiteraient de fou.

— Avez-vous pu obtenir le matériel que je vous ai demandé d'apporter ?

— Oui, répondit Flipper. Mes frères vont livrer la pelleteuse et le tracteur ce soir.

— Et j'ai le reste du matériel dans mon camion, ajouta Mac.

— Parfait.

Flip avait quatre frères. Tous marines. Leur père était officier à la retraite. Pour sa part, Gavin s'était toujours estimé lésé de vivre dans l'ombre de son père et de son grand-père. Jusqu'à ce qu'il rencontre Flip. Son ami avait non pas deux mais cinq brillants exemples à concurrencer.

— Bon, où va-t-on dormir, Vipère ? demanda Coop. Dans la maison du gardien ?

— Non, répondit-il en secouant la tête. C'est là que séjourne Layla.

— Et alors ? dit Flipper en riant. C'est assez grand. Ça ne vous dérange pas si on s'y installe aussi, non ?

— Moi, ça me dérange, dit-il sans laisser à Layla le temps de répondre.

Ses quatre amis se mirent à rire. Il ne chercha pas à dissimuler son agacement. Ce qu'ils étaient bêtes, parfois !

— Allez, Vipère, ne sois pas si possessif, dit Flipper en souriant.

De son point de vue, il n'était pas possessif. Juste amoureux. Le problème, c'était qu'il ne savait pas encore très bien quoi faire des sentiments qu'il éprouvait. Il ne voulait pas se perdre à cause d'une femme comme son père l'avait fait. Il ne voulait pas lui demander de faire une croix sur sa carrière pour l'attendre ici au ranch, entre deux missions. Il ne voulait pas reproduire ce qui s'était passé avec sa mère.

Après avoir évacué ces pensées de sa tête, Gavin se tourna vers ses amis.

— Vous pouvez dormir dans le corps de ferme. Mamie devrait rentrer de voyage dans l'après-midi.

— Super ! s'écria Bane. On va pouvoir manger ses délicieux biscuits.

Gavin secoua la tête en souriant. Bon sang, ses amis lui avaient manqué.

— Bon, quand comptes-tu dire à Layla ce que tu ressens pour elle, Vipère ?

En guise de réponse à la question de Bane, Gavin regarda sa bouteille et secoua la tête.

— Ce n'est pas une bonne idée, dit-il. Elle ne ressent pas la même chose.

— Comment le sais-tu ? demanda Mac après avoir bu une gorgée de bière.

Tiens, Coop et Flipper ne faisaient pas de commentaire. Son aveu, au moment où il leur avait dit qu'il était amoureux d'elle, les avait réduits au silence. Ils étaient tous les cinq confortablement assis dans le séjour de la maison du gardien. Layla était partie dans le corps de ferme pour aider sa grand-mère à faire le dîner. Celle-ci avait dans l'idée de préparer un véritable festin. Et surtout, elle semblait ravie de revoir ses amis. Et aussi Layla, bien sûr. Bane aurait bien ses fameux biscuits, c'était une certitude.

— Et à ton avis, qui a essayé de saboter les fouilles ?

Il était évident que Flipper essayait de changer de conversation. Et il fut ravi de saisir l'occasion que son ami lui présentait.

— Aucune idée, mais je compte bien le découvrir. Je pensais que c'était une personne liée à l'université, mais désormais, je n'en suis plus si sûr.

— Apparemment, quelqu'un n'a pas envie qu'on creuse dans le pâturage sud, dit Coop en se levant pour s'étirer.

— Qu'est-ce que tu soupçonnes ? lui demanda Mac en se penchant vers lui.

— Je ne sais pas. Dis-moi, Vipère, en dehors de Caldwell, es-tu sûr de connaître tous les hommes qui travaillent au ranch ?

Gavin haussa les épaules.

— La plupart sont là depuis des années, voire depuis l'époque de mon père. Il y a juste deux nouveaux qu'on a engagés l'année dernière.

Ils étaient tous les deux célibataires et c'était l'un d'entre eux qui s'était vanté d'avoir couché avec la fameuse Tammy.

— Et si quelqu'un savait avec certitude que le trésor est bien enterré là ? Cette personne ne veut peut-être pas que quelqu'un le retrouve ? avança Flipper.

Gavin hocha la tête. Cette possibilité lui avait traversé l'esprit. Il avait bien fait de faire venir ses compagnons d'armes ! En plus d'aider Layla à effectuer les fouilles, ils comptaient bien découvrir l'identité de la personne qui avait retiré le repère et mis le feu à l'écurie. Jusqu'ici, le shérif n'avait trouvé que des empreintes de pas. Assez maigre, pour mener l'enquête.

— C'est une piste à étudier, dit pensivement Mac.

Gavin se pencha sur sa chaise avec un mouvement de tête.

— De toute façon, nous allons commencer les fouilles dès demain. Si quelqu'un n'est pas d'accord, il pourra toujours chercher à s'y opposer.

Plus tard ce soir-là, après avoir fait l'amour à Layla, Gavin la serra plus fort dans ses bras en essayant de reprendre son souffle. Elle l'avait, une fois encore, comblé et totalement épuisé. Quel volcan !

Sa jolie voix mélodieuse le ramena doucement à la réalité :

— J'aime beaucoup tes amis, Gavin.

Inutile de lui dire qu'ils l'appréciaient eux aussi. Ils avaient bavardé gaiement avec elle tout au long de la soirée et Bane lui avait même parlé de sa femme, Crystal. Elle aussi avait obtenu très jeune son doctorat.

— Tu m'en vois ravi.

Comme prévu, le dîner avait été un véritable festin. Sa grand-mère avait cuisiné pour ses amis et les étudiants de Layla, mais elle avait aussi invité Caldwell et ses hommes. D'autre part, plusieurs voisins qui avaient entendu parler de l'incendie étaient passés pour savoir si tout allait bien. Tous les invités étaient repartis avec des biscuits.

— Tu t'inquiètes pour demain ? demanda-t-il à Layla.

Avant de répondre, elle se serra un peu plus contre lui.

— Un peu. Je ne voudrais pas que mes étudiants courent le moindre danger.

— Ne te fais pas de souci pour ça. Je suis content que mamie ait insisté pour que tout le monde reste dans le corps de ferme. Il y a beaucoup de chambres et elle est contente d'avoir du monde autour d'elle.

— C'est vraiment gentil à elle d'avoir proposé ça. Sans financement de l'université, mes étudiants n'avaient plus les moyens de rester à l'hôtel. Mais il y a plein de chambres ici aussi, dit-elle en souriant.

— Hors de question qu'on nous pique cette maison. C'est notre petit nid douillet. J'aime venir ici tous les soirs.

Quelle que soit l'heure à laquelle il terminait son travail au ranch, il était toujours heureux de la retrouver ici. Souvent, en se garant devant la maison, il l'entendait jouer de l'harmonica et la mélodie semblait l'attirer vers elle.

Mais il préférait ne pas penser aux liens qui semblaient désormais l'unir à elle.

En relevant un peu la tête, Layla le regarda dans les yeux.

— Est-ce que ta grand-mère t'a parlé de nous ?

À ces mots, Gavin ne put s'empêcher de sourire.

— Elle n'a pas besoin. Rien qu'à nous regarder, ça doit lui paraître évident. Visiblement, ça ne lui pose aucun problème.

Ce qu'il omit de dire, c'était qu'il lui avait directement parlé des sentiments qu'il éprouvait pour elle. Et de ses inquiétudes concernant l'avenir. Voilà pourquoi mamie Melody n'avait pas posé de question. Inutile de dire que sa grand-mère n'avait pas été surprise.

— Et puis elle a de quoi s'occuper avec Caldwell. Ça faisait une semaine qu'ils ne s'étaient pas vus.

L'air perplexe, elle fronça les sourcils.

— Caldwell ?

— Oui, Caldwell, répéta-t-il en souriant. Tu n'as pas remarqué qu'il y avait quelque chose entre eux ?

— Non, admit-elle en secouant la tête. Mais toi, si.

— Ça fait des années. Il est veuf et elle est veuve. Je n'ai jamais compris pourquoi ils restaient aussi discrets. J'imagine qu'ils apprécient leur intimité.

Elle prit un air pensif mais ne fit pas de commentaire.

— Écoute, comme on commence les fouilles tôt demain, je pense que ça ne nous ferait pas de mal de dormir.

Hélas, lui-même ne semblait pas convaincu par ses propres propos.

— Hum, j'avais d'autres idées…, dit-elle d'une voix sensuelle en l'enjambant pour se placer sur lui. Comme te chevaucher…

Ivre de bonheur, Gavin sourit. Il adorait qu'elle le chevauche. Il adorait faire l'amour avec elle. Il l'aimait.

Quelques heures plus tard, Gavin fut réveillé par la sonnerie de son téléphone portable. Il décrocha immédiatement en voyant le nom du correspondant.

— Coop ?

— Ouais. C'est moi. On n'arrivait pas à dormir, alors on a monté un guet-apens.

Il se redressa brusquement dans le lit. Layla s'assit, elle aussi.

— Et ? demanda-t-il après avoir pris une profonde inspiration.

— Tu devrais venir à la cabane de chasse. J'ai déjà appelé le shérif. On tient notre homme.

- 16 -

Gavin arriva à la cabane de chasse en un temps record, mais ne fut pas surpris de constater que plusieurs véhicules étaient déjà là, dont celui du shérif, Roy ; il devait être dans les parages quand Coop l'avait appelé.

Avec Layla à côté de lui, il marcha rapidement vers la cabane mais s'arrêta net quand sa grand-mère en sortit. Son visage était décomposé, ses yeux emplis de larmes.

Mais qu'est-ce que… ?

Il tourna le regard vers Caldwell qui tenait fermement sa main. Le vieil homme se contenta de secouer tristement la tête.

Gavin se rapprocha de Layla et prit sa main dans la sienne. Décidément, quelque chose n'allait pas.

— Je vais emmener ta grand-mère chez moi, lui dit Caldwell. Si tu la cherches, tu sauras où la trouver. Tu devrais entrer. Il a avoué.

Gavin fronça les sourcils. Il était de plus en plus perdu. De qui parlait-il ? Et surtout, pourquoi sa grand-mère pleurait-elle ? Serrant plus fort la main de Layla, il entra dans la cabane de chasse.

Au moment où ils passèrent la porte, tous les visages se tournèrent vers eux. Il y avait là Roy et ses quatre amis marines. Et tous le regardaient bizarrement. Un étrange sentiment d'inconfort vint se nicher au creux de son ventre.

— OK, dit-il en jetant un coup d'œil autour de lui. Qu'est-ce qui se passe ? Où est-il ?

À ces mots, le groupe s'écarta un peu pour le laisser voir l'homme qui se trouvait assis derrière ses amis, les mains liées dans le dos.

Il secoua la tête. Non, il devait avoir une hallucination !

— Monsieur Lott ?

Comme s'il se sentait coupable de quelque chose, Sherman Lott évita son regard. Mais lui n'arrivait toujours pas à y croire.

— Il doit y avoir méprise, dit-il en se tournant vers ses amis. M. Lott est notre voisin depuis des années. C'était un ami de papa. Il…

— Je n'ai jamais été un ami de ton père ! hurla Lott. Il a toujours eu tout ce qu'il voulait. Il était déjà beaucoup plus populaire que moi à l'époque du lycée. Et ensuite, il est devenu marine et héros de guerre. Il avait toutes les filles à ses pieds. Tandis que moi, avec ma jambe boiteuse, les femmes ne m'ont jamais regardé.

Gavin contempla l'homme qui le fixait désormais avec des yeux froids et haineux. Décontenancé, il lâcha la main de Layla. Il s'était à l'évidence trompé sur les relations que son voisin avait entretenues avec son père, mais…

— Je vois. Il y avait de la compétition entre vous et mon père et vous n'étiez pas amis. Mais qu'est-ce que ça a à voir avec le fait que vous ayez saboté les fouilles qui devaient avoir lieu dans ma propriété ?

Lott regarda Layla.

— J'ai retiré ce repère en pensant que vous alliez oublier l'endroit où vous vouliez creuser, mais ça ne vous a pas arrêtée. J'ai mis le feu à l'écurie, mais ça ne vous a pas arrêtée non plus. Vous étiez déterminée à faire ces fouilles.

— Mais pourquoi vouliez-vous l'en empêcher, monsieur Lott ? demanda Gavin.

Pas de réponse.

Gavin se tourna vers ses amis. Il fallait que quelqu'un lui donne des réponses, et vite.

— Est-ce que l'un d'entre vous pourrait m'expliquer ce qui se passe ? Pourquoi Lott ne voulait pas que Layla et son équipe retrouvent le trésor ?

Roy s'éclaircit la gorge avant de répondre d'un air sombre :

— Ce n'était pas le trésor qu'il avait peur que quelqu'un découvre sous la terre…

— Alors quoi ?

Un silence pesant s'installa. Ce fut Lott qui finit par parler :

— Ta mère ! cria-t-il. C'était le corps de ta mère que je ne voulais pas que tu découvres.

Layla sentait ses jambes faiblir. Comment Gavin pouvait-il encore tenir debout ? Manifestement, ses amis durent penser la même chose car Ben et Coop vinrent se poster de chaque côté de lui pour l'épauler. Non, une seconde, elle s'était trompée. Ils ne s'étaient pas approchés de lui pour l'aider à tenir debout, mais pour l'empêcher de tuer Lott.

— Vous refusez de faire appel à un avocat, monsieur Lott, dit Roy d'une voix pleine de colère. Mais rappelez-vous : tout ce que vous direz pourra être retenu contre vous.

Flipper sortit son téléphone et le brandit devant lui pour faire comprendre à tout le monde qu'il enregistrait la conversation. Flanqué de Bane et de Coop, Gavin fit un pas en avant. Il semblait bouleversé.

— Comment ça, « le corps de ma mère » ? demanda-t-il.

Il se tenait désormais à moins de cinq mètres de Lott.

Quelque chose qui ressemblait vaguement à des regrets passa sur le visage du vieil homme.

— Je ne voulais pas la tuer. Je vous jure. C'était un accident.

Gavin prit une profonde inspiration qui sembla résonner dans la pièce tout entière.

— Vous avez tué ma mère ? demanda-t-il d'une voix incrédule. Mais comment ? Elle avait quitté le ranch…

Lott secoua la tête.

— Non. Elle n'a jamais quitté le ranch. Elle s'était arrêtée au bord de la route, elle avait un pneu crevé. Elle m'a dit qu'elle envisageait de partir quelque temps mais qu'elle avait changé d'avis et fait demi-tour. Elle n'était même pas allée jusqu'à la ville, et déjà, vous lui manquiez trop, toi et ton père. Elle était en train de rentrer au ranch. Mais, comme je l'ai dit, elle était tombée en panne : un pneu crevé. Je lui ai proposé mon aide. Elle était jolie. Elle sentait bon. Je me suis dit qu'elle était trop bien pour ton père. Il ne la méritait pas. Comment un homme pouvait-il quitter une femme si jeune et si jolie pour aller jouer au petit soldat ?

Il s'interrompit, reprit son souffle.

— Je lui ai dit ce que je pensais. Et apparemment, ça l'a rendue nerveuse. Et ensuite, je ne sais pas ce qui s'est passé, mais j'ai essayé de la caresser. Elle m'a giflé. Ça m'a énervé, alors je l'ai giflée moi aussi. J'avoue l'avoir frappée plusieurs fois. Mais elle a réussi à s'échapper et a commencé à fuir. J'ai couru après elle, elle est tombée et s'est cognée.

— Vous n'avez pas appelé les secours ? demanda Gavin d'une voix dure.

— Non ! s'exclama Lott. C'était trop tard. Il y avait du sang partout. J'ai tout de suite compris qu'elle était morte. Et de toute façon, si elle n'était pas morte, elle aurait raconté à tout le monde ce que j'avais essayé de lui faire. Alors j'ai creusé un trou et je l'ai enterrée.

Gavin était désormais rouge de fureur. Sa respiration était devenue plus bruyante et il serrait les poings. Comme si sa vie en dépendait.

— Et la voiture ? demanda Roy.

Le shérif devait estimer que la meilleure chose à faire était d'alimenter la conversation. Le silence aurait pu faire exploser la colère de Gavin. Lui donner des idées. Comme s'approcher de Lott pour l'étrangler de ses mains.

— Je l'ai fait tomber dans mon lac, répondit le vieil homme.

— Enfoiré ! rugit Gavin.

Il tenta de s'approcher, mais ses deux amis le retenaient.

— Tu as enterré ma mère sans même savoir si elle était morte ou en vie ? Et ensuite, tu as poussé sa voiture dans le lac ?

Lott eut le culot de regarder Gavin dans les yeux.

— Pourquoi est-ce que je refusais qu'on vienne nager ou pêcher dans mon lac, à ton avis ? Pourquoi est-ce que j'en interdisais l'accès à tout le monde, hein ? Et notamment à toi… Te sachant bon nageur, j'avais peur qu'un jour ou l'autre, en plongeant, tu finisses par apercevoir la voiture.

Le visage de Gavin était désormais déformé par une rage presque sauvage, tant et si bien que Layla commença à prendre peur. Furtivement, elle jeta un coup d'œil à Coop et Bane. Ils semblaient presque aussi furieux que leur ami.

Au bout de quelques secondes, Coop se mit à parler d'une voix menaçante. Il s'adressait à Gavin, mais c'était sur Lott que son regard était fixé.

— Maintenant, Vipère, tu comprends pourquoi il essayait d'empêcher Layla de creuser dans le pâturage sud. Laisse Roy l'emmener.

— Non ! hurla Gavin. Cet enfoiré a tué ma mère !

— C'est vrai, intervint Bane d'une voix calme mais froide. Nous l'avons tous entendu. Et nous avons tous envie de le découper en morceaux. Mais nous ne le ferons pas. Laisse la justice s'en charger, Vipère. Au bout du compte, il aura exactement ce qu'il mérite.

Le silence tomba sur la pièce, et tous les regards se tournèrent vers Gavin. Même Lott semblait pétrifié par la lueur de rage qui brillait dans son regard. Pour sa part, elle n'avait aucun doute : toutes les personnes présentes étaient en train de penser à la machine à tuer que pouvait devenir Gavin.

Soudain, il se dégagea, glissa les poings dans ses poches et se mit à reculer, sans détacher le regard de Lott. Essayait-il de se reprendre ? Comme s'il savait qu'en restant dans cette pièce une seconde de plus il risquait de perdre son sang-froid et de s'attirer des ennuis. Il continua de reculer jusqu'à ce que son dos heurte la porte. Puis il se tourna pour l'ouvrir mais se ravisa et se retourna vers l'assemblée.

Layla retint son souffle. Que comptait-il faire ? Vu la tension qu'elle pouvait ressentir dans la pièce, ses amis marines étaient sur le qui-vive, anticipant ses moindres mouvements. Mais Gavin finit par détourner le regard pour se tourner vers elle. Voir son visage marqué par la colère et le chagrin la bouleversa. L'homme qu'elle aimait. Elle aurait aimé penser qu'il avait besoin d'elle, mais ne risquait-il pas de l'écarter des émotions qu'il ressentait ?

Un silence de mort tomba sur la pièce, sans qu'il la lâche du regard. Mais soudain, il s'approcha d'elle et, doucement, lui prit la main. Et sans prononcer le moindre mot, il quitta avec elle la cabane de chasse.

- 17 -

Gavin avait envie de se garer sur le bord de la route pour reprendre son souffle, mais c'était impossible. On aurait dit qu'une force invisible le poussait à continuer son chemin jusqu'à la maison du gardien. Il avait besoin de Layla comme il n'avait jamais eu besoin de personne. Assise à côté de lui, elle ne disait rien, le regard droit devant elle. Comme si elle comprenait qu'il avait besoin de silence. C'est vrai, il était en état de choc et il luttait pour garder son sang-froid qu'il craignait de perdre à tout moment.

Chaque fois qu'il pensait à ce que Lott avait avoué, il craignait de devenir fou. Des idées de vengeance sanglantes lui traversaient l'esprit et il devait se faire violence pour ne pas revenir en arrière et lui faire payer ça. Après ce qu'il avait fait, comment avait-il pu dormir sur ses deux oreilles pendant toutes ces années ? Et comment se faisait-il que personne n'ait rien soupçonné avant que Layla débarque sur la propriété ?

En se garant devant la maison, il poussa un profond soupir. Puis alla lui ouvrir la portière.

Après l'avoir prise dans ses bras, il monta les marches du porche quatre à quatre. La porte refermée derrière eux, il la reposa à terre et commença à retirer impatiemment ses vêtements. Suivant son exemple, elle se hâta de se déshabiller.

Il avait besoin d'être en elle. Maintenant.

Avec un grognement bestial, il coinça Layla contre la porte tout en lui écartant les cuisses. Alors, fou de désir, il approcha son sexe du sien. Les décharges d'adrénaline étaient telles qu'il sentait le sang palpiter dans ses veines. Le désir, plus intense que tout ce qu'il avait pu connaître jusqu'ici, avait pris la force d'une nécessité absolue qu'il sentait battre en lui.

Il s'enfonça brutalement en elle. Et se mit à aller et venir, encore et encore. Il avait besoin de la libération que seul son corps doux et sensuel pouvait lui apporter. Instinctivement, il plaqua les lèvres aux siennes tandis que mille sensations, trop voluptueuses et intenses pour qu'il puisse les contrôler, l'envahissaient. Ses longues jambes fines enroulées autour de lui, elle l'encouragea à rendre ces assauts plus longs et plus profonds.

Leur baiser était si intense qu'il se demanda combien de temps il allait encore tenir. Il ne pensait qu'à faire corps avec elle. Cette femme qui était devenue si importante à ses yeux. Cette femme qui lui faisait ressentir des choses inouïes, qu'il n'avait jamais éprouvées avec qui que ce soit.

Quand elle écarta la bouche de la sienne, un instant avant d'exulter, l'extase qui s'emparait d'elle se communiqua à lui et il continua d'aller et venir en elle, plus fort, plus vite. Quand l'orgasme jaillit en lui, il cria ce nom qui avait transformé son univers. Un univers qui semblait pourtant s'être effondré quelques minutes plus tôt.

S'il avait eu des doutes sur ce qu'il ressentait pour elle, il n'en avait plus aucun désormais. Il était tombé fou amoureux de Layla Harris.

— Excuse-moi. Je n'aurais pas dû faire ça. Mais j'avais tellement besoin de toi, Layla.

D'instinct, elle se serra un peu plus fort contre lui. Elle avait besoin de la chaleur de son corps puissant. Besoin de se rappeler à quel point elle avait été désirée.

Ils étaient allongés sur le lit. Après lui avoir fait l'amour contre la porte, Gavin l'avait arrachée au sol pour l'amener dans la chambre. Là, ils s'étaient glissés sous le drap et il lui avait refait l'amour. Comment dormir après toute cette histoire ?

— Tu n'as pas à t'excuser. J'ai apprécié.

— J'ai été brutal.

— Tu as été aussi bon que d'habitude.

Il avait besoin d'elle, c'était vrai. La preuve, elle avait ressenti ce besoin à chacun de ses assauts.

— J'ai perdu le contrôle, admit-il d'une voix basse. Ça ne m'était jamais arrivé. Je n'ai même pas pris le temps de mettre un préservatif.

Elle avait remarqué. Mais elle avait savouré la sensation d'être auprès de lui. Adoré le moment où elle l'avait senti exploser de plaisir en elle. Adoré sentir son orgasme brûlant. Il fallait qu'elle le lui dise. Qu'elle trouve un moyen de le lui expliquer.

Relevant la tête, elle plongea le regard dans ces beaux yeux noirs qui la faisaient chavirer.

— J'ai aimé te sentir en moi sans préservatif, Gavin. Et ne t'inquiète pas pour une éventuelle grossesse. Je n'avais jamais fait l'amour avant toi, mais j'avais tout de même décidé de me faire poser un implant contraceptif. Mieux vaut prévenir que guérir. Et je suis en bonne santé. Tu n'as pas à t'inquiéter.

Changeant de position, il la serra plus fort dans ses bras.

— Je suis moi aussi en bonne santé. Tu n'as pas non plus à t'inquiéter, dit-il. Écoute, je regrette de m'être montré brutal avec toi, mais j'ai moi aussi adoré te faire l'amour sans préservatif.

Il n'ajouta rien et elle n'essaya pas de parler. Elle avait l'impression qu'il avait besoin de silence. Finalement, il lui sembla que ce silence se prolongeait un peu trop, et elle s'allongea sur son corps viril et regarda ce visage qu'elle aimait tant.

— Parle-moi, Gavin. Dis-moi ce que tu ressens.

D'un côté, il lui semblait qu'elle n'avait pas le droit de se mêler de ses affaires, de penser qu'il voudrait lui confier des choses personnelles. Mais de l'autre, elle avait l'impression qu'elle ne pouvait pas le laisser se couper d'elle. Ce qui était vrai sur le plan physique l'était aussi sur le plan des émotions.

Elle connaissait bien ses yeux. De même qu'elle connaissait la forme de sa bouche et la douceur de ses lèvres qui l'avaient embrassée un peu plus tôt. Il allait essayer de résister, mais elle ne le laisserait pas faire. Il avait été seul pendant si longtemps qu'il lui était difficile de se confier à quelqu'un. Et qui plus est à une femme. Elle le comprenait.

Mais elle n'était pas une simple femme.

Elle était la femme qui l'aimait.

Et pour une raison obscure, bien qu'elle ne lui ait jamais dit ces mots, elle avait la ferme conviction qu'il savait ce qu'elle ressentait. Oui, il savait certainement qu'elle n'aurait pas donné son corps à n'importe qui. Il ne s'agissait pas seulement d'une petite aventure. C'était bien plus que cela. Mais se pouvait-il qu'elle se trompe ? Qu'il l'ignore complètement ? Les hommes avaient une fâcheuse tendance à se défiler quand il s'agissait d'amour.

— L'espace d'une seconde, j'ai cru que j'allais péter un plomb, dit-il enfin. J'aurais pu le tuer de mes mains. J'aurais pris plaisir à entendre son cou se briser sous mes doigts.

Les mots de Gavin, palpitants d'émotions, la frappèrent. Elle avait ressenti sa colère et vu comment il avait réussi à la contenir. Naturellement, le shérif étant présent, il l'aurait empêché de prendre lui-même les choses en main. Et ses amis marines étaient là également. Mais l'auraient-ils retenu ou aidé ?

— Désormais, tu connais la vérité, Gavin. Ta mère ne vous a jamais quittés, toi et ton père. Elle a toujours été là. Ici, aux Éperons d'argent.

Comme son regard se troublait, elle décida de s'expliquer :

— Tu te souviens quand tu m'as dit que le pâturage sud était votre endroit préféré, à toi et ton père ? Que vous campiez souvent ici ? Que vous aimiez y dormir à la belle étoile ?

— C'est vrai.

— J'aime à penser que si cet endroit était si important pour vous c'était parce que ta maman s'y trouvait. Même si vous l'ignoriez. Elle était là, Gavin, et quand tu y étais, sans le savoir, tu étais près d'elle.

Elle vit le moment où il se laissa atteindre par ces mots. Quelque chose sembla s'illuminer en lui. Le regard de Gavin n'était peut-être pas expressif pour les autres, mais il l'était pour elle. Sans dire un mot, il passa les mains derrière son cou et unit leurs lèvres. Leurs langues se mêlèrent avec une telle passion et une telle intensité qu'elle eut un léger vertige quand il finit par détacher les lèvres des siennes.

Layla était contente de l'avoir réconforté. Mais il devait toujours se sentir coupable d'avoir pensé que sa mère les avait abandonnés, son père et lui, durant toutes ces années. Les mots qu'il prononça ensuite en étaient la preuve.

— Mais je ne le savais pas, Layla. Je croyais qu'elle était partie. Qu'elle avait refait sa vie, ailleurs, sans nous. Je croyais…

Pour le faire taire, elle posa un doigt sur ses lèvres.

— C'est tout à fait compréhensible. Tu n'étais qu'un enfant quand elle a disparu. Mais ton papa connaissait bien sa femme. Il connaissait bien leur amour. Il a toujours pensé qu'elle reviendrait. Et elle est revenue. On pourrait même dire qu'elle n'est jamais partie. Elle a toujours été là pour vous. Elle était fière de ton père et tout aussi fière de toi. Et je suis certaine qu'elle est fière de l'homme que tu es devenu.

Tendrement, il l'attira plus près de lui, enfouit le visage dans son cou. Et elle le serra contre elle. Contre son cœur. Au fond d'elle, elle avait envie de lui dire combien elle l'aimait, mais ce n'était peut-être pas le moment. Cet aveu viendrait plus tard. Pour l'heure, c'était tout ce dont il avait besoin. Savoir qu'elle était là et qu'il n'était pas seul.

De nouveau, Gavin fut réveillé par la sonnerie de son téléphone.

— Oui, Bane, dit-il en décrochant.

Il s'assit sur le lit, hocha la tête.

— On arrive.

Après avoir raccroché, il se tourna vers Layla.

— Habillons-nous. Ton équipe et la mienne sont prêtes. Et on a désormais deux trésors à trouver.

Quelques minutes plus tard, il se garait devant ce qui devait être le site des fouilles. Délimitée par un ruban jaune, la zone ressemblait à une scène de crime. Quand ils sortirent du véhicule, tous les visages se tournèrent vers eux. Le sol était déjà recouvert d'un fin manteau de neige et on annonçait une tempête pour la semaine prochaine. Ils allaient devoir travailler vite.

Layla remarqua tout de suite que ses étudiants étaient là, tout comme Mme Melody et Caldwell, qui se tenaient tendrement par la taille. Rien de discret là-dedans. Si des gens s'interrogeaient sur leur relation, ils n'auraient plus aucun doute, désormais.

Roy parlait au téléphone et les amis de Gavin se tenaient près du matériel de fouilles. Ils n'avaient pas dû dormir beaucoup et pourtant, ils semblaient très éveillés, prêts à agir.

La main de Gavin dans la sienne, elle avança vers eux. Mme Melody s'écarta de Caldwell pour venir à leur rencontre. Aussitôt, Gavin lâcha sa main pour prendre sa grand-mère dans ses bras. Layla alla rejoindre ses étudiants. Autant leur laisser un peu d'intimité, ils avaient forcément beaucoup de choses à se dire.

Après avoir parlé à son équipe, elle retourna vers Gavin et ses amis. Coop était en train d'expliquer comment ils avaient trouvé l'identité du coupable.

— Quand tu nous as parlé des empreintes de pas plus prononcées d'un côté que de l'autre, on s'est dit qu'il fallait rechercher une personne blessée à la jambe ou avec une forme de handicap. On est allés au pub, en ville, avant-hier. On a discuté avec Lott. Et quand j'ai remarqué qu'il se massait souvent la jambe, ça a éveillé mes soupçons. Comme on était au bar, je lui ai proposé de s'asseoir pour se reposer. J'avais remarqué qu'il semblait avoir mal à la jambe. C'est là qu'il m'a confié que ça lui arrivait souvent, à cause d'un accident de cheval qu'il avait eu il y a plusieurs années.

Coop fit ensuite signe à Bane de poursuivre.

— Hier soir, quand tout le monde est allé se coucher, Mac et moi, nous avons décidé d'aller patrouiller dans le ranch de Lott pour voir si on pouvait retrouver des bidons d'essence. Et devinez quoi ? Quand on est arrivé, il était en train d'en charger dans son camion. On l'a suivi jusqu'à ta cabane de chasse. On a appelé Coop, on lui a dit de te mettre au courant et de contacter le shérif. C'est comme ça que Roy a pu surprendre Lott la main dans le sac, en train d'arroser la cabane d'essence.

Roy s'approcha d'eux à ce moment-là. Il paraissait furieux.

— Qu'est-ce qui ne va pas ? lui demanda Gavin.

— L'embêtant avec les petites villes, c'est qu'on n'a pas beaucoup d'hommes sous la main… J'ai contacté le shérif de Palmdate qui va m'envoyer des renforts. Mais il faudra bien cinq ou six jours avant que l'équipe de plongeurs arrive ici.

Gavin hocha la tête. Cette nouvelle ne le dérangeait pas, manifestement.

— Pourquoi ne pourrait-on pas commencer à creuser maintenant ? demanda-t-il.

— C'est une scène de crime, répondit le shérif en fronçant les sourcils.

Gavin secoua la tête.

— Officiellement, non. J'ai beau croire tout ce que Lott a dit, tant qu'on n'aura pas retrouvé le corps de ma mère, il n'y aura aucune preuve qu'un crime ait été commis. J'aimerais par ailleurs que ce soit moi qui la retrouve. Quant à ces étudiants, je ne vois pas pourquoi on ne leur accorderait pas le droit d'achever leur chasse au trésor.

Roy garda le silence quelques instants. Puis il hocha la tête.

— D'accord, mais je vais rester là pour vous aider et intervenir au cas où des preuves seraient trouvées.

— Parfait, fit Gavin d'un air satisfait.

Après avoir pris une profonde inspiration, le shérif demanda à l'un de ses hommes de retirer le ruban jaune qui délimitait la zone.

Moins d'une heure plus tard, la dépouille de Jamie Blake était retrouvée. Et à une trentaine de mètres à peine de l'endroit où elle avait été enterrée, on découvrit un coffre en fer rempli de pièces d'or. Le trésor de Jesse James.

N'ayant pas la patience d'attendre l'équipe de plongeurs de Palmdate, Flipper était lui-même parti explorer les eaux du lac de Lott. Cinq minutes plus tard, comme il n'en était toujours pas ressorti, Roy avait commencé à s'inquiéter. Mais pas Gavin et ses trois compagnons d'armes : Flipper était un plongeur hors pair, les températures glaciales de l'eau ne devaient pas le gêner. La preuve. Deux minutes plus tard, leur ami finit par refaire surface, brandissant devant eux la plaque d'immatriculation qu'il avait retirée de la voiture. Une voiture enregistrée au nom des époux Blake.

Lott fut inculpé pour assassinat.

- 18 -

Layla se tenait debout devant la croisée. Les petits flocons du matin étaient devenus de grosses boules duveteuses qui couvraient le sol d'un manteau blanc. Quatre jours s'étaient écoulés depuis les fouilles et le ranch avait repris sa vie normale. Le corps de la mère de Gavin déterré, un médecin légiste avait été appelé et le ruban jaune avait été reposé. Entre-temps, le coffre de Jesse James avait lui aussi été retiré du sol.

Les Éperons d'argent étaient désormais au cœur de deux événements exceptionnels : un meurtre vieux de plusieurs décennies et le premier butin de Jesse James découvert dans l'État du Missouri. Des pancartes interdisant l'accès aux visiteurs avaient dû être posées quand les journalistes avaient commencé à se presser aux abords du ranch.

Concernant le meurtre de sa mère, Gavin refusait tout entretien avec la presse, mais avait pris la peine de faire une très brève déclaration publique :

— Je suis content que la vérité sur la disparition de ma mère ait enfin été découverte et j'espère que Sherman Lott pourrira en enfer.

Concernant la découverte du butin de Jesse James, qui avait fait la une de tous les journaux nationaux, une conférence de presse avait été organisée. Le Dr Clayburn, venu sur place, avait affirmé que l'université était associée aux fouilles. Mais Layla avait réfuté cette affirmation en fournissant comme preuve l'e-mail que Clayburn et le président de l'université lui avaient envoyé pour l'informer de l'annulation du projet. Le lendemain, les deux hommes avaient été mis à encore plus rude épreuve quand des photos compromettantes d'eux, en compagnies de jeunes étudiantes, avaient été publiées dans la presse. Tammy, naturellement, apparaissait sur nombre d'entre elles.

Layla n'eut pas à se demander d'où provenaient ces photos. C'étaient à l'évidence Donnell et les étudiants de son équipe qui avaient décidé de révéler la vérité. À la parution des photos dans le *Seattle Times*, les deux hommes, ainsi que quelques autres membres de l'université, furent mis en examen.

Donnell, Wendy et Marsha se joignirent à elle pour la conférence de presse et furent félicités pour leur travail sur le chantier. La société d'archéologie du Missouri identifia les pièces comme celles ayant été dérobées par Jesse James lors du hold-up de la banque de Tinsel.

Le lendemain de la conférence, Layla avait déjà reçu plusieurs offres de poste dans différentes universités du pays ainsi que plusieurs propositions de contrat d'édition et d'interview télévisée. La veille, elle avait reçu un appel de sa grand-mère et un de ses parents. Elle avait été surprise de les entendre dire combien ils étaient fiers d'elle. Ils avaient même affirmé qu'elle avait bien fait de suivre ses rêves plutôt que les leurs. Et ils l'avaient invitée à passer les fêtes avec eux à Washington.

Elle s'éloigna de la fenêtre pour s'asseoir sur le lit qu'elle venait de quitter un instant plus tôt. Quand elle s'était réveillée, Gavin était déjà parti. Il avait dû partir inspecter le ranch avec ses hommes. Malgré les panneaux placés à toutes les entrées, des journalistes tentaient régulièrement de s'y introduire.

La veille, le légiste avait rendu à Gavin la dépouille de sa mère et une cérémonie privée avait été organisée. Jamie Blake avait été enterrée dans le cimetière familial, au côté de son mari. Les seules personnes présentes avaient été Gavin, Mme Melody et Caldwell, et les quatre marines. Et bien sûr, elle, tout près de Gavin.

Après le dîner, les amis de Gavin étaient tous rentrés chez eux, non sans l'avoir chaleureusement embrassée. Ils lui avaient dit à quel point ils étaient contents de l'avoir rencontrée. Elle avait appris à les connaître. On comprenait sans mal pourquoi ils étaient si proches de leur ami. Bane, Coop, Flipper et Mac étaient des garçons généreux et extrêmement loyaux les uns envers les autres. Jamais elle ne pourrait assez les remercier pour le rôle qu'ils avaient joué dans la découverte du trésor.

Mais maintenant que les fouilles étaient terminées, elle avait l'impression que Gavin commençait à s'éloigner d'elle. Elle avait aussi l'impression que quelque chose le tourmentait. Était-ce lié à sa mère ? Elle n'en était pas totalement sûre.

N'ayant plus de raison de rester au ranch, elle l'avait informé du fait qu'elle partirait deux jours plus tard pour rentrer à Seattle. Elle avait espéré qu'il lui demanderait de rester, mais il ne l'avait pas fait. Il avait gardé le silence en se contentant de hocher la tête. Était-ce une façon de lui faire comprendre qu'elle commençait à abuser de son hospitalité ?

À la simple idée qu'il veuille la voir partir, elle avait senti les larmes lui monter aux yeux. Si ça se trouve, il ne l'aimait pas. C'est ce qu'elle s'était dit en comprenant qu'elle était tombée amoureuse de lui. Mais cela ne l'empêchait pas pour autant d'avoir le cœur brisé.

Les moments qu'ils avaient vécus ensemble aux Éperons d'argent avaient été magiques. Mais il était désormais temps pour elle de passer à autre chose.

Gavin reposa sa tasse de café sur la table et regarda sa grand-mère, les yeux écarquillés.

— Qu'est-ce que tu viens de dire ?

Elle lui adressa un sourire radieux.

— Tu m'as très bien entendue, Gavin. Caldwell m'a demandé ma main. Pour la troisième fois. J'ai fini par céder. La cérémonie sera toute simple et le révérend Pollock a accepté de la célébrer la semaine prochaine. Une fois que ce sera fait, j'irai m'installer chez lui.

Il garda le silence un long moment. À vrai dire, il était ravi pour sa grand-mère et Caldwell. Enfin. Il était temps.

— Félicitations. Je suis très content pour toi, mamie. Caldwell est un homme bien et je suis certain que vous serez très heureux ensemble.

— Merci. Et toi ? Des projets ? Que comptes-tu faire avec Layla ?

Il prit une gorgée de café avant de répondre :

— Qu'est-ce qui te fait croire que j'ai des projets ?

L'air vexé, elle fronça les sourcils.

— Ne joue pas à ça avec moi, Gavin. Tu es amoureux d'elle. C'est toi-même qui me l'as dit. Je pensais donc que tu aurais envie de passer à l'étape suivante.

C'est vrai, il le lui avait confié. Et il ne le regrettait pas.

— Mais parfois, ce n'est pas possible de passer à l'étape suivante…

— Pourquoi ? Je pensais que tu avais envie de nouer une relation permanente avec elle.

— Layla et moi, nous sommes très différents, répondit-il. Papa est allé chercher maman dans une grande ville. Et quand il l'a ramenée ici, elle a été très malheureuse. Layla est de Seattle. Elle sera tout aussi malheureuse que maman.

— En as-tu parlé à Layla ? Lui as-tu demandé ce qu'elle ressentait ?

En toute honnêteté, il n'avait jamais osé le faire.

— Non.

— Eh bien, tu devrais peut-être. Tu te fondes sur des

suppositions. Pour ma part, je sais avec certitude que Layla adore le ranch. C'est elle-même qui me l'a dit.

Gavin plissa le front. Ce n'était pas suffisant !

— Mais ça ne veut pas dire qu'elle m'aime. Et si elle ne m'aime pas, je ne vois pas l'intérêt d'essayer de la retenir ici. Elle a reçu plusieurs offres de poste de la part de grandes universités, dont Harvard. La seule chose qu'on ait à Cornerstone, c'est un petit lycée. Pourquoi aurait-elle envie de s'installer ici ?

— Ce que j'en dis, c'est que tu commets une énorme erreur en refusant de lui parler, de lui dire ce que tu ressens. Laisse-la décider de ce qu'elle veut. Tu découvriras peut-être qu'elle t'aime autant que toi tu l'aimes.

Le soir, en entrant dans la maison du gardien, Gavin retira son manteau et son chapeau qu'il accrocha à la patère.

La première chose qu'il remarqua en avançant vers la cuisine, ce fut que les rideaux étaient fermés. Tout était exactement comme au moment où il était parti à l'aube : Layla devait être couchée. En ouvrant doucement la porte de la chambre, il la vit recroquevillée dans le lit, endormie.

Le mauvais temps obligeait les gens à rester chez soi. Ses employés avaient organisé une partie de poker et il aurait très bien pu s'y joindre. Mais il préférait largement rester ici, avec elle, dans ce lit. Et si sa grand-mère avait raison ? Et si Layla avait envie de rester aux Éperons d'argent avec lui ? Avait-il le droit de lui demander de rester alors qu'il était contraint de tout laisser tomber à chaque coup de téléphone de son commandant ? Avait-elle vraiment envie de ça ?

Partagé entre plusieurs sentiments contradictoires, il commença à se déshabiller. Il aimait dormir nu, même par temps froid, ce qu'il ne pouvait malheureusement pas faire en mission.

Avec un sourire, Gavin se glissa sous le drap et la prit dans ses bras, pour réchauffer son corps et son cœur.

Layla crut d'abord rêver en sentant un murmure grave et chaud contre son oreille. Il lui fallut un moment pour ouvrir les paupières et percevoir les yeux sombres et séduisants qui la regardaient. Le corps de Gavin était serré contre le sien. Comme il était chaud, et même brûlant à certains endroits, elle comprit immédiatement qu'il était nu.

— Il faut qu'on parle, Layla.

Il avait dit cela d'une voix grave et sérieuse. De quoi voulait-il parler ? Il avait envie qu'elle parte. Elle l'avait bien compris. Mais pourquoi cherchait-il à précipiter son départ ? Y avait-il une autre femme qui attendait de prendre sa place ? Cette idée la rendit folle de rage.

— Je n'ai pas envie de parler. Je n'ai rien à te dire, affirma-t-elle avant d'enfouir la tête dans l'oreiller.

— Mais qu'est-ce que j'ai fait ? demanda-t-il.

— Tu es comme tous les autres. Tu partages ton lit avec une femme, et ensuite, tu te lasses et tu veux la remplacer.

Il fronça les sourcils.

— Tu crois vraiment que je ferais ça ?

Il avait beau prendre cet air excédé, elle n'était pas dupe !

— Et pourquoi pas ? Tu es un homme, non ? Tu n'es pas marié, et certainement pas avec moi. Tu crois que je n'ai pas remarqué que tu flirtais avec cette journaliste ?

— Quelle journaliste ? s'exclama-t-il d'un air plus perplexe encore.

Elle leva les yeux au plafond. Il la prenait vraiment pour une idiote !

— Celle qui n'arrêtait pas de te toucher l'épaule.

Elle s'interrompit brusquement. Ce qu'elle était bête d'avoir dit cela. Désormais, elle avait l'air d'une femme jalouse. Or ce n'était pas parce qu'ils avaient couché ensemble plusieurs fois qu'elle avait des droits sur lui.

Sans lui laisser le temps de reprendre son souffle, il la fit rouler sur le dos et se plaça au-dessus d'elle.

— Mais pourquoi voudrais-je te remplacer, Layla ?

— Et pourquoi pas ?

Gavin la regarda alors avec une intensité qui déclencha en elle un violent élan de désir.

— Pourquoi pas ? Parce que tu es la seule femme dont j'ai besoin. Je ne peux pas me passer de toi, Layla.

Et c'était la vérité. Voilà ce que se disait Gavin alors que le désir refaisait surface en lui. Il n'y avait qu'elle qui lui donnait l'impression d'être consumé par le désir au point de s'embraser.

Impossible pour lui de détacher le regard de Layla. Elle portait une fine et délicate nuisette qui s'était retroussée au niveau de ses hanches, révélant son intimité. Ses cheveux retombaient en vagues sur ses épaules. Ses seins fermes tendaient le tissu de sa nuisette, laissant apparaître la forme de ses mamelons.

Au même instant, elle commença à onduler sensuellement des hanches sous lui. Avec toutes les fois où ils avaient fait l'amour dans ce lit, sans parler des autres, ne comprenait-elle pas combien il avait envie d'elle ? D'elle et uniquement d'elle ? Pensait-elle vraiment qu'elle avait des raisons d'être jalouse d'une journaliste un peu trop insistante ?

En plongeant le regard dans le sien, il comprit que sa grand-mère avait raison. Layla n'avait aucune idée de ce qu'il ressentait pour elle. Aucune idée. Il avait voulu lui parler et, immédiatement, elle s'était mise sur la défensive. Pourquoi ? Se pouvait-il que sa grand-mère ait eu raison sur les deux tableaux ? Se pouvait-il que Layla l'aime autant qu'il l'aimait ?

Il n'y avait qu'un seul moyen de le découvrir.

— Attends un peu, Layla. Quand je t'ai demandé pourquoi j'aurais envie d'une autre femme, tu m'as répondu : « Pourquoi pas ? » J'en déduis que je ne me suis pas montré suffisamment clair. Si je n'ai pas envie d'une autre femme, c'est parce que je t'aime. Je suis tombé amoureux de toi, Layla, et quand un homme tombe amoureux d'une femme, il perd tout désir pour les autres. Celle qu'il a choisie devient la seule et unique femme dont il a envie dans sa vie, son esprit et son cœur. Et tu es cette femme pour moi, Layla.

Elle le regarda un long moment sans rien dire. Et tout à coup, il vit une larme s'échapper de ses yeux.

— Mais si tu m'aimes, pourquoi veux-tu te débarrasser de moi ?

— Mais je ne veux pas me débarrasser de toi ! s'exclama-t-il. L'autre soir, tu m'as dit que tu voulais partir. Que voulais-tu que je fasse ? Te dire que tu ne pouvais pas ? Ce fut elle, cette fois-ci, qui fronça les sourcils.

— Tu aurais pu me dire que tu m'aimais.

— Et pourquoi t'aurais-je dit ça alors que j'ignorais ce que tu ressentais ? D'ailleurs, je l'ignore toujours. Avec tes réussites, tu pourrais enseigner n'importe où. J'ai bien vu toutes les offres d'emploi que tu as reçues. Pourquoi voudrais-tu rester ici ? Ma mère détestait le ranch.

— Je t'aime aussi, Gavin, et j'adore le ranch. Je suis tombée amoureuse des Éperons d'argent dès le premier instant. Il faudra parfois que je m'absente pour donner des conférences ou des interviews. Mais je reviendrai toujours. Toi aussi, il t'arrive de t'absenter. Pour tes opérations. Et tu reviens toujours, non ? Et quand tu reviens, tu reprends ton rôle de rancher. Pourquoi ne pourrais-je pas t'imiter ?

— Tu as envie d'un rôle d'épouse de rancher ?

— Épouse ? répéta-t-elle en haussant les sourcils.

Gavin lui sourit.

— Oui, épouse. Tu ne penses tout de même pas que tu

vas rester ma maîtresse toute ta vie ? Je veux t'épouser. Je veux que tu portes mes enfants. Je veux que tu vives ici, au ranch, avec moi.

— Et que je sois là chaque fois que le rancher sera de retour ?

— Ce serait merveilleux, répondit-il en riant.

Un sourire se dessina sur les lèvres de Layla.

— C'est faisable. Quant à toutes ces propositions d'emploi, je n'ai pas envie de prendre de décision maintenant. Après avoir supporté Clayburn et Connors, j'ai plutôt envie de faire une pause. Pour écrire un livre, par exemple. J'aimerais prendre le temps de le faire. Et le ranch me semble être l'endroit idéal pour ça.

Il hocha la tête. Il fallait qu'il lui fasse part de quelque chose.

Layla attendit que Gavin parle.

— Mamie m'a appris ce matin qu'elle allait se marier avec Caldwell. Elle va emménager chez lui. Tu seras donc toute seule chaque fois que je devrai m'absenter. Je dois repartir en mission fin janvier.

— Ça ne me dérange pas. Je serai très occupée.

Elle allait attendre un peu pour lui dire qu'elle voulait beaucoup d'enfants. Elle avait toujours regretté de ne pas avoir de frères et sœurs. Elle se voyait déjà avec toute une tribu. Et le plus tôt serait le mieux !

Avant Gavin, elle n'avait jamais eu d'autre objectif que sa réussite professionnelle. Mais ce but était désormais atteint. Avec lui à ses côtés, elle pouvait tout avoir : réussite, famille et amour.

— Alors, tu acceptes de m'épouser ? demanda-t-il en coupant court à ses pensées.

Elle n'eut aucune hésitation.

— Oui, Gavin, j'accepte de t'épouser, répondit-elle.

Et alors qu'il joignait les lèvres aux siennes, elle passa les bras autour de ses épaules musclées pour mieux le serrer contre elle.

Elle aimait son marine, son rancher. Pour eux, le meilleur était encore à venir.

Épilogue

Layla ne put s'empêcher de pleurer. La cérémonie de renouvellement des vœux de Bane et de son épouse, Crystal, était tout simplement magnifique. Les mots qu'ils avaient échangés en présence de leurs familles respectives et de leurs amis débordaient tellement d'amour qu'elle en était bouleversée.

Gavin lui avait expliqué que Bane et Crystal s'étaient enfuis pour se marier alors qu'ils étaient deux adolescents. Ils avaient été séparés pendant cinq ans : Crystal avait été écartée de Bane par sa famille. Mais ce qui l'avait le plus émue, c'était que leur amour avait survécu. Ils s'étaient retrouvés un an plus tôt. Comme aucun membre de leurs familles n'avait pu être présent pour leur mariage, ils avaient décidé de renouveler leurs vœux.

Pour rendre les choses plus merveilleuses encore, un peu plus tôt dans la journée, Crystal et Bane avaient informé l'assemblée qu'ils attendaient un bébé. Et aux sourires qu'ils affichaient, n'importe qui aurait pu dire qu'il s'agissait d'un très heureux événement. Gavin et ses amis avaient déjà commencé à taquiner Bane sur son futur rôle de père. Mac, lui-même papa de plusieurs enfants, lui avait dit en riant qu'il lui donnerait des conseils pour changer les couches.

Ce jour marquait le sixième anniversaire de mariage du couple et le vingt-quatrième anniversaire de Crystal. Layla avait appris avec plaisir que la jeune femme avait déjà obtenu son doctorat, elles avaient beaucoup de choses en commun. Crystal était très belle et formait un très joli couple avec Bane.

C'était une belle journée de novembre dans la ville de Denver. Et comme l'un des frères de Bane avait épousé une organisatrice d'événements, la maison de famille où se tenait la cérémonie avait été magnifiquement décorée de bleu et d'or. Quelques instants plus tôt, elle avait discuté avec Alpha Westmoreland de l'organisation de son propre mariage, qui devait avoir lieu en juin.

— Ça va, ma chérie ? lui demanda Gavin avant de passer sensuellement la langue sur le lobe de son oreille.

— Tiens-toi bien, Gavin, murmura-t-elle en souriant.

Elle regarda nerveusement autour d'elle pour savoir si quelqu'un les avait vus. La famille de Bane était nombreuse. Il y avait des Westmoreland partout. Gavin le lui avait dit, mais elle ne l'avait pas cru. Rien d'étonnant à ce que les habitants du coin appellent ce quartier de Denver « Westmoreland land ». D'autres vivaient à Atlanta, dans le Montana et au Texas. Elle avait même appris que l'une des cousines de Bane était mariée au roi d'un pays du Moyen-Orient. Quoi qu'il en soit, tous ceux qu'elle avait pu rencontrer étaient sympathiques et lui avaient fait bon accueil.

L'un des couples qu'elle appréciait le plus était la cousine de Bane, Bailey, et son mari, Walker Rafferty. Ils vivaient en Alaska. En le voyant, elle s'était aussitôt souvenue de son visage qu'elle avait eu l'occasion de voir au cinéma des années plus tôt. C'était un très bel homme, à l'époque, et il l'était resté. Elle se rappelait avoir récemment vu sa photo sur la couverture d'un magazine. Quand elle en avait parlé à Bailey, celle-ci avait ri avant de jeter à son mari un regard amoureux et de dire :

— Il y a une histoire derrière tout ça. Un jour, je te la raconterai.

Elle avait été également ravie de revoir les amis de Gavin. Et de rencontrer l'épouse de Mac, Teri, une femme magnifique, maman de quatre enfants.

Tout le monde envisageait de se rendre aux Éperons d'argent au mois de juin pour assister au mariage. D'autre part, Gavin et elle s'étaient mis d'accord pour passer Thanksgiving au ranch et Noël dans sa famille à elle. Mme Melody et Caldwell, quant à eux, s'étaient déjà mariés et semblaient très heureux ensemble.

Machinalement, elle baissa les yeux vers sa bague de fiançailles. Elle était tout simplement magnifique. Gavin avait parlé de lui offrir l'alliance de sa mère, qu'ils avaient retrouvée sur sa dépouille. Mais au bout du compte, il avait décidé de choisir lui-même une bague pour elle et de garder l'alliance de sa mère pour leur premier enfant. Elle avait souri à cette idée.

Lorsque le pasteur informa Bane qu'il pouvait embrasser sa femme, tout le monde applaudit. Le militaire prit Crystal dans ses bras et l'embrassa avec passion. Ce que partageait le couple était hors du commun. Tout comme ce qu'ils partageaient eux-mêmes.

Bane se pencha vers sa femme et murmura à son oreille quelque chose qui la fit rougir. Qu'ils étaient charmants, ces deux-là !

Layla se tourna vers Gavin.

— La cérémonie a été magnifique, dit-elle d'une voix émue.

Tendrement, il lui prit la main pour l'embrasser.

— Tout comme toi. J'ai hâte d'être au jour où tu pourras officiellement porter mon nom.

Elle avait hâte, elle aussi. Il essayait depuis quelque temps de la convaincre d'avancer la cérémonie au mois de janvier. Il avait envie de l'épouser avant de partir pour sa prochaine mission. Et elle commençait à y réfléchir sérieusement.

— Et j'ai également hâte de retrouver notre chambre d'hôtel, ajouta-t-il à son oreille d'une voix basse et sensuelle.

Tout en attrapant sa main pour quitter l'église, Layla sourit. Elle pouvait être rassurée : la vie avec son marine et rancher ne serait jamais ennuyeuse.

Retrouvez prochainement,
dans votre collection

PASSIONS

Son patron interdit, de Joanne Rock - N°995

SÉRIE : IDYLLES À BROOKLYN 1/3

À l'instant où Sable voit entrer Roman Zayn, son patron, dans l'atelier de haute couture où elle travaille, elle se sent fondre. Le temps d'une nuit, elle décide d'oublier que cet homme lui est interdit… Mais bientôt elle découvre que ce moment d'égarement a eu des conséquences qui pourraient mettre en péril son métier de rêve… et son cœur !

Pour un baiser de lui, de Joanne Rock

SÉRIE : IDYLLES À BROOKLYN 2/3

Blair Wescott, nouvelle recrue chez Deschamps Cosmetics, est-elle une espionne industrielle ? Lucas, l'héritier de la société, est résolu à le découvrir… en séduisant la jeune femme ! Mais, alors qu'il se rapproche d'elle, il craint de perdre toute lucidité. Car les doux baisers de Blair le détournent de sa mission…

Une si douce vengeance, de Joanne Rock

SÉRIE : IDYLLES À BROOKLYN 3/3

Chase est la dernière personne que Tana s'attendait à voir débarquer à Brooklyn, huit ans après leur séparation. Persuadé qu'elle l'a trahi autrefois, son amour de jeunesse exige qu'elle s'acquitte de la dette qu'elle a envers lui… en jouant le rôle de sa fiancée durant un long week-end !

Un *bad boy* au grand cœur, de Kira Sinclair - N°996

Si Dominic cultive sa réputation de *bad boy*, c'est uniquement pour cacher la mission qu'il effectue auprès de femmes dans le besoin. Or Meredith, la meilleure amie de sa sœur, risque aujourd'hui de saboter sa couverture en publiant un article contre lui ! Furieux, il tente de la raisonner mais ne fait que raviver le désir que la jeune femme a toujours éveillé en lui…

Un bébé à Rust Creek Falls, de Melissa Senate

Seule et enceinte, Mikayla emménage à Rust Creek Falls pour prendre un nouveau départ. C'est décidé : jamais plus elle ne laissera un homme lui gâcher la vie. Pourtant, sa rencontre avec Jensen Jones fait vaciller ses résolutions. Le trouble qu'il éveille en elle est si intense ! Hélas, tout le monde sait que le millionnaire n'est pas du genre à s'engager…

Dans les bras de Rafe Cortez, de Barbara Dunlop - N°997

Éclaboussée par un scandale financier causé par son demi-frère, Gina est résolue à venir en aide aux personnes ruinées. Pour cela, elle propose une vente aux enchères dont le premier prix est une journée avec Rafe Cortez-Williams, un sublime rancher. Malgré l'hostilité que lui témoigne cet homme qui fait partie des victimes de l'escroquerie, Gina est très attirée par lui – au point de rêver de gagner le gros lot...

Impossible liaison, de Zuri Day

Quand Avery comprend que son nouveau client est Cayden Barker, qu'elle n'a pas revu depuis le lycée, elle sait que les problèmes ne font que commencer... Elle devra organiser un gala pour lui mais, hélas, Avery doute de pouvoir rester professionnelle à ses côtés. En effet, le mauvais garçon devenu un puissant homme d'affaires éveille en elle le même émoi qu'autrefois...

Presque mariés, de Reese Ryan - N°998

Série : Les héritiers de Moonlight Ridge 3/3

Pour toucher son héritage, Riley doit se marier – et vite ! Désespérée, elle se tourne vers Travis Holloway, son premier amour, pour lui faire une proposition qu'il ne pourra refuser. S'il l'épouse, elle l'aidera à sauver Moonlight Ridge, l'hôtel de sa famille tombé en désuétude. Hélas, si cet arrangement est parfait sur le papier, il ravive quelques rancœurs – et de troublants sentiments...

Amoureuse d'un rancher, de Joanna Sims

Depuis que Bonita a engagé Gabe pour qu'il transporte son cheval dans le Montana, le beau dresseur ne quitte plus ses pensées... Tous deux n'ont pourtant rien en commun, et elle ferait bien de ne pas s'attacher à lui. Car jamais cet homme amoureux de la nature ne s'intéressera à une citadine comme elle...

Son enfant, leur bonheur, de Charlene Sands - N°999

Brooke peine à le croire : alors que la nuit qu'elle a passée entre les bras de Wyatt ne devait être qu'une simple parenthèse, la voilà... enceinte ! Si elle se refuse d'abord à partager cette nouvelle avec lui, elle change d'avis quand elle apprend que son amant – père de jumeaux – cherche une nourrice pour s'occuper de ses enfants. Soudain, une idée folle germe dans son esprit : et si elle postulait ?

Pour les yeux de Libby, de Janice Maynard

Libby est aussi belle qu'incompétente ! Alors qu'il a engagé la jeune femme en tant que secrétaire pour faire plaisir à sa mère, Patrick regrette déjà sa décision. Heureusement, leur collaboration n'est pas prévue pour durer. Car, non seulement cette enfant gâtée n'est pas très rigoureuse, mais elle lui plaît aussi beaucoup trop ! Une situation dangereuse pour lui qui est promis à une autre femme...

Un rival au regard vert, d'Anna DePalo - N°1000

SÉRIE : L'EMPIRE DES SERENGHETTI 1/2

Cole Serenghetti – le célèbre joueur de hockey – refuse de parrainer la construction du gymnase du lycée où elle exerce ? Pour Marisa, c'est une véritable catastrophe. Bien sûr, elle se doutait que Cole, son premier et unique amour, ne lui aurait pas pardonné sa trahison passée, mais elle ne s'attendait pas à ce qu'il lui réserve un accueil aussi glacial. Et encore moins à ce que son regard vert lui fasse toujours autant d'effet...

Le choix de Chiara, d'Anna DePalo

SÉRIE : L'EMPIRE DES SERENGHETTI 2/2

Chiara en est persuadée : feindre d'avoir épousé le cascadeur Rick Serenghetti est la solution idéale pour faire taire les rumeurs que véhiculent les tabloïds sur sa vie privée. Seulement voilà, maintenant qu'ils font semblant d'être mari et femme, un doute l'étreint. Car, en plus d'être sexy, Rick se montre terriblement attentionné... comme s'il tenait vraiment à elle. Une situation impossible pour Chiara, qui refuse de tomber amoureuse après l'échec de sa dernière relation...